山东作

年选

2018

Shandong
Zuojia Zuopin
Nianxuan

小说卷（下）

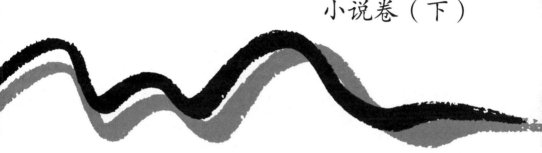

山东省作家协会 编

中国书籍出版社
China Book Press

图书在版编目（CIP）数据

山东作家作品年选. 2018. 小说卷. 下 / 山东省作家协会编. -- 北京：中国书籍出版社, 2023.12
ISBN 978-7-5068-9721-1

Ⅰ.①山… Ⅱ.①山… Ⅲ.①中国文学—当代文学—作品综合集—山东②小说集—中国—当代 Ⅳ.①I218.52

中国国家版本馆CIP数据核字(2023)第239847号

山东作家作品年选（2018）·小说卷下

山东省作家协会　编

责任编辑	李　新
责任印制	孙马飞　马　芝
封面设计	牛　钧
出版发行	中国书籍出版社
地　　址	北京市丰台区三路居路 97 号（邮编：100073）
电　　话	（010）52257143（总编室）　　（010）52257140（发行部）
电子邮箱	eo@chinabp.com.cn
经　　销	全国新华书店
印　　刷	济南万方盛景印刷有限公司
开　　本	700毫米×1020毫米　1/16
字　　数	395千字
印　　张	37.5
版　　次	2024 年 2 月第 1 版
印　　次	2024 年 2 月第 1 次印刷
书　　号	ISBN 978-7-5068-9721-1
定　　价	228.00元（全四册）

版权所有　翻印必究

《山东作家作品年选(2018)》
编　委　会

黄发有　姬德君　李　军　葛长伟　陈文东

刘玉栋　王方晨　铁　流　孙书文　张　继

东　紫　王秀梅　张晓楠　李纪钊

目　录

短篇小说

中篇小说

大地苍茫

杨　袭

> 千百次被洞穿之后
>
> 继续在骨缝中饥饿
>
> 大海就是高出众人的份额
>
> 像建造一堵墙一样，让我们
>
> 在岁月之上建一座深渊吧
>
> 齐肩的大海，齐肩的姐妹！

> ——寒烟

一

泥河镇上的很多人都认为，无垠的母亲——杜梨的放荡，始于那年夏季。三伏天，连日暴雨，泥河水势阴险凶猛，浑黄的水浆在石桥两侧滚起细密的涡纹。不得已出门的人心惊胆颤扶着栏杆出入泥河街口，雨帽遮掩下的双眼涨满忧惧。终于一个傍晚，在沸沸扬扬的对灾难的预言中雨条变细，又过了一夜，早起的人对着细丝样的雨线长出一口浊气，没来得及洗把脸，西街口的尖叫已此起彼伏，人们一下子睁圆惺忪的双眼，很快出了门，趟开满街稀薄泥水朝石桥奔去。

桥下是浊水，是一团一裹的垃圾，是层层浮积的苇草和蓬蒿，是一具泛着白光的裸体女尸。天哪，天哪，人们惊叫之后似乎想起作为活着的人，还是要做点什么，有的扭头跑进街里派出所去喊大鼻子老李，有的在掰着指头历数这些年黄河水一共冲下来多少具尸体，大部分人围在桥上或河两边，一边对着逝者白花花的胸脯和肚皮生出些不无邪恶的想象，一边又别着头，唯恐那张泛青、贴着几缕头发的脸钻进自己梦里。

上了年纪的女人，在桥面和桥下的路口簇成团，说过去的人是不能见天光啊，得拿个什么遮遮才是。接着又纷纷互相诉说家里真是没有多余的床单衣物，一面说，一面在心里迅速原谅了自己，重新仰起一脸愁苦叹气。男人们三五凑着点烟，说真可惜了的，这么标致的小娘们儿。边说边不时拿眼往桥下瞄着，好像这样就能减少几个可惜指数。这样，本应该早就进行的打捞工作，直到大鼻子老李到来才开始行动起来。水位很高，站在岸边的人，持一根长竿稍一用力就把尸体拨到了几近与河岸齐平的水边上，再将一块油布推到她身下，扯着油布的四只角拖了上来。

多年过后，那天的情景，泥河镇上的许多人仍历历在目。他们说杜梨从东边来，穿着浅灰的长裤和豆青色的短袖圆领衫，高卷着裤脚，黄泥稀啦啦地挂在她健美的小腿肚儿上，流落出一道道纹络。杜梨肘弯里挂了一只填满书书本本的布包，为她秀美的面颊添了几丝书卷气。她身后是泥河公社错落的店铺和一条看不见尽头的长街，几只燕子在雨后雾茫茫的天空中剪来剪去。有的人回忆起当时的情境，猜测一切可能出于天意。在泥河镇长大的上海女子杜梨在桥东是圣女，过完桥后一眨眼变成荡妇。

　　谁也不知道桥东桥西这不出百米的距离对于杜梨意味着什么。那时候，全副武装的黄法医已经在身旁摆开的一整套解剖器具中，选出一柄细刀，准备划开死者的五脏六腑，围观的人纷纷驱赶自家孩子。要不是法庭的人在当场解剖和送到医院太平间去再说两者之间游移不定，杜梨看到的应该是一具开膛破肚、颅翻颈斜的零碎尸骨。那样，她也许就不会在过了桥后背着众人停驻了片刻后，转过身来，扔了布包，挤进人群，脱下自己的裤褂、胸衣套在死者身上，一丝不着地在众人目瞪口呆中走在泥河大街上。当天晚上，黄海农场诗人贾十月站在泥河大街上的两棵槐树下，当众朗诵了题为《惊慌的塔纳托斯》的诗作，其中有几句是：可怜的塔纳托斯/跌倒在地/眼里/是一朵/闪光的桃花；一周后，画家、黄海农场的美术老师——燕非难请朋友们到他的画室，欣赏刚刚完成的油画《小镇戈黛瓦》，画布中央是一个全裸的女子，闪光的小腹、粉色乳尖沐浴在浅灰色调的背景里，身后是几棵苘麻和残破的石桥。人们一眼就看出，画中人，就是裸身走在泥河大街上的杜梨。只不过，手中的布包不见了，代之一把开着紫红色花穗的水蓼。

泥河镇上的人，对杜梨是不是全裸产生了分歧。有人说记得清清楚楚，就是赤裸裸，一丝不挂，有人说错了，不是一丝不挂，而是穿了一条裤衩。双方意见在时间中各自分蘖生长，相持不下。持后一种说法的人说尸体根本不需要一条裤衩，并且小唐和马秀银都看得清楚，是直接套上的裤子。但持前一种说法的人立即就反击说大波记得清清楚楚，杜梨就是光着走到桥下的，迎着她面走过来的人，还清楚地看到了她私处。悦来客栈的老板娘听到了他们的争执，愤怒地指责他们心怀叵测，是从心里不想让杜梨的丑闻过快冷下去。一群苍蝇！谷米说。

争论的人一点也不生谷米的气，看谷米走远，换个姿势接着说，在泥河镇，再也找不到一个比这更成为问题的问题了。持后一种观点的人立即逼迫持前一种观点的人说出都有谁和杜梨走了对面，得到人名后立即走街串巷去证实，结果都说当时是走在了对面，看到那种情势，都把头偏了过去，都是走到桥头才听人说那是杜梨。最后，人们终于想到了据此创作的画和诗，找来了燕非难和贾十月，但画家和诗人听明白了找他们到来的意思之后，竟然拒绝直接回答，一个当场誊写了自己的诗作，一个返回画室，让人送来了画作。持前一种观点的人指着油画,说你们看看,你们看看,这才是真实。持后一种观点的人反复朗诵了贾十月的诗,郑重指出,诗作中,只有暗示胸部的桃花,并没有写到臀部和小腹。自此,裤衩问题,终于成为一个无解的典故。后来,泥河镇上的人,遇到什么搅缠不清的事,就把手一挥,说,不说了不说了,又是个裤衩子。

无垠说其实诗人和画家,当时都不在现场。这不是郑人买履,而是泥河镇上的人,常常把艺术的真实当作了现实的真实。泥河就是这么个奇怪的地方,窝在河海交汇的荒地里,连去县城都要在路上折腾大半天,但生活在这里的人,却无比关心这世界上和柴米油盐无关的人和事。成年后的无垠离开泥河,走过了南方北方许多地方,说没有一个地方和泥河一样芜杂奇特,两个打猪草的孩子恼了会用"You're a bastard"对骂,这源于黄海农场几个分场住了各式各样专业的下乡学生,其中一帮是来自上海的学英语的。几个在南湾边洗衣裳的妇女,会对着一湾荷花讨论变焦问题,这源于从青岛来的,开了纽乐芙照像馆的摄影师郭少安。街边卖鱼的小贩,闷极时,会大声朗诵:虽然枝条很多,根却只有一条,穿过我青春的所有说谎的日子,我在阳光下抖掉我的枝叶和花朵。边朗诵边刮着一条鲈鱼的鱼鳞。这是因为小镇上有自称是当今中国最伟大诗人的贾十月。街上的孩子,放学后常常聚在街边,为拉-7战斗机翼展是 9.84 还是 9.74 争得不可开交,这都来自镇东北是某师的驻地。无垠说如果了解了泥河是怎样的一个地方，也就能稍稍感受到一些她母亲杜梨当时举动的隐秘动力。

无垠说直到现在，夜里睡不着时，她还在一次次想象当时的场景，在脑海中勾勒死者的样子，是长发还是短发，腿有没有足够长，乳房是不是和她母亲那样硬挺。她还一遍遍勾画母亲年轻时的面孔和体态，想象母亲的长裤是哪一种灰，圆领衫是哪一样的青色，猜想母亲以什么样的姿势脱下衣裤给死者套上，是自己完成的还是得到了旁边人的帮助，想象母亲光着身子游弋于灰蒙蒙的大街，如一尾孤单的鱼。

在足够多的想象之后，很多次，无垠竟然分不清哪一个是母亲，是走在街上的赤裸女子？还是穿着母亲衣物的、被黄河泥沙卷裹而下的那一个？她甚至开始怀疑自己的身份，猜测泥河彼此心照不宣地向她隐瞒了一个事实：生她的正是沿着黄河来到泥河公社的那个外乡女子，而被她唤了十几年妈妈的母亲，其实是个赝品。想象那个赤裸的死者躺在油布上时高高隆起的肚皮和肚皮下她的悸动。有的深夜，如此的想象让她嗅到了生死拧缠在一起的复杂气味，她能分辩出哪一缕是带着暗紫色或麻灰色的死亡，哪一缕是新绿色或桃色的生机。它们在子时，在无垠的房间里相互扑打撕扯，并在丑时将至前偃旗息鼓，道歉作别。无垠的十二岁和十三岁，夜夜在生死炮火烧灼的战场上狼奔狮突，最后像一只将死的绵羊在黎明前的薄光中合上双眼，重复做着指认哪一个才是她生母的梦。一个是死的一个是活的，一个躺在泥水里，一个走在大街上，一致的是同样的赤裸。她甚至怀疑一个人其实能死两次，两个人，其实都是她的母亲。

直到十四岁，无垠的胸前突起两颗花苞，接着初潮洪水一样泡透了被褥，她才与自己的想象、梦，讲了和。她开始认为谁是她的母亲，对她来讲，并无不同。就像她母亲在镇北野地上枪声响起前跟她说的：不要问你父亲是谁，你是所有人的女儿。无垠说从更纯粹的角度讲，人只是人类的幼仔，从死亡中来，到死亡中去。

杜梨不止一次告诉无垠，当那天她把那条浅灰色裤子和豆青色上衣给死者穿上时，感觉比穿在她自己身上更加相衬、舒适。淡绿色的胸衣，她盖在了她的脸上。杜梨说可惜正是夏天，她没有围纱巾出门，等她回家取了纱巾再返回时，石桥边只剩了一大滩被这个惊慌的世界搅乱的淤泥。无垠说她母亲手捧着纱巾站在桥上，第一次切肤感受到了人生的难以如意。也许，就是因为差这一条漂亮的纱巾，她会上不了天堂。无垠的母亲认为上不了天堂的标准，就是漂不漂亮，也只能是漂不漂亮。

无垠说她的母亲当时似乎并没有意识到自己的行为带来什么严重的后果。说她可能感觉，一个大姑娘当众脱光了衣服，只是有点，不妥，而已。但死者缺少一条纱巾，才是天大的憾事。这种遗憾让她无比难过，在很长时间都感觉对不起死者。

杜梨取了纱巾来到大街上时，穿上了那件预言似的黑色连衣裙。在泥河人的眼里，雨后的天气，无论从健康、实用还是审美角度，都不应该穿裙子。杜梨身上的黑色连衣裙在人们眼里已经不再是一件衣物，而是为了挑逗众人、欲盖弥彰的道具。裙摆下露出的腿和卷起裤脚下露出的那两只，尽管都一样白，但根本不是一回事。杜梨攥着一条杏色纱巾，提着刚才扔到桥边已经沾满泥浆的布包，欸嗤欸嗤踩着泥水望着街的尽头，谁也不知道她在看什么，看到了什么。人们的目光落在她白晰的胳膊和腿上，她每走一步，柔软的腰肢带着丰满的臀部扭动一次，从公社大院门口到仓屋，从巷口到街里，走过每一家店铺，走上西街口的小石桥。人们的目光雨滴一样打在她身上，叮咚叮咚脆响。而谁也不知道，杜梨再一次出门，只是想给死者围上一条纱巾。

无垠说她是由此开始了对她母亲一生的思考和再认识，开始思索美在生活和生命中的至高位置。也由此，她理解了母亲所有的心动，也理解了她被枪决的结局。

那一天，杜梨的黑色连衣裙像一件丧服，像是在祭奠自己清水般透明澄彻的少女纯贞。杜梨的好友，泥河镇西首悦来客栈的老板娘谷米，曾经对无垠说，你想想，那样的年月，有几个人穿黑色的连衣裙呢？谷米回忆起她与杜梨在锦绣裁缝铺定制裙子时的情景就一肚子气。谷米说当年的锦绣裁缝铺在蜈蚣胡同最深处，店主锦锈和曾经的瘸腿丈夫老高，加高了那条蜈蚣脚上的院墙，冲着胡同口装了两扇玻璃门。店内光线昏暗，搭在两边墙壁上的布匹花纹幽秘暗沉，一块竖长条的镜片，镶嵌在门后的墙上。杜梨将那块黑色的布料扯在身上，对着竖长条的镜子遐想穿在身上的模样。谷米坚决反对用那块黑布做衣裳，更反对做成一条裙子。但杜梨一句话也没说，既没反驳也没同意。老板锦绣凭着洞穿人心世事的双眼看透了杜梨的心思，最后在她们没有明说选择哪一块布料的情况下量好尺寸，开出了七天后取货的单子。黑裙子花光了杜梨去泥河中学图书室上班后第一个月的工资。谷米说，锦绣一看就不是什么好东西，谁要一出丑她就像过年一样。她要还有一点儿人心，早就应该用缝纫机把自己嘴缝上。她常常叮嘱无垠，一个姑娘，千万不要穿出格的衣裳。

悦来客栈的老板娘谷米认为，衣裳是人的招牌和旗帜。挂什么样的招牌做什么样的买卖。就像她家客栈上的门匾一样，一挂出去，南来北往各色人等谁都知道了是家客栈，都能进入这里的某一间房子逗留、盘踞。作为母亲生前的两位好友之一，谷米对于那天她因忙着在后院烤制布鸡没有出门瞅一眼后悔不已，并且对那天出现在桥上的人，特别是女人充满了敌意与鄙夷：死的已经死了，光着盖着的，还不是一样？为什么要看活着的人出这样的洋相？没有一个人拦一下，不知她们安的什么心思！一群下流的东西！

谷米每次见到无垠，说起杜梨，都会重复一遍。后来，谴责在不断重复中升级，到了晚年，这件事在她嘴里，几乎变成众人为了一具尸体扒光了杜梨的衣裳。无垠说也许回忆在时间和人的意识里能够自我生长，任何人，想在过去中搜寻某种有价值的东西，除了也许会感受残存的美，将一无所获。无垠对残存的美做了阐释，她说这不是对美的贬低，因为在她看来，任何一种形式的美，都是残缺的存在，像她美丽的母亲一样。

无垠从来没见母亲穿过那件黑裙子，但她见过那件黑裙子。透过重重时光和早已混沌的记忆，那件黑裙子像一只蝴蝶，扑动着被年岁磨毛的翅膀，扑簌簌飞过来，又扑簌簌远去。无垠是在一个傍晚从母亲的衣箱中翻出那件黑裙子的。已经知道爱美的无垠想抖开它看看它的款式，或者说，看看适不适合她穿，因为那件散发着刺鼻的卫生球味儿的裙子被叠成方块状，压得又扁又硬，根本看不出大小和款式。但她刚刚用手捏住衣领举起来，她母亲就回来了。

杜梨将山一样的柴捆扔在灶后，大喝一声，你在干什么！

无垠吓坏了，在她记忆中，母亲从来没有这样大声说过话。她手一抖，裙子掉在地上，她告诉母亲想找一件套在棉袄外边的褂子。杜梨的脸慢慢从愠怒中挣脱出来，在无垠递上一块湿毛巾后露出微笑。杜梨脱下套脏衣服，接过无垠递过去的湿毛巾，换上干净的棉衣和翻领外衣后捡起地上的裙子，轻轻抖开，用轻快的声音对无垠说，妞妞你看，这是一件裙子。而后又摇了摇头，说，太难看了，妞妞可不能穿这么丑的衣服。说着很快按原来的褶痕折叠起来，放回原处关上柜子。

那时候，无垠还从来没有穿过裙子。强烈的对美的渴望让她在一个午后，在确定母亲一时半会儿不会回来时再一次打开箱子。她想把那件黑裙子拿出来好好看看，把它贴在她的棉袄外面，在窗台前的小镜子里比划下，看看好不好看。可是，她将箱子翻了几遍，裙子不见了。无垠说，她母亲一定从她那个傍晚的动作中预感到了什么，并为此害怕担忧。她可能也和谷米一样产生了衣服会最终将人框定的意识，她不能让这件裙子毁了自己的女儿。

但当时，杜梨对已经发生的事懵懂无知，接下来的好几天，都穿着那件黑裙子上下班，并且很快烫了个大波浪头。宽阔的泥河大街上，杜梨身着黑色连衣裙，挺着高耸的胸脯，波浪长发在夏风中徐徐飘动。这像一部老电影。无垠说。杜梨满面春风、趾高气扬，高跟鞋咯噔咯噔敲打着街边斜睨着她窃窃私语的人们的神经。她不知道自己正行走在人们如泥河夏季天气一样诡秘的目光中，行走在她悲与喜的人生拐点上。

这个骚货，咯噔得我头疼！一个露过身子的货，凭什么在我们脸前招摇？

刘德秀对邻居马秀银说得咬牙切齿。但其实刘德秀家并不开店，家门也不朝向街上，她家和街面，隔着大同鞋店的门店和后院。满街的流言飞语让她虚构了一场现实中的搅扰，并且在这场搅扰下痛苦不堪，她拿着风油精盒，一趟趟跑进大同鞋店往太阳穴上涂抹，对马秀银愤怒又无可奈何地嚷，你瞧瞧，一天抹七八次，还是不顶用，这个骚货！

马秀银说，刘德秀是在一天午饭时突然豁然开朗的，那天，她端着碗，来大同鞋店门口用午餐，边吃边瞅着街面，但等了很久，也不见杜梨的人影子过来，在她快失去耐心胡乱夹着最后一筷子炖豆角往嘴里送时，突然停下了。豆角上的油水沾在她嘴唇上，很快流向下巴，她伸出舌头舔了舔嘴唇上的油花，拿手背沾了沾，说，咦，这么个不要脸的骚货，怎么能在学校图书室呢？不怕带坏了我们的孩子？我们必须去学校告她！

无垠说也许刘德秀以女人特有的敏感，已经预察到了某种威胁。不知道她两年后的秋天闯进谷仓，把在泥河中学做教务主任的丈夫吴震坤的手从杜梨的肩膀上扯开大闹一场之后，回到家有没有摇着头苦笑。那天中午，刘德秀怀着无比的激情响应着命运的召唤，她不顾马秀银的劝阻，扔下碗筷，风一样跑遍泥河大街，几乎是逐门逐户地宣布了她的想法，她扶住门框问屋里正在吃饭或刚吃完饭收拾桌面的人，你们去不去？去不去？什么？吃饭？分不清轻重了啊？你们就这么狠心？这么不负责任？眼见着孩子被带到坑里？真是！

谁也说不清楚那天中午究竟几个人跑进了泥河中学校长家属院，但杜梨很快被学校辞退了。从上班到辞退，一共57天，不足俩月。被辞退的杜梨拧着眉头从桥西走来，在人们应验的快感中咬着嘴唇，踢踢踏踏往前走。那时候，她也许还没有意识到那天自己赤裸的身体给了这个世界怎样的想象与冲击，不知道这一切需要她用一辈子的时间和情感来补偿和修复。

无垠说，这是个他妈的什么样的世界，竟然被一个女人赤裸的身体割开了个大口子。无垠说她和她母亲一样好多年想不明白这个问题，她只是把衣裳赠予了一个死者，她没偷没抢没勾搭谁，连句不好的话都没说一句，这与那些人有什么关系？无垠就此认为每个人都有逼良为娼的冲动，成不成功在于他有没有机会和能力。人性中最恶劣之处，在于每个人都有往道德高地攀爬的本能。他希望别人都对着世界上所有的恶行敞开，那么他自己败坏只不过是与众人一样，他稍稍在败坏面前退缩一点，就回到了高地，可以对着脚下的洪水滔天皱起眉头。

无垠说她母亲一定是在过后的某一刻明白了自己所面对的现实，明白了之后她是选择了继续坚持做自己，还是随俗世放逐，后来的她究竟是哪一种选择的结果或者说她怎样评价自己，谁也说不清楚。对那天傍晚的杜梨来说，中意的图书室生活已成为过去，她沉浸在被学校莫名辞退的懊恼中，看着夕阳下自己长长的影子。也许，她在想，所有的不快会像仲夏那场大雨一样很快过去，那时候广袤的原野上已经变得干旱，泥河重新成为一条细弯弯的带子。她应该就是这样想的，因为何建邦第一次看见她时正是那一天，她正提着布包走在街边，与他擦肩而过时，抬头灿然一笑。

马秀银说，公社书记何建邦停住脚，回头看着杜梨，直看到她转过通向谷仓的巷口消失不见，他才扭过头继续向西走去。已经历过两个男人的马秀银断定在这擦肩而过的一刻，这个戴黑边眼镜的，在泥河拥有至高无上的地位的男人爱上了杜梨。只是不知道他在疾骤泛上心头的爱意里有没有嗅出死亡的气息。

二

杜梨与燕非难的爱情开始于当年秋季的一个傍晚。

杜梨曾经向秦如瓦细述过当时的情形。被学校辞退之后，杜梨拒绝了农机站站长王文坡农机站保管职位的邀请，她的理由是到一个单位去干，会被辞退，心里别扭。有人说王文坡回去汇报后，何建邦自己去问过杜梨，被杜梨以同一个理由拒绝了。秦如瓦说杜梨一眼就看穿了何建邦的居心，不过，杜梨说，这人挺文明的，不讨厌。杜梨租下红太阳劳保用品店的半间门面房卖毛线。里里外外收拾停当，摆好货品，将要开张之时，才发现，还缺一块门匾。她当即到镇东南角的木材站选了块桐木板，想着去泥河中学请她短暂的同事、语文老师白铁军用红漆写上店名。

秋天的夜晚凉爽舒适，杜梨抱着那块桐木板，向西走在泥河大街上，到了利民水产店门口两棵老槐树下不得不歇口气时被燕非难看在眼里。燕非难当时正围着槐树下的棋摊看热闹，听到了木板落地的沉闷响声。他转过头，看到杜梨头发散乱，搓着两只被木板硌疼的手。燕非难发出啧啧的感叹：罪过罪过，这样的手，怎么能干这样的粗活儿，你这是干什么去？杜梨早就知晓这个留着平头，在她印象里最不像画家的画家，就是不久前将她赤裸着画到画布上的人。杜梨没见过那副画，但听人说，画上的人，比她更像她。杜梨对秦如瓦说很想看看那幅画，无垠也不知道最终看到了没有，秦如瓦没有告诉她。

杜梨告诉燕非难，说要找人写字去。燕非难听后摊开双手，对杜梨说，你仔细看看，这是个什么？杜梨对着他打量了半天，说，是个人。燕非难哈哈大笑，笑得杜梨莫名其妙。燕非难拿手比划着一个框子，比划了好几次，杜梨才恍然大悟，啊，是啊，是啊，画家。杜梨拿手往耳后顺了下头发，扭着身子，嘻嘻笑了。燕非难一手提起木板同杜梨进了毛线店，那一晚，两个人，都没有再出来。

第二天一大早，燕非难就回学校扛来梯子给毛线店挂牌，大人们都远远地在各自店铺门口张望，一群孩子围在毛线店门口，一边对门匾上飞着卷角的花体字叽叽喳喳评头论足，一边大声问"拉斐尔"是什么意思，燕非难站在梯子上，并不回答孩子们的话，砸完钉子跳到地面上，看了眼杜梨，回头对孩子们说，去，你们懂什么！

人们说，拉斐尔毛线店和杜梨一起，开张了。毛线店挂上了牌。而女人们说，杜梨走路的姿势，和前一天，明显不一样了。

无垠说现在百度上搜"燕非难"三个字，前十几帧出现在百度图片中的画，全是"谷仓中的圣母"系列的画作，这些画作，让燕非难入了当年的国展，第二年入了中美协，第四年去了北京，第七年去了巴黎。去年 10 月份，无垠说在网上看到消息，燕非难"谷仓中的圣母"11 号画作在法国最权威的维丽雅在线拍卖会上拍出了 1.23 亿的天价。无垠下载了这幅画的高清版本仔细端量：她母亲杜梨斜着身子，卧在一片金黄的谷粒中，铺散在谷粒上的头发像长长的水草，几欲浮摇。杜梨目光清澈宁静，长长的脖子和肢体映一层浅淡光芒。无垠说，画作上人体的形状，让她想起几年前在某个奢侈品商场看到过的一枚高音谱号型的钻石胸针。

燕非难在毛线店挂牌的当天，找着画架住进了谷仓。

那时，谷仓已经名不符实，当季收上来的公粮，都存在泥河公社东南角面粉厂隔壁的大仓库中。无垠说，她家住的也不是整个旧粮仓，而是粮仓一场大火后残存的一小部分。这一小部分四周空阔，杂草漫爬，灌木葳蕤，疏于打理的院子南边长着高高的蓬蒿和苍耳，原来用做隔离的浅沟夏季存水后会在一夜之间冒出高高的水蓼和芦苇，无垠说，她们家，像住在一座孤岛上。无垠小时候问过几次为什么她们不住在别人家住的院子里，为什么会住在这么个奇怪的地方。无垠说她母亲听了她的话长长地叹了口气，告诉她，就算这么个奇怪的地方，也是她外婆拿命换来的呢。无垠问为什么是外婆拿命换来的，她母亲就再叹口气，不愿往下说了。或者说，你还小，长大了再告诉你。

无垠怀疑燕非难当时真是采购了大量的稻谷撒进了她们

家。她小时候，她母亲有吃"活米"的习惯。杜梨说，米脱了皮半个月是活着的，半个月之后，就开始死，就不新鲜了，也没有那么多营养了。无垠问什么时候才完全死了呢，杜梨说，三四个月吧。杜梨说这是听她父亲、无垠的外祖父说的。无垠知道了外祖父是一位农业科学家，外祖母是图书馆管理员，他们原本在上海，她的母亲也是在上海出生的，她的外祖母抱着她母亲，由护士们推着从产房到病房的走廊外面，一笼杜梨，正开得欢实，外祖母问外祖父是什么花，外祖父说，杜梨，嗯，是棵好花，就叫杜梨吧。无垠听到这儿问她母亲是不是她出生时窗外开着无垠花，她母亲就笑了，说无垠不是一种花，而是，而是什么意思呢，就是很大，大到无边无际的意思，希望你的人生开阔，没有，没有——你长大了，就明白了。

谷米告诉无垠，她的外祖父是在乱年头被撵到泥河来的，因为他拒绝在亩产八千五百多斤的实验报告上签字，还说了很多不合时宜的话。外祖母是自愿跟着外祖父来到泥河的。一开始他们都在黄海农场劳动，后来她的外祖父腰受了伤，被安排打扫清理粮仓院子。

成年后的无垠，时常想象她母亲与燕非难在谷仓中的情境。

那时候，杜梨像一粒饱满的谷粒，圆实紧致，洁白馥郁。"谷仓中的圣母"系列画作，有正午画的，杜梨脚边，阳光像一块砖，她光洁的小腹和坚实的乳房都沐浴在暖色之中；在傍晚画的，整个画面暗哑深沉，杜梨站在一块蓝花布上，伸手抓着一根从天而降的绳索，除了朝外的侧面和乳尖稍有亮色，其他隐在薄灰之中；有晚间画的，灯光将杜梨的上半身照得透亮，她头向后仰着，下巴高高抬起，下身潜入汹涌的黑暗，旁边两只熟透开裂的石榴将整个画面带入欲望的悬崖；有冬天画的，光束穿过杜梨的腰腹和身旁的稻谷，一直打上几近房中央裸地上的一只绣花兜肚；有春天画的，透过杜梨肩膀上的窗口，看到谷仓外围地上小草嫩芽和再远一点的烟柳。任何一个人，都能想象画家的目光和手指怎样在画中人胸腹之上游走探索和惊叹，生命的深邃、神秘、欲望几欲胀出画外。

谷米说，那两三年间，燕非难长在了谷仓里。他的妻子、黄海农场一分厂出纳员吕小葵几次到农场中学领导处哭诉，要求校长出面干涉。那个光头宋校长，几次找人通知燕非难到他办公室未果后跑到谷仓找燕非难，门拍不开，趴在窗户上往里看，裸身卧在谷堆上的杜梨把他看呆了，竟然没有发现燕非难已经转出门口拽起了他的衣领子。组织指望不上，吕小葵只好亲自出马，发现毛线店关着门后，跑到谷仓对杜梨谩骂折辱。

正是仲夏，谷仓卧缩在一片青葱之中，吕小葵怒气冲冲顺着谷仓外围放射状的小路闯了进去，惊起一片又一片蜂蛾虫蝇。在吕小葵的叫骂声中杜梨红着脸打开门，燕非难整理着衣裳站在门内看着。泥河镇上的人说，那天，燕非难的身后，横卧在画面上一丝不挂的杜梨，就是后来拍出了天价的"谷仓中的圣母"11号。吕小葵丝毫没有被画中的美憾动，她怒不可遏，冲过去对杜梨拳打脚踢，揪下半把头发。杜梨自始至终都没有反击，也没有躲闪后退，而是低头弯腰，本能地护住头脸和胸腹，在吕小葵暴力的间隙往地上吐嘴里的血。也许，杜梨表现出的柔弱更加刺痛了吕小葵，陷入暴怒和绝望深渊的吕小葵后退几步，疯狂地冲向杜梨，把她踹在地上，照着胸腹一通跺踏。第一批听到动静赶到的人说，一开始，燕非难站在门口，一动不动，在吕小葵打累了，到谷仓扯他回去时，他长啸一声，高高扬起画笔扎进自己的肚子。吕小葵尖叫一声，跌倒在地。她的旁边，杜梨正双手捂着下腹，身下的地面汇集起越来越多的血水。吕小葵哇地一声号淘大哭，像受够了世界上所有的委屈。等人们七手八脚把杜梨和燕非难送进医院，她哭得没着没落，爬起来回家了。

　　大意的杜梨不知道自己已经受孕，本该是无垠的哥哥或姐姐的那个孩子，在吕小葵铺天盖地的暴怒中化成了一摊血水。杜梨在听到医生说她已经小产后伤心地哭了起来，越哭越痛，把三楼外科病房的燕非难哭了下来，燕非难围着她的病床转了几圈，说，这个刽子手！

　　燕非难穿着病号服，捂着肚子，到法庭起诉离婚。

　　从此，杜梨被吓出一个毛病，隔三差五，就到医院检查有没有怀孕。这一行为，让她更加成为泥河大街上的笑柄。八十年代的泥河镇，就是婚后受孕检查，都偷偷摸摸的，生怕人家知道后笑话。一个未婚女青年，竟然频繁而大张旗鼓地去医院查孕，并且毫不避人。有好多人怀疑，杜梨是不是脑子缺根筋。

而燕非难，伤好了，婚也离了，再次回到谷仓，拿起画笔时，却发现每一根线条都不对头了。他不知道是自己出了问题，还是母亲出了问题，反正有个地方出了问题。他发现杜梨总是有意无意地把手捂在小腹上，他摆好的姿势维持不了几分钟就完蛋。光线也不行，稻谷也不再金黄。后来的 12—17 号作品，他自己说是赝品。无垠说看到过他在《艺术鉴赏》的一篇文章，探讨的是一个画家抄袭自己的问题。他认为艺术家，在技术和风格上成熟之后，唯一的指望就是等待上天喻示。伟大的作品无一不是作家无意识的产物。没有这种神示，画就死了，作品只是艺术的尸体而已。只有神性才能成就真正的画家。绝大部分画家都在自觉不自觉地抄袭自己。几个艺术理论论坛和艺术圈知名博客都转了这篇文章。有的人认为是真理，有人认为燕非难在哗众取宠，故作高深。但不论怎样，确定的一点是，燕非难那时候就知道再也创作不出更好的作品了。他放弃了人物画，改画静物和风景，将"谷仓中的圣母"11 幅画作隔几年拿出一幅。这一系列画作，在国内展出 3 幅，其余 8 幅，两幅在美国首展，两幅在西班牙首展，其余在法国首展，直到 2012 年，才展出 11 号作品。

无垠推测，燕非难断定自己再也画不出更好的画那一刻，与杜梨的爱情就结束了。虽然，谷米说他在去北京之前，仍然经常来谷仓画画，还送杜梨礼物，甚至与另外三个人一起，帮杜梨大修了一遍房子。无垠想这一些，除了感情因素外，他可能还抱着试试还能不能找到昔日灵光的侥幸心理。他在推特一段接受采访的视频中说：一个真正的艺术家，艺术才是真正的生命，爱情、名誉，甚至自我的生命，只不过艺术的附丽而已。

谷米说燕非难在杜梨流产之后，动过娶杜梨的心思，并且决定按照传统习俗，委托她作为名义上的媒人。谷米就是在做媒过程中与杜梨成为好朋友的。谷米几经考虑，挑了个晚上去谷仓找杜梨选毛衣图样，挑图样过程中闲聊时将燕非难的意思说给杜梨。杜梨扑嗤笑出声来，说，结婚，什么意思？要让我和吕小葵一样跑到他相好的那里骂街撕人头发吗？谷米说那时候，杜梨已经不止跟燕非难好了，已经有好几个情人。无垠曾经问过都有谁，谷米说其实她也闹不清楚。

但确定的是，杜梨可能也知道她与燕非难的爱情，已经随着燕非难在画架前深一口浅一口长一口短一口的叹气，随着她时刻对有没有受孕的关注，烟消云散了。

谷米认为杜梨虽然聪明，但却是个不开窍的人。无垠也从她这句话中，知道谷米虽与杜梨是很要好的朋友。但自始至终，谷米是不理解，也不可能理解杜梨的。谷米在骨子里，是朝着一个好女人方向努力的，但造化弄人，三嫁之后，还是没能寻到落身之处。杜梨安全按照自己的心性行事对谷米来说简直是傻得没丁点算计。那几个男人，她抓住一个，也够吃一辈子。谷米说。

但杜梨似乎谁也不想抓住,虽然,她身边的男人越来越多。谷仓周围杂草丛生、灌木纠缠的荒地上,开始出现一条又一条小路,春夏草木茂盛之际是不容易被发现的,秋天来临,蓬蒿在渐起的东北风里枯萎摧折,荆柳落光了叶子,谷仓四面八方放射状的小路显露出来。人们的讥笑辱骂与诅咒,也顺着小路,像箭簇一样朝谷仓飞。人们看到开音像店的大波、街上混混武沈阳、泥河六队渔人陆乘风、中学教务主任吴震坤和教师苏向阳、公社派出所小汪、公社书记何建邦、来泥河养虾的苏北人孙少红……白天晚上,都有人到谷仓去。谷仓中常常传出母亲与不同男人的嬉笑怒骂。而画家燕非难,据说早就在住院期间,与护士秦如瓦好上了。

三

与杜梨的情事同时火爆起来的,是她毛线店的生意。

夏末的时候,杜梨在满大街人对她品行的指摘中把整个红太阳劳保用品店盘了下来,不等消息传遍大街,店面已经装整得干净漂亮,各式各样的毛线按照橙赤黄绿青蓝紫黑白花的顺序排列在货架里,柜台中还出现了二十几种教授编织的书籍。巧手的杜梨按照书上的样子每个织三个完整的花色摆到另一边的柜台里供顾客参考。粗细不等的毛线都标着一寸长度的成品需要的针数。

杜梨独特贴心的服务,使毛线店生意随着天气渐冷如火如茶。连最讨厌她的刘德秀也没能经受住那些花色的诱惑，一气织了三件毛衣。而不久之前，她刚刚因为杜梨和她做教务主任的丈夫吴震坤的传言跑到毛线店和谷仓进行了辱骂。刘德秀叫骂着看到杜梨低着头站到了门口，骂着骂着突然看到杜梨扶着门框展颜朝她一笑，那笑中洋溢着由衷的快乐，妩媚嫣然。刘德秀住了口，朝身后看了看，感觉自己眼花了。后来杜梨又笑了一下，并且用手捂在嘴上。她感觉受到了更大的污辱，向前冲了几步，将手高高扬起，扬了一会儿后又慢慢放下来。后来她对人说那一刻，她拿不准杜梨与她丈夫到底有没有一腿，也许，只是那些口舌该生疮的老婆们瞎造谣。那天晚上，泥河大街上的人看到刘德秀披头散发从家门口蹿出来，哭喊说吴震坤要杀人了。刘德秀又一次把自己的丈夫向杜梨身边推了一步。但有人说刘德秀没有动手，是杜梨隔三差五地到医院查孕的行为让她害怕，怕杜梨真要怀孕了，再把她打流产，太损阴德。事实上后来没有人对杜梨动过手，泥河人相信人命关天，再酸的醋再嫉的火气也不能让自己沾上人命。一个手上沾了血的人，比德行上的不济更加让人恐惧。

充实的生活让杜梨的脸一改往日的苍白，红润丰盈起来了，同泥河大地上的稼禾一样迅速地在清澄的天气里抽穗灌浆，子子粒粒在某个午后坚实饱胀，硕壮非常。同时丰盈起来的还有她的乳房和肚子。杜梨和泥河两岸每一个勤劳的农人一样，那个秋天，除了收获了大量的财富，收割着五颜六色的美，还收获了一个女儿。无垠在母亲肚腹中听到了母亲咯咯地笑起来，听到母亲哼着《在希望的田野上》用新打的绿豆煮粥，听到田野中吡吡啪啪豆荚剥裂，听到泥河水哗啦啦一气向东，听到母亲杜梨和陈初秋在谷仓中窃窃私语。

陈初秋站在谷仓梁下的一只板凳上为杜梨扯一只白炽灯泡。杜梨站在地上，一只手托住后腰，一只手拎着一只巨大的梨，像一只鼹鼠那样，用两排细密的牙齿嚓嚓嚓啃着，提醒陈初秋小心别电着。杜梨管陈初秋叫秋，母亲说，秋，当心，杜梨还说，秋，好了没有，下来吃梨。陈初秋不作声，他正咬着电线，用一把小锤子往梁上钉一只钢钉，然后把电线用一根胶线在钉子上缚住。做好这些后，无垠听到陈初秋"嘭"地一声跳到地上，她的母亲惊叫起来，呀，小心呀，看崴了脚！

陈初秋在门后的脸盆中洗了手脸，不一会儿无垠就听到两只嘴同时嚓嚓嚓将一只梨咬得汁液四溅。陈初秋把她母亲抱起来放到床上，她母亲捂着肚子，说，小心。陈初秋说，就抱一会儿。她母亲在陈初秋怀里说了好些情话，他们还算了一会儿她什么时候出生。她母亲说来年阳历四月份，陈初秋说，那就五一吧，也不差那几天，生一个劳动小能手儿，和妈妈一样。说完陈初秋嘿嘿地笑了，她母亲说，你笑啥，又不是你的。陈初秋说，再胡说小心揍你。她母亲咯咯地笑起来。陈初秋却叹了口气。她母亲说，怎么啦？陈初秋又叹了口气，坐起来开始抽烟。她母亲却一合眼，睡着了。她母亲做了一个梦，又一次梦到泥河滩一片金黄，梦境像一只长境头，由远及近，她看到自己在河岸的野草中站着，看着昏黄的河水冲击着沙岸，冲击着岸边她外祖母赤裸的身子，她母亲脱下上衣向河滩上跑去，双手扯着衣领两头向她的外祖母罩过去——她的手触到的，是冰凉的泥沙，河滩平展金黄，几只小蟹在她的梦里爬进爬出。

哦！

杜梨醒了。

天哪，我还当在河滩上。

杜梨对陈初秋说。

陈初秋还在抽烟，回过头来，看着杜梨叹了口气，扔掉烟蒂，说，我明年转业，带你回子长。

杜梨哭起来，嘤嘤的哭声让无垠心都碎了。杜梨哭得欢实，一面哭一面扑进陈初秋怀里。陈初秋搂得杜梨那个紧哟，无垠都快喘不过气来了。无垠翻了个身，踹着杜梨的肚皮。杜梨挣脱开陈初秋的胳膊，止住哭声，抚摸着腹部，说，哎呀，真糊涂，这时候可不能哭哟，让娃娃听见。陈初秋说，是啊，这时候怎么能哭呢。杜梨说，还不是你。陈初秋站起来，穿上上装，扣严衣领上的风扣，对杜梨说，你等着。

谷米对无垠说，陈初秋大概是杜梨唯一动了心思要长相厮守的人。无垠问谷米她是不是姓陈，谷米说，你妈不在了，只有天知道。

杜梨与陈初秋，相识在七月十四晚上。

那天晚饭后，杜梨提着一只装着供品和纸钱的篮子，到公社北水塔下十字路口祭奠父母。到了镇北，杜梨选了块稍微干净的地方，抬头望着天空中一轮明月，摆供品的手禁不住颤抖，满身心被悲伤攫住，而后坐在地上号淘大哭。雨后初晴，蛐虫儿铮铮，杜梨哭到痛处如江河滔滔，汹涌呼号；哭到伤处如风过竹丛，呜咽幽长，想到自己的处境如埙开十孔，宛转凄凉，哭啊哭啊哭累了，伏在地上抽抽噎噎，头晕脑胀，衣裤已被雨地洇湿，腰腿酸麻，她擤一把涕泪，挣扎着从地上爬起来扶着路边的一棵树缓解了会儿头晕后，拔腿返回。

你忘了烧纸钱——

陈初秋还想说，还有你的竹篮，但还没来得及说下句，就见杜梨尖叫一声，疾转身往后跟跄几步，"咕咚"一声倒在地上，晕了过去。

陈初秋家在公社东南，为了避人眼目，选了到公社北祭奠父亲。烧完纸钱后，站到路边抽一只烟，刚掏出烟来，没来得及点，借着月光，看到有人过来了。陈初秋不想让人认出，就避到一棵树下，原想烧纸钱开始后，借着来人看火不太注意身边的动静时，就溜回去。但谁知道杜梨悲伤过度，竟然哭了个昏天黑地，陈初秋先是诧异，后感觉这样走了有点不太对头，就点上烟吸着，看杜梨哭，谁知杜梨哭昏了脑袋，竟忘了烧纸钱，连篮子和盘碗都忘了带回，他才禁不住提示。

看到杜梨倒下，他不禁哈哈起来，边说着对不起边跑过去搀扶，一拉杜梨的胳膊才发现人晕了。

陈初秋抱起杜梨一路小跑到黄海农场医院。

那夜值班的护士是秦如瓦。

陈初秋大喊秦如瓦叫大夫，秦如瓦说，邱大夫刚刚还在，刚出去了。秦如瓦叫陈初秋帮着蜷起杜梨的身子，正要掐人中呢，杜梨醒了。杜梨醒来嘴里叫着快，快，开始脱上衣，母亲雪白的肚皮和杏色的胸衣把陈初秋吓得背过身去，经验丰富的秦如瓦抓住我母亲的手，说，醒醒，醒醒。杜梨才真正醒了，她看看秦如瓦和陈初秋，又瞅瞅急诊室，慌忙扣上刚解开的上衣扣子，擦着满脸未干的泪痕，说，天哪，我还当在河滩上。

天哪，我还当在河滩上，是杜梨梦中醒来经常说的话。小时候，无垠在外面跑累了，夜里常尿床，她母亲被溽醒，边把她移到别处，边说，天哪，我还当在河滩上。无垠迷迷糊糊听着母亲惊恐地叫一声，又迷迷糊糊睡着。所以，直到现在，一说起河滩、沙滩、海滩，无垠就想起最早的记忆中她铺的一床蓝花小褥子，又细滑又柔软。泥河公社往东四五十华里就是渤海，公社南爬上渔舟，解开缆绳，即使你什么也不做，也能顺泥河而下，漂流进渤海，泥河到渤海边霞光渔铺的路上，每时每刻人来人往，但是，她却从来没有见过大海，母亲看得紧，绝不让她单独去泥河边，更别提大海。在她母亲看来，成片成片的水，异常可怖。

无垠六七岁时，跟母亲去南湾洗衣裳，她站在湾边，抒情地喊：啊，这里还有海！她母亲先是笑弯了腰，而后阴下脸，大半天没再吐半个字。很多年后谷米解开了她的迷惑，谷米说，她的外祖母就是被人推进南湾，而后随着水流冲进泥河的，如果不是泥河肚子里那片菖蒲，她的外祖母很可能就会直冲进渤海，尸骨无存。

无垠的外祖母是为了一捧麦子送的命。

那年杜梨五岁，由于营养不良，甚至没有长出咀嚼齿。由于众所周知的原因，整个泥河公社淹没在一片干咽口水的混沌声中。杜梨的母亲饿得再也产不出奶水，她自己也已经饿黄了眼皮。

无垠说她外祖父母是打扫粮仓的，一定有近水楼台的嫌疑。现在已经不可能知道外祖父母中哪一个向粮仓伸出了手，确定的是某一个夜晚，早就虎视眈眈的人们看到她母亲家屋顶冒出白烟。那道白烟，在黑魆魆的夜中如一道闪电灼伤了人们的眼睛，又像一支强心针，本来饥饿得有气无力、头晕眼花的人们一下子获得了不可思议的力量，人们闯进她母亲家，掀开锅盖凿实罪状，然后一镐头，锅盖连同铁锅、铁锅里正在胀大变得熟软的麦粒砸进灶灰里。

无垠的外祖父原本就是因犯了错误发配来泥河的，她的外祖母怕外祖父罪加一等，挺身而出说是她偷了粮仓里的麦子。一个外省女人，不好好劳动改造，竟将黑手伸向公社粮仓，该当何罪，人们义愤填膺。外祖母说孩子没长牙，咀嚼不了那些，外祖母扬了扬下巴，人们看到门后水缸盖上一只笊篱里攒成一小团的碱蓬种子后更加恼怒，我们的孩子们也吃这些，难道你们上海来的孩子就该比我们的娇贵吗！怒不可遏的人群潮水一样裹携着外祖母出了粮仓，无垠的外祖父紧随其后，出了西街口后才想起家里还有孩子，外祖父回家抱上她母亲追出去，出了西街口看到南边晃动着游魂一样的黑影，他高叫了一声外祖母的名字，无人回应，人影也倏忽间消失得无影无踪了。

　　无垠说她几乎看到了外祖父抱着她五岁的母亲在大街上的情景。父女在泥河公社的大街小巷转了整整一夜。外祖父拍打每一扇门和窗户，大声问外祖母在哪里。没有人回答他。被惊起的猫蹿上墙头，护门的狗噌地从墙角站起来，汪汪几声躲到一处去。一牙弯月悬在天边，四下一片高低错落的黑，街巷两旁的院落和门店，静得可怕，门窗在夜幕中洞成一张张吃人的嘴。外祖父在参差深浅的黑色中踉跄着，一步一脚踩进天明。女儿伏在他怀里，有气无力。像一把搭在肩头的麻绳。外祖父顶着淡薄的晨曦嘶哑地询问每一个早起的行人，人们慌乱地摇着头，躲避到街巷的另一侧去。父女俩，如两只组合契当的木偶，机械地在泥河的清晨里"嗒嗒"来去。从地平线惨烈脱胎而出的太阳泼撒下血红的光，父女俩在血色中拖出长长的影子，足有整条街那么长。不祥之感让晨光中的外祖父目光空洞，嘴唇发紫。几只野狗尾随，与迟迟不肯倒下来让它们饱食的父女如战友般亲密。人和狗，走啊走啊，人嗫嚅着吐气，狗焦急地呲牙。直到太阳老高，从一只血盆变成一只烧透的铁鏊，炙出外祖父额头上仅有的油脂，才被从海铺上归来的渔人陆不平引到泥河滩上，看到了赤身裸体的外祖母。外祖父的身体像煮瀼的面条一样"啪哒"贴上泥滩，他怀里孩子，仰面摔在河边，发出月猫一样的嘤嘤。

无垠的外祖父死于 1971 年另一场人为的灾难，他咽下最后一口气之前指着粮仓屋顶，又像指着屋顶外的虚空对陆不平说，是谁？谁在黑夜中伸出手？

我姥姥是被谁推进去的？

无垠说，外祖父临终的问题也是她的问题。她看过好多人说人类最高的德行是饶恕，她相信这句话是对的。但饶恕的前提是有人承认自己是凶手，坦诚说自己犯了罪并真心悔过。无垠说，凶手们，我想代表我的亲人们饶恕你们，但你们在哪里呢？推我外祖母入水的凶手一天不被找出来，我外祖母、外祖父、母亲的在天之灵就一天也无法安宁。我无意对我的亲人们做好的道德评判，但最起码，他们是受害者，他们遭遇了与他们所犯的错误（如果有错的话）相比过于残酷的惩罚。每一种罪刑都有与之相对的得体的惩罚。但他们，都没有享受到。

这成了个死结，这个死结捆得杜梨日夜不得安宁，每每从梦中醒来，就呼，天哪，我还当在河滩上——

那天晚上，自以为躺在沙滩上的杜梨拒绝留下观察一会儿的要求，跳下床回家。秦如瓦喊住陈初秋，让他在值班接诊记录上签字，陈初秋说，我不认识她。秦如瓦指着记录页上方杜梨的名字说，我认识，你只签下你自己的名字。说着，颇有深意地看着陈初秋游疑不定的握着水笔的手说，我也认识你，你是一师的陈参谋。说着秦如瓦露出洞悉一切的笑。陈初秋说，你别误会，我真不认识她。刚才，刚才——秦如瓦说，我没说你认识呀！

陈初秋哑口无言了。

水笔尖嚓嚓嚓，飞快地在纸上划出陈初秋三个字。

无垠认为，也许，秦如瓦不那样说，陈初秋说不定会签个别的名字。但他签了他的名字，这样我母亲的安危该是就与他有了某种干系。陈初秋可能就感觉有义务护送我母亲回去。

陈初秋快赶几步，跟在杜梨身后。夜色深沉，朗月当空，杜梨在月下孑孑伶仃的背影也许让他心里莫名地一阵阵酸楚，还有他一定前前后后把看到杜梨后的一切想了一遍，想起她的篮子还在公社北水塔下的路口。陈初秋喊住杜梨，说，你的篮子——

杜梨有些负气，说，不要了。

陈初秋说，还在生气呀，我真不是故意的，我就是——

杜梨说，我是在气自己，和你没关系，你别跟着我了，你不是住在那边吗？

说着她指着公社东南说。

陈初秋说，你认识我啊？

杜梨小声说，我不认识你，但你前不久陪着媳妇到我店里买毛线了，你们都穿着军装。

陈初秋在离杜梨两步远的地方立住，说，你记性真好。

杜梨喊了一声，转过身继续朝前走，陈初秋不远不近跟着，看到杜梨过了毛三布店右转向北，他也进入向北的胡同。杜梨回头说，叫你不要跟着。陈初秋紧走几步与杜梨并行，也压低了声音，说，让我陪你去吧，就当赔不是嘛。杜梨说，什么不是不不是的，我就当遇到鬼了。陈初秋说，嘘，这个时候不要讲这种话，小心——

陈初秋指指天上又指指身边。

杜梨看看四周，夜色凹凸，阴风无形。她脑海里突然浮显多年前搭在她父亲肩头穿街过巷的一夜来，一股悲怆从内心某个隐秘处翻涌而起，她咬着牙，不想在陌生人面前再次失态。于是咬得牙齿咯吱作响，不停拿手背拂拭面颊。

陈初秋和杜梨走进小巷，走进两边长满黄豆和高粱的田间小路，杜梨在前，陈初秋在后，杜梨不时转过身看看后面。陈初秋问她怕不怕，杜梨不作答，只将呼吸一声重似一声。陈初秋又跟上两步，靠紧着她。不大一会儿，走到水塔下十字路口。

十字路口边，已经空空如也。杜梨带去的篮子、供品连同盘碗、酒杯、纸钱，不翼而飞。陈初秋划亮一根火柴，刚才他烧纸的地方一块暗痕一闪，火柴灭了。杜梨看一盘明月，看矗在路口北边的水塔，看站在她身边的陈初秋，脸在月下煞白成一片冷光。她害怕了，她知道就算有人会希罕一只竹篮，但断然不会拿走别人的供品碗盘和纸钱。她离开时回头看一眼参天的黑塔，心嘭嘭跳到嗓子眼处。

他们走到公社政府北边的丫型路口，她走上朝西南的小路听到陈初秋在身后问，你家不在毛线店吗？杜梨说，你回吧，我住在谷仓里。

陈初秋站在路口，迟疑着。杜梨没听到跟上来的脚步声，便加快步子，飞也似的奔回家中。

第二天，陈初秋到毛线店，对杜梨说要买一件毛衣。杜梨告诉他，店里只有毛线，没有毛衣。陈初秋抿着嘴唇，紧盯着杜梨的脸，从口袋掏出一个信封放在柜台上，说，就是买一件毛衣，就这个颜色。他指着杜梨脑袋后面藏蓝色的毛线团说。杜梨回头看看毛线，又看看柜台上的信封，刹那双颊一片绯红。

信封里除了面值十元的五张人民币外，还有七页纸的信。

这封信，是杜梨留给无垠的唯一遗产。七页纸，整张的白纸裁成，用铅笔打了方格，字迹为墨蓝色的水笔，小楷，工工整整，落款陈初秋三个字下面，用的是阴历：七月十四夜。杜梨曾对谷米说过，他们认识的时间和丢失的篮子和碗盘一样，让人深想起来毛骨悚然，为她的人生悲剧换了块更黑暗的幕布。

陈初秋说完你等着离开后的第四天下午，泥河供销社一个姓季的大姐找到杜梨说原来出租给红太阳劳保用品店的合同不符合相关规定，原来经手合同的崔主任已经记了大过。房屋得收回来了。杜梨听后愕然不已，看着满屋五彩缤纷的毛线一句话说不出来。

谷米说陈初秋的爱人向部队反映了情况，部队与泥河公社通气后，公社党委连夜召开了紧急会议，议来议去，杜梨既不是泥河公社的干部职工，还有复杂的历史背景，又鉴于没有实质性证据，最后的办法只能是收回她租用的店面，以示惩诫教育。整个泥河大街，无声地默契，再没有人愿意将房子租给杜梨，杜梨无奈，只得将货架柜台和毛线搬回了谷仓。谷米说回到谷仓的杜梨忧心忡忡，总担心哪天政府出个什么说法，把谷仓收回去。但事实证明杜梨的担心是多余的，政府没有收回谷仓，并且在那年底，公社书记何建邦还带着几个人去看望了她这个困难户，送去了一袋面粉和五斤鸡蛋。杜梨抱着无垠看乌压压一大帮人来了又去，说了什么话她一句没记住。那时候毛线已经在屋角落满灰尘，货架和柜台上摆满了无垠的土裤和各种鸡零狗碎，杜梨每天抱着无垠坐在门口的太阳地儿里，对着蓬蒿苍凉的院子望眼欲穿。

一望，望到来年五月。无垠一周岁时，陈初秋与爱人一起转业回了老家。

有人说陈初秋回去之前找过杜梨，有人说只是路过谷仓，还有人说陈初秋本来是要找杜梨，走到谷仓前迟疑了一会儿，作出路过的样子到公社北水塔下站了好一阵子。

五月榴花似火，杜梨冰凉的眼泪一串串滴落到无垠脸上。

无垠尖声啼哭提醒了母亲。杜梨用一件她的上衣包裹着女儿，一起来到公社北，水塔北边沟边的田地里。

当意识到泥河大街上无处立足之后，杜梨将目光投向了水塔北边沟沟坎坎的无主边角地。她的女儿如一株刚刚钻出的嫩芽，伸展着小胳膊小腿儿，嗷嗷待哺，她要活下去，她要让女儿活下去，她要想尽办法，给她阳光雨露。

杜梨低价处理了毛线，买来几样种子，在谷米的指点帮助下将它们种进泥土。一场又一场春雨过后，各式各样的小嫩芽破土而出，杜梨看看芽儿，看看女儿，无限欣喜。她买来一只笸箩，垫上一床旧褥子，四周披上稻草，将无垠栽进去。在周围洒上一圈儿随身携带的防蛇虫的石灰。无垠在地头的笸箩里看母亲趴在地上薅草，开苗儿，母亲的手和锄头，在芽叶间渐渐轻盈灵巧，母亲干一会儿，抬起汗珠滚滚的脸看她一眼再埋头继续干活。她或啼或歌，咿咿呀呀，那是对母亲的赞美，与母亲应和。稼禾渐高，杜梨回头已经看不到她，只好向前干一段，回头拉一拉笸箩。杜梨胸背汗透，早已不再白嫩的手脸被玉米高粱叶子刺出道道血印，她干不动了，从笸箩里提出无垠抱了，到地头的树下小憩，无垠伸出手，笨拙地在母亲额头抓下几滴汗珠。杜梨惊喜地叫了一声，叭叭叭亲着无垠的脸蛋，然后抱紧她抽泣起来。杨柳飒飒，碧空如洗，杜梨在一望无际的绿野间静静地流泪，母亲的悲伤感染了无垠，张大嘴哭起来，空中飞过一行燕雀，玉米叶子上爬动一两只虫儿，无垠在轻风中哭噎了气，杜梨擦擦眼泪，说，傻娃娃，你哭什么。无垠哭着抱紧母亲的脖子，杜梨轻轻拍打着她的后背，说，不哭不哭，我娃不哭，杜梨让女儿不哭，自己却抽噎了一下，又一下，杜梨说，初秋，你到底在哪里呀？

四

又一个冬季来临了。

西伯利亚的风携裹着北冰洋的酷寒，掠过中西伯利亚高原和外兴安岭，封冻黑龙江和大大小小的无数河流，一路呼啸南下，不到腊月，整个泥河公社和树木河流墙壁水塔，像被焊在华北平原东北角的一块不规则的糙铁块。连夏日里迎风摇曳的树叶子都沉甸甸的，甩在门窗上啪啪作响。猫狗们躲进墙角，人们不得已出门时，浑身用棉衣和各种棉套子包裹严实。呼出的气在空中蘖生出一团毛茸茸的枝枝杈杈。

无垠最害怕的，就是去野外拾柴草。杜梨腰里系上一根绳子，背着一床旧褥子，背着无垠走进寒风里。无垠说，到了野外，母亲先找来些软柴草铺在背风处的沟底，边问我冷吗？我不说冷，但禁不住打着寒战。母亲将笸箩里的破棉被将我罩住，外面裹上柴草，再用棕绳把我捆好。母亲说，乖，不要害怕不要哭不要尿裤子，妈妈一会儿就回来。

我咬着嘴唇朝母亲小鸡啄米似的点头，但刹那陷入黑暗后我害怕起来。东北风咆哮着把我摇来摇去，外围的柴草在东北风的淫威下不断背叛母亲、背叛我、背叛围拢着它们的棕绳，发出吱嚓吱嚓逃离的狰叫。我害怕起来，害怕大灰狼，害怕天天在街上疯跑的皮扇子会突然跑到沟里，我用尖利的哭喊驱赶恐惧，哭着哭着，就突然被什么掀翻，脸着了地。我拼命尖叫，想把母亲喊回来，我叫着，边扭动脖子给自己脸前留出喘气的空隙。我哭啊叫啊，急迫之下往往尿了裤子，待母亲捡满一背柴草归来把我从棉被子里解救出来，我冻得嘴唇青紫，浑身乱颤。母亲先将我缚在胸前，而后咬牙背起山一样的柴草，不停地被风刮得翻来倒去。

无垠说那个冬天，她和母亲，像巨浪中的一叶轻舟，在泥河北边无边的荒野上颠沛流离。

那一次，她们翻过一条深沟，杜梨手脚并用爬上沟崖，已经看到公社北的水塔了。无垠看到杜梨咬起嘴唇，目光坚定地望着前方，她想，她们很快就要到家了。到了家，杜梨会立即烧一壶热水灌进两个医用盐水瓶，把她裹在被子里，一个挂在她脚底，一个放在她的肚子上。她在想象中被即将到来的温暖感动了，双眼涌起的水汽被风一扫而净，只扔到她腮顶两把火辣辣的疼痛。她把脸埋在母亲胸前，跟着母亲在风中荡来荡去。

好不容易到达水塔，母亲将背后的柴草贴紧塔身，紧拥着无垠喘气。杜梨说，哎呀，没有风真好啊。杜梨笑了一下，在风中开出一朵黄瓜花。也许是累了，也许是感觉快到家了有些懈怠，她没有注意到她背后柴捆上的绳子已经偏了。当她深吸一口气跨出步子，重新跨进北风中，背上的柴草"呼"

一声挣脱开绳索飞离她们而去，漫天飞扬，无垠仰面朝天跌在地上。杜梨先是怔了一下，而后猛醒过来，喊了一声，天哪！本能地伸出双手向天空中飞舞的柴草抓去。

杜梨追着漫天飞舞的柴草跑出好远，但什么都没抓住，她气馁地坐在地上，一根棕绳孤零零地缠在肩头，她胡乱抓了几把，将绳子从身上抽下来狠狠地摔出去，双手捂在脸上，好长时间一动不动。在无垠担心害怕她是不是冻在地上时，杜梨扭头朝高塔上望去。

无垠也听见了，她听见塔顶传来嗷呜嗷呜的吼声。

诗人贾十月在塔顶上尝风。

泥河著名的诗人贾十月像只猴子，轻捷地沿着塔身的铁梯盘旋而下，长发在风中像一把扫帚。他把刮翻在头上的黑色长风衣往下揪着朝杜梨和无垠跑过来，不由分说，把杜梨从地上拽起。

那一天，她们回到家时，天已黑透。杜梨拉开灯，屋内冰凉，灶后空空荡荡。随后进来的贾十月掀开门后的水缸拿水瓢敲得水面咚咚作响。杜梨掀开锅盖，两个窝头已经冻在笼屉上。杜梨尴尬地赶紧盖上，已经晚了。贾十月抓着笼屉用窝头敲锅沿。杜梨笑着说，要想活下去，得有副好牙齿。

杜梨笑了，过了一会儿，贾十月也笑了，笑完一溜烟儿跑出去。杜梨看看门外，摇摇头把无垠抱上床，用被子裹起来。告诉她好好呆着，她到米姨家里抱些柴草来。但没等杜梨离开，贾十月就返回了，身后还跟着一个穿深色皮衣的瘦子。贾十月管瘦子叫舀子。

在幼小的无埂的眼里，那天，他们简直变了一场大戏法。

被称作舀子的瘦子把背后巨大的工具袋放到地上，一眨眼从里面掏出各种各样奇怪的东西。在杜梨迷惑不解中扯着根电线跑进跑出。贾十月则被他支使去找一些砖头。最后，他们把电线和一截弯弯曲曲的金属丝盘进砖头盘成的台子里，贾十月得意地说，上天下海，没舀子不行的。杜梨担心电着人，在贾十月和舀子的一再保证下砸了一壶碎冰放在电炉条上，不一会儿，壶里发出滋滋的水响，杜梨感叹了一声，无埂则看着壶口冒出的热气，快活地想，哎呀，我的热水瓶啊。比热水瓶更迫切的，是饿了。当着陌生人的面，无埂开不了口，她巴巴地看着对着水壶一脸欣喜的杜梨不知道该怎么说肚子饿了，因为他们好像很忙，先是贾十月介绍了舀子，而后那个叫舀子的，又郑重介绍贾十月，说他叫贾十月，是黄河口地区久负盛名的诗人。

杜梨问贾十月在水塔上干什么。

贾十月郑重地回答：尝风。

无埂至今记得，贾十月说泥河的风酸甜苦辣咸怪味儿，各种味道的都有。比如下午他站在塔顶，在北方一块翠蓝色的天空下刮来的风就是甜味儿的，那是刮翻过多艘渔船的风的味道，这甜味儿很淡，把生铁放进嘴里，刚接触舌尖的一刹那，就是这个味道。有的风是苦的，说明刮过的地方有人正在生气，生气产生的气体本来是咸的，但这种咸味儿一路向南，掺上华北平原的干枯植物味道和天津港的潮腥，就成为又苦又涩。还有味道异常辛辣的，贾十月眨眨眼说，有的地方刚生了小孩或者小牛小马，或者刚刚击打过芝麻，升起的风会变得辛辣。还有——

接下来舀子和贾十月有段长长的争执，舀子说他一派胡言。但贾十月一点儿也不生气，而是站起来，说舀子没有尝过，你有什么发言权？你一旦站在塔顶，闭上眼，全身的每一个细胞都朝着风张开，你不但能看到每一缕风经过的地方，闻到它的味道，有时候，你还能分辩出不同颜色的风。有的浅蓝，有的浅灰，夜里，有的风是紫色的，有的是黑色，还有的风闪着亮光——

最后是杜梨结束了他们的争执，杜梨说，你这是说鬼，还是在说风，怪吓人的，别争了，先喝碗热水吧。说着在灶台上拿来碗，一只只摆在刚刚砌起的砖台子上，舀子提起水壶倒水。母亲捧起碗，吁了两口气，突然回头问无垠，饿了吧！无垠哇一声哭起来。

贾十月提议舀子去陈记包子铺买包子，舀子说，为什么又是我！贾十月说，一个出钱，一个跑腿儿。舀子缩了缩脖子，站起来从贾十月手里接过一卷零钱，出去了。

终于，舀子携着风和浓郁的肉香回来了，无垠吃到了有生以来最好吃的食物，包子真好吃啊，全是肉，咬一口，油顺着下巴往下流。无垠的两只脚踩在热水瓶上，吃着热腾腾的包子，不一会儿汗珠闪出额头。杜梨铺好被褥，把她塞进被窝。但无垠不敢睡,无垠摸着圆滚滚的肚子盯着盘子上最后一只包子,后来大人们闲扯了些什么,一句也没记住。她看到包子在灯光下闪着奶白色的光,一阵又一阵香气氤氲满屋。到最后终于支撑不住闭上眼,她听到东北风掠过屋顶的声音,听到遥远的黄河水顶着冰凌咔咔作响,听着风吹过公社北的水塔,发出嗷呜嗷呜的叫唤,又想了一遍下午贾十月站在塔尖上的情景,一个黑色的身影一闪,睡沉了。

后来,无垠又吃过无数次那样的肉包子,直到街上贴出有关贾十月的寻人启示。

不用拾柴的日子过得飞快,一眨眼春天就来了。谷仓周围开满了黄色和粉红色的花,谷仓的大门又天天敞开了,燕非难在秦如瓦的陪伴下常来谷仓画画,贾十月在周末常来谷仓组织诗歌朗诵会。人多的时候,杜梨让他们将那两张颜色模糊的三抽桌抬到屋外去,桌面上铺上杜梨用旧毛线编织的桌布。诗人们会带来些汽水和饼干,闹哄哄一天又一天。

谷仓西南角,进门左手边的地方摆着大小的画架,地上散放的颜料和画笔、画布、画册,是燕非难的地盘;右手边小一些的地方,连放着两张三抽桌,靠墙一个饭橱里堆放着碗筷,是吃饭喝茶的地方;再往里走,西北角的墙上贴满了诗作,有用铅笔写的,也有用毛笔写的,还有直接用粉笔划在墙上的,地上摆着几张矮桌和一些马扎,是诗人们活动的地方;对面的东北角是杜梨放农具的地方,镰锄锨镐竖在墙边,墙上挂着草帽、棕绳,几个篮筐叠放在墙角,还有一堆发霉的稻谷。

无垠与杜梨住的地方，是当年她外祖父早就用砖墙隔成的两小间，在谷仓东南一角。谷仓中竖着九根大水泥柱，南边的一些挂着画，北边的几根贴着诗，好几根水泥柱之间扯着铁丝，有时候母亲晾煮熟的豆角和萝卜缨子，有时候晾衣物。原来除她们居住的两间小屋，其余那块几乎被她们视为有屋顶的院子的地方，变成了杂乱的展览馆。照谷米的话说是没个落脚的地方。

无垠记得有个晚上，在屋外的空地上搞诗会，贾十月们扯出几个大灯泡，招来数不尽的蚊蚋和瞎眼碰，后者是一种硬甲虫，噼哩啪啦往房檐和墙上撞，有人朗诵，有人鼓掌，有人拿着簸箕和扫帚收集瞎眼碰，然后揭去硬翅用油烹了，当瓜子吃。无垠坐在桌边，听着他们大声朗诵着什么当你老了当他老了的诗作，吃得满嘴满手满脸油。后来，大家玩得热火朝天时，忽然来了场大雨。当时，近二十人被雨困在谷仓里过夜。应该也在那一夜，不知谁出的主意，第二天这帮人买来砖头水泥，将空阔的谷仓隔成十来间房子，还在墙上刷了白石灰。而后不断有人在诗会结束后留宿。后来，干脆在西面朝着路的窗边，挂了块"谷仓诗社"的牌子。定期举行诗会，渐渐地有了名气，有不少外省的诗人慕名而来。

八十年代在泥河混过的文人，都是谷仓诗社的常客。无垠说新世纪活跃在这个市各个文艺行当的腕儿，当年，多半都混过谷仓诗社。

诗人中有个小菲阿姨让无垠印象深刻。她留着童花头，尖下巴，喜欢穿碎花长裙子。无垠说她来自安徽，在她母亲去世后在泥河生活了多年，后来跟一个河北的摄影家去了澳大利亚。小菲是在无垠家留宿最多的一个。后来，干脆黑白住着，和无垠像一家人那样，时常跟着贾十月和杜梨去田地里干活。

由于多了帮手，杜梨又开辟了大片荒地。去干活时，不再是杜梨孤独地拖拉着无垠来来去去了，他们结伴来去，有说有笑，还高兴地唱歌。每天傍晚，他们都围着一块印着"青岛大亨印染"字样的桌布吃饭。贾十月进进出出，手里挥着一只长铁勺，忙着吆喝着，不亦乐乎。叫小菲的姑娘端菜，她不爱说话，别人让她干什么，她就笑笑，点点头。小菲爱给贾十月夹菜，夹菜时也不说话，很小心的样子。杜梨这时候会看看贾十月，眼一挑，无垠不知道那是什么意思。

麦收之后，贾十月开始搬来谷仓住。却不如原来勤快了。在吃早饭时，无垠不常见到他了。他夜晚和小菲阿姨，还有另外几个诗人在最大的那个房间里大声朗诵和争论，说的大多数是她记不住的外国人的名字，只有叶芝好记，无垠记住了，说一看到芝麻，就想起这个诗人。有时候，深夜里，无垠会被他们吵醒，无垠发现有时候母亲在她身边，有时候不在，还有时候，会发现秦如瓦和她母亲窃窃私语。那时候杜梨又怀孕了，秦如瓦给她带来一些白色小药片，说孕妇一定要补充维生素。

谷米一直搞不懂秦如瓦和杜梨怎么成了朋友。论说——谷米一说起这些，就说，论说，然后摸摸头发，后面就没话了。当然，后面的话无垠也很清楚。谷米一直说她母亲不该招惹那么多人到家里。更不该让这个姓燕的再到家里来，何况，还带着那个狐狸精。

杜梨在泥河镇上仅有的两个好朋友是对头，尤其是谷米，提起秦如瓦就皱起眉头，说都是那个姓燕的，带着个狐狸精，还在人家里脱衣裳。谷米是指那时候燕非难带秦如瓦来谷仓画画。燕非难对当年谷仓中的创作状态还抱有不死心的指望，也许，他以为换个模特，会找回当年的感觉。秦如瓦赤裸着被他安置在一张麦秸席上，有时候披一块蓝布。无垠是"唯二"被允许进门的人，当然另一个是杜梨。

燕非难以秦如瓦为模特创作了"谷仓中的圣母"17号作品，他自己认为是画得最上心也最艰难的一幅，但是，一动笔，他就知仅仅又是一幅赝品而已。但是，这幅画在省青年实力画家作品展上获了一等奖，之后不久燕非难当选为市美协主席，当选后组织的第一个活动就是"知名画家泥河行"邀请展，展后聚餐时，燕非难敬了公社党委书记何建邦一杯酒，感谢他对本市画家的鼎力支持并且当场送他一幅后来据说是他的练笔之作的泥河风物画。三天后，公社干事杜爱民上门为杜梨办了谷仓的房本。无垠记得在这期间，贾十月和燕非难干了一架，燕非难好像还受了点伤，无垠记不太清楚了。

谷米说，杜梨怀孕不久，贾十月就跟小菲好上了。谷米说，唉，这些画画的写诗的，怎么靠得住哇！

无垠说她母亲临盆前，与小菲阿姨的那次长谈注定了后来的不幸。

那时候残雪消融，她们脚下的土地变得潮湿而膨松，杜梨和小菲在黄海农场一分厂南边她们已经耕作过一季的田地里施肥。小菲握着铁锹撒着肥渐渐靠近杜梨，无垠举着一只小风车，跟在后，她听到小菲几乎用她自己都听不见的声音说，他说，他爱的是我。

杜梨看了看无垠，拄起铁锹，仰头看了看天，说，好啊。

无垠说她们的谈话简短有力。

小菲让杜梨退出，说贾十月看中的是她。杜梨还是说好啊，杜梨一直说好啊好啊最终惹怒了小菲，小菲扔掉铁锹，说，你要去引产，你肚子里有货，他怎么能死心。

就算是泥河镇上最傻的云台，也知道杜梨最喜欢的事，就是生小孩。小菲要求了一件，她最不可能做到的事。但小菲不是个笨姑娘，不是被爱情逼到份儿上，也不会干这样的事。同样，她后来做的事，也证明她不是不了解杜梨。

五

在无垠看来，燕非难迟早是要离开泥河的，早一天晚一天，他会想起要去寻找泥河以外的灵性。但在谷米看来，燕非难的离开，纯是因为秦如瓦背叛了他，秦如瓦爱上了李楠楠。

八十年代的泥河公社，活跃着各色的文化名人。

有魔法师一样的摄影师郭少安，这个温文尔雅、一条腿有点不太好的照相馆老板，只有周一和周二上午才搞经营，其余时间都背着三角架和相机，在村落和荒野之间乱转，他不厌其烦地拍泥河边的一株苦荬、一片残荷、一块云朵、一角破败的屋檐、一个穿着开裆裤的小孩、一条淹没在荒草中的小径、一头不停地围着一棵树转来转去的毛驴——他神在所拍的照片几乎全部让人无法辩认，比如他拍片残荷，人们看不出哪里是褐色的茎，哪里是残破的叶子，而是看到一座苍茫的大山和无数条上山的路；他拍的破败的屋檐，人们也认不出哪里是瓦哪里是椽子哪里是房檐，而是看到一座如山的巨浪，浪花高卷着浮沫和几截朽木，几欲要冲出画面，澎你满身满脸的水珠；而他拍的穿开裆裤的小孩，像一片泥河人只有在电影里才见到过的沙漠，圆型的沙丘四周，充斥着寂寥和死亡的气息；最最荒唐的，是他在泥河六队南边的一处菜园子角上，拍了一组妇女用的月经带，冲洗完成后，他巧妙地把它们剪贴组合成为组图，没有一个人认出那是各个角度的月经带，连从未到过海边的郑大同，也连声惊叹，好家伙，这么多帆船！

郭少安早已名声在外，连市里的领导都来找他拍照。

郭少安说，只要我愿意，我随时能把三浦友和照成一只鸡！

还有能把死人唱活的吕剧名家小葱白。

小葱白长得真像根儿葱白，顺溜白净，嗓音清澈剔透。后来，成为著名文艺评论家的泥河中学老师白铁军说，一个男人，长成那样，也真算是成了精了。谁也说不清楚他因为什么突然被调到了黄海农场场部宣传处，刚开始有人说他原本在省城剧院，犯了男女错误，还有人说他恋上某个省领导看中的女角儿，犯了忌，还有人说他已多年抑郁，自愿申请到偏远的泥河来疗伤，众说纷云，莫衷一是，时间长了，什么原因就没人再关心了，人们只关心他的心情，因为他只有在心情大好时，才来上一出。角儿们唱戏讲场面，讲人气，讲行头，他什么也不讲究，只要有心情，随便站在街边树下小石桥上，拉开架势，一亮嗓，那里就成为临时搭就的戏园子。小葱白唱《借年》，大雪飘飘年除夕，奉母命到俺岳父家里借年去。未过门的亲戚难开口，哎！为母亲哪顾得怕羞耻——不等他忧伤的手一摆，人群中就发出伤心的嘘声，意志薄弱，容易受情绪控制的大姑娘小媳妇，恨不能转头回家去，把家里吃的穿的一股脑拿来塞他怀里。他唱《秫妹易嫁》，唱，楼上好像开了锅，他一家人不和全为我。我不如亲自上楼把红线割。当面退亲又如何！不待毛哥哥抬手作敲门状，群情已激愤，人们用气流互相说着，休了她，休了她！他还唱《井台会》《王小赶脚》，唱得比在省剧院还有了名，先是县里市里领导来听他唱，后来，一个副省长陪同京城来的一个没有透露姓名的大人物站在石桥上听他唱，随后就有远近亲疏的各色人等，来做他的工作，说要调他到哪里哪里去，全是叫得响的好地方，但他一概婉拒了，为此，每个泥河人都感觉脸上有了光，也更加拿他当个宝贝。

还有一个是编苇草的徐永年。

徐永年是个鳏夫，独居多年，一直在泥河公社汽车站做调度。突然有一天喝得酩酊大醉迷失在了东北洼大汶流的苇荡里，派出所的大鼻子老李带人在大汶流东北角的苇荡里找到他时，他正倚着一捆苇草酣睡，老李正是循着他响亮的酣声找到他的。

奇就奇在徐永年回到公社上后，突然拥有了项手艺。他从大汶流割来大捆的苇草，拿薄篾刀劈开，在一段桐木上捋扁捋柔顺，再喷上清水润上一夜使苇篾柔韧。汽车站早起的看门人退伍军人刘文章说那天清晨，他一打开门，就看到徐永年坐在院子里的梧桐树下，飞快地编着苇篾，他打了一眼，感觉好像徐永年在尝试着编一床席，等他到大街上溜达一圈再回来，他看到梧桐树下矗立的是一座庄严的宫殿，高大巍峨，飞檐斗拱，他突然想起一张年画上画的未央宫。他围着这座苇编的宫殿转了无数个圈儿，突然想一定是徐永年从哪里买回来的，趁他出去溜弯儿摆在这里唬他一气。

但他错了，和这同样的、相似的宫殿从此一座接着一座出现在院子里的梧桐树下、槐树下、苦楝子树下，停靠的公共汽车旁边，售票厅里，车站门外路边上，等泥河大街上的人意识到汽车站出现了奇迹时，宫殿中已经出现了卢浮宫、白金汉宫，还有圆型的罗马角斗场，当黄海农场最有学问的

"老右派"孙朝临一一为人们解释这些宫殿原本所在的国家和地区时，人们面面相觑，然后齐齐看向车站院里徐永年居住处门口的一大垛苇篾。

人们说，徐永年一定是在苇荡里遇到了苇仙哪！

人们啧啧地称奇，而后以讹传讹，化讹为真地加入各种细节飞快地向四下传播。很快，济南的青岛的，甚至还有西安和洛阳的人，鱼群一样涌入泥河公社看徐永年的宫殿，当地的文化馆整理了各种材料逐级上报，很快，省里下了块"著名民间艺术家"的牌子。白铁军考证说那是块纯青铜的牌子，徐永年故去后，这块牌子仍在车站售票大厅里挂了很多年，后来九十年代后期，由于私人运营的兴起，国营车站无法维持，车站解体了，这块牌子先是被车站一陈姓的老职工拿回院子挂在墙上挡住一处缺口，而后院子拆迁时被附近一位老大娘拿回娘家挡了鸡窝，而后被公社上文化站长吴先发找了回去，挂在文化站的展览墙上。

但这些人，论名气和影响力，全在舞蹈大师李楠楠之下。

从南京来的李楠楠留着齐肩长发，无论春夏秋冬，都穿着一套黑色的质地柔软的舞蹈练功服，黑色软缎一样的绵羊皮舞鞋永远闪着亮光，最让人叫绝的是他的身材，只要一站定，就永远像根筷子一样，腰腿倍儿直。

其余的名人，如果不是事先认识知道，扔在人群里，认出来，还要费点子功夫。但李楠楠，让人搭眼一瞄，那就是大师。别人做艺术，活日子。他呢，他好像没有平常日子，舞蹈才是他的人生和生活。在泥河人印象里，就从未见他干过舞蹈以外的工作，因为从未记得他干过什么工作，也从未听过他讲几句与舞蹈没有关系的话，他说不了几句话，就深情地告诉对方，他说总有一天，他要踏上白雪皑皑的俄罗斯大地，因为那里有他的梦中情人——玛娅·普利谢茨卡娅！

无垠阿波依尼，韦则石纪尼娅[①]！

人们总见李楠楠对着人群喊，对着天空喊，对着泥河喊，对着所有他动情时面对的一切喊这句话。

有很长一段时间，泥河大街上的人，一激动，就学着李楠楠的样子，拉直身体，仰起脖子，双手高擎，深情地朝着天空喊：无垠阿波依尼，韦则石纪尼娅！后来，要说起谁激动了，谁打架了，谁和谁好上了，或者谁和谁闹掰了，就说，谁谁谁，又纪尼娅了。纪尼娅，在八十年代中期是泥河大街上一切激烈或者暧昧情愫的代名词。

当然，谁也不可能知道，秦如瓦在什么时候与李楠楠好上了。只知道腊月里一天，燕非难去黄海农场医院秦如瓦的宿舍碰上他们正在纪尼娅。李楠楠飞快跳下床，站在地上本能地拉直身体，仰起脖子——

妈的，你这个纪尼娅！

燕非难大喊道。

李楠楠抬手指着他，仰了仰脖子，说，你，亏你还是

---

① 俄语音：Моя богиня, подожди меня! 我的女神，等着我吧！

个——他说着一偏头，在挂在床头的一块长玻璃镜中发现了自己的赤裸。李楠楠顺手扯了件衣物围在腰里。秦如瓦对谷米说起这件事时笑得上气不接下气，她说她穿好衣服，梳着头发对他们说，滚出去！

这时候，燕非难表现得极为豁达，谷米说，还别小看他，根本没需要反应的时间，当下就请秦如瓦原谅他的鲁莽，并请求她和他一道去北京。秦如瓦摇了摇头，对他说，她想明白了，她爱有理想的人。燕非难说，理想，我也有啊。秦如瓦又摇了摇头，说，楠楠的，才是真的理想。

秦如瓦最后的话几欲把燕非难击倒在地。所以，那天泥河大街上的人们看到了这样的情景，先是几乎赤裸的李楠楠腰里围着件桔红色的女式毛衣，仰着脸，光着脚，脖子一挺一挺地走过，看到街两边店铺的跑出来看他，他朝天伸出双手，说，天呀，太野蛮啦，无垠阿波依尼，韦则石纪尼娅！而后是燕非难，耷拉着两只肩膀，黑着脸，唉声叹气。

第二天，李楠楠和燕非难齐齐不见了，同时不见的，还有诗人贾十月。李楠楠后来被证实先去了俄罗斯，几年后去了奥地利，并留在了那里。燕非难去了北京，几年后去了巴黎。只有贾十月，除了一封没有寄信人地址的信，从此杳无消息。

后来，何建邦站在谷仓中，鄙夷地说，花啊月儿的，崇尚小资产阶级生活方式的人，能有什么好东西！谷米说，何建邦顾忌自己的身份，都是深夜里去谷仓。那时候，杜梨还未从失子的悲痛中走出来，常常在何建邦面前痛哭失声，何建邦则一再向她保证，动用一切力量，把那个无法无天的东西逮住。何建邦常常埋怨杜梨，说要早跟了他，何至于此，并且对杜梨听了他的话后嘻嘻地笑非常不满意。所以，当何建邦看到杜梨捧着贾十月的信时，拿过去怪声怪气地读了起来。

长夜荒芜

风带去玄色种粒

我把你

葬于我的胸膛

蔓草欢愉

编结你的墓碑

大地苍茫

大地苍茫呵

高塔

举一只黑风车

……

这叫诗？何建邦说，这境界，这情调，简直离我们伟大的无产阶级革命艺术十万八千里呀。

六

　　无垠说陈初秋又一次回到泥河镇时，她已经上了小学。

　　是个傍晚，一个身材高大的中年男人，提着两只巨大的包裹，出现在谷仓前面绽开着浅橙色花朵的苘麻丛前。那时候无垠正在外面的锅台前洗芸豆。看到陌生人，她立即站起来朝里面喊了声陆叔叔。陆乘风应了一声，不知在忙什么，没有立即出来。谷米走出门来，看到陈初秋三步并作两步走到无垠跟前，眼里泪光闪闪。

　　你是无垠！

　　他惊喜地说。

　　哦，一定是了。

　　他扔掉包裹向无垠走来，并朝她伸出手臂，无垠看他做出要拥抱她的样子，后退了两步，端起水盆挡在身前。

　　五月的傍晚，四下炊烟渐起。陈初秋感到了她的防备后笑起来。

　　呀，大姑娘了。

　　我是陈叔叔，你妈妈呢？

　　听他提到母亲，无垠心里一酸，站在门口哭了起来。

　　无垠说那晚的饭吃得又模糊又漫长，陈初秋和陆乘风对着一盆炖芸豆，喝得酩酊大醉，又哭又笑。陆乘风对陈初秋描述她母亲生前的一些细节，陈初秋听着，不时掩面。后来，他对陆乘风说，我真是浑，当时，一甩手，就把这一大摊子——他咽下一大口酒，将酒杯重重放在桌上，招呼无垠说，无垠，快谢谢陆叔叔这么多年照顾你。陆乘风说，无垠，快谢谢陈叔叔来看我们。

陈初秋说：什么叫来看你们？

陈初秋从此生活在泥河，一直到离世，没有再离开过。

陈初秋让无垠带他去杜梨坟前。他们将盘碗和供品摆好，无垠说，妈妈，陈叔叔让我告诉你，他来看你了。陈初秋让无垠先回去，无垠走出老远，回头看，陈初秋盘腿坐在她母亲坟前，一动不动。五月的原野一片生机勃勃，田边地头的紫穗槐摇曳着一串又一串紫色细密的花穗儿。远处有苇荡、有水鸟，瓦蓝的天空之下，一望无际的沃野恣意伸展，像一位仰面张开怀抱的母亲，天空与大地之间，水汽蒸腾。无垠想长眠在土地之中的母亲有知，是不是在这一刻，也像她再一次说起这些时的心情一样，悲欣交集？

无垠说她常常幼稚地想，如果母亲当时不跑出去就好了，不跑出去，就什么都遇不到，也就不会杀人犯法被——要不跑出去，现在，一定如了意。

谷米听她这样说时，就说，咦，那就不是你妈了，那是公社党委书记。

说完，又啐一口，说，什么书记夕记，畜生！

无垠说，她母亲是在腊月产下了她至今都没见着的弟弟。

杜梨生了整整一天，筋疲力尽，最后挣扎着看了一眼秦如瓦抱给她的婴儿沉沉睡去。夜里，小菲来抱孩子，说大夫说生产时呛了一口羊水需要检查婴儿的肺部，谷米说和她一起去，她不让，说让她好好照顾杜梨。小菲抱着孩子，一去不回头。直到谷米感觉时间有点过长了，去挨个问大夫，才知道小菲撒了谎。谷米当即跑到派出所报了案，又找来邻居朋友，一齐帮着找。可哪里还有小菲的影子。小菲蓄谋已久，先是把孩子提在一只皮包里去找贾十月，让贾十月和她一起走，被拒绝后提着孩子上了武俊国的大解放，武俊国拉着一车大白菜往锡林浩特送，十几天后回来知道上了当，无济于事了。小菲在河北衡水下的车，早不知跑哪儿去了。

杜梨第二天醒来，问孩子在哪儿，快抱来她看看，谷米脸色腊黄，不知道该怎么和她说。

得知孩子被抱走，杜梨发疯一样跑出去，泥河中学、土地所、面粉厂、黄海农场子弟中学、新华书店、水产店，小菲常去的几个地方，她都跑了几遍，得出的结论，和谷米他们问的一样，说看到小菲提着个包裹，沿着兽医站西边的路向南了。后来遇到刘德秀才知道小菲上了武俊国的车。天哪，杜梨一阵风似的掠过石桥向西疾奔，兽医站西边再也没有建筑了，公路两边是一望无际的荒碱地，大跃进时留下的几座砖窑，风蚀日晒像古迹一样卧在荒野上，杜梨跑啊跑啊，无边的荒野在她面前摇晃起来。

谷米说都是因为那个妖精，不然，现在，杜梨也不会受了凉后就犯病，要不是常犯病，那年秋天，她就该早去地里干活去了，哪有闲心到处闲逛，不闲逛，就不会遇上桥头那对母子，就不会——

又一次犯病后休养了十几天的杜梨在一个晌午下了地，她穿好衣裳，走到门口眯眼向门外看了会儿，就着门后的脸盆洗了脸，对谷米说，哎呀，像躺了几十年，要躺成死人了，出去走走吧。

那天看见杜梨外出的人后来回忆说，她穿着一件方格翻领上衣，浅灰色长裤，先是慢慢地在谷仓向南的小路上踱步，而后向右走上泥河大街，边走边和街上的人打着招呼，也许，人们因同情她丢失儿子的噩运已经忘掉她所有的不好而同她热络起来，她甚至走进原来的红太阳劳保用品店和店主崔红英说了几句闲话。杜梨微笑着从劳保用品店出来后一直向西。在秋日暖阳下寂寥地走着，一直走向街西口的小石桥。

小石桥呵，承载着杜梨的耻辱与命运的小石桥呵，在当午的阳光下，杜梨悠闲地走向她，并在远远地看到小石桥上聚集的人群时加快了脚步。

陈初秋来到泥河后，一算日子，发现那一天中午，他正乘着开往济南的火车，因为将见到心爱的女人而心潮澎湃。陈初秋说那天走到郑州，突然想起忘了带上当年杜梨为他织的毛衣又下车返了回去。谁知，这一返，就是两年，他到家后，邻居告诉他，他刚刚离婚的前妻捎来信说查出病了，很严重，想见他一面。他说他稍微拿捏了下，感觉泥河的好日子还长着呢，于是放下行李，坐车到延安，这一去，照顾了前妻两年。等安葬了前妻，来到泥河时，等待他的，只剩下一个坟包。

一切都是命，陈初秋说，谁都逃不过。

那天，杜梨也一步步，走向她自己的命。她来到石桥上。像多年前一样，分开人群走了进去。

春风撩动着杜梨的衣物和头发，她上前摸了摸正在尖叫的男孩的额头，平静地听完了正抱着男孩的年轻妇女的控诉。杜梨问，为什么不去告他？人群发出低沉的嘘声。紧紧搂住惊厥的男孩的年轻母亲好像这时候才认出了杜梨，她没好气地抹了把眼泪，恶声说，告他？他是公社书记，我们是什么？旁边接着有人说，孩子从那畜生屋里跑出来时，派出所那个姓李的就站在路边上和人聊天，连头都没抬。说话的人突然像想起了什么，缩回了头。

杜梨问，真是他吗？

没有人说话。

杜梨最后看了一眼缩在桥头的母子，看到男孩两条赤裸的细腿在他母亲的怀抱中不住地颤抖，而那母亲，正用解开的衣襟努力地将孩子往怀里裹。母子旁边的地上，是一件沾着血迹的深蓝色童裤，杜梨弯腰拾起那件皱巴巴的裤子，转身走下桥去。

无垠说她不知道当时有没有人因为她母亲和何建邦的特殊关系而说出什么，也不知道她母亲是不是因为她和何建邦的特殊关系而产生过迟疑或者别的想法。鲜血已流尽，尘埃早已落定，如今，事发时的细节像露珠一样消弥在岁月的风中，只剩结局的落叶在泥河镇上空飘零。

久病初愈，无垠像镇北长满了谷豆高粱的土地一样柔软坦诚的母亲走下石桥，她边走边往路两边看，走到红星五金店门前时将路边的一块青砖抓在手里，人群很快将石桥上的母子抛弃，呼啦啦跟着她向东走去。

谷米说，她那时刚做好饭，正站在门口泼掉淘洗腌渍雪里蕻的咸水，她看到人群漫过巷口，以为大街上又来了耍猴艺人。

泥河大街上的人，把那天的一切描述得极为详尽。

人越聚越多，后面的人甚至都不知道为什么要跟着，踏起的烟尘久久不肯落下。过了大波音像店，有人大声问杜梨，是要杀了他吗？杜梨没有说话，紧抿着嘴的杜梨不停地左顾右盼，走到老孙家肉铺前时，她扔掉手里的砖，抄起肉摊上的尖刀。老孙从屋里跑出来，大声吆喝，你们要去干什么？干什么去？

没有人回答他，老孙那时候还没有发现肉摊上少了什么，他面前人群肃穆，脚步声哗啦哗啦。老孙后来对人们说，那天分明是个晴天，他还记得大街两边晒满了衣物，但他无论怎么想，那天的颜色也是昏黄色的，像他母亲出殡时那个阴天的黄昏，还说走在队伍前面一手抓着一件衣物一手握着刀的母亲，没有影子。

后来，老孙才发现摊上少了刀，他老婆说他喃喃地说了几遍，这是要杀人啊，他追着队伍跑起来，他要追回他的刀，他不想他用了半辈子的那把快刀被当作凶器没收了去。但已经来不及了，他没有力气分开队伍跑到最前边去。两边涌来更多的人，把他挤到后边，他负气地在街边跺着脚，大喊着，还我的刀啊，还我的刀。

接近公社大院时，有几个人突然跑起来，很快离开队伍超过杜梨跑进大院，他们冲进大院后高叫着，要杀人了，要杀人了。分布在人行道两侧的土地所、财政所、派出所，还有民政所和法庭的人都听到了叫喊声，他们从各自的办公室的门和窗口伸出脑袋，但很快又缩了回去，直到黑压压的人群涌进院门口，他们才警惕起来，互相问着怎么啦跑了出来。

但队伍前边已经响起尖叫声，尖叫声一浪一浪地向队伍后面荡开，后面的人就踮起脚，互相问着，真杀了吗？真杀了吗？他娘的！真杀了呀！

前边的人说，杜梨推开何建邦的门后，他们从门缝里看见何建邦正在门边用一只牙刷蘸着水刷洗长裤膝部的一块污渍。他一眼看见杜梨，直起身说，哎，你怎么来了，进来呀。杜梨伸进手去，把孩子的裤子扔向他，何建邦一把接在手里，脸上一怔，但很快冲着杜梨笑了起来，闹着玩儿的，何建邦说着欲将牙刷放回到窗台上时，突然从半开的门缝里发现了跟在杜梨后面的人群。有人说他打了个冷战，也有人说他的脸立时就灰了。杜梨挥起刀，他抬手挡了下，刀尖划伤了他的手腕，他后退了一步，看了看作品，大声道，啊，是老孙的刀，割猪肉的刀有病毒你知不知道，快放下！然后朝门外的人群说，快散开，她在和我闹着玩儿呢！人们说，就是在他朝门外说话的时候，杜梨得手了。

只一刀，准确地捅在心脏上。

案情很简单，判决书中说，杜梨在法庭上做了"逻辑严密，除当事人外其他任何人都不可能提供的确定性陈述。"

杜梨对自己的罪行供认不讳。

判决是死刑，立即执行。

刑场就设在镇北水塔北面的荒地上。

八十年代初期的泥河镇北，是无边的田野和林地。彼时，充满希望的秋天，田野上已经泛起谷豆香气，农田北面的荒原上，做为刑场背景的是灰绿色杨树林和五颜六色的人群，有人说泥河镇和周围村镇的人们海啸一般涌向泥河镇北的荒地，目睹了杜梨的死刑。有人甚至没顾上吃饭，拎着烧饼和油条一大早就赶到，为的是站在头里，要比别人看得清楚。

一声枪响，杜梨仆倒在她唱着歌流着汗抹着泪抱着孩子耕种的大地上。不知道她最后一眼看见的是什么？那一刻有没有后悔？最后，她想的是谁？

原载《作品》2018 年第 4 期

夹 叉

艾 玛

一

  我住到温泉镇后的第二年，认识了金文玲。

  金文玲是即墨人，她和她丈夫在即墨温泉镇大石村经营一家园艺场。从青岛市去温泉镇可以走滨海大道，也可以走青龙高速。走青龙高速要交二十五元过路费，但节省时间。走滨海大道倒是不花钱，但比走青龙高速要多花二十来分钟，遇到堵车，需要的时间就更长了。我一般走青龙高速。下青龙高速后要走一段乡村公路，这条双向两车道的公路穿过一大片平坦的耕地，公路两边密实地种着几排高大的白杨树，也有栾树。深秋时分，白杨黄、栾树红，会把这段乡村公路渲染得十分美丽。我爱走这条路还有个原因，这段路上来往车辆不多，大部分时候都很安静，汽车蜿蜒穿过田野，春来落花默默随风，秋来黄叶无声飞舞，总有动人处。不过，等这条公路到大石村，和从即墨市通往海边温泉镇的省道交汇时，就会喧闹起来。车多，加上临街两边都是店铺，来往的人也多，边上还有一所小学校——大石村中心小学，课间休息时，孩子们的吵闹声能把学校的围墙掀翻。

有一天，车到大石村时，我在金文玲家门前停了下来。

在大石村，像金文玲家这样的家庭园艺场很多，格局也都差不多：马路边一座规整农家小院，院门上趴着一圈凌霄，或是紫藤，院里跑着几只鸡、鹅，院子后面是连接成片的大棚，大棚里种着各种花草树木，不问季节地开花结果。我只是碰巧停在了金文玲家门口。

"老板！"我把车窗摇下来，朝着院子里喊。一只小灰狗闻声从侧门出来，边跑边回头叫，过了一会，金文玲也从侧门走了出来。她穿着一件黑色带帽短羽绒衣，用一块鲜艳的头巾包着头——就是这一带渔村妇女爱用的那种头巾，温泉镇大集时常见有人在路边摆摊叫卖。她喝住狗，问我："要买什么？"

我家有株茶花树，叶子掉得厉害，这些天花骨朵儿也开始掉了，我问她能不能上门帮我养护下。

她袖着两手，侧着脸听我说话，完了正过脸来看着我问："是在我们这买的不？"问完又把脸侧过去。接下来一直这样，问话时面对我，听话时则微微侧过脸去。大约有只耳朵不好，我猜。年轻时我当过几年炮兵，知道耳朵不好是怎么回事。

我把车窗开大了些，大着嗓门说道："不记得在哪家买的了，我可以付你钱。"

"茶花不好养，"她面对我，把两只手从袖管里抽出来搓着，问我，"你住哪里？"

"往前开十来分钟就到，"我抬手指了指前方，"盛世王朝小区。"这个小区就在大石村和温泉镇之间。

"你能出多少钱？"

我说："只要能养活，钱好说。"

她沉思了会儿，说："一次一百。"她看着我，一副深怕我会说"贵了"的样子："肥料免费，我们的花肥是很好的有机肥。"她又冲我招了招手道，"你下来瞅瞅，都是用花生壳沤的，网上要卖一块钱一斤。"

我没什么兴趣看花肥。我说："一百就一百，现在就能派师傅去不？"

"现在不行，我家那位给人送货去了，现在家里没人，你等一等啊——"说完她跑回屋内，拿了一支圆珠笔和一张巴掌大的纸片出来，让我把地址和手机号留下，和我约好下午四点派人过去。

"你得提前跟你们保安打声招呼，你们王朝的大门可不好进了。"末了她又叮嘱我说。

盛世王朝在这一带算是个高档别墅小区，但它的冬天一直都不太好过，没有集中供暖，家家户户都是烧燃气壁挂炉取暖。这炉子是个烧钱的东西，我的房子是小区里面积最小的，两百来个平方，但要想让每间屋子都有点热乎气儿，一个冬天下来，没有两万来块钱是不行的。我不在家的时候，就让燃气炉低温运行，回家后我先把温度调上去，再去温泉镇上找个池子泡个澡，估摸着家里该暖和了再回去。

下午四点，我在汤上温泉旅馆泡完澡刚到家，金文玲就到了，准时得令人吃惊。我住到这后，跟周边几个村的村民都打过交道，总的感觉是时间观念不强。他们一般很少说几点，而是说"晌午"什么的，这个"晌午"，有可能是中午十二点，也有可能是天黑前的整个下午。

金文玲骑着一辆三轮车，在一个保安的陪同下过来了。我家的电子防盗系统出了点问题，可视对讲机拿去修了，虽然我提前给小区保安打了招呼，说下午有花匠过来，但我无法通过可视对讲机确定来客是谁，这样，金文玲等于是让一个穿着制服、屁股后挂了根丁字棍的保安押着过来的，这让她很不高兴。

"你没给他们说吗？"她带着责备的语气问我。

"说了说了，"未等我答话，保安就连忙解释起来，"对讲机维修期间，访客必须有人陪同到户，这是我们的规定，不是针对某个人的，请理解。"

金文玲不再说什么，默默从三轮车上往下搬东西。保安是个灵泛、和气的年轻人，赶紧上前帮忙。金文玲不客气地推开他，说："忙你的去吧！"我笑着冲小伙子挥了挥手，他也笑着冲我敬了个礼后走了。

金文玲脾气不太好，但是个好花匠。她一见我家那株茶花树，就心疼地说："哎约！瞧它憔悴的！"然后她问也没问我，冲过去乒乒乓乓把我家暖房的窗户全推开了。

　　"天气好，要让它们透透气儿。"她环顾了一下四周，边撸袖子边说，"还都是些好花呢！你都咋养的？"

　　我家的暖房里确实有不少花草树木，都是我妻子买的。我们刚买下这房子的那年，我妻子对园艺的兴趣高涨，买了不少花花草草，院子里、露台上、房间内，到处都是。现在就剩暖房里这些了，还都要死不活的。

　　我对金文玲说："要不，你一并帮我弄弄？我付你钱。"

　　"成！"金文玲开始干活，头也没抬。

　　我回到书房看书，一个人喝光了一壶茶。日影西斜，很快两个多小时过去了，金文玲还没忙完。我端了杯水过去给她。

　　"茶花不能缺水。"她接过水杯，坐到一只花墩子上休息。她脱了外套，把头巾也摘了，露出一头花白的头发。

　　"哦。"

　　"原来是养在院子里的吧？"

　　"是的。"我说。

　　前年冬天，我和我妻子路过大石村，顺路逛了一家园艺场，我妻子一眼看中了这株茶花树，当时它被种在一个水缸一般大的陶盆里，茶杯粗的树干，满树都是粉红的小花蕾。我妻子爱一切粉色的东西。老板让我和我妻子蹲下来看树干，老板说，这可是珍惜品种，抓破美人脸，原株，非嫁接的，原株茶树能长那么大，少说也得十四五年。

我妻子是南方人，她的家乡盛产茶花，她当然知道这株茶树长成这样需要多长时间。当时她蹲在我身边，激动得一个劲地拽我衣袖。我还能说什么呢？最后我们花了不少钱把它弄了回来。第二年春，我妻子找人把它连盆种到院子里，入冬后挖出来拖进暖房。今年春，她给它换了个更大的盆后，又将它种到院子里，暑假时她不辞而别，去了美国，入冬后是我找人将这株茶树挖出来拖进了暖房。我对怎么照顾它没什么头绪。

"也缺肥。"金文玲说，"花骨朵我打了好些，只留了几个给你看看解解馋。它现在是要活命，开花是顾不上的了。"

"好。"我说。

"是棵好茶！好好养着吧。"她抬头看着我，问，"你家有洒水壶没有？"

这倒是有的。我到处找了找，可没看到那把洒水壶。我妻子曾从网上买了一把普通的铁皮水壶，她在上面画了幅梵高的向日葵后，常有人站在我家花园的篱笆外问她这水壶在哪儿买的。现在，这把水壶和我妻子一样，不知所踪。

"等温泉镇大集，我去买一把。"我说。每逢农历三、八，温泉镇都有大集。

"我家有多的，下次来我给你带一把。"说着话金文玲站了起来，我这才发现她穿着一件老式军用绒衣，袖口领口都重新缝补过，看样子穿了很多年了。她把水杯搁到窗台上，拍了拍屁股上的灰："那几盆蕙兰我清理过了，枯死的鳞茎都扒了，剩下的还能活。那盆章鱼兰可惜了，这一带很少有人养这个，你从哪儿买的？"

我说不出个所以然。她看看我，语重心长地说："都弄回家来了，就得管，现在上网那么方便，有什么不知道的，网上一问，啥都有人告诉你。"她把外套穿上后，从口袋里摸出来一张名片递给我，说："我叫金文玲，有啥情况，打上面这个电话也行。"

我接过名片看了看，原来她家那个园艺场叫"功成花卉"，经营各种花草树木、奇石根雕。

"我老头叫王功成。"她说。

我按约定付给了她一百元，和她约好下个周末再来的时间后，她一边收拾东西，一边叮嘱我哪些花草今天得浇水、哪些过几天再浇。她说她晒了一桶水在暖房外。

"花草娇贵，水太冷了可不行！"金文玲说。

二

不得不说，这个夏天是我人生中最黑暗的一段时光。我和我妻子平安无事地过了八年后，她毫无征兆地离开了我。我妻子比我小十二岁，一轮。说实在的，年龄根本不是我们的问题……或许我们的问题不在年龄。这些年来，我们过得不错，但她的初恋突然回了趟国，我们就完了。我不恨谁，我爱自己，没有情敌，我就是有些想不通而已。我这一生中有很多次，都恨不得抱着炸药包与美国同归于尽，比如他们炸我们大使馆那次，比如他们在我们的领空撞落我们巡航机那次，可后来倒好，我最亲的人，先是我的前妻和女儿，现在又是我的现妻，都去了那个叫美国的国家。想不通！可想不通又能怎样？

到了我和金文玲约定的那天，我却忘了去乡下。一个知道我和我妻子状况的朋友给我介绍了个丧偶妇女，约好在这周六见面。我本无意这么快再给自己套上辔头，但我的邮箱里刚来了一封我妻子通过律师发来的邮件，谈离婚的。我的心情着实不太好，再加上听说这女人只比我小两岁，喜欢厨艺和烘焙，听上去很贤妻良母的感觉，我就有些动心了。我的前妻比我大五岁，是个上知天文、下知地理、中晓人和的事业型女性；现妻比我小十二岁，风花雪月入眼，人间烟火不食。如果再找，我想找个过日子的同龄人。如前所述，我当过炮兵，瞄准手，以前炮兵射击教程要求测定目标后故意加点距离打一炮，再减点距离打一炮，然后把两弹着点一平均，第三炮十有八九能命中目标。我们把这种逐步逼近目标的射击方法叫"夹叉"。现在，我想给自己"夹叉"一个贤妻良母，一个人实在是有些寂寞。这样，我就把约了金文玲的事忘到了脑后。

下午一点多，我和那位贤妻良母正在一家餐馆吃午饭，我点了三道菜一道汤，她把那三道菜都批了个体无完肤，正在批那道汤时，金文玲给我打来了电话。

我一下站了起来，"真对不起！"我对贤妻良母说。我拍着脑门，解释说忘了一个重要的约定，不得不先走一步。几分钟内，道歉、买单、告别一气呵成，我承认我有些混蛋。出了那家餐馆大门，我长长地呼出一口气，那一刻，真有金文玲救了我的感觉。所以，周日金文玲上门工作时，我爽快地表示照样会给她一百元，不让她白跑。

"得了吧！"金文玲很生气，说，"我最讨厌不守时的人了，你有事就不能提前给我打个电话？"

这让我有些意外。我家的保洁阿姨也是通过物业从村里请的，她们大都很好说话，从不埋怨雇主。如果雇主有什么过失，肯用金钱补偿的话，她们一般也不会拒绝，有时候，她们甚至会非常高兴。

我只好很正式地跟她说了句"对不起"。

金文玲很不耐烦，像驱赶蚊虫一样冲我挥了挥手，就忙着一趟趟搬运她带来的东西去了。这回她除了带花肥，还带了一麻袋花土过来，以及一把洒水壶、一小袋黑芝麻。她把黑芝麻上到了那盆章鱼兰上。

"我家的芝麻饼用完了，先上点这个，看能不能救活。"她说。

我很惊讶，这也太奢侈了吧，黑芝麻都卖到多少钱一斤了！

"不要你钱，我喜欢兰花，算我的。"说着，金文玲笑了，

"以后见到我家老头，别跟他说就行，他要知道了，准得打仗。"

"你们常打仗？"

"打！打了半辈子了！"

金文玲把羽绒服脱下来，叠好放到一个花架上，里面还是那件老式军用绒衣。

"听说美国家家有枪，我要有枪啊，少说也毙了他十回八回了！"金文玲说着笑了起来。

我也笑。这些年来，我和我妻子之间"一枪未放"，连嘴都没拌过，当然，分手也是这样，静悄悄的。

"孩子在部队吗？"我问。

"哦，"她见我瞅她那件衣服，于是抻了抻衣服下摆，说，"我孩子在青岛工作，这是我自己的，穿了快三十年了。"

我非常惊讶，问道："你当过兵？"

"嗯。"

"哪年的？"

她说了一个年份。还是那样，问话时直面我，听话时微微侧着头。

我看着她，说："我比你早一年。"

她眼睛一亮，道："老班长啊！"一层红晕涌上她的脸颊，她看着我，说："原来你也是当过兵的人。"

我一直以为她比我大，她看上去是个标准的农村大娘了，头发白了不少，脸上皱纹也多，手也是苍老多皱的，等论起来，才知道她比我还小了一岁。

我们就站在暖房里聊了起来。原来，她跟我一样，也上过战场，她是医务兵、卫生员，我是炮兵。她所在的野战团959团是全军闻名遐迩的英雄部队，出过一位令人敬仰的将军。将军身经百战，无往不胜，他的一生，可以说是传奇的一生。我对她不由心生敬意。那年四月，我所在的部队接替她所在的部队上前线作战，他们往下撤时，乘坐的大卡车曾和我们擦肩而过，我现在还记得当时的激动，能接替将军的部队奔赴前线令我们无比骄傲、自豪！我们的车队与他们的车队交汇时，我们把身子探出车厢外，激动地冲他们欢呼、挥帽致意："向你们学习！"他们也挥帽回礼："祝你们凯旋！"声动云霄……想到这里我有些激动。金文玲也是。

我邀请她去书房坐坐，喝喝茶聊聊天。战友相见分外亲啊，这种感情只有那些一起出生入死过的人才会懂。她坚持要先干活，而且，她好像并不太愿意多谈部队的事，这样的心理我也曾有过。有一年，战友们相约重返边疆，重温当年大捷的辉煌，我就没有参加。我从部队复员后，服从组织分配去了一家事业单位工作，安逸简单的日子过久了我又骚动起来，辞职创业。可业也不是那么好创的，几番受挫，加上婚姻破裂，我变得十分消沉，整天混时度日。所以当战友们吆喝要聚聚时，我就装作不知道，没有去。家庭事业皆经营不善，不喜欢谈论过去，不想见战友，是再自然不过的事情。

我关切地询问她的生活情况，园艺场的生意怎么样？近年来，我经营一家爆破公司，多亏战友们关照，生意还不错。我因生意的缘故，平日和做园林工程的打交道比较多。"有机会也许能帮她销点花草树木什么的。"我想。

"生意还好，房子、车子都有，钱也够用，马上要抱孙子了，我很知足。"金文玲把绒衣袖子卷起来，满意地说。

我到书房翻出来一盒好茶，想等金文玲干完活儿一起坐坐。没想到啊，她曾是女兵！当年，我所在的炮兵团就有不少女兵，她们都是通讯兵和医务兵，几乎都来自城市，一个个面容姣好英姿飒爽的，是部队一道亮丽的风景。站岗时，如果有女兵路过，男兵的军姿都要标准好多。我那时是这样，常找借口跑医务科，好像跟女兵们说几句话，让她们量量体温、看看舌苔，或者在屁股上扎一针，人就不那么苦恼，枯燥严格的军旅生活也会变得好过很多。现在我一时很难将这位满脸风霜的农村妇女和英姿飒爽的女兵联系起来。

金文玲却没想过要和我坐到一块儿喝茶。她干完活儿后，推开书房的门冲我招了招手："过来下，老班长！"

我跟她到了暖房，发现她把工具都收拢好了，装土装花肥的袋子也叠得整整齐齐压在一把花铲下。她把那把洒水壶拿起来对我说："壶你留着用。茶花喜水，这天气太干燥，没事时就给它喷点儿，就这样——"她说着话，就"吱吱吱"地给那株茶花树喷水。

"这次施过肥，就不用大管了，到来年春上再施点。冬天是休眠期，非洲茉莉、保加利亚玫瑰，还有你院里的四季蔷薇、芍药、牡丹都不需要上肥了，开春再说吧。"她放下洒水壶，拍了拍身上的灰，又说道："接下来你自己照料照料就行了，有事给我打电话。"

"还是你帮我照料吧，这些事我以前真没干过——"我指了指满屋的花草，想说都是我妻子买的，我不知道怎么照料，但这话一旦出口，势必要谈到我妻子，于是我只是说："我没什么经验，有时候忙生意，过不来，它们就要渴着了。"

金文玲有些迟疑地说："再来也就是浇浇水，你掏那钱不划算了。"她看着我，问，"你一个人住？"

"是啊。"我诚恳地说，"就当帮我一个忙吧，老战友。"

"成！"金文玲说，"那就不用按原来那样付钱了，那样你划不来。我家原来是这样，买我家花草一次五千元以上的，头一年我们提供免费的养护，你这情况，我们以前也没做过，这样吧，"她爽快地道，"你给点油钱就行了，一次二十。"

我很过意不去，这点钱，够什么呢？

金文玲却不肯多要，她说："我来去骑三轮车，二十就是纯赚了。"

我谢了她，告诉她如果下个周末我过不来，会把大门密码锁的密码发到她手机上，小区安保处我也会提前沟通好。曾在同一块土地上出生入死的战友，我信得过。

我招呼金文玲喝杯茶再走，她很客气地谢绝了，解释说时间不早了，她跟儿子约好了，今儿下午要给怀孕的儿媳妇送些新鲜的乌鸡蛋和海货过去，等下次来时再喝。听闻此言我就不再说什么，帮她把花锄花铲拿到三轮车上，目送她离去。

三

年底了，事情多起来，有些事情我不想拖到来年，于是我回复了我妻子的律师信，同意了她提出的一切条件，我还在信中不乏讥讽地表示，接下来一切行动听她指挥。然后，我开始四处奔波，讨要工程尾款。这样，我有很长一段时间都没有去盛世王朝。到了花草该浇水的时候，我就发短信给金文玲，她每次都简单回复一个字："成。"

有个周末，我到崂山区一家合作单位结算完工程款，顺便走滨海大道，经温泉镇回了趟盛世王朝的家。到家后我发现，金文玲把我家那些花花草草打理得很好。自我妻子走后，暖房里就一派委顿萧瑟气象，连挂在窗前的几盆吊兰都枯黄了。现在我看到的是一片盎然的生机，植物的气息沁人心脾！尤其是我妻子最爱的那株茶花树，叶子绿油油的泛着蜡光，显得格外精神。美好的事物能使人心柔软，看着这些花花草草，我感到了一丝内疚，想起来我妻子曾忙活这些时，我没伸手帮过她一下……我摸出手机，拍了几张照片，放到了我的 QQ 空间里。

"也许某天她能看到……"我想。

看看天色尚早，我决定去一趟金文玲家。金文玲不在家，她的狗小灰一直把我领到后面热烘烘的大棚里，王功成在那摆了张茶桌喝茶养神，茶台、茶具都很讲究，桌上的一个播放机里还咿咿呀呀唱着茂腔戏："员外经商去湖南，一去就是大半年……"一看就是个很会生活的人。见有人来，王功成赶紧关掉播放机，起身张罗，问我要买什么，我把来意告诉他，说是金文玲的战友。

"哦，"王功成上下打量我一阵后，笑问，"你也是959团的？"

我说不是，我把大概情况跟王功成说了说。王功成点点头，说："我说呢。"他告诉我，金文玲要过两天才能回，儿媳妇快生了，一直都是亲家母照顾，但前两天亲家母感冒了，金文玲去接替亲家母照顾儿媳妇。

"她说在盛世王朝接了个活儿，没想到还是战友。"王功成笑着说。

他问我现在干什么营生，我说做点小生意糊口。

"嗨！谦虚了！"他搓着手，恭维我道，"住在盛世王朝的人，非富即贵，就没有做小生意的！"他说得这般肯定，让我都不知该如何辩解才好。他很热情地带我参观他的园艺场，他说在这一带，四季桂数他家的最好，最适合种在政府大院、庭院、马路绿化带和公园里了。

王功成的园艺场占地两百多亩，分为林木区、花卉区、奇石盆景区三块。外面天寒地冻的，他的大棚里里却温暖如春。四季桂有一百来棵，确实不错，每棵都有一人多高，枝干粗壮，树冠修剪得很漂亮。我忍不住夸奖了下这些树。

"等春上，来挖一棵回去！"王功成很大方地说。我连声称谢。

"我这还有石榴、木瓜树，"王功成拍了拍身边一棵光秃秃的树，"这棵木瓜树也有二十多年了，等春上，来挖！"

"好！"我说。这次我不再说谢谢，突然觉得不合适。人家说"来挖！"并没有说不要钱不是？一人高的四季桂，要卖五千来块，二十多年的木瓜树，少说也值三四千了。我是谁？他干吗平白无故要送我价值不菲的树？当然，如果是金文玲说"来挖！"那她有可能真的是想白送我。我们战友之间，这样的事情也不是没有过。

参观完园艺场，王功成让我喝杯茶再走。我想着也没什么事，就和王功成坐下来聊了会儿。茶应是他们自己种的崂山绿，不知是第几泡了，入口仍然清香。在花卉区那边我看到了两畦茶苗。喝自己种的茶，吃自己种的蔬菜水果，有那么大块地，有自己的生意，这日子，能差吗？有钱也未必过得上。其实跟着王功成在园艺场转悠时，我就很为金文玲高兴，这样的家底，生活应该差不了。

王功成对我的生意很感兴趣，喝着茶他很委婉地问我是不是认识很多做园林工程的朋友。商场摸爬滚打这些年，他的意思我懂。

"生意咋样？"我问。

"哎呀，咋说呢？"王功成摸着脑袋，"也不知是咋回事，没有前两年好做了，搁前两年，这样好的桂花树，得提前订货才行。今年奇了怪了，不光桂花树，啥树都不好卖，我今年春上去莱芜乡下收的一批石榴树，结的石榴可甜，也没卖出几棵，往年哪年不得卖出二三十棵？"

"我帮你留意下。"我说。这么好的四季桂，价钱公道的话，应该不愁卖。我想了想我那小院子，再种棵石榴应该是没问题的。实在不行开春就来买棵石榴。

王功成有些激动地说："我就知道，你们这样的人最念旧情，是老金古怪，不跟战友们来往，我说过她多少回，不听！——老哥你抽烟吗？"他从口袋里摸出一包烟来。

我摆摆手，说不抽。

王功成重新泡了一壶茶，热情地说："来，喝喝看！自个儿种的茶，没打农药没施化肥。"我喝了一口。他满怀期待地看着我，问："咋样？"

"好茶！"我说。

"走时带点回去喝！"

我谢过他，还是忍不住问起了金文玲的工作，是不是退了休？我心里一直有个疑问，我们那会儿，女兵一般从城里招，复员后地方政府都要给她们安排工作的，因而她们的生活都还算安稳轻松。我以前的那些女战友，现在大多退了休，旅旅游、跳跳广场舞，颐养天年了，哪有像金文玲这样，一把年纪了还天天出大力的？

"嗨！啥也别说了！这彪子娘们！"王功成用本地话开起了骂腔，骂金文玲蠢。

"那年她复员，政府把她安置进县棉纺厂卫生科了，我们结婚四年后，我下岗了，第二年她们工厂裁员，有政策啊，双职工家庭，一个下岗的，另外一个要尽量照顾，复转军人更没得说，那是铁定要照顾的，嘀！她倒好！"王功成眼一瞪一拍大腿，"她自己拍屁股走人了！"

过了这么多年，提起这事王功成还这般生气，可以想象当年。

"我跟她狠狠干了一仗。"王功成说。

"跟女人干仗算什么！"我喝了口茶后说。

"谁说都不听嘛！牛脾气！"王功成说着，曲起一根手指，敲了敲他的左耳，"她有只耳朵不好使，你知道吧？战场上给炮轰的，伤残军人！妥妥的吧？那会儿一月就得好几十块，现在只怕有三四百了，可她倒好，不填表，不领钱，算算，多少年了！不是一笔小数目！彪吧？为这事我跟她没少干仗！"王功成摇着头，很来气了都。

原来是战场上受的伤。她这是为啥呢？一个在战场上经过炮火洗礼的战士，伤残补助金不仅仅是钱，更是一份终生的荣耀。我很困惑。

"959团吃败仗了嘛！"王功成说，"我也跟她好说过，吃败仗不是你的错，你只是个小小卫生员，对吧？你也奉献了，枪林弹雨过来，这都是应该的，国家也承认的，可她就是不听！"王功成说着又摇起了头。

959团的事我也是知道的，他们在进攻211高地和212高地之间的一块无名高地时失利，导致 211 高地也一度失守，但换防前他们又把 211 高地和那块无名高地一并夺了回来。其实当时在前线，用捷报频传来形容一点也不为过，一支部队的暂时失利算得了什么？况且那是一支英雄部队，打过多少硬仗胜仗的，我们并没太在意。我所在的炮兵部队一直都打得十分轻松过瘾，我们接防没几天，就用密集的炮火摧毁了敌军好几个高地的防御工事，让他们元气大伤，而我们，除了一个毛手毛脚的新兵蛋子被刚退膛的灼热炮壳揭去了大腿内侧一块皮外，几乎没什么伤亡，我自己就是这样，打了一回仗，除了听力一度受损，其他部位可以说毫发未伤。与在一线阵地上坚守的步兵战友们相比，我们炮兵的日子确实好过不少，没有阵地射击任务的时候，我们偶尔还能看书写日记，或者凑在一起打拖拉机缓解缓解紧张的气氛。在我看来，在战场上，令人难以忍受的不是敌人的炮火，也不是随时可能降临的死亡——对这些我们早已有心理准备。最令人难以忍受的，是我们只能轮流到那潮湿、狭窄的防炮洞里睡觉，这曾让我无比想念连队那张木板床。阵地上也没有水源，有一阵子，我们喝的全是接的雨水。刚开始的时候，我闹过肚子，几天后就适应了，不治而愈。我很难想象一个吃了败仗的战士的心情。但就像王功成所说的那样，这不是她的错。她这样，可真让人心里不好受。

见我沉默不语，王功成欠身给我添茶，说："她就这样，改不了，彪嘛！"

四

第二年开春，我通过一个朋友的关系，帮王功成把那些四季桂都卖了出去。自那以后，王功成来我家就勤了，一口一个老哥地叫着，很快就跟个亲戚一样。王功成还挖了一棵四季桂、一棵木瓜树来谢我，他也不管我想不想要，到我院子里看了看，很快就选好地方，指挥工人刨坑种树。

金文玲却一直没来，王功成说他家儿媳妇生了个大胖小子，金文玲去伺候月子了，得清明节后才能回来。春节时，我家那株被她救活的茶树开了花，不多的几朵，每朵都有小碗口那么大，好看得很。我拍了几张照片放到我的 QQ 空间里后，有一天，我看到我妻子给我留言：谢谢你！说实在的，看到她留言的那刻，我非常伤感，过去的事情我没法改变，但我很想对金文玲也说声"谢谢"。

五一假期前的一个周末，王功成打电话要我去他家喝酒，说金文玲要包鲅鱼饺子，刚上岸的春鲅鱼，本地春鲅鱼。王功成有个表哥是渔民，自己有条船，一大早王功成赶去沙子口找表哥拿的鱼。鲅鱼是洄游鱼种，冬天游去南方，开春向北游，一路要经过无数渔民的追捕。"谷雨到，鲅鱼跳。"其实青岛四月初就有鲅鱼上市，但那都不是本地鲅鱼，是鱼商去连云港附近的渔船上收来的，个头大是大，但没有本地鲅鱼好吃。初春能游到青岛附近海域的鲅鱼，个头没有那么大，但在黄海冰冷的海水里多生长了一段时间，肉质会鲜嫩很多，我最好这一口。我没犹豫，一口答应了。到了那天的午饭点儿，我拎了两瓶好酒就去了。

有段时间没见金文玲，她瘦了不少，看来伺候月子不是件轻省活儿。一见我，她就把手上的面粉擦了擦，掏出手机给我看她孙子的照片。

"老班长，你瞧这小东西，可乖了，能吃能睡，见风长，一天一个样！"金文玲笑得满脸开花。

孩子确实长得不错，眼睛溜圆，像奶奶。我恭喜了他们。

包好的饺子已摆满了两张芦苇帘子，还有小半盆饺子馅没包完，在部队时我常去帮厨，饺子也会包的，我挽起袖子打算帮忙，金文玲说什么也不让我动手，王功成也不让，洗完手拉着我去隔壁房间喝茶。与有些拥挤的厨房相比，这间用作客厅的房间宽敞不少，西墙边是电视柜，靠东墙摆了一溜中式木沙发，一张宽大的方几上摆着一张崂山石做的茶台，茶台上有只紫砂三脚金蟾茶宠，金蟾嘴里含着一枚亮铮铮的铜钱。

"早上四点去的沙子口，这是今年第一船本地鲅鱼。"王功成给我点了杯浓茶后说。他说一个月前就给表哥说定了，要头一船上的鲅鱼，要最好的鲅鱼。听得我有些动容。

"我们已包了两大盘冻起来了，走的时候带上。"王功成说。

我还能说什么呢？心里直觉得温暖。

"多亏老哥帮忙，今年算是开门红，生意不错。昨天李处又派人来拉了一车山杜鹃，这都托大哥的福。"王功成高兴地说。

有些人就有这样的能耐，给他点星火，他就能燎原。其实我也没帮什么大忙，不过是介绍王功成认识了我的一个战友，而这位李处正是我那位战友的老友。听王功成说"大忙"我有些不好意思了都。不过我很高兴，生意好，就好嘛。

我和王功成喝了两杯茶的功夫，金文玲就把酒菜准备好了，喊我们过去喝酒。厨房里的一张矮桌上摆了七八个盘子，有鱼有肉有鸡，立虾、八带、小杂鱼之类的小海鲜冒着好闻的热气。王功成特意声明这些小海鲜都来自南山村——距温泉镇最近的一个渔村。

"还是南山村的小海鲜好吃。"王功成抓了一把立虾到我盘子里后说。

温泉镇、大石村这一带的人吃海捕虾、小杂鱼之类的小海鲜，只认南山村，因为南山村的渔船都是小船，当天能打个来回，东西最新鲜。距温泉镇二十里地的田横岛，还有沙子口都是大船，船不装满一般是不返航的，开出去三五天是常有的事，远洋捕鱼的就更不用说了。

金文玲忙着将饺子下锅，让我和王功成先吃。王功成没客气，开了一瓶我带来的五粮液，给我满上，让我先喝，我当然不肯，放下酒杯，等着。

金文玲不再说什么，赶紧煮饺子。王功成不耐烦等金文玲，嘀咕什么男人吃饭、女人不得上桌的旧俗。我没搭话，心想，不是金文玲，我跟你王功成坐在一块干什么呢！

饺子很快煮好了，等金文玲坐下来，我给她也倒了杯酒。我先祝贺了他俩，都有孙子了，叫人眼馋。金文玲这才关切地问起我的家庭情况，嫂子做什么工作？孩子多大了？我只是简单回答，老婆孩子都在美国。我没说我马上要经历第二次离异了。这有什么好说的？人生就像开炮，不可能回回都打得刚刚好。

"那敢情好！"金文玲说。

"让嫂子赶紧回！"王功成两杯酒下肚，开始满嘴喷酒气："女人不管要上天！"

我和金文玲没接他话茬儿。我告诉金文玲，家里那些花花草草，一直都是我妻子打理，我以前一点儿没管过，现在我才知道养好那些花花草草也不是件容易的事。说着我谢了她。

"没事。"金文玲带着些安慰的语气说，"我打听到黄山村有家人养了盆章鱼兰，改天我去掰棵芽儿来给你养。"

我从未跟她说起过我和我妻子的事，但她好像知道点什么，一个被女主人丢弃的家，也许有着不一样的气味，能让人闻出来。我妻子那盆章鱼兰，最终还是没能养活过来，可惜了金文玲那一包好芝麻。

"那倒不用了。"我说。过去的就让它过去吧。

金文玲就不再说什么，一个劲往我盘子里拨饺子。鲅鱼饺子真是鲜香啊，我放下酒杯，一气吃了一盘子。

"今年的春鲅鱼个头普遍比往年大。"王功成喝着酒，说。

"去年闰九月了嘛。"金文玲说。

我一时没太明白鲅鱼个头与闰九月之间的关系，但吃着饺子我想起了从前在部队的时候，真令人难忘啊。我夹起一个饺子，对金文玲说："搁部队那会儿，这样大的饺子，我一顿能吃一百多个。"

金文玲看着我笑。

"不过没吃过这么好吃的，那时候都是白菜猪肉馅的，上战场前夕，吃过几顿芹菜牛肉馅的，还有鲜虾馅的。"我看着她，问："你们呢？"

"吃的我不太记得了，"金文玲把一缕白发往耳后捋了捋，说，"只记得开赴前线途中，沿途兵站接待得都很好，他们都拿最好的菜、最好的酒来招待我们，"金文玲端起酒杯闻了闻，"多是五粮液、茅台。"

这倒是的。我几乎一路晕乎着过去，这辈子就数那阵喝得痛快。

"啥？"王功成瞪大了眼，"士兵都喝这么好的酒？啧啧，那得要多少好酒！"

我和金文玲都没接他话茬儿。金文玲说："刚开始我们女兵没喝，后来，我们乘坐的闷罐车，在一个兵站与一列运送伤兵的列车相遇了……"金文玲看着我，说，"从那一天起，我们女兵也喝上了。"

"嗬！这等好事，以前咋没听你说过？"王功成拍着大腿说。

我和金文玲都当没听到。"他跟你说过了吧?"金文玲瞟了王功成一眼,对我说。

"我只说你是959团的,"王功成嬉笑道,"这算什么咯?一点小挫折,兵家常事!来,喝酒喝酒!"

我什么也不想跟他说,端起酒杯与金文玲碰杯。可巧这时门外有人喊"老板",有生意上门,王功成赶紧丢下酒杯出去了。他出去后,小灰不知从哪里钻了出来,跑过来在我们脚边蹭来蹭去。金文玲喂了几个饺子给它。

五

"老王不让它进屋,把它给打怕了。"金文玲摸着小灰的头,压低声音对它说,"乖啊,别出声。"

自家的狗嘛!我想,够狠。

我指了指自己的耳朵,问金文玲:"我的也不好过,那时天太热,打炮时我们都不戴防护耳罩。回来后,慢慢又恢复了。你的怎么一直不好?"

"哦,"她笑起来,"老王跟你说的吧?我是被炮弹震晕过,耳膜受损,但也没到聋的地步,还能听到点儿。后来我和他打仗打得太厉害,才彻底不好用了,他还想赖部队呢!他就这样人!"金文玲看着我:"他没少找你吧?"说着她举杯敬我,"老班长,你重感情,我领你这个情,可我担心的是,这人,"金文玲瞟了王功成的座位一眼,说,"他这人啊,别的毛病都不打紧，就是钱上，没个够的……"

"我有数。"我说。刚在隔壁喝茶时，说着话王功成不时用一根手指转动金蟾嘴里那枚铜钱，转钱，就是"赚钱"嘛，我还能不懂？可现如今钱难赚，没个熟人很多生意都没法做，帮归帮，犯法的事，我是不会干的。

我看着金文玲苍老的面容，问："你们现在，还打仗？"

"这岁数，想打，也打不动了。"金文玲笑着说。她放下酒杯，长长地舒了一口气后，说："其实，能活到现在，不管咋样，我都知足、知足着呢。"

"紧连队，宽炮兵，松松垮垮后勤兵。"这是我们当兵时的顺口溜，意思是说后勤兵的日子最松垮好过，医务兵差不多就是后勤兵了，不过在战场上，她这个后勤兵经历的一定比我这个幸运的炮兵惨烈得多。当年我们炮兵连那个新兵蛋子，被刚退膛的灼热弹壳揭去大腿上一层皮后，他坐在地上嚎啕大哭起来，以为自己命根子没了。我们一发接一发地往敌阵上发射炮弹，打得眼都红了，都没听到他撕心裂肺的哭喊声。后来指导员过来在我后背上击了一掌，示意我和我们连的卫生员一道抬着伤员去救护站，我扭过头来，看到那个新兵血糊糊的腿和一张咧开的大嘴，我没有听到哭声，除了轰隆的炮声，我什么也听不到。新兵的样子令我笑了。不过，等到了救护站，我丢下那个新兵，还有那个手忙脚乱的卫生员就往回跑了，到处是血，到处是一筐筐的断臂残肢，那场景要比炮阵地恐怖得多。

"你们医务兵，都是好样的！"说着我举杯敬她。我们是和敌人作战，医务兵是冒着着枪林弹雨，和死神作战。

"我在装殓组……"她低头轻声应道。

"哦。"我说。此时酒过三巡，喝到口滑，我又道："换防时我们就听说了，说是打了一场硬仗。"

"两个连呢，齐刷刷都是半大小伙儿。"金文玲长叹了一口气。

这话令人揪心。

"先一个连上去，没了，后又一个连上去，又没了，第三回，敌方重炮阵地暴露，这才打了下来。"金文玲把酒杯捧在手里，说："那年我十七，见过啥？我包裹的第一具烈士的遗体，是一位侦察兵，他执行任务时被敌军的狙击手击中，顶多二十一二岁的样子，长得可俊！真的，"她看我一眼，脸上泛起一丝红晕，"这辈子我再也没见过这么好看的男人……"

我不知该说什么好，就默默喝酒。

"他一动不动地躺在那儿，眼半睁着，睫毛长长的，像是眯着眼瞅人，我就哭开了，给他清洗脸上身上的血时，浑身颤抖，哭得停不下来，又伤心又害怕。可人这样的东西啊，什么都能很快习惯！没过几天，我们开始攻打无名高地了，烈士和伤员接连不断地送过来。装殓组呢，给发了一堆尸袋，黑色的，摞起来有这么高，"她比划了下说，"那会儿我就顾不上害怕也顾不上哭了。最可怕的是燃烧弹，啥样的都有，有一些，尸袋根本装不进去，只能用白布裹，唉呀……"金文玲说着，深深地吸了一口气，声音发起飘来，"你只要看上一眼……就那么一眼，这辈子你就不可能忘得了。到了那会儿，我才知道，那名侦察兵，算是幸运的……"金文玲垂下眼帘，"光那一仗，这活儿我就干了两天两夜，整整两天两夜……"说完她侧过身去，将杯中酒洒到在地上。

我默默听着。从阵地撤下来后，我们做的第一件事，就是去烈士陵园祭奠牺牲的战友。那会儿，我的听力还未恢复，一片寂静的世界里，连接成片的座座新坟，现在还时常静默地出现在我梦里。我也把杯中酒洒在了身边的地上。

"上了一回战场，一枪没开，就做了这一件事。"金文玲放下酒杯，端起双手翻过来掉过去地看了一阵后，说，"我总不能，总不能因为这个，去享受那些好处吧？"

这倒是的。换我，可能也会这样。不过……我像个瞄准手那样飞快扫视了下自己这些年来的生活，又看了看金文玲……就像金文玲说的那样，人这样的东西什么都能很快习惯，这样的事，谁又能说得准呢？这么想着，我又把酒杯满上，郑重地敬了敬金文玲。

六

我家小院的篱笆边上，种了一圈蔷薇，是我那不食人间烟火的前妻种下的。进入五月，蔷薇们都开了花，粉嘟嘟的甚是可爱。只有东南角上那一棵，开出来的却是细碎的小白花，也还中看，只是香味过于浓烈，引来各种小飞虫。我闺女小学毕业那年回国看我，我那上知天文、下知地理、中晓人和的前妻在电话里一再叮嘱我说，闺女对昆虫过敏，要我务必小心。那年夏天闺女回来呆了一个多月，我天天带她在外面疯，爬崂山、洗海澡、逛乡村、钻小巷，什么事儿也没有。所以我一直认为，我闺女只是对美国昆虫过敏。但站在院子里，看着眼前飞来飞去的各种小飞虫，我还是想买一棵能开出粉色花朵的蔷薇，把那棵白的给换了。

我给金文玲打电话，把我的想法跟她说了，她爽快地说："这点小事，就交给我，你忙你的去吧。"

我确实也有事要忙，我公司刚接了单给一家修隧道的工程公司建造一个炸药库的生意，这是个钱不多但风险极高的活儿，我不敢马虎，亲自督阵，连着两个月，我吃住都在工地上，家，就算交给金文玲了。再过两年，我闺女就要上大学了，她妈私下跟我说，闺女学习很好，攀个藤校是没问题的，可是藤校大多是私校，学费不便宜。要花的钱都在后头，我闺女就是变成了美国人我也还是她亲爹嘛！

炸药库选址在距隧道工程项目约两公里的地方，距岛城三个小时的车程。工程指挥部建在两个项目地点之间的半山腰，为节省开支，我带着一干人马和建筑公司的员工一起挤在山腰上那一排石棉瓦顶的简易房子里。开始几天日子颇不好过，就像当年初到前线，吃不好睡不好的。我住的倒是单间，但简易房不隔音，隔壁房间里此起彼伏的鼾声夜夜破壁而入。工地炊事员老张是湖南人，炒的菜辣得要人命，青菜也辣，看着没放辣椒，可菜一入口，舌头就像被火燎过，因为老张那口铁锅久经辣椒锤炼，早变成口辣锅了。我们都吃不惯，我的两个爆破技术员有痔疮，更是苦不堪言。吃过老张夫妻俩烧的饭后，我常常辣得说不出话来，只能像狗一样呼呼直吐舌头。起初，老张老婆见我这样，会带着些歉疚的笑不停给我添绿豆汤，后来她终于忍不住，道："啧啧，怎么这点辣都不能吃咯？我炒菜，辣椒搁得比他多多了！"语气里有种袒护、患难与共的温情。

也是，这支工程队刚从四川开拔过来，工人又多是湖南人，只怕他们还觉得不够辣呢。我就笑着摇头，庆幸老张心疼老婆，没让她上灶炒菜。

有一回，我实在辣不过，我就走到厨房对老张说，你是想把我们都辣死吧。

老张抽着烟，笑道，辣不死辣不死，当年在前线，吃了我饭的人，个个都活得好好的。

原来老张也当过兵，也上过前线。不过他是后勤部队的炊事员，听到过的炮声不比他在湖南浏阳老家过年时听到的炮仗声响多少。炊事员也配枪，但他到底没机会开过枪。听说我是炮兵，上过战场，羡慕得很，自此常跑到我房间来拉呱。老张特别爱回忆在前线时的事，比如怎样背着一口大锅夜行军八百里，听着竟然觉得很有意思。

"你听说过 959 团的事吗？"有一次我忍不住问老张。

"959 团？什么事？"

显然，老张没听说过，于是我也不再提。

老张说那时他不停跟首长打报告，要上前线。首长把他大骂了一通，说："这里就是前线，狗日的你敢撂锅铲，老子毙了你！"

"老子白写了那么多血书！"老张摇着头，笑。

同一件事情，老张回忆起来却是如此轻松愉快，甚至有些诙谐有趣。受到感染，我也开始吹起牛皮来。我讲的夹叉敌军军官的故事，老张听得津津有味。这故事我很久没跟人说过了，年轻时，应该是吹嘘过的，在老张面前我又吹嘘了起来。

"一连几天，对面山头可安静了，好几天了没打一炮，无聊中我就用瞄准镜到处看，有天傍晚，我终于有发现了……"

"发现么子？"

"一敌军军官带了两个兵来到对面山头上，他们躲在树后举着望远镜观察我们呢。当时我人一下就跳了起来，我大喊一声，炮手就位！一发炮弹过去，好家伙，炮弹在他们前方不远处爆炸了，我看见他们像兔子一样跳起来，抱头逃窜……"

"哎呀！"老张拍着大腿，惋惜地叹道，"搁如今都是精准打击，一发就解决了狗日的！"

"我又报了个方位，又一发炮弹过去，又落在他们前方不远处，他们又像兔子一样跳起来往回跑。"说着我仿佛看到当年那幅兔子们魂飞魄散狼狈不堪的画面。老张笑得很开心。其实这没什么好笑的，人类面临死亡，都一个德性。

"后来呢?"

"第三发炮弹过去,兔子不见了。"

"好!"老张听得十分过瘾。后来他下山去买了一口新锅,给我们开起了小灶。吃饭的问题就这样解决了。

炸药库正式开工后,我和工人一起干活儿,刷坡、打夯、搬石头、砌防爆墙,事事亲历亲为。真应了一句老话,劳动一日,可得一夜安眠。一天辛苦劳作后,晚上我脑袋一碰到枕头就睡着了,再也不会为他人的鼾声困扰,日出而作、日落而息的生活,令我内心日渐安稳、平静。吃过晚饭,有时我会到门前的一块大青石上去坐着等天黑,太阳常常是刚好落到了对面山顶上,光芒尽收,直视无伤。隧道工程赶工期,收工比我们晚,阴暗的山谷里大卡车、挖土机往来穿梭,被刨开的坡道、山谷,看上去就像个战场。我独自一人坐在那块大青石上时,回忆起那一段峥嵘岁月,却又是另外一种滋味。待夜色渐重,群山寂寥,那种紧张、恐惧而又兴奋的情绪袭来,带回当年那个懵懂无知、血脉贲张的少年郎,令两鬓苍苍的我倍觉陌生、感伤。

七

工程进行到一半的时候,王功成跑来看我了。他给我带了两盒茶叶、一箱啤酒,还有满满一袋子鱼干。

"山上能有啥吃的?叫厨房每天蒸两块鱼干给你,下饭。"

我掏出一条鲅鱼干闻了闻,真不错,甜晒的!干硬的鱼身上仍有股淡淡的海水咸腥味。

"家里都好吗?"我问。

"好着呢。"他抽着烟说。

烧好水,我用他带来的茶叶泡茶。他喝了一口后,说:"嗯,山里的水倒不孬!"

我喝着茶,等他自己开口说。山路不好走,他一路颠簸过来,肯定不仅仅是为了和我坐在一起喝茶闲扯。

"老金跟你说了吗?"

"啥事?"我进山后,老金就没找过我,我们没通过电话。

"前几天那场大雨,你家阳光房漏水了,物业不给报修,说是自己改建的,地产不负责维修了。"

我家阳光房确实是自己找人搭建的。

他喷出一口浓烟后,说:"甭担心,我从镇上找人给修好了,是外墙保温层漏了,不碍。"

"辛苦了!"我说,"花了多少钱?"我起身,去挂在墙上的外套里摸钱包。

"嗨!啥钱不钱的!小事一桩。"他把我按回到椅子上,说,"家里有我和老金,放心。"

我欠身给他斟茶,说:"多亏了你俩。"

王功成脱了鞋,把一只脚踏到屁股下的椅子上来。他揉着脚,问道:"你和咱嫂子咋回事?她和孩子啥时候能回?"

刀子抵到喉咙的感觉。"离了。"我说,"孩子得在那边上大学,哪能说回就回呢。"

"我说呢！"他把脚放下来，有些兴奋地道，"老金还不让我问，这有啥？现如今离婚的多了去了，"他看了看我，又道，"大丈夫何患无妻！"

我笑而不语。

"其实女人就是个麻烦，"他一手烟，一手茶，"但是过日子嘛，少了这麻烦还不行，你说是不是？"

我点头不语。这些都还是闲扯，我等着他开口说正经事。

茶喝到第三泡，烟抽到第四支，国际局势也聊到了最近的朝核纷争，王功成终于扯到正事上了。

"老哥，有件事，想跟你商量商量。"听上去倒真像个乖巧懂事的弟弟。

"说。"

"俺们村西头有个养鸡场，临着温泉河水源地，瘸子老宋的，你知道吗？"

我摇摇头，耐心等着。他们村西头我可能都没去过，我也不认识瘸子老宋。茶水淡到无味，我换上新的茶叶，又泡了一壶。

"瘸子老宋圈地散养，鸡粪遍地，污染大，现如今刮环保风暴，不让养了。那块地是块好地，用来种树种花，再好不过了……"

我想了想，说："我还真没有这方面的关系。"我自己还想拿块地，将来好转行干点儿别的，民用爆破竞争激烈，越来越不好干了。

王功成笑道："这方面不劳烦老哥，就是吧，"他把右手三根手指捏到一块捻了捻，干脆利落地道，"缺点周转资金。老哥手头方便的话，挪点儿给我，我按银行贷款利息付息。"

"缺多少？"我问。钱能解决的事，都不是什么大事。

原来村里给瘸子老宋置换了块地，位置偏僻些，在四舍山里。村委的意思，谁接瘸子那块地，谁出钱帮瘸子修新的养鸡场，以及一条约一千二百米长、能从新鸡场通到村道上来的简易公路。王功成算了算，差不多要五十来万，还差着小一半。

以我们的交情，"小一半"是个合适的数目。我信赖有分寸的人。我摸出手机给公司财务打电话，问账上能不能挪出二十来万。虽然近两年来公司业务缩水厉害，好在这点钱还拿得出来。这事就这样解决了。

王功成很高兴，说他打算把瘸子老宋那块地拿来后做农庄，种茶，盖几栋木屋做度假房，每栋木屋带小花园和小菜园，城里人周末过来，可以种菜种花玩儿，也可认领几垄茶，农庄还会提供园艺培训、茶道花道讲座。听上去很不错。王功成还说他已经动手在山里盖鸡舍了，等瘸子老宋一搬，就开始建设农庄，如果我有兴趣的话，可以入股。

我想了想，说："等等看，等春上再说吧。"

王功成又带着些不切实际的热情描绘起那个未来的休闲农庄，不限于刚刚提到的那些，他还会在农庄里弄间餐厅，全部使用有机蔬菜，还有非养殖的海货。他的表哥有自己的渔船，可以保证餐馆有足够新鲜生猛的海鲜，满足所谓高端食客的需要。

"私家菜馆！肯定得是私家菜馆！实行会员制，不对外营业。"他兴致勃勃地说。

听上去非常不错。如果明年开春我的爆破公司还是不能扭亏为盈，我就只能另做打算了，投资农庄也许是条出路，我想。

王功成走时非常高兴，他把头探出车窗外，冲我挥手道："老哥，等你回，我就带你去看那块地！"

8

炸药库完工后，我回到盛世王朝小住，王功成却一直没带我去看那块地。我买了些南山村的小海鲜去他家找他喝酒，他也没提，当着老金的面我也没问，我猜他跟我借钱这事，十有八九是瞒着老金的。

本以为只是在乡下小住一阵，按以往行情，钱虽然难赚，但冬天来临前我们公司总还是能忙上一阵的，今年可好，就是没活儿干。我渐渐有些坐不住，去城里转了转，想努力一把。我每天呼朋唤友，夜夜带醉而归。奇怪的是，以前什么问题都能在酒桌上解决，现如今酒桌上什么问题也解决不了，单单只是混个热闹。几场酒喝下来，我的心气儿开始像入秋后的天气，一场更比一场凉。什么生意都不好干，大势如此，奈何！城里呆了几天后，我又回到了盛世王朝。老金见我在乡下呆的时间越来越长，便拿了些菜种子给我，撺掇我种菜。

"随便种点啥就够你吃的了。"她说。

"没种过呢，别浪费了你的种子。"我对种菜实在没什么兴趣。

"担心啥？地这么肥，种根筷子到地里，也能生根发芽。"

她帮我在院子里弄出了一小块菜地，用小木板仔细地围了起来，播了些小油菜、菠菜，还有香葱、大蒜。有许多菜，过了种植季节，比如胡萝卜、大白菜。

"栽种有时，"老金说，"勉强种，也长不好了。"

我一点也不关心那些菜种得及不及时，能不能长好，一个人过日子，吃得了多少菜呢。我们说着话，老金像个老把式一样地干活。我默默看着老金。在城里喝酒那几天，有一晚一个老战友带了个朋友过来，那人曾是我们师部的通讯员，知道 959 团的事。"那帮傻子！竟然去打一个狗屁价值没有的高地！"他喝着酒说。他还说，将军的儿子要来前线视察，有人想把那个高地打下来，当作一个礼物，献给已故的将军。

我问老金："来乡下前干过这些活儿吗？"

"到哪里去干？"老金笑道，"打小在家，父母惯着，家务活都做得不多，更别说农活了。到乡下头一年，啥也不会，动不动就掉眼泪，觉得自己可笨，活着可没意思了。"

"那当初怎么就下决心来乡下了？"

"也是走一步看一步的事，唉！"老金叹道，"就觉得日子难捱，厂里卫生科十天半月也遇不到一个病号，混吃等死，闲得人都要疯掉了。"

这倒是的。我们都害怕闲着。

种完菠菜的那个下午，天气好，我和金文玲在院子里坐了会儿。我院子里有块用防腐木做的露台，临门的那边高出一个台阶，我们就坐在那级台阶上晒太阳。为了聊天方便，我特意坐在她那只好耳朵一侧，我们之间放着一个小茶盘。我给自己泡了杯崂山绿，还是上次王功成给我的茶叶，一个夏天过去了，那一包我还没喝完。我给金文玲弄了杯蜂蜜水。过午她不喝茶，说是喝茶晚上睡不着。

"睡不着太难受了。"她说。

她捧着杯子，小口喝水，侧脸看上去清瘦、文静，有那么一瞬间，一个娇养的城里女儿的神情从粗糙衰老的农妇外壳里钻了出来。不过，也就那么一瞬间。一阵风吹过来，她张着嘴咳嗽了几下。她把杯子放回到茶盘，将挽起的衣袖放下，有尘土从衣袖上飘落下来。

"失眠啊？"我问。

"也不算，"她说，"上年纪了吧？瞌睡少了。"

"这阵子我也有点儿。"我说。近来我睡得很不好，就像睡眠有道门，被谁锁上了，我没有钥匙，怎么也进不去。我整夜整夜徒劳地躺在床上，无计可施。喝不喝茶我都睡不着。

"我睡是能睡着的，就是睡着睡着，人会突然往下一沉，像跌入深坑，啥都听不见，心一揪，惊醒过来，听到虫子叫、狗叫，才会松一口气。有时我能接着睡，有时不行。"

"一直这样？"

"不，以前厉害，以前根本睡不着，后来来乡下了，睡得好多了。"

这我有体会，累死累活干上一天活儿，就会睡得跟死了一样，梦也不会有一个。

露台边的一丛非洲雏菊开了，一只奇怪的飞虫战斗机一样嗡嗡嗡开了过来，敏捷、机警、一刻不停。它把长长的喙伸进花心里采食汁液，蝴蝶似的双翅快速煽动，速度堪比螺旋桨。

"四不像！"金文玲笑着指给我看。

王功成不带我看地，倒开始操心起我的婚事来，不停地托人给我介绍对象。

"有个女人，日子就安生了。"王功成说。仿佛女人是男人生活的定海神针。

盛情难却，我也就抱着"不过是一起吃顿饭"的心态配合了几次。先是大石村小学的一中年离异女老师，三十八岁，有个正处于叛逆期的十四岁的儿子。未成。那十四岁的儿子没看中我，放话说有我没他。这让我颇觉羞辱，莫名其妙被一小屁孩儿挫了一把！没过两天，王功成又给我介绍了位在海边开民宿的大龄女文青。又未成。这大嫚看着挺好，可我自觉粗鄙，伺候不了她。王功成歇了一阵后，又跑来对我说："老哥，我这还有这么个人，昨儿我和老金说起，她也觉得挺合适……"

在这方面老金像个爷们，从不过问我这些事，不像王功成瞎掺和。这回连她也觉得合适，到底是怎么个合适法？

"她在镇上做温泉生意，汤上，你去过的吧？她娘家就在我家对面，黄记火烧，她你一准是见过的。"

汤上我还真去过，去过不止一次。温泉镇上的温泉旅馆，就像大石村的园艺场一样多。外地人来此地泡温泉，常去的是那几家收费昂贵的星级宾馆。而当地人爱去的，则是实惠的家庭温泉旅馆。汤上就是其中不错的一家，他家有一个大池子，六间小池子，都靠近温泉河。泡在汤上的温泉池子里，隔窗可以看到一幅笔墨素简、气氛萧瑟的铅笔画：一段入冬后变瘦的河，以及两岸线条纤细的垂柳，常有乌鸦飞过来，化作一点墨渍，点缀在垂柳纤细的枝条上。我去汤上泡过温泉，但和老板娘几乎没说过什么话。去之前，打电话让放好水，进门拿杯现泡的茶，端着茶杯去泡，泡好了，结账走人，没什么多余的话可讲。"黄记火烧"我也知道，功成花卉对面的马路边，当空挑出一炭烧色木板，上面写着"黄记杠子头火烧"几个白色大字，我来来去去都看得见。记得第一次去王功成家吃饭，老金还问我吃不吃火烧，说是对面黄家做的火烧很好吃，如果我吃她就去他家拿些来。我不爱吃火烧，后来老金也没去拿。这些我都知道，至于那个"她"，我还真没什么印象。

"她男人栾二，我们先前常搁一块喝酒，后来得病死了，有好几年了。栾二嫂家里条件不错，一个儿子，已成家单过，不会给老哥添负担。就是吧，乡里人，没读多少书，你若不嫌弃，我就让老金出面，把她喊到一起吃个饭？"

听着没多大意思。再说，我总觉得他对我关怀过度，像个着急抱孙子催儿子结婚的爹。这让我感觉不太好，于是我挑明了对他说："我自在惯了，这事，你就别操心了。"

王功成这才消停下来。后来他打过我几回电话，喊我去他家喝酒，有时我碰巧有事，有时是没什么心情，一次未去。

九

天气一天天凉起来。

令我自己都没想到的是，入冬后，我和汤上温泉旅馆的老板娘栾二嫂竟真处起了对象。因为先前王功成提过那么一回，我再去她家泡温泉时，就不免多看了她几眼。只是平常中年妇人的模样，长得眉粗眼大面肥腰胖的，跟《水浒传》里的顾大嫂有得一比，总之，不是那种能吸引男人的女人。所以我接连去了几次，跟先前一样，都没跟她说什么话。没什么好说的。我和她拉上话，说起来还是因为她儿子。

栾二嫂的儿子年纪不大，可已经做了两个孩子的父亲，一个三岁多的男孩儿、一个刚会走路的女孩儿。所以，栾二嫂虽然只有四十二岁，可已经是做了奶奶的人了。她儿子对家里的这点生意全无兴趣，我本来也没什么机会撞见她儿子。有次我去泡温泉时，她儿子正好过来帮她修水管，走时落了一个包裹在柜台那儿。我泡得面红耳赤出来时，栾二嫂正低头撕扯着包裹上的胶带，她看了我一眼，道："不知是谁落下的。"

"应该会回来找的吧。"

听我这么说，她停止了手上的动作，呆呆看了我两秒，两秒过后，她又继续低头撕扯起那些胶带来："不打开看看，咋知道是谁的？"

我不由笑起来。她该有多好奇啊！我就站在一边耐心等着。包裹不大，上面缠了许多胶带，撕开一层后，里面是个纸盒，上面依然缠着许多胶带。这下我也好奇起来，我就说："得动剪子。"

栾二嫂就进屋去找了把剪刀，她挥着剪刀，笑着对我说："如果是钱，咱俩平分啊。"

包裹打开后，栾二嫂惊呼了一声"哎呀"，我还没看清楚呢，她两手飞快地捂在了盒子上。栾二嫂涨红了脸，说："是我那坏小子的。"

"是钱吧？想昧了？"我笑着说。

"得，你看吧。"她松开双手，把那盒子推到我面前。

栾二嫂说："我就想不明白，他妈的男人到底是咋回事！"

我打开一看，只见盒子里扭身躺着个美娇娘手办，披一头乌云长发，着一件吊带旗袍，肤如凝脂，身材火辣，眼含春水，腮似桃花，比真的还诱人。我不由笑了。

"怪好看的嘛。"我说。

栾二嫂有些恨恨地道："我给他娶了媳妇的！"

正说着，那"坏小子"骑着摩托折回来了。他看了栾二嫂一眼，笑呵呵地过来，把盒子收拾收拾夹到了胳肢窝下。

"叫个啥名字?"我指了指那盒子问年轻人。

只见这年轻人眼睛一亮，他看着我，说："冬月茉莉。"

我点了点头，说："我还以为是陶子小姐呢。"

"哈，你也收藏手办?"

怎么可能?! 我笑着，摇了摇头。

他摸出张名片给我，说："我在淘宝有个店，您若感兴趣就上网瞅瞅，一定给您最优惠的价格。您忙，我先走一步。"年轻人说着，又看了看他妈，说："妈，我走了哦，有事电话我。"

栾二嫂就回了一个字："滚!"

我再去汤上的时候，栾二嫂就跟我拉呱上了。她其实是个很爱说话的人，为她儿子的癖好她苦恼得很。

"他十七八岁就好上这一口了，攒了一柜子这样式的。"栾二嫂说着直摇头。她儿子是个手办迷，收藏耻物手办。

我不说话，心里却羡慕得紧。真是个好运气的年轻人! 我十七八岁时有什么? 除了杀戮?

"起先就那样摆着，一镇的人都在背后说呢，差点连媳妇都说不上。后来我找了块旧床单，有人来串门了就盖一盖。"

"年轻人嘛。"谁不得打这过? 我就对栾二嫂说，"城里小孩喜欢这个的不少，都是看日本动漫看的。"现在的年轻人真是赶上好时候了，我们年轻时有什么可看的? 都上战场保家卫国了，我还不知道女人到底长什么样。我们的排长是长沙人，叫我们"童子伢"，他很关照我们这些童子伢，深入敌境侦查敌方炮阵地时他总是头一个，谁也抢不过他，一句话他就能把我们都顶回去："老子儿子都有了，挂了也不怕，你们急么子！"

"原先逢集他还出去摆摊，搞得大家都围着看笑话。落后他不摆了，网上的生意忙不过来。就有年轻人跑来家里买，挨门挨户打听过来，丢死人了！哎呀现在的年轻人啊，真不害臊！"

我就笑。想起那时候在部队，我们班的一个上海兵探亲回来，说他家附近开了家性用品商店，柜台里摆的都是各式各样的生殖器。睡我上铺的陕西兵不信，黑暗中"噌"一下坐起来，大声道："额不信，咋个吆喝嘛！"

栾二嫂把一只手遮到嘴边，凑过来压低声音对我说："衣服是可以脱下来的，一开始我那个急啊，屁大点就脱娃娃衣服，长大了还了得？栾二好孬不说一句，我又不敢跟外人说，臊得不行，光心里着急，以为自己生了个怪胎。"

栾二嫂说这话的样子蛮有趣，仔细一端详，发现她长得也蛮周正的。我就看着她笑，什么也不说。栾二嫂回过神来，脸一红，啐了我一口道："呸！男人没个好东西！"她眦了我一眼，扭身走了。

哎呀！有句老话怎么说来着？眼角上递了情书，说的就是这种感觉。

十

栾二嫂有一个自家专用的汤池子，在旅馆最靠里的一个房间内，不管生意好坏，从不对外开放。我跟她好上了后，开始享受她家人的待遇，也去那个池子里泡了。

"我啊，"有一次，我泡在热气腾腾的池子里，笑着低声对蹲在池边擦地的栾二嫂说，"以前我还真没睡过别人的奶奶。"

她一下站起来，抡起擦地毛巾朝我抽来，我脚一蹬，身子一荡躲开了。毛巾砸到水面上，水花溅起三尺多高！

"好、好你个二嫂！"我说。

栾二嫂笑笑，"砰"一下带上门出去了。

和栾二嫂熟了以后，发现她挺能说的。我爱听她说话。按栾二嫂的说法，她娘家的杠子头火烧在这一带很有些名气，东到鳌山卫，西到即墨县城，不管是高档酒楼，还是路边小摊，都到她家拿货。栾二嫂做姑娘时就帮着家里卖火烧，迎来送往，场面上活泛得很，口齿也伶俐得很。有时，我俩面对面坐在一张矮桌边喝一碗玉米面糊糊的功夫，她说的话，一句句排起来，能从大石村排到温泉镇。当然，栾二嫂和金文玲两口子也很熟。

"外来户。"栾二嫂这么说。

据栾二嫂讲，金文玲两口子是正儿八经城里人，九十年代初才下乡来到大石村。村里人都说是老金的问题，打了败仗当过俘虏，城里不让待了，是被发配到乡下来的。好在王功成人脉广，能在乡下找到落脚地。王功成的父亲在即墨县城绿化公司干过业务科长，和大石村老村长相熟，这两口子城里不让待了，就来村里承包了块荒地，种树种花为生。

"活儿都是她干，连累了男人，心里愧得慌吧。"栾二嫂说。

"胡扯！"'俘虏'这说法着实让我生气，"人家老金他们部队可是有名的英雄部队！你们……"我气得说不下去。

"你瞧你！"栾二嫂看着我，笑道，"猴年马月的事了，生什么气嘛！当年老村长也是这么说。怎么？"栾二嫂说着停下来，看着我问，"你和这两口子熟？"

我告诉二嫂，说我请金文玲给我家打理花草呢。

"是把好手！"栾二嫂说，"活儿给她是错不了的。论起来，现在住到乡里的城里人不少，数她和大家伙处得最好，村里谁家有个红白喜事，她都去帮忙，不多嘴，干活又不惜力，她啊，一点儿城里女人的毛病也没有。"

"是的，活儿给她是真没错。"我说。我想了想，又问："你们这么瞎说，老金听到了不生气吗？"

"她啊，啥也不说。"栾二嫂笑道，"她耳朵不好用，嘴巴也不好用，光知道干活。哎，你说——"栾二嫂在桌子底下踢了踢我的脚，问道，"好好的他们到底为啥要跑到乡里来？连孩子的学习都给耽误了，他家的儿子还不如松林爸，松林爸我好歹供到高中毕业呢，他家的儿子连高中都没读完，直怨他们。"

"自己不用功，怨父母？"我在金文玲家见过那小子一面，那次他恰好回家捉鸡给哺乳期的老婆吃，看上去和栾二嫂儿子一般大，大手大脚，不怎么说话，像老金。

"户口在城里嘛，那孩子一直在乡里上学，中考要回城去考，考得不好，后来就不想读了，终归是耽误了。"

我默然。

"好在是个聪明孩子，后去青岛跟人学修车，听说现在过得还不错。俘虏不俘虏的，这些年了，村里也好镇上也好，谁也不会为这个低看金姐一眼了。一个女人，枪林弹雨里过来，这方圆十里，别说女人，就是男人，还有哪个？人心都是肉长的，当初他们来村里包地，老村长一句话，谁也没说什么，五十亩地，虽说是荒地，可给他们的价格也特便宜，期限还长，二十五年呢。"栾二嫂说。

我心里一沉："这不马上到期了吗？"

栾二嫂就笑："搁别人那，这是事，搁王功成那，就不是事，王功成是谁？人精啊！新村长上任时，他又续签了十年，听说没涨什么价，跟白捡一样。这一带的园艺场，他家是数得着的了。至于金姐么——"栾二嫂说，"就是个实诚人，不过他们家的日子，终归还得靠着王功成才能过。"

"那老金先前有没跟你说过？要介绍个城里人给你？"我笑着问她。

"麦收那阵赶集遇到金姐，她跟我说过这么一嘴，她除了干活，向来是啥也不管的，当时我还奇怪呢，"栾二嫂看我一眼，也笑，"啧啧，住别墅的城里男人！我一听就笑死了，心想她脑子是不是坏掉了！"

栾二嫂的丈夫栾二有三兄弟，栾老大和栾老三也开温泉旅馆，但他们的旅馆都在海泉一路的北边，汤池子里需要的温泉水要从栾二嫂家引过去。说到这里，就不得不提温泉镇一大令人费解之事。这个镇子地势平坦，东临鳌山湾，一条东西向的马路，也就是海泉一路将小镇一分为二，马路南边和北边看上去毫无分别，地势一样，生长的草木也一样，可奇怪的是，路南边能打出温泉水，北边则不行。栾二家的老宅就在马路南边，靠近温泉河，汤上就是在老宅的基础上翻盖的。据栾二嫂说，栾二老实木讷，不如老大老三讨父母喜欢，老大、老三结婚时，都是重新申请宅基地，修了漂亮的新房给他们，偏只有栾二，就在低矮破败的老房子里结了婚。好在栾二嫂天性豁达开朗，并不把这样的事放在心上让自己不痛快，她和栾二就在老宅子里把日子过了起来。可谁能想得到，日子过着过着，突然老百姓也能泡个温泉了呢？多少年了，泡温泉一直是镇子周边那些疗养院里才能发生的事，跟农民、渔民有什么关系？温泉镇周围有不少公家盖的疗养院，家家林木参天、墙高院深，有干部疗养院、军人疗养院、工人疗养院，就是没有农民疗养院和渔民疗养院。忽一日政策允许，农民、渔民在自家的院子里打口井，属于国家的滚烫的海水咕隆隆咕隆隆就从地下冒了了出来，农民、渔民在自己家里也可以洗个温泉澡了！不但如此，只要在家门口挂块木牌牌，上书"某某温泉旅馆"几个字，就有人把白花花的银子送上门来。这等好事，怎可只让镇子南边的人家独享？大家好才是真的好嘛！所以，当栾老大和栾老三说也想开个温泉旅馆时，栾二嫂眼都没眨一下就同意他们来拉管引水。

我跟栾二嫂好上了后，常在她家进进出出，招来好些异样的目光，有几次我在街上碰到栾老大，他的一张脸着实难看。我就跟栾二嫂说："二嫂，"我像镇上的人那样称呼她，"我一不图你钱，二不图你地，三不图你生意，就图你个人，你得跟你大伯哥小叔子他们讲清楚，我住盛世王朝，不是什么流氓无产者，甭用瞅小白脸的眼光瞅我！"

"瞅呗，能瞅掉你一块肉吗？"栾二嫂说着笑起来，"猪脑子也想得明白咱俩这事啊，你孤着我单着，名正言顺！天王老子也管不着，谁敢叨叨一句，我直接掐管！"

"掐管你可做不出来，那什么……"我笑起来，想跟她开个玩笑来着，但我没敢说出口，一张小桌上吃着饭，隔桌她铁定能抽到我。

十一

新的生活安抚了我。

我干脆给自己放了假，天天泡在汤上。汤上旅馆的许多杂事现在都是我在做，比如修水管、换掉霉变的墙纸和天花板、清理池子之类。天气一冷，温泉的生意就会火起来，会有许多工作要做。这些简单的工作令我愉快。就像两次炮击之间的间歇，我的内心感受到了平静。当然我也不白干，免费泡汤，免费的午餐晚餐。栾二嫂也能喝点酒，每天晚饭时我们都会对饮两杯，隔三差五的，我们还会互相搓搓背。我俩就像两个中年单身汉搭伙过日子，谁也不用迁就谁，挺好。

"这才是生活该有的样子。"有时候我躺在床上，回顾过去的一天，甚至会这样想。

只是栾二嫂无论如何也不肯跟我回盛世王朝过夜。

"算咋回事嘛！"

"算处对象这回事啊，你说过，我孤着你单着。"

"不是那么回事，"她揉着面，准备做韭菜盒子。她说："要是有人当街喊住松林，对他说，松林，昨夜你奶奶把自个送到盛世王朝去了！我这老脸往哪搁?"松林才三岁，刚上幼儿园。

她也不留我过夜，多晚都轰我回家，理由当然还是松林。扯到松林我也实在没什么好说的。

晚上我们一般吃小米粥、玉米面糊糊或是海鲜疙瘩汤，栾二嫂也真没拿我当外人。如果松林和他妹妹过来吃饭，那我也可以吃上鲅鱼水饺、新鲜的立虾什么的。

这晚是小米粥和海蛎肉韭菜盒子，近来我口腔生溃疡，栾二嫂特地为我烧了两条针亮鱼，一公一母。她烧得一手好针亮鱼，用一口砂锅，锅底铺上大葱段，放鱼，再铺一层大葱段，倒入水和调料，然后把砂锅盖上盖，坐到一只旧火炉上，往炉子里塞一根木柴后，栾二嫂就忙自己的去了，木柴烧尽，鱼也好了，连骨头都是酥烂的。这是我吃过的最好吃的针亮鱼。

有时候，吃着饭她会问我从前的事，那次离是因为啥，这次离又是因为啥，我也说不出个所以然。栾二嫂就说："你们这些城里人，真不会过日子，瞎折腾。照你们这样的过法，我们这镇上的人啊，都得离！"

其实我真没折腾，哪一回不是在认真过日子？我努力赚钱、养家，可我两任妻子都说没有感受到我的爱。我不知道怎样才能让她们感受到他妈的那个看不见摸不着的爱！生活夹叉了我。只能这样解释。

这晚她问起了我的孩子。

"多久没见她了？"

我想了想，说了个数字。栾二嫂夹菜的筷子停到了空中。"天！"她一声惊呼，问道，"你就不想孩子的吗？"说这话时她把筷子从空中收回来，在她左手端着的碗上敲了一下。

当然想。但是知道孩子过得很好，就不太为她担心，这想，就不难受，就还能忍。

栾二嫂还是不能理解。她忧心忡忡地看着我，说："老了可咋办？依我看，等孩子上完大学，就让她回来，我看电视上讲，美国到处是枪，可乱了。"

我女儿四岁就跟着她妈去了美国，那年暑假回来，中文都已经说不太利索了。现在偶尔视频，她总是对我中文英文一通混炸，我几乎要靠血缘的神秘奇妙才能明白她在说什么。几年不见，她长得和小时候完全两样了，开朗又自信，异国的水土把她滋养得修长、结实，看上去比许多同龄的中国孩子要成熟。汉堡、热狗甚至改变了她的容颜，使她看上去都不那么像个中国孩子了。她入没入籍我没问过，不敢问，但我心里清楚，这孩子是肉包子打美国狗，有去无回了。

"如果她不回来，那你等退休就去，一家人得搁一块儿。"

我才不去美国呢。我笑着问她："咱俩一块养老，中不？"

"那不得亏死你啊，"栾二嫂也笑，"农民六十岁以后才有钱拿，每个月拿八十，我怎么跟你一块养老？"

"我的也不多。"

"再不多，也比我们强。王功成前年开始拿退休金了，听他显摆过，每个月两千多呢。我不占你这便宜。"

"那我住你家，你出房，我出生活费，中不？"

栾二嫂叹了一口气，眼神忧郁地看着我："可这房子姓了栾，不姓黄了呀……"

我恍然大悟。起初满街人都指指点点的，后来一团和气，想必是栾二嫂做了些安排，让栾老大和街坊们都安了心。也好，我想。

于是我笑道："房子，我有啊，你也可以住我家啊。"

她咬着筷子头，沉默了一会，道："老了还是得搁孩子跟前……何况我们都就这么一个孩子。"

穷寇莫追，我转移话题，问道："你怎么就要了一个'跑船'的?"

海边人家多信奉多子多福,"结网的"指女孩,要有,"跑船的"男孩更是多多益善。我看镇上差不多家家超生,头一个是儿子的,也有两个孩子,有的人家甚至还有三四个。在渔村,计划生育不好管,一条船开出去好几个月,回来时孩子都抱在手里了,总不至于夺过来扔到海里吧。

"也有过,当初想要来着,后来和栾二打了一仗,没了。"

栾二的照片现在还挂在他们的卧室里,小个子,人很清瘦,戴副眼镜,像个乡村教书先生,不像会打仗的样子。

"为这事,我还怪过金姐,好几年不跟她说话。"栾二嫂笑起来,"年轻时不明事理。"

"金文玲吗?"

"是啊。"

"咋回事?怎么怪上她了?"

栾二嫂说:"说起来快二十年了,那时松林爸爸像松林那么大,我和栾二就琢磨着再偷偷生一个,可巧很快怀上了。入夏后穿得少,怕人看出来,我就回了娘家。我娘家前后两进院子,后院不大有人去,我跟我娘就猫在后院,轻易不出门。栾二常去看我,一来二去,他和王功成就混熟了……"

栾二好口酒,这点和王功成很对路。起先他们只是在村镇上买啤酒遇到点个头,后来就坐到一张桌子上喝去了。多是在王功成家。

"有一天,差不多现在这个点儿,王功成买火烧来了,巧的是单我自个在家，我哥送货去了，我娘和我嫂子下地干活还没来家，那阵子正收甜瓜呢。王功成在前院喊了几嗓子，我听着是他，想着邻居嘛，不打紧。就出来给他拿火烧。那会子我二十？不到二十一呢。"

"结婚真早！"

"在农村，不早了。"栾二嫂说着笑起来，"哎呀，现在想起来，有什么嘛，几句话的事，我恼成那样，那会儿年轻，懂什么！"

"到底咋回事？"我问道，脑海里浮现出王功成那张四四方方堆着笑的脸。

"王功成许是喝了两杯，骨头轻，见是我嘴里就说起浑话来，其实平日里他对周围的人不这样，他都是到城里去坏，"栾二嫂说着，挥了挥手，笑道，"不拉了，老黄历了。"

"你看你，话说一半儿！王功成骨头轻，怎么怪上金文玲了？"

栾二嫂笑着摇摇头，不说了。我跟她连碰了两杯后，她又断断续续吐露些许。无非是两个男人在灌了几杯猫尿后，胡侃神侃间，把床上那点事拿来做了下酒菜。过了那么多年，栾二嫂提起这事还有些羞赧："后来王功成一喝了酒，就对金姐胡咧咧，'你啊，'他说，"栾二嫂学着王功成喝多了的样子，伸出一根手指指点着说，"你啊，八成是你老子从冰窟窿里把你给捞上来的，女人和女人差别咋那么大呢？瞧人家栾二，过得多恣啊，他说他媳妇可是个……"

"是个什么?"

"汤池子!"栾二嫂说着飞红了脸,捂着嘴笑起来,"栾二这狗娘养的!"

我笑得简直停不下来,栾二这狗娘养的!

栾二嫂敲了我一筷子后,接着说道:"这话听多了,金姐烦了,有天她就回了一句,'那你找汤池子去吧,看她让不让你这老囊子泡!'"这天王功成来买杠子头火烧,大约看到衣衫单薄、眉低乳高的栾二嫂,就想起金文玲这话了,于是借着酒劲儿跟她开起不要脸的玩笑来。

"我那会儿年轻啊,可了不得了!我气得啐了他一脸,又哭又骂,抄了根擀面杖把他给撵走了。他走后,我越想越委屈,你说这缺德男人,灌猫尿吧,扯自家女人干什么,等栾二回来我可没轻饶他,揪住他好一顿揍,这孩子后来就没保住,唉,吃了年轻气盛的亏。孩子没了,我又伤心又难过,跑去王功成家门首又一顿骂,骂王功成,也骂金文玲。"

"关金文玲什么事嘛!"

"谁说不是呢,好在金姐在后院埋头干活,就当没听到,她是大人不计小人过,没跟我计较。后来我好几年不跟金姐说话,一想起这事我就难过,毕竟孩子没了,后来老怀不上;二来我不该骂金姐,都是该死的酒彪子男人造的孽嘛!关金姐什么!我悟过这个理儿后,有些难为情,不好意思面对她,远远见她就绕着走。后来我妈去世,金姐去我家帮忙,我们才又拉上了。"栾二嫂说着停下来,犹豫了一阵后,又道:

"说来也怪，后来栾二告诉我的，金姐啊，那会儿也还年轻不是？长得端端正正，什么毛病没有，可是听栾二讲，王功成说那事儿她就是不行，每次都得王功成硬来，他们过得可辛苦了。就为这，老王年轻时常去即墨城里胡混，金姐就在家干活，出大力，由着他。"

我夹了一大块针亮鱼到碗里，埋头吃起来。

"王功成不如意时就骂她，说她跟死人打交道多了，不会活人了。往日里，不管王功成咋埋怨，金姐都不吭声，单这话她听不得，一听这话她就扑上去跟王功成撕打，谁都拉不住。那会儿，他们可没少打仗。"

十二

有天傍晚，我和栾二嫂正准备吃晚饭，金文玲打来了电话。

"老班长，出来下！"金文玲在电话里说有重要的事情和我商量，她说她就在汤上外面的小巷口。不知她怎知我在汤上。

我还未来得及跟她说我和栾二嫂的事。这种事果然传得快。

栾二嫂刚把饭菜做好端出来。"有人喊你出去喝酒？"她坐下来，呼哧呼哧喝了口蛤蜊疙瘩汤后，冲我挥手说道："去吧。"她也不问饭点上一个电话就把我叫出去的人是谁，也一点都没有不高兴。

金文玲骑在一辆三轮车上，见了我，她从口袋里摸出一张银行卡递给我。

"密码六个零。"她说。

我没接，问她这是什么意思。

"还你。"她有些不高兴地说，接着她咳嗽起来，好像被什么呛着了。

"哦。"我说，"这是我和老王的事，女人家管那么多干嘛？"

她绷着脸，不说话，一边咳嗽，一边把手里那张银行卡直戳到我面前来。我不接，她眼睛看着地面，脸憋得通红地道："助纣为虐。"

"什么？"我不懂她干嘛这样说，她气呼呼的样子，又让我有些想笑。

"走，进屋去说吧，这儿风大，看吹感冒了。"

她绷着脸，摇摇头，不动。

看样子，王功成找我借钱这事惹她不高兴了，搞不好来找我之前，她已跟王功成干了一仗了。

巷子口上的风凉嗖嗖的。我想了想，说，走，咱们去镇上撸串吧，有啥事边吃边聊。

温泉镇上老孙家的烧烤不错，他家门口立着一口一人高的瓦缸，里面烧着好闻的果木炭，烤出来的东西又香又嫩，我有段时间没去了，有些想吃他家的烤羊肉串、烤马步鱼了。

金文玲不肯去。我跳上她的三轮车，说："走，去老孙家，等把这事说清楚了，你再把卡给我不迟。"

金文玲这才把银行卡收了起来。

我们到了老孙家，金文玲把三轮车停在路边，我们就在街道边拣了张桌子坐下来，秋意渐浓，长街微凉，但街道两边的烧烤生意还是很不错的，虽说和炎夏时节没得比，但也算得上兴隆，家家门前都有几桌食客，笑语喧哗，烘托出一派热闹气象。

我们一人要了一扎鲜啤，烤了三十根羊肉串、三十根五花肉，马步鱼、腰花、鸡翅也一样烤了一些。老金爱吃辣，我又要老孙烤了两个茄子、两个辣椒，烤好后和生蒜一起捣了，淋上香油端了上来。这是我后来在山上跟老张学的。现在我也能吃一点辣椒了。

啤酒上来后，我和金文玲碰了下杯。我问，没跟老王打仗吧？

她的嘴角露出一个凄凉的笑，什么也不说，仰头咕隆咕隆把一杯啤酒都干了。喝完她又咳嗽起来。

我看得心酸，说："你呀，你是真没把我当朋友，倒是老王……"我说不下去，也仰头把酒都干了。

"老班长，你已经帮过我们很多回了，俗话说，'君子之交淡如水'。再说，你是真不了解王功成这个人，有什么东西入了他的眼，他是啥都不顾的。"

金文玲说，瘸子老宋根本就不同意搬迁鸡场，现在养殖这行竞争激烈，鸡蛋卖不起价，他往山里一搬，谁还上他家拿货？可王功成偏看中他家那块地了，别人都觉得不地道，没人接村委那茬，他倒好，跟村委一起逼老宋呢。

原来是这样。

"他怎么就那么好意思去抢一个残疾人的地！"金文玲气愤地说。

我不免暗自叹息，这点事她就这样生气，有些事，岂不是要让她气炸了。"这话严重了，"我替老王辩解道，"不是说老宋和村委都协议好了么？"

"协议是协议了，但人家老宋根本没签字，现在反悔了也是可以的，不能逼他签吧！"

这倒是的。

"财迷心窍，失心疯了！怎么劝都不听，我先把话撂这儿，这事啊，不会有好结果！"金文玲看上去失望极了："我想好了，我要去城里找份工作，再过几个月，我就五十了，可以拿点养老金了，怎么着不是一辈子！"

"城里你打算住哪？"

"我都打听好了，有小区在招园林工人，有的还提供食宿，实在不行，我也可以和工友一起租房住，城里那么大，难道就没我金文玲落脚的地方？"

"别胡闹了，跟老王好好谈谈。"我说，"这么多年都过来了，这个年纪，还分两处过活，不好。"

金文玲只是摇头。

金文玲再次把酒杯满上，举杯对我说："老班长，你是个好人，不枉认识你一场，喝了这杯酒，我们各走各路。"说着她又剧烈咳嗽起来。我赶紧倒了杯水递给她。

老金喝了几口水，止住了咳嗽后，端起酒杯接着道："以后，老王的事，与我无干，你也不用再过问，你若再过问，那是你和老王的事，不关我金文玲了。"

"你这是干啥呢！"

她一仰头把酒干了。她抹了抹嘴，说："栾二家的人不错，是个好女人。"说完她把卡掏出来搁到桌上，"吭吭吭"咳着离开了。

十三

我改了大门门锁的密码，开始试着自己照料那些花草。我干得不好不坏，有些花草长势很好，有些慢慢枯萎了，我把那些空出来的花盆处理掉后，暖房倒显得没那么拥挤了。也好，我想。

和金文玲见面后没多久，一个令人惊讶的消息传到了温泉镇。瘸子老宋在大石村村委会大院喝药自杀，喝的是养鸡场常用的消毒剂，过氧乙酸。还好村主任眼疾手快夺得及时，老宋性命无碍，但口腔、食道灼伤严重，送到医院救治去了。

消息传到镇上，大家议论纷纷。

"欺负残疾人！"栾二嫂说。她对王功成又添了一份不满："屋挨屋住了这些年，亏他干得出这种缺德事！"

我连忙给王功成打电话，他的手机关机，我想了想，又打给了金文玲。金文玲倒淡定得很，因为感冒一直没好，她现在也还没离开大石村。

我问现在是个什么情形，老王电话怎么打不通了。

老金笑了，道："他躁死了，电话不敢接，门也不敢出。"老金一边说，一边咳嗽，她的感冒好像越来越厉害了。

我问现在村委会是怎么个说法。

"老宋那个养鸡场暂时不搬了，吭、吭吭吭……村里帮着修个化粪池解决污染问题，吭……新鸡场那块地给咱们了，"老金说着又笑起来，"老王从没吃过亏，这下好，机关算尽，算到自个了，吭吭吭，他恼死了。也该让他尝尝味了！吭、吭……这会儿他可是知道着急了，吭……托人四里八村到处打听有没有人要养鸡呢。"老金在电话里一边说，一边咳嗽，听上去就像她边上有只啄木鸟在啄木头。

挂电话前我叮嘱老金快去看医生，别把小感冒拖成了肺炎。

"没事。"老金说。

"非要闹出人命来，他们才晓得怕！"末了老金又说。

十四

冬天很快就过去了。

立春过后，我打算种点早春萝卜、辣椒、菜豆。本来想去金文玲家拿的，我很久没去大石村了，也不知他们现在过的怎样。闲聊中从栾二嫂那得知，王功成这回元气大伤，新鸡场转是转了出去，但价格低廉，王功成赔了好几十万。老金一直在家，并没有去城里。这让我心里颇觉安慰。

想来想去，最后我还是决定等温泉镇大集时去转转。为几包菜种子我实在犯不着跑一趟大石村。

到了赶集那天，我把车停到汤上后，就去集市上转了。我停车时，栾二嫂听到动静追出来，嘱咐我替她买一桶肖立洁溶液，给汤池子消毒用。她开始在集市上买消毒液了！这两年镇上小温泉旅馆越开越多，生意也越来越难做。这种消毒剂在超市没有桶装的，但集市上就有，还便宜。集市上什么都有，什么都便宜，神奇得很。

上午十点来钟，集市上已是人头攒动，热闹非凡了。卖菜种花种的在集市的西北角上，我一路逛过去，在路边一个戴橘黄色安全帽的工人面前，我停了下来。他穿着一套迷彩服，溅满泥点的裤腿卷得老高，面前铺了张报纸，上面摆着一个铜绿斑斑的香炉。像一出被人看厌了的戏，集市上满满的人，独他跟前冷冷清清。

"刚在工地上挖出来的，便宜卖。"他抽着烟，神情自如地对我说。

香炉看上去做工不错，如果真是铜做的，百把块钱买个刚出土且底部刻着"宣德年造"香炉也还划算。我笑笑，蹲下来拿起来细看，忽听得有人在我身后叫，一声更比一声高。

"哥、哥!"

"老哥!"

"老班长——"

我扭头一看，马路对面一棵樱花树下，立着王功成，他胳肢窝下夹着一卷东西，正用那只夹着烟的手使劲冲我挥着呢。

我放下香炉，不顾建筑工人的殷勤挽留走了过去。路上车多人多，边上一家超市门前的儿童投币摇摇车还放着刺耳的高分贝"小苹果"，我和王功成就往前走，去一家银行的大厅里说话。

"老哥，那都是哄人的玩意儿，可不能买。"王功成说。

"嗯，知道，只是看看。"我问他，"近来忙啥？"

"瞎忙，"王功成把烟叼到嘴上，从口袋里摸出烟来对我说："来一支？"

我不吸烟，但遇到这种情况也会来一根。我抽出一支烟，就着他的烟头点上。王功成看上去情绪不高，模样也有些憔悴，看来鸡场的事对他是个打击。我们站着，默默抽了一会儿烟后，他又问："老哥，你咋样？"

我说我还好，老样子。

他沉默了一会后，说："老班长，老金她，不中用了。"

"什么？"我吃了一惊，"老金她咋的了？"

王功成将夹在胳肢窝下的那卷东西打开给我看，是一捆带着泥土的植物，圆圆的油绿的小叶片，簇拥着一簇簇黄色的小花蕾。

"我刚在集市上买的，猫眼草。"王功成弹掉长得要烫到腮帮的烟灰后,说:"年前她咳嗽一直不好,后来后背又疼得厉害,儿子就带她去青岛的医院看了看,医生说是生癌了,在肺上,开刀吧,晚了。没法想了,用这个煮水喝,或许能治。"

"怎么会——"我无法相信,印象中金文玲从不吸烟,她怎么会得这个病?我看了看王功成,想,命运真他妈不公平,多少人烟不离手,反倒啥事没有。

"唉,现在家里可是乱了套了,没法过了。"王功成皱着眉,苦恼地说,"他妈的流年不顺!"

"还是得住院治疗吧?光吃这个能行?"我把那卷猫眼草拿过来,扯下一片叶子闻了闻,一股淡淡的植物汁液的清新味道,没什么特别的。

"可别弄到眼睛里了。"王功成赶紧把猫眼草拿过去,重新卷好夹回到腋窝下。王功成说:"她不肯住院,不能开刀了,住院能有啥事?每天光给个止痛片,量个体温挂个水,老金也呆不住。"说着话,王功成不住摇头叹气。听上去情况确实不妙,家里有这么个病人,气氛整个都不对了,活儿没人干,园艺场都快荒废了,好在孩子还算孝顺,正到处托人给金文玲买外国产的靶向药。

"医生怎么说?"

"让好好照顾,想吃什么就给她做什么。"

我一时无语。

隔着一扇玻璃门,外面人来人往,热闹非凡,银行里倒没什么生意,安静得很。有那么一阵,我和王功成抽着烟,看着门外，都陷入了沉默。

"金文玲这倒霉蛋！"我把烟头丢到地上，一脚碾灭。

"改天我去看看她。"我说，"让她好好养着吧，我白天多在汤上，有事去那找我。"

"栾二家吧？先前我和老金还想介绍你们认识呢，没想到……"王功成笑起来，道，"这就是缘分！"

十五

从银行出来，我去买了几包菜种子。集市上挤挤攘攘的，有好几次我撞到了别人。"留神点！"有人在我背后吆喝。我懒得回头，边走边四处瞧。路过园艺区，我见到好几家摊位都摆着猫眼草、玉竹、黄精之类的本地草药，我在一家摊位前停下来，拿起猫眼草细瞧，觉得这东西很眼熟，貌似以前爬崂山时见过。熟视无睹。有时候，有些事情就是这样。与通讯员喝酒的那一晚过去后，我慢慢也想起来，我曾在瞄准器里观察过那个高地，它夹在两个高地之间，地势比那两个高地低矮，应该是很容易被敌我双方火力覆盖的，以前我竟没意识到这一点。

摊主很热情地说："买点吧，回去一种就活，这可是好东西，拿来煮鸡蛋吃，治百样癌！"

治百样癌！

我放下猫眼草，拿起了一把黄精，据说崂山道士修炼到最后，都要靠食黄精来羽化成仙。既然相信猫眼草能治百样癌，王功成为何不买点黄精呢？黄精还能起死回生呢。我放下黄精，接着往前逛。

走走停停的，我在集市上足足逛了一上午，快散集时我才往汤上去。我买了一大桶二嫂需要的消毒液，一打塑胶手套，刷温泉池子时用得着。几只刚孵出的小鸡仔，打算送给松林兄妹俩玩玩。另外我还买了一大把孙记的瓦缸烤串，一塑料袋鲜啤。不知为什么，我就是觉得有些口干舌燥，想马上喝一杯。

我回到汤上，栾二嫂闻声迎出来，拍手道："你听说了吗？哎呀金姐，她生了癌了。"栾二嫂的语气满是惊讶。

我把酒和烤串递给二嫂，将小鸡仔从塑料袋里放了出来。

"刚刚隔壁婶子赶集回来，说看见王功成买猫眼草来着，给金姐买的！"

小鸡们刚被放出来，还有些懵，蹲在地上一动不动，叫声柔弱无助。我蹲下来，把一只小鸡罩在掌心，它惊慌地做着无用的挣扎，毛茸茸的柔软的小身子仿佛一捏就碎。过了一会，发懵的小鸡们回过神来，叽叽叫着，把毛茸茸的小翅膀竖在背后，撒着欢满院子跑起来。栾二嫂见此情景，有些惊讶地问："怎么想起来买这个？"

"给孩子们玩玩嘛，等养大了，还能生蛋给他们吃。"

"哎哟！花这钱！不知道现在不让养了吗？"栾二嫂又笑道，"你还不知我家都是啥样孩子呢！去年松林姥姥养的小鸡，全让松林给踩死了，今年那小的也能满地跑了，你这些小鸡啊，还不够他们兄妹俩糟蹋的。"

这可真是没想到。我讪笑着，看着满院子乱跑的鸡仔，想，我这抽的是什么风？！

二嫂站在门边，一手拎着啤酒，一手拎着烤串，忙不迭地用脚把"叽叽"叫着往屋里扑的小鸡往外挑，末了她干脆倒腾出一只手来，放下门帘，一劳永逸。

"我刚给我娘家嫂子打电话，说是他们也才知道。明儿你有事吗？"

我摇摇头。

"明儿我打算回趟娘家，顺便看看金姐。"二嫂手搭凉棚，抬头看小院上空没有一丝云彩的天，说："这天也热得太快了，来泡汤的人日渐少咯，一上午，只有丁字湾南芦村的老贺打电话来，说明儿后晌来泡，几日不泡，说是风湿重了。"

十六

我替栾二嫂守了一天汤上。我没有去看金文玲。

去了说什么好呢？才几天不见，她生了这样的病，我却越活越快活，比先前还胖了不少。我回家翻出来一包燕窝，让栾二嫂捎给金文玲，这是我一个老战友去马来西亚旅游时，给我捎回来的礼物，我嫌费事，一直没吃。

"让王功成炖粥给她喝，补补身子。"我想了想，又道，"甭说是我送的。"

栾二嫂头一回见到燕窝，拿在手里翻来覆去地看。

"这么贵重的东西……"栾二嫂有些为难。也是，若说是她送的，金文玲未必肯收。

"那你看着办吧！"我说完这话，就把毛巾往肩上一甩，去清洁汤池子去了。

在汤上的这一天过得很快，除了老贺，也没别的客人。老贺自己开车过来，我把池子注满滚烫的温泉水，拿来两瓶冰镇啤酒和他一起泡了一会，这么好的一池水，一个人泡简直太浪费了。栾二嫂平时不让客人在泡汤时喝酒，怕出意外。可今天，管它呢。丁字湾盛产大海螺，老贺是丁字湾有名的海螺养殖专业户，海螺的收获季节在冬天，天气越冷，捞上来的海螺就越鲜。早些年，老贺还没有现在这么有钱，都是自己下海捞海螺，想想吧！养海螺的池子里漂着冰凌，人却要下到那池子里去……这样子好些年。现在，老贺有了钱，当然，也有了病。老贺不爱说话，我也就不找话跟他说。我默默坐在池子的一角，安静地看他把脖子以下的身子都浸在发烫的池水中，他用一双肿大变形的手，专心致志揉搓身上其他各个俱已肿大变形的关节，我拿给他的啤酒一直放在池边，他没顾上碰一下。灼热的温泉水缓解了他的不适，他闭着眼，搓着自己，嘴里不时发出"嘶嘶"的吸气声，神情看上去都有了幸福感。

"这是在遭罪。"我喝着啤酒，看着老贺想。

活着真他妈的没啥意思。我把目光从老贺身上挪开，投向窗外，河边垂柳绿得非常好看，一团团笼雨罩烟，乌鸦不知哪里去了，一只也不见。

傍晚，我收拾好旅馆，给小鸡仔喂食时，栾二嫂才从大石村回来。

"金文玲咋样了？"我问。

栾二嫂叹了一口气，说："没见着，说是昨夜烧得人事不省，她儿子连夜又把她弄到青岛的医院里去了。"

栾二嫂带了一篮子刚出锅的杠子头火烧回来，我闲着无事，走过去翻出来一只糖火烧。这是近年来为适应游客和年轻人的口味，黄记开发出的新品种。我掰下来一小块火烧丢进嘴里。酥的，甜的，细嚼之下，也觉好吃。

"燕窝给王功成了，正好赶上他回来拿换洗衣服，我说是你给金姐的，他让我替金姐谢谢你。他还当场上网搜燕窝的做法，还说男人也能吃。这人！"栾二嫂摇了摇头，叹道："金姐躺倒了，他家的日子咋看都不对了，园艺场要撂荒了，王功成说只能把园艺场卖了，也是，没有金姐，谁来干活呢！"

我想象得出那情景。我头一次去功成花卉，小灰将我领进小院后的大棚内，王功成就坐在那棵桂花树下喝茶，茶桌上的播放机里放着茂腔戏。功成花卉的经营模式大约就是那样，王功成是决策者，负责规划、营销，具体的活儿大多得金文玲来干。

"现在人到底咋样了？王功成怎么说的？"

栾二嫂看了我一眼，说："他说，她回不来了，她会死在城里。"

我又掰了一块火烧丢进嘴里嚼着。这回，我听到了自己的咀嚼声。

那次金文玲给我送菜种，闲聊中她问我："老班长，炮弹炸过后的弹坑，到底安不安全？"——过了那么多年，她还在问这样的问题。她说上战场前，一个从前线撤下来养伤的老兵告诉她，刚爆炸过的弹坑最安全，从来就没有两发炮弹能打在同一个弹坑里。怎么说好呢？当年我们打得最狠时，吃顿饭的功夫，就能往一个不到两平方公里的小山头上倾倒一千多发炮弹，差不多将它削平了，打得敌人毫无还手之力。哪个炮弹坑谈得上安全？狠过对手，才是安全！我嚼着火烧，回想起金文玲问这话时的样子，感觉她就没挪过地方，这么多年来一直呆在那个炸聋她一只耳朵的弹坑里。

"哎呀，真是有啥别有病，听我嫂子说，才几天功夫，就瘦得没个人形了。"

"二嫂，"我不想再听下去，金文玲，老金，现在我才知道，我在她身上看到了什么。我喝了一大口水，费力地把嘴里的食物顺了下去。我冲二嫂扬了扬手里的火烧，说："明天，明天我们就去把证扯了吧！"

栾二嫂愣了下，飞红了脸道："好好的，抽什么疯！"

十七

接下来的整个春天都是这样，每天，汤上的活儿干完后，我就开了车到处去逛。在这块土地上，我像个外乡人一样到处游荡，我开着车，顺着海边往北去南山村、丁字湾、田横岛，甚至海阳，往南则是会场村、青山村、黄山村、崂山，到处走走看看。到了崂山脚下，我也就是坐坐，看看海，看看山，晒晒太阳。我膝盖不大好了，上山还行，下山疼得厉害，山是爬不成了。如果我闺女回来，只能让她自己爬去了。

有个下雨天，又逢温泉镇大集，闲着没事，我就去集市上逛，想看看有没有什么好买的。冬天里，栾二嫂门前的一棵无花果树冻死了，我想再买棵无花果树，替她补种上。雨把街道、远山都淋成了暗淡的灰色，走在湿漉漉的灰色的街上，我突然就想起来，金文玲，这个已经死在了城里的女人曾说过，这一带的无花果，数海阳的最好。

于是我买了一棵海阳产的无花果树苗。

我扛着那棵无花果树往回走时，一只肮脏的流浪狗从人群里钻了出来，咬住了我的裤脚。我踢了它一脚，它呜呜叫着，在地上打了个滚后，扑过来又咬住了我的裤脚。我有些诧异，定睛细瞧，发现居然是小灰。我蹲下去，摸了摸它湿漉漉的背，它太瘦了！我手掌触摸到的仿佛是披在它骨架上的一张皮，好像我一用力，就可以轻而易举地将这张被雨打湿的皮从它身上抹下来。

我问小灰："你咋在这？你不是跟着老王去城里了吗？你咋把自己弄成这样了?"它扭过头去，呜呜回应着，伸出舌头舔我的手背。

"走，回家！"我说。

我起身往回走，小灰乖巧地跟在我后边。到了汤上，栾二嫂掀开门帘迎出来，瞧见狗，有些吃惊地问道："哪来的？"

"捡的。"我说。语气竟然有点凶。

栾二嫂盯着小灰看了半天后，笑着对我说："说来你信不？我老早就想养只狗来着。"

我当然信啊，为啥不信呢？我什么也没说，对二嫂笑笑，俯身拍了拍小灰的头，我未能说出的一切，它应该都能懂，我想。

原载《收获》2018 年第 5 期

蹼　足

留　待

一

　　大米失踪的那天早晨，比平时早醒了一个钟头。他梦到自己轻松地推开了仙女湖底那扇厚重的石门，一股阴森的气息猛扑到脸上。他手抚石门刚想往里看，身后的水流如骤风般裹挟着他冲进洞里。他在窒息中睁大了眼睛。轻淡的水气透过窗棂漫进屋里，草木灰的气味沉重了许多。他张大嘴巴猛喘了几口气，肚子里仿佛有几只小老鼠在焦虑地跑动。他在土炕上打了个滚，黢黑中将身子探到灶台上。他的母亲谢文婷每天晚上都在锅里放上两块干粮，让他次日一早吃饱了再去仙女湖里游泳。他伸手朝锅里抓去，却抓了空。他忽然想起，那口八印的铁锅昨天傍晚被刘加油砸烂了。肚子叫得更响了。大米从土炕上跳下来，挠了挠被蚊子咬肿的屁股，提了一下肥大的短裤，躬腰在炕角摸到崭新的球鞋。他的双脚刚迈过西屋低矮的门槛，听到北屋里传来"啪"的一声响。

刘加油和谢文婷正在北屋的大床上进行着较量。刘加油想骑到谢文婷身上亲热。谢文婷怀孕了，不愿让他骑。刘加油在百里之外的一个煤矿上班，一个月回来一次，见了谢文婷就像饥饿的婴儿见到饱满的乳房。昨天晚上生了场闷气，他便放任谢文婷在床角蜷身睡了过去。他一直没睡着。脑子里总想着村西河畔上那座新坟。泥土的腥味笼罩了他的每个毛孔。没想到平常的泥土一旦堆成坟头，味道变得这么冲。他闭紧眼睛想让睡眠把坟头淹没，坟头却像在心里扎了根。那个戴深度近视眼镜的铜锅匠躺在坟里，断裂的右腿在膝盖处呈直角向外侧扭去。刘加油伸出铁锨想替他正过来，已经有人将土扔进了土坑。泥土砸到铜锅匠的眼镜上，刘加油看到他的头微微一翘。这时，身边有人长吐了一口气。刘加油的寒毛参了起来。身下床板轻轻一动，原来是谢文婷还没睡着。刘加油急忙循着她的体味爬了过去。

谢文婷在他扑上来之前便曲起双腿护住肚子，双手用力推开他，小声说："不行。"她以为自己的口气足够坚决，刘加油却没当回事。她原来也经常说"不行"，他三磨两泡也就行了。她虽然怀了孕，肚子还没有明显凸起来。他像练蛤蟆功一样躬在她身上，双手与她的手纠缠着，噘起嘴寻找她的嘴巴。谢文婷气喘吁吁，身子渐渐有点发软。谢文婷有点急。她将脸扭到一边，右腿的膝盖用力往上一顶。刘加油裆里突然一缩，全身抽搐了好几下。

"妈的，还在想着那个锔锅匠。"

他抬手抽了她一个耳光。

刘加油疲软地滚到一边，从床头摸到香烟，想抽一根平复一下情绪。刚把烟叼到嘴上，忽然看到窗户上趴着一个人。刘加油以为是听房的。他平时并不避讳有人听房，甚至有点盼着他们听。村里人都说，他在煤矿上因为偷看女人洗澡，被人给骗了。这一说法纠缠了他许多年。谣言的最大特点就在于每个人都在说，却从来没人当着他的面说。他一直没找到自证清白的方式。面对他人异样的目光，他竟然有点抬不起头来。自从娶了谢文婷，他才扬了眉吐了气。他利用她的身体证明自己确实是个好端端的男人。谢文婷带给他的快乐远远超出想象，他恨不能跟人交流一下床笫间的细节。由于害怕别人对谢文婷产生兴趣，不得不将幸福感憋在肚子里。有人来听房，恰恰满足了他潜在的愿望。今天他却不愿让人听，不光因为求欢失败，还因为谢文婷变得特别陌生。这种变化只有他才能敏锐地觉察到。她今天并不是一次偶然拒绝，而是永远拒绝的一个开始。刘加油心里有些恐慌。所以，窗台上那个人让他尤其生气。他吐掉嘴里的香烟，欠身从床下拿起尿盆，在手上掂了掂，瞄着窗户扔了过去。

随着尿盆的碎裂声，窗户上的人影像黑夜中飞翔的蝙蝠一样飘走了。

谢文婷惊叫一声："大米。"

刘加油一听她说话，恐慌的心一下子平复了。

他说："不是大米，他还在睡觉呢。"

他从枕头底下摸出手表，划着火柴看了一下。三点半。

他说："再有一个小时他才会醒来。"

刘加油点上烟，抽了两口。想到大米今天将要干的那件大事，心里猛地涌上一股自豪。他情不自禁地朝谢文婷身边凑了凑，想将手搭在她身上。手伸出去，在空中顿了一下，又被他抽了回来。

他说："文婷，你真是生了个好儿子。"

二

大米如果还活着，现在已经步入中年。他大名叫刘建军。8月1号出生。他比我大一个半月。失踪前一天，他刚过了十一岁生日。在我们那个位于鲁西北平原上的偏僻村庄，有幸能让家长给过生日的小孩只有两个，一个是大米，再就是我。大米走出西屋时脚上穿的蓝色球鞋，是刘加油给他带回来的生日礼物。谢文婷一向重视大米的生日，提前两天便买了鸡蛋和白糖，准备做一道风格独特的点心。点心要在晚上八点零七分端到大米面前，他就是在那一刻出生的。刘加油一怒之下砸烂了锅，全家人连晚饭也没吃。

大米走出院门时，肚子忍受着双重饥饿。刚才他想跟谢文婷要块干粮，在窗台上还没站稳，迎面一声巨响。他仰身摔倒在地，左手正摁在一摊糖稀般的鸡屎上。他的手在地上胡乱抹了几下，急忙躬身看脚上的球鞋。天色有点黑，看不清楚，他脱下鞋凑到鼻子上闻了闻。新鲜的胶皮味让他放下心来。屋子里隐约传出说话声，他没心思听。他以为是昨天傍晚争吵的继续。

大米的脚步引起一串狗吠。他站在院门口，伸着脖子吸嗅着仙女湖飘过来的水气，身上掠过一阵麻酥酥的感觉。他没像原来那样一出门便跑到村东头跳进湖水里，而是转身朝村西走去。走了没几步，觉得鞋有点紧。大米坐到一户人家房后的"石敢当"上，脱下鞋，用手捏着脚趾头舒展了一下。他的脚趾间像鸭子一样长着蹼。脚趾全部张开时，整个脚掌好似一把样式古怪的折扇。他的脚蹼薄如蝉翼，鲜嫩得好像刚出壳的麻雀的皮肤。他将肉膜挨个揪着往上提了提，用脚趾头夹紧，重新把鞋穿好。天蒙蒙亮了，街道上的坑洼和沟辙渐渐清晰起来，树上的枝叶间有了鸟儿的叽喳声。大米感到鞋里的脚趾头在隐隐发痒，这种异常熟悉的痒让他有点心烦意乱。他用力在脚面上砸了一拳，抬腿朝村西头跑去。随着他的跑动，有的人家点起了灯。昏睡的村庄被他的脚步搅醒了。

三

大米是谢文婷改嫁带到我们村的。

我三叔开着大卡车碾死了谢文婷的丈夫。那次车祸使他放弃了钟爱的职业，回村当起了农民。县车队的领导叫了他好几回。我三叔对他们说，一坐进驾驶室，总觉得后车轮上缠着一具血肉模糊的男尸。三叔在家闷了三个多月。直到以为把那场惨烈的车祸忘记了，才叼着香烟走出家门。

刘加油是他遇上的第一个人。刘加油穿着矿工服正在大街上闲逛。他虽然在煤矿上班，却逮着时间就回来，他从来没打算融入煤矿的生活圈里。刘加油冲着街边土墙上的"要想富，少生孩子多种树"，用力吐了一口浓痰。正嘟哝着乱骂，转眼看到了我三叔。他凑过来递给三叔一根香烟。我三叔以为他要打听车祸的事，急忙冲他亮了亮指间的香烟，想转身离开。刘加油一把将他拽住："三哥，你是明白人，好多人在造我的谣，你信吗？"我三叔愣了一下，没想到刚一出门便要探讨如此棘手的问题。三叔对他被骗的说法一直将信将疑，可是又不想让刘加油看出将信将疑。他从刘加油手里接过香烟，捏住一头轻轻揪出一些烟丝，跟自己刚才抽的那半根小心地接在一起。他两手端着形状怪异的香烟猛吸了两口，将面孔掩藏在一片烟雾里。他说："你最好自己证明一下。"刘加油瞪大眼睛："怎么证明？"三叔说："娶个老婆。"刘加油有点泄气："这话还用你说？要能娶上老婆我早娶了。"我三叔没有接茬。他鬼使神差地突然想到了谢文婷。他记得她看到车轮下的丈夫时，眼睛瞪得好大，仿佛把白纸一般的脸庞填满了。眼睛非常空洞，看不出是悲伤还是惊恐。那双大眼睛像钉子一样楔进我三叔的记忆里。他认真打量了一下刘加油。由于是有固定工资的人，刘加油的形象在乡村的一片土黄色里显得挺醒目。三叔沉吟了一下："跟我说实话，你的家伙到底全不全？"刘加油打了个愣怔，情绪突然激动起来。他的手麻利地探到腰上，准备脱裤子。三叔急忙按住他的手："好了，我知道了。"

三叔去了三百里外的那个小山村。

谢文婷的家在半山坡上。三叔坐在院子里一棵核桃树下，手端着谢文婷给他倒的一杯白开水，一时不知怎么开口。谢文婷站在对面，也不说话，眼睛专注着山脚下一个小巧的池塘。她家的院子以及屋里的摆设，肆无忌惮地坦露着贫穷。我三叔以为车队给她家的赔偿金没有到位。有了钱，她起码会换掉那幅早已辨不清颜色的窗帘。谢文婷身上的衣服很旧，光洁的脸庞和整齐的指甲说明她是个爱干净的女人。我三叔问："他们没把钱送来？"谢文婷从池塘上收回目光："什么钱？"三叔说："赔偿金。"谢文婷苦笑："全给他买墓地了。"我三叔有点气愤。车队里有专门负责处理事故的人，每次都会利用亡者家属对法律的无知，不惜欺骗地少赔钱。三叔觉得他们不该克扣这个苦命的女人。他准备回去找他们。谢文婷看出了他的心思，说："该给的全给了。"三叔有点吃惊，这个山村的墓地也太贵了。谢文婷仰脸看了看对面光秃秃的山头，一股山风吹来，吹得头发把整张脸都包裹住了。她说："他的命正好就值一块墓地钱。很贵，是吧？"说着，她在头发里哈哈大笑了两声，听上去好像是个疯子。我三叔的心有点发紧。他第一次见她时就发现她的普通话与这个鄙陋的山村格格不入。刚才进村打听谢文婷的家时，从村人口中得知她嫁到这个村子还不到三年。丈夫有点呆笨，对她却很好。谢文婷在山路上走崴了脚，丈夫便毫不犹豫地背着她。我三叔用那辆失控的大卡车碾碎了一份贫穷而稳定的日子，使无亲无故的谢文婷孤零零地留在这个陌生村庄里。我三叔踏进她的大门之前便深知她活得不容易，没想到她比他想象的还要惨得多。接下来，劝她改嫁似乎顺理成章，我三叔却打消了这个念头。他觉得刘加油根本配不上她。刘加油身上隐约散发着一股沼气的味道。她应该嫁个比刘加油强得多的男人。

谢文婷看到他的水杯空了，拿过暖瓶给他倒水。暖瓶空了，她想去烧。三叔拦住她，将杯子放在石凳上，站起身准备告辞。告辞也要说两句话，他却不知道怎么说。无论道歉还是同情，此刻都显得多余。他在谢文婷面前一时僵住了。谢文婷苦笑道："你的心思我明白，其实，你不该来。"三叔脸上写满尴尬。谢文婷又说："你也不必愧疚，回去安心过日子吧，都是命。"我三叔有点感动。他看了看她的破院子，说："命再苦，也得想办法改变。"谢文婷冷冷地说："行尸走肉罢了，有什么可变的。"我三叔说："一旦认了命，日子就没什么过头了。"谢文婷似乎受到了某种触动，撩了一下额前的碎发，认真看了他一眼。三叔说："我觉得，你应该往前走一步。"谢文婷的眼睛突然一亮，随即慌乱地避开了他的目光。三叔以为她误会了他的意思，有点手足无措。他像大冬天脱光衣服的人，顾不上被子凉不凉，只想拉过一条快点盖在身上。他说："我有个兄弟，在煤矿上班，条件还不错。"谢文婷自嘲地笑了。她的脸色恢复正常之后，显得异常端庄。她问："大哥，你们那儿有水吗?"三叔觉得这个问题有点怪。她解释说："湖、池塘、河，都行。"三叔笑了："村东头就是仙女湖，好大一片水。"谢文婷脸上闪过一丝好奇："名字真好听，为什么叫仙女湖?"三叔想到仙女湖的传说，那是个悲惨而恐怖的故事。他觉得不应该告诉她。他心里稍微酝酿了一下，随口编了个故事。他说七仙女和董永入洞房那天，董永送给她一面镜子。七仙女像宝贝一样收在梳妆匣里。天兵来抓她时，虽然走得匆忙，她还是把镜子装在了衣袖里。飞到半空，镜子被风吹得掉下来，恰巧落在我们村东头，变成了一片晶莹的湖水。

顺着她家门前的石径往下走，谢文婷又问了刘加油的情况。三叔觉得对刘加油并不是太了解。她问得那样郑重，他又不能不说。他给她说的只能是想象中的刘加油。谢文婷挺满意。三叔的心愈来愈虚。刘加油要是真没毛病，怎么年近四十岁还没娶上老婆?他很怕她再问下去，瞎编的传说已经让他不安，又臆造出一个刘加油，简直有点欺骗的味道了。他低头看着脚下的台阶，不敢再看她。被暴晒了大半天的石径有点烫，三叔感觉像是走在烧红的鏊子上。这时，一个穿裤衩的男孩顺着狭窄的石径跑上来。他腿上好像安了弹簧，蹦跳得特别轻盈。男孩的头破了，有片头发像膏药一样糊在左耳上方的头皮上。脸上的鲜血已经凝成痂，又被头上冒出的汗水浸湿，整张脸像是长满烂疮。谢文婷揪心地叫道："大米，怎么了？"大米哭着扑到谢文婷怀里，回首指着山脚下的池塘："他们不让我下水。"三叔发现大米两条小腿上的皮肤全部翘了起来，白乎乎一片。大米对脑袋上的伤口并不在乎，一边跟谢文婷说话，一边弯下腰狠狠挠着小腿，一块块白皮像刀刮的鱼鳞一样纷纷掉落到脚面上。三叔看到了大米的脚蹼，刚开始以为是趾缝里干结的泥巴。大米一见三叔看他的脚，慌乱地往后缩了一下。谢文婷埋头检查着大米脑袋上的伤，牙齿紧紧地咬着下唇。她抬起头时，脸上带着一股凛然。

她说："大哥，谢谢你帮我，如果你那个兄弟没意见，就赶快吧。"

我三叔以为刘加油肯定没意见。他提前没把说亲的事告诉刘加油。怕谢文婷一旦不同意，再被刘加油缠上。现在谢文婷同意了，三叔想赶紧跟刘加油说一下，把婚事订下来。却找不到刘加油了。他原来每个月都回村，这次两个多月还没回来。我三叔跑到镇上，用一家副食店的公用电话打到煤矿。刘加油正住在煤矿医院里。酒后跟人打架，胳膊被揍折了。一听给他找老婆，右胳膊绑着夹板便跑了回来。他左手提着一包猪头肉和四个水果罐头进了三叔家的门。我三叔赶紧让三婶又炒了两个菜。喝起酒来，刘加油不停地说着打架的事。一对三，虽然他胳膊折了，那仨人更惨，煤矿医院已经治不了，连夜拉去了省城。刘加油的嗓门像吵架，不时猛拍一下胸脯，仿佛坐在对面的三叔是个新冒出来的对手。刘加油右胳膊吊着夹板，左手反而变得特别灵巧，放下酒杯抄起筷子，放下筷子端起酒杯，不一会儿便把一瓶白酒喝光了。

三叔犹豫了一下，问："加油，知道为什么叫你回来吗？"

刘加油直着眼睛："你不是问我胳膊怎么折的吗？"

我三叔想，嫁给这么个人，实在可惜了谢文婷。

刘加油弯腰捡起掉在地上的筷子时，碰到了右胳膊上的夹板，钻心的疼痛让他忽然想起了来此的目的。他将酒杯往外推了推，努力控制住不时冒上来的酒嗝，脸上带出一本正经的表情。

他问："她是哪个村的？谁家的闺女？"

"闺女？"三叔冷笑了一下。

刘加油的脸色稍微凝重了一些："离过婚？"

三叔把谢文婷的情况连同那场车祸都告诉了刘加油。他觉得应该替谢文婷说两句好话，忽然发现对谢文婷也不了解。所以，口气一点也不积极。他想，刘加油一门心思憋着娶黄花闺女，就让他再等下去吧。刘加油还没听我三叔说完便开始了抓耳挠腮，好像脑袋上长满了虱子。我三叔以为他在寻找拒绝的借口。刘加油接下来的话，把三叔打蒙了。

刘加油说："她是你的相好吧？别以为我看不出来。千方百计弄到咱们村，还不是为了用起来更方便？还有那个小男孩，肯定是你的种。"

我三婶正将新炒的一盘鸡蛋端上来。她是个很有气质的女人，以说话得体赢得了全村好评，村里人家有喜事，常常请她去陪女客。此时，她的脸色非常难看。她转身将炒鸡蛋放到旁边桌子上，问："刘加油，你来我家之前是不是吃了巴豆？"刘加油满脸迷茫："什么巴豆？我什么都没吃。"三婶说："没吃巴豆怎么满嘴蹿稀？"

刘加油灰溜溜地走了。三叔面对着满桌狼藉陷入纠结。三婶出去闩好院门，回到屋里脸色依然很难看。

三叔说："怎么对谢文婷说呢？"

"你就说煤矿塌方，把刘加油砸死了。"说着，三婶的怒气忽然更重了，"你还想去见她？"

四

大米在他十岁那年的六月一号来到我们村，第二年八月二号失踪。在一年零两个月的时间里，我是他唯一的朋友。还有一个叫小钢炮的男孩也想跟他交朋友，大米不愿搭理他。小钢炮交友目的不单纯，他只是想亲手摸一摸大米脚趾间的蹼。别说摸大米的脚，即使多看上两眼，大米也会满脸通红。他曾想让我帮他把蹼剪掉。当我拿着剪刀探向他的脚趾时，锋利的刀刃反射出一道光芒扎痛了我的眼睛。那是一个夏日的傍晚，在仙女湖南岸的芦苇丛里。大米见我迟迟不肯动手，有点着急："快点，我好不容易把剪刀偷出来。"他躺在地上，伸出右脚，将大脚趾和二脚趾努力张开，鲜嫩的肉膜被扯得特别薄。里面布满细弱的血管，鲜血像快速爬动的小虫子。

我紧盯着肉膜，忽然觉得这根本不像大米所说"只是个小手术"。一剪子下去，小虫子似的鲜血将立马爬满我的全身。对鲜血的恐惧让我扔掉剪刀，起身跑出了芦苇丛。不一会儿，我听到了大米撕心裂肺的惨叫声。

我第一次见到他是在刘加油和谢文婷结婚的那天。我和一群小孩挤在刘加油家院子里，等着他和谢文婷"吃大饭"。"吃大饭"是乡村婚礼的最高潮。新郎官会将一个夹满肉片的馒头从屋里扔出来，小孩们像群小狗似的围上去争抢。一个馒头往往撕得四分五裂。据说只要吃上一口，将来一辈子不愁没饭吃。抢到馒头尖，长大了一定会当官。为了馒头承诺的模糊前程，"吃大饭"往往演变成小孩间的凶狠打斗。刘加油穿着崭新的矿工服喜气洋洋进了屋。"吃大饭"眼看就要开始了，我又兴奋又紧张，盼着那个馒头正好砸在我头上，同时又怕被疯狂的脚丫子踩死。突然，一只手将我从人群里拽了出来。

小钢炮气喘吁吁，头上的汗水把满脸雀斑冲得更加凌乱。他把我拉到厕所旁边，神秘兮兮地说："不好了，有个小男孩钻进了你的屋里。"我的头皮麻嗖嗖的："他是谁?"

小钢炮长大后成了一名"娱记"，擅长跟踪和偷拍，隔三岔五便被保镖揍一顿，依然乐此不疲。有人说他为了钱，我觉得他是为了满足偷窥的癖好。这一特点在他还是小孩时便显现出来。他不分昼夜满村子乱转，有人以为他在偷东西，事实证明他对别人的财物确实没兴趣，他最想知道别人的隐私。这种癖好使他注定成为与众不同的孩子。我们都在等着争抢那个决定命运的馒头，不知何时他溜达到我三叔家去了。我三叔和三婶都在婚礼上，家里锁着门，他是怎么进去的？去干什么？

当时我没想太多。一听他说完，我抬腿朝家里跑去。小钢炮紧跟了上来。我已经在三叔家住了两年多。我父母离婚之后，各自忙着寻找新对象，都嫌我碍事。三叔的一对双胞胎儿子去当兵了，我的到来恰巧缓解了三婶的心灵空虚。她把我住的那间屋子收拾得一尘不染，还散发着淡淡的香味。床上的被子叠得像豆腐块，平时我都不忍心胡乱躺上去。跑到家门口，我从脖子里摘下钥匙，刚捅进锁眼，满心的气愤忽然变成了慌乱。怎么对付那个小孩？

小钢炮从腰里掏出一个弹弓："别进去，从窗户里射他。"

大米的眼睛使我将拉满的弹弓又放了下来。他是被锁在屋里的。他两只手紧握住防盗栏，脸颊贴在拇指粗的钢筋上。新剃的脑袋锃亮，脑瓜顶上有一道新鲜的刀疤。他的样子好像电影里刚关进监狱的囚犯。囚犯往往面如死水，他的脸却特别鲜活。他伸着鼻子正在急促地吸嗅，像一条寻找食物的狗。空气里可能弥漫着他急需的一种味道，他的鼻头不断耸动，鼻梁上不时叠起一堆皱纹。他的眼睛里交织着焦虑和狂躁，偶尔还会闪过一丝凶狠。我拉开弹弓对准他的脑袋，他的眼珠定住了，不但没害怕，反而带出一丝欣喜。他说："放我出去好吗？"他见我拿着弹弓的手垂下了，想冲我笑一下。

他的笑比哭还难看。小钢炮催促道："快射呀。"大米又说："跟刘加油结婚的那个女人是我妈。"

我刚一打开房门，大米像影子一样飘了出来。他上身穿着白色背心，胸口印着鲜红的"好好学习"。下身穿了条西式短裤，小腿像沾满面粉一样白乎乎的。脚上的塑料包头凉鞋过于肥大，好像误穿了大人的。他站在院子里，回头看了我一眼，想表示一下感谢。随着鼻头又一阵快速耸动，他顾不上说话，扭头蹿出了院子。我以为他急着去参加婚礼，借助他妈是新娘的便利让刘加油亲手递给他一个夹满肉片的馒头。等我和小钢炮走出院门，看到他正朝着村东头跑去。他把凉鞋脱了下来，一只手拎着一只。

小钢炮喊道："看他的脚。"

大米赤脚奔跑得非常迅猛，绷紧的脚掌好像两把铁扇，在乡村土路上扇起一股股灰尘。灰尘像烟一样尾随着他，又好像他是被那股烟尘助推着，越跑越快。

小钢炮不安地说："他可能是个妖精。"

大米不是妖精，可是用我们村的目光来看，跟妖精也差不多。

他竟然一头扎进了仙女湖里。

仙女湖的名字挺美，实际上是一座坟墓。一个古代国王的小女儿埋在水下。她和一个出身低微的青年将军偷偷恋爱，国王知道后，把将军派到了局势险恶的战场，想用死亡来阻止这桩即将瓜熟蒂落的婚事。将军没死，却被俘了。公主思念过甚，身子愈来愈虚弱。后来听说将军被对方砍了头，她在极度痛苦中一口气吞了六个金戒指，一时还没死，又拿金簪在脖子上猛捅了十几下。她的殉情之举差点要了她爹的命。国王有三十七个孩子，最疼爱她。国王召集全国的能工巧匠修了一座豪华坟墓，又将王宫的所有珠宝作为陪葬。为了防止盗墓，别出心裁地将坟墓建在了水底。如果到此为止，流传下来的将是一个凄美的故事。不幸的是事情到此只是另一个开始。公主的尸体平静地躺进水下坟墓，灵魂却更加思念心爱的人。她借着一阵阴风跑到了将军被俘的战场上。一些无家可归的游魂告诉她，将军没死。对方国王不但没砍他的头，还将自己的小女儿嫁给了他。公主的灵魂一听差点又死过去。晕眩过后，她按着阴间路标的指引，千转百绕找到将军的郡马府。将军正和新婚妻子坐在花园里的葡萄架下喝葡萄酒。他居然用嘴含着酒喂到妻子嘴里。公主的灵魂急忙闭上了眼睛。将军搂着微醉的妻子朝卧室走去，公主清楚地听到了他说的话。那些话，他曾经对她说过无数遍。公主本来是个善良多情的人，寻情之旅让她灵魂突变。她想附到将军新婚妻子的身上，利用交欢之机掐死他。将军早有防备，他在所住的每间屋子都悬挂着辟邪的桃木宝剑。公主鼓足勇气试了两回，差点让桃木剑开了膛。女人生起气来是件令人头痛的事情，公主的阴魂生气就更麻烦了。她无力惩罚那个另结新欢的恋人，却调头折磨起了我们的村庄。

在村子通往仙女湖的路口有一块古老的石碑，上书三个粗黑的宋体字：莫近水。乍一看像人名，实际上是先人留给后辈的祖训。即使有石碑提醒，还是经常有小孩淹死在仙女湖里。三百年来，仙女湖已经淹死我们村一千一百一十个孩子，最大的十三岁，最小的六岁。比村庄现有的人数还多。大米跳进仙女湖时，我们村已经有三十三年没人敢靠近湖边了。在被仙女湖吞噬的小孩名单里，我二叔是最后一个。那一年他十岁。我三叔对我说，那天傍晚他和我二叔正在村子里玩"打耳"，忽然听到我奶奶喊他们回家吃饭。二叔领着三叔往家走。家里锁着门。再一听，奶奶的声音是从村东头传来。他们循着声音到了仙女湖边。岸边长满一人多高的杂草。我奶奶在杂草中焦急地喊道："快拉我一把。"我二叔急忙钻了进去。我三叔有点犹豫，因为他觉得那个声音比母亲年轻得多。突然，湖里蹿出一道两丈多高的浪头，一下子把岸边的杂草卷平了。我三叔呆呆地望着湖水，重新平静下来的水面在夕阳映照下像是洒满了鲜血。这时，村里传来我奶奶喊他们回家的声音。

在仙女湖里畅游的大米搅乱了他母亲的婚礼。婚礼上的人全部围到湖边，互相打听湖里的小孩是谁。确定不是我们村的，所有人的表情都兴奋起来。有人为了看得更仔细，居然把婚礼上吃饭的桌子抬来好几张。他们站在桌子上指指点点，好像正围在刑场边，期待着犯人脑浆迸裂的那一刻。

大米的脑袋浮在水面上，被正午的阳光照得闪闪发亮，看上去像一只锡纸做的气球。他偶尔也会扎进水里。每当他的脑袋消失，岸边便响起一片唏嘘。大米从水里再次冒上来，岸边又响起一片惊呼。大米一会儿手脚乱刨，将自己掩藏在浓烈的水花里，一会儿平静地躺在水面上，看上去像是一具婴儿的尸体。大米沉浸在湖水带来的快乐里，没看到湖边站了那么多人。当发现他们时，他立马停止玩耍，匆匆朝湖中央游去。浩渺的水面波光粼粼，亮晶晶的脑袋愈来愈小，渐渐融化在波光里。

　　刘加油是最后一个赶到湖边的人。吃完"大饭"，他正等着村里的男人们闹洞房。他自己是闹洞房的老手，无论谁家娶媳妇，他都会趁机在人家私处摸两把。轮到自己娶亲，他怕别人也跟他一样。刘加油挽好袖子，卯足劲，准备替谢文婷挡住那些沾便宜的色手。不知是谁在院子里喊了一声，婚礼上的人突然跑光了。刚才还喧闹不堪的屋子只剩了他和谢文婷。刘加油有点蒙。婚礼太闹腾让人受不了，一个人没有更让人着急。刘加油听着大街上杂沓的脚步声，终于扼制不住好奇。他对低头坐在床边的谢文婷说："我出去看看，一会儿就回来。"

　　他来到湖边时，大米已经与波光融在一起。刘加油挺纳闷："看什么呢？"有人说湖里有个小男孩。刘加油瞪着眼睛找了一圈，什么也没看见。他却装作看见了，怪笑道："不用看，必死无疑。"他想跟周围人搭讪几句，劝他们重新回到尚未完成的婚礼上。还想请他们帮着把他家对面墙上的"新婚夫妇入洞房，计划生育不能忘"抹掉，他总觉得这条标语在故意跟他做对。一见没人搭理他，他麻利地爬上旁边一张桌子，翘着脚朝仙女湖更远处望去。桌子上已经站了六个人，桌子腿发出不堪重负的"吱嘎"声，桌面上还沾着几块肥腻的肉片。这时，我三叔一把将他拽下来："大米在湖里。"刘加油有点懵懂："大米？不说是个小男孩吗？"我三叔来到湖边本来也是看热闹的心态，直到从我嘴里知道原委，他的心才提起来。正想去叫刘加油，却看到刘加油站在桌子上，脖子伸得像只鹅。

我三叔喊道："大米就是谢文婷的儿子。"

刘加油朝家跑去时，脑袋里像塞进一个马蜂窝。其实他并不关心大米死活，他怕大米的死亡影响谢文婷的心情。一想到新婚之夜搂着个痛哭流涕的女人，他身上起满了鸡皮疙瘩。他没想过召集人把大米捞上来。急慌慌往家跑，只是觉得应该把大米死亡的消息尽快告诉谢文婷。

刘加油满头大汗跑进家门，看到谢文婷正在贴对联。左门框的对联贴得有点松，被风一吹呼啦啦乱抖。她揭起对联，在门框上抹了一层浆糊，拿着笤帚轻轻将对联扫平。刚才还凌乱不堪的院子变得井井有条。地上波了一层水，压住了被踩踏得松泛起来的尘土。一堆垃圾堆在厕所旁边，正等着刘加油运出去。谢文婷看到他，微微一笑："你回来了。"她那沉静的样子让刘加油的心揪得更紧。他觉得大米肯定淹死了，并且会像传说中的一千一百一十个孩子一样，连尸首都找不到。

他抹了一把脸上的汗水，嗫嚅道："不好了。"

谢文婷的眉头轻轻一皱。

刘加油说："大米跳湖了。"

谢文婷抿着嘴笑了："好呀，他最喜欢玩水了。"

刘加油有点着急："湖里很危险。"

谢文婷说："不下水才危险。"

五

大米教会了我游泳。我下湖一直偷偷摸摸。三叔整天叮嘱我不要跟着大米下水。他说大米是跟我们完全不同的人。为了对付我私自下湖，他发明了一种方法，每天临睡前都用指甲在我腿上挠一下，如果下过水，挠过的地方会发白。大米似乎早就料到大人会有这一手，我第一次从湖里爬上岸，他让我先在岸边的土堆里打几个滚，搞得比不下水时还脏。这样一来，我一进家门就被三婶摁到大水盆里。洗完澡，在我身上即使挠出白色印痕，也无法判定是否下过湖。直到小钢炮也跟着大米学会游泳，我们下湖才成为公开行为。三叔站在岸边看过我们仨游泳的样子。我和小钢炮不敢朝远处游，只在没不了人的地方乱扑腾。三叔望着凌乱的水花，开始怀疑当初卷走我二叔的巨浪是个幻觉。

大米离开湖水的时间不能超过十个小时，养成了凌晨四点半下湖的习惯。若是超过十个小时，脚上的蹼先是微微发痒，随即像涂了502胶水一样发硬，脚趾头痛得几乎要从肉皮里钻出来，小腿上翘起一层层白皮，奇痒难耐。冬天的仙女湖结了冰，谢文婷便在水桶里灌上温水，把大米的双脚和小腿浸在里面。泡脚过程让大米很难熬，又蹬又踹，溅得屋子里都是水滴。他并不是练习游泳动作，而是谢文婷总是趁这时候让他背宋词。大米已经背过许多，都背烦了，谢文婷依然随口说出一首他没听过的。当时我陪在大米身边，对她的做法也挺厌烦。直到我上了大学才知道谢文婷的厉害。她随口而出的那些词，有好多在《宋词三百首》之类的常见书里根本找不到。

那个冬天我几乎天天晚上扎在大米家。大米对仙女湖的征服使全村对他刮目相看，有这么个朋友让我觉得很长面子。大米喜欢打听我父母生活的那个海滨城市："大海是不是比仙女湖还大？"大海当然比仙女湖大，我却找不出准确词汇说明大海。我把双手极力张开比划了一下，连自己都觉得空洞，大米却在我的动作里想象到了。他脸上带出一丝神往："我一定要去大海里游几圈。"随即，他又有点疑惑："守着大海多好，你为什么回到村里？"这时，谢文婷拎着空水桶进了屋，对大米斥道："不要打听人家的私事。"谢文婷把水桶放在角落，在脸盆里洗了洗手，拿毛巾擦干。翘着脚从房梁上吊着的一个篮子里拿出四块牛奶饼干，给了我和大米一人两块。

刘加油每次从煤矿回来都给大米带一堆好吃的东西。谁也没想到他会对大米这么好。大米不肯管他叫爹，刘加油一点不在乎。他在村里闲逛时总是领着大米，不时从衣兜里掏出一块糖果塞进大米的嘴巴。他还喜欢坐在湖边看大米游泳。他像去澡堂一样用塑料袋提着香皂和毛巾，大米刚爬上岸，他急忙拿毛巾替大米把全身擦干。他牵着大米的手往家走，遇上的人都打趣说他好福气，自己没费一点力气便得了个儿子。刘加油亲昵地抚摸着大米的头："我家大米更有福气，过几年，我让他去煤矿接我的班，他就是'吃国粮'的人了。"

我对大米摊上这么个继父有点羡慕。我虽然也不缺零食，可是我父母给三叔寄钱的频率有点混乱，导致三叔给我买零食的节奏也是一股子一股子的，总让我有种朝不保夕的危机感。大米的零食却持续而稳定。我由衷地对大米说："你爸真好。"大米的嘴角轻轻抽搐了一下，冷笑道："他有事求着我。"大米左右看了看，悄声对我说："他嘴上说让我照顾好我妈，其实是让我看住她，只要有人来家里，及时向他报告。"没想到丰富的零食背后潜藏着诡异的安排，我的脑子一时拐不过弯来。大米说："尤其是你三叔。"

我三叔从未想过去谢文婷家。刘加油复杂的眼神和我三婶的监督让他知道必须离谢文婷远一点。他当初带着刘加油去那个山村跟谢文婷相亲，谢文婷没发现刘加油满嘴跑火车的毛病。她拿着暖壶给刘加油的茶杯续水，甚至还冲他笑了一下。刘加油的目光自从一进门便黏在谢文婷身上，一见她笑，刘加油的脸涨得通红。我三叔坐在旁边有点着急，好像不忍心眼看着自己的妹妹嫁给一个傻瓜。若不是刘加油一再催促，我三叔根本不会带着他来。离开谢文婷家时，婚事算是基本敲定了。谢文婷没说同意，却也没说不同意。我三叔让刘加油在大门外等一会儿，他又匆匆跑回到谢文婷面前。谢文婷正在洗茶杯的手忽然一停，满眼诧异地看着他。我三叔略显焦急："你可想好了，我觉得你俩不般配。"谢文婷苦笑："哪顾得上般配不般配？我只想赶紧找个有水的地方，离开这儿。"三叔说："你应该嫁个更好的男人。"谢文婷说："我现在像个'叫花子'，没有挑拣的资格。要不是为了儿子，我早死了。"说着，她轻轻甩了甩手上的水滴，朝屋角的石炕看了一眼，素花床单上堆满了花花绿绿的食品，都是刘加油专门给大米买的。谢文婷说："只要他对孩子好，我是无所谓了。"我三叔还想劝她几句，一看到她那双黯淡下去的眼睛，他把话又咽回到肚子里。同时他也为自己的言辞感到了尴尬。明明是他牵头保媒，却突然又要毁掉这门将成的婚事。他再次回到刘加油身边，首先从刘加油眼睛里看到一丝愤怒。刘加油问："你去跟她说什么了？"我三叔气咻咻地说："你小子，这回可赚大了。"

结婚日期是刘加油亲自告诉我三叔的。我三叔作为被甩出局的媒人，立时感到一阵绝望。一连两顿没吃饭。他在饿得头昏眼花中终于端起三婶为他煮的面条时，已经恢复了应有的理智。自己跟谢文婷，根本没关系。谢文婷自从嫁到我们村，我三叔没跟她说过一句话。即使在大街上偶然相遇，也只是轻轻点一下头，比对村子里的任何人都更冷淡。

他第一次踏进谢文婷的家门是在 7 月 19 号夜里。白天下了一场暴雨，仙女湖的水位上升了一尺多。村里的街道满是泥泞，天依然阴得很沉，仿佛酝酿着更大的一场雨。我三叔穿着胶鞋，趁着夜色深一脚浅一脚往她家走，路上摔了俩跟头。谢文婷打开房门，以为突然闯来一个无家可归的乞丐。我三叔抹了一把脸上的泥水："大米呢?"说着，从怀里掏出一个样式古怪的小狮子。

这是大米送给我的礼物。昨天下午我收到母亲寄来的四盒巧克力，三婶让我一块一块慢慢吃，我趁她不注意偷出两盒。我和大米在仙女湖边的草丛里分着吃了。大米第一次吃巧克力，觉得比刘加油买的水果糖好吃得多。虽然我也经常吃他的东西，他却感到占了我的便宜。下湖时，他说带我去个好地方。那个好地方在湖中央。我平时都是在浅水里扑腾，一到深水区有点害怕。大米说，他曾带小钢炮去过，那儿的水特别温暖。我有点不高兴，怎么带小钢炮先去了? 我原以为自己没有游到湖中央的力气，抱着不能输给小钢炮的心思才努力往前游。接近湖中央时，我忽然闻到一股淡淡的香味。这股香气若有若无，只有对照着刚刚游过的水里的腥味才能感觉到。看上去一样的湖水变得特别轻柔，就好像趴在崭新的绸缎上。水温果然比浅水处高一些，浮力也大，用脚轻轻一蹬，身子便漂出好远。大米平静地躺在水面上，像一只静止的蜻蜓。他忽然想起了什么，身子一拧，旋出一道漂亮的水花。他说："我去给你拿件东西。"说着，一个猛子扎进水里。我浮在水里回头遥望着村庄，由于是第一次从这个角度看，熟悉的村庄变得特别陌生。不知谁家的小孩在哭，还有狗叫和驴叫，那些声音从空中落在水面上，又紧贴着水面滑到我的耳畔。湖边有两辆运砖的拖拉机缓缓驶过，车头上冒着浓烈的黑烟，爬坡时，黑烟变得更浓了。突然，我在水里打了个寒战。我听到小孩的哭声更加响亮，拖拉机却行驶在无声画面里。我这才感到大米已经扎进水里好久了。极度的恐惧让我身子有点发软，大声喊大米。我的声音和水面上漂浮的小孩哭声混在一起，仿佛我也在哭。我的手脚一阵乱刨，急忙朝岸边游去。游了好长时间，村庄仿佛是一道正在撤去的布景，离我愈来愈远。正在我绝望时，大米紧贴着我从水里冒了出来，手上托着一个十几厘米长的小狮子。

小狮子在水里拿着挺轻，上岸之后却有些坠手。我回到家随手扔到床角。夜里做了个梦，一群赤身裸体的小孩在水里哇哇哭着拽我的腿。我的惊叫吵醒了三婶。她拿着毛巾替我擦头上的冷汗时发现了乌黑的小狮子。小狮子的眼睛特别亮，被灯光一照好像在不停地眨动。三婶吓了一跳，急忙把我三叔叫了过来。三叔拿着小狮子看了一阵，它的重量让他有些吃惊。刚开始以为是石头雕刻的，用手敲了敲发现是木头。三叔拿着块干净的毛巾狠狠地擦了擦，又凑到鼻子前闻了闻。他的口气变得有些急迫："哪儿来的？"

第三天傍晚，大米在仙女湖南岸的芦苇丛里对我说起了与三叔的会面。

刘加油不在家，大米和母亲睡在北屋的大床上。三叔去时他已经睡着了。谢文婷拍了好几下才把他拍醒。大米惺忪着眼睛，看到椅子上坐着个脏兮兮的男人。他猛地精神起来。刘加油虽然不识几个字，却无师自通地掌握了洗脑能力，连篇累牍向大米灌输"我不在家你一定要照顾好妈妈"，大米刚开始听着有点烦，时间一长，依稀觉着每个男人都对他母亲怀有不良企图。他正想看一看那个男人是谁，屋子里突然一片漆黑，停电了。大米以为是那个男人故意拉灭了电灯。他不知道自己是被母亲拍醒的，以为是偶然醒来撞上一个坏男人。他憋足力气大声叫喊起来。

我三叔趁着夜色前来就是为了避开村里人的目光。他自认此次到谢文婷家没有什么见不得人的，但是也不愿小狮子的秘密扩散出去。就像一个人行事再光明磊落，也犯不着把自家存款数目公之于众。大米的叫喊让他陷入慌乱。从椅子上跳起来，想夺门而出。他的手一触到门把手，又停住了。这时候跑出去，真像冲着谢文婷来的了。

谢文婷在漆黑中冲大米斥道："瞎叫什么?"说着，她划亮火柴点着蜡烛。跳跃的烛光打断了大米的尖叫。他揉了揉眼睛，认真看着母亲。谢文婷身上的衣服很齐整，扎头发的皮筋依然紧绷绷的。谢文婷将蜡烛凑到床前的桌子上，倒过蜡烛滴了几滴蜡油，将蜡烛轻轻黏牢，回头冲他笑了一下："做噩梦了?"大米看到正站在门口的三叔，心里特别纠结。刘加油虽然没明确说过我三叔坏话，在大米心里我三叔却已经成了对他母亲威胁最大的男人。由于和我是朋友，他又觉得应该对我三叔表示尊重。大米面对满身泥水一脸慌乱的三叔，一时不知是该生气还是该笑一笑。他犹豫了一下，赖声赖气地问："你怎么来了？"我三叔在大米的注视下，竟然一时忘了为什么来。谢文婷的一句话解救了他。她轻轻在大米脑袋上拍了一掌："没礼貌，怎能跟三伯这样说话？"我三叔瞥见了八仙桌上的小狮子，像看到救星一样急忙拿起来："大米，除了这个，旁边还有什么？"

大米对我说："我不愿告诉他。"

大米想带我去的"好地方"在水底。那里到处都是石马、石象、石牛，个头像真的一样。大米每次潜下去都要骑在马上玩一会儿。马的眼睛像鸡蛋那么大，用手摸上去冰凉，发着绿光，把漆黑的水底都照亮了。他那天想带着我潜到湖底一起骑马，游到湖中央我已经气喘吁吁。大米只身潜下去想抠一只马眼送给我，没抠动，便顺手从马蹄旁边摸起个小狮子。

大米没想到送给我的礼物勾得我三叔半夜里跑到他家。我三叔一再追问，大米躺在床上闭紧了眼睛。谢文婷对三叔围着小狮子追问不舍有点纳闷："这是什么东西？"她将小狮子接过去，手上的重量让她吃了一惊。我三叔说："肯定是个好东西，我有个搞文物的朋友，回头我去问问他。你闻一闻，它身上有一股沉沉的香气。"谢文婷的脸色立马严肃了许多。她将小狮子递给我三叔，把大米拽起来，用力晃着他的身子："快说，哪儿弄来的？"我三叔说："仙女湖里。"大米睁大了眼睛。他没想到我把小狮子的出处供了出来。大米怕他们再问，急忙说："就这一个，再也没有了。"此地无银的说法让我三叔变得异常兴奋。他对谢文婷说："明天一早给加油打电话吧。"

这时，忽然传来激烈的敲门声。谢文婷打开房门，门外站着十几个男人。正在下雨，他们都穿着湿淋淋的黑色雨衣，看上去像电影里的黑社会杀手。谢文婷惊讶地看着他们。有人嘻皮笑脸地说："我们以为你遇上了危险。"又有人阴阳怪气地对我三叔说："老三，你的兴致可真高，到处都是泥，居然溜达到这儿来了。"小钢炮忽然从人堆里冲出来，一把抱起桌上的小狮子，大声嚷道："这不是小狮子，是个大宝贝。"

大米躺在踏倒的芦苇上，对我说着那个乱糟糟的夜晚。我以为他在埋怨我说出了小狮子的出处。大米的口气却很平常，嘴角带着一丝得意，好像保住了更大的秘密。说完，他轻轻闭上眼睛，拿了片苇叶含到嘴里。凄婉的哨声穿过密麻麻的芦苇飘向远方，引得芦苇深处的鸟儿跟着唱了起来。大米吹奏的苇哨声钻进我心里，勾起我的愧疚，觉得自己像个出卖秘密的叛徒。

哨声忽然一停，大米坐起身来。

他说："水底的面积比湖面还要大。"

这当然是不可能的。我却没心思做出判断。

我说："我再也不对三叔说了。"

大米忽然变得有些神秘："有一道紧闭的石门。"

"石门?"他的口气挑起了我对水底世界的好奇。

大米脸上带出一丝神往："它肯定通向大海。"

六

铜锅匠的到来差点摧毁了我们村湖底淘宝的计划。

在小狮子出水三天后的一个下午，他骑着一辆破旧的"大金鹿"自行车穿过了村西的小桥。自行车后货架上驮着一只蠢笨的木头箱子，里面盛着铜锅铜碗的工具和大大小小的铜钉，在坑洼不平的土路上颠簸得哗啦啦乱响。他身上出满汗水，湿透的衣服像绳子一样捆在身上。这使得他骑自行车的样子特别笨拙。

第一个看到他的人是小钢炮。他偷听乱看的毛病本来挺招人烦，自从通过跟踪我三叔，将小狮子的秘密公之于众，村里人对他投来赞赏的目光。全靠了他，仙女湖里的宝贝才没被刘加油和我三叔私吞。小钢炮想再接再厉挖掘更大的秘密。村子太小，放个屁全村都能闻到味，可挖的东西实在不多。确定了湖底淘宝计划之后，全村的目光集中到大米身上。这让小钢炮感到一丝失落。让他更失落的是大米再也不带他去湖里游泳了。没有大米陪着，他连在浅水里扑腾几下也不敢。

小钢炮蒌在一户人家房后的荫凉里，无聊地拿着草棍逗弄一队有序爬行的蚂蚁。自行车的响声让他抬起头来。村里几乎每天都会来个这样那样的工匠。铜锅的、剃头的、阉猪的、绑笤帚的、钉驴掌的。小钢炮跟工匠们都很熟，还经常帮着他们吆喝几句。眼前这个陌生的铜锅匠让小钢炮感到一丝好奇。他后来对我说："一看就不像铜锅的。"做出这样的判断是因为铜锅匠的眼镜，太厚，大圈套着小圈，像啤酒瓶子底。小钢炮的语文老师也戴着这样一副眼镜，经常让小钢炮罚站，还让他头顶着考了零分的试卷在教室里转圈。小钢炮非常恨他。这使得他对铜锅匠的印象也很差。小钢炮抖落草棍上的蚂蚁，大声喊道："去别的村吧，昨天刚来了一个，没什么可铜的了。"铜锅匠闻声下了自行车，用手背揩了一下额头上的汗水，扶了一下眼镜，慢慢朝着小钢炮走了过来。小钢炮发现他的眼镜没有右腿，用一根辨不清颜色的小绳子套在耳朵上，右耳朵根被绳子勒得有点发红。铜锅匠客气地说："小朋友，你好。"

　　这个铜锅匠在接下来的七天里来过我们村三次。第三次来了再也没能离开。没人知道他姓什么。他的死亡是我们村共同严守的一个秘密。

　　我没能亲眼目睹他的死亡。在他死的前一天下午，我被母亲接回了城。我三婶不愿让我走。她认为一个离婚女人根本没资格带孩子。我妈对她说，这辈子再也不结婚，就守着儿子过。我三婶又觉得她有点可怜。给我收拾东西时，三婶将大米送给我的小狮子放进母亲的手提箱里，我三叔急忙又拿了出来。

　　他说："这个不能带，它是全村的公共财产。"

他已经找人给小狮子估过价。他有个姓李的朋友开着大卡车常年跑广东，不知通过什么渠道跟一群文物贩子混成了朋友，干脆辞职入了伙。曾经将两个佛头贩卖到荷兰。这本来是犯罪行为，却在倒卖文物的江湖里奠定了地位。我三叔用破人造革提包装着小狮子，在一个深夜敲响了老李的家门。老李一见我三叔把小狮子掏出来，眼睛有点发直。我三叔从他的目光里知道了小狮子的价值。他想知道得更具体一些。老李报了个价，数目大得让我三叔吃惊。他还是慢悠悠地将小狮子又装进提包里。老李急忙给他倒了杯红酒。我三叔轻轻呷着红酒，闲言碎语中聊起我父亲婚姻的种种坎坷。老李的注意力被引到那个海滨城市，我三叔放下了酒杯："这个小狮子，是我侄子从垃圾箱里捡的。"老李说："好东西不问出处，你卖不卖？"三叔说还要跟家里商量一下。告辞出门时，他用轻描淡写的口气道出了自己最大的疑惑："这到底是什么东西？"老李笑道："如果卖，价钱还可以商量。"

次日深夜，我三叔召集了一个秘密会议。全村每个家族都派出一个重要人物当代表。刘加油的休假时间是 8 月 1 号到 8 号，一听仙女湖出了宝贝，以老婆喝农药病危为由请假赶了回来。这是个属于刘加油的夜晚。所有人都对他毕恭毕敬。他刚掏出香烟，有人替他划着了火柴。刘加油坐在最醒目的位置上，居高临下看着一张张讨好的脸。他像主席台上的领导一样轻轻咳嗽了一下，都以为他要说话了，他却端起别人给他泡的一杯茶。他拿着茶杯盖轻轻抹着漂浮的茶叶，迟迟不肯将茶杯送到嘴边。直到众人期待的眼睛里冒了火，他才呷了一口茶。刚放下茶杯，有个人给他续上了水。刘加油皱了皱眉头，他觉得应该让两个漂亮娘们给他倒水。我三叔催促道："加油，你给大家说两句吧。"刘加油点了点头，将身子慢慢往前探了一下，像领导讲话时将嘴巴凑近麦克风。刘加油说："大米跟我说了，湖底的小狮子多的是。"有人问："没别的了？"刘加油眼睛一瞪："光是小狮子就能让全村发起来，你还想要什么？"其他人急忙附和着笑了。刘加油又点上一根烟，吸了一口，直到吐出的烟雾在眼前散尽，又说："这次淘宝，全指望我家大米，最后应该给我多分两个。"大家都觉得他太贪心。刘加油一见没人吭声，将目光转向我三叔："三哥，我的要求过分吗？"我三叔说："不过分，大米要是不肯下湖，咱们一个也捞不上来。"满屋的旱鸭子面面相觑，心都提了起来。湖底淘宝时间定在 8 月 2 号早晨。刘加油还要赶回煤矿上几天班，8 月 1 号再回来。大家都想快点动手。钱拿到手里才算钱，老是存在湖底总给人一种夜长梦多的感觉。散会时天已经蒙蒙亮了。有人担心地问刘加油："大米会去替咱们捞小狮子吗？"刘加油说："我说去他就会去，无非多扎几个猛子罢了。"

锅锅匠在淘宝计划制订好的当天下午来到我们村，显然有点不合时宜，更不幸的是他进村遇上的第一个人是小钢炮，这给他的死亡埋下了伏笔。小钢炮在村口跟他交谈了几句，看着他又跨上了自行车，急忙从另一条胡同朝我三叔家跑去。

我三叔正躺在家里睡觉。熬夜开会让他的身心非常疲惫。庆幸的是刘加油没有追问他为什么半夜去找谢文婷。他想在淘宝前的几天里养足精神。小狮子捞上来，他就拎着它们去广东。他决定不再让老李从中倒一把。他们当年一块出车去广东，三叔跟着老李去过两回地下文物市场。想到那些阴险狡诈的文物贩子，他有点懊。卖小狮子本身就犯法，那伙人再给来个"黑吃黑"怎么办？

三叔睡得一点也不实，一个小男孩突然俯在床前，还以为梦到了被湖水卷走的我二叔。

小钢炮气喘吁吁："三叔，不好了，来了个锔锅匠。"

三叔一看是他，有点生气："你怎么进来的？你三婶明明锁上了院门。"

小钢炮说："他问我咱村有没有一个脚上长蹼的小男孩。"

我三叔猛地从床上坐了起来："他去了哪里？"

小钢炮添油加醋地说："他肯定是个人贩子。"

小钢炮后来对我说，当时他真是这么想的。锔锅匠一向他打听长蹼的小男孩，他忽然想到年前在镇上看过的一个马戏团。帆布大棚的门口挂着个铁笼子，里面有个两条腿长在一起的小男孩，只有一只脚掌。小男孩赤身裸体斜躺在铁笼里，脚掌从铁笼的缝隙伸出来冲着人不停摇动。有人将硬币放在脚掌上，他灵巧地往里一收，扔在身旁一个红色小铁罐里。

我三叔从床头摸到香烟，点上，没几口便抽完一根。他怀疑有人泄漏了秘密。另一伙人准备来湖底抢宝了。他们挺知道要害，先冲着大米下手。我三叔冷笑着将烟蒂扔在地上，狠狠地用脚碾了一下。

小钢炮终于又找到一个让全村刮目相看的机会，见我三叔迟迟不说话，有点着急。

他问："现在怎么办？"

我三叔说："你去盯住那个锔锅匠。"

锔锅匠在我记忆里是个干瘦的中年男人。他体内似乎有一股奇异的力量，正将全身皮肤吸进骨头缝隙里。背佝偻着，细脖子上的几道青筋像是在草丛里游走的小蛇。他看我的时候，眯着又细又长的眼睛，脑袋极力往前探。这是没戴眼镜的缘故。他的眼镜正被谢文婷拿在手里。

我跟着母亲离开村庄时，吉普车已经发动了，忽然想起还没跟大米告别。我跳下车朝着大米家跑去。我想把家里的地址留给他，等他去找我，我们一块去海里游泳。大米没在家。锔锅匠和谢文婷坐在西屋窗前的荫凉里。锔锅的工具零乱地散在地上，一只破裂的和面盆里放着一堆锔钉。锔锅匠正端着一只白色瓷杯喝水。茶杯上有一朵腊梅花。这是谢文婷专用的杯子。我们村只有谢文婷家才会每人都有专门的茶杯。

我问："大米呢？"

谢文婷有些慌乱。我跑进大门时，她正垂着头给锔锅匠的眼镜系绳子，原来那条辨不清颜色的小绳子扔在她的脚边。

锔锅匠的眼镜像是在病人的尿液里泡过似的。谢文婷给它配了条颜色相近的线绳。系好之后，有一根线头在镜框前翘着，她将嘴凑上去，用白亮的牙齿咬了下来。她用手拽着绳子试一试强度，正想交给锔锅匠，我的脚步声让她的脸色变得煞白。她的右手腕轻轻一转，将眼镜握在手心里，又像是坐累了似的在马扎上舒展一下身子，握眼镜的手自然而快速地放到大腿下。

锔锅匠笑着问："是大米的朋友吧?"他看着我，口气却像问谢文婷。谢文婷僵硬地冲我笑了笑："他没跟你在一起?"我说没有。谢文婷说："如果没和你在一起，就一定在仙女湖里。"说话时，那根线头还挂在她的嘴角。我走出院门又往后看了一眼。锔锅匠已经把眼镜戴上了。他冲着我轻轻摆了一下手。谢文婷将那根线头用力吐在地上。

看来小钢炮说得对，锔锅匠跟谢文婷有一腿。他上午就来了，中午在谢文婷家吃的饭，好像她家有数不清的锅碗瓢盆让他锔。上午我和大米去仙女湖游泳，正碰上小钢炮在街上奔跑。原来他缠着大米带着他，大米不肯。小钢炮只能孤零零地坐在湖边看着我和大米在水里嬉戏。仙女湖已经成了大米的个人领地，他不同意，我和小钢炮谁也不敢下去。大米的点头对我们无异于生命的保障，即使沉下去，他也能把我们捞上来。小钢炮坐在湖边的可怜样让大米特别解气。近几天小钢炮好像挺忙，再也不到湖边了，大米有些纳闷，想问一问在忙什么。他主动跟小钢炮打招呼。小钢炮停下脚步，没有因为大米主动示好而受宠若惊，反倒用一种蔑视的眼神看着大米。

大米说："咱们去下湖吧。"

小钢炮冷笑一下："自己的妈都被人睡了，还有心思下湖？"

大米愣愣地看着他跑远的背影，脸突然羞得通红。

半个小时之后，大米让我帮着在村西小桥上扒掉了十七块砖头。桥面上现出一个长方形窟窿。透过窟窿可以看到桥下混浊细弱的水流。桥右侧的桥栏烂掉两根，像张开了怪异的嘴巴。菜农在河底挖了个坑，把水流凝聚成一个深潭，以便打水浇菜。大米伸着胳膊量了一下窟窿的长度，然后找来几根细小的木棍搭在窟窿上。在木棍上铺了层薄薄的麦秸，又在麦秸上撒了一层土。大米伸出脚轻轻踩出一串凌乱的脚印。完工之后，我们将扒掉的砖头扔进桥下的深潭里。看着水面不停冒上来的气泡，大米如释重负地笑了。

他说："铜锅匠的车前轮一定会栽进窟窿里。"

七

小钢炮认为铜锅匠是死在谢文婷手上："她明明知道刘加油 8 月 1 号傍晚回家，为什么还要留下他？"

说这话是在大米失踪多年后的一个夏夜，我和小钢炮都已接近了铜锅匠死去时的年龄。

我说："谢文婷也许以为刘加油不会回来。"

小钢炮说:"她不该拿一个人的性命冒险。"

我说:"要么就是她觉着刘加油见到他也不要紧。"

谢文婷和铜锅匠之间到底发生了什么,我以为谁也不可能知道。身为当事人的他们,一个死去了,另一个失踪了。这是我们村庄最希望看到的结果。谁也不必为一个陌生人的死亡负一点责任。

谢文婷的失踪与大米无关。她第一次失踪时,湖底淘宝的行动刚开始,大米正在全村期待的目光里朝湖中央游去。刘加油回家想叫着谢文婷快点去湖边。大米下湖时眼神有点怪,刘加油深怕他玩什么花样。谢文婷不在家,刘加油并没有多想。院子里像每天早晨一样收拾得井井有条。他以为昨天的争吵已经平息了,日子还会照常过下去。直到看见床下一摞打上铜钉的碗,才觉得不妙。他从来不记得家里有这么多破碗。十三天之后,刘加油不知从什么地方把谢文婷扛了回来。她赤身裸体包裹在一条紫色土布床单里,静静地趴在刘加油肩膀上,像一具尚未僵硬的尸体。小钢炮对我说,村里的街道站满了人。吵嚷声使得谢文婷轻轻睁开眼睛,冲着一直尾随的小钢炮笑了。小钢炮吓得停住了脚步。他忽然觉得刘加油扛着的是另一个女人。

谢文婷从此再也不肯穿上衣服。刘加油想将衣服披到她身上,她像只凶猛的动物一样又撕又咬。刘加油趴在窗户上,伤心地看着她白亮的身躯在屋子里走来走去。她一见窗口有人,随手抄起件东西就砸。刘加油差点被飞溅的窗玻璃扎瞎了眼睛。怕她从窗户里钻出来，刘加油给她的脚腕拴上一条铁链，又用砖头把窗户封了起来。谢文婷就像住在一间粮仓里。她不知疲倦地走个不停，在院门口都可以听见哗啷哗啷的脚镣声。刘加油以为她是被一个疯狂的女鬼附了体。经人介绍花重金请来一个巫婆。该巫婆以会"过阴"的特长闻名百里，曾把许多刚踏上黄泉路的人拽回阳间。见多识广的巫婆根本没把谢文婷当回事，从刘加油的自行车上跳下来便迫不及待地进了屋。她想看一看谢文婷到底遭遇了哪一路鬼魂，以便对症施法。她的眼睛还没来得及适应屋里的光线，突然有一道白亮的影子像闪电一样扑了上来。鬼哭狼嚎的声音让站在门外的刘加油心惊肉跳。等他好不容易把巫婆拖出来，巫婆的右肋已经断了四根。

小钢炮逐渐摸准了观察谢文婷的时机。在刘加油给她送饭的时候。刘加油每天给她送三次饭，她三天才吃一回。她吃饭时喜欢趴在地上，像狗一样将嘴探进碗里。实在吃不到，便用手抓着食物往嘴里塞。刘加油以为她怀孕的肚子会一天天大起来，可她的腹部收缩得愈来愈凹，身手却愈来愈敏捷。小钢炮曾经看到她用一只手把自己吊在房梁上，另一只手狠狠挠着阴部，像一只正在发情的长臂母猿。刘加油对于有人来看谢文婷的裸体，总是大声叫骂。后来开始闷头叹气。再后来，他像个絮叨的女人一样，不停地冲着人说："瞧她这样子，我该怎么办呢？"

在初冬的一个深夜，赤身裸体的谢文婷连同脚上的铁链永远失踪了。

刘加油找了她许多年，为此失去了煤矿的工作。直到现在，刘加油见到陌生人便会凑上去问："你见过一个大眼睛白皮肤的女人吗？"刘加油保留了谢文婷帮他养成的卫生习惯，特别注意衣领和袖口的干净程度，每顿饭后都要刷牙。这使他看上去是个文质彬彬的老头。有的人听出他在说疯话，偶尔会逗他两句："大爷，别在一棵树上吊死，再找个老伴吧。"刘加油一本正经地说："那怎么行？我在等着文婷回来。"

刘加油的脑子里塞满谢文婷，丝毫没有铜锅匠的影子。多年前那个 8 月 1 号的傍晚，他却被铜锅匠搞得头昏脑胀。他兴冲冲地从煤矿赶回村，手里拎着两大塑料袋子零食，挎包里装着给大米买的球鞋。他准备好好地给大米过个生日，然后叮嘱大米，不要把小狮子都捞上来，多留一些，自己悄悄地慢慢捞。谁也不敢去湖底看一看，大米说什么是什么。手上有了足够的小狮子之后，他打算辞掉煤矿的工作，天天守着谢文婷。刘加油走过村西头的小桥，想象着谢文婷即将饱满起来的肚子，不自觉地笑出了声。刚一进村，便听到了铜锅匠与谢文婷亲密交往的消息。刘加油眼前立时一黑。

他先去了我三叔家。我三叔正在小桌上切西瓜。他把西瓜的一头切出一个平面，用切下的瓜皮擦拭着明晃晃的菜刀。刘加油冲过去把菜刀抢到手里。我三叔吓了一跳。刘加油转身朝外走，我三叔一把抱住了他。刘加油像疯子一样叫着："我宰了那小子。"我三叔说："你不想活了？"刘加油愣了一下。我三叔说："你杀了人你还活得成?"刘加油握着菜刀的手垂下了,脸上的表情像哭一样:"三哥,他连着来我家三回了,你都不打电话告诉我一声。"我三叔说:"他到你家只是锔盆子锔碗,没干别的。"刘加油有点不相信。我三叔说:"我让小钢炮一直盯着他。"

一连抽了三根香烟,刘加油的情绪稍微稳定了一些,对那个未曾谋面的锔锅匠依然耿耿于怀。

我三叔说:"重点在你老婆身上,她要是不叫他,他去锔个屁呀。"

我三叔确定锔锅匠不是为了拐走大米之后,对谢文婷隐约有了种恨意。那么多锔锅匠,偏偏叫这个戴眼镜的,能说他们之间没什么吗?刘加油夺菜刀的动作让我三叔感到些许欣慰,可是并不想让锔锅匠有个三长两短,即使把他打伤了,湖底淘宝计划也会被打乱。三叔已经对小狮子将要带来的财富做出了安排。他想在儿子复员之前,把他们结婚用的房子盖起来。

刘加油咬牙切齿地说:"不能饶了这小子,我要狠狠地揍他一顿。"

我三叔说:"俗话说,母狗不翘腚,公狗干着急。你应该做好你老婆的思想工作,少搭理不三不四的人。"

我三叔对刘加油强调了湖底淘宝对未来生活的重要,勾着刘加油的思绪回到谢文婷肚子里的孩子上。

刘加油叹了口气:"好吧,我先把那小子撵走,然后跟文婷好好谈一谈。"

他重新拎起买给大米的零食和球鞋往家走，没想到身后跟了那么多看热闹的人。每个人都知道铜锅匠给刘加油扣了顶绿帽子。阴阳怪气的话语钻进他的耳朵里，像碎玻璃碴子一样扎痛了他的心。刘加油都有点不会走路了，总觉得无论怎么走都像是在掩饰自己的无能和懦弱。

铜锅匠正拿着把铲子戗锅。大铁锅倒扣在地上，锅沿下垫了几块砖头。铜锅匠躬着腰，手中的铲子一下一下轻轻刮着锅底上凝结的草木灰。灰已经刮尽了，铜锅匠还嫌不够干净，又跟谢文婷要了块抹布，俯在锅底仔细擦拭。谢文婷站在旁边，看到他左脸颊沾了一点黑灰，将一块干净的毛巾递到他的手里。他正在擦脸，刘加油走进了院门。

刘加油一眼便看出他用的是谢文婷的专用毛巾。平时刘加油偶然用错一回她都会不高兴，现在竟然拿在一只沾满黑灰的手上。刘加油的脑袋像是被砖头拍了一下，手中的东西掉在地上。这时，身后的人群里传来一阵怪笑。正拿着笤帚扫地的谢文婷闻声抬起头来，冲着刘加油微笑道："你回来了。"刘加油没有看她的笑容，目光直盯住铜锅匠。他左手拿着毛巾，右手的食指顺着鼻梁往上推了一下眼镜。他毫不惊慌的表情点燃了刘加油压抑的怒火。刘加油觉得应该做点什么。他抖了抖空荡荡的双手，看到盛零食的塑料袋子旁边有一块砖头。刘加油弯腰抄了起来。身后响起一片兴奋的叫好声。谢文婷急忙扔掉手里的笤帚，冲过来抱住他："加油，你别急，听我说。"在谢文婷的怀抱里，刘加油忽然想哭。她从来没有抱得这么紧。他也想紧紧抱住她，听一听她要说什么。事情好像并没有自己想象的那么糟。他要抱她时，手中的砖头阻碍了他的动作。他顺手一扔，砖头恰巧砸在倒扣的铁锅上。破裂的闷响让谢文婷的脸色变得特别苍白，她更紧地抱住刘加油，扭头冲锔锅匠喊道："先别说了，你快走。"

事情如果到此为止，死亡和失踪都不会出现。不幸的是锔锅匠走出院门时喊了一句话。这句话相当于在刘加油刚刚平息的怒火上猛浇了一瓢油。他从谢文婷的怀里猛地挣出来，重新捡起了砖头。

锔锅匠喊道："婷婷，快跟我走。"

刚开始刘加油追得并不快，锔锅匠走得也不快。小钢炮说，从他们步履上可以推断，锔锅匠没做亏心事，刘加油也无意致他于死地。俩人进行的是一场无声较量。这场较量将在锔锅匠走过村西头那座小桥时结束。身后不断涌上来的人群让锔锅匠有了一丝慌乱。他不时回头看一眼，好像人群是一场迅速蔓延的烈火。他的脚步加快了。他开始小跑时，正是刘加油放慢脚步的时候。锔锅匠不时回头看一眼的样子让刘加油很生气，以为他在人群里寻找谢文婷。锔锅匠加快了脚步，刘加油突然觉得他已经和谢文婷达成了默契，他自己吸引众人的目光，让谢文婷从另一个方向出走。刘加油觉得必须把他抓住，等确定谢文婷没走之后再放掉他。刘加油跟着他跑了起来。锔锅匠的脚步更快了。谁也没想到他的奔跑能力这么强，腿上像装了弹簧一样。村路的坑洼对他毫无影响，他的脚尖在地上轻轻一点，身子便飘出好几米。他将众人甩得愈来愈远。当接近村西头的小桥时，他的身影已经形同一道灰黑色的闪电。气喘吁吁的刘加油终于如释重负，游戏眼看就要结束了。他的腿虽然还在奔跑，脑子里却想着快点回家看一看谢文婷。

突然，铜锅匠一头栽倒了。撕心的惨叫声使刘加油和人群都定住了脚步。过了好一会儿，铜锅匠费劲地爬了起来，踮着左脚慢慢靠在右侧的破桥栏上。他的身体踮动时，右腿胡乱晃着，好像只剩一条空荡荡的裤管。他的脸上满是汗水，就像是刚在水里钻出来。

刘加油站在桥头，看着那根断裂的右腿，心里像被一只手紧紧地攥住了。刘加油手上一直握着那块从家里拿出来的砖头。他正想将砖头丢掉，忽然发现铜锅匠拧着身子朝逐渐靠近的人群看。汗水阻挡了视线，他右手把眼镜推到额头上，用左手背揩了揩眼睛。他将眼镜重新戴好，锐利的目光再次探向陌生的人群。刘加油以为他又在寻找谢文婷，几近熄灭的火气再次冒了上来。他抬手把砖头扔了过去。这块抛出的砖头只能算刘加油的一种姿态，他觉得应该用砖头警告一下铜锅匠，同时，也让尾随的人群看一看，他并不是一个懦弱的人。他没想到砖头能砸到铜锅匠身上。刘加油拎着砖头已经跑得很累了，右臂酸麻得好像不是长在自己身上。砖头飞出去之后飘飘忽忽，像一片正在坠落的小风筝。

随着一声绝望的叫喊，铜锅匠的身子晃了晃，穿过烂掉的桥栏栽进了河底。

八

大米跑到村西的小桥时，天已经亮了。桥面上的长方形窟窿大敞着，好像比刚扒开时大了许多。他趴在地上，从窟窿里看了一下河底的深潭。水面上隐隐约约荡漾着一层细弱的波纹。大米的身子猛然一悚。他觉得波纹很像铜锅匠的眼镜，幽黑的水底像是铜锅匠的眼睛。他记得第一次见到铜锅匠时，铜锅匠的眼睛先是微微瞪了一下，一看到他的脚，眼睛突然变得特别红。铜锅匠问："你叫建军吧?"大米当时刚从仙女湖里爬出来，想回家吃点东西，再回到湖里接着游。夏天是他最喜欢的季节，因为可以整天扎在湖水里。在水里泡得时间一长便会饿，让他特别苦恼，总觉着每次游得都不尽兴。他是在快跑到自家胡同口时与铜锅匠相遇的。一听铜锅匠叫出他的大名，他警惕地将双脚往后收了一下，十个脚趾紧抠着泥土，问："你是谁?"铜锅匠朝前凑了两步，单手扶着自行车的车把，伸出左手想抚摸一下大米毛茸茸的脑袋。这时，一辆绿色吉普车从街上匆匆驶过。铜锅匠的眼神一乱，拧着身子用左手拍了拍自行车后货架上的木头箱子，说："我是铜锅的。"

昨天中午，大米从湖里跑回家吃饭，一进院门便看到铜锅匠的自行车停在院子里，大米有点纳闷，它怎么没栽进窟窿里？车子旁边放着三只摔碎的破碗，其中一只碗上印着放光芒的红太阳。这是大米的碗，他早晨还用它喝过汤。什么时候摔破了？这时，铜锅匠站在门口叫他："建军，快进来吃饭。"大米不由自主地问："你没从村西的小桥上走？"铜锅匠笑道："我是从村东进来的，你去村西小桥上等我了？"大米鼻子轻轻哼了一声。进了屋发现母亲正在擦桌子。铜锅匠坐到刘加油习惯坐的桌东边的椅子上，点上了香烟。他说："我就说等孩子回来一块吃。"谢文婷笑着说："他到水里就忘了时间。"铜锅匠说："咱们可以遵从他的天性，可是也要养成按时吃饭的习惯，什么时候饿了什么时候吃，像是散养的。"大米看到谢文婷的脸色稍微一僵，将抹布叠了叠握在手里，转身去了厨房。铜锅匠说："建军，要想在水里知道时间，一是看太阳，再就是记住岸边一棵树影子的位置。"大米对铜锅匠本来并无不好感，听他这话忽然有了点兴趣。在茫茫湖水里的时间问题一直困扰着他，暑假期间还好，上学时就有点麻烦，他屡屡因为在水里逗留时间太长而迟到。他问："要是没太阳呢？"铜锅匠笑了："知道你就会这么问。没太阳也不要紧，按我说的办法训练，对时间会有一种准确的感觉。"大米觉得这话有点绕。铜锅匠又说："回头我带着表陪你下湖去试试。"大米一时忘了饿，恨不能马上去尝试一下。铜锅匠说："要是对时间没感觉，就没法对付数不清的痛苦。"大米觉得他的语调有点沉重，他望着铜锅匠头上花白的短发，好奇地问："你会很苦?"他一直以为走乡串村的手艺人活得很潇洒。铜锅匠将烟蒂弹出去，笑道："我现在一点都不苦了，很幸福。"这时，谢文婷端着俩馒头和一盘拌了蒜的茄泥进了屋，笑着问："你俩聊什么呢?"大米说："在说'感觉里的时间'。"谢文婷对铜锅匠说："说这个他能听懂吗?"铜锅匠一笑："别忘了他是你的儿子，冰雪聪明。"

在大米记忆里，铜锅匠是第一个夸他聪明的人。吃饭时，他不时抬头看一眼铜锅匠，每次都恰巧遇上满含笑意的目光。铜锅匠问："建军，好好想一想，能记起我吗?"大米停止咀嚼，正要想，谢文婷在旁边咳嗽了一声，引得铜锅匠的眼睛转向她。她轻声说："先别说这个，等我慢慢告诉他。"谢文婷嘴里的"他"让大米心头一震。母亲和铜锅匠的眼睛正交流着许多内容，大米有些不安。大米哽着脖子咽下一口发干的馒头，低着头说："他要回来了。"铜锅匠和谢文婷同时一惊。铜锅匠略显茫然："谁?"谢文婷的脸色有点阴："还能有谁。"

大米萎坐在窟窿旁边，回想着昨天午后守着铜锅匠吃饭的画面，将目光缓缓地投向河畔。他的眼神忽然一钝。坟头不知何时消失了。大米揉了揉眼睛，发现河畔上的杂草已被铲光，裸着一大片新鲜的泥土。他真的走了?

大米昨天傍晚跑到桥头，正遇上刘加油和另外六个男人扛着铁锹往回走。他们都沉着脸。一看到他，刘加油脸上立时涌上笑容。他将铁锹递给旁边一个人，躬身把大米抱起来。

大米刚从仙女湖里出来，浑身湿淋淋的。刘加油问："看到我给你买的球鞋了？"大米没说话。大米身材挺小巧，在刘加油怀抱里却显得很长。大米的双脚一下一下敲打着刘加油的膝盖。大米问："他真的死了？"刘加油的身子颤抖了一下。他换了个姿势抱着大米，说："他是掉进河里淹死的，我们埋了他，是做了件好事。"大米趴在刘加油的肩头，眼睛直盯着那座沉浸在暮色里的新坟，有一大团雾气正萦绕在坟头上。他依稀看到有个瘦长的身影从雾里走出来，用手扶了一下眼镜，冲他笑着举起了左手。他知道那个人想要抚摸他的头。大米急忙朝前探了一下身子。刘加油将他抱得更紧了。大米看到坟头上的雾气慢慢凝在锢锅匠身上，包裹着他，沿着河堤朝东飘去。

刘加油扛着铁锨朝小桥走来，远远看到大米正蹲在河畔上。堆起坟头是因为多年埋死人养成的习惯，昨天则是个失误，好像故意提醒桥上的行人多看上两眼。刘加油一大早跑来想把坟头铲平，免得再在梦里折磨他。没想到已经有人替他做了，做得比他想的还要干净、彻底。刘加油望着一大片剥去绿色的泥土，感动得眼泪差一点掉下来。刘加油确信大米还没看到他，麻利地将铁锨顺着桥上的窟窿扔进河底，双手像洗脸一样在脸上揉搓了两下，深吸了一口气，大声喊道："大米，要开始了。"

此时的仙女湖边围着许多人。尽管我三叔严格限制了到场的人数，可是人们都想亲眼目睹小狮子出水。仙女湖折磨了我们多年，终于轮到它补偿我们了。每户人家都对小狮子将要带来的财富做出了安排。有人想买电视，有人想买自行车，有人想带着孩子去城里吃炖肘子。我们村常年挣扎在贫困里，该买的东西太多，该吃的东西也太多。怕出水的小狮子多得用手拿不了，好多人家扛来了大笸箩。都想把自家的笸箩放在最前边，好像离湖水愈近，分的小狮子愈多。人群中出现了争吵和拥挤，有两个中年女人差点被挤到湖里。我三叔大声喊着在人群里穿来穿去维持秩序。人们的情绪在他的喊声里终于稳定下来，忽然发现少了最关键的人。

大米不想下湖了。

刘加油喊了两声，大米像是没听见。刘加油朝大米走了过去。随着走近，刘加油头皮有些发麻。从河边几棵柳树的位置上判断，大米正蹲在埋掉铜锅匠的地方。大米用双手挖着湿润的泥土，身旁已经集起一个小土堆。刘加油在一丈开外的地方停住脚步，心里怦怦乱跳。

他说："大米，快走，乡亲们都等着你呢。"

大米抬起头，茫然地问："去哪里？"

刘加油忽然意识到还没有跟大米说过捞小狮子的事。一群大人又是密谋又是策划，都把刘加油当成湖底淘宝的主要人物，好像大米只是刘加油手上的一只提线木偶。

刘加油说："去湖里，再去拿两个小狮子。"

他将数目说得这样准确，是想把更多的小狮子留在湖底。他觉得替全村捞出两个已经不少了。

大米的脸抽搐了一下："我早就说过，就那一个，再也没有了。"

刘加油愣了愣，目光锐利地盯在大米脸上，口气变得又冷又硬："你骗谁呢？"

大米在刘加油的逼视下，眼神一虚。刘加油从他脸色上验证了自己的判断，小狮子肯定不止三个，湖底的宝贝也不只是小狮子。心念及此，刘加油的眼角不自觉地带出了笑纹。大米接下来的话，让他的笑纹又凝固了。

大米说："昨天下午那个姑姑对我说，我要是再拿东西，就把我扣住给她喂马。"

刘加油有点蒙："哪个姑姑？"

大米说："穿红袍的姑姑。"

大米坚定的语调把刘加油心底那个恐怖传说突然激活了。他目光呆直地望着小河里绿色的水流，好长时间没说话。难道是真的？他的大脑因为恐怖变得异常活跃。公主的坟墓。数不清的宝贝。大米的自由来去。即使那个公主真的游荡在水底，难道她就不睡觉？当初娶谢文婷，他对她带来的儿子还有点嫌弃，没想到她带来的竟然是一只抓大财的手。

刘加油阴阳怪气地说："看来穿红袍的姑姑对你不错。"

话音未落，刘加油脑袋上猛地冒出一层白毛汗。他看到大米又在扒土。

大米跪在地上，双手急切地交替着在地上乱刨，一把把泥土飞起来落在他周围。他面前的坑在迅速变大。大米的脑袋探到坑里，那样子就像一只钻进洞里掏食的野狗。湿土往外飞的速度愈来愈快，飞起来的土块不时砸在大米身上和头上，他浑然不觉。

眼看大米的半个身子沉到坑里，刘加油冲过去抱住他："你想干吗？"

大米挣扎着："他没死，我看到他在动。"

刘加油将大米拎起来像扔垃圾一样甩出一丈多远。大米双手到处乱抓着朝河底滚去。在离水面一米多的地方终于紧紧抓住一丛草根。还没来得及抬头，刘加油扑过来狠狠掐住他的脖子。

刘加油叫道："狗杂种，我好好待你，你他娘的却想毁了我。"

围在仙女湖边的人们经过短暂的平静之后又重新吵嚷起来。我三叔看了看表，五点半。跟刘加油约好的让大米五点钟下水，这个时刻大米体力最好。刘加油变卦了？还是在跟谢文婷吵架？我三叔正想去看一看。这时，刘加油搂着大米的肩膀朝湖边走来。人群自觉地给他俩让出一条通道。我三叔发现大米脸色蜡黄，脑袋上全是土，右腿有些瘸。大米赤着脚，脚掌像是被木板绑住一样打不了弯，走起路好似拖着沉重的脚镣。我三叔想问一问大米是不是受了伤。突然，小钢炮从人群中蹿出来跳到他面前："三叔，有个秘密还没向你汇报。"我三叔有点蒙。小钢炮见众人的目光集中在他身上，有些得意："那个镪锅匠，其实是大米的爹。"我三叔的脸立时黑了下来。他扭头冲着小钢炮的父亲说："还不管住他这张破嘴。"小钢炮的父亲在镇上一家宰坊打工，一只手能放翻二百斤的老母猪。他冲过来抽了小钢炮一个响亮的耳光。小钢炮像挨了棍子的小狗一样打了几个滚，惨叫着爬进人群。

我三叔走到大米身边，伸出手想亲昵地抚摸一下大米的脑袋。大米一扭头躲开了。

我三叔问："孩子，你的脚不要紧吧?"

刘加油在旁边急忙说："离开水的时间太长了，一下湖就好。"

我三叔低头看了看大米的脚，发现沾满泥土的小腿上正有一层白皮翘起来。

大米向三叔身前凑了半步，脸色像个心事重重的大人。

他说："三伯，我要小钢炮跟我一块下水。"

我三叔对小钢炮不太信任："他能行吗?"

大米说："他行。"

九

小钢炮对我说："他想淹死我。"

如今的仙女湖扩大了数倍，打造成了景区，号称江北最大的湖泊。我们的村庄连同村西头的小桥都变成了水面。村民们搬到了 105 国道边的一个小区里。当年想靠小狮子获取幸福生活的梦想，竟然通过土地置换实现了。景区建好是为了引诱外地人来花钱，可是外地人不知道仙女湖。谁也不会花钱去个没听说过的地方，本地人更犯不着花钱去看。景区里异常冷清。有关部门经过冷静思考，觉得是缺少了文化。于是，召集了一批写东西的和媒体从业人员来到湖边，想编撰一个仙女湖的传说。仙女湖本来有传说，有关部门觉得那个传说太吓人。我和小钢炮都在受邀之列。

站在湖边，已经分不清哪是原来的湖中心了。虽然已经过去了这么多年，小钢炮提到大米突然把他按进水里时依然满脸恐惧。

他说："没想到这小子这么坏。"

我说："他如果真想淹死你，你现在还能站在这儿？"

小钢炮沉默了。

他一辈子都不会忘记跟着大米下湖的经历。他俩下水时，每人推着一个大笆篓。捞出来的小狮子先放在笆篓里，装满了再往岸边送。小钢炮刚挨过一掌的左脸颊火辣辣的，左耳朵嗡嗡乱响。不过他还是挺高兴，终于和大米同样受人瞩目了。清晨的湖水有点凉，游了一会儿就感觉不到凉了。小钢炮双手抓着笆篓，就像抓着船舷，游起来特别省力。大米的身子静止着，脑袋周围看不到一点水花，只看到笆篓在他面前急速往前划，大米就像被笆篓牵引着。当他发现与小钢炮拉开了距离，便定在水里等一会儿。

他们游到了湖中心那片温暖的水域。小钢炮回头看着岸边，发现父亲正远远地冲他招手。刚才父亲在人群里找到他，让他跟大米一起下湖。小钢炮有点害怕："大米同意了吗？"父亲说是大米亲自点名让他去的。父亲又悄声说："咱家也能像刘加油一样多分两个小狮子了。"小钢炮觉得这次下湖很划算，既缓和了与大米的关系，还能给家里创造财富。小钢炮一只手抓着笸箩，另一只手想冲着父亲摇一下。手刚举起来，忽然看到一辆绿色吉普车停在了岸边。车上下来两个穿绿色制服的警察。

小钢炮对大米说："快看，公安局的来了。"

大米突然紧贴到小钢炮身边："咱们开始吧。"

说着，大米按住小钢炮的脑袋，猛地沉到了水里。

我和小钢炮回到老家的第二天晚上，一起在我三叔家吃饭，席间说到了湖底淘宝的那个早晨。想起警察的突然到来，我三叔依然有点胆颤。

三叔说："当时我的心都要从嗓子眼里蹦出来了，我以为他们来抓捕盗取文物的主谋。"

那两个警察来自西北一所著名监狱。来我们村是为了寻找一个叫谢文婷的女人。

三叔说："那个锔锅匠，其实是个逃犯。"

我问小钢炮："他真是大米的父亲？"

小钢炮苦笑着摇了摇头。我不知他是否定还是不想说。我和他小时候也不是太亲近，时间让我们变得更加疏远。这次见面我发现他其实是个挺深沉的人，关于他跟踪、偷拍、挨揍的一些说法，好像都是恶意的谣言。

我跟他碰了一下杯："你的变化很大。"

他说："自从差点死在大米手里，我开始知道好多事情不能说。"

晚上我俩住在酒店的同一个房间。窗口正对着仙女湖。眼前的仙女湖固然足够辽阔，却透着一览无余的平淡，完全失去了神秘感。我忽然想到大米说过的湖底世界。

我问："你那天在水里看到了什么？"

小钢炮说："什么也没看见，水里太黑了。"

小钢炮不会潜水。下湖之前已经说好，大米潜下去捞小狮子，他只负责帮着往岸边送。他被大米按下水之后，一下子陷入绝望和恐惧。一连喝了好几口水。他想挣扎着浮上来，大米紧紧攥住他的左胳膊，飞速朝着水底冲去。大米吐出的细碎气泡不时在他面前掠过。水里的压力愈来愈大，小钢炮的耳膜胀得几乎要在耳朵眼里炸出来，整个脑袋像是被挤扁了似的。他想再挣扎一下，已经没有了力气。他吐出最后一口气，耳旁边咕嘟着闪过一大朵水花，然后便任由湖水朝着鼻子和嘴巴里乱灌了。在他失去意识之前，大米下潜的身体忽然甩开了他。他觉得大米宽大的脚掌像扇子一样猛拍了一下他的脸。

大米自从那天潜入湖底，永远失踪了。

小钢炮问："他会淹死吗？"

我说："他天生就该生活在水里，怎么会淹死？"

小钢炮皱紧眉头："那他去了哪里？"

我对他讲了大米的湖底世界。这本来是我答应大米终生保守的秘密。现在我觉得可以解密了。小钢炮听完之后躺在床上沉默了许久。直到我以为他已睡去，他才长长地舒了一口气。

　　他说："那个世界只属于他一个人。"

　　次日一早，我和小钢炮要分手了。离开酒店时，他手扶着行李箱的拉杆，向我透露了一个秘密。这个秘密曾经给他招来杀身之祸，他本打算将其烂在肚子里。

　　他说的是铜锅匠与谢文婷在1981年8月1号傍晚的对话。当时，刘加油在我三叔家刚被夺下手里的菜刀，血红着眼睛听我三叔分析杀人的利害。大米正孤独地躺在仙女湖中心温暖的水面上，远远看去像一具婴儿的尸体。小钢炮趴在刘加油家的东墙跟，从砖头缝隙里看着他一连盯了十天的院子。他看到那口八印的铁锅倒扣在西屋门口，铜锅匠把饯锅的铲子握在了手里。

　　铜锅匠说："咱们带着建军去南方，那儿到处都是水塘，还有许多民办学校，咱俩可以继续当老师。"

　　谢文婷说："我怀孕了。"

　　铜锅匠说："打掉。"

　　谢文婷惊得后退了两步。

　　铜锅匠说："我知道你娘俩这些年吃了不少苦，以后轮到我补偿你们了。你想留着也行，我对他会像对建军一样好。"

　　谢文婷说："我不能跟你走。"

铜锅匠说："不是跟你说了吗？那个女学生良心发现了，向公安局坦白了真正强奸她的人。我平反了。这几年我到处找你娘俩。你不信？"

谢文婷说："你陪儿子过完这个生日，以后不要再来了。"

原载《花城》2018 年第 5 期

《小说选刊》2018 年第 12 期转载

《中篇小说选刊》2018 年第 6 期转载

《作品与争鸣》2018 年第 12 期转载

脸

柏祥伟

一

　　两杯啤酒下肚，包水平接连打了两个饱嗝。他岔开手指摁着鼓起的肚皮，半张着嘴巴看着我。我以为他的饱嗝还没打完，不料他伸着脖子，扫了一眼饭桌上乱糟糟的菜盘，忽然探头对我说："我必须要离婚了，再不离我就得疯了。"

　　我被他的话吓了一跳，不明白他怎么突然说出这么一句话。这半年，在我和包水平的交往里，虽然他曾经几次在酒后恶狠狠地说过他和宋玉红闹矛盾的事，可是却从没提过离婚这两个字。包水平说完这句话，又兀自摸起啤酒瓶倒满了一杯酒，仰脖喝了，恶狠狠地把杯子掼在饭桌上。他紧绷着嘴唇，握着酒杯的手微微颤抖。

　　我忽然明白，在这个下着毛毛细雨的周末，包水平为什么要用不容置疑的语气在电话里叫我出来，在泗河路这家位置偏僻的小餐馆里陪他喝酒。我和他大学同窗三年，毕业后又在这个小城里不同的单位就业。在我们参加工作的这四年多的时间里，我俩来往比较频繁，经常在一块喝酒聊天，私下里说单位里的勾心斗角，谈失落的青春过往，骂阴阳怪气的天气，议论如何挣钱健身和怎样欣赏女人。可是包水平却从来没有用命令的语气对我说过话。尤其是自从去年秋天，包水平被单位任命为科室主任，脑袋上戴了一顶官翅儿，说话就更是装模作样地谨小慎微，从来不会在人前有轻妄的言行。此时他居然不再装得人模狗样，而是用一副歇斯底里的神情对我说要离婚，看来他和宋玉芬的婚姻真的要崩溃了。

我压低声音说："五六年的夫妻了，能凑合就凑合，干嘛要离婚呢？"

包水平说："人活一张脸，树活一层皮，老婆出轨了，我还有什么脸见人呢。忍无可忍，不能再忍了。"

我叹了口气："离婚的成本很大，对你的仕途会产生不好的影响，再说也会伤害孩子和父母，我劝你先算清楚这笔账再说吧。"

包水平揉了一把鼻子，他似乎是抽泣了一下，带着浓重的鼻音说："你说的这些我都清楚，可是我顾不得这么多了。真的，我告诉你，再不离我可能就要杀人了。"

我愣怔地看着满脸沮丧的包水平，餐厅包间墙壁上的暖色灯光照在他有些浮肿的脸上，使得他的神情有些模糊。窗外的雨声大了起来，噼里啪啦的雨点落在窗户的玻璃上，没完没了，点点滴滴重叠着，似乎想极力依附在玻璃上，可是在我长久的注视下，雨点还是弯曲成一个又一个变形的问号，无声无息地朝窗台下面滑下去，像此时我心里对包水平泛起的疑问。

我抽出一支烟递给他："水平，如果你不介意的话，我想听听你和你老婆之间到底发生了什么。"

包水平盯着我，他的嘴角抽搐了一下："还能有什么事呢，宋玉芬出轨两年了，别人都听说了，这事你也应该有所耳闻吧。"

"宋玉红出轨？"我禁不住提高声音反问，"她和谁？为什么要出轨呢？"

包水平仰脸望着头顶上的圆形顶灯，片刻，他眨巴着眼皮，长吐了一口气说："她嫌我穷，嫌我没本事，嫌我挣不着大钱给她花。两年以前，她就跟刘大冰相好了。这事很多人都知道，我有她出轨的证据，别人也提醒过我。"

"刘大冰？"这么耳熟的名字呢？我偏头想了想，才恍然问包水平："你说的这个刘大冰是不是某某局的副局长？他现在是单身吗？"

包水平没回应，依旧盯着头顶的圆形灯眨巴着眼皮，半晌才说："现在我已经不恨他们了，我只恨我没本事，连自己的老婆都养不起。其实离婚这事，是宋玉红前几天主动给我提起的。在这之前，她已经一个多月没在家里住过。这些日子，我整天一个人在家里吃泡面，家里的煤气灶都生锈了。"

这些年里，在我跟包水平交往的过程里，我多次见过宋玉红，她在一家事业单位上班。身材细条，走路昂着头。容貌算不上多出众，瓜子脸，皮肤白皙，开口说话笑吟吟的，笑起来眼睛眯成一条缝，嘴巴裂得很大，看起来没心没肺的样子。仔细想起来，就是一个扔人堆里找不出来的平常女人，她怎么会出轨呢？我曾经多次问过包水平，你们夫妻俩怎么不要个孩子呢？面对我的追问，包水平总是支支吾吾，被我问急了，他就说，着急什么呢，事业要紧，先奠定生活基础再说要孩子的事。现在包水平说宋玉红出轨了，我才明白，他和宋玉红结婚四年，为什么迟迟不要孩子。

我仔细想了想，那个刘大冰应该比宋玉红大七八岁。在工作和生活里，我跟刘大冰没有交集，只是在不同的场合见过刘大冰，虽然是个副局长，说话神情却是胸有成竹的模样。我曾经在一次全市工作调度会议上，听过他的发言，腔调拿捏，发言内容全是对领导恭维肯定之词，让人生恶。如果按照包水平所说，宋玉红嫌弃包水平没本事，那么宋玉红能跟刘大冰黏在一起，肯定不仅仅是出于男女感情，应该是看上了刘大冰即将上升的权势。

"你该找刘大冰谈谈，狠狠地教训他一顿。"我说，"夺妻之仇，你不能这么忍了。"

包水平摇摇头："事情到了现在，已经没什么意义了。不怕你笑话，我给你说说吧。前几天，宋玉红给我提出离婚的时候，我还哀求过她，我说只要你回心转意，我可以原谅你。可是她不愿意，那一刻，我对她真是恨死了，我把她拽到床上，扒光了她的衣服，宋玉红挣扎了几下，就不再反抗。我骑在她身上，可是她却像一截木头一样毫无反应。最可气的是，她还面无表情地睁眼看着我，满脸鄙夷地问我，你觉得这样有意思吗？我听她这么一说，气得浑身发抖，我抬手打了她一巴掌，翻身下床，我说就算我死了也不会跟你离婚，我要拖死你，我不会成全你……可是，宋玉红沉默地穿好衣服，居然摸起手机给刘大冰打了一个电话，她说我打他了，让刘大冰来救她出去……"

我忍不住打断包水平的话："然后呢？刘大冰不会真去你家了吧？"

包水平深呼了一口气，他的整个胸膛抽搐了一下，话语里带着哽咽声："我也没想到刘大冰敢去我家面对我，可是，两分钟不到，刘大冰竟然真进了我家，原来他就在我家楼下等着宋玉红。刘大冰进来以后，宋玉红就像受了委屈似的哭，刘大冰居然把宋玉红揽到怀里，指着我的鼻子说，没本事的男人才会打女人。他边说边要带着宋玉红出门，我拿着水果刀堵住他们，我说，除非你们从我的尸体上踏过去，否则你们别想出这个门。可是没想到刘大冰真是个不折不扣的流氓，他居然拍着胸膛说，来，有种你朝我这里扎一刀。我气得浑身颤抖，真想捅死这个流氓，可是我实在是做不到，我举着水果刀，我突然恨自己，怎么就不敢杀了这对狗男女，我怎么就这么懦弱，眼睁睁地看着自己的老婆靠在这个流氓怀里，我恨不得去死，还不如死了呢，我举着水果刀，整个脑袋像是要炸开了，就在刘大冰揽着宋玉红从我身边侧身出去的时候，我大叫了一声，把水果刀扎在了自己的左胳膊上，血水顿时就冒了出来，我疼得几乎要昏过去，我听到宋玉红吓哭了，她哭着打 120 的急救电话……"

"然后呢?"我被包水平的讲述惊呆了，如果不是面对包水平如此激动的状态，我不会相信包水平能做出这样的傻事，我连连摇头："水平，你怎么能这样呢，你自己伤害自己，你傻不傻啊?"

"我当时恨死自己的懦弱了，我也没想到我会把刀子扎在自己胳膊上。"包水平说着将起衣袖给我看，果然有一条鲜红的伤疤像蜈蚣一样贴在他的胳膊上。包水平的语气显得更激动起来："你看，就是这个刀疤，我自己扎了自己的胳膊。当时刘大冰靠近我，他把饭桌上的纸巾抽出来，想捂在我流血的伤口上，我趁机朝刘大冰脸上啐了一口痰。我使出了全身的力气，我听到那口痰啪的一声砸在刘大冰的鼻梁上。刘大冰没还击我，他擦了一把鼻梁，居然抽着嘴角对我笑了笑。没错，当时这个流氓就是对我笑了。后来我躺在医院的手术台上，听着外科医生给我缝伤口时，针线穿透我的肌肉发出了噗噗的声音，那一刻，我忽然清醒了，体会到什么是悲凉的滋味，我太累了，我决定放弃挽救我和宋玉红的婚姻了。"

包水平又长叹了一声，忽然止住话不说了。他紧绷着嘴唇，偏头盯着窗户的玻璃，看着雨水从窗玻璃上无声无息地滑落。饭桌上的菜已经凉透了，杯子的啤酒也消失了泡沫，泛着清冷的黄色。包间外边的大厅里进来了一帮人，嘻嘻哈哈地叫嚷声响成一片，与包间里我俩的沉默形成了鲜明的对比。

我抓住了包水平的手："水平，我支持你，离了吧。"

包水平恶狠狠地盯着酒杯，半晌蹦出一句话："以后咱们都要想办法挣钱，这个社会，没钱连狗都瞧不起你。"

那天我和包水平分别时，我说，你坚强起来，一切都会过去。包水平没吱声，他朝我挥挥手，歪歪斜斜地走出了餐厅。雨下得小了一些，淅淅沥沥的细雨落在他身上，他歪歪斜斜地走着，就像一棵被狂风吹得摇摆不定的树。我和包水平那次聚会的三天以后的傍晚，包水平给我发来一条两个字的短信："离了。"

我不知道该怎么回复包水平这条短信，觉得说什么都不合适。我想等他平静一段时间，再联系他一起聊聊。可是，我没想到，一星期之后的上午，包水平却来找我，他要向我借一笔钱。我更没想到的是，包水平借了我的钱之后，冒险做了一件很荒唐的事。

二

那天下午，因为领导着急参加明天的一个重要会议，让我务必在明天早上八点之前，针对下半年以来单位在工作中实现的新举措和工作亮点，写一份完整的发言稿，我只得硬着头皮在单位伏案加班。

天快黑的时候，我接到了包水平的电话，他问我在哪里，我说还在单位加班。包水平噢了一声，就把电话挂掉了。我忙着赶紧写完发言稿，没理会他。不料十分钟以后，包水平又打来电话，告诉我他现在我单位楼下等我，有事着急给我说，让我赶紧出去见他。他的语气听起来急迫，我以为还是他跟宋玉红离婚的事又出了什么麻烦，只得放下手头的工作，下楼去见他。

大楼门外广场上，路灯已经亮了。出了大楼没多远，我就听到包水平喊我。我四处寻找，发现包水平在广场东边的绿化树旁边正冲我招手。我赶过去，在影影绰绰的玉兰树下面，包水平的脸上有着掩饰不住的忐忑和激动，他神秘地把我拉进一株白玉兰的树下，压低声音说："不好意思，这么着急找你，我需要你帮我的忙。"

他故意压低的声音里，夹杂着莫名其妙的兴奋，听起来反而有些变异的刺耳。

我说："什么事？只要我能做到的一定帮你。"

包水平抓住我的手，用更低的语气说："不瞒你说，我跟宋玉红离婚，我是净身出户的，一分钱没要，我连房子都给她了。我现在急需五万块钱，你现在手头上有多少积蓄？"

我这才明白，包水平这么着急找我，原来是借钱。可是我不明白，分明宋玉红是出轨的过错方，才导致他和宋玉红离婚，可是他为什么却把所有的财产都留给了宋玉红。

我说："你真是傻瓜，为什么要甘愿净身出户呢？"

包水平说："宋玉红喜欢钱财，我就都给她算了。再说，她一个女人，以后花钱的地方比我多。"

我说："那你现在遇到什么难事了，急需这么多钱干什么？"

包水平吭哧了一声："这事暂时保密，等办完了我再给你说吧。"顿了顿，又说："你放心，我用我的人格做保证，借你的钱我很快就会还你。"

包水平既然这么说了，我也不好意思拒绝他。我想了想，我的银联卡里还有三万块钱，是准备生活应急所用的钱。我答应转账给包水平。我说，我只有这么多了，不够的钱你再想法筹借吧。包水平没犹豫，连声说，关键时候才能看出兄弟情谊，这就很好了。

我着急返回办公室继续写发言稿，没再给包水平多说别的。他约定抽空再聚，匆忙走了，橙黄的灯影里，包水平的步履看起来很轻快，我很奇怪，经过离婚这一场挫折，他却没看出一点离婚的疲惫和沮丧。

自从包水平找我借钱以后，他和我很长时间没再联系。这期间，风云突变，上级接连几次下达了厉行节俭反腐反贪的文件要求，我所处的这个小城的机关事业单位，像全国所有的机关单位一样，迅速展开了反腐反贪的自查和被查。刚开始众人都以为这只是形式化的政治运动，雨落地皮湿，红红脸出出汗也就过去了。没想到这次的反腐反贪运动会长久地持续下去，并且形成了工作常态。小城内的豪华酒店和娱乐场所进入了前所未有的萧条期，很多酒店关门停业。随之而来的是，在看似风平浪静的表象之下，却是暗流汹涌，一些被纪委部门查处的涉嫌收贿贪污的问题官员纷纷落马，调查双规，移交检查机关立案依法起诉。

一时间，苍蝇老虎一起打的巡查一波随着一波，机关单位里谈到纪委就如谈虎色变。头一天还在出席会议视察工作的领导，第二天名字就可能被公示在涉嫌违纪调查的纪委网站上，这的确让人不寒而栗。当然像我这等无官无职的单位小卒，并没有什么担忧顾虑，只是在私下里议论那些落马的领导，预测下一个被查的领导会是谁。可是纪委查处的出事领导总是在众人的预测之外，一些道貌岸然的领导悄无声息地就被纪委叫去谈话，在众人的惶恐里被公示双规，交代涉嫌违纪问题，随之被移交检察机关进行取证公诉。被调查的官员有的精神崩溃，有的跳楼自杀。山雨欲来风满楼，机关单位里人心惶惶，而在社会上却掀起一阵阵大快人心的呼声。

在一个深夜，我快要睡觉的时候，从微信朋友圈里看到又一个科局级领导被纪委揪出，在机关微信圈里的传播犹如层层波浪，迅速传播扩散开来。这条微信消息附带纪委官方网站的网址，以此证明此条消息的真实性。我点开了链接的网址，果然看到了这个被查出领导的名字，不由心里一惊，这不就是包水平所在的单位领导吗？居然也出乎意料地被纪委打下马来。我忽然联想到前段时间包水平给我借钱的行为，一种不祥之兆涌上我的心头。我想了想，还是忍不住给包水平发了一条微信：听说你们单位的老一出事了？

没想到在这个深夜里，包水平会给我秒回过来，只有一个字：是。

包水平回复完这条信息，就没再继续跟我聊，我觉得再多问也显得过于八卦，没再追问他，洗刷之后就休息了。

在此后的几天里，机关大楼里私下纷纷议论包水平的领导被查这件事，关于他很多原来众人不知道的事，都在众人的口口相传里显现出来。有的说，这个领导太不像话了，早在几年前就因为某件事收贿，三五千块钱送上门也接受。还有的说，此人在小城里有五六处房产。更有让人吃惊的传说是，据说在纪委高压审问之下，这个领导交代了在他家里所藏匿的银行存单有十几张，存单面额共计一百多万元。并且搜出了大量的字画玉器。随着众人的议论，更多的消息传出来，一些给这个领导行贿的人被牵连进去，陆续被检查机关叫去协助取证调查，有的人因为行贿数额巨大，同样面临被依法处理的遭遇。最形象的传说是，这个领导在检查机关的调查里，一夜之间，头发全白，精神崩溃，竹筒倒豆子似的把这些年来受贿的人和事全部交待出来。随着包水平的这位领导被拘捕的消息在民间传播得越来越形象，最后演绎成一条条茶余饭后的谈资笑料，成为民众拍手称快的娱乐话题的时候，我却越来越对包水平产生了一种莫名其妙的担忧。一个忐忑不安的傍晚，我终于忍不住给包水平发了一条短信：忙什么呢？晚上找地方喝啤酒吧？

这条短信发出去半个小时，包水平没给我回复。我鼓足勇气拨出了他的手机号，听到的却是手机关机的语音提示。在那一瞬间，我预感到包水平肯定出事了。一阵说不出的慌乱烟雾一样弥漫在我心里。我不是担心包水平出事借给他的钱会打水漂，我更害怕这个刚遭受婚姻破裂的包水平会承受不住接踵而来的打击。他怎么会这么倒霉呢？

一连几天里，我陷入了惶恐不安的情绪里。只要有空闲的时候，我就不停地拨打包水平的手机，可是他的手机却始终处于关机状态。我判定如果包水平也被这事牵连，成了落网之鱼，那就是包水平遇到了别的不测之事。我不敢去包水平的单位探听消息，在我犹豫是否托人去他父母家打听消息的时候，突然接到包水平的一个短信：下午六点，泗河上的那家餐馆见面。

包水平这条突然出现的短信，让我又惊又喜。我明白，包水平说的那家餐馆，就是我们那次下雨喝啤酒的地方。我反复看了这条短信的手机号，确定是包水平的手机，立即给他回复：好的。

天快黑的时候，我走进了泗河上那家偏僻的餐馆。穿过冷清的餐厅，径直走进了上次我们聚会的那个包间，推门看见包水平坐在靠近门口的木椅上，一股浓烈的烟草味儿呛得我咳嗽了两声。包水平把烟头摁灭在烟灰缸里，面无表情地起身走到门口招呼服务员上菜。

我把他拉进包间里，单刀直入："说吧，你出事了是吧？"

包水平没吱声，闷声岔开话题说："待会边吃边聊。"

热炒凉拼四个菜摆在饭桌上，包水平撬开了两瓶啤酒。我默默地看着他给我倒满了一杯酒，然后抓起剩下的啤酒瓶，仰脖咕咚咕咚灌进嘴巴里。他像是渴极了，一口气把那瓶啤酒喝得见底，才抹着嘴巴，大口喘了一会儿气，说："我真他妈倒霉，人倒霉了真是喝凉水都塞牙。"

"到底出了什么事？"

"我们那个局长真怂，真他妈的不是男人，平时看着人模狗样的气派，进去了就怂得像个屁，一股脑地全部说出来了。"

"我就知道你被这事牵连进去了。"

"你说我们局长这不是出卖朋友们吗？你自己出事就罢了，干嘛要把别人给拉进去垫底？人家都是为朋友两肋插刀，进去都是打死也不说，他可倒好，进了检察院就吓尿了，该说的不该说的全部招了。检察机关把我叫去问我，我能怎么说，实话实说吧，不是我落井下石，是我们局长这人做事不仗义……"

我打断了他的话："是不是因为那五万块钱的事？"

包水平抬脸看着我，他的嘴巴抽搐了几下，他的眼神像是在哀求我，又像是期待我再追问下去，停顿了片刻，包水平的语调突然更加激动起来："我还没来及送他呢，他就出事了。在此之前，我们单位空缺一个副科级的编制，我参加工作的年限够长了，资格也最老，无论工作能力，还是论资排辈，他都应该推荐提拔我这个副科位置。我只是私下里给他提了这么个要求，他就暗示要我拿五万块钱协调上级主管领导。我想既然他这么说了，舍不得孩子打不了狼，潜规则的事大家都明白。我找你借了三万块钱之后，又让我父母筹借了两万，正准备找机会送给他呢，没想到他就出事了。他进去之后，兔子急了乱咬人，连我准备给他行贿这事也说出来了，检查机关把我叫去核实这事的真假，没有形成事实的事，假的就成不了真的。检查机关让我写书面材料，给我记录口供，让我签字摁手印，我写了一个星期，反复写七遍，今天上午才通过检查机关的认可……"

我听明白了包水平的这番话，替他长出了一口气。我说："那不错，也算虚惊一场……"

没想到包水平立即打断了我的话："可是我被检查机关传唤这事，已经在单位里传开了，这是一件见不得人的丑事，我解释不清。你应该知道，哪个单位里都有一些恨不得别人倒霉、幸灾乐祸的小人。在他们看来，我就是他们的竞争对手。他们巴不得我出事，看我的笑话。现在很多人都在外边造谣，说我给局长行贿，想谋求副科级这个位置，被检查机关传唤了。这样下去，我的名声就臭了，以后我的仕途也就完蛋了。你想，以后哪个领导敢重用一个曾经试图行贿的人呢？谁还会傻瓜这么做呢？即便是下一任领导知道我是个被冤枉的好人，他也不会冒险重用我了。"

包水平激动得几乎语无伦次，他这么一说，我也体会到他内心的担忧。正如包水平所说，他的政治前途几乎就到此戛然而止。可是我不明白，包水平为什么会铤而走险，在反腐的风口浪尖上去冒险给领导行贿。

"别人都给领导行贿，没出事的多了，我怎么就这么倒霉，我还没去做呢，就被暴露了。"包水平忿忿地摸起啤酒杯，仰脖喝了一杯酒，呛得泪花冒出了眼眶："我真是倒霉到家了，老婆丢了，前途也毁了。"

我忍不住抱怨他："你怎么就这么大胆呢？这回好了，偷鸡不成蚀把米，你以后的日子难过了。"

"自从我老婆嫌我没本事，不挣钱，她这么贬低我之后，我就想我要发奋，我要当官，要有权有势，我要挣钱，活出个人样来给她看看。"包水平哀叹了一声："可是现在我完了，就只能这么混下去了，以后的仕途一眼就望到头了，就这么熬下去，一直到退休算了。"

包水平唉声叹气的模样让我想起我和他上次在这间包间里喝啤酒的场景，那一次他是要失去老婆，而这一次，他是要失去仕途。这真是一个倒霉到家的男人了。我看着他沮丧到绝望的神情，不知道该怎么劝他才合适。

那天晚上，我和包水平的聚会就像上次一样不欢而散。我们走出餐馆门口，相互告别时，我只能劝他，人在江湖飘，哪能不挨刀。这事就算吃一堑长一智，以后别再贸然行事了。包水平喝得舌头已经打卷，他摇摆着身子，含混不清地嘟囔：

"这回我的脸算是丢尽了，我没脸在单位里混下去了。"

我目送着包水平歪斜着走在橙黄色的灯影里，他的步履踉跄，上半身不停地摇摆，好像是不堪重负似的。有好几次，我以为他就要摔倒了，可是他的身子却又挣扎着摆正过来，跌跌撞撞地从我的视线里越走越远。一直到我看不见他的时候，我才想起来，忘了问问他离婚以后搬到哪里去住了。

三

那是我和包水平聚会的第三天上午，我的手机短信提示，账户上收到了三万块钱。接着包水平给我发来了一条短信，大意是借我的三万块钱汇入我的账户，让我注意查收。我给他回复过去，说了一些劝慰他的话。包水平又回复过来两句话：以后在单位里装孙子，夹起尾巴老实做人。

看着这条短信，我能想象出包水平沮丧的样子。也不知道该不该再给他回复过去。在接下来的很长一段时间里，包水平再次跟我失去了联系。虽然我和他的单位相距只有两站路的距离，但是却一直也没见过他。他好像是故意回避跟我的接触。是因为羞愧？还是因为沮丧？我真是捉摸不清楚，我唯一能确定的是，他的婚姻破裂和给领导行贿未遂这两件事，应该让他的情绪低落到了极点，我不敢确定他需要多长时间才能恢复到正常状态。

天越来越冷，转眼进入了大寒的天气。在一次回家的路上，我偶然看到，包水平的前妻宋玉红跟那个叫刘大冰的男人，手挽手从一家大型超市里出来，他们各自提着两包东西，彼此说笑着，看起来就像新婚的年轻夫妻。我加快脚步与他们擦肩而过的时候，宋玉红扭头扫了我一眼，又立即转过头，快步朝一辆停在路边的白色轿车走去。在那一瞬间，我冒出了想给包水平发个短信的冲动，我想告诉他，我看见他的前妻了。不过这突然冒出的念头，立即又被我的理智打消，我不能这么做，如果包水平看到这样的短信，肯定会刺激他，无异是揭他的伤疤。现在的包水平谁也帮不了他，只有他自己躲起来舔舐伤口。

我有些不甘心地盯着宋玉红和刘大冰同时坐进了轿车里，缓缓地驶入行车道，朝西行驶。就在我准备回头继续朝回家的路走时，忽然看见宋玉红坐的那辆轿车停在了路边上。几秒的时间，轿车右边的车门开了，宋玉红从车里钻出来，狠狠地甩上了车门，随着砰的一声车门响，轿车猛地朝前蹿了一下，又快速朝前驶去。宋玉红忿忿地跺了几下脚，忽然蹲在了地上，抱头对着地面，她的整个身子似乎在剧烈地哆嗦着，我隐约听到了她的哭泣声，在寒风里时断时续。

倒是发生了什么事？看这情形好像是宋玉红突然和刘大冰发生了争执，才导致宋玉红愤怒下车。昏暗的法桐树下，宋玉红蹲着的身影看起来可怜极了。我愣怔了一会儿，忍不住朝她走过去，我想有必要问问她是否需要我的帮助。我快步走到宋玉红跟前，听到她果然在哭，边哭还边自言自语地说着含混不清的话。我想开口叫她，又不知道该说什么。就在这时，宋玉红似乎发觉了我站在她身旁，猛地抬起脸来看了我一眼，她应该是认出了我，随即擦了一把眼，起身站起来，面无表情地整理了一下衣服，扭身朝西走。

我忍不住说："没事吧?"

宋玉红没回头，边走边回应了我一句："谢谢，我没事。"

她说着加快了脚步，贴着路旁的法桐树，近乎有些仓皇地消失在黑影里。

这个经历了婚变的女人，现在又在经历什么样的痛苦呢?想起包水平，如果是他此时看到自己的前妻蹲在路边痛哭，他心里会有什么感受，他会有什么反应呢? 如果宋玉红遭到了刘大冰的欺负，包水平该怎么做? 他肯定不会无动于衷。想到这里，我忍不住掏出手机，拨出了包水平的号码。手机嘟嘟响了两声，很快就接通了。我听到包水平那边喂了一声，他那边好像很安静，安静地近乎有些神秘。

我说："水平，你在哪里?"

包水平轻咳了一声："我在家里，你有事吗?"

"没事，我、我刚才看见宋玉红在大街上蹲着哭呢。"我犹豫了一下才说："她好像被那个刘大冰欺负了。"

包水平那边沉默了一下，随即近乎愤怒地声音灌进我耳朵里："这跟我有什么关系吗? 宋玉红跟我有什么关系? 别说是她哭，她就是自杀也跟我没有一毛钱的关系!"

包水平突然的暴怒让我猝不及防。我觉得又尴尬又憋屈，我好心好意告诉他，他却像个疯狗一样咬我，真是不识好人心。不待他继续发泄愤怒，我对着手机回击了他一句："包水平，你有病！"

"是，我就是有病，我病得很厉害……"

我不容他再发疯，狠狠地摁下了拒接键。

自从包水平那次在手机里对我暴怒以后，我对他产生了一种根本性的排斥感，我觉得不应该再理会这个喜怒无常的家伙，我甚至怀疑接二连三的这些遭遇，包水平的性格已非常态，他的人格已经变得扭曲。可是我内心里却希望包水平能给我打个电话，给我说声道歉，毕竟是朋友多年，我会原谅他。但是包水平却像一阵狂躁的风一样消失了，再也没有一点音讯。他这样的态度也让我对他心灰意冷，失去了再关注他的兴趣。

进入腊月，包水平单位里那个被检察机关公诉的领导，在民间持续的议论中，公审程序进展很快，在冬天来临的时候，被法院依法判处有期徒刑十年，开除公职，并没收贪污受贿的财产。就像一幕戏剧到了尾声一样，人们不再关注这件案子，关于包水平行贿未遂的丑闻也在人们的口中渐渐淡去，很少再有人主动提及。眼看就到了春节，年味越来越浓，生活变得更加无序的忙碌，包水平几乎淡出了我的关注里，我也进入全民狂欢的春节前奏里，开始人情来往，着手准备过节需要的东西。

快到春节的前几天，在外地创业工作的一些同学们陆续回到了小城里过节。同学微信圈里便热闹起来，过年的气氛在微信圈里也有着共同的喜气洋洋，开始有人相互发红包祝福，相互调侃取乐。于是就有几个好事的人倡议，趁着春节前这几天，街上的饭店还在营业，同学们应该聚在一起吃顿饭，说说话。这个倡议得到了大多数人的赞同。热心的同学开始统计参加聚会的人员名单，约定聚会的地点。在一个寒风凛冽的傍晚，二十多位同学相聚在圣源大道上的一家鲁菜馆里，满登登地坐满了两大桌。同学们相见，各自叹息时光飞逝，容颜易老。当然也有显摆仕途和事业的同学，开着宝马奔驰，谈着各自的事业成就。人员聚齐，大伙随意就坐。

挨着我坐的是在文化局做科长的宋传光。高中时他坐在我的前排，是个有名的话唠，天文地理无所不晓。给我印象最深的是，宋传光一直活在诗意里，他不关注政治和生活，房子和汽车，只对品茶书法有着自以为是的研究，他貌似认识小城里所有文化圈的知名人士，对他们的书法美术篆刻做盲目的期待和评价，一厢情愿地把这些文化人士称为泰斗或教父。我不知道他是真心对那些文化人士欣赏，还是出于什么目的虚伪地恭维他们。我不太关注圈子文化，平时很少跟他联系。现在碰巧坐一块了，三杯白酒下肚，脸红耳热，宋传光对我评论了几句某人的书法作品之后，忽然话头一转，扭头问我："哎，包水平怎么没来？"

我说不知道。我的确是很久没听到包水平的消息了。

宋传光扫了一圈饭桌上的人，低声说："听说包水平的老婆给他带了绿帽子，包水平离婚了。"

"我也听说包水平离婚了。"我随和着宋传光的话，随口问他一句："你最近见过包水平吗？"

"我只是听说，包水平离婚以后，又去找了勾引他老婆的那个叫刘大冰的男人，你说这个包水平是不是弱智？离就离了，他还去找人家干嘛？"宋传光摇摇头说："听说他去了还被那个男人给啐了一口痰，这不是自取其辱吗？"

"到底怎么回事？你听谁说的？"我不禁追问宋传光。我当时以为，是包水平听我说见到宋玉红被那个刘大冰欺负以后，他心里难受，才会热血激昂地去找刘大冰。我对宋传光说："包水平为什么去找刘大冰？你把你知道的给我说说。"

宋传光嗯了一声："我知道你跟包水平的关系不错，以为你知道这事呢。"宋传光说着，朝包间门口偏了一下头，示意出去说话。趁着饭桌上乱哄哄的觥筹交错里，我悄悄随着宋传光离开了包间，跟他走到酒店大厅的一个沙发角落里。宋传光接过我给他的一支烟，用神秘的语气对我说起了包水平去找刘大冰的事。

四

"真是好事不出门，坏事传千里。这事我也是听别人说的。其实咱们很多同学都在关注包水平的事。自从包水平给他前任领导行贿那事暴露以后，关于包水平离婚、行贿那些事就在圈子里传开了。听说包水平那个单位新上任的领导，对包水平的事很同情，主动约包水平谈过几次话，了解包水平的想法。包水平的态度很好，把内心的真实想法毫无保留地都给新领导说了。也许是包水平的坦诚打动了新领导，也许是包水平的遭遇真是让新领导同情他。新领导对他说，你的婚姻破裂这件事，我理解，过不下去了就得离婚。我更理解你给前任领导行贿未遂这件事，在单位里熬日子，辛苦工作，到头来谁不想换个高位置？再说你行贿这事，是前任领导主动给你索贿，并不是你的错，你是无奈才这么做的。我要是继续压制你，不给你提拔的机会，那就显得我太小家子气了，显得我这个领导没气魄。所以我考虑了，只要你以后走得正，站直了，别给我脸上抹黑，我就继续给你打报告，推荐你这个副科的事。

包水平自然很感激，对新任领导做承诺，保证重新做人，给新领导争脸。新任领导果然有气势，起草推荐报告，申请组织部考察批复。事情比包水平想得顺利，没有出现任何质疑，很快组织上就有回应了，批复包水平拟提拔副科级别。提拔公示书贴在单位里，公示期为一个星期，有异议者可在公示期间向组织部反映。这时候新任领导忽然给包水平私下里暗示：咱们单位里不会有人提出异议，如果有不正当的理由和意见，至少在我这一关就通不过。你放心就好了。除非别的单位对你不满意的人，那这事可能就会出意外。

包水平一听，心里就有些忐忑。在公示前夕，包水平就顾虑有人会提出异议，老婆出轨离婚，给领导行贿未遂这些事，虽然表面上众人都装作不知道，但是一旦遇到涉及个人利益的关口，肯定会有人拿这些事当作打击包水平的杀手锏。既然新领导打了包票，本单位的人不会提出异议，包水平心里有了些底气。但是随着公示期结束临近的那两天，他的担心却越来越厉害，好像心跳已经窜到了嗓子眼边，他紧张、焦虑，彻夜失眠。反复考虑还会有谁暗地里给组织反映，还会有哪个仇人巴不得自己一辈子落魄不得志。他活到现在，没有跟任何一个人死磕过，没有跟人结下过仇恨。包水平想来想去，最后还是想到了夺妻之恨，想到了那个刘大冰。没错，只有他，只有他会报复包水平，会对包水平落井下石，只有这个人巴不得包水平潦倒一辈子。包水平越想越害怕，如果刘大冰把他给前任领导行贿未遂这件事反映给组织，这事摆到台面上，那么这事的确就算是个事了。民不告，官不究，刘大冰如果暗地里出手，肯定会把这事搅黄。

包水平犹豫再三，他决定去找刘大冰，主动出击，去给表示个冰释前嫌的态度。包水平给新任领导请示他这个担忧，新任领导也考虑，同意包水平去给刘大冰见个面，什么话都不用说，刘大冰也是个在官场混了十几年的人，他就会明白包水平的态度。包水平低一下头，刘大冰就会放过他。包水平也想，只要他能顺利通过这一关，坐在了副科级的位置上，跟刘大冰的级别平起平坐，就等于他报复了嫌弃他没本事的前妻宋玉红。这个头必须要低，还要低得真诚，低得虔诚，让刘大冰感觉出他的诚意，满足刘大冰胜利者的感受。只要能安稳得到副科这个位置，包水平打算忍一次胯下之辱，在刘大冰面前做一次孙子也情愿。

于是包水平就去找了刘大冰。他去找刘大冰之后，这事就传出来了。刚开始是谁传出来的，现在不可知，反正这事现在传得有鼻有眼，圈子里有人鄙视包水平，也有人同情包水平。目前传得最传神的一个版本是，包水平去办公室里找了刘大冰。包水平没说别的，就说来找刘大冰坐坐。刘大冰没给包水平沏茶，也没给包水平多说什么，开口就说，我知道你来找我是有什么事，你担心过多了，我不是那样的小人，不会去做那么下三滥的事。包水平也就说，你想多了，我来找你不是因为这事，就是来坐坐。然后两个人就没话说了，包水平得到刘大冰这个表态，心里就踏实了。还有什么再说的呢，多说一句都是废话。于是包水平就说，你忙，那我走了。包水平起身朝外走，这时候刘大冰叫住了他。刘大冰说，还有个事，你站住。包水平说，还有什么事，你说？刘大冰说，你还记得吗？你朝我脸吐过一口痰，这事你忘了吧？你忘了我没忘，我一直记着呢。包水平一下子就愣住了，他不知道该再对刘大冰怎么说才好。他想那就给刘大冰说声道歉的话吧，既然来装孙子了，既然刘大冰提出来了，他就满足刘大冰好了。包水平长叹了一口气，刚张嘴说，那好，我给你……包水平的话还说完，刘大冰蠕动了几下嘴巴，探头靠近了包水平，噗的一声，刘大冰把一口痰啐在了包水平脸上。包水平一下子就愣住了，他下意识地擦了一把脸，听到刘大冰低声说，好了，咱们两清了，你走吧。包水平不动声色地擦了擦脸，对刘大冰点点头，转身出了刘大冰的办公室。

　　走出刘大冰单位的办公大楼，包水平抬头朝天骂了一句娘，他骂人的时候，很多路过的人都看见了。接着有人看到包水平经过大门的绿化树前，又朝一棵玉兰树恶狠狠地踢了几脚。然后包水平怒气冲冲地走出刘大冰单位的大门，靠在一个角落里狠狠地打自己的脸。这个时候的包水平已经失态了，他把刘大冰在办公室里给他的侮辱和愤懑全部发泄出来了。恰巧单位门口有安装的摄像头，包水平的这些失态行为，全部被监控室的人看得一清二楚。于是，包水平去找刘大冰这件事，就传出来了。你说包水平窝囊不窝囊，他怎么会去找自己的仇人自取其辱呢？"

　　在暖意浓浓的酒店大厅里，宋传光说到这里，忿忿地摇头："要是有人故意吐我一口痰，我非得杀了他不可。"

　　"这事到底是怎么传出来的？"

　　"肯定是刘大冰那个小人自己显摆出来的，你看，包水平的前妻真是瞎眼了，居然离婚跟了这么一个流氓。"

　　"哎，按照我对包水平性格的了解，他会去找那个刘大冰，他也会咽下刘大冰再次给他的侮辱。"我叹了一口气说，"包水平太老实了，他太懦弱了，他跟他老婆离婚的时候，气得拿刀子捅自己的胳膊，也不敢去伤害别人。"

　　"有时候，委屈求全其实是伤害自己。"宋传光说，"你改天见了包水平，委婉地劝劝他，这活得多窝囊呀，一个副科算个啥，还有点男人的样子吗？"

宋传光说着，起身去了洗手间，我坐在沙发上发愣，如果这事是真的，那么包水平现在该什么样子呢。酒店包间里传出同学们嘻嘻哈哈快乐的喊叫，我等宋传明从洗手间出来，一起回到了闹哄哄的饭桌上。在接下来的时间里，面对饭桌上同学们在酒精驱使下表现的出狂热友谊，我心神不宁，陷入了一种莫名其妙的焦虑里。包水平怎么会做出这样的傻事呢，他一再拿自己的尊严去换取他想得到的尊严，他以为委屈自己的心情去成全别人，别人也能成全他，可是别人却不把他的心情正眼看待，在包水平最软弱的时候，反而把他击倒在地，恶狠狠地踩他。我勉强跟饭桌上的同学们喝了几杯啤酒，便借口胃不舒服，提前离开了那家酒店。

五

走到大街上，刀子一样的寒风削着我的脸，让我的头脑在瞬间清醒。我这才想起来，我忘了问问包水平现在是什么状态，我掏出手机想给宋传光打个电话，翻遍了通讯录，也没找到宋传光的手机号。我看了看手机上的时间，刚过七点，犹豫了一会儿，我还是决定联系包水平，就算包水平还会像上次一样，用手机对我发疯，我也必须要联系他。我拨通了他的号码，手机持续地响了好大会儿，没接通，我又坚持拨打了一遍，这次刚手机刚响了一下，包水平的声音就从话筒里传过来了。

我说："水平，你现在在哪里？"

"我在家里。"包水平的声音听起来就像以往那样沉闷，他吭哧了一声说："对不起，上次我不该冲你发火，是我错了，我知道你是为我好……"

我打断了包水平的话："你要是不忙的话，咱们见面聊聊吧。"

包水平犹豫了一下，才说："你都知道了吧？"

我没回答包水平，只是对他说："咱们见面再说吧。"

包水平又吭哧了两声说："天太晚了，我也累了，我没什么事，你早点回家吧。"

我听说有些生气，忍不住提高声音对他说："包水平，不是我埋怨你，你怎么这么傻，你怎么会一次次去做傻事呢？你怎么总是去做让别人笑话你的事呢？"

包水平叹了一口气说："我不好意思再跟你见面了，我知道你是作为好朋友关心我，既然你知道这事了，我现在就给你说说吧。我承认，是我又一次犯傻了，我害怕刘大冰会举报我，所以才去找了他，我没想到他这个人记仇，他还记得当初在我家里，我当着宋玉红的面朝他脸上吐了一口痰。所以在我这次求他的时候，他用同样的方式报复了我。当时我也忍了，我想只要能顺利度过公示期，他朝我脸上吐痰就吐吧。可是我没想到我会忍不住在他单位门口发疯，他们单位里的很多人都发现了。我更想不到刘大冰是个不折不扣的流氓，他朝我脸上吐痰之后，仍然还会得意洋洋地把这事散布出去。他这么做了，别人都知道我因为在提拔副科公示期的时候去求过他，既然我去找他，就证明我承认我曾经做过行贿未遂的事，尽管以前大家都知道这事，可是谁也没把这事拿到人前台面上来说，我去求刘大冰，这事就摆在人前了，就证明我心里有鬼，承认这事了。这次我又做了偷鸡不成蚀把米的蠢事，因为这事，组织上也再次撤销了提拔我副科的决定，行贿未遂这事，现在浮出水面，成了我公开的污点，以后领导不会再有机会提拔我了……"

我长叹一声，打断了他的话："提拔副科这么大的事，你至少应该找人商量一下，给你出个主意，不至于弄到现在这么被动的结果。"我还想说，包水平你不至于被刘大冰羞辱了这么一场。心里又不忍说出来。听着包水平老大会儿没吱声，我以为他郁闷地挂掉了手机，我问："怎么不吱声了？"

包水平嗯了一声，慢吞吞地说："我彻底失望了，我打算辞职，离开这里。"

我说："你怎么能有这种想法呢？辞职以后你能干什么？你别再去做傻事了，一错再错的事你做得已经够多的了。"

包水平说："我得病了，我打算辞职去看病。"

我说："你得了什么病？"

包水平又沉默了一会："自从刘大冰朝我脸上吐了那口痰以后，我的脸就开始火燎燎的疼，痒痒的难受。"

"怎么会这样呢？是不是你觉得羞辱，心理反应才觉得脸上不舒服？"

"我也不知道，这都半个多月了，我的脸越来越难受，火燎燎的疼，我几乎快要崩溃了。"

一阵凉风塞进我的嘴巴里，让我一下子说不出来话来。我接连咳嗽了两声，听到包水平那边把手机挂掉了。对着大街清冷的灯光，我想再给包水平重拨手机，可是再拨回去我还能说什么呢，包水平现在的状态，我不忍心再打扰他了，既然事情已经这样，没有了任何挽回的余地，在单位以后的日子已经是穷途末路，包水平决绝辞职也许是一种正确的选择。只是我以为包水平不愿意见我，或者说是不好意思见我，才拿这种奇怪的病来搪塞我，拒绝跟我见面。在接下来的时间里，我才知道，包水平的确是得病了，像他说的那样，他得了一种很奇怪的病。

六

随着包水平辞职的消息，在小城里整个机关事业单位里传播开来以后，他脸上得了一种很奇怪的病的事，也在各种议论中成了公开的秘密。那时候，我已经联系不上包水平了，他的手机显示已经停机。关于他的消息已经是满城风雨，成了人们茶余饭后的主要谈资。毕竟在我所处的这个观念相对保守的小城里，几乎没有人有勇气辞去这份旱涝保收的工作，也没有人会主动丢掉这个体面光鲜的公职饭碗。对于小城的人们来说，包水平的行为无疑是个疯子的举动。包水平辞去公职的原因，不会仅仅是因为他要去看病。

据传播开来的议论说，包水平在没辞职以前，最先去了小城的第一人民医院去看病。他先去皮肤科找了一位两鬓花白的皮肤老专家。他如实对那位老专家说了他的病因，他说别人朝他脸上吐了一口痰，然后脸上就开始热辣辣的难受起来。他对着镜子查看，没看出什么异常，只是他看见自己的脸就恶心，觉得脏，越看越恶心。他就用肥皂反复洗脸，反复用清水清洗，想把脸上的恶心清洗干净，他只有在清洗的过程里，才觉得自己的脸洗干净了。一旦他清洗完，拿毛巾擦脸时，就觉得脸上又开始隐隐约约的疼了，他只得再趴在水池前使劲打肥皂，使劲清洗。只是等他洗累了，抬起身子拿毛巾擦脸时，火燎燎的疼和麻涨的痒又开始在脸上窜动，就像一股看不见的火苗一样灼烧着他的脸。他对老专家说，我现在彻夜失眠，快要疯了，我一天要洗一百次脸，恨不得把脸泡在水池里才觉得好受一些。

那位老专家戴着花镜审量包水平的脸，除了被他洗得发涨紫红的脸庞，他实在是看不出有什么炎症。老专家只得对包水平说，什么别扭的事别多想，越想心里就会越不舒服。包水平说，我没想，我就是觉得脸上难受，像长了牛皮癣一样痒痒的疼。他坚持让老专家给他开处方，给他拿药。老专家没办法，只得给他开了两支肤轻松药膏，并反复叮嘱他，别再洗脸了，再洗就把你的脸皮给搓坏了。

那两支药膏对包水平脸上的异常感觉根本不起作用，他的脸依旧是疼痒。那几天里，包水平看遍了医院的外科、内科、耳鼻喉科，他固执地让各个科室的专家给他找出为什么疼痒的原因。在他的一再坚持下，医生甚至给他做了尿检和血检，都没有查出他身体有什么异常。这样的检查结果让包水平更加失望和焦虑，他开始怀疑这家医院的医术水平是不是实在差劲。

随着包水平马不停蹄地一次次去医院就医，他脸上的灼烧感却越来越强烈起来，脸上的皮肤也出现了异常。在他眼睛之间和鼻梁上方的那一小块皮肤上，果然冒出了细密的疙瘩，就像被水泡涨的小米一样，粉红色，疙瘩里面像是有着不可知的浓水，随时都要涨裂的样子，密密麻麻地簇拥着那一小块叫作脸的皮肤上。用手轻轻一摁，就觉得针扎似的疼。这样的异常让包水平既兴奋又害怕，他兴奋地是这些密密麻麻的小疙瘩出现以后，他就有可视的证据来证明他的脸上的确是得了病。可是他又害怕这些突然成了事实的疙瘩会真的毁掉他的容貌。

医院的各个科室的医生再次给他做了一系列的常规检查，甚至抽了那些小疙瘩里的浓水，用最先进的仪器做了化验，还是没有查出结果。各科室的专家集中给他会诊，结果却是意见不一。因为专家们从来没有接诊过这种奇怪的病，他们在会诊过程里刚开始还谨慎发言，后来就各抒己见，再后来就相互争执，各自用自己的从医经验来证明自己的诊断。最终他们唯一达成一致的意见是：包水平脸上的病不会危及生命，也不会发生恶性癌变。

皮肤科那位两鬓花白的老专家对包水平说："现在世界上

有一万多种病，可是现在的医疗水平能治疗的只有三千多种，一些根本不知道什么原因引起的病，都没办法给它命名，这么说你明白了吧?"

包水平说："只要能治好这病，让我倾家荡产都可以。"

医生们可怜巴巴地看着他，只会无奈地叹息摇头。

就在他第四次走进医院的时候，一个跟他年龄相仿的女医生委婉地告诉他，你的身体机能没什么毛病，建议去找心理医生看看。女医生这个建议让包水平当时就愤怒了，他坚持认为他的心理没毛病，他认为女医生的话是对他的侮辱。包水平愤愤地离开了人民医院。

据目击者说，有人在车站见过包水平，他戴着一张硕大的棉布口罩，遮住了他的大半个脸，有熟识他的人还从他有些鬼祟的神情里认出了他，见他买了通往省城的车票。他毫不掩饰地告诉别人，他要去省城的医院看病去了。在小城人们的议论里，包水平的病越来越传奇，都说包水平就是心理有了毛病。他心理的毛病，吃药打针怎么能治好呢。当然这些议论只是人们凭着各自的心情说出的看法和观点。人们只是关注了包水平辞职的异常举动和他脸上长了奇怪的疙瘩，却没有人真正关注包水平内心发生的质变。我知道，他内心的痛苦、压抑和莫名绝望，不比他脸上长疙瘩的痛苦小。

七

春节还是在慌乱无序中来临，小城的人们全神贯注地进入了这场期待已久的狂欢节里，宴请聚会，利用现代通讯工具，相互不痛不痒地祝福，就连最熟知包水平的人也忽略了对他的关注。从除夕夜里开始，一场多年罕见的鹅毛大雪肆无忌惮地下了一天一夜。在这个特定的假期里，大雪覆盖了整个小城原本的真相，压制了人们盲从的喜悦，阻碍了小城的交通和出行，让小城变成了苍白单调的颜色。只有零星的鞭炮声，能证明小城还处在春节这个特殊的日子里。

大年初一那天，我在喝了一杯红酒之后，突然萌发了给包水平打个电话的冲动。可是我拨出去的号码还是被告知他的手机是停机状态。我又试着给他发了几条短信，也没有回音。一种莫名其妙的焦灼驱使我穿上棉衣，走出家门，我决定步行去城东的包水平父母家里看看。在几年以前，我曾经在春节期间去包水平父母家拜年，如果他父母没有搬家，我还能找到他父母的住址。

那个寒冷的上午，我踩着厚厚的积雪去了城东，在七绕八拐之后，我在一片陈旧的小区里找到了包水平父母的家。我站在那扇紧闭的铁灰色门前，屈起手指接连敲了足有三分钟，后来我干脆用手掌啪啪地拍打了铁门。只是我的敲击和拍打犹如一块石子扔进浩渺的汪洋里一样，没有一点回应。我疑惑地在门口徘徊了老大会儿，才满怀失望地离开了包水平父母的家门。我走出楼道，沿着落满积雪的小道朝门口走时，在一面宣传栏附近与一个穿着奶白色羽绒服的女子相遇，她戴着一面口罩，细高的皮鞋跟踩得积雪咯吱作响。我没仔细看她，与她擦肩而过的瞬间，我听到她叫出了我的名字。

我扭头看她，她摘下了口罩，我看清了喊我的这位女子就是包水平的前妻宋玉红。她的眼神有些空洞，白皙的肤色里透着浅浅的红润，一片阳光落在她脸上，显出一种难以猜测的憔悴。

"他家里有人在吗？"宋玉红的声音听起来就像看不见的风一样漂浮。

我对她摇摇头。

宋玉红犹豫了一下，扭身对着我，似乎欲言又止的样子。我不知道该再对她说什么。我本来跟她就没有过多的交集，自从包水平跟她离婚之后，觉得她就像大街上的路人一样陌生了。我转身朝小区大门口走，听到她咯吱咯吱的脚步声尾随着我。走出大门口，我听到宋玉红的声音又在我身后响起来："你作为包水平的好朋友，当时他辞去公职的时候，你应该阻拦他才是。真的，他这人做事冲动，你应该了解他。"

我放慢了脚步，正想怎么回答宋玉红这番话时，宋玉红加快脚步撵到我前面，转身拦住了我，她的腔调变得激动起来，就像是不吐不快似的，语速加快："包水平辞职能做什么呢？他以后怎么生活啊，我了解他，这人性格内向，又固执得要命，生活自理能力差，他丢了这份工作，以后吃饭都成了难题……"

我忍不住打断宋玉红的话："你们都离婚了，你还管他以后干什么呢？"

宋玉红似乎被我的话噎住了，她猛地绷紧了嘴巴，朝四周看了看，我发现她的眼眶里瞬间涌出了泪花，她的嘴巴哆嗦了一下，哽咽着说："你说包水平有多傻，他提拔副科干嘛想那么多呢，他干嘛要去找刘大冰？我跟刘大冰结婚以后才发现，刘大冰这人心眼特别小，敏感、自私，并且报复心很强，包水平去找他，就是自取其辱。"宋玉红激动得声音提高了，变成了控诉的腔调："只是我没想到刘大冰这么欺负包水平，他居然朝包水平脸上吐痰，他居然还不知羞耻地到处显摆这件事，我真是忍无可忍了，他对我说怎么欺负包水平的时候，我听着既愤怒又恶心，我也朝他脸上吐了一口痰，现在我已经跟他分居了，过完春节我就跟他离婚。"

"你干嘛还要再朝刘大冰脸上吐痰呢？这种只会欺负弱者的流氓，多看他一眼都恶心。"我对宋玉红说，"你也别这么激动，你要是对包水平还有点恻隐之心的话，你应该主动去找找他，他现在已经成了一个非常人，我担心他会出什么事。"

宋玉红绷紧嘴巴不再吱声，两行泪水从她的眼眶里淌出来，从她的脸颊弯曲下去，看上去就像两道新鲜的疤痕。一阵寒风刮过来，路旁树枝上的积雪纷纷坠落。几个穿着红绿的孩童叫啸着从大门口蹿出来，又跌跌撞撞地朝大街上跑去。

"包水平一直没联系你吗？"宋玉红的眼神里闪烁着一片凄哀，她的话音里却带着一股说不出的坚硬，"你知道他现在在哪里吗？"

我再次对她摇摇头。宋玉红长吐了一口气，说了声谢谢，扭身走了。我看着她有些羸弱的身子沿着路旁的积雪，急匆匆地拐过一片楼群。让我想起几年以前，包水平和她结婚的那天，我和同学们在他们结婚的喜宴上，闹哄着让他俩在众目睽睽之下，共同啃一个用线吊起来不停晃动的苹果，在众人的嬉笑尖叫里，包水平和宋玉红羞红的神情，恍如昨日。

八

春节过后，我和包水平彻底失去了联系。小城里的人们在疲惫的喜悦里又恢复了往常的生活。包水平的名字也随着那场大雪的融化在人们的视野里消失了。让我有些奇怪的是，宋玉红和我在雪地里那次接触以后，也没有再听到关于她的任何消息。春节过后各个单位正常上班，机关事业单位联合集中召开了几次来年工作的部署会议，我曾经在一个能容纳三四百人的会议室里见过刘大冰。当时会议已经散场，参会的人依次从门口朝外走，我发现了走在我前边那个穿着黑呢大衣，围着一条咖啡色围巾的男人，就是宋玉红现任丈夫刘大冰。他似乎是扭头瞥了我一眼，然后又回头挨着人流朝门口走。他的眼神告诉我，他显然是对我没有任何印象，我当然也没有任何想跟他接触的欲望。

只是我没想到，这是我最后一次见到刘大冰。一个星期之后，我听到了刘大冰被纪委调查的事，这是开春以来，纪委在新年里第一次公布的最新一批官员被查处的消息，看来反腐倡廉的确成为工作常态。据消息灵通人士说，刘大冰涉嫌挪用上级批复的一笔扶贫资金，他把一百多万元的资金授意工作人员挪用到个人账户上，用来炒股。在纪委接到举报查处这笔挪用资金时，刘大冰还没来得及把资金返还到单位账户里。据说刘大冰被纪委叫去谈话时，曾经试图从六楼跳下去，在工作人员试图制服他的瞬间，他扒着窗户朝楼下的水泥地面张望的时候，吓得哭出了声，随即哆嗦着双腿从窗户边摔倒在地板上。

　　刘大冰被纪委查处的消息，当然是大快人心。我想如果包水平知道这件事，他会是什么反应呢。只是包水平就像一阵风从小城里消失，我一直没有听到关于他的一点音讯。就在刘大冰被纪委移交检察院审问的不久，我却接到了宋玉红的一条短信，她说包水平现在受伤了，住在距离我们小城二百公里的德州市中心医院里。包水平怎么会受伤呢？我在吃惊和担忧里，又想，其实包水平当初那种颓废疯癫的状态，他受伤也不是什么奇怪的事。既然知道了他的消息，我当然有必要赶过去看看他。

　　当天下午，我给单位请假，开车去了德州市的中心医院。下午傍黑时，我赶到了德州市中心医院。宋玉红在医院门口等我，她看到我的时候，冲我招手，有些焦灼的神情里显出了几分尴尬。我很奇怪宋玉红怎么会在这里，我想问她，又觉得其实她出现在这里也不算意外。这么想着，我心里忽然觉得有些莫名的感慨和欣慰。在宋玉红的引领下，我随她穿过人流熙熙攘攘的楼道，在八楼的外科病房里，宋玉红指着靠近窗户的一张病床，喊了包水平的名字。我走过去，躺在病床上的包水平冲我转过头，他脸上缠满了绷带，只露出眼睛和嘴巴。一根透明的塑料管子贴在他的手背上，药水缓缓地注入他的血管里。在那一瞬间，我愣怔了，我立即怀疑包水平的脸做了手术，在他暴躁焦虑的心态里，难道包水平选择了在这家医院做了脸部手术？只是我没敢这么直言问他，只是说："水平，你怎么成这样了？你没大事吧？"

包水平的眼神里略过一丝笑意，他的嘴巴嗫动着，含混不清地说："没事，在路上出车祸，玻璃把脸划伤了。"

"出车祸？怎么会这样呢？"我靠近了包水平的脸，闻到一股浓重的药水味儿。包水平没有回答我的话，只是说："我的脸好了，现在不疼也不痒了。"

他说话的语调平淡地就像病床上一览无余的白色墙壁，我听不懂包水平为什么说这些话。难道他脸上的病真好了吗？看着他疲惫的样子，我不知道该再说什么才好。

九

那天傍晚，在医院的餐厅里，我和宋玉红各自吃完了一碗面条，宋玉红对我说了包水平出事的经过。

春节过后的第三天，宋玉红收到了一件来自济南的包裹，她拆开包裹一看，是五瓶国外进口专治胃病的西药。这种药在小城里很难买到。以前宋玉红胃痛时，包水平每次都专门坐车去省城的医院购买，早上一大早去，晚上天黑回来。买回五六瓶，一日三次叮嘱宋玉红按时吃药。包水平每次催促宋玉红吃药的时候，总是用网络上流行的一句调侃话说：你又该吃药了，药不能停。宋玉红每次听到这话，边吃药边佯装恼羞地掐包水平的胳膊，反驳说："你才是药不能停呢。"

那时候，宋玉红幸福地吃药，幸福地享受着包水平对她的溺爱。只是现在这样的感受找不到了。自从她跟包水平离婚以后，她已经很久没有吃过这种进口药，不是她不想吃，是她没心情主动提出来让刘大冰买给她吃。宋玉红拿着那瓶药仔细端详，看到药瓶上有一行歪歪斜斜手写的字：药不能停。

宋玉红看清了这行字，猛地一愣怔，觉得浑身一热，眼泪就哗哗地淌下来了。她不知道这眼泪是幸福，还是难受。宋玉红捂着嘴巴，哭得浑身哆嗦。她撬开那瓶药的封口，取出一片药含进嘴里，她故意不喝水冲服下去，故意用舌尖来体会这药的滋味，是苦是甜，是痛苦还是幸福，宋玉芬全都体会到了。

从济南快递来的那瓶药，给了宋玉红寻找包水平的勇气和信心。她向单位请了假，在省城找了三天，终于在包水平一个表姐家里打听到了包水平的消息。包水平的表姐告诉宋玉红，包水平在她家里住过一段时间，她说包水平因为脸上那种很奇怪的病，跑遍了省城各大医院，做了各种检查，还是没能查出病因。包水平固执的态度让省立医院的专家一筹莫展，在包水平一再坚持下，最近几天正在协调京城的专家来给包水平会诊。现在包水平已经搬出了表姐家，住在离他表姐家不远的一家宾馆里，等待京城的专家来给他会诊。包水平的表姐显然不知道宋玉红跟包水平离婚的事，表姐在发了一番无奈的感慨之后，还对宋玉红直到现在才迟迟来到表现出了一些抱怨。宋玉红只得对表姐解释工作实在是太忙了，她对表姐表示感谢之后，按照表姐提供的地址，去那家医院找到了包水平。

"我在宾馆里见到包水平的时候，被包水平脸上的疙瘩吓了一跳，我想不到他脸上的疙瘩越来越大，就在他的眼睛和鼻梁之间，那些疙瘩就像煮熟的豆粒一样，透明鼓胀，密密麻麻地簇拥着，随时要爆裂的样子，那些疙瘩已经把他的眼眶给挤压地变型了。他偏着头看我，视力似乎已经模糊，老大会儿才看清是我。当然他对我的出现有些吃惊，不过也没过多问我什么。看到他那副样子，我心里难受极了，我怎么也想不到他会是这样的惨状。我想给他说对不起的话，可是我一句话也说不出来，我只能哭，我就想哭，我站在包水平面前，眼泪哗哗地淌，却是怎么也哭不出声来。只能任凭眼泪淌，又咸又苦，只淌眼泪却哭不出声来的滋味真难受啊，我哭得浑身哆嗦，哆嗦得心疼，我也不知道我为什么看到包水平会这么哭，那一刻，我明白了我还爱着他，我还爱着这个让我又鄙视又可怜的男人。我承认我还爱着他，我还爱着这个满脸长痘的男人。"

宋玉红从餐桌上抽出一张纸巾，擦着眼泪继续说："那时候，包水平任凭我这么无声地哭，他一动都没动，也许他是对我这样的哭手足无措，也许是他对我的哭无动于衷。我哭了足有半个小时，看着包水平默默地收拾衣物，我以为包水平收拾东西，是想躲开我，他收拾完东西之后，戴上口罩，背上布包朝外走的时候，低头递给了我一张纸巾。就是这张纸巾给了我温暖和勇气，我问他去哪里？我要跟着他。那时候他才告诉我，他已经等不及京城专家来会诊了，他的眼睛周围也开始疼得厉害，在这样下去他的眼就瞎了，他决定去京城找专家看病。我固执地跟着包水平去了车站。包水平对我的尾随没做出明显的反感。只是春运期间，去京城的人流量太大，人如潮水一波又一波，火车票早就售光了。无奈我跟着包水平去了长途汽车站买票去京城。

几经辗转，我和包水平坐上通往省城的汽车已经是下午了，车厢里坐满了一些去京城务工的农民。他们笨重的行囊挤在车厢过道里，挤得车厢过道里的人难以进出。我和包水平坐在后排靠近左边窗子的座位上，客车上了高速公路，行驶到德州地界时，车厢里忽然散发出一股呛人的味道，当时车厢里的人都开始昏昏欲睡，谁也没在意出现的异常味道，直到一片浓烟突然弥漫在车厢的时候，人们才开始慌乱起来，浓烟翻滚着，眨眼的功夫，火苗就在车厢里蹿起来了，这时候司机把车靠在路边，想打开车门，才发现车门已经被火烧得变形，根本就打不开。人群慌乱地失去了理智，有人哭喊救命，都争着找靠近窗户的安全锤砸坏玻璃逃生。只是人太多了，人们都朝砸开玻璃的窗户上挤。我和包水平靠近的窗户上没找到安全锤，包水平用手砸，用胳膊肘捣玻璃，不知是他的力气太小，还是玻璃太结实，包水平的动作在玻璃上没有一点反应。就在这时候，包水平弯腰把头撞在玻璃上，哗啦一声，玻璃被包水平撞碎了，包水平抱起我，把我从窗户里推出来的时候，我看到包水平脸上已经淌满了血，他的整个脸都被血给糊住了……"

"怎么会发生这样的事？我在新闻上没有看到这个消息啊？"听着宋玉红急切而又激动的叙述，我惊出了一身冷汗："没有烧死人吧？"

宋玉红像是沉浸在回忆的情景里不能自拔，愣怔了一下才说："没有烧死人，只是受伤的太多了。包水平是最后一个逃出来的，他从窗户里推出来两个孩子和一个老人。包水平脸上的血还是淌个不停，淌得浑身都是血，后来救护车来了，把我们拉到德州这家医院里。给包水平包扎清理伤口时，医生说，他的脸被玻璃划得太严重了，再加上烧伤，肯定会留下很多疤痕，这样就算毁容了。听医生这么说，包水平居然笑着说了一句，谢谢医生，这样我就安心了……"宋玉红说着忽然哽咽着说不声来，我递给她一张纸巾，宋玉红擦着眼，带着哭声说："包水平的脸终于毁了。"

是啊，包水平因为他这张得了怪病的脸折腾了这么长时间，他从小城里折腾到省城里，可是我怎么也想不到，包水平却会这样把自己的脸给毁了。我怔怔地看着宋玉红，这个还能为包水平痛哭的女人，我该怎么劝她呢，我该对她说什么呢。她是否已经知道刘大冰因为挪用公款被依法拘捕了呢，如果她知道刘大冰出事了会是什么反应呢。

窗外的天已经黑了，夜风刮起来，光秃秃的树冠被寒风刮得瑟瑟抖动。灯光映在宋玉红脸上，她叹着气擦了一把泪水，愣怔地看着窗外的行人。我想提醒她，是不是该回病房照顾包水平吃晚饭了。这时宋玉红忽然扭头，有些迟疑地对我说："还有一件事，我不知道该怎么给包水平说……前几天我才发现，我怀孕了。"

原载《湖南文学》2018 年第 5 期

回到镜中去

刘爱玲

一

十月，是钓鱼的好日子。

教授在礁石上独坐了一天，得了四尾三两重的黑鱼。在海水渐渐淹没一切的幻象中，他再次看到一些模糊的景象，失去头颅的金牛山、尘烟密布得几欲废弃的小城，"也许那是银城？"教授还自顾嘟囔了一句。在海浪扑过来的过程里，教授还看到了有人影在边庄那条小河里砸鱼，红村在雪夜里点起了无数个火红的灯笼。"我就要消失了！"教授在内心里高喊起来，他看着大片的灯笼红从海浪里翻滚出来，滚到现实里时，变成一颗银盘大的夕阳坠入水中，他又一次低声道："什么都不存在了！"于是，教授在极度恐惧甚至愤怒中抓住了一个回乡的迫切念头。

当时，妻子带着一顶纱织的大帽子，坐在一个离岸边不远的小马扎上等待教授。她独自和点点说话："瞧这海平静得像教授的脸！"说完，她自顾笑起来，这个与自己生活了一生的男人，难以有一件事的寿命能超越钓鱼。他那副宽厚木讷的后背暴露了他的处事秘密，遇事从不独断专行，处事从不立杆见影，从滨城大学教了四十年书，愈加过度塑造了他橡皮筋般的性格。教授反反复复说过，这个世界处处焦躁，焦躁重叠起来就是毫无性格，毫无性格的结果意味着消失。妻子无法理解教授那套玄乎其玄的想法，她精于数字计算和收支平衡，她是一名出色的会计师，面对财务系统那些精确到毫厘的数字，她只相信一种牢不可破的生存之道，一天天活下去。

而这一刻，妻子觉得丈夫说的话倒是有几分道理，她在等待的焦躁中竟然坐了整整一天，时间白白挨过去了，可她却感到自己身处时间之外，难道这就是教授所说的消失？眼前的海岸线足有两公里之长，从眼前向东方蜿蜒而去，尽头就是教授曾经执教的滨城大学西门，西门应对的环山路上已经有大学生陆续走下来，一对一对走到海边的沙滩上望风景。

妻子重新把视线收回到眼前，从远处到近处，从大海到陆地，从天空到沙滩，从钓者到陪钓，她感到空虚无处不在，像极了脚底这片米白色的辽阔沙滩，所有的变化都在海水日日涨潮与退潮中被更替、覆盖和补充，沙子细腻成盐，几根脚趾头塞进去能腌出潮湿来。她甚至觉得时间在她牢固的屁股底下溜走有点像自杀，她告诫自己，也许是自己真的老了，她索性把点点朝着帽子遮出的阴影下抱了抱，秋季，即使到了下午，海边的阳光仍堪比毒蛇。

点点也丝毫没有笑意，它深沉地向礁石上教授的方向望去，汪汪了两声，教授回头望了望，正逢手中又一尾鱼上了钩，教授和往常一样将鱼线迅速收了起来，一条巴掌大的黑鱼在半空里闪闪发光，他朝着岸边喊："又一条'黑老婆'（通身灰黑，嘴大贪吃的食肉性海鱼，滨城俗称），足够我们吃的了！"但是，每到这个时刻，教授又常会毫无来由地心生惆怅，"这四尾鱼有多昂贵？""一天的时间！""我们还有多少时间可供消费。"每当想到这些话题，教授就立刻感知回乡的紧迫。

已近黄昏，妻子陪伴了一天："人可不要贪婪。"

"海里的鱼真是不多了。"教授开始收拾鱼箱，把他自制的鱼漂、刀子、小剪刀、抹布、半块面包、剩下的鱼饵海曲蛇收拾起来，他听到岸上的妻子说："鱼会更少的，瞧瞧你们。"显然，她的耐性已经发挥到了极致。放眼望去，教授所在的大片礁石上布满了垂钓者，一根根从天而降的鱼线垂到海里，甚至比鱼多。远海之处，就不必说那些远洋捕捞的大船了，挂单机的小渔船已经布满海面，朝着礁石的方向驶来，大有渔歌晚归的情境。

就是从这天起，教授开始深陷回乡念头的沼泽，其实，这不是一日之功，这样的想法在教授的生命里层出不穷，出生之地红村，游学之时的银城，祖家的边庄，乃至此时置身的滨城，处处潜藏着这个念想，年轻的时候大都因为时间紧的问题挤掉了，退休之后，时间终于回归个人，但，他又滋生新的缘由，想象这样一副衰老之态如何面对洒满年轻的过去，故乡是否还是念想中的故乡，哪一个才是他的故乡……长久以来，他甚至享受某些事物间的折磨和纠缠的苦痛，并独自狂欢，他早早发现了一个人类生命持久的奥秘：深处"矛盾"之中。因此，妻子又常说他没有长性，性格和喘息一样短促，哪里有文人的秉性。

晚饭清蒸黑鱼再也无鲜味儿，教授默默地吃鱼，饭后连脚也未洗净，就独自爬上床，倒在床上睁着眼睛望天花板。妻子说的极是："时间太多了，又出奇的少。"教授眨眨眼睛，不做回答，直到妻子屋里屋外收拾妥当，和点点一同爬上床，教授才郑重地开口："我想回家！"

妻子用胳膊支起半截身子，摸了摸教授的额头："不烧，你现在就躺在家里的床上，身边还有你的妻子和你忠诚的狗。"

教授从天花板上翻下眼皮，看着自己的妻子，一不留神，妻子已经衰老，脖颈和脸上的皮肤松懈下来，流出两条曲线，她还在间歇地咳嗽，教授感到心里阵阵难过。妻子一生专于精密的计算，无论是理财还是时间，可生命的长度是个定量。教授看了一会儿妻子，竟然两眼湿润："我就是想回故乡！"

妻子把灯关掉，搂着点点躺在床上，虚弱地喘着气，她从出生就身体衰弱，病病快快，而她的丈夫却截然相反，但妻子知道，自从丈夫退休之后就没有正常过，这也许是大多数闲置老人的通病，空虚袭来，常常失眠多梦，深感生命毫无意义。她朝着教授的肩膀处缩了缩："想回就回吧，不过，你想想，我正在生病。"

过了好一阵子，妻子又说："不过，你再想想，究竟哪个是你的故乡？故乡到底是个什么东西？"

教授已经进入了梦乡，他正躺在梦中的床铺上，那床铺和现实中的一样，铺着妻子一生都喜欢的粉色碎花床单，只是一片昏暗模糊，不知过了多久，教授还不忘回答方才妻子的问话，他在梦里告诉妻子："我的故乡多得很，也许是银城，也许是红村，也可以是布宜诺斯艾利斯，又或者是巴黎和滨城……"就在此时，教授发现自己的身体开始无缘无故在消失，起先是自己的两只手臂不见了，随后是脚掌和大腿，直到他仅剩了一颗脑袋紧紧贴在枕头上，那枕头依然散发着妻子喜爱的绿茶的洗衣液的味道，表明了他身处现实的真实性，恐惧却在此时加深，教授在消逝中两手紧紧抓住床沿和大团的被子，歪着脑袋呼喊身边的妻子，但妻子无法听到，他又朝着窗台上开放的黄色秋菊望去，秋菊依然在盛开，他才重获安全感，他依稀明白自己是在现实中做着梦，直到他仅剩了两颗眼珠，滚动在枕头上，他即将彻底消失……

教授浑身浸透汗水，从床上惊醒，已是深夜，妻子熟睡，并发出轻微的呼噜声，他才知道自己又做噩梦了，他已经第三次梦见自己在消失，那种恐惧实在难以言语，教授从枕头底下摸索出一只小葫芦，捏在手中把玩，他就是历次用这样的办法解除恐惧的，那葫芦是妻子在逢周六的古玩市场上给他买的，有拇指大，在把玩的动作里教授才感到自己逐渐回归。大部分时候教授更喜欢抓着一块雕有指南针的长方形玉石，虽然知道这些小把戏只能得一时之解。教授重新蜷缩在床上，大睁着眼睛不敢睡去，他深知睡觉会让人身体变得轻飘而不慎丢失。

二

清晨，教授早早起来在厨房里做早餐，日复一日，煮鸡蛋，热牛奶，妻子来到厨房，看见教授顶着两个黑眼圈。"又做梦了，又梦见巫师或者死亡？要么，就是你优秀的学生，你的故乡？你在消失？"这时，教授才想起今天中午要去参加一个学生的婚礼，他有时记不清学生的名字，他就执拗地把他们全部唤作"我优秀的学生"。

"死亡有什么可怕，那是每个人的归宿！"教授回。

"照你这么说，死亡才是人真正的故乡，你就不用急着回你的故乡了。"

"没有故乡的人是无法体会故乡的意义的！"

妻子听出教授在讥讽她从没有离开过滨城，没有离开家乡的人就没有故乡，妻子反驳道："如果我们有孩子，他肯定会劝住你，大人都是听孩子的话。"

"谁说我们没有孩子，我们有一大堆孩子。"

"我那些优秀的学生！"妻子把教授的话抢先说了出来，每一次说到这个问题时，教授都要洋洋得意地如此回答。妻子开始轻微地咳嗽，她是个情绪必须保持平和的人，一丝的气愤或者激动都足以勾起她的肺病："我们年轻的时候可没这么多辩论。"

教授已经离开了厨房，途经客厅，看到沙发上一团银亮色，是昨日钓鱼穿的钓鱼服，走到近处，还存留着一股海风和鱼腥味儿，教授把他们团成团儿塞进鱼箱，听到厨房里的妻子说："年轻的时候哪里有这些情趣，反正，一个事实是你从来不会梦到我。"

教授去卧室寻找他的衣服，走到卧室门口时他已忘记来此的初衷，他重新回到客厅里去，重新按照刚才的逻辑走一遍，第二次来到卧室的衣柜前，打开衣柜，他几乎毫无意识地从衣橱里找到一件藏蓝色西装，那是他上课时最喜欢穿的一件，他穿在身上，显得有板有眼，一副教授的正统模样，立在镜子前很久，直到妻子也出现在镜子里，"还这么板正，好像重返课堂，不过，参加婚礼也不错。"

教授去参加的是一个他最得意的学生的婚礼，婚礼设在滨城中心街的阳光大酒店，教授是步行去的，一路上他还在回想那些噩梦和回故乡的事情。酒店门口已经竖起了两个大型拱门，陆陆续续的人从拱门中走进大厅，教授下意识地把衣领竖起来，把脑袋尽力躲进去。退休两年多，他唯一不情愿的事情就是遇见学校里的熟人，需要一一回答他近期的处境。

新上任的文学院的院长、系主任、几个和他共处一个办公室的文学教授（小他几岁），都坐在了一个饭桌上，教授尽力挺直肩膀表现得谦和而异乎平常，向他们讲述退休后的生活如何心无旁骛地自由，每天垂钓或者读书，到大自然里去，总之，是随心所欲。几个人纷纷投来羡慕的眼神，那几个小他几岁的教授得到一种内心的安慰，变得不那么紧张了。直到教授那个优秀的学生挽着自己的新娘走上红地毯，教授才停止他的述说，舒了一口气，他感到疲惫至极，并开始厌恶自己的伪装。

两个新婚的人在司仪的帮助下又是拥抱，又是亲吻，又是互带戒指和发誓言，台下的人一片激情高呼，令教授恍惚中回到自己的新婚时刻，仿佛就是昨天的事，只是，他们那时的呼喊都憋在心里，互换的是一枚妻子自己用红线编织的丝线戒指。那时他刚来到滨城，在滨城大学任教不足一年，他和妻子还居住在城边的一处平房里，他们两个是靠在墙根底下举行的结婚仪式，前来的也是寥寥几个亲属，全部是妻子的亲戚，而妻子当时正得了重感冒，羸弱得像只鸡，紧紧偎在他的肩膀旁，而教授的心里却不可避免地想着银城一位高中女同学于美丽……不知过了多久，将教授从回忆中追回来的是一场长达数十分钟的鞭炮声，响声让全场的人血液沸腾，激动不已，甚至震下了大部分人的眼泪，响声预示着一对新人从此开始漫长的生活之旅，响声甚至再次激起了教授的回乡念头。

教授在激情澎湃中回到家里，他激动不已，他又从消失中抢回了一些记忆。妻子正卧在阳台的一个躺椅上晒太阳，点点冲到门口，一直把教授接到阳台上，教授不言语，看了一会儿妻子，就再也无法平复自己的迫切心情。教授开始孤身一人收拾他的行李，他蹬着高梯子爬上卧室的橱柜顶，把那个深蓝色旅游箱拎下来，摆在客厅中央，用一块四四方方的手绢内外擦拭，连提手的弯曲之处都不放过，"生活除了做恶梦，就剩了回忆！"

教授已经多年不写文章，除了之前在文学院里做些应景的陈词滥调，大都顺着原有的教学路子跑，没空儿研究真正的文学，也没空儿深入，更没空儿像如今这样静下来思考自己到底需要什么，去实现自己想做的事情，"人的大脑在退化！"教授感到气愤。

妻子从阳台上来到客厅，把点点抱到沙发上："可你母亲把你的生辰忘了，你是个没有起始时间的人。"

"那是我的优势，我可以是任何一个时间点，随我挑！"教授狡黠地笑了笑，"况且，这和回故乡没有一毛钱关系。"教授心里暗想：休想阻止我，你一生都在阻止我。

"可是，故乡已经没有亲人。"妻子继续补充道，"可我现在生病，可你的血压已经高过喜马拉雅山，你还爱忘事，医生说过，你和我都不宜长途跋涉！"每到这个时候，妻子都会感到丈夫陌生不堪，从前，丈夫出去考察一个月，她一个人在家就会像今天一样难以辨认他的丈夫，离开的时间一久，她甚至想不起他清晰的样子，每天，丈夫的形象会在自己的记忆中被抹去一块儿，自己就得靠想象来重塑丈夫的模样，她认为这和故乡的问题极其相象。

教授跑到卧室里，把床头柜儿里那块长方形指南针玉石和枕头底下的小葫芦纷纷装进旅游箱。有段时间，教授记不清时间了，滨城来了几个拥有无价之宝的人，他们不知从哪里运来了一块块雕琢精细的玉石，有大有小，大的可以摆在家里的博古架上展示，小的可以捉在手里把玩，图案更是数不胜数，仿佛都是随着复杂丰富的人愿而制作的，教授当时也去凑了热闹，背着妻子买了一块儿，睡觉都要握在手里，教授没有选择佛脚或者观音之类的，他选了一块儿上面刻有指南针的长方形玉石，后来被妻子发现，嫌弃它不够圆润，教授自圆其说：喜欢有棱角的东西。也许，那时候，对指南针的选择就注定了教授今天仍要出走的行为，或者，注定了他的一生都需要在漂泊中度过。

妻子看到教授将玉石塞进旅游箱里，又重新取出塞进旅游箱的侧兜里，她知道他已不受自己的控制，"这块玉石的故事你都讲了一辈子了。"教授完全沉浸在自己的世界里，他回到卧室开始寻找他的随身衣物，妻子坐在客厅的沙发上向卧室里翘着脑袋，她心里说不出的滋味，她看到教授义无反顾地将自己的身子钻进衣橱里，一件又一件的衣服飞出来，准确地飞到床铺上，妻子皱了皱眉头："你要是想去就去吧，不过，可不一定都是想象的样子。"

妻子将点点放下沙发，点点总是在教授充满激情的时刻飞奔到教授的身边，并甘愿参与其中："年轻的时候，你可没有这么果断！"

教授在衣橱里说："如果没有想象，人可怎么活！"

三

已近黄昏，银城变成了天堂般的仙境，人与人之间挂着一扇烟尘制造的灰白窗帘。在教授的眼里，这满城的灰白气色简直就是个幻境，他觉得最不真实的事情是昨天还在滨城的家中忙于联系老同学，银城能联系上的人几乎绝迹，费尽了周折，还是通过大学里一个老家是银城的学生，才联系上当年唯一一对号称"生死恋"的高中同学老善和美丽。而转眼间的今天，自已却已置身银城，这个在他的心目中被认定为一个故乡的地方。他紧紧挽住妻子的胳膊，裹夹在所有涌向出站口的人流中："我觉得是在做梦。"

妻子回头看见身边的丈夫慌张而兴奋，俨然已经变成一个孩子，她握了握丈夫的手："真实总是让人觉得像做梦。"妻子满脸笑意迎向出站口，她重新温故了一种作为妻子的荣耀，总有时候，再坚强的男人也无法超越女人的坚韧理智。

两个人到达银城汽车出站口的时候，同学老善已经等候在出站口，手里拎着两个白色口罩，仅靠着残存的一丝记忆，教授和老善同时认出了对方，他们浑身瑟瑟发抖地相互拥抱了一阵子，在妻子被冷冻得清理鼻涕发出嘟嘟声时才被打断，老善把口罩递给两个人："快戴上，不然，到了家里就得黑鼻孔。"妻子是最怕灰尘的，她的肺总是鼓胀得难受。

老善骑的是脚蹬三轮车，拉着教授和妻子行进在银城的街道上，近四十年的时间间隔，令彼此之间手足无措。

"美丽在家等着呢。"老善向身后歪一下脑袋，找了一个话题。

教授哦了一声，指着脚下的顺河街："这是条新路吧?"

"这是原来我们学校后面的那条小路。"

教授紧紧盯着这条路周围高耸的建筑物，先前早已消失的记忆却从任何看不见的缝隙中被唤醒，那是一所银城唯一的高中，学校有一扇脱了漆的大铁门，铁门上方一颗红色五星也是锈迹斑斑，学校孤立在荒草之中，脚下这条柏油路就是每天被他们踩出来的秃头小路……

"银城变大了!"教授难掩兴奋，他把遮住眉毛的帽子向额头上褪去，"那学校去哪里了?"

老善已经蹬出了汗，热气从他的帽顶钻出来，在半空中蜿蜒而上，他朝着南边举起胳膊："早早搬到城南外环去了，城北成了铝业加工区了，看看这些铝厂工人，差不多家家端铝厂的饭碗。"

身边几个着深蓝色工作服的工人飞驰而过，他们带着蜡像的坚硬，教授和妻子追随着他们向城北望去，通天的烟囱吞吐着灰白色的烟雾，整个城郭全部被烟雾笼罩。

老善仍然住在城北电业公司的家属楼里，他已经退休在家，教授记得，上高中时，老善的父母就是电厂的工人，着实让人羡慕。楼群已经陈旧，白蓝的马赛克墙面都附着着一片灰色。屋子里倒是窗明几净，没有一点声音。老善径直把教授和妻子带进了卧室。

"美丽，看看谁来了，你做梦都想不到。"老善趴到床铺上，附在美丽的耳朵根轻轻地说了一声。

教授在顷刻间瘫坐在了地上，他双手捂住整张脸，从肩膀到整个身体耸动起来，憋红的脖子暴起青筋，泪从指缝间渗出来，他发不出丝毫声音，随之而来的是妻子跟着蹲在地上紧紧揪住教授的胳膊，仿佛一不留神，教授会向着地面之下迅速沉坠下去，老善慌忙过来把两个人扶到了客厅里。

很长时间，教授都无法将双手放下来，他在遮掩心里的刺痛，银城是他初恋开始的地方，美丽是他的初恋，一生的美好念想在刚才的那一眼被彻底击碎。

老善和于美丽是教授当年的高中同学，恢复高考后，他们三个一起考入银城一中，分到了一个班级，那时候教授的父母还在老家边庄里种庄稼，还没有去往黑龙江的红村。从三个人分到一起就注定要发生有关爱情的故事，没有人能抵挡得住青春的热烈。教授至今都认为，如不是当年教授发誓考出银城，考到省城里的大学，才有更宽广的世界可奋斗，如今，奋斗了一生的教授回望过去，发现没什么事情是那么重要的，任何事情包括他都在一丝一厘地消失。面对变成植物人的美丽那一刻，他甚至清醒地意识到，誓言和谎言其实最接近。如果他不抱着立业的所谓雄心不放，和美丽生活在一起的就是他，而今天的美丽或许不会如此。

就这样，第一天教授在内心的坍塌中失去任何支撑力，这与他念想中的故乡完全不同，与他多年来不断在脑袋里忘记又重塑的故乡完全不同，他再也没有勇气走进美丽的卧室，他和妻子被老善安排在客厅隔壁的卧室里，他们从晚饭一直聊到半夜，老善说："美丽这样子已经十三年了，十三年其实就是一天。"妻子朝那间卧室的门口再次望了望："脑血栓？"老善点点头："现在银城这样的病越来越多，都说是铝污染闹的，而且越来越年轻化。"

教授一言不发，他终于把双手从脸上取下来，抖动也停歇下来，除了见到美丽的那一幕，他装不下任何东西，包括老善和妻子的对话，美丽那张变形的脸、惨白到贫血的皮肤、被剪短的花白头发、鼻子和嘴里爬出的管子，塞满教授的身心，他几乎被悔恨和痛苦熬熟了。

不知道过了多久，教授像一只蚊子叫了一声："你就这样和美丽过了十三年？"他朝着老善伸出三根手指头。

"嗯，起初美丽可以坐轮椅，可以说话，可以推着出门，后来，后来……"老善停下话头儿，瘦长的脸现出一丝笑意，"我知道，美丽早晚有一天会醒过来，就是早晚的事儿。"

"我才不相信那些医生，那医生说，美丽已经变成了一棵植物，植物感觉不到人，那医生还说能活到今天是奇迹，我就想哪有那么多奇迹，那因为是美丽，美丽可倔着呢，老边你知道，当年美丽可是有多认真，认真过头了就生倔劲儿，人一倔起来，死都拿她没办法。"老善自顾笑开了，笑瞬间就被下拉成无奈，他突然发问："老边，你信不信人的第六感？"老善瘦长的脸上钉着一双瘦长的眼睛，他正用这双瘦长的眼睛硬硬地盯着教授，一只同样瘦长的手抓住了教授的手。

"信。"教授在老善的瘦长手背上拍了拍。

"我就信，美丽的呼吸，美丽的眼珠震颤，美丽的指尖抖动，美丽喜欢吃番茄流食，美丽爱干净，美丽最喜欢水仙花的香气……我都能知道。"

一旁的妻子就是到了这一刻才无法容忍地流下眼泪，她几乎无来由地捂住自己的鼻子，把脑袋埋进膝盖里，自顾无声地抽泣了一阵子。等停下来，才对着慌乱的老善说："美丽是个幸福的女人。"客厅里的钟表在此时敲响了十二个点，老善才踉踉跄跄起身离开卧室，能够看到，他瞬间虚弱下去，瘦长的身子摇摇晃晃，大半天的话几近把他整个人掏空，走到门口，又退了回来，老善刚刚想起："老边，这回回家，都想去哪儿？"

教授被问住了，他还没有从美丽的世界里走出来，他怔怔地看着老善："去哪？去金牛山吧？"

四

从第一天来到银城的夜里，教授和妻子都辗转难眠，他在每天夜里清清楚楚数出了自己在一夜间翻了二百三十一次身体，身体在重复翻滚后越来越膨胀。随着时间的推移，数量与日俱增，长度被拉成无限，即使教授在滨城布满噩梦的夜里也从未有过如此漫长。伴随着翻滚的还有心口难忍的刺痛，仿佛心脏上蜇着一只毒蝎。教授在几天中迅速消瘦，在消瘦中，高大的身体愈加高大。

一天夜里，妻子实在难忍失眠，她背对着教授："你不后悔寻你的故乡？简直是荒唐，你看你已经瘦成一根电线杆了。"

"不过，我感到我的记忆清晰了。"教授接着说，"如果我不来，进了坟墓里也会后悔。"

妻子再也不想和教授说什么。

银城的冬季干燥寒冷，比不得滨城的海洋性气候，空气湿润洁净，没几天，妻子的肺病犯了，她伛偻成一个句号，尽力把咳声压低，压到自己的身体里去，所以，妻子发出嗡嗡的憋闷的声音："有些事情倒不如留在记忆里。"教授知道敏感的妻子早已嗅出了他和美丽曾经的关系，但他并不担心，他知道妻子一生在数字上斤斤计较，丝毫不能懈怠，但妻子有颗宽容的心。妻子说完话又咳了一阵子，教授把身体翻转过来，对着妻子的后背，给妻子捶起来，每一锤捶到妻子瘦弱的身体上，教授就觉得捶出来一大片愧疚。

窸窸窣窣的声音在此时响起，厨房里有零散的灯光射进卧室的门缝里，教授和妻子纷纷起身。老善正在轻手轻脚地切西红柿和胡萝卜，见到立在门口的两个人："还是把你们吵醒了？"

操作台上三个小碗排成一排，其中一个装着小米，其他两个等待着切碎的西红柿和胡萝卜，教授和妻子走过去准备帮忙做些事情，老善摇了摇脑袋，他的头发已经脱落得厉害，头顶放着亮光。老善把胡萝卜切成碎块儿后，和切好的西红柿、小米、两小碗水放进打汁机里，轰隆隆的声音一起，老善才开口："晚上美丽总喜欢喝西红柿胡萝卜汁，先前她喜欢菠菜的。"

这一夜，教授和妻子跟随着老善，他们帮不上一点忙，老善从不让任何人帮助他，照顾美丽的生活除了他自己，连他的儿子都信不过，他倔强地独自一人为美丽扶正身子，垫好枕头，把嘴里的一根管子的一头清洗干净，用针管一管一管把流食推进去，美丽闭着眼睛吃得极顺利。过了一会儿，老善又给美丽顺胸脯，顺一阵子，美丽表现出更为舒服的样子，她放松极了，仿佛铺在床上的一块棉花，她的脸白得像纸，持久的静止，令她的两只脚已经萎缩变形，手掌已经干枯成两块白桦树皮。

老善掀开被子给美丽换尿布，妻子上前想帮忙，看见确是刚刚尿湿的一块尿布散发着余热和尿骚味儿，不知怎的，妻子鼻子一酸，眼泪钻满了眼眶，她看着老善自然而然地做着每一件事，他已经拿捏得准确无误，或许，真的如老善所说的，彼此真的拥有了第六感。

"你怎么知道美丽要小便?"妻子翻身回到床边，看了一眼立在门框上的丈夫。

老善已经把尿布洗干净晾在了阳台上，他感到那并不是问题："这是我俩的秘密，旁人是不知道的，我说过我相信第六感。"

教授立在门框边终于说话了："老善，我想亲手照顾一次美丽，像你这样子从头到尾，一整天，就一天。"

老善并没有回答教授的话，他给美丽换了一块干净的尿布，把她的身体摆好，又检查了进食管，把一切整理妥当后，才从门后取出一个单人折叠床，靠在美丽的床边，铺好被褥。"美丽爱干净，她一大小便就微微皱眼皮，很轻微，大便皱三下，小便皱一下，有时是两下，有时候就是一瞬间。"

这一夜变得更为漫长，足有教授已经度过的大半生之长，或许老善说得对，其实没那么长，十三年也就是一天。教授就这样在挣扎中迷迷糊糊挨到清晨，他很早就起床了，准备去金牛山。

银城实在是小，即使已经富裕，也不过横竖五六条错综的街道，妻子按照每天走一条街计算，在银城逗留也超不过半个月，当然，这些都是理论上的计算，谁能算清人心的变数呢。金牛山在银城的南面，三个人带着白色口罩赶到金牛山的牛头处时，已有陆续晨练的人从树林里返回城里。妻子从一出门就咳得厉害，但她要坚持爬一次金牛山，她要亲眼看看这座被丈夫念叨了大半辈子的山到底有多高有多险。

教授精神极了，他弹跳了几下腿脚就自顾钻进树林里，沿着上山的土路爬起来。妻子跟在教授的身后，望见自己的丈夫像一只猴子，手里的登山杖飞了起来，他似乎很久没有这样精神抖擞了。妻子多少有些担忧，回头寻找走在最后面的老善："看来你们常来爬。""我们一起上学的时候，几乎每天都来，很快就能爬到金牛山的肚腹，那里深不可测，你看看，现在的牛头快被磨平了。"

妻子已经发出急促的喘息："其实，比起真正的高山，金牛山倒更像个土堆。老边常常说这里不一样。"

"金牛山并不高，不过这里很深，是龙山文化遗址的一部分。"老善边爬边回，十一月的银城干冷，嘴里的白气吹起来，"金牛山的后背和肚腹里藏的都是死去的人，银城的人最终都走到这里。"

妻子哦了一声，又开始一阵激烈的咳嗽，他们抬起头来时，看见教授从山上折了回来，他一边给妻子垂后背，一边说："不要再往上爬了，上面和下面一样。"妻子的脸和脖子已经憋红，她被安置在半山腰一块硕大的石头上，很多爬山人歇脚的地方。她看了一路爬上来除了高耸的松树、橡子树和枯草之外，似乎没什么可神秘的。她终于决定坐在大石头上等待教授。

老善与教授变成了两只猴子，他们像当年一样敏捷地向金牛山的肚腹爬去，总要比出个胜负来，两个人都不做声，身边只有沙沙沙划过树叶和野草的声音，老善还是当年的老样子，几乎看不到他抬头，只见他弓身弯腰，极为精准地向前射去，只是，如今没有那样迅捷了，他需要在摆动四肢时借助登山杖扎进地面的力量。教授仍然在老善的前面，他无论做什么，总能先老善一筹，他一边攀爬，一边向四周寻望，掠过树林过密的地方，掠过过陡的地方，掠过无法见到阳光的地方，掠过无法流动风儿的地方，掠过无法令花草繁盛的地方，总之，他像当年一样，今天，要在金牛山上寻到一块宝地。

　　教授的裤脚被刮开了口子，老善的腰一时直不起来，他们在牛头和脊背连接的地方停了下来，那里有一处稍稍开阔的林地，几缕阳光从松树的缝隙间打下来，能感觉到风儿的存在，教授喘着气："到了，就这里吧！"老善环顾了四周，放眼望去，能够看到整个银城匍匐在山脚下，另一面是金牛山连绵的余脉。

　　老善点了点头："就这里。"

　　两个人坐在地上静了一阵子，他们听着风刮响树叶的声音，听着远处银城轰隆隆的机器轰鸣声，车与人的脚步声，放学后和美丽爬山的声音，美丽的喘息和笑声，那些遥远的记忆的声音。直到他们浑身感到凉透了，老善才打了个激灵说："还是你最快，和当年一样快。"

教授沉闷着，他的胸口集聚了越来越厚的东西，他第一次感到妻子胸口憋闷难忍的痛苦："这么多年了，其实，我是最笨的一个。"教授停顿了好一阵子，才呼出一口重气，"我希望美丽会喜欢这块墓地。"

"留下吧，教授。"老善望着教授。

教授感到耳朵被陌生扎了一下，所有的人都叫他"教授"这个公用的名字，遮盖了他内在的真实。时间久了，他自己都会忘记了原本的自己该是个什么样子。他望了望老善，老善已经老了，细长的眼睛被褶子压成了一条缝，他没有教授的皮肤白皙，爬满褐色老年斑，胳膊和腿脚的细长骨骼被一层皮包裹，显现出衰老的干瘪，却硬得厉害。"过阵子，我想回边庄过个年，再过阵子，我会去看看我的父母，再以后，再以后……"

在银城今后的日子里，教授并没有像妻子计算的那样将银城的每一条街道走个遍，他只是用了几个星期日的时间，和几个还活着还能联系上的老同学见了面。剩下的日子，就是每天跟着老善在早上到门卫拿一份老年报，趁着吃过早饭，几缕阳光透过尿布刚好打到床铺上，搬个小马扎坐在美丽的床头，学着老善的样子给美丽念报纸，报纸上多是些老年人的爱情和亲情故事，故事大都是告诉人们关于什么是爱的主题或者如何勇敢地活下去。到了半上午时，再看着老善给美丽换上两次尿布，从手到脚按摩一遍，到了中午做流食，饭后，每个人都午休，趁着午休，妻子总要问上几个问题，有时是关于美丽的故事，有时是关于故乡的滋味，教授说，美丽是他的初恋，而故乡的滋味是苦甜参半的，至少在这里是如此。午休一过，下午继续念剩下的老年报的故事，再从手到脚按摩一遍，在美丽的面前回忆些有关他们过去的故事。对于教授，时间已经失去任何意义，他每天这样过就是将时间撑到了最完满，他发现自己的噩梦在故乡的夜里消失，他那些消失的东西都清晰起来，他真实地感到自己的存在，他有种想这样永远下去的愿望，就像老善那样，他甚至决定在银城买个房子，在美丽不远的小区里最好。

直到临走，老善也没有让教授亲手照顾一次美丽，教授与当年一样，带着一种遗憾离开了银城。

五

还没有走进三瓣儿的家里，妻子就开始想念点点，点点跟着自己和教授已经学了相近的性格，她用了一路的时间想点点在朋友的家里孤独得默不作声。她一路上默不作声，教授从犄角旮旯里翻找到三瓣儿的手机号码时，她就感到无所适从，教授当时还对着她说："大部分手机号都是隐性的。"

妻子抗拒着接近边庄而迈出的每一步，在徒劳的抗拒之中，妻子只有把教授的一只胳膊暂当点点紧紧抱着。边庄在银城的东面，相距六十里，已属两个地市管辖，但都属于山东西部的内陆平原，风和土干燥得如沙漠，寒冷却像南极。再冷，冬季进村的土墙下也不会缺少人气，那里几乎成为村里老人消磨时间的唯一去处。三瓣儿推着瘫痪多年的二婶早早等在那里，一眼见到教授和妻子拖着两个大行李箱进了边庄，就把一只胳膊高高举过头顶用力地摇晃，随着被晃动而起的是一长串的黄色尘土和几个靠墙头老人的惊讶眼神，他们迅速把脑袋凑在一起，叽叽咕咕一阵子，那不是边大家的儿子吗？还有边大的影子？边大可不在边庄了？住在仇人家里……

教授决定回到故乡边庄，住在父亲前院的边叔家里，这与当年那场盖房纠葛的事情一样引起一阵热议，村子里留下的人毕竟不多了，所以，争论声也高不过当年，只是消耗时间而已，人们只是无法理解边大家的儿子如何突然出现，又如何与仇人相处。

边叔和父亲的真正关系是亲兄弟，在父亲母亲有一年决定从黑龙江的红村返回故乡，经历一场安家盖房的纠葛之后，边叔和父亲的关系就变成了仇人。这件事情教授没有亲身经历，他大都是从父亲的口中得知的，当时，教授已经到了滨城，正在滨城大学任教，父亲曾因此事来到滨城，教授记得父亲说到回乡的事时老泪纵横，他就一直独自坐在教授当年那间狭窄的平房门口。父亲一生在外奔波，确是想回到故乡度过余生，但是，父亲和边叔因为爷爷当年一张默认两可的口头遗书，也就是教授眼前走过的这处空落的平房的归属，却成为边庄人人皆知的仇人。那一次，是教授和父亲唯一一次促膝长谈，父亲是个言语不多的人，他除了离开边庄前因为饥荒险些被爷爷卖给他人，自己靠一路讨饭爬回家里，就是生活在黑龙江时闷头种出红村单产最多的玉米和小麦，再没有其他的优点。有时，教授会认为父亲背弃边庄的祖坟而决定将自己葬在遥远的红村，或许是父亲对边庄绝望而不是仇恨。

三瓣儿从一开始看到教授两个人就激动不已，他的三瓣嘴不停地抖动，裂成兔唇，却一句话也说不出来，一进屋，就把屋门口的煤炉盖儿打开，让炉火烧得旺旺的。又从木橱子里翻找出玻璃杯和茉莉花茶，冲上两杯花茶递给教授和妻子。然后，他搓着两只大手靠在二婶的轮椅旁，瞪着教授的脸，憋了一阵子，才憋出一个字："哥。"

教授哎了一声，感到叫声极其遥远而陌生，他来到二婶身边，握住二婶的手："身体还是很硬朗的。"

二婶坐在轮椅上，头上裹着一条蓝色头巾，仍未摘下，头巾无法遮住被冻伤的两块暗红色脸蛋儿，腿上盖着厚厚的毛毯，她拍了拍自己的残腿："除了瘫痪，哪里都棒棒的，能吃，能睡，能……"二婶已经没有当年的锐气，她是村里出了名的厉害，她的厉害是能干活，能吃苦，可她已经多年不能了，她用柔软而浑浊的眼睛看着教授，又伸出一只手，在教授的脸上摸了摸："和你爹，你叔，一个样，外边软内里硬，好有自己的一套呢。"

妻子也走过来，立在教授的身后："嗯，很有他自己的主意。"

"老家里可比不得城里，冬天冷，夏天热，也没什么可热闹的事。你这娇身子骨可要受罪！"妻子笑了笑，咳声又起了。

"三儿，快去把炉门关小些，煤烟味儿大。"

"我就是想回来看看。"教授望了一圈儿矮小的屋子，屋顶没有用石灰和白灰磨平，仍露着粗壮的木房梁和整齐排起的椽子，这一切都已经陈旧不堪，看到这些就看到了教授的过去，教授在银城上学时，时常回边庄看望爷爷奶奶，夜里睡在爷奶的中间，总是望着这些木房梁和木椽子入睡。

"老祖宗的话没错，狗不嫌家贫，儿不怕母丑。"她朝着后背墙上二叔的照片扬了扬脑袋，"看看你二叔吧，还有你爹你妈，还有我，都赶着去天堂呢，再不看可是真看不着了。"二婶说完，在自己的胸前划了一个十字，嘴里念着感谢主。二婶是家里唯一一个对父母亲的选择持理解态度的人，她很早就说人的最终归属不是边庄，也不是红村，而是天堂。

二叔照片的旁边是一个大大的十字架，十字架处在北墙的右侧，左侧是一扇木窗，二叔家的房子也已经陈旧，如今边庄的房子一个比一个高，一个比一个宽敞明亮，窗口越加阔大。教授就是在这扇窗前停下多时的，直到午饭，教授一直端着那杯茉莉花茶向后窗望，后窗紧闭，玻璃上附着了灰尘，但，教授依然能透过玻璃看到后院父亲的家，父亲曾说过二叔当年就是从这扇狭小的窗口望到父亲的家，如果不是父亲决定从红村返回边庄，窗口之外的这块土地就永远是二叔的。父亲还说刚刚盖起时，就遭遇了一场奇特的大火，如今，那些燃烧的灰黑痕迹依然可见。教授并不想重返当年父亲和二叔之间的故事，他回头望向墙上的二叔，他面容和蔼，既土气又硬气，和父亲一样。

妻子的咳嗽越来越厉害，边庄家家户户靠点蜂窝煤炉过冬，妻子最忌讳这煤烟味儿，她在二婶的屋子里呆了一会儿就撑不下去了，被三瓣儿领到隔壁，隔壁没有生煤炉，没有煤烟却寒气十足。妻子躲到炕上的棉被里，怀里抱着一个热水袋，发誓永不下床。她内心仍然在抗拒着，已然生出怨气和愤怒，从蹙成一团的眉宇间发散出来，这就是丈夫念想中的故乡。

故乡那条唯一的河还在，这是教授再欣慰不过的了。河没有名字，从二婶家的胡同向北穿出去，沿大道一直向东就能抵达。教授选了个阳光稍稍暖煦的日子，已近年关，能依稀听到断断续续的鞭炮响，这里炸一下，那里又响一下，大都是孩子们零星放的，鞭炮声给人带来一阵阵欣喜。教授和妻子、三瓣一起到了河边砸鱼，河床变窄了一半，河面冰冻，河南北流向，刚好从村中央穿过，河身上架起一座破旧的石灰桥。

三瓣儿和教授身着粘满无数个布兜的衣服，将铁锤、铁钻、小型渔网、尼龙绳、鱼捞子挂满全身的布兜，教授甚至装上了一根小鱼杆儿，一个罐头瓶，一小包鱼饵，一根麻线绳，线绳一端绑着一根半指长的树棍儿，他们极其熟练地从桥边顺到桥下的冰面上，又一件件把事先携带的用具取下来放在桥下。站在桥上的妻子这一次看到的是教授从未有过的钓鱼方式，教授指着靠近桥底的多处被砸开的冰窟窿："看看，早早有人砸鱼了！我们来晚了！"

"不晚！只是现在的鱼太少。"三瓣儿一手把铁钻子钉在冰面上，一手抡起了铁锤，朝着一处冰面砸下去，站在桥上的妻子大张着嘴，趴在桥栏杆上向下用力，她看见丈夫也把一根铁钻子钉在一处冰面上，一手抡起铁锤，他像个原始的巨人一样，把铁钻子砸得当当响。

桥上有村人经过，高嗓门喊三瓣儿："又砸鱼呢，不怕大年三十鱼精去找你。"三瓣儿咧开他的三瓣嘴哈哈大笑，"那是边大家的大小子吧，老了老了，还忘不了砸鱼！"教授也跟着笑开了，在笑中他突然鼻尖酸涩，他觉得他还是胜了"消失"或者说"遗忘"一筹，他终于赶在了消失的前面，重新抓住了这些真真实实的过去，虽然是处在当下的过去，但他重新抓住了。方才村人的那种说法他再熟悉不过了，爷爷和父亲都曾在他小时候叮嘱过，那是边庄老人吓唬小孩子的瞎话，这条河给了边庄孩子们诸多的乐趣，也同样吞噬过他们的生命。

三瓣儿把粉嫩的牙床包裹起来，继续砸冰窟窿，冰窟窿要砸到一个水盆口那么大，两个人如过去一样，不用商量，教授对付浅水层的鱼，三瓣儿对付深水层的鱼。所以，两个人从满身的用具上选了不同的用具。教授选了鱼捞子，将鱼捞子下到水里直接捞起，鱼被冻得游动缓慢，在小时候，教授冬季跟着爷爷来河上砸鱼，如此办法，捞上过三四斤大的草鱼。妻子从没看过现代人这么笨拙的捕鱼方法，她觉得他的丈夫像一个原始人，正站在水里挥舞着木鱼叉，仿佛伸进水里一捞子，就能捞上满满的鱼。妻子发现，她变成了丈夫，一个爱白日做梦的人。

桥面上的妻子大叫起来，她像一个孩子伸着一根手指指着冰河："鱼，鱼，那儿，在水底下游。"妻子一边喊一边从桥面上跑到了河岸边，跟着冰面下的那条缓慢游动的小鱼跑了几步，她的胸口激烈地起伏，她从来没有这样快乐过，整日整日陪伴教授在无边无际的大海边钓鱼也未曾有过如此的兴奋，也许，大海边钓鱼过于像钓鱼，而此时，和逝去的记忆有关。

三瓣儿那边已经将整个渔网下进了深水里，剩下的是静静的等待。教授隔段时间在自己的冰窟窿里捞一把，除了渗下的水毫无一物，他没有丝毫丧气，反倒是充满无休止的斗志。停下来的时候，他就凑到三瓣儿那边吸颗烟，教授从不吸烟，在三瓣面前却吸起了烟，三瓣儿给他对了一支烟，呜噜呜噜地说："不走吧。"三瓣儿的唇裂是胎里带来的，大哥夭折，二哥当了海员死在了深海里，二叔家里唯一剩了三瓣儿这个男人。他一辈子光棍，他早早就立誓，养他妈一辈子。

教授回答不了三瓣儿的话，三瓣儿总是不言不语，出言便是直截了当，大概已是半下午，微弱的阳光已经被云层包裹起来，天阴沉，河面上刮起阵阵的风，如刀子一般，唯有两股烟柱被削碎。教授把最后一口烟狠狠吸进："我想在家过个年。"

"这么短!"三瓣儿把烟屁股掐死，起身去收他的渔网。那一天，三个人一尾鱼没有砸到，妻子已经熬到了冻僵的程度，她磕磕绊绊地对桥下的冰面说："回吧，人都冻成冰鱼了。"

六

临春节之前，每天推着瘫痪的二婶转村子的人由三瓣换成了教授。三瓣儿被二婶差往就近的大王集买年货。而妻子从砸鱼那天复发了肺病，她再不想出门，她第二次立誓决不离开床铺，即使是大年三十。她趴在被窝里深切感受教授的故乡死寂、枯燥、陈旧、停滞，她更感到一种内心里深陷的空虚无聊，携带着越来越多对教授此举而产生的愤恨。她偷偷流了眼泪，满心委屈，在被窝里骂着教授："你执拗、自私，从不为别人着想。"

从二婶家这条村子最东头的胡同开始，沿着出村的路向北，绕过北头的河东堰，也是村与村之间一处最为明显的界限，继续向西，都是土路，坑洼不平，二婶每天都要走上一遍，她已经走了大半辈子了，她每次都回头对教授说："我走一辈子都不厌，我走一辈子都没认清。"

教授觉得二婶说得是自己的心思。他从边庄到了银城，又从银城到了红村，再次从红村来到滨城，这一生，走过了平原，爬上了高山，回归了大海，他依然和二婶一样，没有明白每一处故乡对他的真正意义。他推着二婶缓慢地走在环绕边庄的村路上，路边的麦子地里已经泛了墨绿的麦青，有半拃高。现在他们已经由北向西走去，再由西向南，经村中心那条河，回到自家的胡同。二婶每天都要绕不同的岔路返回，唯一一致的是起点和终点上的家。教授终于明白了二婶，她努力在平庸中寻求着丝毫的变化，让生命变得尽量不再重复，生活更像生活。

从腊月二十八开始，边庄就进入了正年。边庄是传统最多最重的地方，一大早，连妻子都赶着起了床，她没有经历过边庄的年，一切对她都是崭新的，也许，她正是被这新奇催起来的。二婶正在一个黑瓷盆里和面，硕大的瓷盆像半截水缸口，白面满满扑了一盆。

"腊月二十八，边庄都做什么？"妻子问。

"今天蒸白面馍和菜包，再打上几个枣糕。"二婶还是当年那样利落，"我们这里呀，腊月二十八女人蒸白面馍和菜包子，有女儿的，还要打枣糕，逢初三女儿回娘家，当娘的总要把枣糕给女儿回上一个，这是边庄的老习俗，枣糕一层面一层红枣砌起来，像一座节节登高的宝塔，是娘的一份心，盼望着女儿的日子年年好节节高。而男人们则早早预备请家堂的供件，好在年三十请家堂。"

"在滨城，蒸一怀抱大的大饽饽，十二属相饽饽和大枣饽饽。哪请家堂?"妻子看见教授和三瓣儿在另一个长条桌子上忙活:"哪是请家堂?"

二叔家有一套和父亲家一模一样的梅花供盘。三瓣儿一大早就从西屋里搬了出来,他正在屋子里刷洗。桌子上摆着竺子,香炉,这些物件满面灰尘,大都是到了每年腊月二十八才有用武之地。教授已经很多年没有摆过供盘了,看到这些在生活中逐渐逝去的物件,徒增了许多亲切和陌生,他感到渐渐消失的自己在三瓣儿摆起的梅花阵中回归。

"这是备家堂,到了年三十上午才真正请家堂。"妻子听后,看着教授把三瓣儿摆起的六个花瓣一一再次摆一遍,每个花瓣是一个中心带单枝梅花的盘子,中间再摆上一个花心盘,像开了一朵芬芳的梅花。所有物件被提早摆在北屋北墙一个黑木柜子顶上,到了年三十才摆到正堂的八仙桌上。

三瓣儿问起教授:"哥,在东北是糊灯笼吗?"

教授和三瓣儿把一切准备妥当,才回道:"嗯,在黑龙江的红村,腊月二十八家家户户定要糊灯笼,早早准备红纸,擦拭灯笼架,烫上一碗白面糨糊,父亲和孩子便一条条糊起来。女人就蒸豆包,白面的、黏米的。"

腊月二十八的一整天,妻子显现出大病痊愈的征兆,她和二婶忙活了一整天,蒸了一锅白面馍,一锅白菜猪肉包子,六个大枣糕,二婶嘱咐三瓣儿记得,定要给教授带上两个。边庄四处都弥漫着麦香气,鞭炮声四起,年味儿就更足了。到了年二十九,边庄就像掉到了油锅里,满村子飘着香喷喷的炸鱼香。二婶家今天炸的鱼是三瓣儿和教授赶二十八集买来的新鲜鲤鱼。炸鱼是边庄祖祖辈辈沿袭下来的风俗，到了年三十，祖宗的供桌上因为这条炸得金灿灿的鱼而风光喜气不少。这里的鱼单指鲤鱼，上得了台面，也延续着庄稼人年年有余的吉利劲儿。

二婶正在案板上给鱼搓身子，她手里牢靠地捉着大鲤鱼，仿佛活了一般在她的大手掌里翻来覆去地跳动，眨眼的功夫，浑身沾满了碎盐和花椒面，二婶扒开鱼的肚腹，均匀地抹了碎盐和花椒面进去，又将淀粉涂了鱼的整个身子，仿佛大姑娘在新年里洗个热水澡后通身擦上白腻的香脂。

那满村的鱼香却是妻子的天敌，油烟和鱼香混杂在一起，将妻子的咳嗽再次激起，她的脸有些蜡黄，但她再不想独自一个人听着年的喜庆而躲在被窝里，她坚持在屋子里擦胡萝卜，和绿豆、黄豆面，准备炸鱼丸子后炸鲤鱼。能够听到初来时寂静的边庄已经热闹开了，屋前屋后的人家都在迸发着热油响，小孩子急等的哭喊声。

三瓣儿已经把油锅烧沸，炸了一锅丸子后，等待着二婶搓好的鱼下锅，他一边拉风箱，一边喊："鱼游过来了没有。"二婶在屋里回："正游过去呢。"随后，妻子准备将鱼端出屋，二婶喊道："让三瓣儿端，油烟可是厉害。"妻子看见三瓣儿跑进屋子里，将盖帘上的两条大鲤鱼端走了。

而教授此时正在院子里贴对联，在过年的时候，他最喜欢做的事情就是糊灯笼和贴对联。他多买了一整套对联，准备贴完二叔家，也将父亲空着的院落里贴上。胡同里有几个小孩子在玩摔炮，一声一声炸在地上。他看了好一阵子，看到一个人影也没了才回过神儿来，他从三瓣儿那里取了钥匙，打开父亲的大门。从父亲盖起这个家开始，他从没有回来过，父亲在大火后不久就带着母亲返回了黑龙江的红村，直至他们把自己埋葬在红村，这个院落再没有人居住。

院子空得一片死气，即使它周围的边庄如何热闹，都无法走进这里。教授就是在走进父亲的院落那一刻心头发昏的，他感到一股彻骨的寒凉沁到血液里，伸向更深的去处，分明是另一个世界。已经有几日在夜里，躺在麦秸秆堆积的床铺上，教授整夜整夜浑身冰冷，他因此在内心里再次断定自己已经衰老，身心无法扛住故乡的老去了。妻子从另一个被窝里钻过来，紧紧抱着教授，在间歇的咳声后，牢骚一句："我们这是图的什么？"说完，她继续紧紧抱住教授，一整夜两个人都暖不过彼此的身子，裸露在被褥外面的一切东西、鼻尖、脸蛋、耳垂，都冻成了刺红。

教授并没发现自己已经开始踉跄，他歪歪斜斜去了大门前贴对联，随后是屋门、侧门、饭屋、狗窝、鸭圈、茅房，还有院子东边坍塌漏顶的牛棚，教授都要贴上红。他认为父亲的家应该是这个模样而不是眼前落魄的样子。父亲喜欢把穷困的日子过出鲜活来，教授就把屋门前那棵小枣树上也贴了个倒福，人去了，小枣树依然年复一年开花结果，地上落了层层叠叠的干枣子，早已被雨水和太阳折磨成腐烂的黑球，倒是像父亲当年那对山羊拉的羊粪蛋儿。教授对着屋门迟疑，他迷惑那扇门里将是怎样一副家的模样，推门的手竟然缩了回来，他转向了门口这棵小枣树，仰着脑袋望树杈上零星的干瘪枣，在半空中仿若一具具逝去的尸体，房梁的尸体，木橼子的尸体，听父亲说，好像还有三瓣救火时伤到的脚趾，那场燃烧在父亲刚刚修起这个院落时开始，从逝去的记忆中烧到了眼前，教授把那些吊着的尸体看成模模糊糊熏天的大火之后，就晕在了地上。

　　教授发烧了。妻子咳嗽不止，借机嚷起回滨城，教授硬得像石头，他坚持到了年三十请家堂也没有吃一粒药："故乡是一味解药！"他说。只是，一切都像走在幻象里。一大早，教授就随着三瓣儿在北屋里忙活摆贡，妻子的咳嗽声灌满屋子的缝隙，她眼见教授挂到中堂上一幅黑白画，像一个宫殿式的坟穴，一间一间排着祖宗的名字，教授像是自言自语，又像是对妻子说："这就是竺子，是逝去祖辈在另一个世界的地方。"妻子离开八仙桌，她瞬间感到一股阴森森的冷风卷过来，妻子退到三瓣儿那里去。在妻子那里，人们缝谷雨祭祀龙王和妈祖，保佑年年有余，出入平安。三瓣儿把备好的那套梅花供盘摆上八仙桌，把烧鸡、猪头、鲤鱼，一些水果点心摆进去，又在中堂前摆起一排筷子："跟去请家堂？"妻子摇晃着脑袋，示意坚决要离开边庄，回到滨城去，她感到强烈的死亡气息袭进她的身心，陈腐与愚昧夺人魂魄，她躲到自己睡觉的屋子里去。

教授从贴对联那天晕倒后就偷偷多加了几粒降压药，他除了脑袋里浑浊之外，就是暗地里焦虑不堪，他一直在努力捉住自己身边逐渐消失的东西，但他发现，他刚刚走过的银城，于美丽和老善，以及金牛山在他时而回顾的过程中迅速后退，这让他恐惧不堪。他紧随在妻子身后进了西屋，把妻子扶上床，盖好被子，在妻子一阵又一阵咳嗽的震颤中默坐了一会儿，妻子已经厌倦了一切于事无补的追问和劝阻，默不作声。直到窗外三瓣儿喊他一声："哥，咱去请家堂吧。"教授才从愣怔中醒过来。

　　由家家户户门口通向边庄村东的麦子地里，是边庄人请家堂的去处，那里是边庄人祖辈的坟茔。教授和三瓣行进在路上，三瓣儿捉着一根棍子，提着塞满香、火纸、鞭炮的黑书包在土路上摇摇晃晃，边庄远近的坟头上已经有噼里啪啦的鞭炮声炸响，升起一团团烧火纸的青烟，人在火纸上印了铜钱印，烟就烧出了浓稠的铜臭味儿。

　　教授感到自己就是当年的父亲，在祖辈围起的坟茔面前，他除了站立不动，向爷爷奶奶祖辈的坟头望一望，又朝着远处诸多家忙着磕头烧纸请家堂的人们望一望，就是看着三瓣儿把水果、酒放在爷奶和二叔的坟头，用木棍子在每一个坟前画了一个圈儿，将那些印满铜钱的黄纸从爷奶的坟头一直烧到二叔的坟头，这一时刻，教授感到自己的内心里混乱不堪，他觉得这些现实礼仪和他那些消失理论激烈相驳，人们都在为已经消失和即将消失的事物和生命做着徒劳的追逐和祭奠，乐此不疲，他在矛盾中磕了三个头，再没有抬起脑袋。

教授又一次晕倒，他没有如愿在边庄过完一个年，没有吃上夜里二婶做的那顿团圆饭，就被妻子带回了滨城。

七

回到滨城，教授在医院住了几天就独自出院了，他一生都不想让自己落到医院的手里。豆医生正是教授曾经前往参加婚礼的那位优秀的学生，学文出身，却做了医生，若干年间他几乎成了教授的私人医生。没人注意从什么时候开始，在教授嘴里，无论是男学生、女学生，无论是做什么职业，在教授这里都被忽略了其社会和性别的属性，归并为"我优秀的学生"。

豆医生是第一个来到教授家里的优秀学生，他一进门，正逢点点像得了疯病，没人叨扰它，独自在客厅、卧室、教授的床边和妻子的身边奔跑，妻子对早早进门的豆医生解释："它太想念我们了，它太想念这个家了。"

点点从教授的卧室里跑出来围绕着豆医生转了几个圈儿，又示意地朝着教授的卧室汪汪了几声，教授还躺在卧室里，春季九点钟的阳光已经伸进小半个卧室，滨城的春季总是要延长半个月之久，和阳光一起伸到教授露在外面的大母脚趾上。

"你优秀的学生来了！"

妻子端着一杯咖啡跟进来，递给豆医生，豆医生浑身圆滚，身高、身材，从头到脚，由若干个圆组成。新婚之后，眼看这几处圆结合得更为丰满，妻子笑了笑："新婚一定很幸福！"他正用圆滚滚的手掌附在教授平静出奇的额头上："不烧了，多休息才好。"他又给教授测了血压，才把咖啡端在手里，"一切正常了，可不要再乱跑了。保持心情平和愉悦。"

"新婚愉快！"教授说话了，但他的视线并没有关注到豆医生，他在无法确定的方向扫视着。

"你优秀的学生正和你说话呢。"妻子坐在床边，用一块温热的毛巾给教授擦脸。

"我优秀的学生，你说，人不乱跑怎么行，什么都在逐渐消失，你、我、很多人、历史、当下，人不就是这样追逐消失，寻找记忆，重新遗忘，又在重新寻找当中转圈圈儿，转啊转，周而复始，世界就转动起来了。"

"您明显瘦多了，您需要休息，当然，您说得很对，无论是病人还是正常人，所有人都会产生遗忘或者被遗忘。"豆医生回答之后，"老师，其实我也常常在怀疑正常人和病人哪一个才是真正的正常。"豆医生多少现出紧张，拽了拽自己整齐的休闲西服，又将领带拉松了一些。

教授很高兴："我就说吗，世界其实就是这个样子，时间就是这个样子。还是我优秀的学生，但，人得去重新寻找消失，重新。"

妻子换了一条新毛巾，敷在教授的脸上，又抽空端来一杯温水给教授："那我还不迟早得从你那里消失，你不记得我，我不认识你，我们都变没了？"

教授没有回答，他一口一口喝着水，仿佛身边的任何人都没有存在，过了一会儿才缓过神儿来，极其柔软地看着自己的妻子，那眼睛变成了忧郁的深蓝色，仿佛告诉妻子，谁能逃脱得了呢。

妻子被教授的眼神吓坏了，她紧紧捧住教授的瘦脸，摸到这张真实的瘦脸时才渐渐恢复平静："我不会再让你离开这个家半步，离开我半步，让你那些什么银城、于美丽、金牛山，什么边庄、故乡，都见鬼去吧。"

教授愣怔了一阵子，他几乎忘记了前来看望他的豆医生，他也没有立刻想起妻子嘴里那一连串的"什么"来。

豆医生做了个离开的手势，拎起他的黑色提包走出卧室。妻子紧跟了出来，将点点留在了卧室里，作为教授的陪伴。

两个人在客厅里说了很长时间，他们压低了嗓音："教授出门在外的时候是不是这样忘事，精神不集中？"

妻子说："没有，他一直很清醒，每到一处他都记得清清楚楚。他特别投入，就像真的回到当年的时候一样。"

"你是说真的会？教授的脑袋可不糊涂，他常跟我辩论他那套什么生死，什么世界就是消失重建、重建又消失，什么故乡……"

妻子苦笑了一声："你知道，失败的总是我。"

"忘事，说话重复，优柔寡断，害怕恐惧，注意力不集中。病情轻时，近处发生的事会遗忘；病情重了，远记忆会逐渐受影响，认知障碍。需要及时去医院救治一下。"

"不可能，他是个倔鬼，你应该知道，他独断专行，刚刚提前从医院里跑出来。"妻子的咳嗽又起，她按住自己的胸脯，内心里迅速闪过的是教授近来越来越多嚷嚷的消失和回故乡。

豆医生反过劲儿来："师母，教授早早已经察觉了，他是在用回故乡加强自己的记忆。从医学上讲，情感核心组成记忆，情感核心消失了，记忆就消失了。他在自救。"

妻子已经泪眼婆娑，她第一次真正感到恐慌，感到教授嘴里所说的"消失"如此可怕，而作为妻子，却从始至终都没有真正理解，自己竟然生活在他的生命之外。剩下的时间，妻子唯一能说的话就是："都怪我！都怪我！"

临走，豆医生嘱咐："师母，每个人都会生病，每个人都会遗忘一些事情，每个人都没有绝对的对错。前期可以慢慢治愈，多用脑，多看书，多学习新鲜事物，培养业余爱好，多陪他出去走走，多活动手指，起居规律，到他想去的地方。我会常来。"

"他一生读的书够多了，多得没空看我一眼。"

"尽量不要离开他！"

"我永远都不会离开他！半步都不会！"

从此，妻子开始认真理解教授所说的消失。无论白天和夜晚，她寸步不离，睡觉、上厕所、买菜都和教授在一起。院校的几个副教授和院长，乃至校长都来看望教授，起初，看得教授极为恼火，仿佛他真的到了要彻底消失的那一刻，他并没有以热情的样子迎接他们，而是像一块面板，只有通通问候他们"我优秀的学生"时才有丝笑意，所有人都被教授归为了一个称呼，所有人都为之震惊，学校里一时间爆炸了头条新闻，文学院那个智慧的边教授老年痴呆了。

教授变得极其沉默。他不想发出一丝声音，他在一天晨起后开始独自收拾他的钓具，妻子和点点陪在一边，客厅的地板上铺满了鱼钩、铅坠、剪刀、创可贴等，一切都是从那个烦乱的钓鱼箱里整理出来的。教授很久没有彻底整理他的钓鱼箱了。里面积满了曾经钓鱼时吃剩的面包和袋装小咸菜，撕烂的手套，已经成了鱼干的几根海曲蛇，教授一点点把它们取出来，用抹布把箱子内外擦洗干净，妻子把那些沾着鱼鳞片的剪刀、刀子、旧鱼钩、铅坠擦干净，按照教授先前的样子分类摆放，他们像重新梳理他们的生活一样重新梳理钓具，妻子第一次感到收拾这些物件让人心里极为平静，她甚至对教授说："明天我陪你去钓鱼。"

教授闷着头说："好！"

四月依然是钓鱼的好日子。礁石上已经坐满了垂钓者，垂钓者都悄无声息地坐在小马扎上，鱼线也静静地垂到海水里，海也出奇的平静，仿佛这个世界真的静止下来。妻子一改以往在距离垂钓海边很远的礁石上等待，她第一次把小马扎和点点一同搬到了教授的身边，高大的礁石简直像一处悬崖，而高居礁石之上的人就像立在悬崖边上。

教授把鱼线甩下去，像多年一样坐在马扎上等待，他总是朝着远处海天相接的地方望，也许更遥远，在海天相接之处，分不清海和天的分界，它们浑然一体，无边无际。妻子抱着点点，也朝着远处望过去，四月滨城的春风清澈凉爽，她再没有感到等待的焦躁，陪伴在一起竟是如此充满意义，熟悉、安全、享受。

鱼线激烈抖动起来，教授并没有察觉，妻子高喊着："上鱼喽！上鱼喽！"教授起身迅速收鱼线，他一边收线一边激动地望了一圈儿礁石上的垂钓者，发出孩子一样得意的笑，一条春季里最为肥硕的鲗鱼金光闪闪跃出海面，诸多垂钓者都站了起来："老边，钓上条金鱼呢！""老边，好久没见你来，一来就是爷（钓者们称第一个钓上鱼的人为'爷'，指钓术高）。"

妻子第一次学着教授的样子把鱼线甩到尽量远的海水里，然后，坐下来等待，她第一次感到触手可及的鱼线之下是一片无法预知的世界，无限的期待和遐想开始蔓延，她抱住了教授的一只胳膊，在心里说："我哪里都不想去，我只想每天陪着你在这片礁石上钓鱼。"

八

在教授的记忆里渐渐失去了金牛山、于美丽和银城，失去了边庄、父亲的破落院、二婶和三瓣儿，失去了故乡和他所谓的消失和遗忘，凡是就近发生的事情都在失去。他夜里再也没有做过自我消失的噩梦，似乎连红村也失去了，他只记得一片红，他对妻子重复了无数次有关红的字眼，但，始终没有说清。妻子在教授的又一次重复中说:"我们去红村。"

冬季十二月,教授和妻子前往了红村。他们再次经历了一次生死考验,飞机在哈尔滨机场降落时,飞机的滑轮卡住,无法降下。飞机在空中盘旋了近一个多小时,整个机舱里的顾客都紧紧双双靠在一起,在空姐一次又一次播报故障的间隙里,哭声嗡嗡一片,哭声在持久的盘旋中消耗殆尽,那一刻妻子对着教授说出了声:"你执拗、自私,从不为别人着想。"

"你不知道我有多需要你。"

"你总是讥笑我没有故乡,可我觉得你就是。"

"看来我们要一起消失。"

教授一直没有说话,他朝着窗外望,仿佛忘掉了周围,每一个窗口层层紧闭,毫无逃路。好在那场危机有惊无险,安全落地。八十多岁的秀英姨和秀英叔开着机动三轮车来到共青城接教授,一路上,惊魂未定的妻子将方才的生死经历讲了一遍又一遍,冬季的红村足零下三十度,妻子竟然忘记了寒气引起的激烈咳嗽,每个人带着厚厚的棉帽子,口罩上结满白色冰霜,秀英姨没有丝毫恐惧,她在干瘪的胸前画了个十字:"孩子,主保佑我们!"

教授除了那个红字,忘掉来此的目的。秀英姨说:"我知道教授想去哪里?"在次日上午,两个八十多岁的老人,带着教授和妻子徒步去往红村东的老龙岗,老人一路拉着一个空爬犁。去往老龙岗足有三里地,冰雪把红村从这个世界上独立包裹出来,到处洁白,仿佛什么都不存在一样。

爬上龙岗是艰难的，妻子喘一阵爬一阵，两个老人倒是更利落些，走在前面，教授在看到这条漫长的龙岗时就奔跑起来，他朝着龙岗最高处连接的东山上爬去，山上高耸着青松，山背面是红村人最终的归属，大片白色的坟茔被青松间隔开来，大片大片坟头连成一片，连成另一个世界，在这个世界里没有本地与外地人的区别，分不出男人和女人，都变成一个又一个近乎一致的白色坟头，教授无法找到自己的父母，他就立在山顶上等待。

两位老人在靠最东边的两个坟墓前停下来，两个坟头靠在一起，又靠着同一棵青松，妻子最后一个爬上来，她也几乎记不清这满座山上的坟头之中，哪两个才是公公婆婆的，那时这座山上逝去的人群没有如此浩大，他们几乎在不知不觉中就到达了这里。

"这就是你父母。孩子，主会保佑他们。"十字在秀英姨胸前再次画出时，教授的眼泪流了出来。他在坟前站立了很长时间。

秀英姨说："孩子，你父母喜欢这里，喜欢山的东面，这是他们回到红村后就早早选的地方，能最早看到太阳，你记得吗？"教授点点头。

"他们还是把自己葬在了红村，他们也想把自己葬回老家边庄，你记得吗？"教授点点头。

"你葬了他们的时候，也说过，将来自己也会葬在红村。你记得吗？"教授点点头。教授的眼神没有停留在雪白的坟头上，也没有停留在那棵连接父母坟头的青松上，没有停留在脚下的东山上，你无法看清教授的眼神究竟准确地停留在哪里，他捉摸不定，他看到秀英叔手里那根麻绳，麻绳那头儿牵着木质的爬犁。教授没有听完秀英姨告诉他的有关过去的记忆，就朝着爬犁走过去。

教授独自坐在爬犁上，从东山顶部顺势而下，滑在老龙岗漫长的脊背上，他高高翘起两条腿，双手捉住粗麻绳，爬犁载着教授在半空中飞起来，你会听到教授高高的兴奋的喊声："飞起来了，飞起来了！"妻子手足无措，她在教授的陌生面前手足无措，她在教授逐渐消失的背影面前偷偷流下眼泪。

妻子无法安心，在任何异地她都会失去安全而恐惧，她想早早回到滨城的家里去，秀英姨说："没有看到红，不白来了红村。"她在一天下大雪的傍晚，让秀英叔早早把一个火红的灯笼挂上了房檐，在天色渐渐暗下来后，白雪之上，铺满红。教授跑到院子里，站在红里望房檐上的红灯笼，他对妻子说了一句："红村。"妻子紧紧咬住了自己的嘴唇。

"腊月二十八了，家家糊灯笼，点灯笼，要有雪，白雪之上的红，才是红村的红。你都记得呢。"秀英姨说给教授，教授点点头。

教授突然记起什么，他像所有的红村人一样对着灯笼双手合十许了一个愿，然后，他看了看妻子，示意妻子许个愿。

次日，教授和妻子带着各自的愿望返回了滨城，回到滨城的第二天，豆医生就拿来了些辅助的药物，还带了几页写满字的纸，他说那是抄老师的一篇有关《被塑造的遗忘》文章中的一部分，那篇文章没有发表出来，但他说他受用终生。妻子每天按照先前教授晨读的习惯，早晨一醒来，给教授读豆医生带来的那几页纸："宇宙即时间，时间即自我，自我是不断被塑造的遗忘，人类和世界每天都在大量遗忘，大量消失，而人类之所以伟大，持续更迭，正是除了保护那些遗忘不再消失，而终生努力去寻找、塑造、重建……"每当这样的时刻，妻子总会想起于美丽和老善，想起二婶和三瓣，想起教授的秀英姨夫妇，也许，还有很多人，远在不同的城市，却过着近乎一致的生活。

一天早晨，教授很早起床，他独自走到卫生间里去，他忘记了清晨起来应该先洗脸刷牙，他立在镜子面前很久，妻子和点点都跟过来，教授对着镜子问："那里面的女人是谁？她真漂亮！"妻子狠狠咬住嘴唇，她顷刻间明晰，一切难以预料的世事都会无法阻挡地到来。教授回头用一根手指挡住女人脸上下滑的泪珠，点点仰着脑袋看着陌生的教授，发出清脆的叫声。教授把脸重新扭回到镜子前，端正，他看到一个女人的脑袋趴在了一个男人的肩膀上。"那里面的男人是谁？"

"我们回卧室去。"妻子咳嗽着。

"我给你讲那个男人和女人的故事。"

"不，我要回到镜子中去。

原载《清明》2018 年第 6 期

海棠花下的邓丽君

张锐强

一

我出生的那个村子，池塘前面是大片的稻田，房屋背后有茂密的竹林。风吹稻浪，竹叶如波，金黄配碧绿，恰似大李将军山水。听起来遥远而且浪漫，但我的印象却一片黑暗。因为母亲在村里仇敌遍布，包括我的两个姑姑。离开村子三十年之后，所有人的面目都日渐模糊，只有一个人除外。她是我母亲唯一的朋友。她叫马毓秀，是个退休教师，爱唱歌。

农村学校的老师跟农民其实差不许多，多数人也要种地，无论男女。故而马毓秀随便往哪儿一站，都有鹤立鸡群的效果。她总是那么干净。头发梳得利利索索，身上带着雪花膏的淡香。她家也常驻清贫，但格外齐整。跟她家相比，多数村民的家简直就是猪窝。别人房前房后都种着果木，桃杏枣、苹果梨，但她种的却是海棠跟桂花，中看不中用的东西。

怎么说呢？在我的记忆中，她似乎并非真实人物，就是一张发黄的老照片。

马毓秀一直独身。周围十里八乡的人都知道她在等待未婚夫。她说未婚夫英俊潇洒，是球场和战场上的飞将军，国民党军队的中尉政治指导员，三青团，总有一天会来接她。她每天都在等待，伴随着海棠桂花的败落与盛开。无人相信，大家都当笑话说，但她从不改口，即便面临调查审讯。否则那些年她也不会吃那么多的苦头。

马毓秀是我母亲唯一的朋友，我母亲也是她唯一的朋友。她俩是忘年交。所以小时候我在她那儿吃了不少糖果。但我真正对她产生深刻印象，并非因为糖果，而是歌曲。邓丽君流行到我耳边之初，被批为靡靡之音黄色歌曲。那天我刚被校长——我一直怀疑自己耳垂那么长并非什么福气，而是她的功力。论辈分儿她是姑姑，可以随意拧我的耳朵——痛心疾首地耳提面命一番，回头就听见她唱《何日君再来》。

你无法想象我的惊奇。之前我知道她会唱歌爱唱歌，但她唱的并不稀奇，也是随大流。谁也想不到，这个全村人眼中的怪物和笑料，竟然会唱邓丽君，包括有些磁带上没有的歌。

"你也会唱邓丽君？你怎么会唱邓丽君？"我瞪大眼睛看着她。

"不是我会唱邓丽君，是邓丽君会唱我。这是我年轻时候唱过的歌。"马毓秀笑着要摸我的脑袋，我脖子一扭躲了过去。男人的头、女人的脚，只能看，不能摸。

可以想见，这话令我印象深刻。但我印象更加深刻的是，从此她又得了个"邓丽君"的外号。这是调皮孩子的创意，但大人们的反应是意味深长的微笑，随即全村定调。虽然心有不安，但我却不敢不从。因为我需要伙伴儿。

初三某日，母亲告诉我马毓秀生了病，想收我当干儿子。她打算给未婚夫修个衣冠冢，让义子以儿子的名义立碑。其实母亲对我有所隐瞒。因我那时刚读过几本书，正不知天高地厚，格外讨厌所谓的封建迷信，而马毓秀却请了阴阳大仙儿算命。说是她未婚夫早已死去，而且死相很凶，算来应该已满四十年，在西南方向。死谁都敢说，死相很凶也好蒙，但四十年和西南方向这两个要素有难度。一般人会想到东南方向，台湾嘛。但未婚夫跟她分别是要到长沙治伤，长沙恰在当时的西南方向；四十年前衡阳发生过一次极其惨烈的战役，他未婚夫十有八九会在其中，而衡阳也在西南。

但问题在于，这两件事外人并不知情。

马毓秀是要安排后事。衣冠冢也是她的穴位，墓碑上直接刻好两人的名字。虽然从她那里受惠良多，但我的拒绝还是不假思索。我可没有那么大的勇气，与全村为敌。最后打破僵局的是她的亲外甥。只是他刚刻好墓碑，亲姑义母却又彻底病愈。人活着名字却刻在墓碑上，也就是马毓秀有这胆气。从那以后，她的门前越发冷落。

从鬼门关转回来的马毓秀最终等到了未婚夫。可惜他不叫李绍贤也不是军官，而是个和尚法号明慧。这是当年轰动全乡的新闻，因为明慧不是假和尚，度牒身份证都有的，来时派出所还有人陪着。可惜那时我已远离故乡，在遥远荒凉的沙漠腹地扛着上尉肩章，未曾躬逢其盛。据母亲说，明慧虽已八十三岁，但相貌滞后于年龄，有皱纹而无眼袋，模样很周正，年轻时肯定很漂亮。

母亲所谓的漂亮，我宁可想象成法相庄严。但也有些幸灾乐祸的人，说看见明慧就理解了为何妖精总喜欢纠缠唐僧。明慧要是扮上，保准比徐少华漂亮。那时节电视连续剧《西游记》火热已去但余烬未息，满大街都能听到《敢问路在何方》跟《女儿情》。

毫无疑问，我这个落魄上尉对他们的往事充满好奇，探亲时便详细探问了一番。出于众所周知的原因，我对当年的国军中尉政治指导员李绍贤的兴趣更加浓厚。

二

明慧本名李绍贤，老家在河南信阳南部的李家寨。李家本为名门望族，但家口大分支多，时间一长自然会有分化。李绍贤这一支就是逐渐没落的。没落的原因，首先在于民国十五年（1926）年初的信阳围城。吴佩孚从武汉挥师北伐，试图问鼎中原，但刚进武胜关就在信阳城下碰壁，国民二军的蒋世杰抵抗四十八天，因为鸦片吸光方才投降。这持续四十八天的战火，烧掉了李家的多半财产。偏偏李绍贤的父亲跟蒋世杰一样离不开鸦片，还喜欢豪赌。这种人掌舵，不触礁才奇怪。甚至他们的祖宅，也慢慢化为烟榻上的青烟、牌桌上的筹码。期间他曾赢过一大笔，想赎回祖宅未成，便在旁边重新盖屋叫板。时间太紧，临时找不到砖瓦，他竟开出十倍价码，让周围的人家拆房子。只可惜新房刚刚拔地而起，转瞬又抛掷一空，成为坊间笑谈，是当地家教的活教材。不过乃父终究是大户子弟，从小对钱没有概念，不仅不以为耻，反倒以魏晋风度自居。他从来不想那些钱将来怎么还。在他的逻辑中，这一切必定能妥善解决。几个钱儿对于李家来说，还能叫事儿？他向亲戚朋友打秋风时分坐黄包车和汽车两种情况：坐黄包车——信阳人称为胶皮，因车胎上包着橡胶皮——可以暂时不给钱，若坐汽车则走时就得付现。因胶皮是就地付现，而汽车则是事后结算。脚力都要后付费，可见他那阵子的头寸之紧。

这种日子的长度当然有限。再热烈的友情也经不起秋风常吹。李绍贤年纪虽小，却也深有体会。他多次亲见父亲向人打秋风的屈辱。多年之后才明白，父亲是特意拉着他的。父亲在人前谈笑自若，但再风趣的谈笑，最终也要化成杜甫的诗意：残杯与冷炙，到处潜悲辛。最深刻的印象，来自他最喜欢也最喜欢他的姑姑。姑父也出自当地望族，本来颇为和善，但那天冷淡乃至敌意明显。李绍贤盯着父亲，想用眼神提醒，可父亲就是不理。姑父沉着脸，嘴撇得能拴住驴，没说几句便扬长而去，随后姑姑也起身离开。过了大约半个时辰，姑姑低着头回来，手持一摞银元："这是我的私房钱。我能帮你的，也就是这些。哥，求求你，以后别来了吧。"

姑姑抱抱亲侄儿，泪流满面。

那些热泪流到李绍贤脸上，好冷好冷。这印象就像他心底眼前的刺青，也是促使他投身新生活运动的动力。

新生活运动主张军事化、生产化、艺术化。清洁、整齐、简单、朴素、迅速、确实的口号之下，有诸多具体措施。学校强力推行政治教育，鼓吹开明专制，伴随全面的军训。并非人人都能接受，但李绍贤喜欢。民国三十六（1937）卢沟桥事变，国府鉴于《兵役法》刚刚生效不到两年、仅在长江流域各省征兵一次，后备力量不足，通令各县成立壮丁常备大队，定期训练。李绍贤下学之后没有出路，到兵役科当了文书，正好躬逢其盛。

某日李绍贤下乡回来，遥遥看见一队女兵。她们穿着灰布军装，衣领内侧缝着两厘米宽的白边，微微外露，腰间斜挎着二号勃朗宁手枪的皮带将胸脯衬托得越发高耸，边走边唱抗日歌曲，那可真叫一个美。俊美，既英武又俊美。

李绍贤可不是没见过世面的人。信阳地处冲要，铁路连接南北，淮河沟通东西。自从去年老日在北平闹事，此地便开始不断过兵。由南往北，自西向东。而在此之前的北洋时代，更是城头变幻大王旗。袁世凯段祺瑞吴佩孚冯玉祥，大人物如同走马灯。无论哪个将军驻马，都会跟李家相与往还。

既是借重地方士绅，又是安抚地头蛇。奇怪的是，此前那些队伍从未形成如此强烈的视觉冲击，细想原因，无非是缺乏这样一队女兵。

"好铁要打钉，好男要当兵。抗战光荣，这位先生，当兵啊。"领头的那个女兵喊道。

这口号兵役科文书当然熟悉。但李绍贤尚未回应，已经感觉脸庞发烧。这是童年生活的烙印。他深以为耻，但却无可奈何。还没来得及回话呢，又听她们一阵惊呼，背后也传来轰轰隆隆的声音，下意识地刚一转身，巨浪已经越过脚下的堤岸，掀起浑黄的浪花，将他冲倒。若不是女兵及时伸出旗杆，他弄不好就要葬身淮河。

亘古未有，淮河逆流，难道仅仅因为女兵上阵，秦良玉再生？

李绍贤抓住旗杆，跟随女兵队伍爬上岸边的高地，只见河流汹涌，一路向西。所幸水势不是很大，并未形成遍地泽国。信阳毕竟靠近淮河的源头，倒流差不多就是末梢，所谓强弩之末。还好，这番出乎意料的大水洗去了脸上的绯红，将他从尴尬不安中解脱。他自言自语一般嘟囔道："淮河向西流，女将上阵头。"此时队伍的情绪也逐渐安稳，有个女兵立即捧哏："我们女子都扛了枪，你还好意思看着？"又一个女兵调皮地说："你不当兵，我不嫁给你！"这也是宣传画上的内容。李绍贤闻听再度脸红，根本上不来话。领头的那个女兵赶紧开口引导："她们开玩笑，你别介意。老日炸了郑县黄河大堤，豫东黄河泛滥。淮河倒流肯定也是鬼子作恶。不怕！只要全民团结抗战，一定能拯救中华民国！"李绍贤对她一拱手："多谢女将搭救之恩。"女兵仿佛要将他的军，微笑道："真要谢我，就去当兵。"

这是军委会战时工作干部训练团的第二团。前身是第五战区的抗敌青年军团，以流亡学生为主，刚从徐州、潢川一路迁到离李家寨不远的鸡公山上，跟新建的第九十六医院紧邻。李绍贤此生再也难以忘记那个领头的女兵。若非她当机立断，他只怕已经追随屈原；若非她开口解围，水淹不死尴尬红脸也会将他淹死。可奇怪的是，事后怎么也想不清她的具体面相。瞬间被一群俊俏的女兵包围，成为中心，这完全超出他的想象与实际承受能力。无论如何努力地打捞记忆，也只有衣领上略微外露的白边，高耸的胸脯与细腰上的二号勃朗宁手枪。记忆再朝下走，则仅余文字——那是文书的本行——英武、漂亮。仿佛那些深刻的记忆，也被浑黄的浪花打湿。

此后李绍贤经常产生错觉，怀疑自己偷偷投考战干团，并非因为抗日，而是想要看清那个女兵的长相。他总觉得她眉宇间充满不同寻常前所未见的气质。然而录取不等于入团，跟黄埔军校一样，还需要两个可靠的保人。培养一个人花费不小，上头可不希望他们中途退出。此事不比街头生意，不是谁都有资格作保的，李绍贤只好去找县长。县长闻听很高兴，不但痛快地请县党部书记一同作保，还奖了二十块钱，并告诉他淮河倒流并非所谓的亡国之兆，只是黄河泛滥夺淮的结果。信阳遭受的灾害尚轻，东边直到安徽许多堤坝被冲垮，不少村庄被淹。这个账，都要记到日本矮子头上。

遗憾的是，李绍贤进入战干团也未能再见那队女兵。她们已经结业。

三

一进战干团，首先集体加入三青团和国民党。但此后的组织活动很少，也不收团费党费。本来规定毕业后缴纳，但无人督促。训练半年，分军事、民训、政训三科。毕业之后，军事科分到部队啃小排骨——当排长，民训科到各县组织民众训练，政训科也下部队，担任连或者团政治指导员。李绍贤选择的是政训。他决心改掉见了生人未开口先脸红的毛病。前三个月是入伍训练即军事训练，后三个月是分科训练即政治训练。虽然跟黄埔军校亦即中央军校完全不是一码事儿，却也唱黄埔军校的校歌：

> 怒潮澎湃，党旗飞舞，这是革命的黄埔。
> 主义须贯彻，纪律莫放松，预备作奋斗的先锋。
> 打条血路，引导被压迫的民众。
> 携着手，向前行，路不远，莫要惊。
> 亲爱精诚，继续永守。
> 发扬吾校精神，发扬吾校精神！

歌词硬朗有力，旋律昂扬慷慨。每当团旗飞舞、校歌飘荡，李绍贤便感觉激情澎湃血脉贲张。他很喜欢那种境界。此前在家，虽然父母双全，却也像个没娘的孩子。似乎每个人都是独立的沙子，彼此毫无关系，或者说，没有能力建立关系。但此时此刻，在校歌团旗之下，无数独立的沙子被胶合起来，彼此血脉相通，成为坚不可摧的整体。十年之前，"到黄埔去"便是革命青年的志向，被人目为时髦，整个李家先后有三人考取，其中两人牺牲于北伐的龙潭之役，另外一人下落不明，想来也已战死。而今时事不同，境遇迥异。拿政治部长陈诚的话说，北伐靠黄埔，抗战靠战干团。在历史宏大而细密的网格之中，李绍贤终于找到了自己的位置。那种被组织起来的感觉，给了他无数的力量与最牢靠的安全感。

李绍贤最喜欢军事训练。尤其是射击。枪他是玩过的，李家资产庞大，护卫必不可少，很早便买了钢枪，即赫赫有名的汉阳造，也叫湖北条子，或曰老套筒。李家民团的副团总是北洋军的老连长，枪法很好。他曾经训练过李绍贤，在他枪上放一枚铜板，要求射击时不能掉下。这也是他能在兵役科找到饭辙的凭据。本来已有这等基础，而今再度回炉，自然越发精进。那时的靶子跟现在不同，不是十环而是十二环，每次射击训练只给三发子弹，李绍贤基本每次都在三十三环以上，单靶从未低于十环。

政治训练主要是课堂学习，照本宣科。《总理遗教》《三民主义哲学基础》《领袖言行》《政治学概论》《经济学概论》

等等。所有这些，李绍贤都觉得新鲜，但后来才发现，真正能让他说话前不再脸红的不是涛涛字句，而是每次射击至少三十三环的成绩。

李绍贤考入战干团之后，熊熊烽烟便沿着大别山北麓越烧越近。等他们撤到襄阳，悍匪汉奸刘桂堂已随同老日第十师团占领李家寨。临行之前，家人自然要吃顿告别饭。饭桌上他父亲一直嘻嘻哈哈，说良家子从军乃大汉雄风，并无不妥，劝慰大家不必难过。但真正到分别的那一刻，他却突然转身落泪。那个动作李绍贤印象深刻，但丝毫未曾体味到温暖，只是耻辱的持续和不快的叠加。此后老日轰炸信阳，除了出嫁的姐姐，他们全家无一幸免，而他面对噩耗竟依旧没有多少痛心：亲人们在人世的屈辱，终于结束。

四

李绍贤以黄埔军校亦即中央军校第十六期政治科的学籍毕业。毕业前夕，团部组织大家集资订制通讯录和佩剑。虽然佩剑剑柄上刻有"校长蒋中正赠"字样，原来这跟前清赏穿黄马褂类似，黄马褂也得自己买。当然，无人在意那俩小钱儿，能拥有这样一支佩剑，大家都感觉脸上有光。

李绍贤被分配到川军部队，二十七集团军下属的二十军一三三师搜索连。集团军总司令杨森，与水晶猴子邓锡侯、巴壁虎刘湘、多宝道人刘文辉、王灵官王陵基并称为川军五行，他自然属木，二十军是其基本力量，里面尽是杨家将。

总司令的侄儿杨汉域、杨汉忠、侄孙杨干才先后当军长师长，其余各级指挥官姓杨的还有一大把。听起来像是裙带关系，可打虎亲兄弟、上阵父子兵，也算渊源有自。杨森治军可谓有方。淞沪会战之后，军委会在武汉召开会议检讨得失，一三三师在全部七十多个参战师中排名十一。考虑到他们窳劣的装备，这成绩委实不易。

二十七集团军内部有四大纪律、十四大注意：决心英勇抗战、服从长官命令、不要人民东西、坚固国军团体；逢人宣传、说话和气、不当散兵、爱惜武器、买物公平、借物送还、损物赔偿、驻地整洁、不乱拉屎、远让汽车、不嫖不赌、自己洗衣、受伤缴枪、受伤守纪。作为政治指导员，李绍贤必须要向部下强调这些，维持纪律。跟他搭班子的连长杨汉烈是总司令的次子，黄埔十六期骑兵科毕业，分发部队之后，先任师搜索连的排长，眼下刚刚提拔。

国民革命军中的政治部创设于北伐时期，中间曾改为政训处，那时再度恢复。师政治部上通军委会政治部，下接团连指导员。政治工作的核心，是推行并树立抗战第一、胜利第一、国家至上、民族至上的理念，相对空泛。政工干部没有实权，也没有威严，在部队的形象类似卖狗皮膏药。师政治部主任被戏称为师长的姨太太。还没分发部队时，李绍贤已经略有耳闻，算是有心理准备，可饶是如此，实际情形还是令他有些心凉。

就任之后，李绍贤没烧三把火。出自那样的家世，打小他就在嘲讽中生活，从未体验过被尊重的感觉。劝他从军的女兵，算是头一份。这还是因为彼此不识，不清楚各自的底细。既然要争脸面去耻辱，已经到了这个地步，就像演员上台，起霸亮相，必须一炮打响。

李绍贤的头炮是射击。那时第一次长沙会战已经结束，对外号称湘北大捷，部队在修整状态，训练必不可少。连队有个叫徐广吉的兵射击训练没打好，班长批评时还满口怪话，抱怨枪太旧，膛线已经磨平。班长很生气，要揍他。这种事情官长一般不会干涉。连长排长都认为是班长的天然权利，但李绍贤不动声色地上前将他们分开。他没有批评班长，也没有批评徐广吉，抓过枪道："我来试试。"随即用通条擦擦，按照射击要领卧倒出枪，在枪上放一枚铜板，然后击发，结果三发子弹打了三十四环，而铜板岿然不动。

民国二十五年（1936），国府旧事重提，开始效仿德军标准整编国军，计划用三年时间组建六十个德械师，调整师与整理师对半，分别用于国防和治安。卢沟桥事变之前，首批仅二十个师完成调整。调整师中每个步兵班都由一个火力小组和两个突击小组组成，火力小组中除了三人负责一挺机枪，还有一个精确射手，配备一支带瞄准镜的中正式步枪。但首批二十个调整师只有出自西北军系统的二十七师是杂牌，其余都是中央军。杨森所部虽因淞沪战绩优先整补，接受了部分新式武器，但配备比例不高，达不到每个班都有狙击手的程度。即便那些狙击手，射击成绩也不比他们的指导员高多少。

周围一片叫好。李绍贤微笑着将枪璧还徐广吉："练吧。等打出十二环，这枚大钱儿你拿去买碗米粉吃。"

指导员负责全连的政治训练，自然要集合部队参加。此前队伍首次集合，还没进入正题，便有兵不断作怪。这个说："报告指导员，我肚子疼！"那个喊："报告指导员，我要喝水！"三下五除二，几乎走掉一半。李绍贤顿时感觉脸庞发烫。他舔舔嘴唇吞口唾沫，按照训练时学到的要领深呼吸数次，刚要说话，杨汉烈突然上前，在他耳边轻轻说道："整个二十七集团军都看不起学生。包括总司令。他虽然是我亲老汉儿，也有抗日决心，但我们得承认，他就是个老军人。抗战打老日，靠他们不得行，还是得靠年轻人，靠你我，靠学生。"

杨汉烈说完这些便径自走开。李绍贤心里感觉颇为温暖，自信大大增强。他明白士兵反应的症结何在。新生活运动当初在学校开展时，教官训话也经常这样。因他们只知道照本宣科，恨不得一字一句地念《总理遗教》《三民主义》《领袖言行》。李绍贤不这样。他给士兵们讲故事。将历史典故拆解开来，作为政治理念的注解，而政治术语一笔带过。还给部队讲国际形势，美英苏，德意日，以《三国演义》的形式。

李绍贤的政治训练纪律一直很好。他逐渐赢得了整个连队的尊敬，还没开口便脸红的毛病，也逐渐离去。

五

武汉会战以前，全民抵抗的士气高昂。最惨烈的淞沪会战，无论中央嫡系还是地方杂牌总体打得都很顽强，徐州会战武汉会战也可圈可点。打得越英勇，损失自然也就越残酷。抗战之前国军常备力量不到二百万，武汉会战之前已经损失过半。军委会对于武汉会战的指导方针中，兵力损失预算高达六成。继续这样消耗肯定不行。蒋介石随即在南岳召集军事会议，确定抗战第二期的总体战略，强调持久抗战，在持续发动有限反攻的同时，侧重整训部队，培养恢复战力。换句话说，就是不能光拼，还要注意保存实力。国军的惰性随即显现，直接证据是逃兵现象日益严重。

《兵役法》民国二十四年（1935）刚刚生效，后备力量组建不及，兵员补充一直成问题。川军的补充主要靠四川，每个师都有一个补充团。抗战八年，四川陆续出兵三百万，也就是说，适龄壮丁有半数从军，贡献不可谓小。但这边征兵，那边逃兵。没有人将逃兵视为耻辱。对于老兵而言，没逃过两回，简直不好意思在部队混。克扣太狠要逃，发饷太晚要逃，官长严苛也要逃。逃到别的部队，算是人往高处走。文化程度高的宪兵逃亡现象更突出，逃到别处可以当排长甚至连长。刚刚征集到的新兵，有人带着一只大饼，看似充饥的食物，其实是一盘麻绳。夜深人静或者机缘巧合，他们可以借此帮助，从墙壁甚至悬崖溜过。

为防止逃兵，士兵不许询问行军路线跟驻地名称，不准跟百姓交谈。每个班只能选出一人对外联络。平时封闭管理，外出需要请假，拿着牌牌过关，每次最多三人。即便如此还是不能杜绝。有些士兵串通好，晚间起夜朝一个地方撒尿，等墙壁浸透，便将那里掏空逃跑。

但军官跟地方的交流不受影响。总司令部驻扎平江，师部离总部远，驻地本来是个镇，而今成为流亡县府驻地，有两所流亡高校，经常跟驻军比赛篮球。李绍贤和杨汉烈都是篮球队的成员。军队人多，但学校实力强，因而三支球队争夺激烈，引来观众无数。李绍贤在新生活运动中学会了两个绝活，一是背后运球过人，二是转身突破投篮，简直如同杂技。左冲右突纵横驰骋，他竟被姑娘们暗地里评为三大美男子。这个榜单的竞争比球赛本身还要激烈，杨汉烈那样玉树临风的五陵公子都无缘得与。

有次比赛结束，李绍贤正朝回走，忽听阵阵惊叫。抬眼一看，一匹马从对面疾驰而来，马缰拖在地上，骑马的年轻姑娘惊慌失措。李绍贤想都没想，将衣物随手一抛，在马经过的一刹那抓住缰绳使劲朝后勒。马的速度并不是很快，但拖倒人还是轻而易举。好在李绍贤小时候常骑马，对付马有些心得。若非如此，他也不会被分到搜索连。搜索连编制应该是骑兵，这样才能往来如风汇报军情。虽因战马不够而只能徒步，但理论上毕竟随时可能恢复。

李绍贤使劲勒住缰绳，同时口中啸叫制止，慢慢将马勒住。姑娘惊魂落魄，花容失色，下马后攀住李绍贤光溜溜的胳膊，老半天不松。等反应过来，立即羞涩地放手，越发尴尬。她确实吓得够呛，站都站不稳，遑论行走。怎么办呢？总不能背着她呀。李绍贤劝她继续骑马，可姑娘刚出虎穴哪敢再入。李绍贤道："你放心吧，我马术很好。先前我们家有个看家护院的老武师，据说曾是捻军，跟蒙古王爷僧格林沁交过手。他从不领着我们习武，说是高手六十岁以后都不能再练，而要退火，否则临终会很痛苦。他只教我们马术。使劲拧马鼻子，可以让它安静。还有些特殊口令，就像马能听懂的语言。我给你牵马，保证没事。要不怎么办呢？"

李绍贤牵着马护送姑娘回家。路不长不短，但那种情况下交流有限。快到家时，她情绪平复，下马向李绍贤鞠了个躬："多谢少尉先生。再会。"随即牵着马进了家门。

李绍贤很是奇怪。自己并未穿军服佩戴符号，她怎么知道自己的军衔？可姑娘已去，无法释疑，只能看着她的背影微微摇头。他们家尚未败落的荒唐岁月里，牲口棚中骒马成阵，个个都有槽号。此刻马蹄嗒嗒，不觉让他想起那句诗：何当金络脑，快走踏清秋。可惜呀。春风得意的时间短暂，古道西风的岁月漫长。他长出一口气，这才发觉后背汗透。打球的汗水本已挥发干净，他能清晰地感觉到干结的汗碱，因此缘故又再度汗湿。

第三天上午，有人送来请帖，使者说父亲请李绍贤去吃晚饭。自然，他所谓的父亲，也是前天那位女骑手之父。信使的模样李绍贤似曾相识。他叫马安良，前几天部队接受军政部点验，需要找人顶替应卯，否则各级官长明里暗里吃的空饷就要败露。当时马安良就在他们连队。这种应卯分两种情况。如果点验不严，那就每人每次一枚铜板，在他手心写好顶替的名字，不时看看，听见就答应；如果点验比较严，就要把人领进军营训练两天，再开始应卯。在此期间的报酬自然要按天计算，伙食之外，每天至少也得一枚铜板。马安良这样反应敏捷又识字的年轻人，自然一次过关。不过组织应卯由特务长具体负责，李绍贤跟他并无直接接触，故而印象不深。

六

李绍贤顺手买几样点心前去赴宴。还没进门，便看见夕阳之下海棠盛开的院墙前边站着一位姑娘，天蓝的阴丹士林旗袍外罩月白色短衫，一袭黑亮的长发泼洒其上，如同水墨仕女。正是清水出芙蓉的年纪，她算不上格外漂亮，但充满俊俏与水灵。原本白净的脸蛋见了客人又飞来一层红云，更增风韵。李绍贤使劲眨眨眼才确认，这就是前天的骑手。

自然，她就是马安良的姐姐马毓秀。

李绍贤还没开口，便感觉满脸发烧。老毛病原来并未走远。他心里好一阵恼火，越发找不到开头的线索，只好抬手给她敬了个礼。马毓秀见状突然变得大方起来，对他笑笑点头，算是还礼，口中略带调皮："欢迎少尉先生。请。"事实上，真正将少女之心打动的，既非李绍贤的球场英姿，也非他的果断出手，而是这个不乏尴尬的红脸。仰慕与感激是基础，深埋地下，信赖则是上层建筑，可看可触，更能遮风挡雨。

李绍贤此生无法忘记那场欢宴。充满家庭的温暖。那是民国二十九年（1940）的春天。虽然物价总体上已超过战前的五倍，但在这个未经战乱的镇子周围，农村却呈现出前所未有的欣欣向荣气息。房屋建筑明显增加，路上几乎见不到乞丐。涨价最多的是布匹，超过战前的七倍，但衣不蔽体者极少。再一问，越来越多的人赎回抵押的土地，因为土地收益不断增加。原来吃杂粮稀饭的，现在基本都吃白米干饭。说到底，这一切都是战争的拉动。政府为了抵抗侵略，不得不发债维持。本来农村劳动力大量过剩，而今不仅上阵作战，修公路建机场、运粮输弹，也样样离不开劳工，因而人人都有钱赚。

饮鸩之初，还是能解渴的。当时就在那个阶段。

马家家境殷实，马安良去应卯只是好玩。他们心怀感激，招待格外殷勤。李绍贤跟姑娘交流得也颇为愉快。她是球赛的观众，对李绍贤关注已久。饭后姐弟俩送客人回营，马安良自然而然地落后。因聊得尽兴，马毓秀竟情不自禁，唱了一句《少年的我》：春天的花是多么的香，秋天的月是多么的亮。李绍贤道："你还会唱歌?""读过书的，谁不会唱两句?好坏而已。""你唱得很好。你唱得真好。再唱一曲吧。""不行。"马毓秀手抚辫子，面带羞涩。照在她脸上的月虽是春天的，但也是那么的光洁明亮。李绍贤不觉脱口而出："只恐夜深花睡去呀。"马毓秀一愣："你说什么?"李绍贤喃喃自语般地说："你们家的海棠真漂亮。"马毓秀还是没能反应过来："秋天桂花开了更漂亮。那才真是香雾空蒙月转廊呢。"

快到军营时，两人告别，竟都有些依依不舍。再后来每次上场，李绍贤都会在人群中找马毓秀，而她也总会想方设法地突出自己。或张伞，或持扇。因此缘故，李绍贤在球场上的发挥更加出神入化。突破过人，三步上篮，势不可挡。可惜匆匆一见匆匆而别，两人的交流有限。直到那一天，马毓秀来到军营，抢夺一般拿走他换下来的冬衣，要帮他拆洗，说是母亲的命令。等送走马毓秀回到营房，战友们就开始打趣。徐广吉道："指导员，你可犯了纪律呀。十四项注意，自己洗衣!"有个老兵道："咱当兵的，打仗就是过年。再打一仗，指导员升个中尉再娶个漂亮媳妇儿，双喜临门，我们也好吃口喜酒!"徐广吉道："打仗之后吃喜酒? 也许日本矮子要给你颗四喜丸子吃吃呢。"老兵道："给我吃丸子? 格老子要先喂他龟儿子花生米!"

李绍贤不说话，只是傻笑。

士兵的冬衣换季时都要上缴，冬天再下发。每身冬衣至少要穿两年。但军官不必。他们的服装算是自己购买的。马毓秀将衣服送回来时，李绍贤本能地仔细搜寻，果然有所发现：左口袋里有五十元钱，不是法币南方票，而是五张簇新的关金券；右口袋里有条手绢和一张精美的信笺，印有三希堂画谱的暗纹，上面写着严武的诗作《军城早秋》，不过换了题目，字体是赵子昂的路数：

谢球场飞将军李搭救并赐点心祝胜利亦祈珍重

昨夜秋风入汉关，朔云边月满西山。

更催飞将追骄虏，莫遣沙场匹马还。

李绍贤内心莫名地感动。从小到大，他似乎从未被人如此珍视过。父亲镇日呼卢喝雉，母亲成天云山雾罩，谁都顾不上孩子。身边的人不冷嘲热讽便算是好的。许多嘲讽虽然只针对父亲，可覆巢之下，岂有完卵。战干团的那两个女兵，连里的同事部属，虽然也尊重重视他，但跟马毓秀还是有本质的不同。李绍贤右手将衣服抱紧于胸，左手把手绢贴在脸上，深吸一口气，立即感觉到一股夏初荷塘的清香，伴随着《少年的我》的畅快旋律。

这五十元钱给了李绍贤再见马毓秀的完美借口。他又带着两样点心，前去马家还钱。不过五张关金券虽然完璧归赵，手绢与信笺却悄然笑纳。前者是大人的安排，后者必是孩子的夹带，他当然要珍藏。不在于品类或者价值，只在于那种跟她有秘密的感觉。

李绍贤就此成为马家的常客。马家本有四个孩子，一个毕业于陆军炮兵学校，是第五军的上尉连长，另外一个在西南联大念书。闻听李绍贤的遭遇，老太太对他格外关心，当即认为义子。这家人给了李绍贤难得的家庭温暖。马毓秀的父亲是个老秀才，温文尔雅，颇有酒量，跟新收的义子越喝越对脾气。喝得尽兴，还开口唱两句平剧。老秀才能唱老生，干儿子黑头拿手，正好配戏。

<h2 style="text-align:center">七</h2>

饮鸩止渴，必然中毒。这种虚幻繁荣很快便宣告破裂。起因是民国二十九年（1940）宜昌沦陷，湘米入川的交通中断，大后方随即粮价腾飞。当年年底的粮价比年初足足高出三四倍。国军的一日三餐因此削减为每天两顿。上午九点，下午四点。这还只是个开始。本来正餐的伙食都是三菜一汤，后来不得不合并为一锅炖菜。

因此缘故，逃兵现象越发突出。不过李绍贤值星期间逃兵很少：值星官须赔偿逃兵枪支被装的一半损失。他口碑不错，有心逃亡的都会刻意避开。

老靠四川补充兵源自然不行，还得招兵。此时流民增加，时机正好，李绍贤奉命跟随两位少校前去长沙办理。到达后找个旅馆，在门前挂个红色的三角旗，旗下放两张桌子几把椅子，便进入正题。标准只有一个，五官端正，不要兔唇斜眼光头。《兵役法》中的年龄限制，只能事急从权，便宜从事——招来就算，大小随便。

万事开头难，很久没有开张。观望者不少，报名的寥寥。

中午时分来了两个人，没有衣衫褴褛也差不多，神色倦怠，看样子是历经沧桑的兄弟俩，不是灾民就是难民。李绍贤道："好男要当兵，好铁要打钉。抗战建国，无上光荣。当兵吧。"年龄大的微微摇头。李绍贤笑道："当兵不当兵再说，大中午的，先吃顿饭吧。"

那两人看看旅馆的大门，表情犹豫。李绍贤回头吆喝一声，徐广吉立即用托盘捧出两大碗白米干饭，一盘西红柿炒鸡蛋、一盘辣椒炒肉丝。诱饵早已备好，只等游鱼上钩。

看见饭菜，弟弟立即眼睛发亮，不等哥哥说话，端起饭碗就一顿猛吞。李绍贤道："别着急，慢慢吃，管饱。"哥哥也不由得端起饭碗。刚开始还比较矜持，但很快便顾不得风度，一顿大嚼。奇怪的是，弟弟左右开弓，但哥哥只吃西红柿炒鸡蛋。李绍贤道："吃肉啊，不要客气。"哥哥顾不得看他，只是摇头。李绍贤见状，端起菜盘要倒一些给他，他赶忙朝旁边让。弟弟此时已经吃到半饱，忙里偷闲道："我哥不吃荤。他信佛。"

实实落落地吃个饱，两人才放下饭碗。李绍贤道："当兵吧。当兵光荣，还能吃饱饭。"哥哥依然表情犹豫，但弟弟抹抹嘴舔舔唇道："哥，咱不当兵，还能做啥子嘛。"哥哥嘟囔道："想不到还是川军。"

领到安家费，这哥俩就此重穿二尺半。哥哥叫左春生，弟弟叫左冬生。他们俩的表态似乎是拉开了闸门，后面的事情水到渠成，李绍贤他们带回去了五百多人。

那哥俩最终补进了搜索连。李绍贤心里多少有点儿迟疑。吃素的佛教徒，能上战场打老日？杨汉烈闻听微微一笑："诸葛亮扎草人当疑兵，老日也常恁个干。他总比草人强嘛。有你这样子的指导员，我还怕他不能打仗？"

李绍贤立即找左春生谈话："连队是集体伙食，可没法给你单独开伙。"左春生道："连队的伙食要是有荤腥，谁还逃兵？我不直接吃荤就好。我可以只挑里面的菜吃。"李绍贤道："上了战场，你可得跟敌人拼命。"左春生摇摇头："打老日是大慈悲，不算杀生。"

这哥俩原来都是逃兵。先前的连队干部粗暴，不堪忍受，因而逃亡。但逃兵家属至少要罚十五石军粮，所以他们必须尽快从军，再给家里寄份文书作为凭证。这样家里不会受罚，他们俩还能多领一份安家费。有经验的老兵经常这样，如果实在手头紧张，就去卖个兵，自己卖自己。如此一来，征兵制实际已经悄然改回募兵制。

八

李绍贤跟马毓秀的关系，突破于开拔前夕。

部队开拔之前，要做很多准备工作。比如遣散眷属，处理财物，拔掉自己种的蔬菜，杀掉养的鸡猪，等等。故而李绍贤一进门，马家就知道他要辞行。可李绍贤只知道要走，不知道去哪里做什么。事关机密，干爹干妈并不细问，但军队开拔十有八九是要作战，所以无论李绍贤如何开导疏解，饭桌上还是不免意兴阑珊。

饭后马毓秀送李绍贤回营。海棠花期早过，果实满枝，夜色下如同一粒粒的弹头。两人一路无话。空气像条湿毯子，纹丝不动。李绍贤越走越觉得心里没底，越走越觉得不对劲。他忽然发现，马毓秀的双肩在微微颤动，仔细一听，还有啜泣声。他不由得停下脚步，缓缓靠过去将她抱住。

马毓秀一下子哭出声来："哥，你要答应我好好回来！"李绍贤立即将脸贴上去："妹妹你放心，我一定好好地打，好好地回！等着我。"

马毓秀如梦初醒般惊惶地将他推开："哥，我出自旧礼教家庭。你别这样。有些话请你回来后，跟我父亲说。我，等着……"

九

第二次长沙会战国军的战绩一般。很多部队被打垮。包括七十四军这样的绝对主力。很大程度上是因为指挥失误。日军已经破译我方密码，而各支部队依然根据长官部的命令全速急进，结果迎头遭遇张网以待的日军。该军五十七师师长廖龄奇甚至都被枪毙，虽然事后证明实为冤杀。

绝对主力如此，川军岂能独免。李绍贤虽在搜索连，也同样经历血战。因来了新兵，李绍贤在战前的政治训练中着重强调了战场知识。每次攻击前，鬼子都会火力试探，机枪哒哒哒来个短点射。如果还击是哒哒两声，这就说明对手训练有素；如果还击是哒哒哒哒甚至更多，则判定对手训练很差，不懂控制节奏，可以轻视。

李绍贤道："鬼子哒哒哒三下，啥子意思？是问咱们怕不怕。咱们哪个回答？当然只有一个答案：不怕！所以只能两发子弹。要是连续四发子弹，那不成了怕怕怕怕吗，哪个得行？"

公路全部破坏，以阻止日军的机械化开进。但战争的成本无论拐多少弯，最终还是在百姓肩上，泥泞之中的零星棉被与稻谷便是明证，鬼子竟抢它们来垫路。走着走着，忽见公路两侧每隔五十米插有木棍，上面悬着白纸条，不知何意。李绍贤跟杨汉烈合计合计，判定为鬼子指示坦克开进的标志，立即下令全部拔掉。

搜索连最激烈的战斗，碰上的也是搜索部队。徐广吉跟两个兵出去侦察，发现树林里有一队鬼子，正悄悄地解背包。他们俩赶紧跑回来报告。杨汉烈跟李绍贤对对眼神，明白他们已经被鬼子发现，即将遭遇攻击。冲锋之前放下背包轻装，是老日的习惯程序。冲锋成功后尽可取回，不成的话十有八九会丧命，而黄泉路上用不着背包。

杨汉烈立即命令全连展开。临时配属给他们的机枪排到左前方的小高地建立阵地，组成侧射火力，两个排一左一右，另外一个排控制后方阵地形成纵深。

本来是三不打：打不着不打，瞄不准不打，打不死不打。等鬼子进入有效射程，再瞄准击发。但杨汉烈命令部队，连同左前方的机枪排，刚开始都不要射击。等鬼子进入主阵地的三十米左右，全部士兵先扔手榴弹，此后仍不射击。鬼子若继续冲锋，就起身拼刺刀；如果后退则全部火力包括机枪阵地一起开火，实施火力追击，最大限度地杀伤敌人。

军官按照规定配备驳壳枪，亦即自来得。中尉至营长配长筒连发的，少尉排长配长筒单发的，特务长的只能短筒单发。当然都属于公物，要根据价款按月扣除押金，将来升迁调转离开部队，再还枪退钱。李绍贤刚下部队，还是少尉，腰间长筒单发的自来得手枪射程短，于是也准备好了手榴弹。川军装备的都是土造的麻尾手榴弹，样子像大头菜，后面带着长长的绳子，悠荡几圈再脱手，便嗖地一声飞进敌阵。

鬼子悄悄接近，然后开始冲锋。还有老长的距离，他们便大喊大叫，希望引起对手的紧张，过早地扔出手榴弹，他们捡到后顺手掷还，正好在对方阵地凌空爆炸。搜索连当然不会上当。大家都稳稳地趴着，等待连长起身发令。徐广吉恰好在李绍贤旁边。他拍拍李绍贤胳膊，轻声道："马上就好，马上就好。"这是句常用的双关语，起初搜索连是骑过马的。李绍贤对他吃力地一笑，感觉手心出汗。下部队之后，搜索连职责所系，跟鬼子多次接触，但都是浅尝辄止。故而这虽非处女战，也差不许多，他心里还是觉着有点悬。打出十二环的靶子跟直面鬼子兵完全不是一码事。鬼子可不是死靶子，而是活魔鬼。

部队保持疏开队形，沉默着隐蔽等待。杨汉烈看看情势，忽然起身喊道："打！龟儿子！"随即扔出第一枚手榴弹，全连也跟着乱丢。然后是第二阵弹雨。本以为鬼子会继续冲锋，大家的刺刀已经上好，但他们却没有这个勇气，转身就跑。此时各种火力一齐开火，正好打击他们的后背侧方。阵地前面随即鬼哭狼嚎。

手榴弹脱手的那个瞬间，李绍贤如释重负。等打完一个弹夹，这才恢复平常，意识到鬼子已经跑出射程。打退这个攻击波，搜索连竟然只有一死三伤，而看得见的鬼子尸体至少有二十具。全连兴高采烈，士气空前高昂。杨汉烈命令几个兵出去搜索敌尸找文件情报，顺带割耳朵回去报功。这并非必须的手续，可杨汉烈担心别人议论。他跟李绍贤都非行伍而是学生出身，他又是总司令的儿子。鬼子肯定还会攻击，至少要抢尸体。绝不给他们留下完整的尸身。必须打击他们的士气。

最初的规矩本来是割敌人的左耳，所谓"聝"；"取"字也有此涵义。但秦军改为割取右耳，大概因为从军者地位越来越低，很多人被俘虏过，左耳已经割掉。杨汉烈下令左右全割。也不能怪一线部队虚夸战果，无论战区还是军委会，都希望用更大的战绩向上级与社会交差。并非骗取功勋，主要是鼓舞士气。徐广吉和几个胆大的兵赶紧翻出阵地，一边割耳朵一边搜索战利品。枪支、刺刀、钢盔、手榴弹，当然，还要搜敌人的口袋，看看有无文件以及贵重物品。这个距离敌人的轻武器够不着，炮火准备又需要时间，他们可以放心大胆地搜罗。

按照规定，武器归公，文件上缴，但个人物品比如钢笔钱币手表，登记之后返还缴获者。徐广吉的收获不小。几张日元与号称能兑换法币的流氓军票、一支钢笔，还有两包蓝色的三剑牌香烟，外面印有金色的御赐字样。他一边给大家散烟，一边用四川话唱道："大头菜，真好吃，日本鬼子吃不了。不是肚子来涨破，就是双脚忙脆倒！"

阵地上哈哈大笑。杨汉烈也咧着嘴直笑。李绍贤道："编得好！庆功会上你再唱一遍！"

十

日军《步兵操典》第一条开宗明义：以火力压倒敌人，以冲锋摧毁之。第一次攻击是要突袭，因而没用炮火准备。已经吃了大亏，知道国军有警，鬼子便开始老套路：先炮轰，然后机枪掩护，全力进攻。

主阵地前方的机枪排，当然是他们打击的重点。

搜索连缺乏重武器，只能以血肉之躯抵挡。等敌人攻入射程，再开枪还击。几个回合下来，机枪阵地随即被毁。

机枪排本来装备仿制的马克沁重机枪，每个班满编十八人，机枪两挺，步枪两支，班长手持冲锋枪。每挺机枪由六个士兵操纵，火力很猛，一盘子弹二百五十发，像泼水一般，但比较笨重，冷却水就有四公斤，射击时间太长枪管还会变形。因淞沪会战成绩突出，一三三师得到优先整补机会，更换了部分新式武器，这才有了风冷式的捷克重机枪，怎么打枪管都不会变形，鬼子有时都会抢着用。不仅如此，它还可以用于高射。如果使用钢芯弹亦即破甲弹，九十度正面射击能穿透老日的轻型坦克装甲，因而无比金贵。搜索连当然没有机枪排的编制，这是临时配属给他们的，并非全排，只有一个班。

机枪排长已经阵亡。两挺重机枪，副班长带回来一挺，另外一挺因为班长和三个射手相继阵亡而落在阵地上。比起生命，国军更爱惜装备。这是惨痛而且严酷的现实。这挺捷克式机枪若有损失，连长自然要承担责任，无论他是不是总司令的次子。即便秋后算账可以不赔，击毙敌兵二十二名的战绩也要打折扣。所以无论如何，得把机枪抢回来。

杨汉烈喊道："哪个能去把重机枪抢回来？抢回来赏洋二十！"

无人应声。机枪阵地向来是鬼子火力的重点方向，又是重机枪，轻易拖不动。二十块钱很美，但并不好赚。

杨汉烈看看左春生。左春生虽是弹药兵，但机枪排的士兵全都受过射击训练，作战期间依次递补，直到弹药兵。阵地配备有观测手，射击要听他们的指挥。口令是"预备三十发"就打三十发，是"扫放"就不间断地扣扳机。左春生上去之后，观测手已经阵亡，他按照扫放的路子，一口气打了八九十发，震得浑身疼痛，耳朵直流清水。此时又来一炮，最后一个弹药兵被炸翻，无人整理子弹带，他随即逃出阵地。

左春生看见连长在说话，但听不清说的是啥。他虽是弹药兵，但副班长负责另外一挺，此情此景，他只怕跑不脱。反正有《革命军人抗战连坐法》，杀头不杀头，连长一句话。于是虽未听清，也赶紧表态："报告连长，我愿意去抢机枪。可机枪恁个重，我一个人肯定拖球不动，要不刚才就会拖回来的。你看啷个办嘛。"

还是没人自告奋勇。搜索连的中尉副连长、少尉附员以及排长，都是行伍出身。杨汉烈看看李绍贤，没有说话。李绍贤略一思忖："我负责指挥。再派三个兵来！"

李绍贤指挥左春生跟另外两个兵前去抢机枪。按照约定，抢回机枪直接朝右后方撤退，不回主阵地。他们几个人跃进卧倒匍匐前进，慢慢爬到目标附近。几经轰炸，遮掩物已经荡然无存，机枪孤零零地暴露在敌人的火力之下。他们刚一冒头，根本够不着机枪，便已经引来弹雨。子弹射到重机枪的金属枪身上，叮当作响。

怎么办呢？李绍贤灵机一动，让左春生他们都解下绑腿，分别拴块石头，朝机枪那边使劲一抛，利用惯性将机枪缠住，一点点地朝回拖。一次又一次，蚂蚁搬家一般，终于把机枪拖出敌人的火力控制区，然后匆匆拆解，大家背着撤退。

机枪虽已到手，但耽误了不少时间。最终李绍贤他们没有脱出敌军的包围。见势不好，他们拉开机枪匣盖，放进手榴弹引爆，又扔掉随身武器，并撕去了领章符号。

左春生口中一直喃喃自语，轻轻诵佛。即便射击时都不例外。被俘当晚立即遭遇审问，期间他依旧诵佛不止。鬼子问道："你是和尚？"左春生道："不是出家众，而是在家众。信佛，但没有出家。""佛家不杀生。你一个士兵信什么佛？""保家卫国不是杀生，是大慈悲。""大日本帝国发动圣战的目的，是把白种人赶出亚洲。亚洲是黄种人的亚洲，亚洲人的亚洲。我们共同的敌人是美国英国荷兰。日中提携，建设亚洲，难道不好？""嘿好。可这里是中国湖南，不是美国荷兰。"鬼子略一愣怔："佛教徒当兵，肯定是受了欺骗强迫。你只要声明是被抓的壮丁，皇军马上给你自由。""佛弟子不打逛语。我参加一三三师是自愿的。他们做的那顿饭嘿好吃。""你不怕杀生，吃不吃荤？""我不杀生，也不吃荤。"鬼子啪地一拍桌子："八嘎！你肯定是个假和尚。"随即打开一盒罐头鱼，用手抓着使劲朝左春生嘴里塞。

见了罐头鱼，李绍贤不觉满口生津。他饿得够呛。但左春生的嘴巴像城门一般死死闭住。鬼子大怒，使劲塞，使劲摁，使劲骂，突然又一声惨叫。

左春生没能咬断鬼子的手指，一把雪亮的刺刀已经刺入他的胸膛。鲜血从口鼻中流出，但他吐出罐头鱼，依旧喃喃自语，从口型上看，还是诵佛。他看着李绍贤，面带微笑，几乎看不出愤怒，只是很快便皱起眉头，看来疼痛已经传导开来。一切传导都需要时间。正如抗战的艰辛传导到士兵的饭碗，用了差不多四年。

作战期间，俘虏又多，无法详细审问。杀掉左春生，鬼子的怒气消散大半，顺手将李绍贤他们关了起来。进去一看才知道，国军俘虏不少，很多人已经跟随鬼子行动一年有余。

老俘虏已经赢得鬼子的信任。他们经常有前敌侦察任务，接近汉奸。新抓的俘虏鬼子信不过，只让他们抬运物资。李绍贤跟随鬼子走了两天，情况约略掌握，决心逃亡。

俘虏营的戒备相对松懈。每天晚上虽然都有哨兵，但他们轻视国军，只有单独的步哨而没有游动哨。不仅如此，鬼子习惯于坐着放哨，因而哨兵经常打瞌睡。李绍贤乘着夜色，带着他的两个下属以及另外三个兵，杀死岗哨，抢得一条三八大盖，胜利逃亡。

十一

一月不见，马家的桂花已香气袭人，老远就能闻见。红色的海棠果稀疏零落，正好映衬桂花金黄的密密麻麻。马毓秀坐在桂花树下，手持一本张恨水的《冲锋》发呆。李绍贤慢慢走近，看着她只是傻笑而不说话。好像要重新判定马毓秀这个人，以及彼此的关系。他要看看这场秋风般的生死别离，究竟是吹落了海棠，还是吹开了桂花。他很庆幸终于没有红脸。他看见马毓秀扔下《冲锋》，右手捂住嘴巴，想要起身，却没有成功。她流下眼泪，扶着桂花树慢慢起立，张开嘴大叫一声，喊的却不是哥哥，而是凄凉而又惊喜的两个同音字："妈妈!"

李绍贤也流泪看着对方，两人都呆呆地不说话。他终于确信自己并未看错。马毓秀确实算不得多么漂亮，可那又有什么关系。何须浅碧轻红色，自是花中第一流。

干妈出来打破僵局。她惊叫一声，拉住干儿子的手，拍拍他的胳膊，摸摸他的脸，好像要检查一件劫后余生的青花瓷器。那个时刻，她心里眼里浮现的，不知道是一三三师搜索连的少尉政治指导员，还是第五军炮兵团的上尉连长。那天晚上马老先生跟李绍贤喝得尽兴，起身给他题赠一幅对联：千杯不醉，一战成功。老秀才都有馆阁体的基本功，但这幅字却是狂草，很对李绍贤的胃口。可尽管如此，他还是不想跟干爹配戏，还是希望早点结束家宴。没有军务在身，他只是等待妹妹送他回营。

圆月高悬，人情美满，脚步轻快，起初两人都不说话，好像不愿意惊扰呢哝秋虫的缠绵。还是马毓秀先开的口："哥哥！"

"嗯。"

"哥哥！"

"我听着呢。你要说什么？"

"不想说什么，就想多喊两声哥哥。哥哥！哥哥！"

"给我唱首歌吧。"

"你想听什么？"

"这么圆的月亮，这么香的桂花，我想听《月圆花好》。"

"我才不呢。你是喜欢周璇吧。"

"我才不呢。周璇又不是我妹妹。"

马毓秀清清嗓子开了口：

浮云散，明月照人来。

团圆美满，今朝最……

李绍贤觉得马毓秀的歌喉胜似周璇。那天晚上，先是妹妹送哥哥回营，然后是哥哥送妹妹回家，如是者三。

一二

士兵没枪回不成部队。枪款他们赔不起。但毁掉武器是执行命令以免资敌，一切自有指导员负责。李绍贤报到之后，没有扣除配枪的押金，同时还被升为中尉。看来上峰跟杨汉烈对这个指导员都挺满意。战场表现不说，那五个兵也有含金量。按照规定，中尉可以配发长筒连发的驳壳枪，但李绍贤却申请了一支带刺刀的冲锋枪。这枪枪管长，火力当然比驳壳枪猛，一般是步兵班长的装备。照理搜索连应当配备马枪亦即卡宾枪，但因为没有战马，只能当步兵使用，卡宾枪也就不能指望。

李绍贤值星时夜间查铺，连续两次看见左冬生梦中落泪，便抽空找他询问情由。原来左家两兄弟都不是抓来的壮丁，而是自愿投军。四川本来实行适龄壮丁直接抽签，因为很多中签者逃亡，去年便改为间接抽签，乡长保长代替抽签之后并不立即公布，最后带着保丁上门抓捕。这样逃亡现象减少，但弊端空间增大，却也没有办法。他们家有五兄弟，虽有五丁抽二的规矩，却也不是非当兵不可，完全可以买壮丁，每人最多一千斤棉花，或者三十石稻谷，左家出得起。但他们愿意为国效力，便没跟保长讲价钱。先前也是在川军，二十九集团军四十四军一四九师。总司令王瓒绪本为杨森的部下，后来反戈一击投靠刘湘。跟二十七集团军类似，这支部队基本也是王家将、西充子弟兵。军长兼师长王泽浚是总司令王瓒绪的次子。这个部队的连长太坏，他们不想继续待下去，便逃了兵。而今哥哥战死，连个尸体都见不着，更别提安葬，他心里自然会有物伤其类的手足之痛。

这是当年常见的仇恨。浓稠而无法稀释。所有的安慰都是那么的苍白。你只有将你的伤口袒露出来，让他看清你伤得更重，至少不次于他，才能略微纾解。对于这哥俩，李绍贤总觉得心里有愧，仿佛是自己将他们诱骗入局的。他只好将自己的家世作为解药给了左冬生。相形之下，他确实比左家更惨。因他是满门覆灭，两个出嫁的姐姐本来也不再是李家人。当然，他没有告诉左冬生，父亲的死对于他而言，并非痛苦的开始，反倒是耻辱的结束。他舍不得的只有弟弟妹妹。甚至对母亲他都没有多少同情。他总是不近人情地强硬推定，父亲的沉沦堕落与厚颜，母亲也有一份责任。

这话在很大程度上宽慰了左冬生。李绍贤跟杨汉烈说好，将左冬生调到连部的指挥班，作为自己的勤务兵。连长手下除了专职的勤务兵，还有三个传令兵。指导员只能配个勤务兵兼传令。当然无论配属给谁，编制都在八名通讯兵中。指挥班即连部班，在调整师的编制表上有射击、观察测绘、军械维护、工程爆破四名教习军士，以及文宣军士、主计军士各一名，另外有两名救护兵、八名通讯兵。川军当然达不到这个标准，编制上的六名军士通常只有三名，文书上士、军需上士和军械上士，此外都是列兵。以通讯为主，实际就是传令班。

虽是勤务兵，但左冬生并不需要帮李绍贤背冲锋枪和水壶。

安顿下来之后不久，李绍贤跟马毓秀订了婚。连长杨汉烈以媒人的名义向老秀才求婚，不是马到成功，而是到马成功。马家对这个女婿非常满意——兵荒"马"乱，闺女留在身边，至少是个心理负担。嫁出去就算任务完成，以后的路只能给她祝福。

此事部队当然不干涉。慢说明媒正娶，就是讨小老婆甚至私自姘居也无所谓。这在镇子上并不罕见。很多官长都在干。所谓娶抗战夫人。而总司令杨森本来便以妻妾成群而闻名。他对妻妾实施军事化管理，号称杨家十二钗，无论丑闻还是笑谈，人家只是不以为意。

双方约定三个月后成婚。眼看婚期在即，战争忽然再度打响。这就是第三次长沙会战。刚刚消停不到三个月，鬼子便再度磨刀霍霍。因日本突袭珍珠港之后立即进攻香港，国府随即对日宣战，同时下令攻击华南的日军二十三军，策应香港。武汉日军十一军司令官阿南惟几发觉第九战区和第四战区有部队南调，也决定出手，予以牵制。

日军南下之初，湘北国军先展开抵抗，迟滞其攻势，然后顺势向两边闪开。等他们打到长沙附近，各路部队向心集结，形成四面包围。这就是第九战区司令长官薛岳所谓的天炉战法。实质是后退决战、争取外线。因老日的作战思路向来是攻击第一、包围第一，所以要针锋相对，展开反包围。为雪前耻，薛岳发布了遗嘱通电，预备第十师师长方先觉也给妻子写了诀别信，哀兵之气高昂。

这次作战二十七集团军成绩不错，副长官兼总司令杨森晋级上将。国军有正式和临时两种军衔。正式军衔经过铨叙厅铨叙，即叙任军衔，是永久性的任职资格，由国民政府颁发，格式为军种加军衔；临时军衔是职务军衔，由军委会颁发，随职务而变动，格式为职务加军衔。抗战期间，将官的铨叙军衔被降的不少，像白崇禧和陈诚在桂南会战之后都由一级上将降为二级上将，但晋升者寥寥无几，即便杜聿明王耀武这样的战将，军长当了好几年还都是少将。杨森之所以能晋衔，是因为二十七集团军有两项赫赫有名的战绩：在新墙东南的长胡镇夜袭日军辎重兵第四十联队，击毙其联队长森田启宇；在影珠山成功歼灭日军的接应分队，掐断了大队日军的退路。

影珠山位于长沙以北约八十里，是长沙与汨罗的界山，南北走向，分东西两座。山上道观寺庵遍地，据说有四十八座。虽然并不是很高，但地处冲要，位置关键。当地有民谣曰：影珠山，离天三尺三。人要低头过，马要卸却鞍。对于这个民谣，阻击的国军跟逃跑的日军都有深刻体会，李绍贤尤甚。这次战役搜索连大有功劳，李绍贤还受了伤。但不幸的是，他并未因此而升级受勋，反倒身染怯战逃跑的嫌疑。因他伤的不是地方，在后背之上。

军长杨汉域资历太浅，二十军当时接受滇军五十八军军长孙渡的指挥，扼守影珠山，以掐断日军向新市、长乐街逃跑的咽喉。各路国军纷至沓来，第三师团和第六师团四面楚歌。因是策应作战，老日携行的粮秣弹药基数都有限，打到长沙附近时香港已经攻下，理当回头，但阿南惟几却不知收手，结果偷鸡不成。危急之下，独立第九旅团奉命南下救援。他们派第四十大队的大尉中队长山崎茂带领一支人马组成山崎大队，突然楔入国军阵地，占领了东影珠山的制高点。

警报传来时，李绍贤刚刚打扫完战场，南下归队途中。打击辎重兵，收获自然大，李绍贤亲手缴获了八卷电话线，每卷一千米。这玩意儿可是宝贝。前方作战的营连，战况激烈又没接到撤退命令时，最怕见到通信兵收电话线。这往往说明，指挥部要撤退，至少要后移。国军通信层次低，电话远不如日军畅通。电话线都贴着地面，不敢设置电线杆，但即便如此还是经常遭到破坏。不是被汉奸或者鬼子的尖兵悄悄割断，就是被专门训练过的军犬给咬断。故而电话线也是国军的稀罕物件。回去上缴，肯定有赏。

李绍贤还同时缴获了两份袋米、一本鬼子日记。袋米是士兵的口粮，米吃完之后，米袋可以当袜子穿。日记本上有首汉诗：

长江之水向东流，中国河流永不休。要想中国不抗日，除非长江之水不再流。

字写得不错，看得出来略有书法功底。李绍贤感觉这个日记本比八卷电话线还要金贵。下回政治训练课的内容，都在里面。来不及品味细想，立即执行命令，将缴获集中掩埋，做成坟包的形状，树个假的阵亡军人木牌，然后南下归队。他们是埋伏于后方的奇兵，任务已经完成，而主力在南边正打得如火如荼。为安全起见，国军正式的补给仓库都在铁路公路两侧三十里之外，这样不方便敌人，也不方便自己。因而二十七集团军在道路两侧设有不少小型秘密仓库，外表都是这样的坟包。

一三

山崎大队的突袭，让二十军跟五十八军万分紧张。这可不是开玩笑，而是刺向心脏的尖刀。打击如此突然精准，五十八军新编第十师师长鲁道源一度只身遁走。因为前线部队两面受敌，无法抽出兵力扑灭，军部师部直属队只能临时救急。

军部师部的直属队，工兵特务搜索辎重通信营连，纷纷赶鸭子上架。这其中作战能力比较强的，首推特务营连，他们装备最好，平常司职警卫，更兼护旗，其次就是搜索营连。战力弱更兼临时抽调，彼此缺乏协调，攻击能力尽可想象。

李绍贤他们匆匆加入作战。鬼子的枪声是噶砰，国军的则是哒哒。还有啯啯如同土炮那样的动静。那是老式土造步枪磨掉膛线后的效果。尽管杨森所部更换过装备，但并不能保证人手一支。士兵们都很讨厌这种声音。子弹射出去既缺准头，杀伤力也弱，还不如大刀过瘾。粤汉铁路也是国军的破击重点。部队扒掉钢轨，打了不少大刀。

可大刀只能用于近距离格斗。如何接敌是当务之急。山崎大队的兵力不多，后来上报的战果是五百人。根据国军惯常虚报的程度，推测实际兵力当有其半。但他们不止步兵，火力很强，有大炮还有化学武器。当此情形，国军要正面仰攻，难度超乎想象。

机枪泼洒子弹，炮弹掀起一片。李绍贤瞄准击发，接连打死几个机枪手，也不过是杯水车薪。国军已无退路，只得奋勇向前，鬼子随即施放化学武器。他们位置高，而毒气比空气重，会缓慢下沉，正好杀伤国军。

化学武器国军已不陌生。一共五种，窒息型、中毒型、糜烂型、催泪型、喷嚏型。为掩人耳目，老日称化学弹为特种弹，毒性最强、国际上严格禁止的窒息型毒气则被称为特种烟。看见颜色，大家便知道是窒息型毒气，武汉会战期间老日开始使用，受过伤害的俘虏一个不留，全部杀掉。

号兵立即根据长官命令吹响防毒号。杨汉烈招呼全连用毛巾沾水堵住口鼻，尽量往高处爬，同时派人在下面点燃山草，以火攻毒。

已是冬天，柴草干枯易燃。火熊熊而起，将毒气冲入高空。威胁解除，继续攻击。但这样正面仰攻，直接以肉体承接子弹，伤亡大而效果小。李绍贤决定带一组人马，绕路侧击。

徐广吉和左冬生都跟着李绍贤，去抄山崎大队的后路。这本是敌我双方都很常用的手法，也是战争的通行规则。李绍贤觉得很有把握，却不意正好进入网罗。前面眼看就是敌军的阵地。他带着大家悄悄朝上爬，准备最大限度地接近，先扔手榴弹解决一批，然后冲锋。爬着爬着，草丛里突然响起机枪，李绍贤后背中弹，两颗。

李绍贤顿时昏迷。鬼子的机枪阵地隐藏极好，交叉火力左右侧射，他们自投罗网，在劫难逃。包括徐广吉和左冬生在内，这组二十几人的小分队全军覆没。有些人见势不好，转身就跑，结果还是被纵深布射的机枪子弹捕捉杀死。

李绍贤很久之后才苏醒过来。他一点点地爬下去，捡了条命，但怎么也洗脱不去逃跑的嫌疑。军人伤在前胸是荣耀，伤在后背不是耻辱至少也是问号。担架兵甚至都不愿意抬他。师部有医院跟卫生队的编制，卫生队战时就是担架队。

战地裹伤所简单处理之后，先抬到总部驻地平江，由总部医院治疗。李绍贤伤势很重,言语不便,自然无法多说。事实上没有人相信他的解释。这种情绪传染极快。接到杨汉烈通知匆匆前来探视的马毓秀都受了影响。她蹲在床前,看着李绍贤,满眼泪花,满面怜惜,满脸遗憾,甚至还有谴责:"哥,你怎么……"李绍贤虽然失血过多,但依旧感觉脸上发烫。他竭力说道:"妹妹,你要相信我,我没有逃跑。""哥,我……相信你。你是球场上的飞将军,也是战场上的飞将军。你肯定不会逃跑。"李绍贤微微叹气,双眼一闭,耳边随即传来马毓秀轻轻哼唱的歌声,是《五月的鲜花》:

五月的鲜花,开遍了原野,鲜花掩盖着志士的鲜血。
为了挽救这垂危的民族,他们正顽强地抗战不歇……

从师到集团军总部,虽然都有医院编制,但收治能力普遍很弱,药品严重缺乏,医生人手也有限。医院周围坟丘累累,几乎是坟场的代名词。小病拖大,大病拖死。总部医院看看不能处理,赶紧派人送往长沙。那里有著名的湘雅医院,更有专门的重伤兵医院,病房都以英烈人物命名:岳飞室、史可法室、文天祥室、袁崇焕室、颜杲卿室、戚继光室、俞大猷室、李牧室,等等。李绍贤做完手术后发现,唯独自己住的病房没有门牌。

这就是后背受伤的代价。

李绍贤感觉无比憋屈,无比愤怒,但却无法申诉也不能抗议，甚至连解释的机会都没有。因为从来没有人当面指责过他。从老部队到重伤兵医院，都没有过。伤病员进医院治疗，需要部队开具伤票。给他开伤票时，师军医主任曾经问过伤在脊背的原因。一般而言，各级指挥官对这样的伤员都比较警惕，都有所怀疑。对于李绍贤的解释，军医主任不置可否，只是关照担架兵让他的头略微朝下，以便控出淤血。

那时李绍贤在清醒与糊涂之间不断转换。他深刻地记得中校军医主任的脸。那张脸上的表情告诉他，自己受伤的后背必须一直背着这口黑锅。

一四

公路彻底破坏，粤汉铁路长沙以北都不通车，一切都靠两条腿。李绍贤辗转送到重伤兵医院时，伤口已经严重化脓，情况颇为危急。他依稀记得，护士高洁莹亲口为他吮吸脓液。伤口疼痛难忍，他顾不得感动便已昏死过去，只是在昏死之前的瞬间突然想起了当初那个伸手救他的女兵面容。仿佛那两个枪眼是通向记忆的门洞，但被脓液阻碍淹没。他像当时伸手抓住旗杆那样使劲瞪眼，以便抓住那灵光一现的记忆，但却没有成功。唰啦一下，仿佛蜡烛被风吹熄，眼前又是一片黑暗，伴随着死亡的惊恐与再度失忆的遗憾。相形之下，他似乎并不多么担心肉体生命的灭失，更担心在死亡的路上记忆空旷。如果再度遗失她的面容，那将是何等的遗憾。

疼痛催醒神经。再度睁眼时已经下了手术台。眨眨眼睛，找不到那个女兵的印象，但闭上眼却能依稀看见，只是不甚清晰。他每天都期待着换药。只有那个时刻，他才能跟高洁莹说几句话。或者一句话都不说，就是侧脸看看她。后背有伤，他只能趴在床上，趁她进门之初看看她一闪而过的脸，以便巩固记忆。

没错儿，李绍贤几乎认定她就是当初那个女兵。高洁莹摇头一笑："我没进过战干团，也从未去过河南。你的伤很重，记忆混乱也是正常的。"说完对他点点头便起身而去。她的态度无可挑剔，热情中带着天然的距离。在男人成堆的环境中，护士总会被人无端纠缠。而这样的套磁，实在不高明。

病房墙脚处有个老鼠洞。经常有老鼠爬出来。李绍贤扭脸趴在床上，无意间成为监视者。老鼠躲躲闪闪地出来的神态，总让他瞬间被耻辱充满。这关于父亲，也关于伤痕。当年穷困至极，父亲鸦片断顿，几乎死去，有几只老鼠也蜷缩在他房间的墙脚抽搐，见人不走，因也犯了鸦片瘾。眼前这只老鼠没有嗜好，可它多像迂回侧击失败的自己。你以为神不知鬼不觉，其实人家早有提防。他确实是捡回来的一条命。有粒子弹击中时，他应该正好在吸气瞬间，心脏收缩，子弹伤在肺叶中间。当时若在呼气，就会击中肺脏，他绝无生理。李绍贤守株待兔般地等待老鼠时，脑海里经常想起高洁莹的这番话。老鼠不会经常来，那个黑暗的洞口会慢慢明亮，浮现出当初那个女兵，或曰高洁莹的脸庞。都说世间没有两片完全相同的树叶，但李绍贤总是固执地认定，两人的相貌高度相似，甚至就是孪生姊妹彼此失散。直到后来热度降低，体温恢复正常。那时他会慢慢想起二人的不同之处。她们的模样确实很像，但还是有所不同，最主要的差别在于微笑。那个女兵的微笑如同暮春午后的阳光，爽朗透彻，而高洁莹的微笑却总像秋夜的圆月，带着若隐若现的淡淡忧愁，乍暖还寒。他第一次这样说时，高洁莹一愣，好像被突然说中心事，片刻之后才恢复常态："我能有什么忧愁？要说有，也就是中国人的忧愁中华民国的忧愁。国仇家恨。"

原来高洁莹虽然年轻，却已是未亡人。她的丈夫是哥哥在中央航校三期的同学，两人都是飞行员，先后在西北军将领孙桐萱的弟弟孙桐岗、石友三的弟弟石有信手下工作，已相继战死。算起来他们的夫妻生活还不到一周。七七事变发生前两天，亦即民国二十六年（1937）的七月五日，国府已经得到相关情报，淞沪警备司令部与空军都接到应变通知，她丈夫的中队随即前进到周家口机场，亦即空军战神高志航后来被炸牺牲之处。彼时不知何故，后来才明白原委，但最终并未出击，白白耽误了婚期。

自从战争打响，她丈夫便不再谈及婚事。高洁莹征得父母同意，赶往南京催婚。抵达当日，见到了许多苏联飞行员，他们称为俄国飞行员。丈夫对他们格外敬佩。不仅仅因为空战技术，更因为伙食。本来中苏飞行员伙食标准相同，每月四十元，但苏方认为太高，最后单方面降低十元，尽管都由国府负担。这些话高洁莹根本没听进去。她看着丈夫的脸出神。那时她哥哥已经战死在广德上空。她说："我大老远跑来，你就不能说点别的？""当然啊，我还想跟你说说他们的伤亡率。""我不关心他们。我只关心我们。我知道这很自私，但现在我心里确实容不下别的东西。满心满脑都是我们的婚期。""洁莹，空战的危险，你是不知道。我们每天出任务，上飞机之前，都会跟机械师开玩笑说，今天等待我的不知道是清蒸还是红烧。清蒸是落水，红烧则是起火……""所以我们才要赶紧结婚呀。我已经失去哥哥，不想失去丈夫。你对中华民国的责任是飞行，对我的责任就是结婚。哪一样都别想逃避。"

这场婚礼惊动了第一夫人。航委会秘书长宋美龄亲自主婚，为他们举办了战场婚礼。当然，高洁莹不能住进机场的飞行员宿舍。她在南京励志社住了一周，便遵照丈夫的意思回到湖南。再后来空军残部撤到武汉，有一天中苏联手送给日本所谓天长节一个丰厚的礼物，击落敌机二十七架，此后一个多月武汉没有遭遇空袭，但她也彻底失去与丈夫的联系。

一五

那一年的物价总体水平已经飙升到战前的十三倍。金属涨价最多，十八倍开外，布匹其次，有十七倍。粮价涨幅相对小些，也有十三倍之多。因物价上涨太猛，大后方不得不实行田赋征实。按照战前平均每石五元的水平将田赋折合成粮食征收。否则不但粮价也要飞，为军公教买粮而增发的货币还会进一步吹大气球。

陆军的伙食当然要等而下之。本来每人每天大米二十四小两，亦即一斤半，那时又减了二两。相形之下，重伤号的伙食标准简直就是帝王待遇。每人每天三十六小两；部队每日两餐，重伤号则每日五餐，能吃到牛奶鸡蛋。这还不包括慰问时的犒赏馈赠。

李绍贤的身体飞速地复原，陪同高洁莹散步的时间也越来越多。高洁莹的家就在旁边，当然也是逃难来的。她本是岳阳人，离岳阳楼不远，以前随时可以看到这副对联：千年湖山归眼底，万家忧乐到心头。鬼子打来之后，她们避居长沙，侥幸躲过了文夕大火。

高洁莹的同学还没毕业便已经出现分化。男生去延安，女生嫁军官，她就是例子。大哥航校毕业之后，二哥高德颐也考取了中央军校，那时已是第十军的中尉作战参谋。当初她要出来工作，母亲极力反对，担心她的安全，而医院危险小离家近，彼此两便。那时政治部经常放电影，招待伤兵也是发动民众。李绍贤跟高洁莹一起看电影的机会很多。起初算是护士照顾重伤号，后来约定成俗。这在男女比例严重失调的地方，自然会引起嫉妒。不时有人背后指指点点，说李绍贤是无名病室的伤号，是逃兵。当然，他们从不当面说。李绍贤心里很清楚，但找不到机会反驳。三月三日天气新，长安水边多丽人。长沙水边既有丽人，还有独特的风俗，用地菜煮鸡蛋吃。那天高洁莹给李绍贤带来一份儿，两人聊到很晚。李绍贤道:"我真不是逃兵。我背上的伤是匍匐前进时遭遇伏击的结果。""我们眼里只有伤员病人,没有英雄或者逃兵。病室分配不是我们的工作。那是政治指导员室的安排。""可我真的不是逃兵啊。"李绍贤突然意识到跟高洁莹交谈时自己从未窘迫红脸。"我们在你背上取出来的子弹是不是日军的?只要是,那你就值得尊敬。""我确确实实没有逃跑。"高洁莹朗声笑道:"你有完没完?你不觉得这无聊吗?你的伤势已经好转很多,以后我不能再这样照顾你。我得去照顾别的伤号。"

月光如霜,照得李绍贤心里发冷。高洁莹嘴角依旧挂着惯常的微笑,但其中的淡愁与轻寒更加明显。李绍贤感觉自己浑身发热。他很想用那种热去温暖高洁莹。这个圆月之夜虽然没有海棠也没有桂花,但香气似乎约略存在,伴随着《月圆花好》的隐约旋律。当初有多么美好,而今就有多么讽刺。李绍贤极力想要忘掉那一切,忘掉马毓秀。她的怀疑是那么的明确,深深地将他刺痛。而他内心排斥马毓秀的情绪有多么浓厚,想要靠近高洁莹的情绪就有多么强烈。他必须用什么东西,去填满内心那些原本被马毓秀占据的空间。

一六

政治部不但组织放电影,还组织拍电影。第一次长沙会战之后已经拍过一部《湘北大捷》,这回战果更大,自然还要再拍一部。剧组到重伤兵医院采景取镜,想让李绍贤出演一个角色，给他看了剧本。

战区司令长官薛岳、负责守城的第十军军长李玉堂、预备第十师师长方先觉，在其中当然都有重头戏。该军代号泰山，剧本中的李玉堂，也确实可谓稳如泰山。某日他正在军部吃饭，炮弹飞来炸碎玻璃，将筷子击断一根，他便用手抓大头菜就馒头稀饭继续进食。参谋长蔡雨时道："我们是不是换个位置？"李玉堂道："不动，不动。"蔡雨时道："那就快点吃。"李玉堂又道："不急，不急。"

这不是虚夸，而是实情。来自第十军的伤友曾经在李绍贤跟前满脸佩服又意味深长地描述过。方先觉给妻子周蕴华的诀别信，师部副官主任张广宽拿到之后没有立即送出，首先交给《长沙日报》发表。作为政治指导员，别人可以不在意，但李绍贤不能。这封简短的信，他那时可以背诵：

蕴华吾妻：此次我军奉命固守长沙，任务重大，长沙的存亡，关系抗战全局的成败，我决心以身殉国，设若战死，你和五子的生活，政府自有照顾。务令五子皆能大学毕业，好好做人，继我遗志，报效党国，则我含笑九泉矣。希吾妻勿悲！夫子珊。民国三十一年元旦。

其实方先觉的这次硬仗，完全是自找的。薛岳的部署本是预备第十师驻守长沙城西的制高点岳麓山以及水陆洲，第三师守长沙核心阵地，一九〇师守长沙外围。但第三师防线超过三十里，处处都显得薄弱。蔡雨时确认友军进展很快，七十三军将提前一天到达，可以接防岳麓山，建议变更部署，将预备第十师东开，接替第三师的部分防线。可时间只有一天，而薛岳又自负其才，轻易不容别人置喙。李玉堂跟蔡雨时商议之后，决心自行变更，先征求方先觉的意见。方先觉的回答很是爽快："只要军长给我笔记命令，我就立即过江。"

预备第十师还没完全渡江，薛岳便打来电话质问原因。等蔡雨时解释过原委，他沉默片刻后道："你小心你的脑袋。"随即挂掉电话。

预备第十师离开岳麓山，在水陆洲、猴子石、金盆岭、黄土岭、林子冲、左家塘、半边山一线布防，主力控置于黄土岭附近。日军越过浏阳河与捞刀河之后，绕过东门，气势汹汹地直扑他们而来。力量悬殊，只打了半天，预备第十师总共三个团，第一线的二十九团已经垮掉，团长团附阵亡。此时薛岳电话询问方先觉能守多久，方先觉对道一周；薛岳问怎么个守法，方先觉对道：第一线阵地守两天，第二线阵地守三天，第三线也守两天。放下电话，他自忖没有生机，随即写信诀别。

还没看完剧本，李绍贤已是双眼含泪，良久之后心情才慢慢平静。他完全明白剧组的期许。他们肯定是要他扮演二十九团那个实在支持不住而逃回来的营长。那时阵地已失，全营几乎覆没，营长逃回师部报告，心里还暗怀侥幸。方先觉命令他在外面等着，当即写好手令，吩咐师部少将附员田琳监斩，将他拖到院墙处枪决。其实那个被枪毙的营长并未丢失阵地。他是在部队即将与日军接触、还没有打响时跑回师部，说要请示，明显是要逃避责任，因而被就地正法。

李绍贤感觉心跳加速，满脸发烫，因而格外恼火。自打进入重伤医院，这还是第一次。深呼吸，咽口水，都不管用。他丢回剧本，一言不发，只是摇头。

扮演方先觉妻子周蕴华的女演员很漂亮，打扮颇为洋气，身上喷着香水。她说："演电影是多好的机会呀，好多人抢都来不及呢。""真恨我的伤没有伤在脸上，而是后背。"话一出口，李绍贤立即感觉内心即将爆炸的压力释放了大半，不觉长出一口气。演员和导演闻听面面相觑。李绍贤越发字正腔圆："我不是逃兵。我没有逃跑。我后背的伤，是匍匐前进时遭遇伏击的结果。"导演兰花指的指根处掐支"强盗"牌香烟斜放在嘴角，大炮一般，但一直没吸。闻听这话，他将香烟朝桌上一戳："我们没说你是逃兵啊。这只是拍电影的需要，是虚构的。""这抛头露面的机会你们给别人吧。对不起，我没有兴趣。"

医院成立有伙食委员会，专门办理重伤号的伙食。重伤号的钱粮按时足额拨付该会，每天的饭菜标准统一。如果不足，由他们调剂弥补。重伤食堂的饭菜好，有些伤情已经转轻甚至伤愈者，还想继续享受，矛盾难免。伤的轻重程度、何时不再享受重伤伙食，由医生决定。李绍贤拒绝了他们，心里依旧憋闷不已，没有胃口，便到轻伤食堂找老乡聊天。

正巧，几个已经通知要移出重伤伙食的兵不愿意，吵吵不定。正在劝解的政治指导员对大家说道："这位中尉的伤情，并未移出重伤伙食。但他自愿放弃。他还是无名病室的呢。"李绍贤闻听大为光火，气冲冲地杀进重伤食堂道："老子伤在后背不错，但老子不是逃兵！老子是匍匐前进时受的伤！老子是政治指导员，照理可以不拼命，但老子拼了命！这重伤饭老子当然还要吃。医生又没给我通知！"

李绍贤装好重伤号的饭菜，顺手递给旁边的一个兵，然后拿着他的空碗碟，昂然而去。

一七

李绍贤伤愈出院之后没再回二十军。他在长沙找到第十军的办事处，指名要求加入预备第十师二十九团。虽然拒绝出演，但那个番号他记忆深刻。还是老本行，中尉连指导员。

那时方先觉已经接替李玉堂执掌第十军帅印，预备第十师副师长孙明瑾转正。全军在衡山驻训一年多之后，民国三十二年（1943）年底奉命开赴常德增援余程万的五十七师。预备第十师行军途中遭遇伏击，师长孙明瑾殉国。这是场遭遇战，持续时间不长。战败后的部队经过收容整理，再度开回衡山，直到次年，那场李绍贤此生无法忘怀的战役上演。

大战之前，李绍贤的搭档换了个人。新来的连长高松寿，嘴角看起来有点眼熟，类似故人高洁莹。但高洁莹的二哥名叫高德颐，李绍贤记得清清楚楚。临别之前，高洁莹还托他找机会给二哥带好。不过一个小小的连指导员，跟军部实在挨不着边，驻地离得也远。后来听师里作战参谋说，高德颐在第三次长沙会战中传错了命令，已被薛长官勒令正法。李绍贤专门摸到军部打听，得到确认。详细情况不清楚，但根由就在于预备第十师擅自将防区从岳麓山前移到长沙近郊。本来还想跟高洁莹写封信表示感谢，但打听到的是如此凶信，这个笔李绍贤无论如何也提不动。而今说开之后才明白，高德颐还全毛全翅地活着，只是名字改成了高松寿。

原来预备第十师的那次换防风波，并没有那么简单。李玉堂深知薛岳个性极强，而自己还是戴罪之身。本来已经发布命令，七十一军副军长钟彬前来指挥第十军，但钟彬不肯蹚浑水，迟迟没来接任，这才有李玉堂的代理身份。此时临阵更改长官的部署，很可能火上浇油，激化矛盾。于是他们便谎称作战参谋高德颐记错了电话命令。当薛岳追问笔记命令时，蔡雨时解释笔记命令也由高德颐办理。军部事后发现虽然出错，但可以将错就错。薛岳大怒，要求枪毙高德颐，蔡雨时回复说军长已经下令将他处决。高德颐随即领到一笔路费，改名报考陆军大学的参谋补习班。毕业之后先到军部当了一阵子参谋，大战在即，主动要求到一线带兵，以弥补第三次长沙会战前夕被迫脱离部队的缺憾。

那时日军已在席卷豫中之后南下，时间紧急，部队火速从衡山驻地开拔，南下衡阳。为保密起见，原来的符号并不佩戴成胸章臂章，都在兜里揣着，胸前只有"广东"二字。六月一日，部队开进县城，百姓鞭炮齐鸣，但李绍贤跟高松寿的观感却是虎头蛇尾。

那时衡阳人口三十万，已成繁华都市。李绍贤从军六年，南征北战，还是第一次在这样的都市长时间驻扎。街上无比喧闹，卡车扬起灰尘，留声机播放着靡靡之音。警备司令部门前全副武装的不止卫兵，还有妓女。长沙的妓女只是羞羞答答地向人招手，而此地的则自指下体，直接问道：嬲拐？音是这两个音，字谁也说不清。物价已是战前的三百倍，而官兵加薪的速度就像小狗追赶自己的尾巴，总也赶不上。像李绍贤这样的中尉，本来每月六十元，"九一八"之后推行国难饷章，降到四十。那时涨了五倍多，也不到三百，而一斤菠菜便要价十六。名伶金素琴正在贵湘路局中正堂唱戏，报纸海报连篇累牍地打广告，声称下雨送伞，但票价最低三百、高则五百。也就是说，一个国军中尉的月饷，还不够一张等级最低的戏票。

大米和食盐由兵站统一补给，除此之外的副食只拨款，由部队自行解决。经与当地协商，衡阳成立给养委员会，统筹办理。前些日子吃过他们提供的茶油，连里的士兵病了六十几个。特务长想贱卖茶油多少换点猪油，但商家微笑摇头，白给都不肯收。据说里面掺了石灰。可是这道理，跟谁讲呢？偶有士兵逛商店，伙计都不耐烦，认定他们买不起。那天空闲，营里几个军官相约上街吃顿舒服饭。去处很多，美国饭店、远东酒家、大雅楼、六朝居、奇珍阁、玉楼东，个个门庭若市，可惜他们摸摸腰包，不敢进去。随便找家小馆子，伙计上来招呼，开口就是："欢迎几位！客饭？"

都知道军公教的底细。国军若不实行粮饷分离，只怕都要饿死。李绍贤气昂昂地应道："你怎么知道我们要吃客饭？难道我们都点不起菜？"伙计一边取下肩上的毛巾擦拭桌子，一边笑嘻嘻地道："大炮一响黄金万两。诸位抗战有功，当然不穷。我的意思是，你们军务繁忙，没时间等。"

李绍贤一人吃饱全家不饿，那天他请客，点了几个菜，大家边吃发牢骚。高松寿道："重庆比这更厉害。前方打子弹，后方打弹子；前方不够吃，后方吃不够；前方有什么吃什么，后方吃什么有什么。"副连长笑嘻嘻地说："前方抱紧枪——作战，后方抱紧人——跳舞；前方吃紧，后方紧吃；前方马瘦，后方猪肥！"李绍贤道："就这个样子，衡阳一炮轰掉也好，保卫它干嘛！"营部书记道："也别说气话。等赶走鬼子，才能限制官僚资本，实现社会公平。民族民权民生，需要个步骤。"李绍贤长叹一口气："唉，可怜的中华民国。"

就是头两天略有空闲。因上头要察看地形，设计阵地，规划防线。在此之前，县府已经登记过全城的木材，共计一百二十万株，规定全部用于工事构筑。部队官兵首先要当工人，翻土挖沟盖板，同时还要清理射界。分给他们的防线之内，有一些店铺民房以及坟墓，必须平掉。否则鬼子会借此掩护，接近阵地。高松寿和李绍贤带着几个传令兵，挨家挨户通知。

坟地民房都比较好办。方先觉已经部署疏散，他们很快要撤离。比较难办的是店铺工厂。他们阵地中间就有一家酱园，规模不小，在当地数一数二。还没进门，就闻到浓厚的酱味。成品半成品混杂，味道并不那么好闻。店主身材肥胖，浑身上下都带着和平的安稳闲适，脸黑如酱，神情颇为傲慢。高松寿道："老板，我是第十军的，奉军长命令来下通知。走得急，没带名片。"说着话掏出符号递了过去。

湖南话里有许多古语的遗存，很有意思，但不好懂。高松寿兄妹受过教育，他们说话李绍贤领会起来并不困难，但老板的话不行。老板根本不接高松寿的符号，立即大喊大叫。李绍贤听不清楚具体字句，但明白他追问的是谁负责赔偿损失。当年广州城内修路占地，不但不赔偿，反倒征收周围土地因通路而增值的收益费。定都南京之后，规定更加细致：道路两边的土地，全部占用者照原来的价值赔偿，完全不用者征收益费，三成被占则不收不赔，其余按照比例调整。但那是建设，而这则要破坏。

老板骂骂咧咧兼指指点点。高松寿警告道："你莫朽几舞几（手之舞之）哦。"李绍贤也开口帮腔："老日侵略，国民都有损失。我们也是不得已。你们如果不拆，敌军打来还不是玉石俱焚？"老板见状，立即掉转嗓门，对李绍贤打出好几个连发。李绍贤不能确知涵义，但听到了一句话：宁叫鬼子杀，不叫军队扎。

李绍贤腾地一下脸色涨红。这是加入第十军后唯一的一次。他觉得这个老板的神态跟当年的姑父一模一样，掏出手枪便顶上他的脑门："狗汉奸！就冲你这顿屁话，我就有权将你就地正法！老子命都不要，你还怜惜几个臭钱！有话去找我们长官讲。三天之内不搬迁，我们来了就放火，没有二话！"

老板立即服软。嘟嘟囔囔又是道歉又是哀告。高松寿生怕李绍贤冲动之下开枪，连连给他使眼色，但李绍贤只是不理。酱园是其中最大的产业。这个钉子一去，剩下都好办。高松寿笑道："老李，下回可不能再这么冲动。否则军长怪罪下来，可不是好玩儿的。"李绍贤也笑道："报告连长，请连长放心，我都有数。宁叫鬼子杀，不叫军队扎，这话恼了我。你还不知道那些人的脾气？要讲理嘛，对有势人用笔，对有钱人用枪，对穷鬼用嘴。"

一八

方先觉带领各师师长以及参谋，设计好防线，立即下令作工：射界一律清除干净，前方削成九十度悬崖，顶端设置无死角的手榴弹阵地。悬崖前面挖成深壕，内设钉板，钉上竹签与铁钉，放水淹没。壕沟前面倾斜，放鬼子进入，后面绝壁直立，高出水面三米，让鬼子无法爬出。壕沟之前布设铁丝网，埋设地雷，设置拒马、击踢。机枪火力全部侧射。等鬼子进入缺口，机枪封锁后路，闯入者用刺刀手榴弹解决。

那几天，李绍贤累得够呛。全连都一样。连排长也得动手，因阵地划分详细，逾期完不成要掉脑袋。阵地建成，李绍贤几乎累瘫。从小到大，他从未出过这等死力。幸亏伙食很好，因居民要全面疏散，酒也好肉也罢，都不如命值钱，只能贱卖。而无论粤汉铁路还是湘桂铁路，火车都挤得像沙丁鱼罐头，很多人坐"头等舱"——趴在车顶上。那几天部队不必指望给养委员会——他们早已撤走——不必吃掺有石灰的茶油。茅台酒白干酒虎骨酒绍兴女儿红，鸡鸭鱼连同腊肉罐头，样样不缺。可惜的是，他累得没有胃口。军官职责所系，更是操心出力。完工那天炊事班长给连部送来炖猪蹄、墨鱼烧肉和腊鸭，但高松寿与李绍贤吃了一口便感觉恶心，最后被指挥班的弟兄们包圆，他俩只喝了点绿豆汤。

月夜之下，连部里回荡着金素琴圆润甜美的嗓音，是改良平剧《梁红玉》。当初《北洋画报》评选"四大坤伶皇后"，胡碧兰、孟丽君、雪艳琴、章遏云折桂，金素琴未能入选，但就李绍贤而言，她的戏并不见弱。卢沟桥事变之后，她与妹妹金素雯都参加了欧阳予倩跟周信芳领导的文化界救亡协会平剧组，演了许多新戏。那些戏李绍贤都很喜欢。本来买不起票，但不知谁家抛弃的留声机以及唱片，正好给他们做战前的难得消遣。血战在即，死囚嫖娼，痛快一时是一时。

六月二十五日，端午节。本来应该吃粽子，但他们吃的却是弹子——子弹手榴弹炮弹炸弹。

鬼子猛烈轰击，国军猛烈还击。炮弹呼啸往来，大地一片震颤。虽有敌机轰炸，但中美空军对鬼子的打击更加猛烈。

李绍贤不是刚上战场的新兵蛋子，此前跟老日交手多次，但这次打得最为痛快。他不必虚拟战报虚夸战绩。他能清清楚楚地看到鬼子的尸体。一片又一片，一堆又一堆。他的射击水平在衡阳完全没用。因为根本不需要精准击发。近战武器用处不大，主要是扔手榴弹。头两天下来，他的右胳膊肿得通红。

<h2 style="text-align:center">一九</h2>

第一次总攻末期，李绍贤负伤进了医院。受伤越早运气越好，因那时医院还有药。教会仁济医院撤退之前留下了大量的药材，第十军的第三野战医院设立其中，正好利用。红色补丸、补血消毒药以及磺胺片都不缺。靠着这些药物，他恢复得不错，很快便重回前线，升为上尉。当然，这是临时军衔。

不仅仅李绍贤，大量的轻伤兵乃至重伤兵都被动员回去守阵地。负伤不到三，枉吃钱粮是汉奸。其实医院并非后方，同样会遭受轰炸，且既缺药又少医。医护兵勤务兵炊事兵都在作战，经常有重伤员饿死在医院。很多人受伤根本不止三次，被命运之手在火线、九十九伤运站跟六十九兵站医院及第十军的三个野战医院之间推来搡去。

辎重兵不会打枪？没关系，三分钟保管学会；大腿已经打断？也没关系，就地死守，并不需要冲锋，只要还能打枪投弹就好。

已升为营长的高松寿对李绍贤刮目相看："你动不动就红脸，起初我还以为中看不中用，想不到这么能打！"李绍贤道："啊？我还经常脸红吗？我就是为了不红脸才选择学政训的呀。"高松寿笑道："次数虽少，奈何本营长明察秋毫。"李绍贤闻听猛地一拉枪栓，唱了两句《冲锋歌》："杀个九州四国满地红，凯旋归来为我民族争光荣，谁说我大中华民族没有好英雄！"

高松寿拍拍李绍贤的肩膀道："老弟，不怕死当然是好的，但对于指挥员而言还不够。军长曾经告诫过我，要有勇有谋。不能冲冲冲，一定能成功。要学会消灭敌人保存自己。要有任务意识。完不成任务，死后到了阴曹地府，也要负责。军长和师长都很赏识你。他们还从未这样赏识过政工干部。你可能不知道，战前国军校尉官十三万四千人，三万出身于旧式陆军中小学堂，六万出自黄埔保定以及各军种学校，行伍出身的不足四万。我在陆大参训班听教官说，去年年底军政部统计，正式军校生仅剩三千七百五十八人，其余都是各种短训班跟行伍出身。这怎么了得。"

"我在战干团也只受训半年，说起来也算短训班……"

"别傻了。你可是黄埔十六期的学籍。"

当初要是有人能跟自己说这些，就不会转投第十军了吧。李绍贤心里想到。他投身抗战奋勇杀敌的动力，雪耻始终重于复仇，而今尤甚。他咬紧牙关，面色冷峻地给高松寿敬了个礼："报告营长，我明白了！"

起初的命令是坚守一周，最多两周，打到那时已经超过一月，弹药补给全面告急，炮兵开炮各啬得如同守财奴数金币。迫击炮亦即步兵炮为衡阳立下汗马功劳，六十八师团指挥官佐久间为人有切身体会，再未能回到中国战场。可那时我们仿造法国的八二迫击炮全部击毁，只剩一些炮弹，于是大家就用砖头磨炮弹的中径，手工磨掉一毫米，放进缴获于鬼子的八一迫击炮发射。这样其实很危险，口径大了会炸膛，口径小了射程不够可能自伤，但团长还是决定冒险："管他呢。放两声炮，哪怕吓吓他们也好。"

　　这种炮弹击中了此前毫发未伤的高松寿。弹片上带着磨过的痕迹。考虑到士气，没有公布。事实上也无法公布。因各个阵地彼此独立，交通不便，消息根本传不出去。最后关头，高松寿死死抓住李绍贤的手："老弟，我父母和妹妹就拜托你了。你是好样的，跟我们湖南骡子差不多。娶了我妹妹吧。你也知道她是正派人。总得有人给父母养老送终，兄弟一场，你就替替我吧。"

　　高松寿一开口，鲜血立即从口腔朝外涌，让他的声音显得很不真实。李绍贤不敢多说，只能紧紧掐住他的手，连连点头。高松寿脑袋一沉，微笑就此定格于面部，像被冷冻了一般。那个瞬间，就像当初接到家里的噩耗，李绍贤再度感觉解脱多于悲痛。还有形成已久的预判终成现实的放松。他始终未曾流泪。他感觉泪腺已干。眼泪流经之处，都像伤痕累累精力耗尽的干枯河床。死亡，各种姿势的死亡，在那时的衡阳都是日常。慢说长官部属鲜血淋漓的尸身，就是军部下达的命令纸都已令人麻木。因各级军官不断伤亡出缺，每天都要发布新的任职命令，有时甚至一天数道。很多名字大家根本对不上号。这一道道的命令纸，也就是催命符。死神，这个他一直与之搏斗的对手，从幕后走向前台，从不见面的射击投弹到零距离的贴身短打，已不再令人惧怕。他还会想方设法躲避，但那都是人的本能，军人的责任、荣誉与职业素养，与恐惧毫无关系。仿佛他们搏斗的标的不再是国家命运个人生命，只是打擂的彩头。

高松寿的眼睛还睁着。血依旧在流，但越流越慢。李绍贤握紧他的手，像挽留客人那样殷勤但又徒劳地试图留住他的生命。他叹口气道："你死得好，死得好啊营长。你再也不用受苦受累，担惊受怕。你就好好休息吧。"转头再看，周围的人面面相觑，尤其是高松寿的传令兵。营长阵亡，当然会打击士气。李绍贤面色一沉："死了死了，不死就不能了！营长虽然牺牲，但阵地还在！阵地就是咱们的命！回到各自位置，保持警戒！"

李绍贤凑合着给高松寿做了口棺材，准备就地掩埋。但刚刚挖好坑，忽然一炮飞来，棺材被炸得粉碎。硝烟散去，弹坑中出现一堆银元，盛放它们的黑色罐子还剩下一半。李绍贤尽量收拾起遗骨火化，然后将骨灰装进一口小罐，准备战后带给高洁莹。那五百多块银元以及首饰，大半作为犒赏，剩下的准备抚恤高家。

二〇

许多重机枪疲劳过度，复座弹簧不能正常回位，无法连发。炮弹打光，手榴弹箱也纷纷见底。没有人愿意当俘虏，很多人都藏有光荣弹。方先觉下令收买，每枚一千元，搜集起来送往火线。可此时此刻，命如纸薄，钱有何用？无奈之下，方先觉二度传令，私藏手榴弹不交者，以汉奸论处。就这样，李绍贤这个阵地又分到了不满两箱的手榴弹。到底是嫡系中央军，他们不用落后的麻尾手榴弹，而用巩县兵工厂仿造德军 M24 式的木柄手榴弹，每箱五十枚，李绍贤他们收到了八十六颗。这是最后一批。如果投完还不见援军，那就只好用炊事兵医护兵辎重兵勤务兵与伤兵，跟鬼子拼刺刀。

全军的心理预期就是坚持半月。军长与委员长曾有君子协定，最后关头发二字密码电，必定派兵解围。打到第三周，七月十二日开始，方先觉每天如约发出二字密码求援，六天之后的十八日，军部终于收到两份回电。蒋介石表示援军不日可抵达城郊，军后方办事处处长方守先证实黄涛王甲本二军奉命解围衡阳。

司令长官薛与委员长蒋称兄道弟的回电，都会派人到各个阵地传达，以激励士气。七月十八日，朗月之夜，离前沿阵地不过二百米的军指挥部传来平剧的声腔。军长在唱《清风寨》。隐约之间听不真切，但李绍贤还是觉得军长唱的比说的好听，也比此前不断播放的《大路歌》悦耳。据说那是委员长最喜欢的歌曲。那时全军已经获悉电报精神，一时欢声雷动。军长养的那条狗也汪汪直叫。战士们都觉得军长很有面子，有个委员长哥哥，还有个司令长官老弟。可最后关头方才明白，哥哥也好弟弟也罢，全都靠不住。

第三次总攻越发激烈。日军已经放弃肉弹主义，完全采用炮弹主义。炮火连天蔽日，阵地虚土没膝。打退这次进攻，李绍贤统计弹药，只剩七枚手榴弹。连续多日营养不良兼不能休息，全都昏昏沉沉，李绍贤跟师长葛先才通话中间睡着。清醒过来讲完电话，他慢慢意识到过去读到的边塞诗完全都是鬼扯。那些诗作渲染得再惨，也会让读者产生马上封侯的冲动。这是实实在在的鬼扯。

战场从来不曾壮烈绚丽，不过是阴沉凄惨的巨大坟场。到处都是残肢断臂，血肉横飞。粗粗掩埋的尸体被炮火刨出，连同作战地带重重叠叠无法处理的肉身，尸臭浓重，遍地蛆虫，令人窒息，却又无路可逃。前面是敌人的火炮，后面有督战队的大刀。

李绍贤真的累了。若能美美地睡上一觉，何惜一死。

终于睡过一觉。睁开眼睛，面前还是没有援军。六十二军与七十九军就是无法逾越三塘。只有那几条熟悉的尸体，其中一条已经高度腐烂，面部不再明显，若无军装便不能区分敌我。从李绍贤的角度直视过去，可以清楚地看见他们穿的那种大脚趾与其余四趾分开的日式胶鞋，周围是白色的蛆群，绿头大苍蝇的前身。由蛆到蛹，由蛹而蝇。蛹壳堆积一地，几乎将尸体盖住。遗漏之处，都带着由深至浅的潮湿印迹——尸水。

被尸臭蛆虫与枪林弹雨包围的李绍贤，那天又遭遇一场恶战。他亲自使用机枪，不知打死了多少敌人。国军对老日的伤亡本来根本不成比例，国军欠账极大，但是在衡阳，他赚了很多很多。那个瞬间，赚了太多的他突然不想继续扣动扳机。他觉得那个动作毫无意义。等打退鬼子，他迷糊一阵，感觉浑身发软，手心满是汗。在身上擦干手，突然看见刚刚安静下来的阵地前面，尸群的蛆虫与蛹壳之上，飞升起无数的蝴蝶，色彩绚丽，五颜六色，煞是好看。蝴蝶并不飞走，悬停于半空，组成一簇簇的莲花瓣儿。使劲眨眨眼，揉两下再看，巨大的莲花座更加清晰。上面坐着的不是菩萨，而是个穿灰布军服的国军士兵，配一三三师的胸章，脸被云彩遮住。片刻之后，云彩散去，露出左春生面带微笑的脸。他并未双手合十，向李绍贤敬了个礼，口中又念着佛号。

为拿下衡阳，日军不惜装神弄鬼，曾从坟场后面组成火牛阵冲锋，后面跟着头扎白纸、满脸涂红的士兵，发出阵阵怪叫。还曾在湘江上游故意喧闹，同时驱赶牛狗下水，顺带着漂下无数木板，上面散乱地点燃蜡烛，造成渡河的假象。此情此景，突然让李绍贤心生时空变换的错觉。所有的记忆慢慢重合，像千层饼不断叠加、虚化、重组、新生。

蜡烛浮起于湘江，香火闪耀于眼前，伴随着法螺与瓷瓶胡笳奏响的佛乐。是放河灯，还是超度法会？

李绍贤猛地站起。旁边的兵赶紧拉他："指导员，危险！卧倒！"李绍贤毫不理睬，走出阵地直奔莲花而去。奇怪的是，对面的日军并未打枪，更未放炮。那是民国四十三年（1944）的八月八日。衡阳保卫战结束。方先觉给蒋介石发出"来生再见"的最后一电，决定停止抵抗。他养的那条狗一直很安静，可那几天也不住地狂叫奔走，周围的阵地都能听见。

总算彻底解脱。他再也不必在无孔不入的腐臭中，强自吞咽拌着盐水的糊米饭，就这还得一边吃一边驱赶铺天盖地的绿头苍蝇；再也不必在枪林弹雨中坐视长官战友倒在地上，活活疼死。

第二天，由第四战区开来的桂军四十六军打到八公里之外的二塘。此前粤军六十二军曾经打到火车西站。走出阵地再看衡阳，已经完全认不出来。那个有三十万人口的繁华都市，而今完好无损的建筑不到十栋，还能勉强使用的也就五六十栋。天空不见飞鸟，地上绝无老鼠。往日熙攘的大街而今几乎不能通行。每走一步都会碰到人的躯体，不是伤兵就是死尸。而尸横遍野的废弃城池中，竟然没有老鼠试图分羹一杯。

无人收废账，归马识残旗。在日方口中，这是华南的旅顺之战，是中日八年中唯一苦难而值得纪念的攻城之战。

二一

自从离开川军，李绍贤就没再跟马毓秀联系。那个镇子后来沦陷、通信可能会给他们造成麻烦，但这并非主要原因。根本原因他似乎从无勇气扪心自问。他脑海里经常会想起离别之前她说的话。他不是飞将军。无论在球场还是战场。他也不想当飞将军。飞将军，是指逃跑跑得快吗？应该不是，但他还是不喜欢这个说法。他当然希望被人尊重，但不想也不敢成为被关注的中心。童年时期无数次众目睽睽的经历，都是惨痛的记忆，如同鲜血滴于雪野。

李绍贤也没跟高洁莹联系过。没有机会。长沙沦陷，彼此失散，恰似两片落地的树叶，相逢于枝上只是真实然而遥不可及的回忆。而今既然还活着，那当然要践约。可惜高松寿的骨灰已经失落，那些银元首饰也被日军搜走。见到李绍贤，高洁莹满脸惊愕，满脸惊喜，满脸微笑，浇花的水壶随即跌落于地。水汩汩滔滔而出，但她浑然不觉。《衡阳战讯》报上每天都要发布，她读过方先觉"来生再见"的电报，当年九月二十六日，全国各支部队都奉命为衡阳默哀三分钟……

高洁莹手扶窗台，泪光莹莹："想不到你还活着……"

高松寿战死的消息，此前一直没机会转达。她泪水中的微笑依旧像月光一般美好飘渺，但又带着无边的哀愁与淡淡的寒意。李绍贤不觉满心怜惜。他极度确信，自己说话前没有红脸。他的微笑慢慢被眼泪浸湿，左看看又看看，看不出有男人的痕迹："你，还没成家？"高洁莹道："匈奴不是才刚刚灭掉吗？"

那时物价总体已经接近战前的两千倍。布匹最疯，超过两千倍。这世间有太多的秘密与羞耻，需要掩盖。退伍时上边给李绍贤发了一千元遣散费，还有一张抗战荣军执照，说是拿它到县府可以换二十石稻谷。高洁莹笑道："好在我们饭量都不大。"李绍贤迟疑片刻后说："我，只吃素。"

一年后他们生了个儿子。虽然日子紧巴，却也平静幸福。高洁莹比李绍贤大三岁多。抱着她，他总会想起姑妈。儿子六岁那年，有天结伴到野地里玩儿，突然挖出一个头骨。他们踢来踢去玩儿了半天，还有人点火烧野草。正玩儿得高兴，忽听噼里啪啦一阵鞭炮样的响声，他儿子当场倒地不起，紧赶慢赶送到医院，也没救过来。后来才知道，那里也是战场，野火点着了遗落的子弹。头骨附近还有一具马骨，口中带着铁衔。

那时政治气氛已很紧张。孩子尸骨未寒，李绍贤便被收监，徒刑七年。因他曾经加入三青团。幸亏那时二老已经辞世。出狱之后不久，风波再起。他好险没被打死。在那期间，高洁莹跟他离了婚。

天地良心，李绍贤从未怪罪过社会，更未怪罪过高洁莹。哪怕她曾经揭发他在战场上当过逃兵，后背的伤便是证明。当年宋美龄为她主婚的消息，《新华日报》在内的许多报纸都曾刊登，铁证如山，无法狡辩。潜意识里，他甚至觉得磨难再多些才好。他在衡阳不知打死了多少人。那些人都该死吗？他可不敢说。那些人都是心甘情愿来侵略中国的吗？只怕不是。他总也无法忘记那首老日写得其实不算诗的诗。

彻底自由后的李绍贤立即酣畅淋漓地打了场球。虽有髀肉复生的感慨，但纵横驰骋的感觉，还是无限畅快。他的球技引人注目，因而跟县台办主任结识。那时两岸刚刚开放交流，他写了篇文言文章，邀请老军长方先觉回家乡看看，县台办审核后对台广播，方先觉还真来了回信。他寄来五百美元，以及他的回忆录《子珊行述》与《衡阳坚守战回忆》，那上面有昔日袍泽提供的各种照片，其中包括他这个少校。

方先觉在信中说，兵戈一生，自觉罪孽深重，已经在家皈依多年。

读着方先觉的回信，李绍贤的思绪再度回到战场。开战之前，团长命令炸掉阵地上的那座塔。雁城衡阳有三塔，以城北的来雁塔最为有名。而眼前的目标虽然名气不及雁城三塔，却也供奉有历代高僧舍利，历史超过百年，理当妥善保护，可问题在于，它是阵地的制高点，一旦打响便会成为老日炮兵瞄准再好不过的参照，必须炸掉。

无人出头。团长第三次询问："谁愿意执行？如果没人自告奋勇，那我只好点将。"

李绍贤出列敬礼："报告团长，我愿意去。"

李绍贤说完，感觉脊背微微发痛。

李绍贤看着信，眼前一片朦胧。朦胧中升起蜡烛，燃起香火，响起法螺与佛乐。他越发泪眼模糊。

李绍贤给老军长回信表示感谢。这封信很久没有回音。再后来，《参考消息》刊登了抗战名将方先觉辞世的消息。黄埔同学会也转来消息，三期步兵科学长方先觉辞世。攻击衡阳的日军曾先后三次到台湾祭奠他。

李绍贤不久之后出了家。

二二

寻找马毓秀的念头，像粒种子埋藏在体内，逐渐发芽生长。终于有一天，李绍贤简单收拾好行囊便上了路，差不多也就是一瓶一钵。没想到寻找真有结果，她还活着。那是个秋天，桂花飘香，马毓秀在树下做针线，给我即将出生的儿子打毛衣，红的。母亲说她那两天眼皮老跳，于是便穿了一身红。远远看见那个和尚，她便心神不宁，连续错了两针。等和尚走近，红色的线团立即落地，慢慢滚到和尚脚边停下，一根红线弯弯曲曲地连在二人中间，上面是和尚通红的脸与她苍白的脸。她靠着桂花树，怎么也站不起来。

和尚没有双手合十吟诵佛号。他端详着马毓秀，半天没有说话。最后还是马毓秀先开的口："哥哥，你还是当年的样子，跟人说话爱红脸……"

"阿弥陀佛，妹妹，其实我已将近五十年没红过脸。惭愧惭愧……"

"你到底还是来了。我就知道你会来的。你果然是飞将军，打不死。我大哥都战死在缅甸了……"

"妹妹……阿弥陀佛，真对不起。我不是什么飞将军。我现在法号明慧。"

"那些年呢？你是不是跟我一样待在牢里？"

"七年。"

"不多。我前前后后都有四年呢。就因为有个三青团的未婚夫，可能在台湾……"

"后来公检法不是砸烂了嘛。加上劳改，得有九年。"

"民国四十一年（1942）元月九日至今，桂花海棠开开败败的五十年九个月零三天里，你都干了些什么？"

"我，我在衡阳打老东。"

"这我猜到了。但你知道我问的是什么。"

……

马毓秀猛地一跺脚："为什么？既然这样，都到了这个时候，你为什么还要找我？为什么？"

"阿弥陀佛。对不起，对不起，但有些话，我必须跟你说清楚。"

"现在想说清楚，早呢？几十年的时间都不够你说清楚吗？"

"我，我觉得没法面对你。我没有足够的勇气。"

"为什么，为什么？你说说清楚！"

"当年我跟你说了谎话。我确实是你说的飞将军，不过只在战场。后背的伤，确实是因为逃跑……"

二三

正面仰攻伤亡惨重，必须侧后迂回。这是奇兵，也是险棋，没有胆量无法完成。杨汉烈看看李绍贤，但李绍贤并未接茬儿。那一刻，他想到了未婚妻。

订婚那天，岳母老泪纵横。她拉拉李绍贤的手，拍拍他的胳膊，然后仰头握住他的双肩："儿子，妈可把闺女交给你了。她若耍脾气给你气受，妈给你做主。但你也要好好待她。"

马安良低头不语。老秀才暗自揾泪。马毓秀不断啜泣。李绍贤抱抱岳母："妈，你放心，我一定拿命保护毓秀。她就是我的亲妹妹。我绝不让她受伤害。"

李绍贤此前作战无比勇敢。他突然发现，那不仅仅因为自己急于证明急于雪耻，更关键的是，他对这个世界并不留恋。就他而言，死可能并非悲惨的开始，而是屈辱的结束。可从订婚那天起，事情有了本质的改变。他有了马毓秀，他给过岳母干妈那句话。这世界原来还是有美好的，值得留恋。他不想死去。再说不是长期抗战吗？长期抗战就不在于一时一地，干嘛非要天天拼命？无论中央嫡系还是地方杂牌，武汉会战之后有几支部队真正死拼？死拼也不符合蒋委员长南岳军事会议的指示精神嘛。他一个政治指导员，拼的命已经够多，完全对得起职责。

杨汉烈道："指导员，连队干部就咱们两个学生出身……"李绍贤立即昂起头："我去！"

李绍贤深吸一口气，带领分队出发。班长徐广吉领着左冬生等几个兵作为尖兵，匍匐前进接敌，但遭遇伏击，多数就地阵亡，只有左冬生坚持着爬了回来。那时李绍贤已经打完两个弹夹。左冬生爬到李绍贤跟前，挣扎着道："指导员，我后背的伤不是因为逃跑。我们匍匐前进时遭遇伏击。"说完这些，他眼睛猛地一睁，目光随即散开，逐渐黯淡。那个场景李绍贤印象无比深刻。原来生命的消失，直如一口气的发散。

老日随即发起反冲锋。李绍贤抵挡不住，起身便朝回跑。跑着跑着，后背射入两颗子弹。

李绍贤苏醒之后见到马毓秀，马毓秀的目光像刀一样割着他。很多话他本想说出来，原原本本地说出来，但那些话还没出口便开始发凉，最终冷冻于牙关之内。

不到春天，冰怎么能化冻呢。他怎么能让她受伤呢。那张精美的印有三希堂画谱暗纹的白纸，他不忍画出最初的一笔。那是亵渎，更是伤害。

每一次成熟成长，都是自我否定，都会造成伤害。尽管那是必然的代价，谁都无法避免，但李绍贤还是希望竭力避开。他希望他们的关系一如起初，他牵着马缰，如同千里送京娘。她那么年轻，她会有海棠桂花一般的未来。

他感觉，自己配不上她。真心实意地配不上。

二四

"你就是个逃兵！你逃跑了五十年！你还逃吧。你滚，你滚！"

"我没想到你真正等了我五十一年。大后方夫妻分别超过三年的，都彼此默认彼此的重婚，政府也不干涉。何况我们只是订婚。我总觉得配不上你。你应该有更好的依托……这辈子欠你的，下辈子我还你。六道轮回，我在人道的时间将尽……"

"他生未卜此生休！你那时是逃兵，现在还是逃兵！你只想到自己良心得安，我呢，我呢，你考虑过我的感受吗？你赶紧走！此生我再也不想见到你！"

二五

次日马毓秀的养子到旅馆找到李绍贤，说母亲想要一张他年轻时候的照片。李绍贤闻听颇有些为难。当年的照片本来是有的，连同紫绶勋章以及少校军服，都放在一起。但那些年排样板戏，他的勋章军服被借走，从此消失。老照片不知道还能不能找到。

养子道："我妈说，百年之后，她要用那照片合葬。"

李绍贤此前一直法相庄严，那一刻突然落泪。他对养子表示，希望到墓地去看看，希望在那里种棵树，也算祭奠义父义母，给他们尽尽孝。

墓地旁边已有几棵古画中那样笔直的松树，李绍贤在旁边又种了一棵。他到底上了岁数，不觉气喘吁吁。养子有些担心，但他摇摇头："不碍事。僧人出坡，天经地义。"

种好树，李绍贤又要担水浇灌。他担好半桶水，走了十几步，突然停下，用扁担撑住身子道："我到底没有死在床上，可谓死得其所。这是我的因果。阿弥陀佛……"

养子赶紧上前将他扶住。他慢慢从僧袍里掏出一个小布包，打开，里面是当年马毓秀给他的手绢，还有那张信笺。信笺风化严重，折痕处几乎断开，手绢也已陈旧变色。他轻声道："把这个给你母亲。我穿军装的照片还有，在方军长的回忆录中。那时，那时我还没有结婚。"

李绍贤笑笑，急诵几句佛号，随即化去。

火化之前，马毓秀用那条手绢轻轻给李绍贤擦擦化妆后的红脸："哥，你真傻。其实当年我就知道你是逃兵。可那有什么关系，下回好好打不就完了吗？那时有件事儿没来得及告诉你——我哥哥刚刚阵亡，因他受命支援的步兵部队率先逃跑，无人掩护炮兵，而他舍不得那些德国产的大炮。"

马毓秀慢慢哼起《月圆花好》：

> 浮云散，明月照人来。
> 团圆美满，今朝最……

二六

算起来李绍贤出家的时间就是马毓秀重病立碑的时间。此后寺院根据遗嘱，给马毓秀寄来了他年轻时候的照片。听母亲说，那张照片上的他英气勃勃，确实很帅，但我没能见到，它已经埋入地下。《衡阳坚守战回忆》中的他则是面容憔悴、满脸戾气，眼窝深得像异族人。照相书上的话说，这种人前世就是苦命，流泪太多。

马毓秀一身红衣，拿着相片去了墓地。她脸上并无悲喜，还像往常那样平静，绕行父母的坟墓三周，然后到那块墓碑前停下，用袖子反复擦拭李绍贤的名字。回家之后，衣服并未像往常那样换洗，红袖子上一直带着污迹。母亲说，那时她就知道马毓秀的时日不多。外表虽看不出异样，但答话总比从前慢一两秒，好像那些话不是从她嘴里，而是从村外遥远的墓穴飘来，所以耽搁了些时间。母亲感觉有些毛骨悚然，所以有意识地回避。

马毓秀给我儿子织的毛衣只剩下左边的半条袖子，但到底还是没能完成。两周之后的早晨，她的养子发现养母已经辞世。我回到故乡时，桂花尚未落尽，香气也依然浓烈。可惜的是，海棠不在花期。

我以外甥的礼节给马毓秀磕头扫墓。那些年，在那个景物殊胜但敌意浓厚的村子，她其实就是母亲唯一的娘家人。打开她的家门，里边的利索整洁已成冷清，古老的带着精美雕花的床如同一间房，但空空如也。怪不得很多人背后说她是活死人。看到这些，我心里好一阵难过，耳边不觉响起她多年前的声音："这是我年轻时候唱过的歌。"我仿佛刚刚意识到，这个被邓丽君三字深深覆盖的女人，也曾年轻美丽，满怀梦想。我阵阵心痛，但说不清楚心痛的究竟是年轻，还是那个一直被我漠视的女人。

"她这一辈子，怎么过来的呢?"我微微叹了口气。

"她老是说，我知道等待无望，可要是不等下去，我不也成逃兵了吗? 那时到了地下，怎么见我大哥呢?"母亲"唉"了一声，发出长长的叹息，像秋风拂过竹林。

原载《山花》2018 年第 6 期

裸　地

马淑敏

一

女人往往没有故乡感。但似乎也有，只是它被割断了，自觉或不自觉随着那个称为丈夫的男人远走，然后便把他的故乡当作自己的家乡，就像一粒种子，在另外的土地上发芽生根，即使独身一人时也大致如此，在所谓"自己的"那个旧故乡，往往只保持了"种子"的状态……

但种子，也是有记忆的。

是的。有时种子的记忆还那么地……那么地，我不知道该用一个什么词来表达，没有一个词是恰当的合适的，它们都不具备那么多的纤细，也不具备那么沉的重量。

二

我曾经无数次梦见，梦见自己疯狂奔逃，越来越粗重的呼吸在后面追赶着，身后紧跟的他时而模糊时而真切，不过一直那么小那么矮。而我在梦里是不断长大的，直到长成现在的样子；最终我会在梦中逃到树上，所有的梦见也在这里结束，它是那么地适时适度，避免了接下来的血腥场面。

四十年中，我曾经无数次梦见，那情境依然真实，它是我难以摆脱的一个"旧梦"，无休无止地纠缠着我，反反复复。终于，作为长势并不好的种子，我决定返回让我反复梦见的旧地，把梦留在那里。

站在一排排葱郁的松树下，我无论如何也分辨不出哪一棵松树是曾救下我命的那棵。经过35年风吹雨打，它们已变得更加高大，冷漠沧桑。我辨别不出那棵松树，意味着我无法识别简桐到底死在哪一株树下，他的血，流进了哪一片泥土。35年，他的血早已被雨水冲净被草木生长的根须吸净，被蚂蚁和不知名的虫子嚼净。可是，当我闭上眼睛，不顾白色裙子的净与污径自躺在由松针、草叶、松脂和尘土组成的这片"裸地"上，我分明"看见"了简桐的血。

三

事隔这么多年，是谁提议了"回家"我已经记不清楚，有时我倾向是我提的，但更多的时候我会倾向是他，简桐。记忆有时也会骗人，那在这里我有没有放进了暗暗的推卸？我不清楚，真的不太清楚，它在我的记忆里过于模糊，当时也没觉得它会这么重要，因此我更愿意相信当时是我们一拍即合。

我们决定躲过宿管员的视线，穿越防护林回家。"能行吧?"我似乎问过这么一句，因为无论是老师还是父亲，都曾反反复复地警告过我，思蒙你要听话不能乱跑，冬末春初，是野狼最饥饿的时候，它们满世界在找吃的，要是闻到小孩子的味儿，哈哈，可跑不了!我似乎问过这么一句，但随即，在简桐显现出犹豫之前我就抓紧他的手，"没事的，这么多雪，狼肯定在洞里睡觉呢!"

　　是谁提议了回家我不清楚，但我记得拔掉学校宿舍后面的两根篱笆是我提议的，虽然在后来的叙述中我将这个提议推给了简桐。那时候他已无力反驳，以我对他的了解他也一定不会反驳。是的，这是真的，这也是他一直走不出我的梦的原因，之后的 35 年里我再也没有遇到过像简桐一样对我的人，一个都没有。在我的怂恿下简桐拔掉篱笆，我们俩带着狂跳的心逃进雪地。

　　没有宿管员的追赶，他没能发现逃出学校的我们，他当然更不知道两周前简桐将数学课本遗忘在家里，而我则遗忘了小布熊。小布熊是父亲去年春天和他的徒弟们开拔到远处建新农场前给我买的，看不见小布熊我觉得父亲离我很遥远，甚至会觉得"孤单"。小小的我在七岁的时候就尝到了孤单的滋味。

　　那天我要"回家"其实还有更强烈的愿望，我感觉出门一年的父亲应当回来了，在我的计算里他应当回来了。每年这个时节他都会回来，然后在雪开始化掉的时候离开。多年之后，生物老师讲候鸟时我突然旁若无人地嚎啕大哭起来，老师和同学被我的哭吓到，她不知道我的父亲也是只候鸟，他要去种植，要去建新农场，一年一年，都是这样。

我们逃到防护林下的雪路上。被拖拉机轧出的雪道又亮又滑，北风呼啸不仅是一个词语，里面含满细细的、能划到骨头里的刀子。我们走着，简桐的鼻涕又涌出来，印象中他总是拖着长鼻涕，我们都说简桐的鼻子简直就是一台"造鼻涕的机器"。关于简桐，他的长鼻涕一直留在我的记忆中，我试图为死去的他擦干净点儿，但没有做到。就是那天，他的鼻涕机还在发动着。我偷偷想过，也许是他的鼻涕让狼闻到小孩子的气味儿，才"招来了"狼。

离开学校没多远，我劈手把书包套在简桐脖子上，他笑嘻嘻拽住我，帮我用耷拉在身后的半条围巾遮住冻红的鼻子，系好。我们跑着不断摔倒在轧成冰的车辙里，像两只会发声儿的大雪球，惊得林子里的麻雀扑棱棱乱飞。"小点儿声！"简桐噎着嗓子回头向我摆手，没有谁发现我们的逃离，我咯咯的笑声也没有传进宿管员的耳朵。

如果他听见了该有多好！

风越刮越猛，夹带着雪粒子扑啦啦打在脸上，很疼。我们的眼睫毛上结满白霜，怎么眨眼都合不拢。有一阵子简桐让我倒着走，他侧过身子牵着我。我们渐生恐惧，呼啸的不止是北风，还有宽阔的在我们那个年龄里感觉无边无际的防护林，每一株树都在怒吼。那年我七岁，简桐也七岁，不过，我有八岁和九岁，有三十岁和四十岁；他，只有七岁。

"简桐，我要去你家。"我说，嘴巴上结了薄冰的围巾搞得我的声音怪怪的。

"好。"他跑到前面，我看不到他的表情。

"我要在你家住。"风甩动雪粒子砸着我的脑门儿，我抬着胳膊抵挡着，怕这么砸下去难保不打坏脑壳。

"好。"他停下来看向来时的方向，除了树和雪学校杳无痕迹。简桐说他走不动了，我的腿也被风和雪扯成两条木棍，但我不敢停下来。"我爸说，这条路有狼。"简桐一下子愣了，声音抖抖的："不怕，这么大风，有狼也在洞里。"

我和简桐被风吹得动摇西晃，刚逃出来时的兴奋已经荡然无存，我盼望高额头宿管员发现我俩失踪正追过来，或者告诉妈妈让她到防风林来接我们。

简桐更早地没有了力气，他把这归咎于我的书包：它太沉，还勒住了他的脖子。

"好吧，我自己背。"我气喘吁吁奔向他，接过书包来的时候我想了想，把藏在棉手套里的手抽出来摊在简桐面前，里面是一块大白兔奶糖。这块糖，我每天都摸一遍，但一直舍不得吃。

我听到他咽唾沫的声音。"想吃吗？我们一起吃。"我觉得自己下了好大的决心。

"你先咬。"简桐剥开糖纸，他的口水和鼻涕一起糊住了嘴巴。

四

"我要去你家住。"我嚼着自己咬下的半块奶糖，再次对简桐说。

"嗯。"简桐的声音含混，用力点着头。他的鼻涕一直在涌，这是他留给我最为清晰的形象，即使在梦中他变成了一条时浓时淡的影子，鼻涕依然源源不断。

"我要去你家住。"我又说了一遍。因为时间太久的关系我忘了简桐是不是作出了回答，我记得的是，我用自己的棉手套抹了把他的鼻涕，四处低吼的风忽然止住，太阳的余辉穿过松林，斑驳地打在我们身上。

简桐家挨着我家，是没有距离的邻居。在很长的一段时间里，我都感觉简桐的妈妈应该是我的妈妈，简桐的家应该是我的家，我现在拥有的这个妈妈和这个家很大程度上都是出于"错误"，我现在拥有的这个普希金妈妈也是这样认为的。从记事起，我就叫我的妈妈"普希金妈妈"。她懂俄语，喜欢读普希金的诗，她的学生们悄悄叫她"普希金老师"，我也学着他们的样子叫她"普希金妈妈"。说不清楚在我的潜意识里是不是暗暗包含着什么，反正，从记事起我就这样偷偷叫她。

她不止一次当着我的面向爸爸申诉：本来儿子应当是她的，她本来要生的是个儿子，可是简桐的妈妈却抢在了前面，提前了半个小时。她不听爸爸的解释和劝慰，不听所谓的

"科学"，固执地认定她本来是有个儿子的，她做好了生个儿子的一切准备，只有儿子才能让她心安，而这一切，却被简桐妈妈提前的半个小时给毁掉了。毁掉她心安的还有我。

"扫把星"，她这样叫我，用一种恶狠狠的表情，或者喊我"小扫把星"，依然用恶狠狠的表情。多年之后，我读到法国作家玛格丽特·尤瑟纳尔的一本书《何谓永恒》，"他与刚刚出生两个月的女儿在一起也是孤独的。他只在早晚各去看她一次……他女儿只是在世事风云的变幻过程中被送到他手上的一只小动物，他没有理由爱她"。这段文字带有一种强烈的灼痛感，我感到自己的胸口受到重重的一击。我，应当也是一只被命运送到"普希金妈妈"手里的小动物，并不在她的期待之内、却又让她无法像其他弃物那样甩掉的小动物，而且这只小动物还哭还闹还要拉有味道的屎。她没有理由爱我，但有太多的理由厌倦和嫌弃。我叫她"普希金妈妈"，是因为她是语文教师，一直喜欢普希金，俄语里的普希金。她的俄语说得很好，不过很长一段时间她都把俄语隐藏在口腔的暗处，俄语，就像一个足以吞噬掉她的幽灵，她不敢将它释放出来。

我对简桐说"我去你家住"，我记得在那条路上说了三遍。现在想起来我依然不能解释自己为什么对这句话记得那么清楚，而且会对简桐反复说。

我不相信什么冥冥之中，但它却似乎是。

之前我也曾在简桐家里住过，包括刚刚出生三天的时候。

没有下来奶水的普希金妈妈不得不带着我向简桐妈妈求助，尽管她把这一求助一拖再拖并将它看成是"耻辱"。把我送到简桐家，则再次增加了普希金妈妈的怨怼，她对我的不喜欢也更为"根深蒂固"。据说我一路哭着，在见到简桐妈妈的时候骤然止住了哭声。"看出来了吧，她和她更亲！要不是刘四家的那么笨……"

刘四家的，是我们那里的赤脚医生，她负责我的接生，而另一位干得年数长的赤脚医生接生了简桐。为此，普希金妈妈耿耿于怀了很多年，她拒绝刘四家的诊断也拒绝刘四家开出的药方："都是她害的我，不然，我就有一个儿子了！"据说，在我占有了简桐妈妈的一只乳房之后，我爸爸为了表达感激，把为妈妈生儿子准备的猪肉罐头、豆腐和红糖分成两半儿，一半儿送到了简桐妈妈家里。普希金妈妈则为此在很长一段时间里愤愤不平，她觉得自己的月子因为缺少那一半儿猪肉、红糖的滋养才没养好，落下一身让她备感忧郁的病。

简桐妈妈说我简直是一个强盗，她是笑着说的，说这话那会儿她紧紧把我搂在怀里。她说，或许是之前过于饥饿的缘故，我与简桐的"争食"异常英勇，就像一只小狼。到六个月大的时候，我便能一边吃奶一边手挠脚踢，简桐只有抽泣或嚎哭的份儿。简桐妈妈说这些的时候普希金妈妈也在，她用鼻孔重重地哼了一声儿，阴沉起脸摔门而去。"你妈妈不容易，"简桐妈妈说，"你长大了就懂了。"

我爸爸也说过类似的话。我有了十岁，二十岁，三十岁，四十岁，我好像懂了很多，但有些依然不明白。

在普希金妈妈身侧，我始终是多余之物，是来吃她喝她害她、让她恶心厌烦的动物。我们之间，某些关系是有底色的，它不可改变，她也不想改变。多年以来，只要我试图端出一团哪怕微小的火苗，她会立刻翻身，将一盆冰水浇下去，她见不得我的火焰。即使几十年后，她依然坚定地认定，"我"是替代她应有的儿子来到这个家庭的，我，是扫把星，是我导致了简桐的死亡。"你，不管谁都害。"患有抑郁症的普希金妈妈，拥有足够的证据。她只相信她以为的，永远如此。

五

我承认自己曾经无数次梦见那天的遭遇。我梦见自己紧张地奔逃，越来越粗重的呼吸在后面追赶着，后面跟着的他时而模糊时而真切，不过一直是那么小那么矮。

每一次梦的开头，都先是一双狼的眼睛。它一出现，即使在梦里我也知道，又开始了。

那只狼是突然出现的，我们还在回味刚刚咽下的大白兔奶糖时它就出现了。它站在雪路中央，威风凛凛，它凶狠地盯住我们，头上的一撮白毛被风扬起，"狼！"简桐一把拉住我往反方向跑，可只跑了半步我们就被原地钉住，后面出现两只更大的狼。

我吓得哭出声来。简桐吼叫：上树！快！狼不会爬树！

他扯着我，快速退向最近的松树。三只狼并不着急，它们走得缓慢，甚至有意识地交插、围绕，距离我们略远一些，对于已经"到手"的猎物它们并不急，这符合狩猎者的特性。我哭着，大脑里一片茫然，眼睛直直盯着漫步的狼。"快，上树！"简桐喝道，一把将我推到最近的一棵松树下，"爬上去！"

狼扑了过来。它似乎只是试探，并没有特别用力。"滚！"简桐挡在我前面，挥动着书包。我脑子里某个被卡住的环节突然通开了，爬树，一向是我的拿手戏，何况下面还有三只狼！

我在余光里看见，略略缓慢些的简桐爬上了另一株树。

我爬上了高处。当我踩到第一根伸展着的粗树枝时，突然听到一声惨叫，"啊……"声音贴在我脚心震得我激灵灵打了个冷战，几乎一头栽下去。

一只狼咬住了简桐的脚，他被疼痛拉了下去。

我边哭边飞快地向上爬，将自己藏进树顶。透过树枝的缝隙向下看，简桐已没有了声音，他被三只狼撕扯着、撕扯着，就像一团粗陋的旧棉絮。

我曾经无数次地梦见那天的遭遇，我们奔逃，我们分别爬上了树，而那个名叫简桐的模糊身影则被跳起的狼拉了下去，另一只狼轻易咬住他的脖子。在这无数次的梦见中，我曾两次梦见自己也被跃起的狼咬住了脚脖子，还有一次，在三只狼拼命撕扯那团旧棉絮的时候我发现简桐坐在树枝上，他朝着旧棉絮的方向看，一副悲伤的样子。

"你爬上来啦？"我兴奋地推了他一把，而这一把他竟然晃晃悠悠落了下去，就像纸片一样薄，一样轻。

醒来的时候我泪如泉涌。那是午夜，一个人的北京和一个人空荡荡的黑暗中我泣不成声，梦和现实沉甸甸地压在我心口。

简桐。一个使用了七年便再没有使用的名字。这个名字这个梦，压迫着我要我重返"裸地"。彼时普希金妈妈和简桐妈妈早已搬离鹤岗。回去，噩梦就能结束吗？

六

到我和简桐的七岁，我已经不是第一次和狼相遇了。那时鹤岗有很多狼，那里几乎是狼的天地，它们一直生活在那里，而人，则多少算是闯入者。

记得我们六岁时，冬天的早晨，不知谁的一声尖叫把我们叫醒了，"快看！狼！"宿舍篱笆上真的趴着一只灰狼。在乱轰轰的吵闹声中，只有半条眉毛的宿管员何大爷摇晃着身子驱赶我们："看什么看！死的！你们看不到它只有一只眼了么！"

其实，何大爷的驱赶并不真心，他耐心地给叽叽喳喳的孩子们解释，狼为什么立在篱笆上。夜里这只狼来偷棚子里的奶羊，同时来的还有另一只，肯定是饿急啦！两只狼嗷嗷嚎叫着守了大半夜，我听得实在心烦，就朝着狼叫的地方开了三枪，其中一只竟然被打死啦。为什么立在篱笆上？还能立在那儿，我是在等它的血流干净了，好剥皮。狼吃不吃人？当然吃啦，特别是在冬天和春天，狼饿啊，见什么活物都吃，你们这些细皮嫩肉的孩子，更要注意一点儿，千万不要乱跑！它怎么立住的？这很容易解释：它死了之后，在外面冻了一夜，肉和皮都冻成冰了，自然就立住了。另外的那只狼呢？跑了。它今天会不会再来？也许会，也许不会。反正这几天谁也不要靠近篱笆，狼的心眼可多啦！它们还报复心极强。也不用害怕，不是有我么，不是有我的枪么……

爸爸说，他也遇到过狼。而且不是一只，是一大群。

每年春天他和简爸一起带着机车队的男人离开我们住的基地，初冬时才能带着行李回来。然后开着一辆破吉普以我们住扎的基地为圆心每天出去，有时要好几天才回来一次，他们是去寻找土质肥沃的裸地，第二年春天前去开拓。

春天来了，车队和所有的爸爸们再次集体离开，他们要犁完整个春天，将种子播好房子建好，等到秋天，白桦树叶子和黄豆一起变得金灿灿的，他们开始收割，把丰收的麦子豆子和玉米变成一座座山贮存在那里，然后他们把快冻住的土地、开去的拖拉机、播种机和徒弟全部留在那里，变成一个新的基地。

爸爸们回来，家家户户院子里的铁丝绳上和楸木篱笆上挂满脏兮兮的被子、油乎乎的裤子、烂成洞洞的鞋子，妈妈紧皱着眉头看着爸爸把他的被褥卷成一只大轮子扔到门房顶上去晒太阳。基地的孩子按规定一年回家四次，包括寒假暑假这两个长长的假期，但只有冬天孩子们才有爸爸可喊。

刚回来的爸爸们很快又离开了，去很远的总局，他们回来时一辆辆新车排满场院。爸爸踢踢踏踏推开院门儿，卡利汪汪叫着，猛扑上去站起来舔他的脸。卡利是基地里的一条狗。爸爸嘴里骂着卡利，却眉开眼笑的；他屁股后面跟着两个小徒弟手里各提着一捆"北大荒"，妈妈平日板紧的脸也依稀有了笑容。

接下来，我和简桐每天围着爸爸或者简爸的新车转悠。爸爸调试新车，教徒弟们怎么开，我和简桐在后座上爬来爬去，看链轨一节一节落下去上来落下去上来，坚硬的雪地被抓出一个一个链轨印子，深深的，新车上的烟囱突突突冒着黑烟，歪歪斜斜飘进松树林，我和简桐从车窗伸出鼻子追着闻柴油味儿。

爸爸们每年必须开垦新土地，种出新粮食。这些玉米、大豆和小麦被运到北京，运到中国各地，变成粮本上一家一户供应的白面、豆油和玉米粉。

我出生的第三年，爸爸值夜班，东北的春天一点不比冬天暖和，他穿着羊皮大衣，戴着羊皮手套仍然冻得直流鼻涕。黑色的土地在漆黑的夜里一望无际，空旷而苍凉，缺少植被的它真的是一片无边无际的"裸地"。正昏昏欲睡时，他惊异地发现月亮竟然投下了很多绿色的月光，他以为自己睡昏了头，还没醒过神，挡风玻璃前跳上来一只黑乎乎的东西挡住了他的视线，瞬间，他被彻底惊醒，是狼！

狼很快发现，它并不能立刻吃到活动着的鲜肉，便伸出爪子用力挠玻璃；爸爸被吓傻了，有那么几秒钟僵成一截冰溜。他醒过神来，立刻用最快的速度锁上车门，他确信，用不了几分钟，一只狼就会伸进爪子扒开车门。链轨快速行进着，一只只狼无所畏惧地继续跳上来。

爸爸先是突然加速，挡风玻璃前的狼猝不及防，被惯了下去；后腿站在链轨上，用前腿力图挠碎车窗玻璃的狼被迅速卷进链轨，转眼变成血红的狼皮铺在地面；同伴的血腥气息令狼们胆怯了片刻，有几分钟，那些狼慢慢跟着机车不再冲锋。

爸爸以为他终于摆脱了狼，很快他发现自己错了，越来越多的狼跳上链轨，而这不过是假象；一只狼则借助车后用来挂翻斗的铁沟，将爪子伸进排气孔，一只狼找到油箱，正试图用牙齿咬下盖子，爸爸全身哆嗦起来：聪明的狼已经找到这台庞然大物的缺陷……爸爸腾出一只手抽出座位下面的步枪。

好不容易熬过漫长的冬天，春天的野狼实在太饥饿了。听到枪声赶来救援的人们惊呆了，火把照耀下，几十只狼前赴后继奔向拖拉机，被狼覆盖的拖拉机如同一只被惊吓得毛骨悚然的怪物，正呼啸着左转右拐，茫然不知所措。

爸爸还讲过一个狼的故事，发生在他的同伴身上。

一天下午，爸爸同伴的妻子得了急病，他顾不得天色将晚且飘着雪，急急去请医生。他和医生作着伴儿往回赶，好在距离不远。风雪中，有谁在后面拍爸爸同伴的肩膀，他一回头，脖子被一只狼死死咬住……医生拼命逃回到基地，立刻喊了人去救，可是，再也没有找到同伴，巨大的风雪掩盖了一切痕迹，包括杀戮所留下的血。

在我和简桐的七岁，狼，再一次让我们遇到了。我以为遇不到它们，简桐也这么认为，可是，我们遇到了。我在树上呼喊着，声音被风完整地吞没丢掉。

从此，这个世界再也没有了简桐。

七

"有人在树上摘下冻僵的我，像摘一颗松塔。

"我继续睡着。睡梦中我变成松塔里的一颗松子，被人剥去松塔皮，光溜溜扔进一盆雪里。几只大手把松子翻来覆去，使劲搓，搓得冒出热气，然后把松子一层层裹紧，扔到火上去煻烤。

"睡梦中，无数只狼和蚂蚁一起啃噬我的手指、脚趾和骨头。我眼睁睁看着狼瞪着绿玻璃球一样大的眼睛，撩着牙，轻轻一扯，我肚皮里哗啦啦滚出许多东西，就像我塞满小人书、羊骨、弹弓和玻璃球的箱子，开一条缝它们就迫不及待地挤出来。

"我看见自己的心滚在脚边，噗通噗通地跳着——别拿走它！我呼喊着伸手去抢，头顶白毛的狼轻蔑地看我一眼，张开大嘴一口吞了下去……我变成东一块西一块的白骨头，上面爬满黑色大蚂蚁，是平日我用开水烫死、用火烧死的那种大蚂蚁……我狂呼着，简桐，简桐快来救我！简桐在树梢上抹一把鼻涕笑嘻嘻地说，我要找书去……

"我醒了。一阵剧痛，整张脸火辣辣的热。

"'你在干什么？'有人撕扯，脚步凌乱，'这个扫把星，是她妨死了简桐！上次就应该烫死她！'"

两年前，我写下另一篇小说，现在引用的这部分即出自那里：刚写下它的时候，我为自己的"想象"颇为得意，但现在，我准备将它恢复到本来的面目。我没有睡着，尽管寒冷和恐惧一层层地侵入一直侵到了我的骨髓，尽管我已经那么地困倦和疲乏，但我却不敢在树上睡去。我始终极为勉强地让自己保留着一点点微弱的清醒，它那么弱，但在着。北风呼啸，它不会在进入深夜的时候有所休息，它把雪和冷一点点渗进我的体内。刚来东阿的时候，我从朋友那里借来一本艾特玛托夫的《一日长于百年》，首先吸引到我的就是这个书名，它让我想起我趴在树上浑身颤抖的那个晚上，我感觉，它似乎也有百年之长。在经历了一百年之后，我终于听到了人声、脚步声，和一些更为混乱的声响。我看到了隐隐的光。妈妈，我朝着那个方向喊，但声音已经涌不出喉咙。

有人在树上摘下冻僵的我，像摘一颗松塔。我，是在那个时候才开始睡去的。我不知道是谁摘下的我，又是谁，把我递到了谁的怀里。是简桐妈妈的怀中，还是普希金妈妈的怀中？我不知道。我的大脑一片空白。

在那篇小说中，我被热水烫醒的这是真的，将水泼向我脸的是我的姐姐，她像普希金妈妈一样怨恨我：这个扫把星，是她妨死了简桐！上次就应该烫死她！

第二遍写下这个句子，我依然能听见她声音里的尖锐，也依然有种在喉咙里一直蔓延下去的刺痛。我甚至在写下它的时候，骤然有了冲动，试图用手上的键盘砸向电脑屏。在我提到的那篇小说中，我隐瞒了我和自己家庭的真实关系，我将里面的主人公打扮成一个受宠的"小公主"，至少母亲是宠她的，不，不是，那只是我的幻想，我不曾拥有过。在那篇小说里，我也提到了自己的"烫伤"，以及具体的经过。它，同样不属于虚构。

"那一年我只有5岁。只知道疯玩。一上午的时间，我和简桐以及卡利在基地西边的无名河上'折腾'，那时河面上有厚厚的冰，冰面上则是一坨坨的雪，它融化得不够彻底但已经变硬。那么冷的天，我们仨呼叫、奔跑，竟然把自己折腾得一身热气。

"在散去的时候我才感觉到口渴，而口渴一来就让我感觉到无法遏制，塞进嘴里的几口雪根本解决不了问题。'水，我要喝水。'我冲着正坐在桌子边上写作业的姐姐喊，'姐姐，我要喝水。渴死我啦！'简桐也跟着跑过来，他也同样感到口渴。

"'自己找。'姐姐很不耐烦。印象中她同样将我看成是一只被命运塞进来的小动物，并不是塞给她的但她却又不得不接受它。她，更心疼因为生下一个女儿而烦躁抑郁的普希金妈妈，她和普希金妈妈一样认定我是扫把星，散发着罪恶和不幸。'你就不该来我们家。'她不止一次地骂道。她说，在我出生的第二天，普希金妈妈没有奶水，我哭闹得让她心烦，于是她就朝着我嘴里吐口水，看着我咽下去，然后再吐一口。'你不知道自己多恶心。'

"'姐姐，我要喝水。'我还在纠缠：大玻璃杯是空着的，暖瓶放在我够不到的高低柜上。不耐烦的姐姐再次用不耐烦的声音训斥道：'炉子上刚灌了一壶凉水，去喝吧！'

"于是，即将烧开的热水像带着火焰的碳块儿灌进我的嗓子。我大张着嘴，从我口腔里喷出的是一股难闻的熟肉的味道。我啊啊地喊着，声嘶力竭，但在姐姐和简桐听来却没有一点声嘶力竭，他们听不到。这时，不耐烦的姐姐才显出一丝后怕，她追赶着奔跑到屋外的简桐，和他一起呼喊起来。

"她，挨了普希金妈妈一记耳光。这是我记忆中唯一的一次，普希金妈妈的耳光只会打我的头、我的脸和我的脖子，她的鸡毛掸子也是，她的鞋子也是，她随手抓起的什么物件也是。'又不是我灌到她嘴里去的！是她自己喝的！谁知道她那么傻！'姐姐冲着普希金妈妈喊叫，尽管我整个身体都处在火焰一样的灼痛中，但她尖细的声音还是传进了我的耳朵。

"我以为我要死了。他们也这么认为，包括他，我的季节性爸爸，那是冬天，他在。我以为死就是灌进口腔里的火，就是那种想喊也喊不出来的疼。穿着厚底长靴的赤脚医生束手无策，他对站在后面的爸爸说，如果能灌得下米汤，也许还有命，'你们试试吧。'他对站得更远的普希金妈妈说。

"米汤熬好了。爸爸端着半玻璃杯在松木灰里熬糯的大米汤喂我，只一滴，我便又一次眼泪滚滚，把脸偏向一边。我疼，实在是太疼了，我觉得自己是一只半熟的鹌鹑，就要死了。

"……简桐妈妈来了。她坐在我身边，从怀里掏出一只军用水壶，倒出一小杯还有热度的奶，是人乳。她让简桐爸爸开着铁牛车跑到总局医院求了三个产妇求到的，这壶乳汁用去了简桐爸爸半个月的工资。简桐妈妈把奶倒进军用壶放在肚皮上暖了一路。她小心翼翼用勺子把奶蘸上一滴点进我嘴里，我含着，咽下，竟然没有哭。一下午我死死扯住她的衣角，哪怕是在自己迷迷糊糊睡着的时候，也不放她离开半步。

"一个下午。我用力抓住她的衣角、她的气息、她的……，嗓子里的灼痛一阵一阵，每一阵泛起我都会滴出泪水，可我没有一刻放松。我不能放开她，我不敢放开她。直到傍晚。傍晚时分，简桐妈妈向普希金妈妈提出她应当走了，随后她俯下身对我说，孩子，我得走了。

"我不能说不，但我的手还在抓着她的衣角，抓得更紧。在她俯下身子来的时候，我的眼泪就形成了泉水。她掏出自己的手绢——她去擦我的眼泪，也擦自己的，这时，简桐大哭起来：妈妈，让思蒙去咱家吧！妈妈，让思蒙去咱家吧！"

八

基地的人说，我能活下来真是幸运。尽管并不是每个人都用"幸运"这个词，譬如普希金妈妈。在不同的时间段，她用的词是不同的，有一次她用了我听不明白的俄语。我听不明白那个词的含意，但她厌恶的、恶狠狠的表情我看懂了，她要表达的应是，她生命中的灾难远不到结束的时候，我活下来，就是一个灾难的证明，我要纠缠着她，让她得不到她希望的"好"。

在我离开远在鹤岗的家三十多年后，法庭上，已经苍老得不像样子的普希金妈妈再次表达了这个意思，她依然固执地认为我的到来让她的"灾难"无穷无尽，我是阴郁的命运派到她身边的"讨债鬼"，"在怀着她的时候人家就说了，生男则全家兴旺，生女则是'扫把星'，她会妨死家里的男人……"

哦，有那么多的线头，有那么多的记忆，它们潜在时间的水流下面，而我打捞起其中的一点，其他的点则以连线的样式一并浮起。暂时不谈二十年后的法庭，不谈普希金妈妈的指责和愤怒，我现在要说的是我的"幸运"。

我的幸运是，我遇到了简桐妈妈。这个让我从心理上更认为是母亲的人。

那天，我第一次被烫伤的晚上，又住回了简桐家里。我和简桐妈妈睡在一起，她说，即使在我睡着的时候，也还是紧紧抓着她的手指。"你这孩子……"四十多年过去了，我在写下这段文字的时候，简桐妈妈说"你这孩子"时的表情我还记得，清清楚楚。那是我儿童时代少有的温暖时光，它包含着的光在我之后的生活中绝少再有机会出现。

简桐说，我的嗓子"被烫成了七成熟"。这是他听来的，我不知道他是听普希金妈妈说的还是他妈妈说的，或者是那个总是手足无措的赤脚医生说的。我张开嘴，七成熟的喉管只能接受一滴滴慢慢滑进的奶——三调羹奶，我足足吞咽了一个上午。

然后是第二天，第三天。

我可以喊疼了，尽管声音微弱。每喊一次，我都觉得自己嗓子里烫坏的上皮、黏膜和肌肉就被撕扯掉一点儿，它们是片，或粉。

爸爸和简桐爸爸买来了一只奶羊。这件事，是爸爸一个人作主的，他没有和普希金妈妈商量，以致普希金妈妈在早上醒来走出屋门时尖叫起来：羊！羊怎么进屋来啦！快给我赶出去！

爸爸对她作出说明：思蒙不能喝别的，现在，只能喝奶，简桐妈妈要来的奶没有了，总不能看着饿死她吧。普希金妈妈无话可说，不过，她先是拒绝将羊养在家里——太膻太臭，实在受不了；然后她也拒绝去挤羊奶——她不敢去碰那只羊，在普希金妈妈看来这是一件"不相称的事物"，即使是为自己也不行，何况是为了不得不收留下来的"小扫把星"。

简桐妈妈承担了每天挤奶和将奶煮好喂我的活儿。她每天穿过篱笆来到我家，我一见到她，就凑上去，拉住她的衣襟。"这孩子，"她说，"跟我真是有缘呢。"我说："我叫你妈妈，住在你家里吧。"

简桐妈妈悄悄瞄了普希金妈妈一眼："等你长大了，嫁给简桐，就能叫我'妈妈'了。"

"你想要，我现在就给你送去。"普希金妈妈笑着，她笑起来的时候很是好看，"我还有个女儿哪，不缺这般人。"她斜着眼睛，用余光扫过我，"这才几岁啊就挑挑捡捡的，狗还不嫌家贫呢。"

普希金妈妈说到做到。在我被烫伤半个月后，普希金妈妈决定回一次她的老家山东东阿，带着我的姐姐。

"去你简妈家吧，你不是总想当人家的女儿吗？小扫把星，看谁不嫌倒霉！走，你磨磨蹭蹭地装什么，哼，以为我不知道你！你也别高兴太早，我们回来了你还得回这个家！唉，这样的日子什么时候是个头啊！"

我被普希金妈妈心安理得地寄存在简桐家。虽然嗓子还疼，它时不时还会有烧灼感，但这丝毫不曾影响我的天堂感。那是我半生中少有的天堂时刻。它让我知道，书上所描述的美妙与关爱，其实是有的，它，是我这样的被母亲和姐姐称为"扫把星"的人也可以体会到的。

一个月后，我的烫伤已经基本痊愈，但属于后遗症的隐疾……这个，也留在后面说吧，在痊愈的过程中它显得无关紧要。普希金妈妈已经返回，同时返回的当然也有姐姐。印象中她们从没当着我的面谈及过那次旅程，一次也没有，这完全不像我姐姐的性格。我不知道她们遭遇了什么，就像她们也不知道我在简桐妈妈家里的境遇一样。我，当然不会向她们描述我的天堂，何况我的普希金妈妈也没给我这样的机会：她返回基地多日后仍然没有向简桐妈妈提出接我回去。

一个敞开的院子，八九家邻居，她来她走，院子里的所有人都看得见，我也看得见。我和普希金妈妈的"遇见"很有戏剧性，但应是在一些狗血的影视中反复出现过的：我从简桐家里飞快地跑出来，追赶刚刚蹿进屋子里去的卡利，平日里我们总是这样游戏，卡利也总是慌张着逃跑，我跑出去，和一个行色匆匆的女人撞个满怀，是普希金妈妈。她明显地愣了一下，她一定没想到能遇见我。她愣住的那刻显得冷漠，甚至有些躲闪，仿佛我是个陌生人，是在雪地里弄脏了毛的卡利。"妈妈……"我怯怯地用喉咙吐出这个词，声音很小，小到自己都没有很清晰地听见。她突然转身离去并用力摔上了门。我耳朵里灌满她关门时发出的声响，站在冬日昏黄的阳光下连着打了几个寒战。

当天晚上普希金妈妈推开简桐家的门，当时，我和简桐在火炕上来回翻跟斗玩得正疯，普希金妈妈的出现立刻让我俩僵硬，屋子里的空气一下子变得稀薄，"简桐。"普希金妈妈脸上画着笑容，她举着两袋高粱饴糖和四包点心，郑重放在缝纫机上。她和简桐妈妈聊着，热闹热烈，普希金妈妈笑得开心，她穿着一身得体的新列宁装，我发现她也理了头发，弯弯的刘海衬得她的大眼睛更加好看。即使现在回想，我也必须承认，普希金妈妈是个标致的美人，无论用现在还是那个时代的眼光。可我和简桐为什么那么怕她呢？

简桐妈妈几次将话题引向我都被她岔开了，躲在简桐妈妈身后的我感觉到她的有意。她在说自己老家的事儿，弟弟和妹妹，"终于好些啦。我这个姐姐，也没算白付出。"她说老家的树和雪，说乡下的饥饿和被改变的风俗，也说那里层层叠叠的死亡。偶尔，普希金妈妈朝我的方向扫上两眼，可她始终不曾谈到我，不曾问我：这些日子怎样，惹阿姨生气没，嗓子是不是恢复啦？直到她向简桐妈妈告辞。

"我这两天不太舒服。我也不知道是怎么啦。"

"你好好休息，思蒙先跟着我，现在让她走我都舍不得呢。"

我被继续寄存在简桐家里，看得出，简桐和他的两个哥哥也愿意如此。普希金妈妈走后，简桐妈妈和爸爸看着我们吧嗒着嘴巴，把高粱饴嚼出一片甜腻，我把一颗糖塞进简桐妈妈嘴巴，想听他们是不是商量把我送走，可是简桐妈妈笑着宣布，明天中午吃羊奶麻花。

在满屋子香气中，简桐妈妈将炸好的麻花放进小盆里嘱咐我："快，和你大哥给你妈送过去。"我摇头，然后从小盆里抓出三四根麻花："他们吃不了这么多。""你这孩子，"简桐妈妈轻轻拍我一下，把我拿出的麻花又放回小盆："你不去就不去吧，让哥哥去。"

距离很近，两个哥哥很快就回来了，不过他们已经没有了刚刚的兴高采烈。铝盆被扔到灶台上，叮叮当当的。"你们干什么！"正在烧火的简桐爸爸冒出了火气，"你们撑着啦？不想吃麻花啦？"

"张老师说，我们一家人都在吃她家的羊奶！"简二哥的声音也提了八度，他吼道，"不吃，我不吃啦！"简桐妈妈的手抖了一下，筷子夹着的面团儿骤然掉进锅里，刺啦！油花飞溅，几粒硕大的油花溅到简桐妈妈手上。

她颤抖着。油锅里噼里啪啦炸响一片。

简桐爸爸站起来，一把拉开她："瞧瞧你，是炸麻花还是炸眼泪？回头热油把你炸成麻子脸，看我不休了你！等着，我把羊钱给张老师送去，羊就是我们家的！我们吃，都吃！"

简家有了小半盆儿炸好的羊奶麻花，它们飘散着羊奶、面粉和熟油的香气，有几根麻花没能及时捞出来，已经糊了，但那股香气还在，它弥漫着，整个屋子里都是。简桐的爸爸妈妈撩开门帘走进里屋，我们能听见翻箱倒柜发出的声响。简桐爸爸先出来，他招呼我们吃，然而自己走出门。"妈妈，出来吃麻花"。简桐喊道，"你们吃，先给思蒙。我得给手上涂点药。"

后面发生的事我记得不是很清楚，相隔的时间实在是太过久远了。有些记忆任凭我努力去想也只有一些小小的碎片。

我试图串起它们，但无法补全所有的线。我能记清楚的是，很晚，爸爸来了，他掏出一把钱放在高低柜上，简桐爸爸和他推搡着，后来简桐爸爸收下了我爸爸送回的钱。

"思蒙，跟我回家。"爸爸转过身向我伸出手。我犹豫着把自己的手递向他。

九

我没有吃羊奶麻花，无论在简桐家还是普希金妈妈家里，这点我记得很清楚，绝不会错。那是一个极为匮乏的年代，尽管我还小也忘记很多事儿但对没有吃羊奶麻花我绝不会记错。

是我自己不吃。我说嗓子痛，不敢吃。普希金妈妈把递到我面前的麻花又递给姐姐。麻花硬，你倒是真懂得疼自己。我的眼泪立刻涌了出来，珍珠一般。

每次想到普希金妈妈我都迷失，我应当顺着我和简桐的故事一路讲下去，讲我们遇到了狼，然后是我一个人爬到了树上，简桐爬向了另一棵树，可是颇有心计的狼竟然有一只匍匐下来，让另外两只踩着它跳，其中一只咬住了简桐的脚踝将他拉下树去，等我爬到树顶往下看时，简桐已经没有了声音，三只狼撕扯着他就像在撕扯一团被雪弄脏了的旧棉絮……然后，然后，我佐证了普希金妈妈坚信的预言，我是灾难、不幸、凶险的化身，是扫把星的化身，靠近我就等于靠近悄然弥漫的瘟疫……"这个扫把星，是她妨死了简桐！

上次就应该烫死她！"我的姐姐，影子般跟着普希金妈妈的姐姐，她把一杯热水泼向我的脸，让我骤然尖叫着从昏昏沉沉的梦中醒来。她，和简桐并无那般的亲近，可在那一刻，她，表现得远比简家的所有人都强烈，都疼痛。"把她赶走！不要让她再住在这里！"

我哭起来，并不是因为脸颊上的疼痛。简桐没有了，他把我抛在了这个充满着鬼火和责任的世界上，我喜欢卡利维诺在《分成两半的子爵》里的这个句子。事实上，简桐在这个世间的消失把我抛出得更远，他的消失似乎也代表着某种光的消失、温暖的消失，以及一些更为复杂、混浊着的情感的消失。我甚至觉得，他的消失，在某种意味上更是我的消失。之前，我并没有意识到简桐的存在对我有那么重要，我也并没有意识到，他的消失，竟然能带走我那么多。我对寒冷的感觉变得迟钝，我对光的感觉也变得迟钝，我对我自己，也变得迟钝。

简桐没有了，他家的房门也对我关闭了。我哭着找简桐妈妈，爸爸一把抱住我，让我根本无法挣脱，"别去了。"他的声音里含着泪水，我听得出来。

姐姐那杯热水在我脸上烫起几个大大小小的水泡。简桐二哥过来，他拿来上次烫伤喉咙时我用剩下的獾油药膏。"给思蒙用吧。"二哥没朝我的方向看，他的眼睛只盯着普希金妈妈。"二哥。"我试图叫住他，但我的声音一出来自己先有了胆怯，他看到了我，但没有看我，始终。

简桐没有了,我和这个家的关系也就结束了,彻底而且充满着裂痕。我记得简桐妈妈哭泣时的情景,在写下这句话的时候那个情景又一次浮现,又一次逼出了我的泪水。我甚至从她哭泣的情景中"看到"了她心脏的撕裂。这,远比我脸上的烫伤更让我疼痛,远比滑进我喉咙里的灼热更让我疼痛。

第三天,或者是第四天,我记不得了,反正那时简桐还没有被安葬,父亲开着他的铁牛拖拉机把我送回了学校,我被丢到一群异样的眼光中直到放暑假。

物是人非从那时候就已经开始,在我的所谓人生经历中,就是不断经历物是人非,甚至会是物非人非,譬如我在2013年秋天对鹤岗的重返。我没有找到父亲所在的基地,地图上已经没有了它的痕迹,而我也没有打听的兴致,一点儿也没有。从本质上我也是拒绝的。

我只想回到那个树林里。让自己在某一棵松树下痛快地哭一场。为简桐,更为不断破碎着、损害着的自己。据说简桐被埋在他未能爬上去的那棵松树下,死后的简桐可以从容地爬上去了,平时他总是爬得飞快。死后的简桐有了足够的从容,狼,再多的狼也不会注意到他,他只是一个空荡荡的灵魂。据说被狼撕碎的简桐只留下了衣物,简桐爸爸坚持,把简桐用过的书包和里面的东西也埋了进去。

不知道他遗落在家里的那本《数学》是不是也包含在其中。

物是人非从那个时候就已经开始。暑假，我回到有普希金妈妈和姐姐的基地，那里只有她们了。爸爸不在，简桐爸爸也不在，简桐的两个哥哥和简桐妈妈通通不在，她们搬走了。简桐妈妈坚持离开，一向和善一向妥协的简桐妈妈唯一一次固执的坚持，为此，简桐爸爸向上级提出请求，他被允许调离。

于是，那个在我心底一直认定的妈妈离开了，两个呵护纵容我的哥哥也离开了。我在她家旧菜窖那里站着，一站就是一天。鹤岗的夏天也是炎热的，可我感觉不到热。我只是站着，望着门和窗户。七岁的我知道，奇迹不会出现，简桐妈妈不会再次推门而出，她的身影也不会再次映在窗口上，可我就想站在那里看。我不知道自己在看什么，我其实什么也看不见。我成了一块被阳光暴晒着的木头，没有思也没有想。普希金妈妈偶尔进进出出，她当然能看见我，但她看见我就像看到一块没有摆放在适当位置的木头。姐姐也会看见我，她有意绕过我，朝着前面的某个地方吐一口痰。她不和我说话，我也不想。

秦阿姨出来摸摸我的头，她现在是简桐家房子的主人，"思蒙，进来坐会儿吧？"我既不点头也不摇头，一动不动。秦阿姨拉着我在简桐家旧菜窖上坐下来，我不看她，眼泪在我眼眶里旋转着，我努力不让它流出。

天空正慢慢变黄变昏变暗，涂在红砖墙上的晚霞红得像血。卡利和他的孩子们弄得院子里尘土飞扬。我远远地看着他们，似乎又听到简桐的笑声，那错觉尖细得像针。卡利蹿到我面前，摇着尾巴，忽而又融到尘土和他们的笑声里去。七岁的那年，我已经懂得回忆了。我想起简桐在着的时候的一些事儿，包括同样的喧闹和尘土飞扬。卡利扑向我，它试图让我也融到尘土中。它扑到我的肩上，伸长脖子，在我脸上轻轻地舔了一下、两下。脸上沾满卡利热呼呼的唾液，很黏很腥，我抬起袖口抹了一下，我突然停住，这动作，简直和简桐抹鼻涕时的动作一模一样。

一模一样。

十

简桐的死让我变成了哑巴。我说的不是象征，而是事实：整个暑假，我几乎没和任何人说一句话，包括爸爸。简桐的死让我一下子和他们拉开了距离，更深的距离，它似乎是一道望不到底部的深渊。

就是从那时起，我开始了对简桐的反复梦见，梦见雪和呼啸的北风，梦见奔逃，梦见简桐喊我：快爬上去！我爬到树上，简桐就不再见。月光透过窗框，里面总有些晃动的东西，影影绰绰的让人浮想。

爸爸注意到我的变化，虽然他是个粗枝大叶的人。普希金妈妈不止一次向爸爸抱怨，恨恨地骂我说了谎，是我指使和逼迫简桐的，不然以简桐那个孩子是不敢那样的，是我在捣鬼却把责任推了出去。她就是个扫把星；简桐一定是不甘，所以在我脑子里放进了什么坏东西；我们养这个孩子就是白养，白养还是好的，她应当是个讨债鬼，那个代表狐仙的女人说得没错，"你看你看，人家说得多准，离她近的男人会死的！"

"净瞎说，都什么时代了你还这么迷信。"爸爸试图制止，"要是那个女人算得准，她怎么不把自己的命算好一点儿？""事实会证明，我说的是对的！"普希金妈妈的声音陡然提高，爸爸的声音则骤然小下去，只剩下听不清楚的嗡嗡嗡。"亏你还是人民教师。"爸爸的这句话说得轻飘，没有重量。爸爸在家里一直小心翼翼的，他不想争吵，他只愿意安安静静地躺着，仿佛他把在外面一整年的疲累都带回来了。

这样的爸爸和他的同伴们描述的爸爸有着巨大的差别。

普希金妈妈的话爸爸也许信了。在我变成哑巴的那段时间里，我感觉到他的疏远，甚至小小的厌倦。他在观察我，带着一种试探的、躲闪的意味在观察我，我知道。从很小的时候我就学会了察言观色，我能够捕捉到在我身边的每个人的细微变化，哪怕他始终掩饰着，努力不让自己的动作和表情联接通向内心的神经末梢。我感知到爸爸的变化，不过我不准备改变。

生活在不断锤压我的过程中也在我的血和肉里塞入了某种坚韧的东西，虽然我不知道它是什么，该用怎样的词语来称呼它。它却在，有时让我感觉不适，就像多余出来的一块骨头：它制造着不适，却不能轻易地磨损掉。

我又一次受到姐姐的捉弄，这次受损的是我的舌头。我的口腔总是多灾多难，没有任何一块骨头会保护到它。爸爸放弃了他的试探性观察，他天天拽着我去卫生室，负责给我接生的刘四家的让我把嘴张开，在我舌头上撒上一种腥臭又奇苦无比的药粉，它流进嗓子哪怕一点点也会引发我撕心裂肺的呕吐，有时候，我突然自己都能把心、肺和胃一点点吐出来，直到把自己吐成一个薄薄的透明人。

　　爸爸去了趟省城，没有为普希金妈妈买回她看中的一件米黄色卡其布棉风衣，而是用那部分钱买回一箱奶粉。我不想描述因此的风暴。它没什么可说的，它只是比平时更猛烈一些、持久一些罢了。我承认自己是一个见惯了风雨的人，因此也部分地丧失了描述风雨的习惯。但另一场风暴我不得不提。

　　爸爸买回了奶粉，它下得飞快，普希金妈妈说，我特别能喝，所有的奶粉都是我一个人在喝，还总是自己偷喝，"好像我不让她喝似的"。姐姐也频频点头，"我想喝一口她都不干"。爸爸半信半疑，可他没有证据，他不会总在家里。问我，我也不会说，那是我的沉默时期，我知道我的沉默会让别人更为厌恶，但我打定了主意。事实是，这些奶粉有一大部分是被姐姐吃掉了，是吃掉，不是喝，她将小勺伸进奶粉袋里，然后将满满一勺奶粉放进自己的嘴。吃奶粉的时候，她斜着眼睛看着我，一副"我就吃了，你又能怎么样？"的挑衅。

我不能怎样。我能做的，就是用沉默来对抗。

她抱着半袋奶粉，一勺接一勺吃，用惯常的表情斜着眼睛，我故意不朝她的方向看。这时门开了，声音不大。姐姐没有回头也没有停止手上的动作，她以为打开门的是普希金妈妈，没想到的是，进来的是爸爸。

爸爸一声不吭从后面蹿过来，劈手夺下姐姐手里的袋子，"噗"地丢回奶粉箱子。姐姐明显受到了惊吓，在短暂的愣神之后，她裂开嘴巴大哭起来，随着哭声，她面前出现一团淡淡的奶粉白雾。

我也受到了惊吓，我没想到姐姐会哭，而且哭得撕心裂肺像是一只被踩住尾巴的猫。我跳下椅子，试图从姐姐和爸爸身边逃出去，但慢了半步。普希金妈妈冲过来，径直抓住我的头发，啪，啪！我脸上挨了两记响亮的耳光。普希金妈妈显然用了很大的力气，她的手被震疼了，甩了两下手然后再一次高高地扬起，爸爸怒吼了一声，然后扬起手也扇了普希金妈妈一记耳光。

姐姐的哭声戛然而止。爸爸从来没有和普希金妈妈真正争吵过，更不用说动手打她了。爸爸的愤怒还在，他的愤怒是一团噼噼啪啪作响的火焰，燃烧着房间的氧气。他抱起我，在普希金妈妈和姐姐的注视下踹开门，爸爸的愤怒还在翻滚，他按不住它，它是一只到处嘶咬的野兽，已经走出去，爸爸转回身，他迎着屋子里传出的哭喊和咒骂抬起脚，恶狠狠地朝屋门使劲踹过去，屋门上几块玻璃哗啦啦掉下来，闪着晶亮而锐利的光，碎了一地。

那场风暴的后果是，爸爸带着我去了他的办公室，让基地和他关系好的叔叔阿姨把我安顿下来：开学之前，我住在那里，但要听话，不能乱跑也不能毁坏他的东西。我用力地点头，但依然不肯说话。

在接下来的时间里，爸爸为我办好了转学，我被送进距离基地300公里的总局附小。他告诉我，这里是全寄宿学校，我和许多小朋友住在一起；在这里，没有人会扇我耳光，谁也不能；在这里，我也不会被烫伤或割伤。爸爸眼神有些闪烁没有说出后面的话，我能猜得出：不用担心遇到狼，我更不可能逃出学校。我扭头看着院墙，高大厚实的砖墙，没有一根篱笆。

在新学校，我依然不肯说话，我觉得没什么可说的，没什么要说的。我习惯了沉默，总是一个人在"外面"待着，用树枝、热水或者凉水，改变蚂蚁们的路线，或者看它们挣扎。偶尔，我会把捕捉到的蚂蚱、蜻蜓丢给蚂蚁，看它们抢夺，看它们如何把这个天上掉下来的庞然大物运回到家里去……两个月后。爸爸来学校接我，因为班主任紫椴老师给他打去电话，要他带我去医院检查声带。

爸爸来了，紫椴老师带着我坐上他的吉普车赶往省城。他们一直谈我，走到医院挂号时也没停止。我悄悄溜出医院，吉普车开进医院之前我就发现医院对面是新华书店。我坐在地板上看小人书，一本接一本。爸爸找到我时头上满是汗珠儿，手里紧紧攥着一张挂号单，"思蒙怎么跑到这儿来啦？"我站起来，面对还有些宠我的爸爸响亮地说："你们是来给哑巴看病的，我不是哑巴，为什么要去？"

你？爸爸脸色变了几变，他抬起手，跟在他后面跑进来的紫椴老师则笑起来："这孩子……"爸爸看着紫椴老师，也跟着笑起来。

我不是哑巴，我只是不爱说话，不想说话。爸爸对紫椴老师千恩万谢又反复道歉。"这不是最好的结果吗？难道你希望她真的是个哑巴？"

这孩子，紫椴老师这句话让我骤然和她亲近起来，因为它是简桐妈妈挂在嘴边的，紫椴老师普通话的尾音竟然有简桐妈妈的味道。在那一刻我又想起简桐，想起搬离基地的简桐妈妈。

我决定，我可以说话了。

十一

我是不是扫把星？普希金妈妈说的，姐姐说的，以及那个我并没有谋面为普希金妈妈算命的"狐仙"女人说的，是不是确有它的合理性？

这是个问题。

这个问题一直或明或暗地纠缠着我，尽管我一直抵御，尽管我所受的教育反复告知我它是荒谬的，但每次想起来，尤其是幕黑人静的夜晚，它令我恐惧，它让我恐惧我自己。

我觉得自己真的可能是那种有害的"带菌者"。在我身上有一股暗暗的、我不知的力量，它会悄悄盯住出现在我身边的男人，钻进他们的体内，让灾难不断繁殖直到把他们吞噬掉……

我是不是扫把星？在简桐死亡之后我并没有将它看成是问题，尽管是我的错，是我用威用逼用利用诱拉着拽着让简桐跟我一起逃回家去，但我并不觉得自己能和扫把星联系在一起。爸爸说，这是迷信，是封建残余。至于普希金妈妈的相信，爸爸说这是她的旧脑筋，之前受的苦太多，所以就有了信神信鬼，疑神疑鬼。爸爸说，她是想男孩想疯了，我要是个男孩，就是谁说我是扫把星也没用。

可爸爸的死，则像一根重重的锤。它重重地砸下来，砸碎了我以为的笃定，我没想到它会如此不堪一击。我真的是扫把星吗？我真的会"妨"人吗？爸爸的死，真的不是我妨的吗？如果没有我的存在，他会不会活得长久，一直老到九十岁、一百岁？

把我和紫椴老师送回学校，爸爸推开车窗，重重地按了两下喇叭——那是我与他见的最后一面。他朝紫椴老师挥手，朝我挥手，我不知道那次挥手即是永别，我的挥手有些敷衍，不知道为什么我那么急于和他告别，急于钻进学校。

吞掉他的不是狼，是沼泽。

如果是往年，爸爸也许能逃过那劫，他们的勘探一般会进行得早很多，可那年多事。尤其是那年的秋天。总部组织批林批孔，爸爸他们的勘探工作不得不一拖再拖，而他们必须在春天到来前再建一个新农场。在秋天结束、冬日来临的时候爸爸他们才开始上路，他们开拔进无人区，零下 15 度至零下 25 度的气温将一片方圆三十公里的沼泽化妆成他们一路颠簸着走来的裸地，毫无防备的爸爸和知青李喆一起把拖拉机开了进去。

他们变成了被泥浆糊住面孔的尸体，变成了追悼会上薄薄的两张黑白照片，变成了石碑上的名字，变成了纸上的名字。

熙熙攘攘。许多人来为爸爸和李喆叔叔送别，不知道为什么，我脑子里想着的却是简桐，全是他，他占据了我的大脑、脑干、小脑、丘脑，爸爸则被挤了出去。事实上，我并没有把爸爸与死亡联系在一起，我不相信他会死。

普希金妈妈领着姐姐、我和一个从未见过的男孩给石碑上的名字磕头，她突然发现，石碑上的五个大字刻错了一个，本来应当是"垦荒者之墓"却变成了"啃荒者之墓"。

不行，你们得改过来，你们不能这样对待老马和小李，他们是为垦荒献身的，"啃荒"又是怎么一回事儿？你们不觉得你们太不尊重这些为党和国家献身的垦荒者了吗？让别人看见，是会嘲笑他们的！……

普希金妈妈不依不饶，她哭得热烈，周围的人包括李喆叔叔家的人都过来劝慰，唯独站在普希金妈妈身边的那个男孩站在原地，冷漠地观看着这场演出。

没有结果，或者是普希金妈妈得到了结果，她不再纠缠"垦"和"啃"的不同。那个"啃"字醒目地留在石碑上，和爸爸的名字、李喆叔叔的名字留在了一起。墓碑上写着，爸爸来自山东，李喆叔叔则来自广西。这里没有半点儿错误。不再纠缠的普希金妈妈只剩下了悲戚，悲戚拖着她的双腿仿佛她也跟随爸爸走进了沼泽……

过了很久，我才意识到季候性的爸爸没有了，他不会出现在下一个冬天。他真的变成墓碑上的字，变成了"啃荒者"。对我来说，让我真正震惊的是站在我前面表情木讷冷漠的男孩，他是我的哥哥，一个一直被藏在暗处、从未谋面也从未被人提起的哥哥，就连姐姐也不是很清楚的哥哥。姐姐对这个哥哥的记忆模糊，似乎他曾影子般存在过，时间很短，在与苏联关系吃紧时他被送往内地，他走的时候还曾引发过为时不短的"家庭地震"，之后就没了他的消息。姐姐曾问过爸爸这个哥哥的去向，他说他死了，死在病中，大概是拉肚子或者发烧。

"他真是我哥哥？"姐姐不依不饶，她的不依不饶让普希金妈妈更加悲戚。她说，是，是你们的哥哥。"我不信！"姐姐撕扯着普希金妈妈的布拉吉上衣，"你骗人！他根本不是我哥哥，不然，为什么他不早来？"普希金妈妈将矛头指向我，都是因为她！本来我和你爸爸也想接他回来，可这个小扫把星出生了，狐仙说不能接回来，她会妨死家里的男人，我们就想观察一段时间再说……

"你骗人!"姐姐不肯相信,"根本没有扫把星!你说谎,你是封建迷信!赶他走,快点赶他走!"

他怎么会走呢?

爸爸的死让家里多出许多人。舅舅,普希金妈妈的亲弟弟,在安葬爸爸当天她已和总局领导谈好由这位农村户口、体质瘦弱的舅舅来"接班";大伯,爸爸的亲哥哥,他年长爸爸十八岁,他匆忙从山东赶过来,因为消息得到的晚而他又忙于工作因此并没赶上爸爸的葬礼,一同来的还有他的二儿子;小姨和姨夫,以及我叫不上辈份来的亲戚们。这个家有了之前从未有过的喧闹和拥挤。

我不关心大人们的吵嚷,姐姐也不关心,她所有的心思都在驱赶那个男孩上,她对"哥哥"的出现充满敌意。在她需要的短暂时间里,她对我有了丁点好脸色。姐姐使用着种种小手段,面对姐姐针对他的各种丰富表情,哥哥任由她胡闹,无动于衷。他冷冰冰地面对普希金妈妈,面对我和姐姐,面对瘦小枯干的舅舅,只有和大伯家的二儿子在一起时才露出一丝笑容。这个哥哥,原来是"寄存"在大伯家的。

对所有人来说爸爸的死已经成为过去式。几天后的一个早晨,妈妈带着舅舅去总局办手续,"我就操心的命!"她牢骚着,眼里却闪着很亮的光。

家里只剩下姐姐、我和哥哥,这是一个绝好的机会。姐姐开始指桑骂槐,并且越来越升级。哥哥坐在凳子上心神不宁地咬着手指。姐姐从炕上走下来,她在哥哥后面走来走去,故意用身体碰一下两下："躲开！好狗不挡道！"哥哥站起来绕过姐姐的视线，径直躺到床上去。姐姐，越来越有了普希金妈妈的漂亮和小恶毒的姐姐继续释放着情绪，丝毫没有忌惮。木讷、冰冰的哥哥一言不发，只是继续咬自己的手指。可姐姐不该，如果她不使用那个刺耳的词，也许她可以继续作她的威福，继续她的挤兑，可她偏偏说了。"你说什么？"哥哥终于忍不住了。

"杂种，我说杂种，又没说你。"

"你说什么？"

"杂种杂种杂种，我说杂种，偷东西、占便宜的杂种！"

我没想到木讷的哥哥会那么迅速，姐姐一定也没想到。她脸上先是挨了重重一记耳光，随后男孩抓住她的头发，一把将她推翻在地，一拳接着一拳抡下去，姐姐杀猪一样喊叫，她脸上满是鲜血，衣服上、头发上也是。哥哥没有住手的意思，他恶狠狠地抬起腿，朝姐姐的腰、腿、肚子和头猛踹。"你不能打死她！"我扑上去，他轻易把我甩到一边，脚又一次抬起来。

那是我见到的最凶狠惨烈的一次殴打，一向强悍的姐姐毫无还手之力。最后她求饶了，一张嘴就是喷出的血。我又扑过去，又一次被甩开……

邻居阿姨叔叔听到响动赶过来，他们把姐姐抱出门送往卫生室。闻讯赶来的大伯狠狠甩了哥哥一记耳光，哥哥红着眼眶又恢复到冷冰冰中，仿佛刚刚发生的事与他毫无关系。

姐姐只是皮外伤，并无大碍。那次惨烈的殴打让姐姐改变了脾气，至少在那个男孩的面前。后来，她开始叫他"哥"，凡事都懂得让着他、护着他，包括按照他的吩咐去为他倒水。她不再提"将他赶走"，从那之后一次都没有提。她甚至举着一根楸木向我炫耀，哥哥会做鱼竿，他真厉害！不过哥哥后来还是走了，回到了山东，这是姐姐在信中告诉我的。

他不习惯鹤岗，当然，他可能也不习惯山东。

十二

在父亲死后的第三年夏天，我离开了给我记忆、幻觉、温暖和疼痛的鹤岗，普希金妈妈让我去"寻亲"。印象中那是她对我最为和颜悦色的一次，那一次，她没提"扫把星"。她说，你也能自立了，你还记得上次你爸爸去世的时候，来咱们家的小姨和姨夫吗？她们非常希望你能回山东上学，那里教学条件更好一些，你姨夫是学校的教务主任。你过去对你有好处，同时也给你小姨她们一个报恩的机会。她们家的条件不错，比我们家好！跟着她们，你想吃什么想喝什么都可以问她们要，妈妈会支付你的生活费的，就是妈妈不支付，她们也会好好待你的，你小姨欠我们的，没有我她哪有今天的生活！

——如果，她们不呢？

——不会！她也不敢！普希金妈妈的眼圈红了起来：你妈妈要不是为了她和你舅舅，也不会落得这副天地……

许多年之后，普希金妈妈把我和哥哥告上法庭，理由是弃养。她说的是事实，我承认自己没有尽赡养的义务，但是，普希金妈妈也没有履行抚养我的义务。

大学第一年，我接到姐姐寄来的一封信，内容是哥哥走了。他不适应东北的寒冷，大伯现在担任某公社的书记，他让二儿子转告哥哥，如果愿意就回来工作。哥哥极快返回了山东，走的时候甚至没和妈妈打个招呼，只留下一封信。舅舅工作顺利。妈妈身体不好，而且越来越不好，一直在生病，甚至影响了教学。她决定带着姐姐回老家休养。姐姐在信的最后说，普希金妈妈的工资远不够她自己每月的医药费，她，不会再为我的生活和上学负担。

信的末尾是四个龙飞凤舞的大字：此致敬礼。

攥着的信纸像冰块一直凉到指尖，我脑子里一片茫然，仿佛被塞进一团旧棉絮。从那天起，我再没收到过普希金妈妈一分钱。

我给家里打电话，给基地打电话。基地的人告诉我，等一下，等到的结果是一串电话挂断之后的忙音；我给家里写信，除了其中一封信被原样退回，其余的都杳无音讯。

信中普希金妈妈说她将回她的老家生活，但这并不是真的。小姨说她没有回来：两个大活人回来了我能不知道？我这个姐姐，唉，想一出是一出，也不知道她想干嘛！你也知道我们过的日子，她当我们是开银行的吗？她也不想想，她拿不出钱来养女儿，我们就能拿得出来？思蒙啊，也不是小姨无情无义，就没有你妈妈这样的！

一路打听，我骑着自行车去了舅舅的老房子。大门紧锁，从门缝望进去里面长满一人高的杂草。我有些慌张，不明白普希金妈妈为何说谎。返回小姨家时天黑透了，大门和天色一样黑洞洞地紧闭着。我在门外徘徊，希望门能打开。我知道小姨、姨夫和表妹都在家，他们在墙里沉默着。虽然已是春天，鲁西的深夜风萧瑟冷，我一遍遍按响自行车铃铛，邻居的狗叫起来，狗又叫醒了家后的狗，半个村庄醒了，小姨一家还在睡，安稳地睡。

我坚持不敲门。凌晨，我骑上自行车，奔向洒满月光的柏油马路上，向120公里外的学校骑去，与母亲的失踪和关闭的大门相比，120公里实在是很近的距离。

"你没体验过手里攥着五毛钱，在学校小卖部里看着二块六的卫生巾和八毛钱一卷的卫生纸不停掉眼泪的滋味；你也没体验过，蹲在操场边的厕所里，上课铃响过很久蹲得两腿发麻也不敢起身的滋味。我不想逃课，可我，不能穿有斑斑血污的裙子去教室。饥饿能忍，旧衣服也能忍，这些怎么忍？"姐姐伸出圆润的手来捉我的手，我竟然一惊，下意识地把手飞快地缩回。

2015年夏，佳木斯车站附近的一家餐厅里，姐姐知道我到达的车次，提前给我打电话，她说，要先见一见我，和我说说话。"咱妈起诉的不止是你一个，还有那个哥哥，你在山东和他有联系吗？"我简单明了地回答，没有。大伯患上血栓前我见过他两次，他很冷淡，一副拒我千里的样子。

"我们见面再说吧。思蒙，你得给姐姐这个机会。"

我告诉姐姐，为了卫生巾，每个周末我需要换乘四次公交车，花两个小时的时间到一家郊区酒店去做服务员，这家偏僻的酒店每到周末举行小型酒会，需要一些年轻姑娘为客人做引导。平时，我和几个同学贴小广告，为学校附近的小学生做家教；为餐馆洗盘子；一家家宾馆找过去给人家洗床单，枕套洗一次一毛，床单三毛五，被罩五毛钱，一天能赚到三五元钱。坐在公交车上回学校时往往累得直不起腰，如果有个座位，一定会昏沉沉地睡过去。

我说，我时常在累了一天之后一个人坐在路边，等车。车过来的时候我就会生出扑上去结束自己的冲动。我也曾想过卧轨，但那时的我太小太轻，而风太大，我的身子飘了起来。我说，我有过一次真正意义上的自杀，安眠药，但被同学发现送到了医院。当我醒来，第一反应就是把手臂上的输液管扯掉，滴滴答答的血吓得守护的同学大哭。

"小姨，小姨他们真的这样对待你吗？你为什么不往家里写封信？"姐姐很是气愤，"咱妈说，她们会供着你，你在她们家，是给她们报恩的机会。要不是咱妈，小姨根本不会过上那样的生活。"她告诉我，当年，普希金妈妈家是个大户，土改的时候因为她的父亲没什么劣迹而没受到冲击，但到"文革"的时候就不一样了，她的父亲在几次批斗之后上吊自杀了，一家人都如惊弓之鸟。是我大伯，当时县里的"文革委"办公室副主任让人找到了她，告诉她说有一个办法可以解除全家此时的困境，就是嫁给他的工人弟弟。送信的人意味深长地告诉她，她们家的成分划定现在还没有形成统一意见，有人认为她们家只能算是中农，"那样，以后送你弟弟去当兵也是可能的！"

姐姐说，母亲想了一夜，第二天，她决定嫁给我们的父亲，那个大她15岁、只会写自己名字和少数几个字的木讷男人。"妈妈觉得，是她做出牺牲，才有了小姨后来的日子、舅舅的日子。她们应当一直记得，感恩戴德！她们怎么可以这样对你！"

我用鼻孔哼了一声，那夜我犹豫进不进门还有难以启齿的原因。在小姨家借住的日子，我枕头下时时藏着一把小刀，小姨夫是见过的。某个深夜他悄悄摸到我床上，要不是我拼命反抗用这把刀对着他，不知道今天是否还有我。我把这件事当成耻辱，没有和小姨说，更不敢告诉表妹。

"你现在知道我这些年过的什么日子了吗？我从来没想过我能活到这个年龄，有现在的生活。我恨她，也恨你。我可以支付赡养费，但前提是，她需要在法庭上、在报纸上对弃养我作出道歉。我也保留我反诉的权利。"

我盯着姐姐，多年未见，她的半张脸像极了父亲，不过眉眼之间与记忆中的普希金妈妈更为神似，美丽、骄傲，一丝刻薄藏在嘴角。"麻烦你顺便转告你妈妈，我改名字了，马家的思蒙早已不复存在。"

十三

姐姐提前约见自然有她的用意。

她不断重复普希金妈妈有存款，总有二三十万的样子。她现在不确认这些钱是否在她手上，"她总想用钱用物来拢络，可在人家面前又总摆出一副你欠我的你得报答我你得听我的意思。时间久了，谁愿意天天供着她看她脸色？一旦露出一点儿不情愿，她就又吵又闹，骂人忘恩负义。她觉得所有人都欠她的。"姐姐叹息，她为普希金妈妈的起诉感到意外，因为她不缺钱，有两处房，而且还让舅舅"掠夺"走一套。舅舅原本是借住，一直借住，普希金妈妈准备卖掉那套房子的时候猛然发现，丢失的房产证换成了舅舅的名字，舅舅早就鸠占鹊巢。

两家打得不可开交，从此成了陌路。"咱妈也和大伯打过，你去大伯家他那个态度，与咱妈和他的纠纷有关。是我陪咱妈过去的。你不知道，咱妈，给大伯贴了大字报，可轰动了。"

当年，在大伯操持下，爸爸顺利娶了普希金妈妈，彩礼婚宴七七八八花去三十多元，爸爸妈妈婚后立刻前往鹤岗，大伯又塞给爸爸二十元钱用作路费和花销。三十年后，县农行追查银行呆账死账的时候启动这笔五十元贷款的追踪，历经重重辗转银行工作人员找到普希金妈妈，告诉她关于这笔贷款的情况和她需要为此支付的本利合计八千元。信贷员的话如同点燃浸透汽油的木柴,普希金妈妈着了:这钱不是我贷的,也不是老马贷的,是他哥哥,你找他要去!信贷员明确告诉普希金妈妈,借贷人是我父亲,之所以能够找到她,也是大伯提供的线索,这笔钱是他们结婚贷的,当然他们还。

普希金妈妈怒不可遏:我没借过就是没借过,不能他说我借了就是我借了,小伙子,有证据吗?上面有老马的签字吗?我肯定没有,要是我们知道有这笔债哪里挤不出这点钱还上?我劝你,不要再给我打电话。信贷员的执着彻底激怒了普希金妈妈,一不做二不休,她一张火车票奔回山东,刚退下领导岗位的大伯正心烦气躁,一言不合,两人闹得半条街都过来劝架,最后普希金妈妈被两个堂哥架出了房门。她咽不下这口气,连夜写了两份大字报,分别贴在大伯住的小区大门口和老家院墙上。普希金妈妈极尽其所能用的语言,控诉大伯利用职权骗婚,逼迫她嫁给他弟弟;霸占老宅剥夺弟弟的继承权;利用职权之便乱搞女人,后来的媳妇就是奉子成婚……她多年不练的毛笔字有了用武之地,这些消息足够吸引眼球,周边村子的人骑着车子来看大字报。那些日子,十里八乡都有了下酒菜。

姐姐说,爸爸死后她曾想过改嫁,很可能也有过让她动心的男人,"反正那时候她花了不少钱出去。我说她,她就骂我就想着她的钱,真没法子。"姐姐摇头道。你还记得突然来到我们家后来一声不吭走掉的那个哥哥吗?"最好妈妈找到他。他要是出现的话我觉得咱们应当去做 DNA 鉴定。多可疑呀,爸爸去世他才出现,咱爸生前怎么从来没提过他?说什么怕你妨,那都是借口!"

姐姐说,那个可疑的哥哥一定是妈妈的一个痛处。之所以她后来那么想要一个男孩儿,之所以那样地对待我把我叫成'扫把星',很可能最真实的原因在这里,而不是听了什么装神弄鬼的狐仙的话。"咱爸爸的死,怎么会是……和你有什么关系?能有什么关系?你现在,丈夫儿子,不都好好的吗?"

我手里晃动着一把银色小勺儿,不发一言。终于,姐姐向我表达了她的意思。普希金妈妈根本不需要我提供什么赡养费,之所以这时候向法院起诉一定是受人唆使,刚刚死了老伴儿的齐老头儿嫌疑最大。"过不了多久,她的房子、钱指定被人骗走,怕是她还替人家数钱呢。"

姐姐一脸笑容建议我提出反诉,对普希金妈妈现有资产提出继承权,"她的,本来就是我们姐俩的,你姐夫也是这个意思。倒是个好机会,我们先拿到继承权,赡养费能有几个钱,姐姐哪会让你一个人承担呀?"

我转动手里的银色小勺儿,它将阳光投在桌上铺出一排多彩的光,我抬起头,把勺子丢进杯子,桌上的光消逝了。"不好意思,我对你说的这些没兴趣。麻烦您转告她,如果她想要赡养费,按我说的方式道歉。我,只要这个。"

十四

我终于见到了被我称为"普希金妈妈"的女人,在法庭上。她带给我的,除了震惊还是震惊。

等待开庭的时间我不是没想过这个瞬间,我想象过我冷漠或者不屑,愤怒或者大笑,但她出现的时候,我的牙齿咬破了唇内的肉,却无丝毫痛感。我用律师递过来的纸巾掩住自己的惊慌。

她苍老邋遢弯曲,一身赘肉。这是她吗,是那个用流水般的声音念着"搅乱了沉沉长夜的无言的寂静/悲伤的蜡烛燃烧在我的床头/我的诗句像条条爱河向一处汇流/流水潺潺"的她吗?是那个习惯穿着墨绿色布拉吉,即使在风雪中也要保持着骄傲和绰约的冷美人吗?时间,是在哪一处哪一个时刻将她变成这个样子的?还是用一种缓慢的锤打和拉扯,慢慢地让她成为这个样子的?

突然的悲凉像一条毒蛇死死咬住我,再难逃脱。

十五

徘徊在街头,这是离开后第二次回到鹤岗。第一次是寻找简桐墓地,第二次,则是与我的母亲打一场关于赡养的官司。之前,我一直称呼她"普希金妈妈",之后,还是。

一辆出租车停在身边问我去哪儿,我也问自己,去哪儿,我能去哪儿?我说了一个地方,年轻司机有些茫然,裸地?

它附近有什么标志性建筑吗？

我想了想，真是为难他了。去郊外吧，帮我找一处旺盛的松树林或者玉米地。他下意识地抓了一下自己的耳朵，您是外地来的吧，不然去南郊转转？那里曾是一个著名农场的驻地，我听老人们说，当时那里可荒凉啦，夜里经常听到狼嚎。不过我长这么大除了在动物园，真没在野地里见过狼……

我见过。一刹那，我眼泪倾下。我对司机说，我最好的朋友就是被狼咬死的。那一年，他七岁……

原载《人民文学》2018 年第 7 期

治　愈

王　一

　　结束，或者……

　　我早就料到，无论我去不去二院，我爸我妈都会吵起来。

　　自我从南加州大学回来之后，他们貌似吵得更凶。我在南加州读了不到三个月，还没到寒假，就被遣送回来，像个玩笑似的那么简单，强行给我买了张机票，把我邮包似的托运回来。对于这事，我没得到任何高能预警，就像看电影没有弹幕似的，没有任何征兆就发生了，我怎么也想不明白为什么被托运回来，他们更是想不明白。

　　我的成绩不算太好，不是学霸，但也绝不属学渣系列。我高三毕业顺利考入南加州大学，我姐李梦也考入欢城大学音乐学院。这给他们带来了短暂的惊喜，只是我一个人远离欢城，来到美国，孤独是孤独一些，可心里长舒一口气，终于可以远离他们暗无天日的争吵了。

对我来说，学习不是件难事，最初的时候的确有点难，初中因为成绩平平，在我妈钟亚美的建议下，我去学了画画，李梦也因成绩一般学了声乐，打算通过艺考，上个好一点的大学，想不到我从高一下半学期开始，在同学吴文豪的感召下，突然天目大开，成绩妖股似的一路飙升。说起来这事有点偶然，吴文豪一直就是学霸，我们都叫他"呆犬"，难以想象，"呆犬"和"学霸"怎么突然之间，融合到他一个人身上。上课的时候，也没见他怎么学，平常喜欢去网吧打游戏，中考时，闷声不响地直接考入欢城重点高中，而我和李梦只能就读欢城四中。我问他的时候，他告诉我，根本没有什么诀窍，就是提前预习，上课仔细听。我试了几次，不仅有了效果，而且发现自己也有了学习兴致。就这样，一路走来，我没费多大事便考入南加州大学。大学课程并没传说中那么紧张，除了上课，我就宅在宿舍里。我喜欢看电影，早在高二的时候，我就看原版电影，没有什么障碍，不像有些留学生，说话都不清，遇到一个生词憋出半天解释，还是不知所云。唯一的问题是，我既不喜欢和留学生交流，也不喜欢和本土学生交流，就喜欢一个人静着，不愿意被人打扰。

后来，我一直在想，这应该跟初三暑假的那次经历有关。说起来这事有点诡异，那个暑天特别热，热得出奇。一天到晚都得蹲在空调屋里。欢城人都说再不下雨要出人命了。我当时还不明白什么意思，后来才知道是因为燥热，因为热所以烦躁，因为烦躁所以进不了天堂，不过，这是卡夫卡老师说的，我只是转述。我明白他说的道理，只是我看到卡老师说这话的时候，这事已经出了。话说回来，如果早看到这话，我也不一定遏制得住，就是说，如果我早得到卡老师的预警的话，事情也不一定不发生。

开了一夜空调，起来的时候还是躁热难耐，吃了早饭，李梦照例去学声乐。前两天我妈带我去见美术老师，那是欢城大学美术学院的老师李成方，不想竟是她高中同学，李成方本不想带我，可见到钟亚美，二话没说便收下我这个学生。上了两次课，李成方给我布置作业，让我在家画大卫头像。所以，碗一扔，我又躲进屋里，开了空调，戴上耳机，边听歌边画。刚打好轮廓，杨森打电话约我和吴文豪一起去网吧，等钟亚美出去之后，我扔下铅笔直奔网吧。网吧里全是学生，杨森说他们找了几个地方，全都爆满。同安路的"缘起网吧"虽然偏僻，还是人满为患。我虽然喜欢玩，可对网游一直没什么兴趣，有成夜成夜玩上瘾的，我都不敢想象，他们怎么会有这么大瘾，就像吴文豪，玩起来没命似的。

欢城大大小小的网吧，全都挤满了学生。从早到晚，再从晚到早，一刻都不停歇，就像传奇一夜之间风靡欢城。

杨森跟吴文豪玩过几次传奇，我也知道，吴文豪玩起来可以一天不吃不喝，有时睡在网吧里。看着他玩传奇，我只有眼晕的份儿，不光是令我眼花缭乱的画面，还有我根本不感兴趣的装备，买这买那不说，在我看来归根结底就一个字："打"。将近中午的时候，我便有点腻烦，刚想说回家吃饭时，只见旁边一个男生猛地摔下键盘，气势汹汹地跑出去，刚一出门，被冲过来的一个男孩照着肚子捅了一刀。男生立时倒在血泊中，地上洇了一大摊血，网吧老板出来时，那伙人早已逃之夭夭。一时间，网吧乱成一片，杨森拉着我和吴文豪钻出人群，我忍不住回头看了一眼倒在地上的男生，只见他脸色煞白，白得就像血被突然抽空，白纸一般，还隐约透着黄，他的眼睛瞪着我，似乎在向我求救。

我们三个人匆忙逃回各自家里，我一连几天都不敢出门。脑海里总是浮现那个男生看我的眼神，老是做恶梦。后来李梦告诉我，网吧男孩死在送往医院的路上，钟亚美也以此为例，叫我不要去网吧。别说去网吧，一想起那一幕，我就害怕，不只是男生流出来的鲜血，还有他那驱不走的眼神，所以我既害怕胀眼的红色，又害怕求救的眼神，以致看电影时，对暴力出现的流血场景都有反应。男生的死虽不关我的事，可我再也不敢出门，锁在家里，除了吃就是睡，这直接导致我的体重直线上升，最高时达到二百斤，从偏胖一下变成超胖。虽然没有高能预警，但他们都知道，我的体重已经达到警戒水位。和比我早半个小时出生的李梦站在一起，没人相信我们是双胞胎。

眼看我的体形充气似的发胖，个体牙医李汉和中学历史老师钟亚美，又展开了一场旷日持久的争吵。我爸从医学（并不完全从牙医）的角度，详细分析了我肥胖的原因，首先排除了遗传因素，因为他一直不胖，他爸他妈也就是我爷爷奶奶也一直没胖过。说到这里，他还特意举了一个例子，那是我奶奶经常挂在嘴边的故事，我听我奶奶讲过不知多少遍。对我来说那就像传说，即使穷尽我的想象也无法相信会发生这样的事，不是因为我的想象力不够，而是现实太超常。奶奶说当年她还很年轻，至于有多年轻，我无从考证，也不愿意去考证。那时候缺吃少穿，冬天一到，周庄劳力还要被抽去建欢湖水库。我奶奶的一个表舅去修水库，只有她表姥姥孤身一人在家。她表舅在工地上干活，一心想着她表姥姥，家里没有粮食，怕饿着她，每次吃饭都把干粮留下，只喝稀饭，有时连稀饭也喝不上，就这样，直到饿死在工地上，人们才发现，他攒了满满一大包窝头。我最初听到这件事时，还反复问奶奶，为什么看着窝头还饿死了，为什么那时候没有吃的东西，为什么人们都挨饿……我无休止甚至毫无逻辑的追问，让她无从回答，直到问得她腻烦，不想再解释，我也觉得无聊，于是便不再去问了。

李汉同志以一个牙医的身份，建议我做心理疏导，他还没来得及进一步展开讲，提到这事，钟亚美就压不住火，她也没以一个历史唯物主义老师的身份，以再胖连媳妇都找不到的理由，在友情提示我的同时，暗示李汉同志，不要想我有什么心理问题，也用不着看什么心理医生，要说该看心理医生的是他李汉，不是我李想。于是，二人当我不存在似的，唇枪舌战地干了起来。直到她一发飙提起当年那个小护士，李汉同志被揭短似的，立马败下阵来，就不敢再说什么了。

起先我不知道什么原因，对于他们的争吵，我和李梦早就习惯了。如果追根溯源的话，打从我和李梦在我妈肚子里早就种下根基。只是那个时候，我们还不知道。经过十九年五个月零八天的观察，我已大致拼贴出他们的争吵路线图，拼贴之艰难，堪比当年绘制中东和平路线图，这也从一个侧面展现了我和李梦的成长之路。

李梦貌似从不放在心上，虽然只比我大三十分钟，看上去成熟笃定，根本不像比我大半个小时。用李梦的话说，他们的结合本身就是一个错误。我后来才理解她的话，在钦佩她早熟的同时，更觉她的话就像老中医：切中病理。

注定，或者……

去不去医院，我都没意见，我不说去，也不说不去，这是他们决定的事，貌似与我无关，我就像不能取保的候审之人，等候他们的判决，而且还不能反驳，也无意于反不反驳，反不反驳的结果都会一样，所以没有实在的意义。

他们从前一天中午吃饭，一直吵到深夜。李梦根本没当回事，不理不睬也不干涉，仿佛这事跟她没有一毛钱的关系，说到底的确跟她没有关系，是给我看病，又不是给她看。她匆匆吃了饭，贼似的赶去欢城大学。

这事要在以前，我可能会用眼神制止他们，或者"啊啊啊"地叫上两声，以示愤怒。现在，别说用眼瞪他们，就连听都觉得累，赶紧吃了两口饭，戴上耳机回屋，权当听歌了。等躺在床上，我才感到自己的行为有些诡异，其实我可以不出自己的房间，连晚饭也可以不吃，为什么要强迫自己？还要硬着头皮听他们的争吵？话说回来，虽然争吵是因我而起，貌似跟我又没有关系。

他们的这次争吵缘于我有没有抑郁症。对于抑郁，我早就在网上查过，还针对网上的问题做比对，根据所测的结果，我发现自己有时抑郁，有时不抑郁。后来我发现，结果不确定的原因是，里面有很多似是而非的问题，我确定不了答案，也界定不了自己是不是真抑郁，好像我总在抑郁和不抑郁之间徘徊。测得多了，我得出一个让自己都兴奋的结果：没人不抑郁。

当得出这个结论的时候，我不得不佩服钟亚美，她说只要去二院一准有病，我想，这可能也是她不愿让我去做检查的原因之一吧。至于有没有别的原因，或者更深层次的原因，我无法想象，就我刚刚成人的思维看来，目前仅限于此，何况，那跟我貌似更拉不上一毛钱的关系。

第二天一早，我睡得迷迷糊糊的，便被叫起来，睁眼一看才刚八点。喝了杯牛奶，李汉同志开车拉着我和钟亚文直奔欢城市立二院。

十一月的欢城，就像我的心情蒙上一层雾，雾似乎一不小心也罩到他们心上。这不仅因为去医院检查引发的紧张，更多的来自他们内心。对于是不是抑郁，我并不在意，在美国看到一篇关于抑郁的调查文章。由于生活节奏的加快，竞争压力的不断加大，罹患抑郁症的人越来越多，发病率也越来越高，不仅包括成年人，也像瘟疫一样侵蚀着未成年人。在我看来，这是再正常不过的事了，让我惊心的是，调查结果显示，因发现和延误治疗，百分之十五的抑郁症患者会选择自杀。我知道自己即使抑郁，也不会自杀，我可没那样的勇气。

那是高三的时候，班里有个女生魏雨，很瘦，像从小就营养不良，长得不算漂亮，也不算太丑，和我初中时就是同学，学习一直是中等偏上，不突出，也落不下多少。那时候，我就觉得魏雨抑郁，她不太跟同学交往，平常也不说话，也许正是她的这些表现才引起我的注意，或者不如说她身上的某种东西吸引了我，至于是不是青春期，我当时不知道，现在也弄不清楚。魏雨父母从欢城化工厂下岗，我知道她家里条件不好，有时候会买些吃的悄悄塞她抽屉里，她似乎一直都没反应，像什么都没发生一样。后来，杨森告诉我，魏雨父亲在他爸的一个建筑公司干活时砸伤右腿，一直养病在家。魏雨除了上课还要照顾她父亲，高三寒假开学没多久，谁都没想到，魏雨留下一封遗书，从四中教学楼跳了下去。遗书我没看过，只听他们说是因为成绩不太好，光补课费用就承担不起，还要学美术，担心连累家里，不想再活下去，于是选择离开。这事让所有人感到震惊，我一连做了几夜恶梦，比亲眼见到网吧男生倒在血泊中还要难受，虽然我没亲眼看到她离去时的样子……就像现在，锁在六七立方的车子里，因为他们两个没有争吵，车子里出奇的安静，三个人包括我在内，貌似都在想着各自的心事。李汉同志看上去有点紧张，连车载音乐都忘记打开，我不知道他们压不压抑，反正我一时不能适应，压抑难耐。想打开车窗，做一个深呼吸，可外面雾霾笼罩，只能看到车影人影晃动，报道里说，那叫霾，不叫雾，有毒，我怕毒到他们，所以连车窗都不敢开。

我后悔没带耳机，那样至少可以关闭外面的嘈杂声，还有车内的压抑。欢城市立二院位于市南城郊，我只听说过，从没去过，不知道还要走多远，只得无聊地望着窗外，虽然什么都看不到，也得装样子似的看。还是李汉同志打破沉寂。他说提前约了曹一民，是晚他一届的师弟，主修精神卫生专业，现在是二院精神科的专家，找他看病的人络绎不绝。据说有个部门的头头儿也找他看过，还不止一次，后来还住过一段时间的院，听曹一民说，那人没病，就想隔段时间去二院住一下，用那个人的话说，叫有备无患，万一出事，还能拿精神有问题挡箭。

说到这里，李汉自嘲道，要知道现在这么热门，当时他就不选口腔医学了。钟亚美鼻子里哼了一声，没说什么，看上去意思极为不满，貌似在说，要学精神卫生，我也不至于因为抑郁被遣返回来，更进一步说，他们也不一定认识，也就不会有我和我姐……但这些都是我替钟亚美想的，她似乎没想那么多，只是用这一声来回应李汉，所幸的是，李汉见她一脸不屑没再往下说，也就禁了口。我倒希望他们继续争论下去，可等了很久，也没下文，不禁有些失落，呆呆地望着车窗外渐浓渐稀的雾。

我不在意人们对雾还是霾的辩争，但我喜欢雾。人在雾中穿梭，只能听到声音，看不到人影，虽然不辨方向，甚至会迷失在雾中，就像李汉同志的发小骆家，小时候给他父亲送饭，迷了路，如果不是他父亲吹的芦笛声，骆家可能会连家都找不到。后来，据说骆家父亲骆之柳就是在这样的雾里走失的，至于去了哪里，谁都不知道，谁也没见过。我常想，老家周庄一连串的传奇就像一团迷雾，走都走不出去。由此，我想起塔可夫斯基的乡愁，他把自己藏在薄雾中，随雾一起迷失在乡愁之中。雾裹挟着乡愁，赋予了更多的诗性。如果真有那么一天，我也想像诗人安德烈一样，在这样的雾里，走去周庄……

车一停，我顿时缓过神来，发现已经来到医院。下车跟着他们，径直来到二楼精神科，一推门，只见一个中年男人坐在电脑前正看股市。见我们进来，那人赶紧关闭页面，站起身，神情慌张地看着李汉，又像问钟亚美道："你们——怎么也不提前打声招呼，我去接你，这么大雾，我还以为你们不来了呢——这是你儿子？"

"李想……"李汉道。

"真不敢相信——"

不敢相信？我心里一愣，眼睛紧盯着中年男人，他个子不高，差不多矮我半头，有点瘦，戴副眼镜，眼镜后面一双眼睛看上去有点迷离，难道这就是传说中的"专家"？不知道他不敢相信什么，是怀疑我还是怀疑我爸，其实相不相信又有什么关系，我只想赶紧看完回去。

"约好的怎么会不来？"李汉道。

"这是你曹一民叔叔，精神科专家，让他给你看看——"钟亚美接着说道。

曹一民应着，把我带到诊室，让我坐在他对面，让我不用紧张，自言自语似的复述了李汉描述我的境况，对钟亚美点了点头，我只"嗯嗯"地点头，也不说话。过了一会儿，他疑惑地问我最近情绪怎么样、吃饭怎么样、心情怎么样，有没有悲观想法……这一连串无聊的问题，我懒得回答。见我不说话，他突然又问家里人有没有抑郁病史，问过之后，方才想起什么似的，尴尬地抬头看着我，自嘲道，看李汉不像有遗传史，你妈更不像，我怎么突然问起这个来了？

见我依然无动于衷，过了足有三十秒，他才拉着我，让我坐在一台仪器旁边，在我耳朵、额头上贴了个东西，我戴上耳机，作了一番检查之后，他又拿过一份心理测试题让我做，我一看跟网上搜到的差不多，于是随意填了交给他。

"你一直都不想说话吗？"曹一民终于问道，"你不愿意跟你爸妈说，至少可以把我当朋友，在这里，你完全可以相信我，有什么要求或者想法，都可以跟我说，随便什么都可以……"

"我想回家……"过了一会儿我才说道。

"那至少跟我说一下你在南加州大学的情况吧？"曹一民见我愣在那里，又说道，"根据我的诊断，你是有轻度抑郁，如不治疗，很快就会转化到中度，那样的话，后果就不堪设想了，所以，还是请你配合治疗，争取早一天走出抑郁，不过——话说回来，现在真要检查的话，不抑郁的人不多……"

"你也抑郁？"

"曾经，一度有过，后来自愈了……"

"你怎么了？"我突然对面前的曹一民感到好奇，想起刚来时看到他在看股市，于是问道，"不是因为炒股吧？"

"当然，"曹一民顿了一下说，"我们和同事没事时随便看看的，不过——他们中也有大户，至于我嘛，只能赚个零用……怎么，你对股票感兴趣？"

"曾经——"

"你？不是一直在上学吗？"

"这跟上学有关系吗？"

曹一民不置可否地摇了摇头。

"我高中就开始了……"

"现在呢？挣了还是折了？"

"从五千到三十万，"说完我便有些后悔，于是赶紧说道，"你千万别告诉我爸！"

"他不知道？"曹一民道，"这是秘密，别人知道就不是秘密了，明天你看好哪支？"

我想了想，随口一说，曹一民便来了兴致，见他喋喋不休，我告诉他，炒股很简单，专家分析再好，也仅限于分析，只要看好，感觉好，加仓就是，在加州大学看到美股，跟国内股市一样，本来也想试试，还没注册完，就被遣返回来。他问为什么时，我才发觉自己说的太多，本想闭口不语，可在他的反复追问下，还是说了出来。

那天是个周末，班里有个小型聚会，保罗和另外两个室友约好一起参加，他们问我去不去，我正削苹果，本来不想去，就对他们摇了摇头，削好苹果刚想往嘴里放，站在旁边的保罗一把拽住我，我身子一晃，苹果掉在地上，我一急，拿着水果刀对他嚷道："我不去！就是不想去！"

他们见我发火，便默默离开宿舍赶赴聚会，本以为这是个意外，我也没在意，可几天之后，我因自闭、抑郁和暴力倾向严重等原因，被校方通知退学。

错误，或者……

我自以为并不抑郁，至于曹专家用的国标还是他自己的标准得出的结果，我就不得而知了。他给我开了一些药，叮嘱我要多和朋友接触，适当作些户外运动。还约定每周去一次欢城市立二院，找他做心理疏导。李汉和钟亚文一听，千恩万谢地走出来。雾已经散尽，可还是看不到蓝天，眼前朦朦胧胧的，像得了青光眼综合症，我隐约觉得似乎和二院有关，和曹一民有关，可又说不出哪里有关。回来的路上，二人貌似轻松许多，轻松带来的后果竟然直接转化成争吵，仿佛不需要任何媒介。我这才意识到，这天气原来和他们有关，就像雾霾，悬浮在空气里，把欢城包裹得严严实实，隔断了人和天空的交流，除了日渐苍白的想象。只有风来时，雾霾才会被吹走，我就像风，就像他们之间的引线，顿时燃起我回欢城的老话题。这个争论已经不知经过多少次，争论的焦点是我是否还能继续就读南加州大学。钟亚文认为，等我身体恢复之后，可以重新申请入学。李汉同志认为，既然人家遣返，就不会再考虑，就像办签证，如果第一次拒签，以后再签的概率微乎其微。所以，想等我安定下来，去复读学校，以便参加明年的高考。

一路上，二人各不相让，争执不休。我眼望窗外，只当街道上小商小贩的叫卖，不觉心里有种舒畅感，来时的压抑感顿然消失。直到走进家门，他们还没停止。我趁机躲进自己房间，躺在床上，戴上耳机时，突然想坐在车里的快感，难道早已习惯了他们的争吵，才有了抑郁？因为听不到他们的争吵，我才感到孤独？

我对欢城说不上喜欢，也说不上不喜欢。可去过的城市，我都不喜欢，也许因为欢城太过熟悉的原因。那时候一直渴望长大，渴望离开欢城，没想到离开这么远，突然到了一个陌生的国度，孤独和恐惧总会时不时地钻出来，让我无法抹弃。常常在醒来之后的懵懂之中，以为是在欢城。清醒之后，不由生出伤感，我想塔可夫斯基的乡愁正缘于此，南加州的一切似乎都让我无法适应，我不愿意接纳，不想融入，更不想主动迎合那些陌生人，就连三个室友我也不想搭理。

杨森倒是在新泽西的佩迪中学，可我们相距千里，横跨美国东西，别说相聚，就是做梦都难梦到。刚去美国的时候，杨森还信誓旦旦地说要去看我，我让他先看看地图，他看后才说自己是个"地理盲"，要在国内，再偏远的地方他都找得到，也不会害怕。在美国就不同了，不止是"地理盲"，连语言也是障碍。杨森这话说的诚恳，他去佩迪完全出于无奈。杨森的学习成绩一直不好，高一的时候，跟我一起上了几节美术课，后来我去李成方的工作室学画，他在明德画室跟美术老师学，说是学其实去得很少，直到高三美术统考时，被监考老师发现有替考嫌疑，没等高考，他老爸便把他送去了佩迪中学。

当得知我去南加州大学，他很是诧异，起先聊了很多，热乎劲儿一过，后来连电话也不打了。突然有一天，我在Facebook上意外发现了杨森，更让我意外的是，网页上全是他和一个美国女孩的亲昵照。意外之后，我一气之下，把杨森的Facebook发给李梦，想不到她立马回我一个笑脸，还特意附加了一句：我早看到了，他以为他是谁，还给我示威，他早歇菜了。过了一会儿，又回道，他从来就不是我的菜，你管好你自己就是……弄得我一脸懵，她倒像个局外人，尴尬许久我才回过神来，心里暗暗骂自己：多管闲事遭雷劈！

还以为我不知道，只是我不知道他们什么时候开始的，当然这事跟我毫无关系，我也没有心思关心，那时候的注意力貌似只在魏雨身上，可偏偏被我发现。就像当时画画一样，我和杨森一起在明德画室画画，没待几天，他就溜号了。我知道这是他的秉性，任何事都坚持不了多久。那天晚上，我画完回家，刚拐进小区门口，突然发现杨森的身影一闪而过，莫名其妙地想：他不去画室，跑来这里做什么？怎么想都想不明白，纳闷地把自行车放进储藏室时，发现李梦刚进家门，我这才恍然大悟，悄悄问起李梦，李梦把眼一瞪，让我少管闲事。我自己都还管不好自己，还能顾得上她这些破事？说是不管，心里老惦记着，他们成天在我眼皮底下，看似不搭不理，竟然发生了，至于怎么开始的，从什么时候开始的，我竟浑然不觉，更别说恋到什么程度，其间发生了什么，以我一个懵懂少年的思维，貌似无法想象，也无法理解。

好奇害死人，这不是我说的。害不害死人我不知道，害人我是知道的。那天下午，李梦去江南家里学声乐，好奇心的驱使让我身不由己，于是谎称去画室，偷偷来到江南老师家的楼下，看见李梦学完，急匆匆地下楼，搭车来到欢河公园，我远远地看到杨森早已等在假山脚下。见李梦来到，他飞身扑上去，两个人顿时拥抱在一起，亲吻着，这样的场景我早就在电影里司空见惯了，只是没有丝毫感觉，也没亲身体验过，就是见到魏雨的时候，心里有种说不出的恐慌，貌似是心跳，又貌似不是，我也说不清。过了一会儿，他们搂抱着，沿着小路朝假山的凉亭上走去。我尾随着来到假山脚下，害怕被他们发现，离开很远，假山上不时传来老票友吊嗓子的唱声，就在他们上去之后，唱声戛然而止。我一时没弄明白怎么回事。没过一会儿，两个老头儿从假山上走下来，从我身边走过时，嘴里嘀嘀咕咕的，一肚子不满似的。只听其中一个老头儿气愤道：成何体统，现在的小孩子真是无法无天了。不知道他们怎么惹到老头儿了，两个人越这样说，我越是好奇。我想一探究竟，于是绕到另一边，磕磕绊绊地爬到半山腰时，一阵急促的亲昵声传来，我立时止住脚步，见鬼似的赶紧原路返回，直到后来，我也不知为什么那么做，或许是怕吓着他们，也或者是怕被他们吓到。

那天之后，我再也没去偷窥他们，对李梦更是不屑一顾，仿佛那个沉浸在钢琴声中的完美女孩顿然消失。由此想到，我们虽是双胞胎，差异却那么大，外在形体只是表层，内里的差异才更可怕，这完全因为她的早熟。从那时起，在李梦早熟的阴影之下，貌似我也被一天天催熟。被催熟的表现让我心躁不安，眼前总会浮现魏雨的身影。再看到她时，心慌得难以自持。那天夜里，第一次在梦里跑了马。我不想让任何人发现，像做了贼似的，破天荒第一次洗了床单，偷偷晾起来，可还是被钟亚美发现。她告诉我遗精很正常，至于怎么正常，她没告诉我下文，我也不便多问。这事就像阴影一样，缠绕着我，让我无法摆脱，虽然她是我妈，这点隐私也被她窥到，在她面前，我不仅有点儿懵，还有点儿无地自容的感觉。这种感觉在见到魏雨的时候，表现得更为突出。我也说不出魏雨哪里吸引我，就是看到她的时候很兴奋，应该叫冲动可能更贴近，至于是不是冲动，我也说不好。有时候一眼看不到她就担心，会想她去了哪里，去干什么，也常常在看到她的时候，心里有种隐隐的恐慌，就像某种"综合征"

在我身上发作，让我无以言表。可她总是专注于自己的事情，比如画画，比如听课，虽然学习不见突进，画画也没见飞跃，仿佛她自己就是整个世界。

那天晚上，去明德画画，魏雨不知为什么，来得有点晚，已经上课一刻钟了，她才匆忙跑进来，我始终无法静下心来，不时抬头偷偷看她，她脸上毫无表情，看着画板，像在专注地画画，又像走神在想什么。课间休息的时候，我鼓足勇气写了一张字条，塞进她的铅笔盒，她再进来时，我的眼睛一刻也没离开她，只等着她发现字条，可直到下课，她貌似都没看到。这让我大失所望，走出画室，准备回家时，我再次鼓足勇气追上她，对她说想送她回家。她看了看我，半天才从兜里掏出字条，扔到我面前，还安慰似的对我说了一句：你有病！

我不知道是不是真有病，就算没有病，我也能从她说话的口气中听出她的意思，只能无奈地看着她骑车远去。即使她对我这么冷漠，我还是想着她，想着有朝一日跟她在一起，我都不知道她身上有着怎样的魔力，这么吸引我。就这样，一直想着那晚如果送她又会发生什么，也许一切都会有所改变……之后不久，我去欢城大学学画，再也没去过明德，再也没见到魏雨画画。

自慰，或者……

周三上午，李汉同志如约带我去二院。曹一民见到我异常兴奋，给我做了心理疏导。与其说是疏导，不如说是他问我答，无非就是这几天怎么样，出去没有，每天都在想什么，做什么。这些问题对我来说太幼稚、太无聊，常常是他问几句，我才回答一句，要么沉默，要么点头，真不敢相信这也叫心理疏导。要不是出于无奈，我才懒得来这里，还得听他喋喋不休地问这问那。于是想只能在他面前装相，万一装得不像，那纯属误伤了。

不过，他问的时候，我才突然想起来，自从回来欢城之后，我几乎没出过家门，更别说去找同学去了，就像杨森，在我知道他和李梦分手的那一刻，便立即将他拉黑，知道以后连朋友也做不了了。吴文豪在我去南加州之后就失联了。唯一记起的是魏雨，可她已经不在了——我把记忆中和魏雨的接触告诉曹一民，至于跑马的事，打死我也不会说出来。曹一民听后给我一个定论，他着重告诉我，这在某种意义上来说就是恋爱。

我不懂真正意义上的恋爱，是不是像李梦和杨森那样，遗憾的是，我连魏雨的手都没摸过，只是我不想把这事告诉他，他说恋爱就恋爱吧，我无心与他争辩。虽然那时候和魏雨不在一个画室，文化课的学习还是在四中，至少在上课时能看到她。我发现每次中午吃饭时间，魏雨只偶尔去一趟餐厅，她常常自己带饭，独自在教室里吃，有时说不饿，索性不吃。我不明白她怎么会不饿，和她相反，我成天跟吃不饱似的，难道这就是她瘦我胖的原因？后来我才听吴文豪说，她是为了给家里省钱，舍不得花钱，才故意说自己不饿。这让我想起奶奶讲的那个故事，真不敢相信，隔了半个多世纪，竟然真有现实版，果真有饥饿艺术家即视感。从那以后，我开始担心魏雨会不会有一天也被饿死。

一次，我把买来的零食偷偷塞进她的抽屉，没想到她竟知道是我，在说过谢谢之后又说只这一次，下不为例，而且她从不吃零食，也不喜欢吃零食。不知道她说的是不是真心话，后来又给她买了几次，她只说谢谢，以后再买就生气，但我始终也没看到她生气。

那天午饭前想再塞她抽屉时，被杨森发现，他见魏雨抽屉里包着一个煎饼，里面卷着咸菜，尖叫一声，惹得几个同学跟着起哄。我一时有点懵，不敢作声。没想到杨森把煎饼拿出来，去餐厅和几个猪友一起分享起来，我忐忑不安地吃完，提醒他吃了魏雨的饭，他才想起来，于是要了一份套餐带给魏雨。不想，魏雨大发雷霆，拿起套餐，从窗户扔了出去。

从那以后，魏雨再没搭理过我，也没正眼看过我一次，连零食也拒绝了。对于此事，曹一民给我详细分析了魏雨当时的极端表现，是因为她的隐私被人发现，即使做再多的补偿都难以弥补。她不想让别人知道她的家境，这会让她觉得在别人面前没有自尊，自尊一旦被侵犯，肯定会歇斯底里。虽然在杨森他们看来，那只是个玩笑，对魏雨来说，可能是致命的。直到魏雨自杀前，她都处于神经紧绷之中，无法从自己的世界里走出，绷紧的神经一旦承受不住，她自己的那个世界就会崩塌。所以，她用自杀的方式结束生命，也用这种方式表白她对现实的无奈抗争。曹一民接着劝慰我，魏雨的事，你无需负责，因为你从没伤害过她，因为喜欢，所以不可能伤害她，要说伤害的话，只可能是你自己伤害自己，而你能做的只是用时间去恢复，去抚平创伤。

突然觉得曹一民说的貌似有些道理，自从魏雨自杀后，一连几天，我都恍恍惚惚的，低烧不退，没有一点食欲。烧退后，我吃得越来越少。一个月后，我瘦了一圈儿，变了个人似的，所有的人都惊叹我减肥成功。不想这一减减得有点过，饭量越来越少不说，一天两次最多，常常是一天只吃一次，有时看到饭就反胃。不得已，李汉同志带我看了医生，说是得了厌食症。从胖到瘦，我仿佛就在一夜之间实现了完美蝶变，我妈我爸都说瘦了好看，他们以为是因为学习紧张，也没往别处去想，谁也没在意，就像魏雨自杀引起大波之后，又在一夜之间，恢复了平静，这事貌似从来就没发生过一样。我那时才突然明白，原来生死这么简单，好像谁都没必要为谁负责。

曹一民安慰我说，魏雨的死跟你没有关系，你只是她同学，就像别的同学一样，不同的只是你喜欢她。即使她已经走了，你还是一样想着她，时间虽然过去那么久，因为你心事太重，还没从魏雨自杀的阴影里走出来。当然这需要漫长的时间去修复，至于能不能修复，要经过多久才能完全修复，这中间又会发生什么事，就像花园分岔的小路，你会因为走过这一条，而错失另外一条路径的风景，其间自然有得，也会有失，这是无法避免的，就像人生一样。至于会选哪一条，每个人都会有所不同，看到的和感受到的也会不一样，他想说的是，喜欢一个人，尽其可能地在心里喜欢，在心里想着她，直至想到心疼的时候，你会发现，原来你心疼的只是你自己，甚至跟你想的那个人一点关系都没有。

曹一民的话让我多少有点吃惊，不是因为他对魏雨自杀的看法，而是他对我貌似毫无戒心，一下对我说了那么多，和第一次见到时完全不同。我也没想到自己会对他说这些陈年往事。在我看来，他的话又貌似不是只对我说，在某种程度上，似乎是说给他自己的。于是，我问曹一民，既然你体味这么深，肯定你有喜欢过别人，我能听出你好像很爱她，貌似她一直在你心里。她是谁？她现在怎么样？

曹一民先是一愣，吃惊地望着我，半天才反应过来，于是坦然道："当然有……"

"那是出轨，一夜情，还是旧情复燃？"

"都是，也都不是……等到我这个年龄，你就知道了。"

"知道什么？你的苦涩人生？"

"大概就是这意思，只是我不像你们年轻人，像个愤青似的这么说——"

"反正都一个意思。"

"我也这么安慰自己，不然肯定也得找个心理医生疏导……"

曹一民仿佛回到他的记忆之中，欢城大学的时候，他喜欢上一个师姐，一直没向她表白，或许因此错过了，毕业后来到二院。结婚生子，生活对他来说四平八稳，上班下班，一切都仿佛命中注定，不算好也坏不到哪儿去，可总觉得缺少点什么。后来他才发现心里始终牵挂着一个人，就是她。他从同学那里知道，她在毕业后去中学教书。曹一民一直对她还是念念不忘，直到一次同学聚会上，曹一民又一次见到她，借着酒劲，他向她吐露心声。她听后诧异地看了曹一民半天，嘴里一直念叨着怎么会这样。曹一民不知道她说这话的意思，是不相信她自己，还是不相信曹一民，但毕竟已经过去这么多年，虽有尴尬，当时也只是把它当成玩笑，开过就开过了，谁也不会在意，于是找个台阶，大家说笑着就这么过去了。谁知没过两天，她给曹一民发短信，问他过得好吗，曹一民原本平静的心又跃动起来，赶紧回了她，两个人在电话里聊得很投机。从那以后，他们的关系迅速拉近，于是，顺其自然地发生了一些事。他后来才知道，她过得并不如意。她婚后两年，也就是生了孩子之后，偶然发现丈夫出轨，让她一下变得心灰意冷。闹过之后，为了两个孩子，她还是忍气吞声，一直维持着，直到那次聚会……走过那道坎儿，不想又让她陷进另一道坎儿。那之后，他们一直保持着这种关系，没有《周渔的火车》那么辛苦，不需要跑那么远的路，因为同住欢城，但快乐仅仅只在相聚的那一刻，往往也并不快乐，因为他们各自都有各自的家庭。这种关系没升温也没降温，他们谁都不愿提及以后，也知道不可能有多么美好的未来。直到有一天，这事被曹一民老婆发现……

"又闹了？"

"没有——"曹一民说，"我最终还是屈服了。可怎么也走不出去，那段时间，我情绪低落，知道自己抑郁了，偶然看到同事在炒股，为了减压，也是因为无聊，我每天上网看那些跳动的数字，就像时间从身边流过，让你在瞬间感觉到自己的存在，也仅仅在那一刻，你才是你自己。这么多年，我就这么煎熬着走过来，猛一回头，才发现自己已被磨得像卵石，再也没有一点棱角。渐渐地，我在那些数字中，找到了仅剩余温的乐趣……"

"难怪第一次看到你时，你还在看——"

"我只是看，后来好像懂得一些，试着买，可总是看不准，从十万到现在的六万，更郁闷了，不过，也无所谓，反正就当消磨时间了。没想到那天遇见你，突然有了转机，一下两个涨停，我没敢再守，直接出了，在又是一个涨停之后开始下跌，觉得自己很幸运，没太贪心。真想不到你这么厉害！下周买什么？"

"你还没说完呢！"

"直到前些天，我又一次见到她，那颗沉睡的心又萌动起来……"

"是啊，冬天貌似已经到来——"

挣扎，或者……

曹一民又瘦又高，一双小眼一眨一眨的，看上去很是无趣，没想到说起话来这么好玩，见到我就像遇见救星似的，不问我乐不乐意，也不管我愿不愿意听，一股脑地和盘托出。他的语速不快，声音也不悦耳，话语更没什么逻辑，想到哪里说到哪里，仿佛并不在意自己说了什么。起先，我有些烦躁不安，不愿意听他唠叨，觉得他的那些事不仅无聊，而且无聊，对他的艳遇不仅厌恶，而且厌恶。大概因为听得太多的缘故，似乎都是一个结局，就像电影套路一样，主角不死电影不完。可听着听着，又不禁同情起他来。他的经历电影里也很常见，一开始都是家庭出现裂痕，在经过诸如灾难、磨难之后，重新修复，情感重新得到修正，当然，这些都是美好结局。可事实上，当面对真正的选择，并没那么简单，就像曹一民，不知道他的故事是真是假，在他不紧不慢的讲述中，他的投入让我得到短暂的放松。令我不解的是，他这么投入地跟我——一个见过一两次面的陌生人，或者并不陌生的病人，讲述他的秘密，多少让我有点惊讶。我突然觉得自己就像神父，听曹一民不厌其烦地告解，只是我在听完他的告解之后，没能像神父那样，代上帝转告他，"上帝会原谅你的"，也没对他说出一声"阿门"。

我不由想起保罗，想起南加州大学不远的那座教堂。每到周日，保罗都会去教堂，后来我发现很多学生都会前去，我一直都没去过那里，不知道教堂里面什么样子，只在电影里看到过。因为好奇，那次我跟他们一起去了一次，可又害怕去那里，不是因为没有信仰，而是因为我怕那么坦诚地向神父告白，害怕将自己的心事抖落出来，也害怕自己的罪恶。我不知道保罗在做完礼拜之后，会不会去找神父忏悔，也不知道我的遣返是否和他有关，当然，对于我的表现，他不说，也会有别人去汇报，也许这事本来就与他无关，只是我一厢情愿地这么去想。既然已经回来，我肯定不会再去，只有钟亚美还对我抱有幻想，期待着我尽快好起来，继续原来的学业。

李汉同志倒是现实，让我在家继续复习。对我来说，高中课程即使不复习，直接参加高考，也不至于太渣。可我翻了翻书，怎么也看不下去，连电影也不想再看，脑子里乱哄哄的，又不知道在想什么，老是走神儿。曹一民的故事又浮现在我脑海里，我总觉得他还有更多的秘密没说出来，或许对我来说是秘密，对别人来说可能不是。可话说回来，现在哪还有什么秘密可言，就像李梦所说，李汉同志和钟亚美的结合从一开始就是错误一样，这一点连李梦都看得出来。

李汉考取欢城大学，本来报的是生物工程，谁知招的人少，专业服从调剂，一下把他调剂到口腔医学专业，就这么读了五年，分到欢城市立医院，做牙医不到三年，就辞职开起了自己的诊所。钟亚美一直没把牙医当回事，因为在她眼里，只有那些做外科手术的医生才算真正的医生，牙医根本算不上。对李汉有看法的还来自钟亚美的母亲，也就是我姥姥，她一直对对李汉抱有偏见，因为李汉同志来自蒙县周庄的农村，而姥姥是地道的欢城人。在钟亚美眼里，生下我和李梦，一直都是意外，至于怎么意外，她没说。当然，这是我从他们的争吵中偶然听到的，也许不应该听到，可李汉更加意外地说整个世界都是意外，早知道这样，他就学妇科了。李汉说完，一摔门，走了出去。没过多久，我听到钟亚美也带上门，上班去了。家里立时安静下来。

这时，电话突然响起来。我拿起一听，又是曹一民打过来的。从欢城二院回来，接到最多的就是曹一民的电话，他发疯似的问我关于股票的事。其实我自己都弄不懂，只是凭自己的感觉。说起来这事和吴文豪有关，初中毕业后，吴文豪考入重点高中，因他父亲吴由东生意惨败，欠了一屁股债，跑路出去不知所向，他爷爷奶奶家成天不断追债的人。我和杨森知道后，杨森一口揽过去，给他拿了两万多的学费。谁知吴文豪不声不响拿去投入股市，正巧赶上熊市，股票一下跌了大半，被套了进去。无奈，我和杨森又凑钱给他交了学费。过了一年，再见吴文豪时，没想到他攥了一年的股票迎来牛市，不仅回了成本，还赚了不少，我也是在那时候进到股市的，一周看一次，每周买卖一次，当然也有下跌的时候，最多只占一成，于是滚雪球似的，涨到三十万。

我把我的炒股经历随口一说，想不到曹一民竟奉我为股神，每天打电话问我，先是询问我的想法和表现，最终总会落到股市上。他告诉我，同事见他赚钱，都纷纷加入炒股行列，每天跟随他买入卖出，赚了不少彩头。他几次提到吴文豪，让我多跟他交流。我都不知道他现在在哪儿，怎么跟他交流？况且，我也不想联系他们，只想安安静静地待在家里。我以优异成绩考入南加州大学，被遣返回来毕竟不是好事，没面子不说，让我感到更多的是自卑，我不想让他们知道，更不想成为他们茶余饭后的笑柄。

平常还好，我一个人在家，一到周末，李梦便回家，回来的原因是李汉同志和钟亚美让她来陪我，我不乐意不说，李梦也不乐意，只是无奈，迫于李汉和钟亚美的压力，才不得不回来。那天，我正在家，突然听到门响，知道是李梦回来了，好像不只她自己，我的心里一紧，不住地在心里骂她，知道我在家，还带人来。于是，赶紧躺到床上，支起耳朵听外面的动静，好像是个男生，声音似乎有些熟悉，只是一时想不起来是谁。

"李想，快开门，看谁来了！"

我忐忑不安地等了一会儿，心里还在怨恨李梦，没征求我的意见就直接带人回来，一点不考虑我的感受，不尊重我不说，还骚扰我，于是赌气不想开门。

"他不在家？"

"肯定在，一天到晚关在屋里，女生都没他宅！"

"我是吴文豪，李想，听说你回来，我专门来看看你——"吴文豪接着说，"请原谅我的冒失，因为激动，一时兴奋就跑过来了，如果不方便，咱们可以另外约个时间……"

我一听是吴文豪，一下从床上跳下来，打开门，惊讶地说："呆——"

我刚想说"呆犬"，可转念一想，还是赶紧改口问道，"你怎么会来？"

　　"中午吃饭的时候，正巧在餐厅遇见吴文豪，我还纳闷他怎么会在欢城大学，一聊才知道，他只想当个医生，"李梦道，"问起你，我说你刚回来，他当时就想来看你……"

　　以吴文豪的成绩本来能上个好大学，可他选择留在欢城，一方面可以照顾爷爷奶奶，另一方面为了省钱，这是他自己的决定，因为见不到吴由东的影子，母亲也早已嫁人，没人可以商量，他自己也觉得别无选择，所以，直接报考欢城大学医学院心理学。

　　"有点可惜了，"我说，"以为你肯定考到北京上海这些大城市去了——"

　　"那得花多少钱？"吴文豪道，"可惜是可惜，现在不是也挺好？四年之后，我就可以当医生了，能早点挣钱养活自己、还有爷爷奶奶就行了……"

　　"你的股票怎么样了？"

　　"还好，挣得不多，足够我用了，"吴文豪道，"主要是我太贪心，不然会更好一点，你呢？"

　　"什么股票？你们炒股了？"李梦拿着水果进来时，突然问道。

　　"你不知道？"吴文豪吃惊地看了看我，又看了看李梦，支吾道，"我们高中的时候就开始了……"

　　"连咱爸咱妈都不知道，那以后你得堵住我的嘴了，"李梦诡异道,"不然,我可要告密了——多少钱?"

我看了一眼李梦,对她伸出三根手指。

"三万?你挣这么多了?那得分我一点儿!"

"那好,分你三万,以后少惹我就行!"

"真的?那我一下变富婆了!"李梦一听,兴奋地差点没晕过去。

这时,钟亚美下班回来,见有同学来看我,聊得很开心,她异常高兴,忙给李汉打了电话,李汉当即决定请我们去吃晚饭。李梦第一个响应,说大学餐厅的菜吃了一周,一点味道都没有,早该换换口味了。吴文豪没拒绝,也没发表意见。没过一会儿,李汉开车回到家里,上车之后才问我们想吃什么。李梦想了一下说去左岸咖啡吃西餐,吴文豪看了看我,用膝盖蹭了一下李梦,李梦突然意识到什么似的,忙改口说还是听李想的吧。我知道李梦想吃西餐,倒是吴文豪的举动让我由衷敬佩,他怕我西餐吃厌了,所以提醒李梦。其实我吃什么都无所谓,在南加州吃过一段西餐,算是地道,可实在难吃。在欢城,西餐早不知欢城人改良了多少次,如果仔细品味,说不定能吃出辣子鸡、羊肉汤的味道。我本来吃得就少,也根本没什么讲究,我怕李梦担心他们因此再争吵,于是应了一声去左岸吧。

我的担心有点多余,到了左岸,他们点了西餐,要了红酒,二人在我们面前表现得极为和谐,让我感到有点殷勤过度,总觉得别别扭扭的。不只是对我,还对吴文豪照顾有加,知道他们是想让吴文豪常来家里陪我。李梦胃口大开，边吃边喝，不一会儿，两杯红酒下肚，脸也变得红润起来。她从洗手间回来时，身后竟然跟着我小姨钟亚文，见到我非常吃惊。钟亚美跟她耳语了一阵之后，她才尴尬地对我点点头，让我有空去骆家的"下午吧"，钟亚美问骆家呢，她说去外地写生了。之后还追加一句，如果李汉赞助，她过年要去北方看雪，可以顺便带上我。

李梦听后，突然说道："小姨，不用我爸赞助，李想就能赞助你……"

"他？工作都没有，哪来的钱？"

李梦借着酒力，把我炒股的事，还有答应给她钱的事通通说了出来。见他们都惊讶地看着，我于是自嘲道："现在流行做不了富二代，就做富一代……"

自助，或者……

从左岸出来，钟亚文去了"下午吧"，临走还让我没事的时候去"下午吧"，可以在那里看书学习，也可以喝茶画画，别老把自己关在家里。吴文豪要回宿舍，李梦说她还有作业，因为离大学不远，便和吴文豪直接走着回去了。车上又只剩下我们，封闭在一个狭小的空间里，谁都不想说话，各自想着心事，就像秘密公开瞬间的崩溃，除了惊讶还是惊讶。我就像剥光衣服，惊恐地站在人群里。

我知道从美国回来，他们没告诉任何人，给我的感觉不是遣返，而是潜伏。在他们眼里，我不是载誉而归，所以不可张扬，就连我奶奶我姥爷姥姥都没说。当初办升学宴，唯恐别人不知道似的，亲戚朋友来了好几桌，现在却不想让一个人知道，和那时比起来，我就像从飞机上跳下来，还没带降落伞。可没有不透风的墙，即使钟亚美不说，李汉不说，肯定会有别人去说。当然，他们说也无可厚非，那是他们的事，跟我毫无关系，我只想一个人在家安静，他们又逼着让我去找同学，貌似从没把我的感受放在心上。

　　这次吃饭给他们带来短暂的轻松，却突然沉重起来，凝重的空气锁在车子里，一路上幸好没有堵车，很快便回到家里，贼似的各自躲回自己的房间。我也松了一口气，躺在床上却觉得少了点什么。思来想去，才想起来，他们本来该为此大吵一架的，可是没有。自从我回来之后，他们好像就只争吵了两次，仿佛世界突然进入冷战期，让我无法适应，于是在微信上问李梦什么情况，李梦没回我。想不到吴文豪在微信里向我道歉，都是因为他才抖落出我炒股的事。我告诉他没关系，这是早晚的事，让他不用在意。他接着告诉我，如果可能的话，他想利用大学几年时间，做到一百万，那样就可以偿还他父亲的债务，等毕业之后就不用为生计发愁了。他很感激我和杨森对他的帮助，对于杨森的"Facebook"秀，他感到惊讶，虽然感激杨森，还是为此气愤，为李梦不平。从他们开始到结束，吴文豪是唯一一个见证人，他们分手虽有遗憾，但他认为杨森不配李梦，也在情理之中。我让他好好安慰李梦，他很吃惊地告诉我，不用担心，她根本没把这事放在心上。这时，李梦回我微信说，自从我们高中的时候，就很少听他们争吵过，大学之后，她一两周才回去一趟，吃顿饭就回校，两个人连话都很少说。

为什么？

我怎么知道？要不是你回来，还吵不了架。

那是我给他们机会了？

本来上学好好的，说送就送回来了，搁谁谁不生气？

我不会。

你不可惜我还觉得可惜呢，换了我，我就是赖着也不回来。

那是你能耍赖的事？

今天要不是因为高兴，他们怕是连话都不说了。

是啊，这些天我发现他们话都不说。不知道怎么了，真是搞不懂。

可能连争吵都没情绪了，你什么意思？难道你还希望天下大乱啊！

怎么会，我就想知道他们怎么了。

过了一会儿，李梦才回道：咱们上初中的时候，我就听杨森说过，在宾馆见过咱妈。我也问过她，她说是同学聚会，后来我就没再问过。

杨森去宾馆干吗？

我怎么知道？想知道你问他去！

不会是你们在一起才碰到的吧？

再胡说，小心我拉黑你！

给我一百个胆儿我也不敢啊。

我看你就是闲的，没事就知道瞎琢磨，再不然，你就是有意装的，咱妈还想让你回南加州读书……

我哪儿也不想去，要上就去欢大。

不去就老实在家待着，把自己管好就行了。对了，亲，别忘把钱转我，等我一梦醒来，发现自己一夜暴富，那感觉——谢谢先！

钱对我貌似没那么有吸引力，也许来得过于容易，可我不想就这么轻易把钱转给她，让她偶尔受挫一次也未尝不可。李梦说的貌似有些道理，那的确是他们之间的事，跟我又有什么关系，我连自己都没管好，还管得了那么多。可这事又不得不让我去想，偌大的房间，四室两厅里住着三个人，却没有一点人气，连点声响都没有，倒不如在大学里宿舍里，现在倒好，虽在一个空间，仿佛隔世一般，这有种韩国电影《空房间》的即视感。

我不记得他们什么时候开始分居，也许早在记事的时候起，也许更早，或许该从小护士事件开始，我不确定是否有小护士这个人，她长什么样，如果真有其人的话，估计现在也该是个老护士了。可无论是小护士还是老护士，穿上隔离衣，戴上口罩，只露两眼在外面，除非特别熟悉，分都分不清。就像欢城二院见到的诸多护士一样，去过那么多次，如果不摘口罩，我还是以为只一个人来回走动，或是一个护士分演成了很多个……只是不知道李汉同志还记不记得当初那个护士，也不知道别人父母会不会像他们一样分居，没人告诉我这些，正如李梦所说，我就爱瞎琢磨……

第二天一早，我还在睡梦之中，就听到一阵急促的敲门声，支起耳朵一听是姥姥姥爷。我懒洋洋地起来，跟他们打声招呼，嘴里说着还没睡醒，想回去再睡一会儿，被他们拽住说昨晚听钟亚文一说我回来了，他们一夜都没睡好。我说我好好的，不用他们担心。二人当着我的面，就数落钟亚美和李汉："李想回来这么长时间，你们也不说，难道你们就这么让他窝在家里？我外孙哪里不好？我看是你们不好！又不是见不得人的事，再说，国外有什么好？想见都见不到，我看还是回来好，咱还不稀罕呢……"

钟亚美看着李汉，解释道："是怕你们担心，所以就没告诉你们，想等——"

"等到什么时候？"姥姥说，"你以为现在就不担心了？你爸一夜都没合眼，要不是因为晚，他昨晚就过来了！"

姥姥说完又安慰我，让我明年再考，考哪儿也不怕，就不去国外。我只想回去睡觉，于是告诉他们明年直接考欢大，他们才放心。躲进屋里，我听到他们还在嘀咕，好像在说我因为抑郁症的原因，但姥姥姥爷坚决不承认。这时，手机一响，是李梦的微信：我以为愚人节到了，没想到一觉醒来，科尔律治鲜花真就来了，谢谢亲……

想不到李梦还知道科尔律治之花的典故，这让我有点诧异，可我不记得什么时候给她转过钱，打开账号一看，时间是两点三十六分，确是转了三万给她。难道真是在梦里？我有点怀疑自己是不是真抑郁，或者精神分裂，明明是想吊吊她的胃口，却直接转了给她。闭上眼睛，仔细去想昨晚的每个细节，从出去吃饭开始，我和李梦、吴文豪一起说笑着来到左岸，后来见到小姨钟亚文，吃完回来，跟吴文豪聊了几句，一切还算清晰，只是忘掉了一个细节，我和吴文豪都喝了一杯红酒。李汉同志说，我们都已成年，可以喝一点酒，但不能多喝，其实以前跟杨森一起喝过啤酒，那是在唛田唱歌的时候，歌唱得一塌糊涂不说，头晕了两天，所以对酒心存敬畏。要不是红酒，李梦也许不会说出我炒股的事……我好像晕晕乎乎地看了一个电影，现在也不记得看了什么，更不知道什么时候睡着的了，也许就是在那个时候转的账，这让我想起亚历桑那梦游，那个被拴着绳子还在梦中游荡的男孩，真不敢相信，有一天我会不会也像他一样。真不敢相信，人究竟会在酒的影响下做出什么，我越想越害怕，于是赶紧查看一遍手机，幸好没再发现有别的任何记录。

或者，或者……

中午吃饭的时候，姥姥特意给钟亚文打电话，让她来家一起吃饭。姥爷做了一桌子菜，可没吃下多少，原因是一家人都把目标对准钟亚文，说她跟骆家在一起好几年，却不提结婚的事，钟亚文说还没想好。说起来我小姨钟亚文也是奇葩，她自小就不愿意待在家里，大学毕业应聘去了欢城彩印厂，做了平面设计师，没做多久就去欢城传媒做了记者。钟亚文没别的爱好，只喜欢旅游，说走背起包一个人就上路，是个天不怕地不怕的"女汉子"。她和骆家相识也貌似充满传奇，据钟亚文说，她在大三的时候，去巴马旅游，没找到住的地方，老板把骆家租的房子暂时让她借住，谁知那天晚上骆家回来，两个人相安无事地共居一室，住了一夜。第二天一早，骆家出去写生，钟亚文即兴画了一幅速写，之后又去旅行，二人就此错过。几年之后，钟亚文在"下午吧"发现她画的速写，却不知道他们已经相识多年，而骆家一直都在寻找，虽然两个人都在同一个欢城……骆家也并不比钟亚文差，原先和我妈一起在城郊中学教学，后来接手在欢城大街的一处故居，辞职做了一个书吧，起了个名字叫"下午吧"，一楼是书吧，二楼是工作室兼卧室，他也成了职业画家，跟钟亚文相似的是，骆家一外出画画就是几个月，连手机也不拿，用钟亚文的话说，他喜欢玩失踪。

饭间不只姥姥姥爷说钟亚文，连钟亚美也跟着一起数落，催她赶紧结婚，一顿饭吃成了批斗会，连我也有点听不下去了。钟亚文匆匆吃了几口饭，问我去不去"下午吧"，我看了看钟亚美，她连声说去吧。于是，跟着钟亚文，贼似的逃了出来。走出家门的时候，钟亚文叹息道："一见面就没别的事，躲都躲不掉，都什么年代了还逼婚，这样下去，总有一天我会给他们逼疯……"

我上车后说道："那你结婚不就没事了？"

"我还没想好……"

"是没想好结婚，还是没想好跟谁结婚？"

"你小小年纪脑子里都想些啥！"

"难道我说的不对？"

"对——"钟亚文边开车边说，"也就是你还能忍，换了我，早就疯了……"

"怪不得你总往'下午吧'跑，"我想了想又说，"你跟我妈就是不一样！"

"怎么不一样了？"

"结了婚，生了孩子，就完全变了……"

"那倒是，钱老师说过，城外的人想进到城里去，城里的人想走出城去，一旦结了婚，就把人圈住，围堵在城里，让你无法改变，除非离婚，可那性质又变了，最初结婚总有各种各样的理由，唯一的也是最本质的就是，两个人想一起终老，可谁又能保证终老？谁又能保证谁不出轨？就像你爸你妈，"钟亚文突然改口道，"当然，很多家庭都是这样，维持，直到维持不下去就会自然崩溃，然后可能还会按部就班地再找，再进围城，如果安全度过危险期，不还像你姥姥姥爷一样？我可不想把自己过早埋进坟墓里……"

"那你现在是进到城里了还是在城外徘徊？"

"心在城外，身在城里——"

"我看你这是患了婚姻综合征吧，不过——还是你看得透，快成大神了！"

钟亚文忍不住笑道："还是外甥理解我……"

于是她给我说起一件我小时候的事，她带我去沿河公园，看到很多情侣在恋爱，问她他们在干嘛，她说他们在恋爱，我突然问她可不可以和她恋爱，她当时笑到流泪，连说可以……

"现在想起来还直想笑！"

"那算不算早恋？"

"算，当然算啊！"

"可后来我喜欢上了一个女孩……"

"她现在呢？也在上大学？"

"高中的时候就自杀了——"

"你说的是魏雨？"

我惊讶地看着她，一时不知道该说什么。过了一会儿，钟亚文安慰我说，这事闹这么大，欢城人尽皆知，网上也闹得沸沸扬扬，是她自己压力太大，还有一些社会因素，比如家庭贫困、补课费用太高等，可事情已经过去，你就别再想了，她应该也有抑郁的原因，不然怎么会想不开。说完，钟亚文才突然想起来，问我："你不会那时候开始抑郁了吧？"

"我抑郁吗？"

钟亚文连忙摇头说："就你还抑郁？听他们扯淡，我看要真说抑郁的话，骆家的抑郁值更高，别把自己整得像疑似似的，要较起真儿来，谁不抑郁？连我这么开朗的人都是疑似患者，如果天天跟你姥姥姥爷在一起，早晚得把我整二院去……"

"小姨，我觉得你要不出去放风，早疯了——"

"我没别的爱好，只有旅游，放飞一下自己，"钟亚文突然转过话头说，"你要不说，我还真忘了，赞助的事你可别忘了，有你赞助，我想走远一点，我打算利用过年时间，来个欧洲十日游，你看怎么样？"

"那得花多少钱？"

"这就嫌多了啊？总共花销才不到两万，你赞助我一半就可以了……"

"我昨天就赔了五千多，也不知道曹一民会不会骂我——"

"曹一民是谁？"

"精神科专家，我爸师弟，给我看抑郁，知道我炒股，追着问我，也不知道他有多少，万一赔了还不是我的错？"

"投资有风险，后果请自负，这谁不知道？"

"那好吧，下周挣的钱全给你……"

"这话说的有点不像我外甥，下周万一行情不好，我去欧洲的事不就泡汤了？"

我还想说什么，车已经停在"下午吧"门口，钟亚文让我随便看看，她有篇稿子要赶出来。女店员给我倒了一杯水，我翻了一会儿书，想起钟亚文关于婚姻的论述，并不是没有道理，不仅仅是我爸我妈，还有曹一民。在我的印象中，曹一民似乎什么事都跟我说，不知道他讲不讲给他朋友，虽然我们算不上朋友，只是医生和病人的关系，也许人们都乐意把秘密告诉陌生人吧，那样更容易被人接受。他说起话来没有一点逻辑，至于什么时间，在哪里发生什么事，都没有交待，而我只能凭借自己的想象去重新排列、整合，我怀疑他说的一些事并没发生，而是出于他的臆想，也可能出自我的想象，因为他在述说的时候，已经打乱了我的思维。他有时候希望他老婆出轨，喜欢戴"绿帽子"纯属个人爱好，谁都管不了，我想象不出他说这话的表情，也不知道他怎么开得了口，更想象不出他老婆会怎么想，他只当是玩笑。话重复得多了，没人会在乎。这样，他们就可以等到儿子上大学之后，平静分开了。我后来才想明白，曹一民说这话的意思，他是想先安置好他老婆，再和他同学叙旧。至于曹一民说的是真是假，他老婆出没出轨，他儿子上没上大学，这些事他都只字未提。让我纳闷的是，难道他老婆就没想过他说这话的原因？当奇葩遇上奇葩，或许就见怪不怪了。

"发什么神经？"这时，钟亚文从楼上走下来。

"想你说的围城，你说从围城出去，再走进去，还会不会再出来？如果真这样的话，会不会也是一种病？"

"你还没进城就想出城，谁还敢跟你？"

"你不是也一样？"

"我到这个年龄段了，你还在上大学，不该是你想的事，小心走火入魔！"钟亚文伸了个懒腰，"我刚给李梦打了电话，让她过来，为了感谢你的赞助，我要拿出我的态度，请你们吃辣子鸡……"

"那好吧，虽然我没胃口，还是准备接受你的诚意……"

钟亚文对我撇了撇嘴,说了句装得还真像,便拉着我去看骆家的工作室,看到骆家正在创作的《印象·巴马》系列作品,的确让我震撼,他笔下的巴马已经不再是现实中的巴马,更多地融入他对巴马的感觉,我想这要归功于钟亚文,于是忍不住拿起炭棒,在纸上乱涂了一张,画完之后才发现竟然是一幅魏雨的头像……

正准备下楼时,李梦和吴文豪走了上来,我想收起来,已经被他们看到,吴文豪边看边赞叹,说画得真像。李梦接过来说,你怎么还画她?我说我就随手一画,一不小心就画得像她了。想把画折起来扔掉时,吴文豪赶紧从我手里夺过去,对我说:"这么好的画,你不要,我收着,说不定 N 年之后,凭这幅画,我一下成富翁了……"

吴文豪把画卷起来,用绳子扎好,我这才想起他怎么来了,李梦说是她叫过来的。这时,钟亚文提着菜回来,吃完聊了一会儿,吴文豪问我打算,我说没那么多要求,只想参加明年的春季高考,能上欢大读数学系就可以。李梦、吴文豪陪我走到欢城大街,他们打车回欢大。我独自顺着沿河路,一路走回家里,沉沉睡去。醒来时,发现又跑马了……

治愈,或者……

一开始去二院,都是李汉同志开车拉我,钟亚美只跟去过一次,后来就没再去过。钟亚美从不催我去二院,当初她就不同意让我去,她一直不相信我抑郁,又没别的办法,所以才去看了医生。见我日渐好转,也跟同学取得了联系,钟亚美的心情似乎好了许多，不提去二院的事，更不提去南加州大学的事，只是时不时地催问一下我的复习，在征求我的意见之后，给我报了欢大的春季招生，仿佛变了一个人似的，让我无法接受。我不知道这些变化是否跟我有关，但总感觉哪里不对，像怪味豆说不出的滋味。那天洗澡之前，我去阳台拿内裤，发现衣服早已收拾干净，转头去卧室，看到床头柜里的衣服叠放整齐，我洗的蓝色内裤放在最上面，仿佛在向我有意提示什么，我的心就像抑郁的欢城，立马感到不适，因为从不洗衣服，把洗内裤的事早忘脑后了，不想被她发现，我一时间羞愧难耐。

那天晚上的梦却总浮现在脑海里，在堆满落叶的路边行走，灯光忽明忽暗，地上留下斑驳的树影，一对情侣搂抱在一起，貌似相互取暖，这一场景我梦到过不止一次，冥冥之中似乎在寻找什么，至于在找什么，我又说不上来，不止是在梦里，即便在醒来时，我也说不出自己究竟在找什么。就在漫无目的游荡之时，眼前突然闪过一个身穿白色斑点裙的女孩，转眼便不见了，我赶紧看了看周围，一个人影也没有，连刚才看到的情侣都不见了。我有点茫然若失，心里一紧，说不出是恐惧还是恐惧，于是加快步伐，走了不知多久，一抬头，看到前面是一片开阔的山坡，白裙女孩坐在一棵树下，旁边站着一个男孩，好像是吴文豪，但又不太像。走近之后才发现女孩是魏雨，她还是原来的样子，长发齐肩，低头安静地坐在那里。男孩看到我有意避开似的走开了，看着他的背影，我还是不能确定是不是吴文豪。这时，魏雨抬头看到我，眼睛睁得很大，貌似很意外。但立时拉住我的手，我的心一动，一下扑倒在她身上……就像我看到的很多电影一样，在没有任何前奏，也没有征兆的情况下，很多事情就不太合理地发生了——我害怕被他们发现，所以偷偷洗了内裤，竟然忘记收起来。那几天，我都不敢看钟亚美，她也好像感觉到什么似的有意避开。

李汉同志不厌其烦地催我去二院，还嘱咐我按时吃药，我答应吃，可拿回的药一次都没吃过，只是遵照他的意思按时扔掉。其实对于去二院看医生，钟亚文坚决反对，她严重警告过我，让我没病别老去二院。在李汉同志带我去过几次之后，有时脱不开身，让我自己去，我坐公交去过几次，虽不愿意，可连曹一民每次都催我，有时电话打起来没完，让我觉得自己不像个病人，更像他的倾听者。

曹一民得知我和同学接触，又出去吃饭、散心，不管是主动的还是被动的，总之没把自己封闭在家里就是进步，连说治疗效果远超预期，因为我，他的从医生涯增添了一个光环。在曹一民的治疗方案下，我的抑郁终于大有好转，这让他非常高兴，激动得不能自已，为了掩饰自己，他从座椅上站起来，手捻胡须，其实脸上胡茬儿都没有，在治疗室的房间里来回走了两圈，像在思索什么。让我想起思想者雕像，如果被它看到的话，一定也会像曹一民一样来回走动。其实我并不担心我的病，心里想着他的股票，因为上周大盘走低，很多股友都在留言大骂主力砸盘、垃圾狗庄，我也小亏一点，曹一民真要听我的，不知会亏多少。于是问他，他说上周三个涨停出货之后，有点忘乎所以，跟老婆说炒股挣了两万的事，因为之前一直没跟她说过，她一听立马跟他急眼，说他私自存钱，经她这么一搅和，这周没有一点心情，所以也没跟进，想不到这周一下跌这么狠。

我一听，这才放下心来，对他笑道："幸亏你老婆，不然折大了……"

曹一民长叹一声道："挣钱也烦，没钱也烦，就没好的时候，我真是有点够了，有时候想想，真没意思，这一次真让我有点……"

曹一民仿佛又一次陷入他的回忆之中，他还是跟他老婆开玩笑说，说不定自己哪天会突然消失，那就不用找他，就像很多人净身出户一样，她说那样最好，还嘲笑自己，当年要不是脑子短路，怎么会看上他。末了还说一句，如果真想的话，让他给三百万，她可以考虑。虽是气话，他也知道他老婆不值这个身价，不过，他还是心动了一下，为这三百万他未必不可以尝试一下。他一直在想，在我的帮助下，如果真能炒到三百万，他老婆肯定会答应他。

"你真以为我是股神啊？"

"那可不？现在很多同事都跟我一起炒，不管原来挣着钱还是没挣着钱的，都看着我进出……"

"万一要折了呢？"

"怎么会?"

"跳楼的那么多,不差你一个!"

"那是什么心理素质?我们是什么素质,能一样啊?"

听他这么一说,我顿时无语了,回到家里,心里还是忐忑不安,虽然股市有风险,后果需自负,而且他炒股本来跟我无关,可我没想到,曹一民对股票这么痴迷,炒股的目的也让我感到震惊。以前只是无聊当画看,现在突然想用它翻到三百万,我不知道他能不能炒到这个数,也不知道他投入多少,更不知道以后究竟会发生什么。但越想越感到后悔,早知道这样,真不该告诉他炒股的事,可是当初也不知道他会做出这样的选择,能炒到三百万当然是好事,可他和他老婆又不知道会出现怎样的结果……这样越想越乱,不想再参与他的事,更不想听他的什么艳遇故事,只想尽快摆脱他。想不到曹一民瘟神似的,一连打了几次电话,最后一次接听电话时,他很担心,说再不接听就去找我爸了,我只得再次去他那里,也是那一次,我和他彻底闹掰,说起来这事有些蹊跷。就像以前一样,来到他的治疗室,先程序似的问一下我的情况,说到股票时,我连忙让他打住,告诉他以后别再问我,我已经把股票全部清仓,只想集中精力复习,参加明年的高考。

曹一民有些吃惊:"为什么?"

"我就是不想再做了,怕把本儿都赔进去,现在还要集中精力复习,"我想了一下又说,"再说,我的病经过你的治疗,已经渐好，所以，我不想再耽误学习……"

"是的，以前也没耽误过你的学习啊！"

"那是以前，全靠运气，现在专家都看不懂股市，我一个学生，又不专门研究，能碰上好运就不错了，万一赔了，就当玩游戏，你又不是玩儿，赚了怎么都好说，万一因为我赔了，我可不想抑郁……"

"如果可以的话，我只是想你能给我指点一下……"

"那你还是找专家吧，我肯定不行……"

"好吧，我再想想，"曹一民应着，面露难色道，"其实抑郁很难根治，很多病人都是因为反复发作，一次比一次更难治疗，你能好这么快，我也为你高兴，只是——对了，遗精很正常，你完全不必感到不好意思，搞得心事重重的，不利于康复……"

"你说什么？"我简直不敢相信自己的耳朵，不知是激动还是气愤，我听到自己的声音都变了。

曹一民一愣，对我微笑了一下说："青春期我也有过，有时还……自己，这很正常，我只是想告诉你别有什么心理负担……"

"你——你怎么知道的？"

曹一民呆呆地望着我，过了足有十几秒，才支吾道："那天……你就在这里告诉我的……"

"我？我没说过！"

"别不好意思，"曹一民顿了一下说，"我是医生，而且，我也是从你这个年龄过来的，这不足为怪——"

我顿时有点懵圈，脑子里一片混乱，一时语塞，不知道该说什么，脑海里不断闪现着上周和他一起时的情景。我记得他总是在说他和他老婆的事，还因为炒股的事和他老婆吵了一架，因为他喜欢跟他老婆当真不假地说离家出走，等他儿子一上大学就离婚，因为同学聚会遇到初恋重修旧好，成了老炮友，致使多人无从选择……可这跟他儿子有毛关系？和上不上大学又有毛关系？真是乱糟糟的成人世界，没有一点逻辑的成人思维，至于那些不可思议的成人童话，我一直都不想听，也没心思听，越听越感到失望，更充满恐惧，让我越发压抑，不愿长大，虽然现在是个准成年，不说有没有炮友，即使有，我也只是在梦里……还是我小姨钟亚文和骆家那样最好，貌似有点波伏娃萨特即视感，他们一生都没结婚，但一直都是最亲密的朋友……我站在那样，看着曹一民，心里在想那天究竟说没说过这件事，可越想越乱，连我自己也记不清到底说没说，按照逻辑推理来说，我肯定不会把自己的隐私告诉别人，这无疑是把自己脱光了给人看。哪怕是最好的朋友，也不会说，何况他还是个我不太相信的陌生人，那时候只觉得好玩，说了一些私密，可这性质完全变了，如果我没说，他怎么会知道？难道是钟亚美？只有她知道，可她怎么会说这事？还跟一个陌生男人说我的隐私……

开始，或者……

曹一民一口咬定是我自己说出来的，我不知道是他说漏了嘴，还是我没记那么清，僵持了一会儿，我也有些动摇了，怀疑自己说走嘴讲出来的。至于是不是钟亚美告诉他的，我一时找不到可以解释的理由，况且，这么隐私的事，她为什么要说？难道真要把我剥光，扔在大街上？我和曹一民对望了大半天，谁都没有一句话。之后，我转身离开，他也没去追我。走出二院的时候，我的心才松弛下来，还是我小姨说的对，我真是有病，非去什么二院，没病也整出病来了……我拿出手机，立即把他拉黑，决定从此以后再也不去二院。

我只想赶回家里，躺到床上睡上一觉，忘掉发生的一切，这一切如梦幻一般，让我觉得整个夜城都变得越来越像梦境。相反，在南加州大学的几个月变得越来越真实。公交车停停走走，乘客上上下下，车站上貌似总有拉不完的人。我虽知道将要回家，可总觉得自己像个游离之人，真想这样一直坐下去，哪怕不知道终点也好。可气归气，毕竟我不能确定自己说没说过，也不知道李汉同志和钟亚美会怎么想，我又该如何面对……

我一直觉得自己的心理年龄和生理年龄相差太大，这不是因为我不想长大，即使不愿意，也不可避免，就像我跟李梦的不同一样，李梦曾经说过，如果想要一个人成熟，就让他去谈次恋爱。我欣赏她的成熟，可我不喜欢她那样的方式，在我心里，似乎又害怕那个世界，可在他们的世界里，你又不得不按照他们的思维方式行事，至于这是不是规则，我不知道，但我知道一定是潜规则。就像那谁说过鸡汤一样的话：

无论错不错，都会错过；无论对不对，总要面对。反正无论怎样，都要走下去，即使你拒绝，明天照样会来。

回到家里，钟亚美已经做好饭，李汉同志照例问了情况，我也照例回答了他。唯一不同的是，医生说不用再治疗了，已经痊愈。我也不知道当时为什么突然灵光一现似的，说了这样的话，说完之后又担心被戳穿，不敢抬头看他们，没想到李汉同志听后，立即给曹一民打电话表示感谢。想不到我在宣布痊愈之后，抑郁就这么治疗了。我不知道他们在电话里聊了什么，但从李汉同志的话语中，我知道自己彻底解放了。

我心里暗自庆幸，偷偷看了一眼钟亚美，刚才一脸严肃，听到李汉同志的笑声，貌似舒缓很多，她似乎没有任何吃惊，也没有特别的兴奋，仿佛这事与她无关似的，平静得让我有些诧异，仿佛她知道这一切，又不愿说穿似的。我出神地望着她，她似乎觉察到了什么，抬头看了我一眼，忙将视线移开，假装夹菜却把筷子伸进鸡蛋汤盆里，于是尴尬地放下筷子，拿起汤勺，盛了一勺汤添到我碗里。我本来就不喜欢喝，可看着她神不守舍的样子，也没拒绝，只是她的举动让我一时无法理解，不知道她在想什么，也不知道怎么了，总感觉怪怪的。事情仿佛就在我的一句玩笑之中结束了，像什么事都没发生过一样。

钟亚美那天的表现始终让我难以理解，似乎跟以前不一样，至于哪里不一样，怎么不一样，我一时难以理清，也许真是她把我的隐私告诉了曹一民，也许是我说出来的，也许是曹一民臆想出来的，但那似乎已经不再重要了，重要的是，我终于可以解脱了。

直到寒假来临，曹一民都没再打扰我，仿佛一块心病，终于摆脱了。那天我请"呆犬"吃饭，没想到李梦和他相拥而来，惊讶得我一时说不出话来，这时，李梦问道："小姨怎么没来？"

"她去欧洲了……"过了半晌，我才反应过来，"你们——怎么在一起？什么时候开始的？"

"第一次从左岸咖啡回学校的时候，"李梦眼一翻，问道，"怎么？不可以吗？"

"可以，当我不存在就是——看来是我错了，老把你当'呆犬'……"我依然不敢相信，"难怪每次都一起来去，原来——你们早就开始了……"

"以后不许这么叫了！"李梦道，"我看你才像个'呆犬！'"

"其实中学的时候，我就——"吴文豪边吃边说道，"那时候就喜欢，就没机会说，也不敢说……"

"现在机会来了，你可要抓住……"

"真让我意外，这个世界真是疯了，要不就是我疯了！"

"怎么说话呢你？啥意思？"

"太——意外，我得先缓冲一下，不然下载太多，还以为自己是在做梦……"我接着说道，"要说——人真是不知道什么时候，会在什么地方遇到，也不知道什么时候，会在什么地方开始，这里面貌似包含概率的问题，我得仔细研究一下，说不定一不小心就能弄出个课题……"

"等你进了数学系再研究吧！"

李梦说完，突然一阵恶心，赶紧离开座位，跑去洗手间。后来我才知道李梦偷偷去医院做了流产。我不知道他们究竟能走多远，但"呆犬"的名号已经成为过去，留在记忆里，取而代之的是吴文豪……

一晃到了春节，李汉同志把我奶奶从蒙县接来，见我就说外面再好，也不比自己的狗窝好。她说蒙县有一个退休老师，儿子在美国，娶了个洋老婆，一年到头都不回来，还想把他接去美国，他一直都没同意，老两口独自待在县城。说到这里，奶奶转向李汉，说道："养儿干吗，不就是为了养老，能在跟前尽尽孝心？那老师说，他那儿子是白养了……"

奶奶说到这里，又把她表舅为省吃饿死的故事讲了一遍，我以为钟亚美会跟我奶奶理论，想不到她一声没吭。

我如愿考入欢大数学系，大一结束的时候，我的股票虽然经过半年多的低迷，但已经涨到接近五十万。让我想不到的是，李梦和吴文豪没走多远就分手了，我问李梦怎么了，她没告诉我。问了吴文豪，他只说你姐是个好女孩。从那以后，吴文豪貌似又变成"呆犬"了。

早在我读欢大之前，我爸我妈就已经悄悄办理了离婚，这事也是李梦告诉我的，当然，我很平静地接受，毕竟那是他们的事，因为他们早已是成人，跟我毫无关系……

日子就像成人的脾气，经过文火慢炖之后，滋味全在汤里。又一个秋天来临，看不出跟别的秋天有什么区别，就在这个跟别的秋天没有区别的秋天里，突然有一天，我爸告诉我，曹一民因重度抑郁住进二院。我听后一惊，但马上想到他曾经是个医生，还貌似给我看过抑郁，只是没想到给我看过抑郁的医生竟然成了病人，从病人变成医生，好像有久病成医的说法，从医生变成病人也貌似没有什么不正常，只是我一时想不明白，医生和病人之间到底有着怎样的关联，唯一让我感到不安的是，不知道曹一民是因为股市大跌被套的原因，还是他一直游离在城里城外的原因，或者还有更多我不知道的隐情……

原载《时代文学》2018 年第 7 期

龙

王秀梅

> 北直界有堕龙入村。其行重拙，入某绅家，其户仅可容躯，塞而入。家人尽奔。楼哗噪，铳炮轰然。龙乃出。
>
> ——蒲松龄《龙》

一

我讲过很多我父亲缪一二的故事，那些故事大多跟修桥有关。众所周知，他是一名高级铁路桥梁工程师。关于我们缪家祖上的故事，除了父亲，我更想讲讲祖父、曾祖父、曾曾祖父。无奈的是，关于他们的故事，到祖父那里就戛然而止了——祖父在二十四岁就离世而去。这正值大好年华的死亡，活脱脱像一个携带着阴谋的谜语：这无形的东西，用它自己的重力存在着，不知不觉成为一个巨大的情感包袱，绑在我们缪家子孙后代的后背上。

悲伤、苦痛、怜悯、痛恨、怀念、不解——

怎么说呢，在传闻中，祖父是一个逃兵。在那之前，他接受了一个秘密任务，把他后来据为己有的金条送到某个革命根据地去。因此，我们背负的情感包袱里，除了以上那些又具体又捉摸不明的情绪外，更多的是：耻辱。

我还能说什么呢？祖父是一个贪婪的家伙。他在一九四二年失踪，本应该送到革命根据地去的黄金也下落不明，因此，几十年来，在槐花洲这个小镇上，祖母和父亲为了不羞愧而死，每天保持着镇静的模样，命令自己像其他人一样挪动双腿行走着。但他们很少翕动嘴巴。他们把胆怯和绝望藏在心底。我推断，父亲缪一二后来成为一名技术过硬的高级铁路桥梁工程师，就是在那些没有光荣和梦想的街道上行走时产生的想法。终于，他离开小镇，成为一个终年在野外和大桥相伴的古怪的人。

祖父没有被记录进槐花洲的镇志里。甚至，连槐花金矿的矿志对他的提及，也仅有寥寥数语。关于一九四二年这个年份，在镇志和矿志里，都是一个毫不晦涩的年份，祖父的许多矿友——他称他们为战友——在护送黄金的路上光荣牺牲，他们的名字牢牢地印在各种志的纸页上，四四方方，刚正不阿，像概括着胜利一样，概括着他们短短一生的荣耀。只是，在护送队名单里，祖父的名字被晦涩地隐去了。对他仅有的那次提及，是护送队成立之前，他领导过的一场夺金大战。槐花洲老一辈的人都喜欢传颂那次著名的战斗，而祖父在那次大捷中贡献出的智慧和勇敢无人可比……

我承认，当我在睡梦中醒来，推醒我的丈夫，并把我的梦境讲给他听的时候，我忽然像是感受到了某种启示，或是说提示。在梦里，我清晰地看见七十多年前，阳光洒在祖父肮脏的脸上，他站在一座支离破碎的木桥上，转过身，看着我，诡异地笑了。我看到他翕动着嘴唇，向我发出一番唇语。他说唇语的时候，嘴巴里闪出黄灿灿的光，然后他伸进两根手指，从那黄光闪耀处捏出一根黄灿灿的东西。毫无疑问，我认出那是一根金条。祖父示意我去接过那根金条，但我不知道该不该去接。就在犹豫之间，祖父脚底下的木桥忽然断了，祖父把那根东西远远地朝我一抛，接着他的脸忽然呈现出一片莫名其妙的亮光，瘦楞楞的身子直直地堕入了大水之中。

我的丈夫老曲沉浸在他的梦境里，如同我沉浸在关于祖父的梦里一样。他用脑子想着他的梦，只用耳朵虚伪地敷衍着我的梦。直到我说到第三遍，这时候正好他放了一个万分饱满的晨屁，这才心满意足地转头问我："你刚才说什么？什么唇语？谁在说唇语？都说了些什么？你看懂了？你居然懂唇语？"

从跟我谈恋爱的时候起，老曲就认为我的脑回路有问题。那时候，"有问题"的代名词是个性和可爱；但是后来，漫长的婚姻生活改变了他的看法，如今他学会了从一个新角度来诠释这种"有问题"：精神障碍。

"你不要一听到精神和障碍这样的词汇就产生抵触心理，也不要觉得它们代表了多么令人震惊的可怕事情。它们很正常，就像你每天吃下去的面包和牛奶一样正常。它只不过是人的一种精神状态，这种状态每时每刻都有可能发生，就像你随时会腹泻和便秘一样。"老曲关于精神障碍的解释，无论使用什么样的词汇，中心意思都可以概括为以上这段话。他先给人一个极其可怕的定义，然后轻描淡写地把它说得一文不值。

当然，也难免，他成为我们缪家的女婿已经十多年，对缪姓人身上若隐若现的那些神经质的遗传现象已经见怪不怪了。比如说父亲缪一二——关于他的种种，我已经在许多篇小说里讲述了若干版本——他退休以后乖戾孤僻，脑子里成天想着他的大桥，为此他做过许多一个十足精神病患者才可能做出的事情。他妄想建造通天桥，并踩着它一直走出这噪音四伏的人间；他妄想乘着一只巨大的风筝飞到雷电的中心去制伏它，只因为那神采奕奕的家伙曾经烧毁了他的第两百零八根桥墩。他为一个铁路桥涵设置了牛哄哄的排水系统，可惜因为这个联动系统过于庞杂，谁也无法把它变成现实。唉，关于他的故事数不胜数，而关于他的结局也只有一个：不知所踪。当然，关于他不知所踪的结局，那都是我的虚构，如今，缪一二还好好地活在人间，在我们身边。但我毫不怀疑他人生的真实结局，那将会百分之百地符合我的虚构。

"你的祖父，不，咱们的祖父，我敢确定，他比咱们的父亲还要出色。"老曲嚼着一根油脂呼啦的油条对我说。我特别无法理解，为什么一个人在大清早要吃这么油脂呼啦的食物，破坏这一天清洁的开始。我盯着那根油条，它黄灿灿的，又修长又饱满，像人的胳膊和腿一样，有肌肉般的脉络。每当老曲把这黄灿灿的食物一截截咬到嘴巴里，我就有一种他在食人筋骨的感觉。

"金条。"我说。

老曲看了看手中的油条。"这是油条。"他说。

"我是说，金条。祖父扔给我一根金条。"

"哦。就是跟着他一起失踪了的那些金条中的一根？"老曲问。他的话里有一种明显的讥诮。关于祖父的这段不光彩的历史故事，因为旷日持久，现在提起来，已经完全没有了哪怕是耻辱的历史故事也应该有的庄重和严肃了。"你说，咱们的祖父是不是当时过于饥饿——战争年代嘛——他出现了幻觉，把金条当成了油条？"

"我正是这么想的。这么多年，你总算跟我想到一起了。"我说。

"不不不！"老曲有点怕了，他没想到我会认真起来，"我只是开个玩笑而已。"

关于老曲的职业，怎么说呢，他是一个医生。他给那些内脏器官出现问题的病人解决难题，把他们的皮肉打开，解决完问题，再缝合上。他是一个非常厉害的外科医生。但我一直觉得他更适合到精神科去，给那些精神障碍患者解决难题。他本人也对探究精神问题更感兴趣。但这个世界就是这样，它不允许任何人为所欲为。

早餐快结束的时候，我依然在苦苦思索祖父的唇语。说真的，从梦里到梦外，我一直为那一番唇语绞尽脑汁，虽然它只有区区一个字，但是它代表了什么，却有无限的可能，仅凭口型是无法判断的，因为我无法确定祖父在发音时，嘴巴深处的磨合状况——上下颚是否贴合在一起，是否产生了摩擦，就直接决定了两个完全不同的字，比如"信"和"银"……但是，怎么说呢，我还是莫名其妙地受到了某种启示，我觉得，那个字大约是"信"。什么信呢？我却无法继续向下参悟了。

老曲是什么时候出门上班的，我并没在意。那天早上，当我苦苦思索着祖父的唇语收拾碗筷的时候，我接到了母亲的电话，她先是告了父亲一状，原话是："缪引桥，你爸又在折腾了。"

接着，还没等我问父亲又在折腾什么事情，母亲又说："有人给你奶奶写了一封信。"

"什么？我没听清。"我问。槐花洲连绵起伏的山脉经常干扰手机信号。

"信！一封信！"母亲重复了两遍，这次我听清了。信！母亲把这个字咬得很重，似乎在提醒我，它很重要。是的，它当然很重要，因为，鬼使神差的，我几乎是立即把它跟祖父的唇语联系到了一起。我断定，祖父的唇语说的就是这个字。

二

关于曾祖母产龙的故事，我一直想听祖母详细地讲一讲，但祖母从没讲过。

在槐花金矿，可以说，每户人家都熟知这个故事，特别是那些上了岁数的老人。但是，故事的版本却五花八门，几乎一听就荒唐可笑得要命，完全是坊间杜撰。唯一跟曾祖母一起经历过产龙故事的人，是镇上一个著名的接生婆，但此人早已作古。可以说，如今，这世上唯一知道故事真相的人，就是祖母了。曾祖母在临终之前，肯定要把这个故事讲给祖父和祖母。这是我们缪家族谱里的一部分，曾祖母不会让它失传。

镇上的人，究竟有几成人相信产龙这个故事，一直是个让人生疑的问题。就连祖母，据母亲说，她一生中的绝大部分时间，是完全否定它的。

"缪云至，他？他就是个凡夫俗子，怎么可能跟龙有什么关系。"这是祖母否定那个故事时，最喜欢用的一句话。她两条腿盘成坚固的剪刀状，坐在床上，两臂交叉放于腹前，整个上身俯在腿上，远远看去像一个奇怪的球。祖母多数时间闭着眼跟母亲说这句话。极少的时候，她会睁开眼睛，看看正在绣花或是干其他事情的母亲。祖母熟知母亲弄出来的所有动静，根本不用睁眼，就知道母亲在干什么。

这没什么奇怪的。如果你跟另一个人相伴度过了四十多年，在这近半个世纪里，你们的生活里除了对方，几乎没有其他人存在，你也会闭着眼睛就知道对方在干什么。祖母甚至根据母亲在绣布上拉线的声音，就能辨听出母亲在绣什么，正绣到了什么部位。当然，母亲绝大多数时间都在绣龙。

我是在接到母亲电话的当天回到槐花洲的。从我生活的城市到槐花洲，驾车仅需一个小时，因此这并不是一件需要计划的事情。我的咖啡馆里雇了一个小姑娘，比较聪明伶俐，自从有了她，我就变懒了许多，完全可以做到随时休假。再说了，原本我就没有太多赚钱欲，开个咖啡馆，只不过是找个事做。

出乎意料的是，我刚回到槐花洲，还没喘口气，祖母就主动提出，要给我讲曾祖母产龙的故事。我提出先聊聊母亲在电话里提到的关于信的话题，以及我父亲缪一二这次是如何胡闹的话题，被祖母否定了。她说："先不说那些。"

母亲张了张口，把反对的话咽了回去。因为她也没听祖母讲过曾祖母产龙的故事。

"这件事是十一娘讲的，我只是听说罢了。十一娘啊，她说的话，有时候也没个准儿。"祖母说。

十一娘就是当年槐花洲著名的接生婆。她接生的手艺炉火纯青。也因此，她凭着这项过人的技术，成为人们依赖并相信的人。也因此，她有机会见识到了婴儿们降生时形形色色的事情，诸如咧着嘴巴笑着出生的，出生时额头上的第三只眼还没完全消失的，产妇的血在婴儿后背上画了一幅画的……有一些，的确是听起来颇有点离奇，也因此，许多人说十一娘的话没个准儿。

祖父的降生，据当年十一娘所说，是她接过的最为离奇的一次生产。据她所说，祖父缪云至第一次尝试着把头从我曾祖母的产道里探出来时，她清清楚楚地看到，那是一颗龙头，长着两只肉角，像水晶一样清澈透明。

"十一娘怎么敢确定那是龙？她又没见过龙长的是什么样子。"我打断祖母，向她提出疑问。

"龙嘛，还不就是那样子，跟我们见过的画上长的一样。"

关于这个问题，我确实不知道如何判断。一来，我们谁都不知道世上究竟有没有龙这种动物，因此也便不知道它长的是什么样子；二来，当时除了十一娘，没有其他人在场，因此，没有任何人向外面的人证实十一娘看到的到底是不是龙。十一娘接生技术超群，根本不用助手。

也因此，给祖父接生，是十一娘接生史上一件极其特别的事：抛开关于龙的传说不谈，单说给我祖父的接生时间，就是十一娘接生经历中最长的一次。我的曾祖母到底疼痛了几天几夜才把祖父生下来，众说纷纭。有说五天五夜的，有说十天十夜的。更有甚者，说是七七四十九天。

当然，我知道，有些坊间传说本来并不那么离奇，都是因为一传十十传百，传来传去，越传越离谱的。十一娘早已作古，现在没有任何人能准确说出祖父出生了多少日子。祖母也说不清楚，因此她总是忽略这个环节，重点讲述祖父那两只透明得像水晶一样的龙角。

据说，当时十一娘把头趴在曾祖母的产道口，她听到了婴儿正在努力撑开产道口的声音。根据经验，婴儿的头马上就要探出来了。十一娘两手扒住曾祖母的大腿根，努力朝外扩张，希望助曾祖母一臂之力。在她的帮助下，那条龙伸出了两只晶莹剔透的角，接着，半颗头探了出来。十一娘说，她刚好跟龙那两只湿漉漉、亮闪闪的眼睛打了个照面，她甚至隐约看到了龙腮上的须，只要再用一下力气，那些同样晶莹剔透的龙须就会随着龙的完整的头部一起钻出曾祖母的产道——那将是多么美妙的一幅画面！我们只在画上见到过龙须那旖旎波折的样子！

可惜的是，那条龙用湿漉漉、亮闪闪的眼睛跟十一娘对视了一下之后，就飞快地将半颗头缩了回去。它重新回到曾祖母的体内，说什么也不肯出来了。那之后，就是一传十十传百传得越来越玄乎的七七四十九天的故事了。

虽然，从女人产道里钻出来的婴儿奇奇怪怪的样子，十一娘半辈子见识到的实在太多，但她仍然被那一幕吓到了。她跌坐在地上，完全顾不上曾祖母了。曾祖母本来使出了全身最大也是最后的力气，以为这一下之后终于要轻松了，没想到事情却不是那样。没有小冤家的哭声，没有一大坨东西从体内卸出去。她再也没有力气了，于是，昏厥了过去。

十一娘到底经验丰富，她很快恍过神来，趴到曾祖母旁边，用力掐她的人中。把生产过程中昏厥过去的女人弄醒，这是十一娘最驾轻就熟的本事了。除了掐人中,她还有许多别的办法。至于她是用什么办法把曾祖母唤醒的,她一直守口如瓶。她是靠这门手艺吃饭的,有些独家秘笈,死了都是要带到棺材里的。

于是,十一娘开始了她职业生涯中历时最久的一次接生。她基本没睡过什么觉,只是在曾祖母阵痛间歇时,打上几秒钟的盹儿。期间,她数次把头趴到曾祖母的产道口。有时候,她借助屋内光线的明暗角度,故意把自己隐藏起来。但是,那只龙异常聪明,再也没有在曾祖母的产道口探头探脑。

"它能闻到十一娘的气味。"讲到这里时,祖母做了这样一个总结。

龙当然是极其聪明的动物——假设这个地球上有龙存在的话。所以,它赖在曾祖母体内不肯出来,是因为一直能够嗅闻到十一娘像猎物一样守在外面,这个逻辑是没有任何问题的。十一娘拿出了她兢兢业业的职业品德,发誓要把这次艰难的接生活儿做好。她安慰着我的曾祖母,像母亲安慰自己的女儿。曾祖母在她的抚慰之下,竟然没有被漫长的生产折磨至死,奇迹般地挺了下去。

就这样,两个女人用不可置信的坚韧,最终把那条龙打败了。她们在绝望来袭时这样给自己做思想工作:那家伙已经长大了,要是再不出来,里面的地方不够大,氧气不够多,它势必活不了。所以,它迟早得出来。

她们预料得没错。经过漫长的对峙,龙终于熬不下去了。

据说那天，十一娘看到几片东西从曾祖母的产道里滑出来，指甲盖那么大。她捡起来，放在拇指和食指之间捏了捏，想凭借经验判断一下那是什么东西。但经验没有给她答案。

十一娘把那几片东西放在水盆里，洗了洗上面的血。那些东西立即变得亮晶晶的，像冬天湖面上的薄冰。

十一娘把这几片东西拿给曾祖母看了看，曾祖母忍着剧痛，咒骂道："果真是龙。这是龙鳞。"

那时候正是盛夏，曾祖母说完这句话，外面本来晴朗朗的天空忽然沉下来，像白昼猛然沉到了黑夜里。接着，暗云压顶，风呼啸而至，猛烈地拍打着窗棂。

"要下雨了。"十一娘说。

果真，外面猛然亮起刺目的白光，接着，响起惊天动地的雷声。在闪电中，十一娘再次撑开曾祖母的产道。曾祖母嚎叫着，眼睛里充着血。她终于生下了我的祖父。

遗憾的是，跟世上大多数事情的发生发展和结束过程一样，经过了惊心动魄的高潮之后，剩下的结局就显得乏善可陈：曾祖母生下的只是一个普通的婴儿。这婴儿头上没有晶莹剔透的角，腮上也没有晶莹剔透的须，身上更没有晶莹剔透的鳞。至于尾巴，十一娘用手摸了摸，那里跟正常的婴儿一样，只有柔软的尾骨，低调谦逊地掩藏在皮肉之下。

所以，要想证明祖父是那只在对峙中失败的龙，几乎是没有办法的。唯一的证据就是那些脱落的鳞片，却也被曾祖母烧掉了。曾祖母握着那些鳞片，撑着虚弱的身子，一步步蹭到外间，把它们丢进灶膛里。火转瞬就把它们吞噬得无影无踪。曾祖母放心地叹了一口气，一步步蹭回去，对十一娘说："好了，不再有龙了。"

曾祖母躺到祖父身边，把乳头塞到祖父的嘴巴里。十一娘认真地观察了一阵子，见祖父跟其他婴儿一样，无师自通地用舌头和嘴唇包住了曾祖母的乳头，一口一口地吃起奶来，她也放心地说："没有龙了。"

没有龙了。这四个字，是故事的结束语。讲到这里，祖母深深地叹口气，不知道是在庆幸还是惋惜。之后，经过几分钟遐思之后，祖母回过神来，对我和母亲说："那时候啊，是一九一八年。"

虽然我是跟祖父在同一个世纪出生的，但听起来，一九一八年依然是那么遥远。他的事情，像另一个人类史上发生的事情。因此，我觉得祖母也像另一个人类史上的人。

曾祖父结合祖父出生时的天相，给祖父取了缪云至这个名字，好让他的子孙后代都记得，他是随云而至的。因此，虽然他是一条龙的事情并不被太多人相信，但起码，那个夜晚风云突至的异象，他们却是不能否认的。至于风云突至电闪雷鸣跟祖父的降生有没有关系，那就是见仁见智的事情啦。

三

槐花洲是一个小镇。长久以来，它虽然拥有连绵起伏的山脉，却跟世上所有地处偏僻的小镇一样默默无闻。人们日出而作日入而息，生老病死与常人无异。它后来声名远扬，完全跟槐花山脉上开采出黄灿灿的金子有关。

直到那时，人们才得知，原来那连绵起伏的山脉，并不是普通的山脉。有一个懂得风水的老先生站立在山脉的各个方位，手捻胡须，沉吟数日。他的目光抚摸着山脉的走势，并深邃地穿透山脉，抵达它那神秘莫测的肌理和肚腹，最后断定，在地下十八层有一座黄金宫殿。

又过了许多许多年，一九一八年那个盛夏，第五代黄金大王周老五站在他家的院子里，眺望着霞披云绕的槐山。他从来都没有忘记过他的曾曾祖父在世时，风水先生留下的那个关于黄金宫殿的传说。到了他这一代，黄金宫殿还是没有找到，周老五已过四十岁，难免觉得壮志未酬。当然，他并没有迷信到真的相信山底下十八层有什么宫殿，他只是顽强地认为，风水先生的话其实昭示着，槐山还应该有一条更为富有的矿脉，是他们周家几代人都没有发现的富矿脉，他想在这一代实现。他花费真金白银请来了美国技师，那技师在山上转了好多日子，又在他的毫宅大院里饱食多日，却没放出一个有价值的响屁。

周老五转过身，踱到铅灰色的大铁门旁，伸手抚摸木架上摆放着的两支洋枪、几把大刀。他想，没有富矿，有刀枪又有什么鸟用，矿工们就是一个个都被打死，挖出来的石头也不可能每块都变成狗头金。

那个盛夏的午后太邪门了，本来亮晃晃的日头先是被一片黑云遮住，接着，大片黑云争先恐后地摞压上去，天色瞬间就变得像黑夜一样。电闪雷鸣的时候，几个女仆吓得扔下手里的活计，尖叫着跑进厢房里；男佣也忙着把洋枪和大刀搬进武器库，躲在里面不敢出来了。

周老五依然站在院子里，他觉得有点蹊跷。他爹临终前详细地告诉过他，风水先生说，地下十八层的黄金宫殿里，到处都是金梁玉柱。至于金梁和玉柱到底是什么样子，谁也不知道。干着这个行当的周家人只知道，他们是靠天地吃饭的，自然很相信各种野史传说，对天生异象也是格外敬虔，深信它们的出现是某种预示或启示。

因此，周老五没有像那些见识短浅的女仆和男佣一样跑进屋子，而是心潮澎湃地继续站在院子里，朝黑漆漆又一闪一闪发亮的天空凝望。这样，周老五就目睹了那道龙状闪电袭击槐山的奇景。

周老五的豪宅修建在槐山脚下，在镇子的最北边，离开镇子大概百米。关于那天的奇景，虽然镇子上也有几个人碰巧目睹，但由于镇子离槐山毕竟稍远一些，他们只是看了个大概。事后，人们向周老五打探龙状闪电，他只是淡淡地应付几句，讳莫如深。这样，人们就更坚信周老五目睹了千年一遇的奇景。

自从祖上盘踞下这片矿脉，经营起最早的矿务局，周家几代人就坚信他们受着神灵的庇佑。这下，周老五确信那神灵就是龙。他目睹的那道闪电，有蜷曲往复的须、鼓突的眼、利刃一样的角、蒲扇般的尾、刚劲有力的脚爪，无一不佐证着他无数次对龙的想象。他看到那条龙猛烈地俯冲到槐山山脊上，只是那么一瞬，就消失不见了。随后，空中响起一声炸雷，震耳欲聋的程度他闻所未闻、见所未见。

当一切都恢复了原样，日头重新升上高高的槐山，亮晃晃地照射着山脉和槐花洲，女仆和男佣们小跑着重新开始忙碌，周老五要去巡山了。他家的拳师和管家带上几名护兵，拿上家伙，问周老五打算去哪个矿洞。周老五抬头眺望龙状闪电消失的地方，那里有一棵老槐，已经被烧掉了树梢。

"就那里。"周老五指了指那半棵残槐，说。

在槐山上，有两种树木似乎永远也不会灭绝：绿松和槐树。开了那么多矿洞，这两种树木依然逢土就长。绿松本就生命力旺盛，但槐树也这么耐活，却是有点奇怪了。盛夏的山涧两旁，槐树长得尤为茂盛，虽然五月槐香时节已过，周老五还是能嗅闻到那些浓烈的香气。在他心里，这漫山的槐树也是山的魂魄，因此，雷电烧断了山脊上的那棵老槐，他隐隐地有些不安，不知道预示了什么。

爬到山脊之上，所有人都呆住了。在烧焦了树梢的老槐旁边，出现了一个黑黢黢的地洞。植物和阳光交织的光色只斜斜地铺照到地洞口下两拃处就消失了。管家用手一拃一拃地丈量了一下洞口，告诉周老五说，洞口直径有差不多两米。

"拿梯子来。"周老五说。

护兵随身带着软梯，这是巡山必带的装备。立即有一个护兵自告奋勇，要头一个下去为周老爷探险。

"都退后，我来。"周老五说。

周老爷要亲自下去，这可不是闹着玩的，立即，在场所有人都表示反对。周老五看了看山脉，对自告奋勇的护兵说："我周老五下矿洞的时候，你还没出生哪。"

周老五是下过矿洞的。不下矿洞，能当黄金老大吗？他下过的最深的一个矿洞有两百米，那次也是他带头下的。虽然软梯用的是槐山上最坚韧的藤条，经过了两个多月浸泡，又扎扎实实地晒干编成的，坚韧无比，但他在下到五十米的时候，腿就开始抖颤了。况且，那还是他年轻的时候，如今，他也是一个四十开外的老爷了。

拳师是一个沉稳老练的人，他说："此洞乃雷击所致。既是雷击，想必不会太深，应无大碍。"

不管有没有大碍，周老五是肯定要下去瞧瞧的。那条龙状闪电之所以在他眼皮子底下炸裂了这里，就必定要告诉他一些事情。

周老五踩着软梯，提着一盏从英国人手里购买的最新式矿灯，一级一级往下走。地上的人蹲在洞口，紧张地看着他越来越低的脑袋。

谁也不知道周老五在矿洞里看到了什么。就像先前的态度一样，周老五含糊其辞，莫测高深。人们软磨硬泡地问洞里都有些什么，他过好久才淡淡一说："无非就是那些——根茎、藤萝、碎石、虫蚁、泥土、裂缝。"

人们看到周老五手上沾满了泥。他轻描淡写地说到的"裂缝"这两个字，并没有引起人们的注意，但事实证明，这两个字意义重大。之后，周老五带着一众人远远近近又巡视一番，就返回了山下。

当时，关于老缪家孩子降生的事情，已经传遍了整个镇子。当然，这不寻常的消息也传到了周家宅子里。女仆们凑在一起叽叽喳喳，议论着刚才那阵天昏地暗的雷雨果真不同凡响，镇子上果然出了一件她们闻所未闻的怪事。

虽说缪家这个孩子的降生费尽了波折，但，想让人们相信这孩子是一条龙，还是不那么容易。何况，人们络绎不绝地登门去看，并没有发现孩子跟其他孩子哪里有异。孩子照样闭着眼睛睡觉，张着嘴巴吮奶，毫无控制地拉屎撒尿。龙怎么可能是这副样子呢。

周老五也亲自登门看望了这个奇异的孩子。他命人带了许多糕点，把我的曾祖父惊吓得手足无措。周老五详细询问了祖父降生的时辰，接生婆十一娘自然最有发言权，绘声绘色地把当时的情景描绘了一番。她感到非常遗憾的是，没有偷偷留下一片鳞甲给周老五看一看，以证明她所言非虚。

我的曾祖父缪某（此处隐去他的名字），是一个老实巴交的人，当时在矿上当矿工。他靠卖苦力养活我的曾祖母，以及刚刚降生的祖父。跟其他矿工一样，他在粉尘弥漫的矿洞里，喝着含硫酸的淋水，啃着怀里的野菜团子，时刻准备着被塌方夺去小命。那天，周老五坐在曾祖父家中支离破碎的小马扎上，跟这个脸膛被黑油灯熏得墨黑的老实人聊了很久，从采金聊到眼下的时局，聊到日本人要跟他周老五签订合办契约，再聊到缪家的祖上。

我说过，我的曾祖父缪某是一个老实巴交的人，他有多老实巴交，用祖母引用曾祖母的一句话就可见一斑："踹一百脚都踹不出一个响屁。"

可想而知，周老五那天跟我的曾祖父并没有聊出什么子丑寅卯来。特别是，他发现我的曾祖父对采金几乎是一窍不通，只会机械地往筐里装矿石，没有一丁点这方面的天赋异禀。

那天，周老五离开前，跟我的曾祖父商量了一件事，差点把缪某吓死过去。他说，他要认我的祖父为义子。周老五虽然比我的曾祖父年长十几岁，但是，这样的大人物要做自己儿子的义父，莫说年长十几岁，就是年长一百岁，曾祖父也算是高攀了，没有不答应的道理。

我的曾祖父缪某，经过了那场天昏地暗的雷雨之后，奇迹般地出人头地了。他作为矿工的身份被改写——周老五给他安排了一个非常轻松的活儿，让他去守山脊上被雷电炸出来的那个洞。

那个洞有什么可守的呢？它就在那里，不会长了脚跑掉。镇上的人更不敢随便去造次，因为那是周老五的地盘。有些人不知道周老五为什么要派曾祖父去守洞，镇上的算命先生一语道破天机，说，那是天洞。周老五在槐山上开凿了那么多的洞洞，但这个洞洞是老天爷开的，所以，要想保住周老五开的那些洞洞，就必须把这个天洞保护好。

我的曾祖父，老实巴交的缪某，虽然他横看竖看，觉得那个所谓的天洞也不过尔尔，没啥特别，一个废洞而已，但他还是被崇高的使命感驱使着，兢兢业业地在洞口旁守了下去。周老五令人给他修葺了一间小房，于是，我的曾祖父成了人人羡慕的幸运儿，因为他那么清闲，还有可观的工钱可拿。

——这段历史，实际上，在我们缪家人的心里，并不是一段多么光彩的历史。特别是，周老五后来果真跟日本人签订了合办契约，不管他心里是否愿意，他都成了狗汉奸。我们缪家因为跟周老五的这段干亲之谊，自然在声誉上也就要受到连累了。

我的祖母初玉兰在结束了产龙的讲述之后，又给我讲述了这段干亲之谊的结交始末。

"天洞？哼哼。"

祖母说了这样一句结束语，头耷拉下去，搭在团着的膝盖上，睡着了。

四

我打算在槐花洲多住些日子，于是分别给老曲和咖啡馆我雇的小姑娘去了个电话。

对我的这个计划，老曲并没表示任何异议。他只是别有用心地问我："咱爸怎么样，还好吧？"

"好和不好，是什么标准？"我反问。

"就是……他有没有捣鼓修桥的事？"

"那倒没有。不过，我回来后没见到他。"

"没见到？什么意思？"

"他老人家出门游历去了。"

"游历？缪引桥，咱这特立独行的爸又闹什么妖呢？"

老曲对我父亲缪一二用到"闹妖"这样的词汇并非出于不敬。我们家的人都知道，用这样的词汇来形容父亲毫不为过。怎么说呢，关于父亲的生平，可供讲述的实在很多，虽然他只是一名高级铁路桥梁工程师。他的前半生几乎都是在野外度过的，他跟随工程局辗转于各个施工地点，看尽了祖国的大好河山。在他的前半生里，槐花洲只是他的故乡，他只是槐花洲的一个远游在外的孩子，他们经年都不互相拥抱对方，因此，两者之间的关系只剩下血缘关系而已。

至于父亲为什么选择去野外修桥，也可以简单地解释为他莫名其妙地喜欢桥，像喜欢蜈蚣一样。但是，他作为一名工程师，每年都是有假期的，他却将那些可贵的假期悉数放弃，甚至包括春节。他曾经对我们说，他不喜欢城镇的春节，因为他不喜欢那些俗里俗气的鞭炮烟花。他真正喜欢的是雷电。

"那可比烟花壮丽多了。你们在城里，根本见识不到旷野的闪电是什么样子。"

他经常这样说。甚至退休回到槐花洲以后，每当雷雨天气来临，他都要数落一番城里的闪电过于平庸。

母亲有一次尖酸地质问他："你说外面的闪电有多么多么壮丽，那你见过周老五见过的龙闪电吗？"

母亲这么质问他，只不过是为了发泄心中的怒气，并不想重提缪家耻辱的旧事，但父亲立即脸色铁青，噤口不语了。祖母用凌厉的眼神深深地剜了母亲一下，母亲立即明白，龙闪电的话题是不能轻易说的。要不是因为那道龙闪电，我的曾祖父缪某也不会跟周老五这个狗汉奸扯上关系，给我们缪家从此蒙上奇耻大辱。

因此，其实，祖母和母亲都明白，父亲之所以一生漂泊在外，主要原因是不愿意留在槐花洲，过耻辱的日子。他一定是年少时就萌生了离家出走的念头，所以才在高考时选择了这个冷门的学校和专业。但是，如今他老了，退休回到槐花洲很多年了，关于老缪家那段历史，已经没什么人再提起了，他大可不必仍然纠结于旧事，而应该像其他老头一样，安详慈和地度过晚年。

但事实上并非如此。父亲退休之后从来没有安生过，我隔三差五就要接到母亲控诉父亲的电话。通过那些电话，我一直了解着父亲的乖戾和孤僻。他跟镇上的人格格不入、那些安详慈和的老头，在他眼里，是一群对国家毫无建树的人、一群庸俗无聊的人。他看不惯他们蹲在暖烘烘的日头下面下象棋、吹牛皮、侃大山，也看不惯他们搂着老太太跳舞。那些老头先前还很尊敬他，觉得他特别了不起，能修那么高那么长的大桥，让火车在上面跑来跑去。但时间久了，他们就不买他的账了，做那些庸俗的事情时，也都不来喊他了。

父亲退休后总想改造一下槐花洲，但他的满腔抱负完全得不到施展，因为他终生只擅长修桥，而且是又高又长的铁路桥。槐花洲这个小镇，完全不需要那东西。他在槐山上转来转去，但槐山只需要会打矿洞的人，也不需要他。于是父亲就唉声叹气，闷闷不乐。他嫌吵，嫌镇上的人们总在说话，有一段时间总想搬到山上去住。

当然了，山上倒是有许多地方可以供他居住——有数不清的废矿洞啊。父亲还真尝试着找寻了一个废矿洞，野心勃勃地打算将之改造一番。他虽然是修铁路桥的，但触类旁通，改造一处小小的居所，完全算是大材小用了。

矿上肯定不能同意他去随意居住。如今，槐花金矿不再是当年周家的私有财产了，各项管理制度井井有条，特别是人身安全，那是时时刻刻摆在第一位的。因此，谁也不敢同意父亲去矿洞里居住，哪怕是废旧矿洞。有一段时间，父亲跟矿上负责安保的人捉起了迷藏——他经过若干次踩点，知道哪里有小路可以钻空子。他一点点偷偷地运输了一些工具到矿洞里，准备在敌人眼皮子底下实施自己的计划。但是，让他没有料到的是，有一次他工作得有些晚了，索性在矿洞里试睡一夜，却折腾了一夜没有睡着。事后他跟祖母说，他一整夜都听到山上在放炮。而那天夜里，矿上根本就没放炮。

从此，父亲放弃了搬到矿洞里生活的念头。但是，他离世隐居的幻想却没有泯灭。遗憾的是，他年老体衰，虽然技术超群，工程局也是不敢返聘他的。

……

"哼，我看哪，你爸就是找借口再次离家出走。"几天以来，母亲动不动就咕哝这句话。她在绣花的时候咕哝，在做饭的时候咕哝，在什么都不做的时候也咕哝。

这时候，祖母就用眼睛深深地剜母亲，纠正她说："缪一二是去打听他爸的事情了，怎么能说离家出走呢。"

停了停，祖母也像母亲一样叹口气，说："要说离家出走，缪云至才是离家出走呢。想不到他在外面找了另外一个槐花洲，肯定当初是想待在那里不回来了。"

怎么说呢，这件事情非常蹊跷，还是得从我这次回槐花洲的原因说起，也就是：在我苦思祖父唇语的那个早上，母亲打来电话，说父亲缪一二又在折腾了。同时母亲还告诉我，有人给祖母写了一封信。

等我回到槐花洲的时候，父亲缪一二已经走了。他甚至都没等我回去商量一下，就揣着那封信，启程去往来信的地方了。

父亲离家的大体经过就是这样。而祖母提到的另外一个槐花洲，就跟那封信有关了。遗憾的是，父亲带走了那封信，我只能通过祖母和母亲那带有明显哀怨情绪的讲述中，大体弄清楚事情的大概轮廓。它是这样的：

在我梦见祖父的那个夜晚之前的黄昏，祖母收到了一封信。当时，镇上负责收发报刊信件的小伙子打听了好几个人，才弄清楚信封上写的"初玉兰"是我的祖母。由此可见，祖母实在是太老了，她的名字如今在镇上已经鲜有人知了。祖母九十九岁，正在朝着百岁的门槛而去。

一个九十九岁的老太太，什么人会给她写信呢？故友，或是亲戚？不外乎就是这类人。起初我就是这么想的，虽然祖母似乎并没有这方面的人际往来。所以，当母亲告诉我，信是祖父写来的，我当时就愣住了。

"什么？您是不是糊涂了？"我对母亲说。

"我没糊涂，那封信就是你爷爷写来的。不过，是他在一九四二年写的。"母亲瞪了我一眼。她正在绣一条龙，我真不明白她为何如此执着。她绣了那么多龙图案的布，都用来搭家具了：电视机、冰箱、洗衣机、微波炉……所有能搭上一块布的家具。那些家具都耷拉着头，无奈地顶着一条龙，永远见不到日光。

母亲和祖母为了说明事情究竟是怎么回事，都争着描述那封信。我花了很长时间才弄明白，原来是这么回事，两句话就可说清：祖父在一九四二年，从一个名叫槐花洲的地方，给祖母写了一封信。的确是寄给祖母的，因为信封上写着"初玉兰收"。

现在，关于这封用两句话就可表述的信，显而易见，存在着远远不止于两句话的问题。首先是，究竟是什么原因，致使这封信在邮路上辗转了七十多年，在二十一世纪都已经走过了十七个年头的时候，才寄到了祖母手里？其次，在另外一个地方，也存在着一个名叫槐花洲的地方，这该是多么的巧合呀！

　　由于没有亲眼见到那封信，我无法根据它的泛黄和破旧程度，判断它究竟是不是写于一九四二年。据母亲说，它的确很破旧，信封上的字迹都已经模糊不清了。但祖母坚持说，那一定是祖父写的，因为祖父会写字。

　　"矿上工会的老扁送给你爷爷一支钢笔。那支钢笔是家里最值钱的东西。"祖母回忆着那支金贵的钢笔，说它乌黑乌黑的，像一支枪柄，而闪闪发光的金色笔尖像一枚锋利的子弹。"你爷爷把它别在上衣口袋里。那时候，周老五的口袋里都没别过那么稀罕的东西。"

　　"周老五不是这一带的黄金老大吗，他都没有那么金贵的钢笔，难道他还不如工会的老扁厉害？"我感到有些不解。

　　"老扁啊，那可不是一般的人。"祖母说。"他呀，说起来，他可真不是一般的人……"

　　这时候，母亲打断了祖母。她了解祖母，要是打开了老扁这个话茬，跑了题，恐怕一时半会儿收不回来。"还是说说那封信吧。"母亲说。

　　的确，此时此刻，我也觉得应该重点说一说那封来历不明的信。不过，用"来历不明"这个词好像有点不准确，因为信是有地址的，母亲说，信封上寄信地址那里写着三个字——槐花洲。

我的第一反应是，信封上的寄信地址写错了。如果这封信真是祖父所写，那么，他可能因为脑子里一直想着槐花洲，所以，把寄信地址写成了这三个字。但是，母亲否认了我的推测，她说，祖父在信里很明确地交待了，他待在那里写信的村庄，也叫槐花洲。

母亲深刻地反省了自己，因为她没有把信的内容用手机拍下来，就那么让父亲带走了。而且，因为年事已高，记忆力下降，她无法全文背诵给我听，而只能大概简述一下信的意思。母亲用的是她自己的语言，她反复解释，说祖父的原话不是这样说的。我当然明白，一九四二年的祖父，他的话语体系肯定跟母亲是不一样的。

根据母亲的简述，我大概掌握了祖父来信的内容。祖父说，他待在一个名字也叫槐花洲的村庄养伤。自从身上捆绑着金条离开家乡，他和战友们经历了大小十几次战斗，不断地有敌人对他们围追堵截。后来，死的死，散的散，他挨了一枪，昏迷了，醒来后，发现自己被一个姑娘救到了这个名叫槐花洲的村庄。

——玉兰，等着我。等我把金子送到根据地，就回去跟你团聚。

母亲说，这是祖父的原话。她只背下了这一句。

"鬼话。"祖母说,"他是待在那里不愿回来了。"

"我爸不是去那里了吗,等他回来,咱们就知道真相了。"
我说。

这下轮到母亲担心了。她狠狠地咬断线头,说:"缪一二
那个老东西,他早就想离开这里了。趁这机会,说不定跑出
去再也不回来了。"

五

父亲在电话里简短地告诉我们,他在火车上,或是在汽
车上,或是在旅馆里。

我们不知道另外那个槐花洲在哪里,父亲总是回避这个
问题。母亲总在反省,埋怨自己没有好好看看信封上的邮戳,
造成如今这种彷徨无措的局面。我安慰母亲说,时隔这么多
年,邮戳上的字迹早就模糊不清了。信封上的初玉兰这三个
字还能依稀可辨,这已经是意外惊喜了。

父亲走后的两天里,祖母一直拉着我,絮絮叨叨地跟我
聊天,主要是怀旧。在我记忆里,祖母很少提到祖父。其实,
不仅仅是祖母,我们全家人都对祖父闭口不提。所以,我倒
还是乐于听祖母叙说旧事。这些旧事母亲也不知道,她从嫁
到缪家来,就知道祖父缪云至是一个不能提及的人。因此,
她多次停下手里的活儿,盯着祖母的嘴巴,认真地听那里面
吐出来的每一个字。而在平时,母亲和祖母是没有多少交流
的,她们彼此凭呼吸声都能知道对方在做什么,还需要什么

交流呢。

据祖母描叙，我的祖父缪云至年轻时是一个进步青年，很受老扁的赏识。正如祖母所说，老扁的确不是一般的人，他名义上在金矿工会工作，实际上是组织上的人。"组织上的人"是祖母的表达方式，她牙齿掉了一多半，说话漏风，但在说这五个字的时候，她努力地让自己保持着足够清晰的发音。

"他是组织上的人。"祖母说。

对于我出生之前的槐花金矿，老实说，我知之甚少。因为祖父的缘故，祖母和父母也很少提及。我只知道，在一九三八年时，日本人占领了槐花金矿。周老五那时候已经六十多岁了，对日本人的进驻，周老五所扮演的形象并不光彩，因此，他死以后，人们都说死的好。

日本人来了之后，我们的组织也很快派干部到矿上，组织成立了采金委员会，接着又成立了武装护矿队。我在槐花洲读小学和初中时，班里不少同学的爷爷都曾经是护矿队队员。

而我的祖父，缪云至，他可不是一般的人，他是护矿队队长。但尽管如此，我在槐花洲的童年和少年，却并没因为祖父是护矿队队长而罩上光荣的色彩，反而是，那些坏小子们总是对我挤眉弄眼，说，缪引桥的爷爷是逃兵，偷拿了革命根据地的金条逃跑了。

不仅坏小子们如此，那些跟我一样扎着小辫子的女生，也总爱在我背后指指戳戳。那时候，女生们特别喜欢拉帮结派，而因为祖父的缘故，哪个帮派都拒绝吸收我。当时一个叫小莲的和一个叫花花的女生各自领着一个帮派，小莲的爷爷，是当年祖父带领的送金队里的一员，也是唯一活着回来的，代号"惊鸿"。小莲因此有了无上的特权，经常用审判似的口吻给我定性：逃兵的后代。

"我爷爷亲眼看见缪引桥的爷爷带着金子逃跑了。我爷爷挨了枪子儿，他连救都不救。一共六个人，牺牲了四个。他带了五个人的金子，逃跑了。"这是小莲痛斥我的那些话里最具有打击力的，每当她说到"五个人的金子"，我就感到无地自容。

小莲有一条乌黑粗亮的长辫子，每天早上，她帮派里的两个铁杆跟屁虫都会早早去她家里，伺候和护送她去学校。我曾经在她家后窗外面窥视过她的做派，她坐在一张凳子上，照着一面镜子编辫子。她编好左边的辫子，跟屁虫就把头绳递到她手上。她编好右边的辫子，另一个跟屁虫就把另一根头绳递到她手上。有时候她不爱编了，两个跟屁虫就一人帮她编一条。

有时候，她对自己的辫子很满意，就会抚摸着它们，说，真硬啊。她的跟屁虫们点点头，说，像棍子一样。

我计划了一阵子，打算趁她不注意，把她的长辫子剪掉。为此我在桌洞里藏了一把剪刀。无奈她不管走到哪里，身边都簇拥着好几个跟屁虫，让我总是找不到机会下手。但是，不管怎么说，后来我还是如愿以偿地跟小莲干了一架。当时不知为何，我们就准备打架了，我对小莲说，你狗腿子多，我不跟你打。小莲说，咱们单打独斗。我说，好。小莲对她的狗腿子们说，谁也不许插手。于是我们打了起来。教室后面有一个用砖头垒起来的煤堆，我和她打得很激烈，滚到了煤堆里。我们在煤堆里打了好几个滚，最后，我使出吃奶的力气，把她死死地压在煤堆里。

那场架，以我的胜利而告终。我们两个人都被罚站，各自站在讲台的一角。那是我整个槐花洲上学时光里最光荣的四十五分钟……

当然，无论怎样，我都没有摘下逃兵的后代这顶耻辱的帽子，直到离开槐花洲。在县城读高中的时候，同班同学中还有几个知道那段历史的。等考到外地上大学，终于彻底不再有人知道槐花洲曾经有个叱咤风云的缪云至了。

关于祖父缪云至当年是如何叱咤风云的，槐花洲的人当初都是怀着惋惜的心态回忆他的。惋惜的情怀越浓，他们把他的本事就说得越牛。但祖母说，那些人并不是在吹牛，因为她亲眼见过祖父的枪法。

"你爷爷是护矿队的队长，枪法准着呢，说打鬼子的左眼，就绝不打右眼。槐山上的兔子，不管跑得多快，你爷爷只要想打对眼穿，抬手一枪，不信？过去看看，绝对是对眼穿。"祖母很骄傲，没牙的嘴笑起来又往里瘪了许多。"那支钢笔是老扁从日本人身上缴获的，谁都没送，就送给了你爷爷。你爷爷用它学习写字，他学得特别快。"

"这么说，爷爷是文武双全喽?"我从祖母脸上看到了一丝少女的娇羞。

可以想见，像爷爷那么文武双全的小青年，当年肯定是许多姑娘仰慕的对象。

"你爷爷谁都看不上，就看上了我。那时候我在矿上的食堂里工作，你爷爷让老扁去找我，让我嫁给他。老扁是谁，那可是矿工们的主心骨啊，他来找我，我能不答应吗?你爷爷是个机灵鬼。老扁也向着你爷爷，那么多小青年都去找老扁说媒，老扁偏偏只帮你爷爷一个人。"祖母用手捋了捋花白的头发。

"老扁为什么那么偏向爷爷?"我问。

"你爷爷能打仗啊。他带着护矿队跟日本人打过两仗，把日本人打得稀里哗啦的。老扁说，你爷爷不仅枪法好，还会用计。那次，老扁交给你爷爷一个任务，让他带人抢劫日本人运金子的车，你爷爷一个人都没带，只有他自己，没浪费一颗子弹，把护送运金车的二十几个鬼子全都杀死在山涧里，抢回了他们打算运出去的几十公斤黄金。"

"爷爷用的是什么战术?"我好奇地问。

"谁也不知道。算命先生说，你爷爷是龙，他谁都不带，就是怕人家看到他现原形。他在山涧里现了原形。有人说，山涧在那天夜里飞沙走石，叮哩咣当乱响。第二天，日本人气呼呼地去察看，发现那些鬼子都是给摔死的。你爷爷一个人怎么可能摔死那么多鬼子?算命先生说，是你爷爷用他的龙尾刮起了一阵大风，把鬼子们刮上天，然后重重摔下来，摔死的。"

停了停，祖母又撇撇嘴，说："缪云至怎么可能是龙呢。他们都是瞎说。"

在我看来，祖母对祖父的感情非常复杂。她一方面爱慕着这个结婚不到半年就消失无踪的人，对他的那些神乎其神的本事相信得很；另一方面，她又痛恨他让自己守了一辈子寡，还让缪家承受着不明不白的耻辱和嘲笑。这复杂的情绪促使祖母出尔反尔，对祖父不停地盛赞和贬斥，肯定和否定。

比如说，在肯定祖父是一条龙的时候，祖母会搬出一些神话传说来为自己的判断提供论据。她说，她的娘家婶子有一次到野外去，恰好赶上刮大风，尘沙扑面。她的娘家婶子觉得有一只眼睛进去了尘沙，像进去了一根麦芒，又揉又吹，却弄不出来。找人翻开眼皮仔细察看，看到一条弯弯曲曲的红线。有经验的人说那是蜇龙，有人信，也有人不信。过了三个多月，有一天忽然天降暴雨，一声雷霆，蜇龙冲出祖母娘家婶子的眼眶，飞走了。

祖母有时说，她亲眼看到那条龙从她娘家婶子的眼眶里飞走了。而当她心里不高兴的时候，特别是对祖父心生怨恨的时候，她就否定自己的说法。她会说，哪有什么蜇龙，我没看见。

祖母年纪大了，又收到那么一封信，难免胡思乱想，乱了方寸，有时颠三倒四，不知所云。但我认为，就算祖父不是一条龙，他对黄金也绝对具备天赋异禀。当年，周老五也未必相信祖父是一条龙，但是，他相信祖父随着龙状闪电而降生，必定是一个关于黄金的谶语。周老五派曾祖父去看守天洞，他自己也时常抱着祖父去巡山。祖父在天洞旁边玩耍的时候，周老五很仔细地观察着他。在他两岁之前，对天洞似乎也并没有特别的兴趣。

祖父是一个奇怪的孩子，两岁了，还不会说话和走路。曾祖父非常焦急，周老五安慰他，说，这孩子是一条龙，自有天命，急什么，耐心等吧。那两年，槐花洲旱情严重，镇上的人心急如焚，周老五还是不急，说，一切都有天定，要有耐心。到第三年，祖父三岁的时候，有一个夏天的午后，突然狂风大作，乌云密布，周老五从太师椅上蹭地站起来，说，我就说嘛，都要耐心一点，别急。

六

关于祖父是一条龙的传言，在一九二一年的夏天，再一次被槐花洲的人们议论了一阵子。

那天，狂风大作的时候，周老五从太师椅上站起来，不是要去他的那些矿洞巡查，而是一溜小跑去了曾祖父家里。他抱起祖父就走，曾祖母追在后边战战兢兢地问："周老爷，马上要下大雨了，这是要带云至去哪儿？"

周老五哈哈一笑，说："云至是龙，还能怕雨？他快渴死了。"

祖父把小脑袋趴在周老五的肩膀上，朝曾祖母笑了笑。祖父笑得非常开心，曾祖母一下子觉得腹痛难忍，立即回忆起生祖父时的艰难。她越回忆，肚腹就越疼，忍不住躺到床上紧紧地摁着那地方，有一种要再生一个孩子的感觉。曾祖母咬牙切齿地说："小祖宗，你还真是龙啊？"

　　周老五抱着祖父往山脊上爬的时候，乌云压得更低了。祖父抬头仰望着乌云，两个小黑眼珠乌溜溜的。刚到天洞那里，大雨就铺天盖地地下起来了，曾祖父赶忙张着一件破衣服要来给周老五和祖父挡雨，周老五摆摆手，意思是不用。这时候，祖父在周老五的怀里开始踢蹬腿，周老五把祖父放到地上，撒开手。

　　曾祖父吓坏了，怕大雨把祖父冲到山下去，谁知祖父竟然迈开两条腿走了起来。祖父走得结结实实的，跟任何一个三岁的孩子走得没有什么不同，仿佛他早就学会了走路一样。曾祖父惊愕地看着祖父结结实实地走到天洞旁边，蹲下身子，往洞里看。他惊愕得都忘了去护住祖父。

　　周老五欣喜极了，对曾祖父说："我早就说过，莫急。时候到了，自然就会走了。"

　　周老五蹲在祖父旁边，两人一起往天洞里看。洞里黑漆漆的，什么也看不到。大雨倾泻到洞里，水位却没有涨上来。周老五侧耳倾听了一会儿，觉得洞底下有无数个凡胎肉眼看不到的缝隙，雨水顺着缝隙朝四面八方而去。他问祖父："云至，这下面有没有金子？"

"有。"祖父拍着两只小手，裂开嘴巴笑，清晰地说。

祖父这是第一次开口说话，把曾祖父又吓坏了。

周老五又问："云至啊，金子在什么方向？这边吗？"

周老五随手指了一个方向。祖父摇了摇头。

"那云至说，金子在哪个方向？"

祖父伸出一根食指，朝一个方向指了指。

周老五从口袋里拿出一块糖，又问："当真？"

祖父抓过那块糖，嘴角流下口水，清楚地说："当真。"

当时，曾祖父乐得蹦起了高，站在山脊上朝着镇上大喊："我儿子会说话啦！"

大风撕扯着窗纸的时候，曾祖母腹痛难忍，正打算找人去请接生婆来看看，说不定肚子里又有了什么邪怪之物。她挣扎着要起身，这时候，豆大的雨点从屋顶一个破漏处噼里啪啦地落下来，砸在他们家凹凸不平的泥地上，很快就砸出一个水洼。曾祖母走到水洼那儿的时候，肚腹就已经不疼了。她转身去墙角拿过一个盆子，放在水洼上接水。

然后曾祖母披了件破衣裳，站在院子里朝槐山眺望。雨太大了，她什么也看不到。但她隐隐觉得曾祖父看守天洞的那块地方比其他地方明亮，还隐隐听到曾祖父大喊大叫的声音。她甩甩头，心想，自己是被刚才的腹痛折磨狠了，出现幻听了。槐山离镇子虽算不上远，这暴雨如注的天气，世间一切声音都被埋葬啦，哪里还能听到曾祖父的那点儿声音。

槐花洲持续两年的干旱天气结束了，人们喜不自禁。同时，关于祖父在暴雨倾泻而下的时候突然会走路和说话了的消息，飞快地传遍了整个镇子。有一半的人相信祖父是条龙，另外一半人相信这只是一个巧合。

只有周老五坚定不移地相信祖父是条龙。暴雨过后，天洞里面半点水也没积存，这个消息也飞快地在槐花洲的每个角落传开，包括所有的鸡棚鸭舍。几乎所有的人都相信，槐山下面十八层，真的存在着传说中的黄金宫殿。这么大的暴雨，天洞里面一滴水都没存住，肯定都流到黄金宫殿里去了。乖乖，那黄金宫殿得有多大！得有多少金柱玉梁！人们夸张地想象着。又有许多人提出了他们的担忧：如果雨水把黄金宫殿淹了，可怎么是好？马上有人嗤笑道，那么高级的黄金宫殿，肯定要修排水暗沟的啊！又有别人悻悻地说，发现了黄金宫殿又怎样，日本资本家都来合办了，将来有你们半克金子的好事吗？真是咸吃萝卜淡操心。

无论如何，周老五的新矿洞开始施工了。炮声隆隆，每一下都引得镇上的人们翘首眺望。人们不知道这个新矿洞是不是真打到了地下十八层，只知道，这次施工旷日持久。然后，终于出矿了。人们很快就得知，这个被命名为新十一号的新矿洞，蕴藏着吓死人的金矿石，随随便便就能捡到狗头金。又有在底下工作的矿工神神秘秘地告诉家人，新十一号整个矿脉活脱脱就是一条龙的形状。

关于新十一号到底有多富，与周老五签订了合办契约的日本资本家小仓组合手下地质调查部出具的一份调查报告，至今还保存在槐花金矿的博物馆里。报告里含有这样一些外行看了都要惊叹的字眼：相对高度……，东西延伸……，矿脉宽度……，平均品位……；西方还断续出现金筋。下方品位优……。沿……迎头采掘，又得到含金品位……的矿石……

那几天，除了没日没夜地听祖母回忆旧事，我抽空去博物馆走了一趟。说实话，自从离开槐花洲，除了节假日，平时我很少回来。听说槐花金矿这几年修建了博物馆，开放了几处废旧矿洞——当然是经过了修葺，这使得金矿具备了旅游价值，每年来参观的游人数目可观。

我还是第一次进博物馆，说起来委实有点丢人。上述那段专业化极强的描述文字，就是我在博物馆一个玻璃框子里看到的。小仓组合的地质调查部出具的调查报告，被翻译成中文，蒙着一层代表时光流逝的黄晕晕的灰尘，躺在玻璃框子里。

博物馆上下三层，建筑规模堪称豪华，加上里面随处可见的"黄金"字样，还有金灿灿的黄金元宝实物，简直让人有种身处黄金宫殿的错觉。但看遍了墙上花花绿绿的文字和图片介绍，我压根没找到跟黄金宫殿有关的只言片语。显然，这个博物馆是现实派，杜绝一切神鬼传说。因此，祖父在这个庞大的博物馆里根本没有什么席位，只有一张图片介绍了他带领护矿队跟鬼子进行的一场实打实的战斗。另外那场属于他个人的战斗，因为充满了神话色彩，压根就没有上墙。

这也怪不了设计博物馆的人，他们怎么能在墙上告诉游人，哎，这场著名的战斗是这样的经过：缪云至孤身一人，化身为龙，消灭了二十多个鬼子……

至于新十一号矿洞，简直不能让人相信，它如今也成为槐花金矿的旅游景点之一。这说明一个问题：如今它也是一个不折不扣的废弃矿洞了。对于新十一号的介绍是这样的，只有寥寥数语：一九四二年夏天，在一次暴雨过后，新十一号矿洞出现一处塌方，遂废弃。黄金大王周老五及日本一个中队被掩埋，幸无其他人员伤亡。后，矿洞重新修葺，以供游人参观。

既然是景点，既然祖母谈到了那么多陈年旧事，并给新十一号矿洞罩上了那么浓烈的神话色彩，我就不得不实地体察一番了。我跟大概十几个游客一起，花钱买了门票，领取到一件脏兮兮的黄色工装和一顶安全帽。

我们坐上一辆经过改装的矿车，外观看起来很像游乐场里的小火车，驶入新十一号矿洞。矿车在轨道上哐当哐当地前行，是下坡，显然，我们在深入地下。地下十八层吗？我不由得抓紧了旁边的栏杆。

事实上，作为旅游景点的新十一号矿洞，随处都释放着温吞吞的信号：亮在头顶的电灯泡、经过加固的洞壁、整修平坦的地面，都显示着我们头上那顶安全帽的多余。唯一让人惊叹的是，矿洞九曲回旋，忽上忽下，俨然是一个迷宫。一个大约对该矿洞的野史传说有些听闻的女孩赞叹道："真不愧是龙发现的矿洞啊。"

旁边一个男孩，大概是她的男朋友，哧地一笑，说："你说什么？龙？开玩笑的吧?"

"我听镇上人说的，说得有鼻子有眼呢。"

"世界上根本没有龙这种动物。"

"你凭什么说世界上根本没有龙这种动物?"

"那你找一条给我看看?"

"你祖先还是猴子变的呢，你给我找个跟猴子一样的人看看?"

我坐在这一对情侣后面，被他们吵得有点烦。我说："你们别吵了，那条龙是我的祖父。"

两个年轻人吃惊地转回头看看我，又看看对方。

"你们不信是吧？不信我也没办法。可惜我祖父现在不在这儿，没法证明给你们看。不过，你们要真想看的话，没准儿过些日子能看到呢。我父亲找他去了，说不定他还活着。"我说。

"过些日子？那是多少日子?"男的问道。

"我也不知道。兴许我父亲明天就回来了，也兴许得一个月，一年，几十年，都说不准。"

"他去哪儿找了?"女孩问道。

"槐花洲。"我说。

女孩伸出胳膊，兜住男孩的脖颈，强迫他转回头去，然后趴在男孩耳朵边，说了一句什么话。不用听我也知道，她一定在跟男孩说，后边那女的精神有问题。

七

父亲迟迟没给我们提供任何有价值的信息。他很被动，总是我们在打电话找他，他几乎没主动给我们打过一次电话。而且，时不时的，他的手机就会处在无法接通的状态。对此他给我们的解释是，那时候他正行走在没有信号的地方。

他的手机没有信号的时候越来越多，有一次，干脆两天，我们都没有他的消息。母亲让我打电话给老曲，招老曲回来商量一下，看要不要报警。老曲在电话里跟我说："开什么玩笑？是你们把缪工程师派去找人的，现在又要报警，你们怎么跟公安解释？"

我想了想，老曲说的也不无道理。没有那封信在，整件事情听起来显得是那么荒谬，荒谬得能让人笑破了肚皮。

"再说了，缪引桥，你们缪家人做出什么事情都不必大惊小怪。不就是失联了两天嘛，咱爸就是此后永远都不回来了，也是正常的事情。"老曲说。

老曲就是这样看待我们缪家人的。他实在是看多了我们缪家人行事的乖张，这里就不一一例举了，单是父亲缪一二，他退休回来后几年里所做的那些事，就足以让老曲视之为异类了。父亲想方设法要住到废弃的矿洞里，那还不算稀奇，最稀奇的是，他眼见住到矿洞里无望，竟然突发奇想，打算在院子里挖一个地洞，住到地下去。他嫌尘世间太吵嚷，特别是无法忍受母亲绣花时，绣花针破布而出的噪音。

槐山不许他修建居所，自己家院子总可以了吧。父亲买了许多工具回来，认真地画了图纸，开始在院子里施工。那张复杂至极的图纸如今还在，他并没有把它带走。根据图纸来看，他打算修建的居所并不是一般的居所，而是一座奢华的地下宫殿，婉婉转转，荡气回肠。他果真挖开了我们家的院子。他白天挖开一个洞，夜里，母亲趁他睡熟了，悄悄把洞填上了。第二天，父亲干脆在洞旁边铺了一条毯子，打算在那里睡觉了。祖母对母亲说："不要管他了，让他折腾吧，总有累的时候。"

父亲干了半个月，不允许任何人下去参观。母亲喊他吃饭的时候，他答应的声音越来越远，越来越飘渺。母亲辨听一番，回屋告诉祖母说："他往槐山方向挖去了。这个倔老头子，可怎么是好。"

父亲在挖地下宫殿的过程中，遭遇了所有的技术问题，都被他一一解决了。比如说支撑问题，他动用了一个高级铁路桥梁工程师积攒了一辈子的知识储备，竟然在洞里修起了桥墩。他跟母亲要钱，购买修桥墩所需要的钢筋和混凝土。他甚至打算购买钢轨，在下面铺设轨道，以方便施工。

可惜，地下宫殿工程刚刚进行了没多久，就被迫停工了。阻挠不是来自祖母和母亲，而是邻居。我们房后的邻居出于对自家房屋安全的考虑，不得不联合起来，找父亲交涉。父亲拿出图纸，给他们讲解了一大堆数据，想借此说明，他所修建的工程万无一失，绝不可能塌方，把邻居们都漏到地底下去。我们的邻居说："新十一号矿洞还是你爹选的龙脉呢，你爹不是龙吗？还不是照样塌方？你们老缪家都是不靠谱的人。"

邻居的区区两句话，把父亲怼得哑口无言。他大病一场，哀叹自己堂堂一个高级桥梁工程师，竟然无法用数据来说服几个没有文化的老百姓。

母亲愁苦极了，对病床上的父亲吼道："你还不如一辈子待在外面修桥。我们缪家一辈子在镇上谨小慎微地活着，到老了，还把左邻右舍都给得罪了。"

总之，父亲退休后干的种种事情，都证明他的确是祖父缪云至的种，他们爷俩都不是一般的人。甚至他此次离家去找祖父，走之前还给祖母和母亲留下一句莫名其妙的话，他说："你们知道我为什么要当桥梁工程师吗？"

"那谁知道。"母亲没好气地说。

"那是因为，在高考前，我梦见了我爹。他站在一座桥上，桥下是汹涌的大水。他朝我笑，不知道说着什么话。后来，那座桥忽然断裂，我爹摔了下去，掉到了大水里。他流走了。"

母亲气呼呼地说："这不是跟惊鸿说的一样吗？惊鸿说，鬼子扔了一颗手榴弹，炸断了那座桥，让你爹和他掉到了水里。"

"我觉得，那是他老人家在托梦给我，让我将来去修桥。他是被桥夺去性命的。"父亲说。

"他老人家是龙啊，你别忘了这一点！龙怎么会怕水呢?"母亲尖酸地说。

立刻，祖母不高兴了，深深地剜了母亲一眼。母亲自知失言，立即缄口不语了。槐花洲的人都知道，祖父缪云至是龙，他掉到海里都淹不死，又怎么会在区区一条河里淹死呢。他是带着五个人的金子逃跑了。

父亲缪一二究竟有没有在高考前做那个梦，以及他决定去学桥梁工程专业，究竟跟那个梦有没有关系，谁也不知道。拿老曲的说法，父亲是在编故事。

"咱爸是奇人，脑回路跟常人不一样。"老曲说。

我却陷入了深深的苦恼之中。因为我也做了同样的一个梦啊，我梦见祖父在一座桥上站着，向我说着唇语。我做这个梦的时候，正是父亲离家前跟祖母和母亲道出关于这个梦的秘密的时候。我知道这世上本就有许许多多的巧合，更何况我跟父亲有相同的 DNA，那神秘的生物分子，谁知道它能向我们的大脑发出怎样的指令，诱导我们做出什么匪夷所思的事情。

可以说，从某个角度，我相信父亲缪一二选择修桥这个职业的理由。他大概觉得那个梦是个神秘的谶语，如果破解了它，就能破解他父亲缪云至为什么要当一个逃兵了。作为逃兵的儿子，他比我承受的耻辱更多吧。要不然，他干吗选择一辈子待在荒无人烟的地方修桥呢。

经过了这些日子，我迫切希望父亲能破解那个谶语。但他的行踪似乎越来越神秘，已经过去了十天，就算徒步，也应该走到省外了吧？何况，母亲这次给了他足够的钱，他在电话里透露给我们的信息显示，他并没有依赖双腿，而是依赖了最现代化的高铁。十天，乘坐高铁，小半个祖国应该能走遍吧？

祖母和母亲每天的话题，几乎只剩下对于父亲行程的数算和猜测，仿佛这才是最重要的。其他的，包括父亲的安危，统统可以忽略不计了。

在第十五天的晚上，接近午夜，父亲终于打来了电话。奇怪的是，电话没有打给祖母，也没有打给母亲，而是打给了我。父亲的声音飘飘渺渺的，极不真实，还经常说着说着就忽然没了声音。过一会儿才又传来他的声音，他说："没办法，这里信号不好。我是爬到山顶上给你打的电话。"

这么晚了，父亲居然爬在山顶上，开什么玩笑呀！我立即指责了他，并指责他这么多天总跟我们玩捉迷藏。父亲却在那端埋怨我："什么半夜，大日头明晃晃的。"

我感到有些不安，难道父亲跑到国外去了？我们之间存在着时差？但是父亲否认了我的质疑，他说，他此刻正在槐花洲。

"是另外那个槐花洲。"他说。

我感到我的胸膛里面立即有一只小鼓咚咚地擂起来——我的天，居然真的有另外一个槐花洲！

而且，接下来，父亲用他飘渺的声音，给我描述了另外那个槐花洲的状况，简直让我的胸膛快要撑破了。怎么说呢，据父亲所说，另外那个槐花洲是个极其偏远的地方，它很调皮，晨昏四季、花开花落完全无序，常常是早上的梅花刚刚绽放，中午，塘里的荷花就开了。有时候，夜晚降临，父亲刚准备睡觉，还没闭眼，大太阳却又升起来了。比如父亲给我打电话的时候，他刚刚从床上爬起来，从刚刚降临却又消失了的黑夜里爬起来。

父亲还说，那里的河流经常改变流向。今天自东而西，明天就可能自西而东。时间也是如此，时而前行，时而倒退。这就使得那里的事物时而出现时而消失。比如说一只野鸡，明明被他用猎枪——他居然置办了猎枪——打死了，但不巧遇上了时间倒退，那五彩斑斓的小家伙重新出现在蓝天上。

还有桥——那座被鬼子炸掉的桥，时不时在时间倒退的情况下，重新出现在河面之上，完好无损。

我得承认，我的确是缪家的子孙。我的胸膛快要被那面小鼓擂破了，但那不是因为受了惊吓，而是因为，我太兴奋了。世上怎么能有那样美妙的地方！

"那岂不是说，您老人家也能时常看到爷爷了？每当时间大踏步倒退，就会倒退到爷爷还没死的时候？"我问。

"当然。那时候，我就跑到桥头，准能见到你爷爷。"父亲说。

"他跟您说什么了？他到底是不是龙？"我急切地问。

但父亲没有给我答案。他说，他也这样问祖父了，但祖父没有给他答案。祖父只是告诉父亲，他不是逃兵。

"我永远都不可能当逃兵。"祖父站在桥上，对一脸忧伤的父亲说。

<h2 style="text-align:center">八</h2>

一九四二年的盛夏，祖父缪云至接受了老扁交给他的一项重要任务，往革命根据地运送金条。他被临时任命为送金队队长，他的战友分别是"快马""脱兔""惊鸿""黑羚""游隼"。当然，这些都是他们的代号，祖父也有，他的代号跟传说有关，叫"云龙"。

有了代号的那一天，他们激动地流下了泪水。

当天夜里，祖母给祖父缝了一条布腰带，祖父用手掂了掂分量，说："这根腰带比我的命值钱多了。"

祖母忧心忡忡地说："不许瞎说。什么也不如命值钱。"

"不是瞎说。这腰带里的金条，每一根比炸掉鬼子一个碉堡还重要。"祖父严肃地说，"日本鬼子已经侵占了金矿，我们必须想办法把金子运送出去。老扁同志说了，人在金子在，人亡金子亡。根据地就等着用这些金子置办军用物资呢。"

祖母透过窗户眺望了一下槐山。山上的七座炮楼，不停地射出贼亮的光束，扫荡着山下的镇子和公路。祖母又站到院子里，眺望了一下镇子通向外面的公路。公路两边也有一座座炮楼，隐隐约约地竖立着。鬼子的摩托车响着刺耳的马达声，在公路上窜来窜去。祖母猜测，祖父他们一定会选择穿过公路旁边的青纱帐。但是，鬼子的封锁线一道连着一道啊……

不管祖母是如何地担忧，祖父缪云至还是跟他的其余五个战友按时出发了。从此，祖母就没有了祖父的消息。直到两个月后，"惊鸿"风尘仆仆地回到槐花洲，人们才得知，送金队的六个人，牺牲了四个。那么问题就来了，幸存的另外一个人——"云龙"呢？

"惊鸿"被打残了一条腿，子弹从他的大腿根那里穿过，差点把命根子给打掉。这个惊魂未定的小青年告诉大家，他们有惊无险地通过了矿上鬼子设置的封锁线，然后，没日没夜地急行军。途中，他们数次和敌人遭遇，为此，他们经历了跟鬼子的数次名枪暗仗，有时为了躲避跟鬼子正面冲突，不得不迂回很远的路。金条体积虽小但重量大，集中压在腰部，让他们感到又痛又麻，比挑几十斤重的担子还难受。盛夏时节，太阳冒红，大地像蒸笼一样闷热，他们的干粮和水都没了，饥渴难耐……

不知道过了多少日子，他们走到了一个村庄。在村庄里，他们遇上一户好人家，终于吃上了一顿野菜团子。祖父看着疲惫不已的战友们，下令在村里歇息一夜。祖父肯定后悔他下的这个命令：就在夜半时分，他们被告密者出卖，大队鬼子包围了村庄。

历史发展到这里，接近焦点的链条浮现，一系列环节相继登场：在突围的过程中，"快马""脱兔""黑羚""游隼"

相继牺牲；在"惊鸿"的掩护下，祖父冒着枪林弹雨，解下牺牲者的腰带，绑在自己腰上；祖父和"惊鸿"互为掩护，踏上了一座木桥。只要快速通过这座木桥，钻进密密麻麻的青纱帐里，他们就突围成功了；但是，他们刚跑到木桥中央，鬼子扔了一颗手榴弹，木桥在祖父眼前断裂；祖父和"惊鸿"落进了河水里；与此同时，"惊鸿"挨了一枪，他感到大腿根那里像被一根铁条刺穿，忍不住啊地大叫一声。刚刚下过暴雨的河水激流汹涌，虽然他们两人都识水性，但"惊鸿"毕竟受了伤，他感到那条受伤的腿像石头一样，拽着他直向下沉。他希望祖父能扶起他，帮他一把。祖父也打算这么做了，但这时，鬼子开始列队朝河里放枪。"惊鸿"说，祖父深深看了他一眼，然后，一个漩涡搅起，祖父就不见了。

"他逃走了。""惊鸿"说，"他是淹不死的，他是龙。"

以上就是祖母和"惊鸿"眼里的一九四二年的盛夏。祖父带着五个人的金条从此失踪了，革命根据地也没见到他的人影。

为了说明祖父不是逃兵，不是孬种，曾祖父和曾祖母对镇上的人说，他们的儿子一定是牺牲了。

"难道他在河水里就不会被乱枪打死吗？就算他在河里死不掉，谁敢说他上岸后就不会遇到鬼子，就不会被打死？"

曾祖父和曾祖母的质疑有十二万分的道理，但是不久，从外面传来消息，说有人在邻县一家戏院门口看到祖父缪云至。"他穿得很阔气。"那人说。

曾祖父和曾祖母从此闭门不出，熬了几个年头，就如愿以偿地走了，留下我的祖母初玉兰和我的父亲缪一二。祖母是在祖父缪云至护送黄金离家的七个月后，生下父亲缪一二的。她生缪一二的时候倒是很顺利，没像曾祖母那样死去活来地折腾那么多日子。而且缪一二生下来后跟旁的孩子无异，对黄金这种东西也没表现出什么特别的天赋。每当天降大雨，祖母就非常担心地观察父亲，但父亲根本没有一飞冲天的迹象。祖母暗暗地放下了心，她想，龙的基因没有遗传给缪一二，真是万幸。

　　老曲一语成谶，我的父亲缪一二从此再也没有回来。那天半夜，他告诉了我见到祖父的经过后，手机就停机了。据他说，祖父的确没被淹死，而是在河道拐弯的地方，抓住一根倾伏在河里的树枝，从而攒了些力气，爬上了河滩。他筋疲力尽了，毕竟腰上捆着五个人的黄金。他并不是不想救"惊鸿"，而是因为，他腰上五个人的黄金太重要了，如果回去救"惊鸿"，很有可能他们两人都被打死在河里。接着，他独身一人继续向根据地行军，途中又经历了大大小小多次战斗。他人生中最后一次战斗终于来临了：在一个名叫槐花洲的村庄，他躲在一户人家房侧的麦秸秆后，听到鬼子的皮靴踩踏街面的声音和狼狗的叫声。接着，到处响起大人孩子的哭叫和鸡飞狗跳声。他知道，他遭遇了鬼子的扫荡。祖父当时受了伤，一只脚骨折，露出白花花的骨头。最要命的是伤口感染了，这让他发起了高烧……把他救回家的那个姑娘，匆匆把他搀扶到麦秸秆后，在跑出去之后立即让鬼子捉住了。祖父边吞下那些金条，边听着鬼子撕扯那姑娘衣服的声音……

经过就是这样。祖父藏在麦秸秆后面，一根一根吞下了那些黄灿灿的金条。人在金子在，人亡金子亡，祖父边吞边对自己说。

祖父站在桥上，跟父亲聊天。祖父说，周老五认我做义子，这是我的耻辱。我当护矿队队长，我把他的黄金偷偷运出去，我劫持日本人的运金车。我跟周老五对着干，就是想让人知道，我不是周老五那样的人。

……

祖父是吞金而死的。这真是一个致命的真相，无情地打击了祖母。这个可怜的九十九岁的老妇，两腿交叠成剪刀状，脸上流露出不可置信的惊愕。

认为这一切都很滑稽的，当然是老曲了。在他看来，父亲缪一二的精神问题已经相当严重了。祖母、母亲，以及我，我们的精神问题也程度不一。

夜里，从窗外刮进一阵凉爽的风，几个刺目的闪电过后，雷声轰鸣起来，接着，雨点噼里啪啦地敲起了窗玻璃。我忽然很害怕自己会变成龙，飞出去。我推醒老曲，问他："我爸那么喜欢野外的闪电，你说，他会不会也是一条龙？"

"他应该不是。"老曲咕哝着说，"他要是龙，野外那么多闪电，他早就飞走了。"

"你说，我身上是不是也有龙的 DNA？"我又问。

老曲好笑地狂笑两声，说："那种基因，传男不传女。"

停了一会儿，老曲彻底醒了，正儿八经地问我："你有没有想过，关于另外一个槐花洲的那些事，都只是你爸炮制的一个谎言？"

"怎么可能？"我说。

"为什么不可能？那封号称是从槐花洲寄来的信，是不是你爸收到的？"老曲问。

"是啊，是他拿给奶奶和妈看的。"

"你有没有想过，那封信是你爸伪造的？"

"没有想过。"我老老实实地说，"他这么做是为了什么？"

"他想离家出走啊！他不是每天都在想这事吗？"

"那他为什么要炮制另外一个槐花洲的谎言呢？照你这么说，爷爷也不一定是吞金而死的？他编这么一个故事，是想说明什么呢？"

"我一直以为你挺聪明的，原来你并不聪明。"老曲支起他那在雨夜里模糊不清的头，说，"你爸，他从来没有忘记过你爷爷带给你们的耻辱。到老了，他终于想出这么一个办法，编这么一个故事，证明你爷爷不是逃兵。"

"那，照你这么说，我爷爷也不是龙了？"我不甘心地问。

"哈哈，龙？我干了二十年外科大夫，对人身体里的结构一清二楚。人的骨头、肌肉、脏器、皮肤、血液、脂肪，注定了人充其量只能直立行走，不可能飞翔。"

"那你说，世上有没有另外一个槐花洲那样的地方？"我又一次问道。明明我知道，老曲不可能给我那个我需要的答案。

果然，老曲根本不屑于回答我，他在滂沱大雨中很现实地重新睡过去了。

但是我，我这个姓缪的人，在睡着之前，竟然生出了一个不可遏止的念头：我想去找另外那个槐花洲。我相信它是存在的。

那天夜里，我做了一个梦。我梦见有一条龙从窗户进入槐花洲我们的老屋，鳞片上挂着亮晶晶的雨滴。镇上的人们蜂拥而至，他们奔跑呼号，手里拿着猎枪和棍棒，轰赶着那条粗壮的大龙。龙不堪其扰，舍屋而去。龙升天而起的时候，槐山上响起轰隆隆的巨响，新十一号矿洞塌方了。

原载《长江文艺》2018 年第 9 期

《中篇小说选刊》2018 年第 6 期转载

一份青年作家调查报告

魏思孝

    经过权威统计，每年有上万种文学图书出版，能禁得住时间考验的寥寥无几，而一本书能流传后世，本身的文学性只是其中一个方面，玄妙的机遇虽不可捉摸却也不可忽视。不排除会有极个别口味独特的读者，对卫华邦的著作记忆深刻，但是再扩大下范围，我们只能悲哀地说，他是个没有生命力的文字工作者。与之相符，卫华邦的寿命也是短暂的，他匆忙走完三十二年的人生旅途。

    上个月，朋友让我帮忙。我刚失业不久，需要赚点外快，便应承下来。用他的话说，事情不复杂。他所在的出版公司，正在策划一本关于 21 世纪初非正常死亡青年作家的选题，既是非正常死亡又是青年作家。青年作家分为著名和非著名的，朋友负责非著名的，相对冷门需要实地调查。不巧的是因为工作性质的原因，长久的坐姿让他痔疮暴发，严重到睡觉时只能趴在床上。

作家，尤其是写严肃文学的，他们忍受清贫的生活笔耕不辍，耗费那么多精力出本书，也卖不出几本，有些还要买书号自费出版，搭进去不少钱。从投入和产出比来算，无论如何都是不划算的。我不是看不起他们，但也只能以文学理想和精神追求，来解释他们这种不经济的行为了。我二十三岁，刚毕业两年，曾经的文学理想已经消失殆尽，主要是我不想过得这么贫穷。两个姑娘离开我，也不无经济上的原因。我不是说她们贪财，这太偏颇也不符合真实情况，只是任何人都有追求幸福的权利，包括我在内。最近，我考虑转向编剧行业。用朋友的话说，扎钱的机会多。

我看着朋友发来的资料，去掉他们强行赋予的文化意义，重新审视这个项目，十几年并不久远，却也属于被遗忘的历史，抹去尘埃从中费心劳神打捞出有价值资料用于提高当下读者们的思想认识，这是比较光彩的话语。在我看来，这不过是商人们一贯让涉世未深毫无独立思考能力的文学青年主动掏钱的把戏而已，用落魄前辈们那点可怜的隐私来满足他们的好奇心，同时坚定自己从事文学写作的信念。所谓的反面教材和失败案例，总归就是这样。不过从这方面来说，卫华邦之流倒显得不是那么毫无价值了，若其在天有灵，估计也会自我感动一番吧。活着的人们并没有忘记他，他殚精竭虑十几年的创作生涯还是有点效果的。

与卫华邦同在调查之列的还有三位，一个是二十五岁跳桥自杀的诗人建辉，一个是二十四岁跳楼自杀的诗人崔正龙，第三个叫郑求欢，他在写小说时模拟故事情节寻求代入感，今年初不慎窒息身亡，年仅二十一岁。朋友把卫华邦放在调查的最后，一是他并不出彩，二是他年纪大，虽然死的时候三十二岁，要活到现在是四十五岁的中年人。在死法上，从朋友掌握的资料来看，并没有明确的死因。大概因为死者生前一直生活在山东农村老家，信息滞后。二是周围的人对他作家的身份并不当回事，没有足够重视。

当初，建辉跳桥自杀的消息曾在各大文学论坛流传，即便是在古板反应迟钝的纸媒上都博得了豆腐块大小的位置。崔正龙跳楼自杀之前，因其打工诗人的身份，成为一个纪录片的拍摄对象。崔正龙死后两年，纪录片上映，并在国外拿了几个影展的奖项。当有读者怀念崔正龙时，会看一下纪录片，对着逝者的音容笑貌感伤落泪之外，为自己内心尚有诗意栖居而沾沾自喜。他们中间，无疑郑求欢更有生命力。他写小说习惯进行网络直播，那一次整个人吊在天花板上，起初网友以为是为了骗取赞赏耍的手段；他小便失禁，胯下衣物的颜色变深，并滴答下液体，网友嘲笑之余纷纷送出赞赏，夸赞他的表演十分到位；几分钟的拼死挣扎后，郑求欢纹丝不动地吊在半空。很快视频风靡网络，全民在讽刺调侃，诸如脑子都没发育好就别写小说的粗鄙言语。而他对文学的孜孜以求，完全被忽略了。有人想买他的书，发现郑求欢没有正式出版任何著作，而看完他散落在网络上的文章，心善的读者们只能留下评论，郑求欢是个勤奋的写作者。

卫华邦则过于神秘,这种神秘不同于塞林格的故意为之,而是他的文学成就不足以引起重视。或许卫华邦也设想过,有天混出名堂后,找个地方隐居起来,把前来朝圣的读者们痛斥一番,遇到姿色尚可的女读者们,他网开一面邀请她们进来吃点水果探讨下文学,至于犹如虫蝇的媒体们,他会挥舞着棍子把他们赶跑,毫无疑问他的癫狂样子立刻会传到世界各个角落,为他的神秘再添砖加瓦。想到这里,卫华邦忍不住笑起来,媒体必定会遭到拥趸们的口诛笔伐。

2000 年出生的卫未来,现年十七岁,正在读高中。临行前,我向她说明来意,她认为我是骗子,在自我证明上我颇费一番周折。她显得并不情愿,认为我并不能从她这里得到什么有价值的信息。对于父亲卫华邦,用她的话说,她认识的程度并不比我这个陌生人多。但是作为卫华邦唯一的后代,仅此身份便对调查不可或缺。卫未来对我的诚意有些无可奈何,她说既然你想体验失望,那就来吧,但不要指望我扮演因父亲的缺位而人生道路坎坷的苦情戏份。

火车到站时已是下午两点。盛夏中的淄博正在经受雨水的洗礼,出租车等候区排着长队。司机在得知我的目的地后,轻叹了口气。车厢里弥漫的汗味与空气中潮湿的水汽混杂在一起,让我感到一阵厌恶。

车行驶到柳泉路上。三百多年前,蒲松龄在这里出生。十九岁时的蒲松龄参加县府的考试,县、府、道试均夺魁,考中秀才，当时的山东学政施闰章赞誉其为名藉藉诸生间。少年得志的蒲松龄摩拳擦掌，至此开始了漫长且极其不得志的科举生涯，终其一生都未在仕途上有所建树。他寄情写作，犹如一名长舌闲妇四处打听奇闻轶事，而后在他那间取名聊斋的寒酸书房里奋笔疾书。说这是打发时间，以此来逃避现实更加贴切。夜深人静时，蒲松龄意淫狐仙变作的美丽女子来搭救自己这个穷酸不得志的书生。写得兴起之时，他仰头望着夜空，有时皓月当空，更多的时候只是繁星点点。他期盼的姑娘从未出现过，隔壁房间老婆起夜的声音，瞬间把他拖拽回现实。蒲松龄吞咽着口水，来不及洗漱，拖步回房。躺在床上，他宽慰自己，或许自己境遇仍不够凄惨，没达到狐仙来搭救自己的程度。

人生确实还有下潜的空间，康熙二十六年，秋天，时年四十七岁的蒲松龄应乡试，因所答试卷格式不符被黜。康熙二十九年，还是秋天的乡试，时年五十岁的蒲松龄再次犯规被黜。之后的数年中，蒲松龄以教书为生，为友人的去世写过几篇悼文。康熙四十一年，暮春，六十二岁的蒲松龄去济南。史料记载，他滞留济南数月，期间发生了什么不得而知，大概是备考之类，只是乡试仍未中。至死，蒲松龄未再参加考试，对狐仙之事，大概也并不那么热衷了，枯木之身，逢春与否，说起来也没那么重要。

卫华邦在生前有限的几段访谈中，提及他这位以短篇小说闻名于世的同乡，并称自己是被他潦倒落魄的人生境遇所吸引。而对于文学本身，卫华邦并未多谈，是本身阅读的匮乏还是不想借此沾光，我们不得而知。几百年过去了，朝代更迭，蒲松龄生前所嫉妒称羡的那些考试能手们早已被历史的灰烬所深埋，他因周围人口中不务正业的文学创作留名青史。

如今柳泉路的两旁商铺林立，身处这片土地，我没感到丝毫蒲松龄笔下的志怪气息。身旁出租车司机因雨中道路的拥堵发出的愁苦叹息，让我感到自己的到来是个错误。我望着窗外，贫乏且单调的城市景貌渐次略过，这个并不人杰地灵的地方，用几百上千年的时间孕育出了蒲松龄。他如同一棵参天大树，大树死掉之后，空出的位置不时长出杂草，却因土地的营养早已被大树榨取殆尽，生命短促。卫华邦就是不成气候的杂草之一。

到了约定的饮品店，离卫未来放学还有一段时间，我在二楼角落的位置翻看卫华邦的资料。有关女儿的描述散落在几篇随笔和小说中，对于卫华邦这类靠身体经验写作的作家而言，对女儿的描写毫无疑问原型是卫未来。他死时女儿尚且年幼，资料并不丰富，只是单薄的几页纸。

卫华邦与妻子牛慧婚后头两年，一直没有生育的迹象。这不是他们采取了安全措施的有意为之，而是顺其自然的后果。当然，彼此对房事的不热衷也是原因之一。卫华邦的母亲冯和英对后代更加渴望。对于这个农村妇女，卫华邦曾在自传式的小说中有过这样的描述。

卫未来三岁的时候，他们在市区租了房子。冯和英在农村住了大半辈子，市区狭窄的居住环境和形同陌路的邻里，让她难以适应。刚住进来的几天，冯和英没迈出过门，闷热的暖气，让她时常头晕，更别说保持了数十年的蹲坑如厕姿势在面对马桶时多么窘迫。在农村的时候，她每天晚上会去村委广场跳舞。现在尽管附近的植物园每晚都歌舞升平，但她固执地认为这是城里人的玩法，自己贸然出现是不合时宜的。和熟人社会的农村不同，城里的人互不认识，再费心认识人，对冯和英来讲异常艰难。不同的生活背景暂且不论，患有白癜风皮肤病的她，并没有随着面容的苍老丢失了爱美之心，她并不喜欢待在住处，但出门后陌生人投射来的异样眼光，让她难以忍受。而在村里，大家已经习惯她面容上的特殊。她开始怀念和乡亲们谈笑风生的时光，互通彼此的家庭琐事，对村中事务评点一二，在这过程中她能找到存在感。反观租住的房子，冯和英连防盗门的钥匙都不会使用。儿子不在家的时候，冯和英守着三岁的孙女以看电视打发冗长的时光。孙女对动画片的痴迷，让她没机会看几眼抗日神剧，凶残的日本鬼子又被杀了不少吧，经过严刑拷打的地下党还是不开尊口吧。冯和英坐在沙发上，困顿不已，而孙女又总是察觉到她即将入睡，立刻将其摇醒。

　　冯和英催促卫华邦和牛慧尽快生育，道理无非是结婚这么久还没孩子，会被人说闲话。又或者再不要孩子，年龄逐渐增长，对孩子也不好，这一点特指比卫华邦大几岁的牛慧。牛慧听了这话当然不开心，又碍于面子不敢明说，只是脸色难看，不和她一般见识。卫华邦解释说，也没闲着，怀孕这事讲究时机。苦口婆心劝说无效后，冯和英安静几日，然后自怨自艾，死去不久的丈夫被她搬出来，一个人在家孤苦伶仃也没个孙子打发时间，活了大半辈子，家庭成员不增反减，人生的意义何在呢。

卫华邦心烦不已，自从父亲去世后，他已经很照顾冯和英的情绪，不再大声和她讲话，处处忍让，而他得到了什么呢，是冯和英的肆无忌惮。卫华邦发了脾气，摔烂了几件不值钱的家具，对冯和英说，孩子不是随便一拉就出来了。后来，冯和英把劝说的任务交给了自己的女儿。隔三差五，卫华邦会接到姐姐催促其在房事上多努力的电话。努力是一方面，姐姐还告诉他，也不要蛮干，你俩肯定是生殖系统有问题，不要讳疾忌医，尽早去医院检查。虽有反感，卫华邦心里也隐约觉得是有些问题。为什么生不出孩子先把问题算在女人头上呢，牛慧忿忿地说，你能力怎么样心里没个数吗，一年也搞不了几次，怪得着我吗。

牛慧怀孕的时候，他们在市区柳泉路上租了店面卖服装和偏日式的杂货。店面分两层，一楼三十多平，二楼是个低矮的阁楼。阁楼里摆着一张沙发床，他们平时住在这里。怀孕的兴奋感持续了几秒钟，卫华邦和牛慧便陷入了担忧。半年前，牛慧查出了类风湿，一直在服用药物，其中包括激素药。彻夜难眠后，第二天一早牛慧去医院，医生的话模棱两可，应该不妨碍，但为了保险起见也可以做掉。一番纠结，牛慧还是不舍。怀孕期间，他们弥漫在恐慌的气氛中，所不同的是卫华邦埋藏在心中，怕妻子担心，而牛慧不时把担忧讲出来，而结果只让他俩更加担忧。卫华邦曾在一篇小说中描写到一个畸形的男婴：

　　他没找到男婴的头在什么地方，经护士提醒，他在正常人胸部的位置，看到一颗只有鸡蛋大小呈乳白色的肉球。他原以为，那是颗肿瘤。仔细看，肉球表面有三道暗黑色的血管。一张一合的是嘴巴，其余五官尚未进化出来。他问，手和脚呢？护士说，接生的过程中自然脱落了。他问，折断了吗？护士说，是自然脱落，就像掉树叶。他问，没留下疤吗？护士有些不耐烦，他就在里面，你不会走近点自己看吗？他走进一点，除去头，剩下的一坨肉表面布满了黄褐色的血泡，密密麻麻，一动一动。男婴张开嘴巴，打了个哈欠。他围绕着保温箱走了几圈，男婴的整个躯体，像是摊在案板上的蟾蜍肉。

　　他们想尽快把本就经营不善的店铺转租出去。等到九月末，才有人接手，只是价格被一再压低，但也没办法，牛慧肚子越来越大，留给他们的时间不多了。到手的转让费偿还债务后，剩下的勉强可以维持到分娩。
　　搬店的那个午后，卫华邦和几个朋友把仅存不多的余货装车，牛慧搬了把椅子坐在楼梯边指挥。初秋的阳光照耀在隆起的肚皮上，牛慧看着忙碌的他们，摆脱掉累赘的轻松和开启一段新生活的兴奋交织在一起。突然，她感到肚子里面动了一下，不同于心脏的搏动，也不是被人踹了一下，轻微却又出其不意。牛慧对正满头大汗搬运货物的卫华邦说，动了。卫华邦愣住了，忙问，什么动了。牛慧说，胎动。卫华邦咧嘴笑起来。牛慧说，又动了一下。此后多年，对于这个时刻卫华邦久久难忘。在电脑备注名为"要写的小说"的文件包里，有个文档名为《胎动》，里面寥寥几百字，他再也没机会写完。

牛慧在农村待产的日子，平静也无趣，可也不是没什么事发生。在塑料厂上班的冯和英意外割伤脚筋，治疗半个月后回家静养。有一天，牛慧在拖地时不小心摔倒，当时没察觉到不对，几天后下体出血，去医院检查，胎位不正。直至分娩的数月间，除去短暂的起身排泄，牛慧一直卧床保胎，用观看电视剧消磨时间和胎教。深冬，离分娩还有不到一个月，家里发生了一起火灾。为保证室内温度，采暖炉温度过高，这所三十年的砖瓦房屋顶包围薄铝烟筒的是一层麦秸，长时间的烘烤下，麦秸起火，而房顶的主体结构又是木质的。万幸一位倒垃圾的乡民提醒，火势尚未蔓延。卫华邦爬上屋顶，掀开瓦片，一桶桶倒水。火扑灭后，屋顶破了一个洞，洁白的墙壁上划出一道道泥水的痕迹，地面上漂浮着尚未烧透的麦秸。电器和被褥堆在庭院里，牛慧坐在原木色婴儿床上，表情木然。这天夜里，牛慧冻醒，边哭边说，我就是想生个孩子，怎么就这么难呢。

　　寒冬腊月。牛慧羊水破了，在妇幼保健院打了两天催产针，历经痛苦后顺产生下卫未来。在产房外焦急等待的卫华邦看到女儿的第一眼，没有多少兴奋感，不是畸形儿倒让他松了口气，可他还是一时无法接受，眼前这个皮肤皱巴丑陋的小家伙是自己造出来的。相比小马驹出生后的半个小时就会站立，鸽子出生四十五天就会飞，而人类要等到一岁左右才会蹒跚行走，放到大自然中只有被猛兽叼走吃掉的份儿。

　　出现在我面前的卫未来穿着一身运动装，略胖，说话低声性格并不开朗。参照卫华邦的照片，卫未来的肤色应遗传自牛慧。看着坐在对面的卫未来，我脑海中不禁想到卫华邦活着的时候，女儿在他面前玩耍，他一定虚构过十多年后女儿长大成人的样子，可是不论他怎么虚构都深感无力，未来是如此不可捉摸。我想告诉卫华邦的是，未来没有任何的意外可言，它是如此接近于现实。他的女儿不漂亮也谈不上难看，她外表普通，除了是他的女儿之外，没什么特别之处。卫华邦不会生气，甚至会为我这段话流下欣慰的泪水。她身上流淌着卫华邦的血液，卫华邦的基因仍旧沐浴在阳光之下。

　　卫未来说，下午给牛慧打电话，她不同意我接受采访。片刻，卫未来笑起来，她不同意我更要来。学校晚上有自习，留给我们只有半个小时。我点了些面包，卫未来说她最近在控制体重，不吃甜食。我让她谈下对父亲的认识。卫未来面露难色，思索片刻，说她对卫华邦一点印象都没有。2004

年，卫华邦死的时候，卫未来四岁，根本不记事。小时候卫未来以为家庭分为两种，一种是有父亲，一种是没父亲，她只是恰好分配到没父亲的家庭。卫未来觉得这没什么不好，一件东西你根本就没有，也就谈不上失去。卫未来对卫华邦没有不舍。卫华邦只是她血缘上的父亲，可也仅此而已。卫未来看过卫华邦的小说，但不喜欢，她觉得低俗。

卫未来看了下时间，双臂交叉放在胸前，说要是冯和英还活着就好了。冯和英经常和卫未来说起卫华邦，感慨要是他还活着该多好。总是这么说也挺烦人的，冯和英说自己儿子写的东西多么好，好不好她知道什么，她眼神又不好，字都看不清。家里从来不摆卫华邦的照片，平时也不会谈起他。

那你想过他如果还活着，你们的生活会有什么变化吗。卫未来喝了一口饮料，她低头深吸了一口气，片刻抬头看着我，语气中有责问的味道。应该和现在不太一样吧，但你说有多么大的区别，也不一定，毕竟生活是自己的，他又不能代替我去生活。卫未来说班上有个同学的父母出车祸死了，她觉得无父无母也挺好的，自己做主。

我递给卫未来一张纸。

1. 不知道别的父母怎么想的，我觉得孩子哭是很逗的一件事，当然孩子每次哭可能都真心难过，但对大人来讲，值得哭的比如身体上的痛苦次数不占百分之十，大多是以哭进行情绪的表达、反抗或者引起关注。有次女儿脑袋打针，跑针了鼓得包像年画里的老寿星。她妈心疼地掉眼泪，娘俩抱头痛苦。乐死我了。

2. 她问我为什么下雨。我说，天上有水，憋不住了，所以就下来了。道理和你憋不住尿一致。看她表情，对我这回答甚是满意。

3. 准备执行"番茄时间工作法"。将番茄时间设为25分钟，专注工作，中途不做无关的事，直到番茄时钟响起，然后休息5分钟，继续。然后第一次就失败了，刚写了几分钟，闺女命令我去给她泡奶粉。

4. 走在路上，碰见只小虫子。我说，别踩死它，它要去找它妈妈。话音刚落，她啪叽一脚踩死了。我就不让她去找妈妈。

5. 没有公主命，一身公主病。困得抬不起头了，还强行端坐保持仪态，有必要吗？哭起来了，估计是困的，还不打算躺下睡。又不哭了，哦，又哭了，哼唧了两声，好吧，又哭了，舔了口鼻涕，齁到了，又哭了起来。没完没了啦，不管了，我先睡了。

6. 中午她弄坏了厨房玩具，被我凶了一顿含泪睡去。下午她醒来到我面前可怜巴巴地说，玩具坏了让妈妈回来修吧。明显是想让我修，还不直接说。我屁颠屁颠修好了。情商比我高，比我会沟通，这样我就放心了。

卫未来看完后，问，这是什么。我说，是卫华邦生前写在社交网站上的。卫未来笑起来，写的比他的小说有意思，是真的吗。我说，你觉得呢。卫未来说，是他编的吧，我小时候应该很可爱才对。卫未来似乎要哭，但她还是把眼泪收了回去。沉默良久。你知道卫华邦留给我什么吗？卫未来撸起裤脚，小腿以及脚背的部位是一片伤疤。这是他照看我的时候，热粥洒在上面弄的，害得我到现在都不好意思穿裙子。

卫华邦活着的时候没什么名气。死后，牛慧本来还指望靠他的版税过日子呢，结果只有那本《落魄人生》因他刚死的余温，多卖了几本。卫华邦还有些存稿没集结出版，后面也没消息了。卫华邦最后那两三年，精力主要放在剧本上。不过也没见有拍出来的，估计写得也不怎么样。没人记得他也很正常，这个世界虽然冷漠和善忘，可卫华邦没有拿得出手的作品，只能是怪他自己。

分别时，我告诉卫未来，这三天我都在这里，可以随时来找我。她不置可否，起身离开。透过窗口我看到卫未来走出饮品店，低着头朝不远处的一个男孩走过去，两个人牵着手，她依偎在男孩的肩膀上。男孩低着头，试图看卫未来的脸，而她只是把头低得更深。

玫瑰大酒店在火车站广场的对面，门前竖着一个黑色石碑，上面写着：世界短篇小说之王下榻过的酒店。底座有一行并不显眼的简介：根据有关史料记载，现玫瑰大酒店位于蒲松龄先生在康熙二十八年下榻过的"张家店"饭店原址。酒店外观无任何特别之处，倒是里面装扮古朴，和这个北方的小城不符，有些江南的感觉。办理好入住手续，我在二楼的餐厅吃饭，肚子不饿，只想尝下当地的特色。我吃了点现做的玉米面煎饼，菜品都有些偏咸。吃得我没有胃口。

房间在三楼，陈设有些旧，弥漫着一股说不上的味道。大概是我的心理作用，总觉得有些历史交错感。雨后，空气闷热起来。我站在窗边，远处的火车站广场上聚集着不少候车旅客。坐在天桥上摆摊卖水的老者，有些蒲松龄的影子。

关于蒲松龄写《聊斋志异》，流传最广的说法出自邹涛的《三借庐笔谈》：蒲松龄作此书时，常设茶烟于道旁，"见行者过，必强与语，搜奇说异，随人所知，偶闻一事，归而粉饰之"。都说蒲松龄生前落魄，而这种落魄也是相对的。少时虽家道中落，却不是完全底层式的一无所有，是家族的殷切期望与现实间的落差。热衷功名的蒲氏家族，对少年聪慧的蒲松龄寄予厚望，指望他能光宗耀祖。之后接连科举失意禁锢着他，和如今不一样，那时的文学不是获得名望的通行证。小说的地位不及诗，对此倾注心血，多是出于热爱。三十九岁，《聊斋志异》基本完成，蒲松龄在序言中写道，知我者，其在青林黑塞间乎！似乎除非在阴曹地府，很难遇到知己。他还是过于悲观了，当时诗坛领袖王士禛对《聊斋志异》颇有好感，曾赠诗蒲松龄。

洗漱后，我坐在椅子上翻看资料。要梳理卫华邦大学毕业后的生活，并不是一件很困难的事，蛛丝马迹散落在他那些已经不被人提及的著作和访谈中。卫华邦在访谈中不止一次提及，他工作的时间加起来不超过半年。其余的时间，他都在干些什么呢？若说都致力于写作的话，未免太牵强和美化。他又是靠什么为生呢？这或许也不构成一个问题，只要你对生活的欲望和要求足够低，还不至于饿死。但是说卫华邦是个对生活没有欲望的人，也并不符合实际。他只是在逃避。1993年，二十一岁的卫华邦从师专毕业，分配到镇上的初中当了一周的历史老师，这也是他仅有的教师生涯。稳定并不是他的人生追求，父母对他的选择感到不解，争吵在所难免，但并没有改变卫华邦的想法。他那身为农民的父母，原本对儿子寄予厚望，老师比农民体面和轻松，还有什么不满足的呢？他们认为，卫华邦的脑子读书读坏掉了。

一个刚大专毕业的农村子弟，初涉社会便自我迷失，以为见了点世面，就能轻松立足，培养起来的那点零星自豪感，此刻只是害了他。祖辈遗留下来脚踏实地任劳任怨的品质，被他完全抛弃了。当他终于对自己有了客观的判断后，不甘于浑噩度过此生的进取心又毫无必要的泛滥，再次把他推入更加尴尬的境地。

认识牛慧的时候，卫华邦正做着无望的发财梦，文学读物换成了著名的企业家传记以及市场上随处可见的商业秘籍。它们堆放在枕边，每天入睡前卫华邦都会捧读一番，为白天在跑业务时经受的白眼和拒绝寻求慰藉，每次拒绝恰好说明离被接纳又更近了一步，付出并不一定有回报，但不付出是肯定没有回报的。卫华邦觉得书里俯拾皆是的句子都那么有道理，他感叹之前活得太过混沌了，对金钱也缺乏应有的欲望。这是多么不应该的事情，现在悔悟也不晚。卫华邦闭上眼，对未来的富足生活展开畅想。人生有目标，难免会开心。

1997年，牛慧在一家广告制作公司上班，卫华邦去印刷资料，负责这事的恰好是牛慧。二十年后的牛慧，坐在我的面前，追忆和卫华邦的相识。她毫不避讳地说，自己看走眼了。本来以为卫华邦是一个年轻上进的青年，放弃掉稳定的教书工作，想要创业，而且还不只是落于空谈，也挺有行动力的。交往之后，牛慧才明白，他这种行为好听点叫有志青年，说白了就是做梦。没认识牛慧以前，他和徐成租住在一起，穷得连饭都吃不上，也不出去上班，一开始是向家里要钱，后来朋友都借遍了，开始节衣缩食硬挺着。如果不是牛慧及时出现，下一步他们该去犯罪了。那会儿，牛慧过几天就去卫华邦住的地方，带着菜肉和烟什么的，临走留给他几十块钱。牛慧补充道，当时我一个月工资也就三百多块。牛慧被爱情蒙住了双眼，和他交往没几天，她发现卫华邦这人有问题。牛慧问他未来有什么职业规划，他想了半天说自己没有。卫华邦当时在做的那点事，和骗子没什么两样，什么也没有，以为夸夸其谈人家就能掏广告费。不过他也不是没成功过，起码把牛慧骗了。交往半个月后，两个人同居。至此，卫华邦再没工作过。重拾文学梦，并一心想在这上面搞出点明堂。牛慧对此有些不屑，我说他不是发财的料，他立刻就放弃了，后来说他不是写作的料应该去工作养家糊口，他没行动过，你说他是不是故意的。

酒店二楼有喝茶的地方，我和牛慧选在临窗的位置坐下。此时，窗外又下起细雨。天空灰蒙，分不清是因为阴天还是空气不好。人到中年的牛慧，习惯把自己往年轻里装扮，仅从发型和衣着来看，不像快要五十岁的人。脸上没有太多的皱纹，或许胖让皮肤紧致。牛慧称不上肥胖，但确实是中年人常见的身型，背也有些驼。她坐在我的对面，从包里拿出一本名为《豁然头落》的书。

薄薄的小册子已泛黄，我翻开，扉页上是蒲松龄的短篇《快刀》。明末，济属多盗。邑各置兵，捕得辄杀之。章丘盗尤多。有一兵佩刀甚利，杀辄导窾。一日，捕盗十余名，押赴市曹。内一盗识兵，逡巡告曰："闻君刀最快，斩首无二割。求杀我！"兵曰："诺。其谨依我，无离也。"盗从之刑处，出刀挥之，豁然头落。数步之外，犹圆转而大赞曰：'好快刀！'序言中，卫华邦写道，这篇小说体现了他对短篇小说的某种追求，叙述简洁，冷，酷，血腥。一刀毙命是人道主义的高规格体现，死得痛快，也是他所期望的。文末，他写道，蒲松龄已死三百年，显然，他和读者之间还有其小说紧紧相连。但愿我和你们之间的联系，由此确立，并忠贞不渝。当然，荡妇更具魅力。

牛慧笑着说，难得你喜欢卫华邦的小说，这本书送给你。她误解我了，我并不是卫华邦的读者，这次也纯属为了工作。还有些话，我心里有但没说出来，就是我对卫华邦这个人并无好感，甚至是有些反感。把文学理想挂在嘴边，损害到周围人的生活，过于自私了。

　　我们从这本书谈起。和牛慧在一起后的两年，卫华邦虽时而在刊物发表小说，却一直没有出书的机会，他不无悲观地认为自己的文学之路注定是坎坷的。年轻人总是对自身缺乏正确的判断，还好卫华邦是低估了自己。二十七岁那年，卫华邦的写作通畅了许多，尽管仍旧没引起大家的重视，但他感觉开悟了。如果说之前的抱怨，是写得不够出色，那么现在还发表不畅，是文学环境出了问题。那段时间，卫华邦总是接到从全国各地回寄来的退稿信。他萌生出自印小说集的念头。牛慧不同意，在她看来，这完全没必要，其他不说，拿几个月的工资印小说，意义何在呢，只为满足他当作家的幻觉吗。为这事，两个人吵了几天。冷静后，卫华邦也觉得没必要。还好一个朋友资助了几百块，卫华邦找了个打印店，自己装订打印了二百多本。这么多年后，自印的小说还剩下三四本，其中一本到了我的手里。

　　卫华邦拉低了牛慧的生活水平。牛慧之前工资养活自己绰绰有余，还时常买几件衣服出去和朋友吃饭。1997 年底，两人结婚，婚后半年，卫华邦的父亲去世。再三思量后，牛慧决定开店。一个人的工资两个人花也不是长久的办法，既然卫华邦不打算改变，那只有牛慧去改变。而她也想趁着自己还年轻，做点自己的事情。是否卫华邦自由懒散的生活状态，潜移默化中也影响到了牛慧，我觉得多少有一些。

店开在市区柳泉路东，紧邻美食街。位置还算过得去，店前面是花坛，春夏时节，繁茂的树遮挡住门面。虽处市区，却也闹中取静。卫华邦在《豁然头落》序言中写道：这本小说集中绝大部分文章都是我在张店区柳泉路上的小阁楼中完成的。蒲松龄号柳泉，这条路想必是以他命名的。写小说的，同乡之中他最出名。多么幸运，他生前大部分时间落魄和倒霉，常与失败为伍。长久以来，我有颗追名逐利的心。并在此过程中逐渐地发现，这种心态只会让人心理阴暗，偏离健康生存的轨道。可也并不妨碍我认为，名和利确实能改变一切。不用太多，只是现在拥有的太少。

开店后，倒霉事接二连三。牛慧一向身体不错，从小到大没挂过吊瓶。刚开店的一年内，卫华邦经常骑着二手嘉陵摩托车载着牛慧从市区到农村来回穿梭。牛慧体内本来相安无事的风湿因子，在风吹之下被激发了。至今，牛慧还在吃药。当然这也因为牛慧本身血液里有风湿因子，遗传的事怪不得卫华邦。但牛慧又说，不那么风吹日晒，说不定我一辈子都不会病发。这似乎也不无道理。

店铺是从二房东手里租过来的，房租对比附近的店铺，高了不少。后来房东找上门，和二房东解除合同，和房东重新签的合同，相比还是高的。后来，店铺在装修的时候，因插座质量问题起火，装修好的墙面被烧了一块。当时牛慧在街边捡了两只刚出生不久的小猫，悉心照料，一只死掉了，另外一只勉强活下来。起火的时候，小猫在阁楼。灭火之后，牛慧想起楼上的小猫。烟雾中，小猫不知去向。找了半天，不见小猫的踪迹，牛慧认为小猫被熏死了，蹲在地上哭起来。烟雾散尽，小猫怯生生地从墙壁的缝隙中爬出来。一个喜欢猫的朋友把它抱去，没过多久，朋友外出几日，忘记给小猫喂食，小猫活活饿死了。谈起这件事，牛慧至今责怪这位朋友。

商街上，常年生活着两个流浪汉，他们白天在四周游荡，晚上找个角落露宿。胖流浪汉衣冠不整，裸露的皮肤上积攒着多年污垢。他整日背着一个大包袱，性格开朗，走来走去，见人便喊，老板老板，给根烟抽。大家讨厌胖子，主要是胖子不讲卫生，随处排泄。瘦流浪汉爱干净，如果不是听人说，根本看不出他是流浪汉。白天，他总是坐在树下面看书，晚上他爬进楼梯下面睡觉。清晨，如果你早点来，会看到他站在花坛边刷牙洗漱。相比于胖子的健谈，瘦子极少说话。大家对瘦子态度好，经常给他送吃的，他不要，说，有不要的废报纸和瓶子可以给他。

牛慧刚开店那会儿，瘦子白天不看书，躺在树下乘凉睡觉。大家以为是初夏，天气闷热，读书令人烦躁。渐渐的，瘦子越来越瘦，身上的骨头一根根的暴露在外，衣服也越来越脏，店里的废报纸和塑料瓶堆积得越来越多，也不来收。又过了几天，不管白天黑夜瘦子躺在地上一动不动。看着他鼓起的肚子和消瘦的身体，大家明白，他得了肝腹水。一场大雨之后，天气暴热，有人在空地上用塑料布搭了个简易的帐篷，把瘦子挪到里面。大家把吃的喝的放在帐篷下面，开始瘦子还偶尔起身吃上一点。后来，食物发馊变味招惹来成群的苍蝇。卫华邦给瘦子送西瓜，发现他身下散落着粪便。瘦子昏迷的时候，大家意识到对他的了解甚少，不知道他是哪里人（口音偏东北），年龄多大（看起来有五十岁左右），是否还有家人（他从没提到过），又为什么出来。在他的身上发生的事，即将永远成谜。瘦子没几天活头了，散发的恶臭味，让两家餐馆深感不满。有人建议把他搬到商铺后面垃圾遍地的小巷里，起码眼不见心不烦。也有人想趁他没死之前把他的器官卖掉。卫华邦给报社打电话，记者来看了一眼走了。后来是救助站的工作人员，开车把他拉走了。据说拉走第二天，瘦流浪汉在救助站死去。清洁工打扫了瘦子待过的污秽之地。很快，大家也忘记了瘦子。又过了半个月，艾依莎婚纱店被盗，损坏了一面玻璃，丢了几件婚纱。这时，大家又想起瘦子。作为这条街的夜间守卫者，如果他还活着，偷盗的事不会发生。至于胖子，夜间仍旧四处小便，搞得这条街一股尿骚味。

开店第一年的十二月底，为了应对学生放寒假后的一段购物热潮，牛慧外出进货，卫华邦看店。牛慧走后的第一天早上，卫华邦还在睡觉，艾依莎婚纱店的老董在楼下砸门，问怎么还不开门，卫华邦问，这么早什么事。老董说，别问了，快点开门。才刚八点半，听口气是要紧的事。卫华邦急忙穿衣服打开店门，发现门前绿化带已经被警察拉上警戒线，有几个警察在里面勘察，四周聚集了很多围观的人。老董点着烟，表情凝重地说，死了两个。卫华邦问，在哪呢。老董指着绿化带，两个女的，全躺在里面，割喉，清洁工发现的。

事发前一天下午，店里进来两个女的。她们在店里看了挺长时间。对话用的语言不是汉语，长得有点像中亚人。两个姑娘在店里走来走去，看着新奇的玩意显得很是兴奋，其中一个指着旋转木马说出了旋转木马四个汉字。她们走的时候卫华邦开了门，店里的门比较难开。在她们即将走出店门口的时候，卫华邦轻声说了句，慢走。

开店两年，用牛慧的话讲，赚的钱都交房租了，除去两个人的生活开支，所剩无几。他们回到农村待产，卫未来出生长到两岁多，牛慧重新出来工作。这期间，大概有三年的时间。虽然有了女儿，但两个人过得并不开心，总在为生活开销发愁。有段时间，卫华邦总是念叨蒲松龄的《除日祭穷神文》，穷神，穷神，我与你有何亲，兴腾腾的门儿你不去寻，偏把我的门儿进？牛慧以为他脑袋出问题了。卫华邦在写作上的收入逐渐递增，可家庭的开支还有空缺。牛慧坦言，她并不喜欢待在农村，生活上不便捷，和农村妇女也没什么可聊的。倒是卫华邦，整日闭门不出，也很无所谓。牛慧出来上班后，家里的经济条件才有所好转，也在市区租了房子落脚。算下来，牛慧和卫华邦一起生活了只有七年的时间。他对牛慧意味着什么呢，一个死掉的丈夫，就这么简单。对牛慧的整个人生来说，这几个字足以概括他。

我想从牛慧口中多了解下卫华邦这个人。可不论从书面还是讲述，卫华邦给人感觉并不鲜活，只是一个符号，缺少具体的案例，而且牛慧的大部分讲述里，卫华邦是缺席的。

已是中午，牛慧提出来请我吃饭。在开车去的路上，我简单问了下牛慧的情况。她回答的热情不是很高，中午时段，市区的道路有些堵，她紧张地握着方向盘。牛慧在一家食品公司任职，经过多年的努力，跻身领导层，每天虽需要处理的杂事不少，但对她来说已是驾轻就熟。她和卫华邦是完全两类人，她工作认真负责，卫华邦对待工作一点责任心都没有。牛慧说，我现在觉得他一直是拿写作为他的懒散生活开脱。至于感情方面，牛慧避之不谈，她说自己的感情都寄托在卫未来的身上。只是现在感觉母女之间难以相处，有事也不说，问几句就烦。牛慧叹息道，等她上了大学，我就不管她了，我也该为自己活了。

这家叫聚友斋的餐馆在人民公园的对面，顾客很多，环境有些嘈杂。在等待饭菜的间隙，牛慧说起她最嫉恨卫华邦的一件事。当时女儿刚出生不久，牛慧还在坐月子。初为人父母，两个人都还在适应这个角色。单纯为顺利哺乳这件事，牛慧就哭过不知道多少次。冬天，尿布用得勤，半夜牛慧起来给女儿换尿布，发现之前积攒的尿布还没洗。牛慧说了卫华邦几句，卫华邦倒先发火了。深更半夜，牛慧抱着女儿要走，卫华邦也没拦着。天寒地冻，女儿才出生几天，牛慧委屈极了。

卫华邦脾气不好，喜怒易形于色，一点都不圆滑，不喜欢的人连句话都不和人说。有朋友来找他，他和人家说了没两句话，就忙自己的去了，把朋友撂在那里，也不管，还得牛慧没话找话去应付。卫华邦朋友不多，他不喜欢出门，可以一两个星期都不出去。他也不总是写作，不过除了这个也没别的爱好。和他这种人生活在一起，挺没意思。结婚以后，牛慧都不爱和卫华邦说话，一说就来气，心中的怒火压抑不住。你好好和他说句话吧，他还阴阳怪气。他也不是没优点，会主动承认错误。但承认了也没用，下次还这样。可能牛慧觉得说的有点不近人情，开始往回找补。卫华邦不是坏人，他喜欢帮助人，但又不自量力。他对金钱没什么概念，手里的钱够一段时间的生活，就沉住气了，没有远虑。朋友向他借钱，自己只有几百块钱，还借出去。路上碰到摆摊卖东西的，用不着的东西也去支持一下。卫华邦死后，牛慧才意识到，写作其实伤害了他，如果他不写作，换个别的爱好，会更好一点。说白了，写作无非也是打发时间。卫华邦也总是向牛慧提及文学理想，这在她看来空泛和虚无。或许，他俩本来就不是一类人，只是恰好生活在一起。

饭吃到一半，公司有事需要牛慧回去处理。她认为我应该采访下卫华邦的朋友，单听她自己说，总是显得不那么客观。她提到了徐成，卫华邦小说里许多原型都来自他。我让牛慧帮我联系一下，安排合适的时间见面，但最好是明天。牛慧说她已经好几年没见过徐成了，联系上了会告诉我。牛慧临走前，我突然想到一个问题。我问，你和卫华邦应该有爱情吧。牛慧愣住了，大概我们只是在适婚的年纪遇到了彼此吧。我又问，那他是怎么想的呢。牛慧说，不知道，反正我还没遇到爱情。

死前那半年，是卫华邦度过的最舒适的岁月。他努力多年的文学事业终于有了起色，接连出了两本小说集，还有一本已经签约。仿佛突然间，大家不约而同意识到了他写作的价值。另外，他和牛慧都有了固定的收入，虽然称不上阔绰，但相比之前的拮据，他们可以把心思放在其他的事情，从容地面对生活上的开支。两个人不再经常争吵，生活的曙光已经照射进来，后面等待他们的将是阳光普照。

三十出头的卫华邦意识到，自己应该注意身体，他晚上开始跑步，频繁地买书阅读，有些专业作家的样子。他想应该潜心做出点成绩，不能过于放纵自己。他接受了几家媒体的采访，谈自己的乡村生活和写作，给人感觉是为了文学理想离群索居，其实他明白只是条件受限却又习惯这样的生活。而他本身，也不是热衷于去改变生活，只是顺应。他经常外出，宣传自己的新书，参加各种培训。

卫华邦和小舒就是在一次作协组织的培训班上认识的，当时是六月初，正是麦收的时节，卫华邦不想来参加，可还是来了。来自南方的小舒处在辞职后和入职前的空档期，生活上一摊事等着处理，也是硬着头皮来培训。这是后来在他们的交谈中得知的，也为两个人的相遇添加了缘分的成分。对为期一周培训的不高期待，让他们遇到彼此，感慨这是意外之喜。小舒说早知道这样，她会多带几件漂亮的衣服，而不是只有两套黑色的衣服来回替换。卫华邦第一次见到小舒，并没有太深刻的印象，只是觉得她长得好看。多年的生活经验告诉他，漂亮的异性总是和自己无关，她们有更广泛的选择空间。

在场的还有其他的人，尽管卫华邦总是不经意间多看小舒几眼，也只是人性中对美好事物的本能反应。一旦与小舒眼神交汇，卫华邦就立刻躲闪，装作若无其事。小舒知道卫华邦是蒲松龄的老乡，他们从蒲松龄开始聊起。和卫华邦略显狭窄的阅读趣味不同，蒲松龄只是小舒庞大阅读体系中很小的一个分支，她当然喜欢蒲松龄的小说，但没达到挚爱的程度。她热情地和卫华邦讨论蒲松龄，并把印象深刻的小说片段分享给他。这让卫华邦有些难堪，从他个人的学识来讲，没有注释单凭读原文有些费劲。作为反馈，卫华邦只好将读过的《聊斋志异》里有限的几篇小说，拿出来和小舒分享，用来掩盖自己的不足。可这又让小舒兴致更加高涨，卫华邦有些无奈，他碰到了一个比自己还热爱文学的人。这其实不可怕，可怕的是她阅读广泛有丰富的理论知识。卫华邦感觉不能这样下去了，他回到房间躺在床上，困意袭来。

培训地点在济南郊区，虽说不是封闭培训，可四面环山，离山下最近的商业街也有段不近的距离。报道的第一天晚上，用餐后几个年轻人结伴下山。卫华邦和小舒也在其中，和小舒简短聊了几句后，卫华邦就躲到了一边。倒不是因为他不喜欢和小舒说话，只是这显得太刻意。虽然卫华邦一向对自己的要求是做一个洒脱随性的人，可面对小舒这样的姑娘，他觉得暴露自己的内心不妥。卫华邦不时偷瞄人群中的小舒，她活泼开朗，走路带风，在这荒野郊外显得不真实。路面上是正在晾晒的小麦，不时有大货车驶过，扬起尘土。没有路灯，在漆黑的道路上，他们走着，不时出现的谈话声很快被黑夜吞没。卫华邦觉得眼前的一切都不真实，包括小舒。

第二天的培训内容，上午照常是领导和学员代表的讲话，下午留给学员自由活动。外地的学员们要去市区看大明湖，小舒也去，问卫华邦去不去。卫华邦以前去过，觉得没什么好看的，留在房间睡觉。在这个本来闷热后来下起细雨的午后，卫华邦读了小舒的小说。如果说之前对小舒的认识是外在的，这次他走进了小舒的内心世界，并被其深深吸引。其中一个段落击中了卫华邦，他只好暂时放弃阅读，依靠在墙壁上，试图压抑住内心的翻涌。但这又是徒劳的，他正襟危坐，深呼吸了几下，试图让自己冷静下来。他不确定是因为小舒的外在，还是真被她的小说触动。但这两者似乎又不能完全割裂开，它们组合在一起才是完整的小舒。卫华邦把此刻的感受告诉了正在大明湖游玩的小舒，语言虽克制，可他相信小舒能读懂自己的心思。

收到卫华邦信息的时候，小舒刚从大明湖旁蒲松龄住过的房子前经过。准备人生中最后一次乡试时，蒲松龄在大明湖边租了三间茅草屋，从春末到初秋，居住了数月。他来的时候刚好是现在这个时节。在《客邸晨炊》一诗中，蒲松龄描写了当时的生活情景。"大明湖上就烟霞，茆屋三椽赁作家。粟米汲泉炊白粥，园蔬登俎带黄花。"早饭是自已熬的粥，搭配一点咸菜。那时蒲松龄已经六十二岁，飘骚鬓发如枯蓬。恰逢当时皇太后六十寿诞，朝廷诏开"恩科"，以为自己会有机会。

小舒告诉卫华邦，自己站在亭子里避雨，望着眼前的大明湖，想起的是几百年前的暮春。蒲松龄在茅草房里看书，春末的柳絮飞进窗口落在他的头上，让本就花白的头发更加花白。他感到闷热和呼吸困难，再熟悉不过的四书五经，此刻却因耳目昏花读起来费力了。到了夏天，白天酷热难耐，夜晚蚊蝇肆虐辗转反侧。夜色中，他在湖边消暑，走几步便坐下休息。他笔下的那些人物，也不出来和自己搭话。

第三天，晚饭后，小舒站起来对卫华邦说，我们出去走走吧。欣赏小舒果断的同时，卫华邦对自己的怯懦有些差愧。小舒走在前面，他走在后面，有意保持着距离。山里面天黑的早，只有零星的路灯散发着柔弱的光。他们走在湖边，前方越来越僻静，虫鸣此起彼伏。小舒回头说，你抱我一下吧。卫华邦走上前，抱住小舒。小舒挣脱开，往前走去，有些懊恼地说，我觉得这样不好。卫华邦愣住了，陷入自责中。小舒又转身回来，抱住他，吻他的脸。

小舒拉着卫华邦的手，来到湖边的凉亭里。卫华邦说，小舒，让我看下你吧。小舒说，好啊，需要我脱衣服吗。卫华邦忙解释，不用，不用，我不是这个意思，我只是想看你的脸。小舒有些慌乱，她说，我的意思是，你看其他的地方，也可以。两个人坐在凉亭里。小舒说，今天的月亮很美。卫华邦抬起头，天上没有月亮，连星星都看不到几颗。小舒说，你知道吗，我们读书人，很含蓄的，喜欢一个人不会直接说，就说今晚的月亮很美。卫华邦笑起来。

此后的几天，本来乏味冗长的培训变得珍贵起来。白天，卫华邦和小舒在人群中不时偷看对方，像一对情窦初开的学生。晚上，他们来到湖边的凉亭里，拥抱、接吻。卫华邦始终有个错觉，小舒是从聊斋里走出来的。小舒说，对啊，你看我的狐狸尾巴露出来了没有。小舒又说，蒲松龄在我的老家江苏做过一段时间的幕僚，你知道我们那边什么最出名吗？卫华邦摇头。小舒说，青楼名妓，像你这样的书生，在古代最受我们青楼女子喜欢了，公子，你有什么吩咐吗？卫华邦羞涩地笑起来，姑娘，我们谈下文学吧。小舒说，公子，有我这样美艳的姑娘在你面前，你怎么还有心思谈文学呢。

培训班结束前的那天晚上，卫华邦和小舒坐在山脚下的石阶上。他们各自诉说这些年的生活，为没有早点遇到彼此而遗憾，又觉得此刻的相遇更恰当。离别的伤感是有的，可更多的是沉浸在此刻的相守。小舒依偎在卫华邦的肩膀上。并不是每个人都有机会体会到这种感受，毫无疑问他们受到了命运的眷顾，还有什么理由再去抱怨生活的不公呢。《叶生》里有句话，同心倩女，至离枕上之魂；千里良朋，犹识梦中之路。小舒拉着卫华邦的手，说，我们就是这样的吧。

过了今晚，他们将回到各自的生活中。卫华邦和小舒都相信，他们还会再见面。实际情况是，他们再没见过。没多久，卫华邦就死了。

卫华邦的小说中几乎不涉及爱情，更多的是单身男青年的性苦闷。他是有意这样写，还是自己根本没体验过爱情。不得而知。可我相信，小舒是存在的。蒲松龄没遇到，卫华邦遇到了。

牛慧说她联系上了徐成，可以去采访。徐成刚出院不久，正在家里静养。我问牛慧，给他带点什么合适。牛慧说，除了喝酒，他没别的爱好。第二天，我提着两瓶酒，见到了徐成。四十六岁的徐成，上个星期因胆囊炎刚出院。其实已无大碍，不过有正当的不上班的理由不容易。作为一个在长期的家庭生活中不受重视的中年男子，徐成很享受独自在家的状态，生病让家人重新把他当作一个活生生的人来看待，而不是一个物体。妻儿表现出来的关爱，让徐成窃喜不已。读高中的儿子周末回来，为他们瞒着自己而大发脾气。所谓的以不影响其学业而隐瞒病情，是多么自私的行为。徐成感到欣慰，儿子懂事了。那些置气的谩骂，听起来不再那么刺耳，反而饱含着深情。徐成和李燕纷纷向儿子表达歉意，并保证以后家里的重大事务他有第一时间的知情权。以往因儿子糟糕的学习成绩，徐成经常被老师喊去训话。这也很正常，没必要放在心上，他开始反思，是不是对儿子太苛刻了。遥想自己当年读书，各方面的表现还不如儿子呢。

徐成和卫华邦是初中同窗。不过当时他俩交情一般，分属不同的小团体。晚自习后他们去操场散步，倾诉青春期固有的烦恼。也就是说，初中阶段他俩的友谊是暗地里进行的，却更交心，因此这份友谊更加持久。

我礼节性地询问了徐成的身体状况，他回答简短，气息有些弱。虽穿着衣服，还是能对他发福的身体有个大致的判断。他表情木讷，坐在我的对面，手里的烟从我进门就没断过。这几日的阴雨，让房间里充满了潮湿的味道。阳台上挂晒着衣服，几盆绿色植物虽绿葱葱的，却给人一种无意继续生长的衰败感。客厅看得出刚被收拾过，杂物被扔在边角，有意为拜访的客人腾出并不宽裕的空间。我问他，这几天的生活状态怎么样。徐成似乎没听明白，愣了一会儿。从他倦怠迟钝的表情中，我明确了一点，这是个常年浸泡在酒精中的中年人。然后，对这次交谈我不再抱有过高的期望。面对一个不如意的中年人，那些早已被他淡忘的悲惨往事要谨慎谈及。没有比当下更值得他去看重的了，但无力感又彻底包围着他。我想，我更应该去倾听。可他明显不是那种夸夸其谈的人，希望酒精能让他畅所欲言。

徐成这几天的生活平静且规律，早上妻子李燕做好饭，然后去上班。九点多徐成起床，热饭菜，吃一点，坐在沙发上看最近几年没来得及看的电影。中午他会喝点酒。尽管医生让他戒酒，起码在没完全康复前不要饮酒。出院后的前几天，徐成确实忍耐了一阵。很快他便说服了自己，小酌并无不妥。午饭大概持续一个多小时，在电视里的吵闹声中，徐成躺在沙发上昏睡过去。醒来后已是下午三点多，为避免李燕的抱怨，徐成会简单收拾下房间。这让他略微出汗，并认清自己身体虚弱这一事实。他瘫坐在沙发上，想些生活中并不能立刻解决的问题，比如上次和儿子打架的那个人的父母据说在政府任职，是否会在未来报复儿子呢。还有，这个月的全勤奖没有了，空缺的几百块要在未来的几个月里省出来。昨晚临睡前，李燕说了句，你再这样下去没几年活头了。徐成心中一阵酸楚，又给自己倒了半杯白酒。

今天徐成的同事本打算结伴来看望他，他找理由推脱了。平时和这几个同事也没什么往来，双方还要费劲寻找谈资。他不是热衷于交往的人，更喜欢独处。心情郁结是难免的，医生也嘱咐他，看开点，让自己愉悦起来。徐成又给自己倒了杯酒，苍白的脸开始红润起来。身上出了一层汗水，他索性脱掉了上衣，肥肉挂在身上。他说，这样我话能多点。

徐成说他不认为卫华邦是个失败的作家，反而是挺有成绩的。当然和那些闻名于世的大作家是没办法比较的，但是对他自己的出身来说，写作确实是改变了他原本的生活轨迹。徐成苦笑道，怎么着他比我强吧。卫华邦的书确实销量不佳，但多少是受到了重视。他经常去开会，去外地采风混吃混喝，不像我们这些卖力气的。如果他不是早死了，肯定还会有更大的发展。卫华邦每次出书，都会送徐成一本。不过徐成只是随便翻看几眼，这和卫华邦写的好不好没有关系。他写的太真实了，看起来难受。卫华邦总是以徐成为原型，名字也不换。总是提那些不堪回首的往事，后来徐成就不爱看了。徐成也想过让卫华邦不要总是写自己，或者换个名字，但想到他也没什么读者，对自己的生活也没太大影响。只是后来有什么事徐成就不怎么和卫华邦说了，说了他回头就写进小说里。徐成叹息道，我是活得挺失败的，卫华邦也说就因为我失败，才值得被记录。卫华邦在小说里写过，很多时候友谊是因为境遇的相仿才得以维系。后来卫华邦的生活有些起色，他和徐成的关系就没那么亲密了。徐成说他不知道卫华邦心里怎么想的，但他不是嫉妒卫华邦，不希望他过得好，更多的是对自身的失望。身边朋友的境遇都在好转，只有徐成还深陷在生活的泥潭里，朋友们也曾试图去拉拽他，可发现这只会让自己也重回泥潭，只好放弃。

我问徐成有没有具体的事情来佐证他和卫华邦的友谊，他沉思片刻说他们的友谊没问题。徐成说，卫华邦赚了一笔钱后，给他买过衣服。他至今记得。他们后来的不亲密，不是友谊出了问题，而是因为生活本身。直到现在，徐成仍会时常想起卫华邦，不是具体怀念他什么事，而是他这个人。你失去了一个真心对你好的人，也失去了一个可以交心的人。

后来，我问徐成对自己的生活有什么期许。他说对生活也没别的要求了，儿子别在外面惹事。再过几年徐成就五十岁了，再企图折腾点什么出来，也不现实。二十多岁是人生中最好的时候，不能畏手畏脚，要拼搏一下。说到这里，徐成难掩悔恨。

徐成喝多了，后来他还说了些酒话。无非是自我感慨，和卫华邦无关。这也正常，十几年的时间，对死去的人也没什么可以多说。我原本想从徐成的口中搜集些他和卫华邦交往的细节，并没有如愿。这或许有些难为徐成，毕竟日经月累的酗酒，让他的记忆力减退。往事在酒精的浸泡中并不是散发着浓郁的香气，更可能是令人作呕和难堪的。面目模糊，更符合卫华邦。我这样说服着自己。徐成在站不稳的情况下把我送出门。在下楼的过程中，一个中年妇女正在气喘吁吁地爬楼。见我下楼，她躲在一旁，为我让出位置。我急忙下楼，走了几步，我转身问，大姐，你知道卫华邦吗。大姐问，谁。我又说，蒲松龄呢。大姐点头，这我知道了。

现在，让我们回到2002年夏天的某个午后，卫华邦瘫坐在沙发上看电视，法制节目尚未结束，他就睡着了，头仰着，一块后脑勺枕在暖气管道上。几分钟后，卫华邦感到后脑发麻，醒来后习惯性地抻了下脖子，并调整姿势再次入睡。在吞咽了几口唾液后，他感觉左边的脖子肿了。他摸了下，没什么变化。他又摸着脖子吞咽唾液，伴随的是脖子鼓动了下，如同运气时蛤蟆的下巴。卫华邦顿时睡意全无，他站在镜子面前，脖子像是多出来一块肉在蠕动，不吞咽时又恢复正常。不疼，卫华邦来回抻着脖子，认为碰巧会再扭回原状。后来他厌烦了，认为这和扭伤脚踝肿了一样，过几天自然会康复。

在一年半的时间里，卫华邦偶尔会想起脖子的异常，然后会不自在地抚摸片刻，他曾经试图用力将这块凸起摁回去，没有效果。

2004 年，有次卫华邦和一个朋友谈及这事，朋友提醒他最好去医院做个检查，很可能是甲状腺结节，而像这么大的结节，确实罕见。卫华邦赶忙在网上搜关于甲状腺的问题，不搜没事，一搜他发现自己的症状和甲状腺癌很相似。任凭家人的劝解，他还是固执地认为自己病入膏肓，即便最好的情况是结节，那也需要动手术。卫华邦不相信自己有多么幸运，晚上他失眠了，回想这几年总是熬夜写作，疏于锻炼身体。所谓的追求文学事业，在此刻看来，是这么没有必要。他又从中得到什么了呢，所谓的消磨时间和从中获得心灵上的慰藉，都是这么不值一提，不能继续苟活于世，在他这样的年纪，有点太早了吧。女儿尚小，母亲也年迈了，以后压力都在妻子的身上。如果自己一时半会死不了，治疗费用也会是笔不小的开支。还有继续治疗的必要吗。

卫华邦心中一阵酸楚，自己也没做过什么缺德事，甚至称得上善良，命运对自己这么不公。可他转念一想，身为人类，自己也没特殊之处，别人可以英年早逝，为何就不能是自己呢。但这不能让他坦然，死后活人们的生活让他挂念不已，而自己死后会去向何处，以何种形式存在，也让卫华邦感到费解，如果死去会失去思维没有任何感知的话，这确实可怕。此刻的卫华邦不觉得怕死有什么可耻的，相反他开始怀疑那些不怕死的同类们。想到前些年尚且年轻的时候，还有过轻生的念头真是可笑。卫华邦开始回顾自己的一生，却又不无遗憾地意识到太过平乏，对那些无所事事虚度光阴的时光，他深感可惜和痛心，也没做出点让人铭记的事情。不过现在想这些难道不无耻吗，世俗上的名利在死亡的面前，算什么呢。卫华邦唯一能做的就是，接受这一切。

第二天一早，卫华邦驱车来到市二院，挂号后陈述完病情，医生让他去拍片做检查。检验科的医生告诉他，拍片要等下午，上午名额已经满了。当卫华邦终于躺在检验仪器下面，他心跳加速并默默为自己祈祷。检查报告出来了，医生漠然地说，左侧颈内静脉扩张。卫华邦急忙问，这是什么意思呢。医生说，去问医生。卫华邦又问，甲状腺没事吧。医生把检验报告递给卫华邦，对门口喊，下一位。

医生看完报告抬头看着卫华邦，你脖子上的肌肉挺发达。卫华邦说，脖子有点粗，我还以为是大脖子病。医生摇头，不是，你没事。卫华邦问，颈内静脉曲张是什么意思。医生说，这种情况不多见，你不用放在心上。卫华邦问，不需要吃药吗。医生说，吃药没用。卫华邦问，能治好吗。医生说，它又不影响你生活，不用管它。卫华邦问，不能动手术做掉吗。医生说，动手术有风险，血管离脑袋太近了。卫华邦问，那就让它这样吗，不会越来越大吧。医生说，这个说不准，你以后尽量不要大声说话。卫华邦问，为什么。医生说，血管爆掉就麻烦了。卫华邦心里一惊。医生忙说，不过临床上还没有爆掉的例子。卫华邦问，那万一爆掉了呢。医生说，医学上还没出现过这种情况，如果真不小心爆掉了，那你就是首例，会记录在医学史上。卫华邦说，我对上医学史没兴趣，文学史还差不多，万一爆掉了我会怎么样。医生说，你问我，我也不清楚，没有出现过的事情，谁也不知道。卫华邦沮丧地走出去。卫华邦谨遵医嘱，很少大声说话。初秋，卫华邦死于颈静脉破裂，进入了医学史。

这几天的采访，让我对卫华邦有了更深的了解，从之前的一个名字变成了活生生的人，但要说我对他有了好感，这有些矫情，也不符合我的为人。我只能说，不再那么讨厌他。他的存在对我来说，是一面镜子，映照出我若是坚持写作会是什么样子。卫华邦让我坚定了放弃写作的信念，这不失为他留给世界的文化价值之一。我对他有了一丝的善意，也更能理解他做出的人生选择。

火车是下午三点多。上午，在酒店醒来后，我临时起意要去卫华邦的墓地。电话里的牛慧有些勉强，不过还是决定陪同。墓地在郊区一条主干道附近的山脚下，并不难找，也是他们原来村庄的集体墓地。好多年前，村庄已经搬迁到县城，如今的旧址是物流园。刚下雨的缘故，通往山脚的路有些泥泞。牛慧抱怨道，多少年了，路也不修。墓园安静，从远处看墓园，一片称不上高大的青色松柏。墓园里有一座凉亭，因平时少有人来，显得安静。进去后，发现有些松柏已经枯死，仍旧安插在墓碑的边上，没人打理。地上铺设了石板，缝隙中野草长出来，感觉凌乱。我们找了许久，才找到卫华邦的墓，混迹其中，没什么特别之处。牛慧指着前后两排十几个墓碑说，这些都是他们家族的。我找到了卫华邦爷爷的墓碑，上面刻着他后代的人名。我问牛慧，你还有个儿子叫卫元沫吗。牛慧说，这是瞎刻的。我说，这都能瞎刻。

卫未来出生后，冯和英也一直想抱孙子。刻碑时擅自加上，一是告慰祖上，二是提醒卫华邦和牛慧。没几年，儿子死在她的前面。牛慧工作上的事不断，一直在接电话。我四处转了下，看到一个墓碑的主人和我重名，也叫张顺。我急忙走开，不敢再多看一眼。牛慧打完电话，笑起来。她想起了一件事。墓园刚搬到这里的时候，碑上还没刻字。清明时卫华邦来扫墓，把贡品放在墓前，忽然感觉不对劲。他就挨个清点家族里的墓，一次又一次，不确定眼前的这个墓是不是父亲的。他心里默念着家族里死去的那些人，确定眼前这个墓不是父亲的，但究竟哪个才是父亲的呢，他不能确定。他就这样在墓地里走来走去，脑子乱极了。后来，他想到自己此刻的处境和举动，忍不住笑起来。回去的路上，我问牛慧，有没有想过给卫华邦刻个墓志铭之类的。牛慧说，没想过，不知道刻什么。我说，现在想也不晚。牛慧说，要不你帮忙想想吧。这显然不合适，但不妨碍我在心里琢磨了一下。

卫华邦——要学会放弃。

原载《山东文学》2018 年第 10 期

《中华文学选刊》2018 年第 12 期转载

也许爱情曾经来过

王宗坤

一九九零年，我的人生第一次遭遇到了重大危机。我的母亲在这年春天突发心脏病去世，父亲很快就给我找了个后妈，后妈只比我大三岁，叫姚希妹，曾经是我很要好的姐妹。

我不能原谅自己，因为我正是那个引狼入室的人。姚希妹家在十道沟村，那是一个纯山区小村，出村连个正经路都没有。姚希妹是在我们初中毕业那年，作为插班生来到我们班的，女生宿舍已经没有了她的床位，老师发动我们这些家在镇街上的女生发扬风格，给姚希妹提供方便，我是班里的学习委员，家庭条件又比其他同学好一些，就主动把她承揽了过来。她住到了我们家，我们很快就成了无话不谈的朋友。第二年，我考上了师范，她却什么也没考上，她还想复读，但家里已没钱供她，就只好回家帮着父亲放羊去了。我上了师范后她给我写信，她的信很灰暗，每次都是在宣泄痛苦，看不到生活前景，说自己已经没有了未来，剩下的岁月就是熬日子，在这大山深处找个男人，生下几个孩子，孩子大了接着放羊，继续重复这种暗无天日的时光。当时读了她的那些来信，我有些担心，也有些同情，就把她介绍到我们家超市做帮工。那时候，我们家的生意已经有了一定规模，开了镇上最大的超市，还有两家批发部。没想到，后来她竟然在我母亲尸骨未寒之际，登堂入室做了我的继母。她显然是奔着我家的生意而来，我父亲显然是贪图她年轻的容颜，这是他们各取所需的结果。这让我感到了震惊，姚希妹有可能早就跟我父亲勾搭成奸了，这也许就是把我母亲推向死亡的真正缘由。

为此，我做了不懈抗争，请假回家找姚希妹理论，找父亲谈判，试图阻止这一切。最终我只收获了更大的屈辱，面对着那位新晋继母的撒泼和自己亲生父亲的怒吼，我恍然堕入了冰冷的深渊，心彻底凉了，感到绝望极了，孤独极了。那天，我孤零零地返回学校，一路上都在默默流泪，从此我没有了家庭，没有了亲人，彻底变成了这个世界上最可怜的人。

那时候，我和四眼儿还在恋爱。原本我就对我们的爱情有所怀疑，心里总有些不甘，还有些模糊，总是在暗地里不由自主地问自己这就是爱情吗？从情窦初开到青春绽放，对爱情我有过太多的想象，可现实给予爱情的呈现却非常有限。总感到，我们的需求太趋于一致，现实中的爱情面貌太过雷同，校园里的所有的恋爱都是这种形式。所以，从一开始我就对我们的爱情有着隐隐的失望，它总是让我有种不能尽兴的感觉。

这一系列事件的发生加重了我的疑虑，直接影响了我以后的生活轨迹。那段时间我像魔怔了一样，看一切都不顺眼，对所有的事情都怀疑，人性是如此丑恶！亲情是如此脆弱！爱情就更不堪一击了。在我的脑海中反复盘旋着一个疑问，如果我是一个农民四眼儿还会爱我吗？答案是否定的，这也就是说四眼儿此时爱的不是我这个人，而是我师范生的身份。所谓纯真的爱情从一开始就是个谎言，我心里已经不容许这种谎言存在了，这个时候我需要至清的水来涤荡自己的灵魂，已经不在乎有鱼无鱼了。

这是我们三年师范生活的最后一个学期，面临着实习和毕业分配，很多同学都在忙活这两件大事，都盼着能留在城里的学校。当然还有一条路，就是升入高一级的师范院校，但这非常难，只有百分之一的升学率，学校还要先选拔。我们在下乡实习之前，学校公布了具有报考师范大学资格的学生名单，根据这三年来的学习成绩和表现全校共遴选了二十名，我是其中之一，但我却果断放弃了这来之不易的名额，对此四眼儿很不理解。有一天我去教学楼，见四眼儿在上面的楼梯口站着。自从家庭发生变故之后，我一直躲着四眼儿，他给我递纸条我也不回，托同学给我捎信见面我也不去，我想让我们的关系在无声无息中结束。当时我想绕过去。但四眼儿这次好像吃定了我，我想向左他就向左，我想向右他就向右，反正就在前面挡着我。我们在楼梯上玩开了老鹰捉小鸡的游戏。最后，我有些烦了，问："你想干什么?"他定定地看着我，可能觉得我真有些生气了，直接问："为什么?"我说："什么为什么?"实际上，他应该想问好多为什么，可说出来的却只有一个："为什么要放弃?"我不再装糊涂，皱了下眉头说："你跟他们一样，老是这样问? 这事对你们就这么重要吗?!"说着我就从他旁边挤了上去，把他一个人孤零零地撇在楼梯上。

还有一个人把我的事看得无比重要，那就是我父亲。我父亲后来试图挽回我，来学校找了我多次，我都避而不见，这让跟我同宿舍的同学很有意见，因为有次我父亲居然闯进了宿舍，夏天同学们都穿得很随意，父亲的闯入给她们造成了很大的惊吓，幸亏父亲及时介绍了自己，才没引起更大的乱子。见过我父亲的同学都说，我父亲不像个爆发的"万元户"，谦卑的倒像个旧时的私塾先生。

我父亲没见着我，心里更加内疚，就动用所有关系给我争取到了留在城区小学的名额，为此他费了很大劲，也花了很多钱。这并没有把我暖过来，我毫不犹豫地放弃了他给我做的安排，主动去找了校长，提出要去边远地区发挥自己的作用，离家乡越远越好，离悦城越远越好。最后是校长帮我改签了派令。在确定要到条件艰苦的骆县湖区的那天，我见到了自己的父亲，父亲知道我将要远离，脸上涌动出羞愧和悲伤的情绪，后来，竟然趴在面前的栏杆上痛哭起来。他这副样子，丝毫也没减轻我对他的仇恨，相反，心中居然滑过了一丝快感，我觉得我胜利了，痛苦再也不是我一个人的专利了。

临离开学校的这天一大早，我背着自己不多的行囊悄悄离开了宿舍，此时我的同学们都还在酣睡，此消彼长的鼾声不是为了装点这个重要的日子，而是在为这几天的狂欢而买单。我们都累了，除了少数几个达成了愿望和超出愿望的同学之外，我们中的大部分都不想急于奔赴下一个驿站。对于我个人来说，此地已无眷恋，这个生活了三年的校园是我人生的第一个靶场，我的所有梦想几乎都在这里脱靶，散落在角角落落里的弹头已成为我失败的标签。

四眼儿在女生宿舍楼前等着我，这是我们昨天就说好了的，他坚持要送我一程。我们一起往学校大门走，东方的天空已经开始发白，下面拱出来的一片片粉红色花朵，如火花似的向四边奔放。我们都知道这是分别的时刻，我们靠得很近，好像此时才是一对真正的恋人。我试着把手伸进她的臂弯里，但很快就又拿了出来，在行将结束的这段旅程中，我们还是不习惯我们向往过并曾经拥有过的那种状态。

四眼儿分回了他的家乡冀石镇，据他讲，他们那里很落后，上初中的时候生物老师居然不知道番茄就是西红柿。应该是急需好的师资，他是他们村里考出来的第一个大学生（实际上是中专生），他却不愿意回乡当老师。为此他没少挣扎，为了留城，甚至把家里的耕牛都卖掉了。但最终也没成功，不得不接受哪里来哪里去的命运。

我们走出学校大门，沿着门外的马路直直往前走，一直走到前面的十字路口。街角是一个小公园，我们曾经在这里有过约会，现在却要在这里分手。四眼儿站住了，有些迟疑地说："你要自己保重！"然后就转身走了。我注视着四眼儿那渐行渐远的背影，泪水渐渐盈满了眼眶，我知道属于我的一个时代结束了，一段感情也随之消散。

我心里感到了刀绞般的疼痛，整个身体里洋溢着一股莫名的，无比悲怆的气流，这股气流像魔鬼一样统摄着我。我感到自己已无处安放，痛苦地抱着脑袋蹲在地上，抓起眼前的石块，然后把自己左手的食指放在马路牙子上，高高地把拿着石块的右手举起来，照准那根孤独的食指狠狠地拍下去。红色的血液顺着食指的指甲缝隙渗透出来，渐渐聚拢成一个个血红色的火球，那火球晃动着似乎使整个世界都晕眩起来，我扔掉石块使劲攥住那根被血液黏湿了的手指，猛地把它含在嘴巴里，连同那晕眩的痛感一并吞噬了下去。

离开学校我无处可去，那个家已不再属于我。后来，我花很少的钱找了家地下室栖身，为了维持生活，我去附近的餐馆端了半个多月的盘子。闲下来的时候，我就一个人绕着悦城转悠，我知道我最终成了这个城市的过客，刚入学时的欣喜和志向都已荡然无存，我不知道自己为什么会走上了这么一条孤独之路。

一九九零年七月三十日一大早，我去骆县教育局报道。先坐四个多小时的绿皮火车到骆县火车站，骆县火车站很小，就是三间平房，出站口下面的栏杆都已消失，只剩下上面黑黑的框架，成了一个名副其实的大"口"字。一出站门，迎头看到一家药店，上面写着三个大字"春药店"，我有些意外，没想到这小地方会这么开放，居然明目张胆地卖春药，仔细一看，才发现，边上还有一个"永"字的痕迹，这家药店的完整名称应该是永春药店。

　　骆县教育局政工科把我派到了鹊山镇教委，给我开派令的那人有些奇怪，一边往派令单上写着我的名字，一边嘟囔："你这个派令，我们开得最省劲，不用照顾各方面关系，领导直接关照去鹊山。这还是我干这工作以来的头一次。"

　　拿着派令赶往骆县汽车站，政工科的那人告诉我，那里有通往鹊山的班车，谁知赶到那里一问，才知道班车是按点发送的，这个时间已经没有班车了，只有私人承包的小公共汽车。

　　在路人的指点下，我在拥挤的人流中挤上通往鹊山的小公共汽车，车是游离于正规班车之外的散兵游勇，车主承诺马上就走，我受此蛊惑才混入人流。车上又脏又乱，座位上的坐垫比抹布还污浊，早已分不清什么颜色，且已不再完整，像网筛一样密布着大大小小的窟窿，有黄焦焦的棉絮或者是海绵，从这些不规则的洞穴中探头探脑。座位几乎都被先入者占据，我本不想坐，但想到还有一大段路程要走，看到最后排还有个空位，就挤了过去。谁知，那座位并不是闲座，被一个大大的尼龙袋子占据着，旁边那个染黄头发的年轻人显然就是袋子的主人，黄毛似乎对自己的行李占用这个座位心安理得，闭着眼睛在摇头晃脑地哼歌，叫了几声先生都没理我，最后我拍了一下他前面座位的后靠背，黄毛这才惊吓般地把眼睛睁开，然后就用茫然的眼神儿看着我。我指了指他旁边的尼龙袋子，他似乎有些不情愿，但还是伸手把自己的行李拖了下来。座位本来就脏，经过尼龙袋子的二次污染就更不堪入目了，有些类似于水泥的粉末分赃不均地摊派在上面，还有一大块座位的罩布张开了大嘴。

我重新回到车厢前，这时车上人更多了，不但走廊里加上了马扎，发动机前盖上和车厢门口的台阶都已坐上了人，车主还在从前窗上探出头，扯着嗓子吆喝："鹊山，鹊山，上车即走。鹊山，鹊山，上车即走……"

车厢里有人开始抱怨："这么多人了还上！"

"说马上走，还不快走。"

……

对这些声音车主大都听而不闻，偶尔会没头没脑地安抚一句："马上走。"又等了一会儿，抱怨声越来越密集，车主眼看顶不住了才发动了车子。车子缓慢地往前走，一边车主还像刚才那样探出头来吆喝。可走了几步又停下了，然后又是等，终于等上一位，伸头一看里面乌泱泱的人群，说："没座了。"说着就要出溜儿着下车。车主正扭头对着他，一看他往后倒退，赶紧从座位上探身，伸出手掌一下子抓住了那人的肩膀，说："有座，有座。我保证让你坐上。"说着车主已起身，从最靠近驾驶座的座位底下又拉出来一个马扎，硬硬地撑在车门台阶上。马扎根本放不下来，被挤兑成了一个瘦长的 X，刚上车的那人为难地说："这怎么坐？根本放不开。"车主说："你坐上就放开了。"那人试探着坐上去，马扎倒是被撑开了，但却惹来前后邻居的一阵抱怨。

整个车厢里挤得满满登登，车上的焦灼情绪也达到了顶点，车子才再次发动起来，但车主并不甘心，眼睛依然瞪得溜圆，像掉了钱包一样往路边踅摸，看到前面有两个疑似等车的乘客，一边踩着刹车放慢速度，一边对那两人伸出了两根手指头。我心下疑惑，想这车主也有些太过无理，不坐你的车就这么侮辱人家。车子停下，车门打开，那两人扒着车门问："站票是两块钱吗？"这时我才知道那个手势在这里不是在骂人"二"，而是在标注新的票价。得到车主的肯定回答之后那两人就开始往上挤，随着他们的涌入，整个一车厢的人就像被劲风吹拂的芦苇一般往后倾倒。

我随着人流由车厢前面逐渐被推到中间，下面连搁脚的地方都没有，只能惦着脚把身子尽量拉长。最难以忍受的还是气味，各种来路不明的味道混杂在一起，让人无法呼吸。

在鹊山镇车站下车，已经快到了下午下班时间。镇政府是街上最气派的建筑，几乎不用打听就找到了这座二层的灰色建筑。镇教育办公室在一楼楼头，两间房子。我进来的时候教办主任还在，教办主任看到我的情况想把我留在镇上的中心小学，我坚定地拒绝了，我还是坚持原来的想法，既然已经决定走这条路就要走到底，我要穷尽自己的梦想，过一种完全陌生化的生活。此时，我就像一个嗜酒如命的酒徒，喝不到酩酊大醉是绝对不会罢手的。主任看我的态度这么坚决，跟里屋的几个人简单商量了一下，走出来就开始摁着摇把子电话找总机，总机接通之后，主任也没客套，直接对着话筒说："是老钟吗？我是教育办公室的老车。你不是一直咋呼着要人吗？现在给你派去个大学生，你现在就过来领人，来晚了可就没你的份了。"说完就把电话挂了。

一切是这么简单，我的命运就这样被一个戏谑的电话瞬间决定了，甚至连书面依据都没用。那一刻我心里多少感到有些不舒服，"过来领人"好像我是个羁押结束的囚犯终于得见了天日。"来晚了可就没你的份了"又让我似乎变成了一种派发中的福利。

主任没感到自己安排得不妥，看我一直站着就说："你还是坐着等吧，这个老钟天黑之前来了就不孬。"

尽管主任有了这样的提醒，但我还是没想到老钟会来得这么晚。我把教育办公室的人都熬走了，最后一个试图陪我的人也耐不住了。他已经把面前的报纸看了三遍了，连报缝也研究透了。我知道报缝通常会以生活指南的名义刊登些稀奇古怪的事情，眼前这位被称为老喻的人，显然受到了"名义"的蛊惑，对那些有一定操作性的怪事，还按图索骥摇头晃脑地模拟了一番。这些都做完，天已经完全黑了下来，老喻有些沉不住气了，连声嘟囔着："这个老钟怎么还不来？这个老钟……"我也坐不住了，似乎老钟不来是由我的错误造成的，有些歉意地帮腔道："是啊，天都这么晚了。"老喻似乎没在意我的歉意，端起面前的玻璃瓶子象征性地抿了一下，瓶子底部沉积着厚厚的茶叶，但水已经接近透明。老喻试探地说："要不，你就自己等他一会儿，我回家还有十多里路。"这正是我想要的，我早就想一个人静静地等了，两个陌生人在一起总有些不自在，尤其是对初来乍到的我而言，本来自己身上还带有一层铠甲。

老喻嘱咐好怎么锁门之后就心安理得地走了。我又等了一会儿，走廊里才响起凌乱的声音，那声音听着有些奇怪，先是"嗒嗒"的刺耳声，然后才是"噗塌噗塌"的脚步声。我莫名地紧张起来，站在教育组办公室门口往走廊上张望，朦胧的灯光下走来了两个人，走在前面的那个还挂着拐杖，右边的腿从膝盖之下就没有了，那刺耳的嗒嗒声就是拐杖撞击水泥地面所发出来的。后面跟着一位看起来三十多岁的年轻人，年轻人长得很壮实。挂拐的人显然也看到了我，远远地叫道："你就是那个大学生吧，真是太好了！盼星星盼月亮，我们终于把你给盼来了！"

这是典型的革命者语言，记得某部电影上就有类似的对话：盼星星盼月亮终于盼来了亲人共产党。我从来就没想到自己会享受到这种待遇，会跟"亲人共产党"处于同一个语境之下，这让我对眼前的场景更加充满疑虑，一时不知道自己身处何处？

挂拐人的声音透着一种少见的粗犷，还有浓浓的地方口音，在这骏黑的夜中显得有些怪异，似乎有着刺穿一切的力量。我木然站着，不知道怎么应对，任凭他们如推土机般来到我面前。还好，挂拐人虽然说话粗声大气，但面目看起来还算和善，贴在头皮上的头发全白了，眼眉也夹杂着些白色的点缀，宽阔的脸庞周围布满了皱纹，就像正喷发着的泉眼儿漾出来的水波。挂拐人介绍自己是孙楼村的支部书记钟大向，这里的人都喊他老钟，他说"这里"的时候用手中的拐杖往前点了一下，不知道他是指镇政府这里还是其他更为广阔的区域。至此，我才知道我将去从教的地方叫孙楼小学。那个年轻人看起来木讷一些，不动声色地抱起我放在联椅上的行李就往外走。

外面的夜更黑了也更加安静，就连蚊虫都开始偷懒了。我跟随他们来到外面，年轻人一手拿行李，另一只手打起了手电，光柱指向一辆胶轮推车，年轻人径直走向这辆推车，把我的行李放在推车一侧，看来这就是他们来接我的交通工具，我们还要仰仗这个原始工具到达实现我梦想的地方。由于之前缺乏这样的想象，我站在胶轮车面前有些不知所措，老钟却催促说："上车啊，咱们一人一边。让钟顺推着咱，他有的是力气。"这下我明白了，来的时候老钟坐的就是这车，要不以他的状况肯定走不了远路（这时我已感到这里离孙楼村应该有段距离）。可是我怎么能跟老钟相比呢？他是一个残疾人，理应借助工具行走。我坚决不坐，老钟却继续让道："你还是上来吧。咱们一边一个正好，钟顺推起来不偏沉。本来村里有拖拉机，但拖拉机没法轮渡，要绕道环湖路，就要多走三四十里，不如这胶轮车来得方便。"

这时，我已经有些累了，肚子也咕咕叫起来。从骆县县城往鹊山赶的时候，我在车站买了几个包子，此时早已消化干净。可我实在不想坐在老钟旁边，让一个年轻的男人在后面驾驶，这除了面子上过不去之外还有着种种很不好的联想，所以我的态度很坚决，为了让老钟绝了这种念头，我率先甩开他们往前走了起来，我虽然不知道去往孙楼村的道路，但往前走出镇政府大门总不会错。老钟随后也拄着拐杖跟了上来，说："你不坐我也不坐了，咱们就一起走着回去。"

这样一来钟顺不情愿了，埋头紧往前赶了几步，横在我们面前说："爹，你怎么能走回去呢？她那么年轻，不坐就不坐吧。你还是……"

"闭嘴！"老钟粗暴地打断了他，呵斥道："年轻怎么了？人家这么年轻都大学毕业了，说明人家学问大，你不知道能者为尊吗？别说了，我和老师一起往回走，你在后面跟着。"

这时我才知道他们是父子，难怪钟顺一直在老钟面前低眉顺眼的。

这天晚上，老钟果然跟我一起走了回去，中间我劝了他好几次，也动摇过好几次，让一个残疾老人陪着我一起走确实有些残忍，但我又实在不想跟老钟并列在那辆胶轮车上。老钟看起来还好，道路也熟，走起来还不太费劲。

夏夜的野外比镇子里面又清爽了很多。远山，近村，丛林，土丘，全都朦朦胧胧，像是罩上了头纱。这时我才发现，黑夜并不是千篇一律的黑，山树林岗都有不同的颜色，有浓墨，有浅墨，还有像银子一样泛着的黑灰色。所有一切也都不是静止不动的，像有个无形的大手在后面推着，神秘地飘荡在眼前，有时会感到是在随着我们的脚步移动，朝着我们的身影靠拢。

走了大概有一个多钟头的样子，来到了清河边，钟顺打了个很响亮的呼哨，就有一个木筏子从边上飘过来。这个情节是不是很眼熟？如果他们再对些类似于"天王盖地虎"之类的暗语就会更眼熟了。可这不是在演电影，那个挂着马灯的长长木筏子此时就靠在我眼前，那个撑筏子的人已把一个狭长的木板搭在了我们脚下。老钟还是走在前面，踏上木板的时候他的身子明显地摇晃了一下，他及时调整了自己，把拐杖和那条健康腿的距离拉开一些，然后就轻盈地上了筏子。我跟在后面，心里有些忐忑，我是第一次坐这样的木筏子，钟顺在后面意识到了我的迟疑，就说："没事，挺稳当的。尽量走中间就行。"这是一路上钟顺跟我唯一的交流，还是在我的身后。

一路上老钟的话也不多，除了对我必要的关照之外，其他说得很少。我显然不适应这样沉默的旅程，孙楼村小学此时对我来说还是个谜，有一部分谜底就掌握在跟我夜行的这两个人手中，可他们似乎并没打算把这个谜底交给我，而此时的我也没尝试着主动出击，是生疏与羞涩让我却步不前。在木筏子上坐下来，老钟似乎放松了下来，才给我简单地介绍了脚下这条河的来历及孙楼村的历史，都没有特别之处，河当然是大自然的造化，村子的形成是逐水而居的结果，只是河的名字寄予了人们的美好理想，河水来自黄河，盼着河水清亮的愿望就非常强烈，因此才叫了清河。我听了，也有了莫名的兴奋。当然不是因为脚下的这条内河，而是为了黄河。从小，我就从课本中知道，黄河是我们的母亲河，一段遥远的传奇一下子走进了我现在的生活。我站起来，走到木筏子边缘，把手伸进河水里，这可是黄河的水啊！我的内心被一种神圣的激情充斥着，整个手臂都浸润在河水里，微微清凉的河水如铺排在宣纸上的墨汁逐渐晕染上来，融合着习习吹来的夜风，让我瞬间有了一种超凡的感觉。

当夜十一点多，我到达了孙楼村小学，高振德老师正在等我。老钟介绍，高老师是孙楼村小学的校长。随后我就了解到，高校长这个称谓背后并没多少实际内容，因为目前整个学校只有高校长一人在支撑。在早还有一位姓朱的老师，一年前朱老师突然在课堂上晕倒，送往鹊山镇医院按胃溃疡治疗了一个多月，后来去了骆县医院被确诊为肝癌晚期，今年春天就撒手人寰了。之后，全校一到五年级八十多个孩子就只剩下了高老师一人，因此我的到来让高老师欣喜若狂，握着我的手一直说："可把你盼来了!"听着这句耳熟的话，看着眼前这个矮墩墩的中年男人，我能切实感受到他发自肺腑的热情。

晚上的夜宵非常丰富，有当地特有的糟鱼，还有咸鸭蛋，主食是小米煎饼。糟鱼肉质细腻爽滑可口，咸鸭蛋的蛋黄通红，还滴着金色的汁液，煎饼松软而有嚼头。我好像从来没吃过这么好吃的吃食，一气吃下去了四张煎饼。一开始我以为这是高老师为我准备的，后来才知道学校还没开学，高老师今天下午才被老钟派人叫过来，这些吃食是老钟临去镇上接我时安排的。高老师也不是孙楼村人，他住在离此八里多地的高家湾，按照上面的要求，平时住校，星期六下午回家，星期天下午再返校。

孙楼村小学有着跟教师数量极为不协调的校舍，前后有两排房子，大概有七八间教室。十多年前这里曾经有过一个鼎盛时期，从小学到初中八个年级有二百多名学生，十几位教师，后来经过几次变更就衰败成了现在这个样子。我的宿舍在后面的一间教室里，几乎顶我刚刚离开的那个集体宿舍四五个大，里面却只有一张木床，孤零零地靠在东墙边上。

简陋的宿舍里设施基本齐全，床上挂着蚊帐，铺着崭新的苇席，门口是一个装满清水的大水缸，还有一个可以用来做饭的煤油炉。高老师介绍说，这些都是老钟找人备下的。一听说镇上给派来了个大学生，老钟接着就用村里的高音喇叭播报了出去，并要求村民全力做好接待，那张崭新的苇席就来自一个准备结婚的家庭，他们的好日子订在四天之后，中间还有时间置办，就临时救急从家里贡献了出来。

这些都比我想象得要隆重。师范三年，我们在把自己变成教师的过程中，对这个职业的社会地位也有了与日俱减的认识，我们班很多男生都梦想着要改行，但在这穷乡僻壤中我却真的体会到了另外一种感觉，这种感觉弥补了这一路来的困顿。

可作为一个女孩子在这里生活还是要面临很多实际问题，学校原先建的厕所都已坍塌，头一天晚上我就遇到了上厕所的困境。第二天，我才知道，学校前面的牛棚一直充当着厕所的角色。孙楼村是个奇怪的所在，很多地方在实行联产承包责任制之后，大牲畜也随着分到了各家各户，但孙楼村却一直没分，仍然由村集体供养着，农忙的时候供村民轮流使用。

后来我才逐渐了解到一些原因，孙楼村在东篱湖的最南端，是湖区最为偏远的一个村庄。黄河在这里分出来一个小小支脉，一部分河水通过一条叫清河的内河流入东篱湖，其余大部分继续浩浩荡荡地向东流入大海。孙楼村有一千来人口，在这一带是个比较大的村子。村子里的村民大多姓孙，只有几户姓高，据说高姓人的祖先原先是孙家招来的上门女婿，姓钟的只有一户，户主就是钟大向，钟大向是村里的支部书记，在村民中有很高的威望。一开始，我就感到有些奇怪，以我在农村生活的经验，村里的支书一般都是从大门大户中产生，这个村子怎么会让一个独门的人家来掌权。后来，我才知道，这个钟大向可不是一般人物。他是河南人，原本在陈毅领导的华东野战军服役，当时还不满二十岁就已官至排长，在1948年春天歼灭国民党第72师主力的战斗中受了重伤，辗转来到孙楼村养伤，之后就再也没回部队，与当地一名女子结婚生子，正式在孙楼村落了户。

刚推行责任制时，老钟跟当时的许多村干部一样都有所抵触，但他知道大势所趋，无法阻挡，只能利用一部分群众情绪消极拖延。恰巧在那年春天孙楼村跟其他村子抢夺湖滩地，老钟利用集体的优势拔得了头筹，最大的一块湖滩地就落入了孙楼村之手。然后他乘机宣布，既是集体抢到的就归集体所有，收成仍属于集体财产。这片湖滩地顺理成章地固定为孙楼村的账外财产，村里掌管了这一财源后，用其收入统一为村民免费耕地、浇水、上缴农业税及乡镇提留，村民受益，老钟的威望也得到了空前提高。鹊山镇领导发现后还曾组织材料上报，称其为在联产承包责任制中保留了为民造福的公有制经济成分，想树立一个华西村式的特色社会主义典型，结果上级调查后不了了之，但孙楼村这种掺假的联产承包责任制形式却被保留了下来。

写到这里您应该明白了，我将要跟这些畜生共用一个厕所。第一次使用的时候我非常紧张，看着驼背的老饲养员把牛一头一头从牛棚里牵出去，确定他不再进来我才敢跑进去，可真正蹲下来我却怎么也解不下来了，看着空空如也的牛棚，我浑身冒汗，一有动静就赶紧站起来。这样连续刺激的结果是我患上了便秘的毛病。最苦恼的还是例假那几天，不知道怎么处理用过的卫生纸，后来每次我都带着一个塑料袋子，完事后把卫生纸放进塑料袋子里，然后再找个角落处理掉。

上厕所成了我最大的困境，高老师和学生们却都习惯了跟畜生们共享牛棚。一到下课，男孩子们就撒欢地往牛棚里跑，他们要抢在牛们还没离开牛棚的时候撒尿，能把尿淋在高高的牛背上已成为他们的最大乐趣。女孩则去牛棚的另一面，叽叽喳喳得就像一群栖息在枝头的喜鹊，在牛棚拉撒已由单纯的生理活动变成了他们游戏的一部分，为此驼背老汉找了我和高老师几次，让我们管束一下那些调皮的学生。高老师一般是在学生上课的时候去牛棚，这样来去都能从容一些，尤其是回来的时候，会迈着稳妥的四方步，有时嘴巴上还会叼上一支香烟，一边吞云吐雾一边悠然地返回。我之所以这么留意他们去牛棚的时间，关键还是为了跟他们打好时间差，我要很好地保护好女性所具有的这份隐私，在这种特定的环境下只能加强戒备。

可意外总是有的，尤其是当体内的消化系统出现故障的时候，那种紧迫和焦灼会让我非常狼狈，有时我不得不像一头迷路的野生动物贸然闯进附近的农户家。幸好老钟之前已用高音喇叭对我做过介绍，老乡们很快就都认识了我，我才具备了擅闯民宅的特权。

实际上，当时我就应该把自己的困境讲出来，以老钟对我的重视，他绝不会坐视不管，但我一直张不开嘴。也不要怪他们迟钝，在他们看来，跟畜生们共用一个厕所没什么不妥，这倒不是说明他们有众生平等的思想，而是出于一种更实用的角度，所有动物粪便都是很好的肥料，生活在乡下的人们天生就有变废为宝的智慧，他们的思维方式与文明和隐私无干，更多的是来自原始的生存本能。期间，我闯入过的几户人家，也都没有像样的厕所，他们的厕所大都也是在猪圈里。唯有一户的厕所是独立的，蹲坑还直通下面的猪圈坑，人在上面解手，猪们就会在下面响亮地吧唧着嘴巴等着，在那种环境之下，实在是不允许人做过多的联想。

　　后来还是发生了转机，那天，我吃了学生送过来的一个黄桃，到了下午肚子突然咕噜咕噜地直叫，就赶紧惶惶着去村里找厕所，迎面碰到了老钟，老钟问我怎么了？我当时匆匆如丧家之犬，不记得是怎么回答的，但他看我当时的行状应该明白了我急之所在。第二天校园里就拉进来了石料，接着就涌进来了十来个瓦工，仅用了一天多的时间，两间石头到顶的厕所就胜利完工了。这两间厕所大小不一，按照老钟的指示，大一点的是男厕所，小一点的要做女教师厕所。今天早上，高老师提着油漆桶，往新落成的厕所立面的石板上写字，故意问我写女教师厕所妥不妥？我很干脆地回答说不妥，应该只写女厕所。高老师嘿嘿地笑了，说："我可不敢！这是老钟专门交代的。我如果把教师两个字贪污了，他还不得把我吃了啊!"

看得出来高老师有些害怕老钟,说实话我心里也有些怕他,不知为什么我总是在老钟身上能感受到一种力量,这种力量有时带给人的是一种昂扬状态;而有时则是一种压抑甚至是邪恶的,我也不知道我为什么会有这种感觉,他明明对我很好啊。

在孙楼村小学的日子起初是快乐而美好的。每天下午放学之后,我都会走上湖堤散步。东篱湖的美丽是很难用笔墨来形容的,尤其是在秋天的这个季节,尤其是在这傍晚时刻。湖水已经完全摆脱了夏季的狂躁,澄澈如一片安静的碧绿了。轻软的、光滑的波涛,小心地带有节奏地抱拥着石岸,而后会发出类似于叹息声的低语。硕大的太阳已经完全沉没在无边无际的水平线以下了,只是留存下了一些碎絮似的彩色霞片。红的、黄的、蓝的、紫的……灿烂地交融在一起,放射着多彩多姿的光芒,这些光芒映照在湖面,就更显现了轻柔波涛的美丽。前面不远处的湖滩之上,伫立有一大丛金黄的向日葵,饱满的生命已经把粗壮的茎压弯,细长的花瓣围着圆形的花盘密密麻麻地簇拥在一起,就像一群可爱的小精灵迎着西去的阳光起舞。微风飞扬,花瓣摇曳,那已布满累累果实的花盘也在微微转动。四眼儿是个文学青年,当年为了追我曾经给我写过很多诗,其中有一首叫《阳光中的向日葵》写得特别好:

你看到了吗

你看到阳光中的那颗向日葵了吗

你看它，它没有低头

而是把头转向身后

就好像是为了一口咬断

那套在它脖子上的

那牵在太阳手中的绳索

……

　　尽管我后来知道这首诗不是四眼儿写的，而是出自一个叫芒克的著名诗人，可还是很喜欢。每当我看到那一大丛向日葵，我就不自觉地想到这首诗，我感受到了向日葵的抗争、愤怒、骄傲、喜悦和痛苦。我被深深感染了，心随着眼前的向日葵而跳动，情感的波涛也在起伏着。我几乎不能自抑，不顾一切地扑进了那丛向日葵的怀抱。

　　夜晚我会享受孤独，孙楼村到现在还没通电，由于这个原因，夜晚会来得格外早，太阳刚一落山，潮湿的夜色就会从周围慢慢爬上来。起初，我还有些害怕，但现在已经习惯了。学校位于村子后面，一到晚上，从前面农舍中透出来的光亮似乎伸手可及，它们和远处的星星几乎就要浑然一体了。在很多个无聊的夜晚，我从自己宿舍里走出来，站在旁边的小操场上，像小时候一样数星星，数着数着往往就会错把眼前那些蚕豆样的光亮也当成了星星，似乎它们和星星发着一样的光，有着跟我一样遥远的距离。

同样遥远的是孙楼村小学的教育现状。之前我怎么也不会想到，一个老师会带五个年级八十多位学生，但高振德老师把这不可想象的事情变成了现实。他把五个年级的孩子安排在两间大教室里，一二三年级一间教室，四五年级一间教室，给这间教室上课的时候，那间教室就安排学生自习，反之亦然。这就是传说中的复式教学，而高老师创造的是复式中的复试。

用这种不可想象的方式来教学，学生的成绩就可以想象了。这学期一开学由于我的加入，高老师用不着实行复式加复式的教学方式了，他主动担纲一二三年级的教学任务，由我来接替四五年级。这个安排本身没问题，这也体现了高校长率先垂范的工作作风，起初我也感到满意。在实习的时候我带过一二年级的孩子，我知道人生的第一堂课最难教，更何况还是一群没有经过幼儿园过渡的乡下孩子。可上了几堂课之后我就感到了无奈，学生的基础太差，课本上传授的内容与他们实际掌握的知识有严重差距，四年级学生中没有一个能把课文很流利地朗读下来的，五年级学生连基本的应用题都不会做。这还不是最主要的，最主要的是他们已有的知识也存有很大的谬误，念课文的时候一张嘴就是错白字，习惯于用偏旁来发音，比如他们会把企鹅念做止鹅；把瀑布念做暴布；把谆谆教导念做享享教导……我试图给他们纠正，他们却振振有词地说高老师就是这么教的。

高振德老师是孙楼小学元老级人物，像孙楼这样的学校随着上面的形势发生过好几次重大的变革，高老师就是这种变革的成果之一。六十年代初的一次大洪水过后，发生了百年未遇的大饥荒，原本就师资短缺的湖区教师流失严重，整个基础教育系统几乎处于半瘫痪状态。无奈之下骆县只好从初高中毕业生中招募教师，规定初中毕业生只要年满17岁，高中毕业生只要年满19岁，经过简单的审查就可以被聘为民办教师。当时刚刚够年龄的初中毕业生高振德就这样成了孙楼小学的一名教师，从此开启了他漫长的教师生涯。

高老师在孙楼村享有一定的威望不但是因为资格老，还有他那少见的教学方式，自创的多重复式教学就不说了，平时对学生极富耐心，这两天我就亲历了这样一件事：一个三年级学生没把新学课文中的生字默写下来，他采取的方式不是打骂，而是留这个学生吃饭，并且一直留了两天，直到这个学生把生字默写熟练为止。家长知道这事后感激不尽，带着刚刚从湖里打上来的鲤鱼到学校来表示感谢。这就为高老师赢得了很高的人气，所以要把高老师留下来的错误纠正过来会有很大的难度。

我虽被老钟鼓吹为"大学生"，但这村里从来没出过大学生，因此村民们对大学生的概念抽象而模糊，不如老师来得感性和具体。又加之，高老师的教育已历经年，根深蒂固，"高老师教的"基本上已形成为一个不可撼动的公理，单凭我个人的力量要更正这种公理显然是蚍蜉撼树，后来我想到了字典，书本总是带着让人天然信赖的属性，"高老师教的"也是以书本为依据。我委托钟顺再去镇上的时候，去一下新华书店捎回几本字典来。钟顺也是孙楼村的大队干部，职务是民兵连长，这个职务来自部队建制，只有在每年征兵的时候忙活几天，平时在村里没多少事，所以就经常来往于孙楼村与鹊山镇之间，有时是替父开会，有时是纯粹的信使。

不几天钟顺就把字典带了回来，同时还把一个塑料包交给我，我打开一看，里面有一条红色的丝巾，下面还整整齐齐地放着我给他的买字典的钱。那个样式的丝巾好像在当地刚刚流行起来，村子里有几个时髦的女孩子在这个季节都围了起来。一开始我有些发懵，抬头看周顺，已经转身离开了，我在后面喊："钟大哥，你等等。"可钟顺似乎没有听到，脚下的步子反而更快了。

望着钟顺的背景，我才多少有了一些意识。想来钟顺已经默默对我有意很久了，在不经意间我总会发现他那专注而迷茫的眼神儿，有时还显得有些呆滞。我们接触并不多，他似乎在刻意回避着我，每次来给我送东西都是放下就走，也不太敢正面看我，跟我进行必要交流的时候目光总是对着别处。几乎每次都会脸红，一个粗壮的汉子，在我面前忸怩成那样，反而有时也会让我不好意思起来。

我想把丝巾还给钟顺，这样的丝巾我根本就不会围，最重要的是我对钟顺连想都没有想过。我们年龄差距这么大，更何况钟顺的经历还非常复杂，湖区这个地方由于比较落后，毕竟盛行早婚，男方图希着能多个劳力，女方图希多赚两年彩礼。我听人说，钟顺十三岁那年就订下了一门亲事，十八岁那年老钟把他送到了部队，在外面当了几年兵，见了些世面，复员回来后就看不上女方了。在咱这农村不能轻易悔婚，老钟硬压着给他成了亲，没想到没过几年就过不下去了，两人最后还是离了。

但丝巾最终也没还成，钟顺那几天根本就不照我的面，即使有时候他不得不来学校也是匆匆地离开，不给我任何机会。后来我想通过其他人交给他，又一想，这样似乎不妥，钟顺看起来还是一个很爱面子的男人。

学生们借助字典订正了读音，但也给我带来了麻烦。一天下午放学之后，高校长郑重地找我谈话，要我虚心一些；要我搞好团结，进一步维护好领导的威信。一开始，我还有些懵，不知道问题出在了哪里？后来看到他那有些激愤的样子才有些明白，这一定是我那些刚学会查字典的学生到处招摇的结果，他们对照字典发现了"高老师教的"果然是错的，他们正处于的这个年龄是按捺不住这种兴奋的，一定会把自己的发现放大十倍，这就很容易让高老师产生误解了。可我怎么向高老师来解释呢？我能说他的教学有问题吗？至少现在不能，因为他正在气头上。幸好他多少还有所觉醒，似乎知道问题出在自己身上，没有深入探究我的"不虚心不团结不维护"的来源，而是重点回顾了自己漫长而没有波澜的教师生涯，借此来强调自己一直以来持之以恒踏踏实实的工作态度，然后用到学校感谢的家长数量来凸显自己作为一个教师的成功，就这些他足足说了有一节课的时间，直说得嘴唇发干嘴角的白沫泛起。

在这个学生都能承受的时间段里，我却不时会冒出愤然而起的冲动来。我不知道自己错在了哪里？传道授业解惑是一个老师的本分，难道一名老师会眼看着学生出现错误而不去纠正吗？真正的错误应该往上追溯，高老师在不具备教师素质的前提下，被一个特殊时期硬推到了教师的岗位上。这和我们的情况大体相似。我总觉得我们这批初中毕业生，历经短短三年师范生活成为教师也是一种悲剧。我们本来可以进更高的学府深造，但却阴差阳错地选择了小学教师这个职业。现在我们虽然站上了讲台，可我们的心智还没完全成熟起来，我们此时显然还不足以为人师表，跟中国传统的"师道"也是不相符的。从这个意义上讲，我们的处境和高老师一样都是由所处的时代造成的，都是拔苗助长的结果。尽管有了这种认识，我还是不能理解高老师此时的苦口婆心，在他那种自以为是的"成功"背后，我看到的是一种类似于井底之蛙的浅薄和无知。

由于有了这种种烦恼，这天下午我在湖堤上走了好长时间，直到天完全黑下来后，我才踏着星星点点的渔火沿着堤坝准备返回学校。旁边还游动着从低矮村舍里透出来的，如泥点子般的光亮，它们和渔火对应在了一起，在漫起的夜色中微弱地闪烁着，像星光一样流淌，我感觉自己也如在太空中遨游。我想我还是没有错的，作为老师无论如何都应该订正那些错误，十年树木百年树人，那些孩子的人生才刚刚开始，我不能不负责任，不能让他们一起步就充满错误。明确了这一点，我一下子变得强大起来，烦恼也随之消失。做好眼前的事业，尽好自己的本分此时就是我的心灵之器，是支撑我趟过人生沟坎的力量之源。

　　本来，这天晚上我想直接回自己的宿舍煮碗面了事。没想到，一迈进校门我就看到办公室里还亮着灯，同时还有阵阵香味扑鼻而来，这应该是鲜鱼烹熟后传出的味道。在湖区待久了的高老师有很好的厨艺，尤其善做湖鲜，他做的鱼锅饼子味道一绝。每有村里的渔民送鲜鱼过来，高老师总会做上一锅，拿到办公室与我共享，今天下午有个年龄稍长的渔民送过来一网兜小杂鱼，我本来以为高老师生气了，不会再做鱼锅子了，没想到他还是做了。这就说明我刚才的种种担心完全是多余的，他并没有真的生我的气，或许此时还为自己下午的行为有了那么一丝内疚。意识到这一点，我一下子轻松起来，我想我也应该拿出一定的诚意来，我们都没有错，我们对学生都是尽心尽力的，只不过是我无意之中损伤了他的面子，说过之后也就释然了。我喜欢这种心照不宣的状态。我悄悄退了出来，跑到村里的小卖部，给高老师买了两瓶兰陵大曲，这是他最喜欢的酒，平时舍不得买。我现在买给他，他一定会高兴的。

今天晚上高老师做的鱼锅饼子格外香，我都快要吃撑了。我买的酒他也喝了很多，喝到后来他居然还不由自主地唱起了小曲：

        ……

        天上旭日初升，

        湖面好风和顺，

        摇荡着渔船，

        摇荡着渔船，

        做我们的营生，

        手把网儿张，

        眼把鱼儿等，

        一家的温饱就靠这早晨，

        男的不洗脸，

        女的不搽粉，

        大家各自找前程，

        不管是夏是冬，

        不管是秋是春

        ……

　　没想到高老师还是有一定唱功的，把这小曲唱得温婉动人有板有眼，我渐渐被感染了，也随着他哼哼起来，我们都忘了下午的不快，似乎那事从来就没发生过。

我来孙楼村小学第二年的麦收时节，孙楼村和相邻的李庄村发生了一次争斗，原因是为了抢收麦子。孙楼村长久占据最大的那块湖滩地，这自然会引起其他村庄眼热。上年播种的时候，李庄村也学孙楼村的模式组织力量圈地，但毕竟还是慢了半拍，李庄村人并不甘心，这就为以后的争斗埋下了伏笔。

　　民间有麦熟一晌的说法。头天下午看到麦穗刚刚开始发黄，第二天下午本来就要准备带人去收割，没想到李庄人已经先入为主地开进了麦地。孙楼村人当然不愿意了，种子是他们的，中间的管理也是他们的，现在麦子成熟了，李庄人却来摘桃子，这不就是抢劫吗？李庄人的逻辑是：你孙楼村霸占了湖滩地这么多年，多收的麦子已经数不清，轮也该轮到我们李庄了。双方各不相让，老钟坚称这块湖滩地孙楼村已种了多年，这些土地的归属权理应属于孙楼村。对方让老钟拿出证据来。老钟摸着脑袋正在踌躇，看到自己的儿子钟顺就站在麦地边缘，于是就指着钟顺说："这就是我们的界桩，他站立的那个地方就是我们的界桩，有这个活着的界桩这地还不属于我们吗？"

　　对方看老钟有些胡搅蛮缠，就故意赌气说："好！你说他是界桩，你能让这个界桩三天不动吗？"

　　老钟当即说："咱一言为定！如果他挺立在那里三天不动，那你就得承认这块湖滩地永远属于我们。"

　　双方话赶到这里谁也不想退让，只有苦钟顺了。钟顺果然在那里一动也不动地站立了三天。三天的时辰一到，对方再也无话可说，乖乖地退出了麦地。孙楼村再一次赢得了胜利，钟顺为这次胜利立下了汗马功劳，成了村子里的英雄，村民们带着家里最好的东西前去慰问。高老师也去了，回来后对钟顺是赞不绝口。当时我和高老师都没在现场，很多情况都是通过别人转述的。在整个过程中钟顺表现得很英勇，像一尊雕塑一样整整在地头挺立了三天。村里曾有人趁李庄人不注意悄悄给他送过水送过吃的都被他拒绝了。老钟的老婆心疼自己的儿子，给儿子带去了熏蚊子的艾草，钟顺坚持不用，以致浑身都被蚊子咬满了大包，湖区的蚊子可不同于一般蚊子，都是黑身子的花脚蚊子，这种蚊子比一般的蚊子要凶猛十倍。实际上钟顺当时是可以活动活动心眼儿的，在麦地里监督的李庄人后来就放松了警惕，他完全可以坐下来或者躺倒在地里歇歇，可他就是这样一根筋，三天三夜连续不吃不喝地站在那里，充当着本来是一块石头应当充当的角色。

据说，李庄人宣布时间到的时候钟顺并没有一下子瘫倒在地上，而是仍然像木偶一样继续挺立在那里，周围人拥上来想把他掀倒，让他先蹲下歇一歇，他却怎么也不倒下，最后只好把整个人按住四肢抬起来才让他躺下，即使这样他的腿也没有弯曲，后来他是用担架抬回来的。

在钟顺充当界桩的第二天下午，我去堤坝上散步，远远地看见了那个雕塑。在落日的余晖里他直直地站立着，似乎是位于天尽头的一块柱石，在他身后是银白色的浩渺水面，身前是金色的无尽的麦浪。在广阔的天地之间他是如此渺小，可又让我如此倾心，我突然萌发了跑过去的冲动，可还是适时抑制住了自己。我感到自己面前似乎有一张无形的网，把我和他隔离开来，我只能睁大眼睛隔着这张网向他张望，就像一个被囚禁中的孩子，无限憧憬着外面的世界。

当天晚上我做了一个梦，梦里我成了一位尊贵的女王，加冕仪式在那片湖滩地里举行。天气分外地好，天空发着一种纯净的蓝，漂浮着朵朵祥云，不远处的湖面上起着微微涟漪，湖面在阳光的照射下，闪烁出金刚钻，绿宝石般的光芒，耀得眼睛都睁不开。一干众臣匍匐在脚下，我安详而自得地接受着朝拜。跪在最前面的居然是四眼儿，更让人意外的是钟顺也在这个队伍里，似乎后来他和四眼儿还发生了争执……

从梦中醒来，我感到有些莫名其妙，我一直自诩我是我自己的女王，从来就没想过会有这种早已被历史淘汰了的形式，更何况四眼儿早已离我远去，钟顺虽然近在咫尺，可我们没有任何走在一起的可能。但这又确实是一个关于爱情的梦境，因为我与这两个男人都或多或少地有着说不清的暧昧。

爱情是我们每个女人心中最美丽的梦，触动它的往往不是那些别人眼中的大事件大人物，而是一些看似漫不经心的小行为小细节。我心中的第一个男人是本家的一位叔叔，他比我大七八岁的样子。他初中毕业那年我才刚上小学二年级，那时候我父母在镇上开了一间很大的门市部，整天忙于生意没时间照看我，叔叔有时也来门市部帮忙。那天上午，我由于发高烧没去上学，父母就让叔叔来家照顾我。我到现在还清楚地记得叔叔一进门的样子，把两只手背在身后笑眯眯地问我想吃什么？我说我要吃大苹果。叔叔听了，一下子就把手拿了出来，手里正攥着两个又大又圆的苹果。我高兴极了，伸手就跟叔叔要，叔叔却让我不要着慌，他先在院子里把苹果洗干净，然后又找来小铁勺，用勺子挖着苹果，一点一点地喂给我。那天我感到享受极了，从来也没有吃过这么香甜的苹果。

后来叔叔当兵了，我试着给叔叔写信，写了好多但一封也没有寄出去。我拿不准叔叔是否喜欢我说的那些话。大概是我在上五年级的时候，叔叔第一次回家探亲，我那天找了个理由没去上学，但是叔叔家挤进去了那么多人，我根本就没机会见到叔叔，我在门口等了一个下午，希望叔叔送客人出来时能见上一面，但是没有，那天叔叔一次也没出来。到了第二天，我父母请叔叔来家吃饭，我却故意中午没回来。但这个中午我特别难熬，我的决心也像雪糕一样在一点一点地融化，最后还没等放学我就跑回了家，在大门口撞见了正要离开的叔叔。叔叔看了我一眼，然后笑着说："呵！燕儿长这么高了。"然后就走掉了。当天晚上我躺在床上流泪了，这是我第一次为一个男人流泪，我当时恨死了叔叔，下定决心再也不见他了，再也不想他了。可第二天当太阳一升起来，我的思念就会像金色的阳光一样贯注全身。

在我考师范那年，叔叔复员了，不久还找上了媳妇，那个媳妇又矮又丑根本就配不上他。我上师范的头一个寒假叔叔结婚了，本来叔叔家安排我来接新娘，被我借故推掉了。叔叔结婚那天，家里人都去帮忙了，我把自己关在屋里一个人待了整整一天。"噼里啪啦"的鞭炮声传了过来；喜庆的音乐声传了过来；人们的欢声笑语传了过来。我的心像刀绞般疼痛，心中也充满了对叔叔的怨恨。这让我明白感情从来就是伴随痛苦而生的。

我和四眼儿怎么说呢？我很早就留意到了四眼儿，他长得很像藏在我心底的那位叔叔，都有那样瘦长的脸庞，高耸的鼻梁，就连说话的声音也有几分近似，有着很重的鼻音。可是我们开始得却很晚，因为我一直不能确定自己，有时我觉得自己是真心喜欢他；有时又觉得我喜欢的也许仅仅是自己梦想中的一个男人，他有叔叔的影子，又包含有少女所有情怀和想象的一个虚拟人物，我就在这抽象的爱情中犹疑着，很想搞清楚自己，可惜的是他率先破坏了这种平衡。在二年级上学期的时候我收到了他的求爱信，面对那些火辣辣的语言我投降了，我们开始了地下爱情。实际上所谓地下也不过是一种掩耳盗铃的说法，我知道，同学们很快就都知道了我们的事情，想想也是，我们正处于这么一个敏感的年龄，重点关注的自然是同龄人之间的感情动向，所以男女之间的感情在校园里是最藏不住的。所谓"地下"，也不过是给那条早已形同虚设的校规多少留一点面子。

可能是由于家境的原因，四眼儿一直在我面前比较自卑，所以四眼儿拼命在我面前表现自己，他本来是个内向的人，却主动参加了班里组织的很多活动。毕业的时候为了能分的好一些无所不用其极，这在很大程度上也是为了我，殊不知我要的不是这些。所以很早我就感到了我们之间的距离，不是世俗的，而是心与心之间的。

关于爱情，我坚持认为，在这个世界上永恒的爱情并不存在。男女之间更多的是一时的感觉，它也许仅仅来自一个瞬间。女人的悲哀就在于，自身太过于脆弱，往往会被这惊悚的一瞬所击倒，做出一些匪夷所思的举动来。

学校放了一个星期的麦收假，高老师回家收麦子去了。学校操场成了晒麦子的场地，钟顺这时也恢复了过来，用那辆驮过我行李的胶轮车运麦子来学校。那天中午整个学校只有我们两个人，天气很热，树上的知了也累了，躲在繁密的树叶丛中隐匿起来。钟顺在操场边的树荫下坐着，面前摊着橙黄色的麦粒，它们饱满而密实，挤压在一起就像盛开着的向日葵。我中间曾招呼了钟顺两次，想让他来办公室，可他一直没过来。午后，我把办公室的三把椅子排列在一起午睡，办公室的位置比较通透，把窗子和门都打开有着良好的通风效果。我在自制的床上睡得很安稳，居然对这个校园里唯一的男人没有一丝一毫的提防。

我也不知道睡了多久，待我醒来的时候，旁边的桌子上居然蹲着一个打开了的西瓜，上面还插着一把银白色的铁勺子。我有些感动，伸手摸了一下西瓜，顿时感到了沁人心脾的凉爽。我有些疑惑，在这酷热的中午如何弄到了这冰镇的西瓜？我起身往操场上看，在树下没有看到人影，却看到了两个铁皮桶，地上洇出来的水渍还没干透，这大概就是冰镇西瓜的来源了。钟顺把西瓜放进了刚提上来的井水里，西瓜才变成了现在这样。我把椅子拉开坐在西瓜前，拿起勺子，挖了满满一勺流着汁液的瓜瓤含在嘴里，慢慢地嚼动着，一股清凉的感觉由心底浮升，眼泪却渐渐由眼睛里滴落下来。

吃了一阵西瓜我才像想起什么来似的，重新往操场上瞭望，钟顺不知去了哪里。我走出教室，往校园角落里搜寻，希望能捕捉到那粗壮的身影，但是没有，我心中不免着急起来，此刻我比任何时候都要牵挂他、思念他。明明刚才还在这里蹲着呢，怎么一会儿的功夫就不见了。我慌急如一条丧家之犬，整个校园疯跑着寻找钟顺，终于在校园的最后面，我宿舍的后窗上看到了他，他正单脚站在后窗台上，偏着身子费力地往上挂纱窗。纱窗上星期就坏了，我懒得修理，简单用胶布黏了一下，没想到现在会被细心的钟顺发现了！

在那个热辣辣的正午，我站在灼人的阳光里，看着阴影下这个被汗水湿透的男人，心中竟然有了一种莫名其妙的感觉。我感到我爱这个男人，这个男人跟我经历的所有男人都不一样。那一刻我想到了四眼儿和那位单恋了多年的叔叔，他们都已飘忽成了一个个遥远的梦，只有眼前这个男人是真实的，他离我是如此之近，隔着数十米我甚至已经嗅到了他身上散发出来的特殊的汗味，嗅到了作为男人的那种野性气息。

可钟顺很快就把这刚刚建立起来的美好给毁掉了。

一九九一年的七月三日，孙楼村小学放暑假的当晚，老钟带领村干部来学校给我们庆功。我教的五年级学生在这次全镇的联考中取得了第二名的好成绩，第一名是鹊山镇中心小学，受到镇领导的隆重表彰。对孙楼村小学来说，这是开天辟地头一回，老钟非常高兴，脸上的皱纹都笑成了一朵花，置办好了酒菜非要给我和高老师庆功。

老钟对这个庆功晚宴很重视，专门找来了一只野生大鳖，还放上了东篱湖里的蕨菜和山芹，足足炖了一大锅汤，当然高老师的鱼锅饼子也是少不了的，大家都很尽兴，离开的时候那几个村里的干部都喝得东倒西歪的，老钟也喝多了，还没散场就趴在桌子上呼呼地睡着了，是被钟顺背着离开的。

由于明天假期正式开始，老高当天晚上也回家了，偌大的校园里又只剩下了我一个人。这天晚上的月亮很亮，下午早些时候天阴的厉害，还极其闷热，以为会有雨，后来却突然刮起了风，把厚重的云彩吹得一干二净。现在整个世界都恢复了澄澈，有阵阵凉风吹来，天幕变得更加辽远，星星变得疏离而寥落，月亮的清辉播洒下来，整个世界都铺上了一层银色的光华。今晚我有些莫名的烦躁，不想再数星星了，我厌倦了这种一个人的游戏。我不知道这一个多月的假期该干些什么，该去哪里？一年前我斩断了自己身后的一切，遁避在这湖区之中，我不知道原来的那个世界发生了怎样的变化，四眼儿是否有了新的女朋友？姚希妹和我父亲又过得怎样？

这晚似乎注定有事情要发生，我吹灭罩子灯才想到没有闩门，就赶紧摸黑再爬起来。门是双扇的玻璃门，应该安全系数很差，但我还是习惯把门闩上，即使在这炎热的夏日。老钟曾经建议我搬到下面村民家中，说那样更安全一些，被我一口就回绝了，不想扰民是原因之一，更重要的是我想要这份自由。但我也时时感到害怕，尤其是老高不在的时候，我总是把门用长棍子顶上，枕头底下还放一把剪刀。

黑暗中，我走到门口，忽然听到外面传来"嗒嗒"的脚步声，朦胧的月光下一个身影走了过来，我一下子紧张起来，摸起门后的棍子，喝问道："谁？"

"我！"对方一张嘴说话，我放松了下来，是钟顺折返了回来。

我重新点上罩子灯，坐在床沿上，钟顺坐在写字桌前面的椅子上，在橘红色灯光的映照下，钟顺的脸红红的，还有浓重的酒气传过来。晚上他喝了很多酒，最后把老钟那份酒也喝了。

一开始我没往坏处想，以为他去而复返是不放心我。见他闷坐着不说话，就想撺他回去，毕竟这么晚了，又是夏天，还没张嘴钟顺说话了，没头没脑地问我："你是不是快要离开了？"

我有些意外，不知道是谁传出来的谣言，就问："你听谁说的？"

钟顺闷声说："我爹，我爹说你是飞鸽牌的。"

这就不奇怪了，我很早就感到了老钟对我的怀疑，他总是话里话外地说孙楼村小学这个庙太小了，恐怕我这个大神仙在这里待不长。在这看似戏谑的话语中，我也能感受到老钟对这事的担心。对此我无法解释，因为有时连我都很难理解自己，我不能给他很确定的答复，说不定哪一天我就真的想要离开了。

见我不说话，钟顺以为我是默认了，本来已经发红的眼睛更红了，脸上的表情也呈现了一种莫名的情绪，夹带着失落和愤懑。半天，又闷出来一句："你不能走。"

钟顺这种难得的霸道此时带给我的是一种亲近感，我想先劝他回去，就说："我不会走的，你先回去吧。"

钟顺看着我迟疑地站起来，我也站了起来，也可能是那件低胸的睡裙成了整个事件的导火索，我在起身的时候，明显感到钟顺的眼睛直了，接下来他居然果断地伸出了他那粗壮的胳膊，把我猛地揽进了怀里，然后我们就一起扑倒在我身后的床上。

我在钟顺的身下挣扎呼喊，钟顺像着了魔一样，变得狰狞无比，他粗暴地压在我身上，我很快就感到了一阵撕心裂肺的疼痛。

我就这样被钟顺强奸了，我保留了二十年的处子之身，就在这样一个不明不白的夜晚丢失了。和四眼儿恋爱了一年半的时间，我始终没有让他突破这个底线，在内心我是个仪式感很强的人，我不想在真正的爱情到来时，我已没有了足够洁净的容器。

第二天下午，老钟带着钟顺来到了学校，让钟顺跪在我的床前来祈求原谅。昨天晚上钟顺逃走之后我一直躺在床上流泪，内心感到无比的悲凉。看到眼前跪着的钟顺，我反而变得坚强起来，我让他起来，他却像块石头一样一动也不动。老钟在旁边说："不准起来！什么时候褚老师原谅你了你再起来。"

我内心充满了反感，这对父子明显是把我当三岁孩子耍。我的纯洁之身连同对爱情的梦想，被这个歹徒以这种方式抢走了，他们却要用这轻轻松松的一跪来抵消。我知道钟顺能跪，他是一个能挺立三天三夜的人，跪上几天对他来说还不是小事一桩，但我现在却极度厌恶这种场面。

我撵了几次他们都不离开，最后我摸出了枕头下面的剪刀对着自己的胸口，厉声说："你们再不离开，那就只能等着给我收尸了。"

老钟见我不像玩虚的，才把自己的儿子拉起来走了。

老钟走了不久，高老师回来了，还带着自己的妻子。我知道这肯定是老钟找来的说客。高老师倒没怎么说话，主要是他妻子，一直在劝我，说这种事情传出去对女人最为不利，还是压下来最好。更何况钟顺也不差，不如将错就错再进一步算了。我听着头皮发麻，我明白她说的进一步的意思是让我嫁给钟顺。这真是滑天下之大稽，她把我当成什么了？此时，我已顾不得礼貌，往门口指了一下，愤然让他们"滚"。

过了一会儿，高老师又跑了回来，说："不得了了，老钟要把钟顺沉到湖里去，现在正在湖堤上往钟顺身上绑石块。"

我没有为之所动，这应该是老钟耍的苦肉计。果然，后来我听说钟顺并没有被老钟沉湖，表面上的理由是老钟老婆跑到湖堤上哭闹着死活不让，真正的原因还是由于我这个当事者的缺席。

当天晚上，老钟独自一个人来了。像下午的钟顺一样，来了就跪在了我的床前，他先是沉默不语，过了一会儿才说："褚老师，你要恨就恨我吧，这一切都是我造成的。"我有些意外，不知道他葫芦里卖的什么药。

"是我让钟顺那么做的。我早就看出这孩子喜欢你，但这怎么可能呢？人家是大学生，还是黄花大闺女，怎么能嫁给这样一个土鳖？我旁敲侧击地劝了好几次，但都没有起作用。我这个儿子跟我一样犟，认准了的事情就是八头牛也拉不住。后来我发现也不是没可能，随着你们两个人的接触，我感到你对他也不是太拒绝。那时候我分析，一个女孩子在外面孤苦伶仃，有人对她好，说不定就被感化了。至此，我多少有了一些信心，那个想法才冒出来。更为重要的是我不想你离开，自打你来了以后，咱们学校才像个学校，这不到一年的时间，孩子们就都有了很大的变化，不但成绩提高了，精神面貌也跟过去不一样了。看到这些，我心里高兴，觉得真是捡了个宝。但也有些担心，担心你是飞鸽牌的。基于这两个出发点，我想让钟顺生米煮成熟饭，这样既能成全儿子，也能把你留住。昨天晚上我本来没喝多，我是想早点结束，才趴到桌子上的。回到家我就让钟顺回来找你，可他却不敢，是我硬逼着过来的。后来的事情是我没想到的，我没想到你会这么刚烈！"

老钟把这番话说完，我并没有太过吃惊。因为我早已感觉到了，这个事件背后多少会有些老钟的影子。这就更加不可原谅了，为了一点儿私念，当然还有个冠冕堂皇的理由（为了孩子们），居然使出这样下三滥的手段，他考虑没考虑过我的感受和尊严？还有作为一个女人的名节？亏他还是个老党员老革命。

此时，对着跪在床前白发苍苍的老钟，我没有丝毫心软，心里的恨反而更加重了，一字一板地说："钟书记，你用不着这样。钟顺既然触犯了法律，就让他去自首，接受法律的处罚。"

听了这话老钟把头低下，半天没有回应，过了一会儿，才声音颤抖地说："你知道我只有钟顺这一棵独苗，之前他有两个哥哥都是出生不久就夭折了，好不容易才把他拉扯大，不求他有多大出息可也不能让他变成劳改犯啊！我求您高抬贵手放过钟顺，千错万错都是我的错，要打要罚您冲着我来。"

那晚老钟最终还是失望地走了，我第二天就去鹊山镇派出所报了案，证据就是那晚穿的那条内裤。但过了一星期还没把钟顺抓起来，我就再去派出所，派出所一位副所长接待了我，说据他们调查，事实跟我提供的情况有出入，我和钟顺本来就是恋爱关系，即使发生了关系也不能认定为强奸。还拿出很多人的笔录来让我看，这其中有高振德老师的，还有那晚庆功宴上几个村干部的。他们都证实，那天晚上我和钟顺一直在打情骂俏，看起来俨然就是一对恋人了。

我惊呆了，没想到事情会发生这样的逆转，当时我对这些调查提出了质疑，副所长却让我看他们的大红手印，还有他们的签名。高振德的字体我是认识的，应该真是他的签名。我返回头来去找高老师，高老师却直劝我息事宁人，不要把事情闹大。

我还有退路吗？更何况，即使有退路我会甘心吗？此后我进行了不懈的努力，老钟干了这么多年支部书记，又有在部队上的那段经历，自然也建立了一定的人脉关系，县上镇上都很熟，最后我去了省城，不但到省公安厅递了申诉状，还去了省政府。最终在第二年春天钟顺被抓了起来，不久就宣判了，判了四年。

我虽然胜利了，但在孙楼小学的日子却更加艰难起来。老钟的妻子三天两头来学校闹，碰到我在教室就去教室堵着门口骂，如果我在办公室，就跳进办公室里来摔东西。更让我无法忍受的是，那些学生和家长们的态度，来了一个一百八十度的大转弯，不但没有了之前的尊敬，见了我都把头扭过去，似乎我一下子成了一个大麻风病人。就连我平时最喜欢的一个女生都开始躲着我，这个女生从小失去了母亲，我待她很好，晚上有时还让她来跟我作伴，她第一次来例假弄脏了我的床，害怕地哭了，我陪了她一上午，直到她破涕为笑为止，我还把自己用的卫生带送给她。

一九九二年六月，我在孙楼村小学送走了第二批毕业班，就打报告申请调离。我发现鹊山镇教委对我也有了看法，对我的报告不理不睬，后来我又找到骆县教育局政工科，我把自己的要求一说，上次给我开派令的那人还记得我，问我愿不愿意去新疆支教，上面正好派下来两个支教名额，时间为三年，领导正愁没有合适人选。

我从骆县教育局回来的第二天就离开了孙楼小学，一大早我沿着两年前来时的路径往回走，太阳已经冒出来一大截，淡淡的晨雾还没有完全消散，田地里麦子刚刚收割完毕，在黄色麦茬中间拱出来大片大片的玉米苗，这些玉米苗发着嫩绿的颜色，在晨光中随着微风摇曳。我的内心涌动着无以名状的悲凉，想想这几年自己走过的路，眼泪止不住地流了下来。我不知道自己到底要什么？更不知道在自己的生活中出现过什么？也许爱情曾经真的来过，但我为什么没有感到过美好？为什么收获的只有悲伤？

前面就是清河渡口，老钟意外地在这里等着我。看到我走来，老钟往前挪动着拐杖快步移过来，从他那多皱的脸上，我看到的是初见时的慈祥。走到近前，他向我伸出了手掌，我犹豫了一下，还是伸手接了。老钟的手掌很粗糙，我明显感到了那种磨砺的感觉，但却还有些暖意。"孩子！我们对不起你。"老钟说。

　　我的眼泪再次汹涌而下，我抽回手掌想掩饰一下，更想轻轻地笑一下，但最终却什么也没说出来。

原发《朔方》2018 年第 11 期

《小说月报》中长篇小说专号 2019 年第 1 期选载